JOY FIELDING

Flieh, wenn du kannst

GOLDMANN
Lesen erleben

Buch

Bonnie Wheeler ist Lehrerin in Boston. Sie ist mit Rod, einem Fernsehproduzenten, verheiratet und hat mit ihm eine dreijährige Tochter, Amanda. Ihre Welt scheint absolut in Ordnung zu sein. Doch dann erhält sie eines Morgens einen überraschenden Anruf, der ihr Leben für immer verändern soll: Joan, die Exfrau ihres Mannes, macht am Telefon kryptische Andeutungen, dass Bonnie und ihre Tochter in großer Gefahr seien, und überredet Bonnie zu einem Treffen. Als Bonnie zum vereinbarten Treffpunkt kommt, macht sie eine grausame Entdeckung: Sie findet Joan erstochen vor. Und da Bonnie auch noch mit dem Tatmesser in der Hand angetroffen wird, ist sie plötzlich die Hauptverdächtige in einem Mordfall. Doch wie sie bald feststellen muss, hat ihr Albtraum damit gerade erst begonnen …

Weitere Informationen zu Joy Fielding finden Sie am Ende des Buches.

Joy Fielding

Flieh, wenn du kannst

Roman

GOLDMANN

Die Originalausgabe erschien 1995 unter dem Titel
»Don't Cry Now« bei William Morrow, New York.

Dieses Buch ist auch als E-Book erhältlich.

MIX
Papier aus verantwortungsvollen Quellen
FSC® C014496
FSC www.fsc.org

Verlagsgruppe Random House FSC® N001967

1. Auflage
Taschenbuchausgabe März 2017

Umschlaggestaltung: UNO Werbeagentur München
Umschlagmotiv: © Arcangel Images / Laura Kate Bradley; FinePic®, München
AG · Herstellung: Str.
Satz: IBV Satz- und Datentechnik GmbH, Berlin
Druck und Bindung: GGP Media GmbH, Pößneck
Printed in Germany
ISBN 978-3-442-48713-4
www.goldmann-verlag.de

Besuchen Sie den Goldmann Verlag im Netz

1

Sie dachte an Palmen, hohe braune Bäume, von Jahrzehnten stürmischer Winde gebeugt. Ihre langen grünen Blätter flatterten wie leere Handschuhe vor einem klaren blauen Himmel.

Rod hatte von einer möglichen gemeinsamen Reise nach Miami im nächsten Monat gesprochen. Ein paar Tage Konferenzen mit den angeschlossenen Sendern, hatte er gesagt, den Rest der Woche dann allein am Strand wie einst Burt Lancaster und Deborah Kerr – wie sie das fände? Sie fand es sehr verlockend. Seitdem verfolgten sie Bilder von Palmen und blauem Himmel. So eine Reise würde sich allerdings nicht ohne gewisse Schwierigkeiten arrangieren lassen – sie würde ihren Schulleiter belügen müssen, ihm erzählen, sie sei krank, ausgerechnet sie, die sich immer damit brüstete, zu diesen widerlich gesunden Leuten zu gehören, denen Erkältungen oder Grippeviren nichts anhaben konnten. Sie würde außerdem ihre Stunden schon im voraus genau planen und einteilen müssen, damit die Lehrkraft, die für sie einsprang, wissen würde, was in welchem Tempo durchzunehmen war. Aber das waren nur kleinere Unannehmlichkeiten, die sie für eine romantische Woche mit dem Mann, den sie liebte und der seit fünf Jahren ihr Ehemann war, gern in Kauf nahm.

Bonnie holte tief Atem und verscheuchte die Bilder von Palmen, die sich im Wind wiegen, um wieder die Realität in den Blick zu bekommen. Kleinere Unannehmlichkeiten vielleicht. Aber wie sollte es ihr gelingen, eine weiß Gott nicht ungesunde Gesichtsfarbe vor einem mißtrauischen Schulleiter zu kaschieren? Wie sollte sie es schaffen, dem Mann ins Gesicht zu sehen, ohne rot zu werden, mit ihm zu sprechen, ohne ins Stottern zu geraten? Wie sollte sie mit seinen besorgten Fragen nach ihrem Befinden umgehen? Sie haßte Lügen, schätzte Ehrlichkeit höher als alles andere. (»Du bist meine Brave«, hatte ihre Mutter oft gesagt.) Und sie war stolz darauf, daß sie in fast neunjähriger Tätigkeit als Lehrerin nicht einen Unterrichtstag wegen Krankheit versäumt hatte. Konnte sie es sich wirklich erlauben, fünf Tage hintereinander zu fehlen, nur um sich mit ihrem Mann an einem Strand in Florida zu aalen?

»Außerdem«, sagte sie laut und sah zu ihrer dreijährigen Tochter hinunter, »wie soll ich es schaffen, dich fünf ganze Tage allein zu lassen?« Sie neigte sich zu Amanda hinüber und streichelte ihre Wange mit der kaum verheilten kleinen Narbe, die von einem kürzlichen Sturz vom Dreirad stammte. Wie zerbrechlich Kinder doch sind, dachte Bonnie, während sie den süßen Kindergeruch ihrer Tochter einatmete.

Amanda öffnete die großen blauen Augen.

»Oh, du bist wach, hm?« fragte Bonnie und gab ihrer Tochter einen Kuß auf die Stirn. »Keine bösen Träume mehr?«

Amanda schüttelte den Kopf, und Bonnie lächelte erleichtert. Amanda hatte sie um fünf Uhr morgens weinend geweckt, von einem Alptraum erschreckt, an den sie sich nicht recht erinnern konnte.

»Nicht weinen, mein Schatz«, hatte Bonnie geflüstert und Amanda in ihr Bett geholt. »Du mußt nicht mehr weinen. Es ist ja alles gut. Mama ist da.«

Als sich Bonnie jetzt über sie neigte, sagte sie zärtlich: »Ich hab' dich lieb, mein kleiner Schatz.«

Amanda kicherte. »Ich hab' dich aber noch mehr lieb.«

»Das ist unmöglich«, entgegnete Bonnie. »Du kannst mich gar nicht mehr liebhaben als ich dich.«

Amanda verschränkte mit ernsthafter Miene die Arme über ihrer Brust. »Okay, dann haben wir uns eben beide genau gleich lieb.«

»Okay, wir haben uns beide gleich lieb.«

»Außer daß ich dich noch mehr liebhab'.«

Lachend schwang Bonnie ihre Beine aus dem Bett. »Ich

glaube, jetzt wird's langsam Zeit, dich für den Kindergarten fertigzumachen.«

»Das kann ich selber.« Und schon im nächsten Moment rannte Amanda mit flatterndem rosa Nachthemd durch den Flur zu ihrem Zimmer.

Woher haben sie nur diese Energie? fragte sich Bonnie, während sie wieder unter die Decke kroch, um noch einen Augenblick die Stille des frühen Frühlingsmorgens zu genießen.

Das Telefon läutete. Das schrille Geräusch zerriß so unerwartet die Stille, daß Bonnie zusammenzuckte. Wer konnte um diese Zeit anrufen? Es war noch nicht einmal sieben Uhr.

Widerstrebend öffnete sie die Augen und blickte zu dem Telefon auf dem Nachttisch neben dem großen französischen Bett. Dann richtete sie sich unwillig auf und hob verärgert den Hörer ab.

»Hallo?« Überrascht stellte sie fest, daß ihre Stimme noch ganz verschlafen klang. Sie räusperte sich, während sie darauf wartete, daß der Anrufer sich meldete. »Hallo«, sagte sie noch einmal, als es still blieb.

»Ich bin's, Joan. Ich muß mit Ihnen sprechen.«

Bonnie stöhnte, und ihr Kopf fiel herab, als hätte ihr jemand einen Schlag in den Nacken gegeben. Noch nicht einmal sieben Uhr morgens, und schon war die geschiedene Frau ihres Mannes am Telefon. »Ist etwas passiert?« fragte sie, augenblicklich das Schlimmste befürchtend. »Sam und Lauren...?«

»Den beiden geht es gut.«

Bonnie atmete erleichtert auf. »Rod ist gerade unter der Dusche«, sagte sie und dachte, daß es selbst für Joan reichlich früh wäre, sich einen zu genehmigen.

»Rod brauche ich nicht. Ich möchte mit Ihnen sprechen.«

»Das ist jetzt aber keine gute Zeit«, erwiderte Bonnie so freundlich, wie es ihr möglich war. »Ich muß mich für die Arbeit fertigmachen...«

»Sie brauchen doch heute gar nicht zur Arbeit. Sam hat mir gesagt, daß heute Weiterbildungstag ist.«

»Das ist richtig. Trotzdem ...«

»Können wir uns nicht gegen Mittag irgendwo treffen?«

»Nein, das geht auf keinen Fall«, antwortete Bonnie, erstaunt über die Bitte. »Ich bin den ganzen Morgen bei Vorträgen. Es geht, wie gesagt, um meine berufliche Weiterbildung.«

»Dann wenigstens mittags. Sie haben doch bestimmt eine Mittagspause.«

»Joan. Ich kann nicht ...«

»Aber es muß sein.«

»Was soll das heißen? Es muß sein? Was meinen Sie damit?«

Was redete diese Frau da? Bonnie blickte ratlos zur Badezimmertür. Die Dusche lief noch. Rod röhrte lauthals »Take Another Little Piece of My Heart«. »Joan, ich muß jetzt wirklich Schluß machen.«

»Sie sind in Gefahr!« Die Worte klangen wie ein Zischen.

»Was?«

»Sie sind in Gefahr. Sie und Amanda.«

Augenblicklich überfiel Bonnie eisige Panik.

»Was soll das heißen? Wir sind in Gefahr? Was reden Sie da überhaupt?«

»Das läßt sich am Telefon nicht erklären. Es ist zu kompliziert«, entgegnete Joan, deren Stimme plötzlich beängstigend ruhig klang. »Sie müssen sich schon mit mir treffen.«

»Haben Sie getrunken?« fragte Bonnie jetzt ärgerlich, obwohl sie vorgehabt hatte, ruhig und freundlich zu bleiben.

»Klingt es so, als hätte ich getrunken?«

Bonnie mußte zugeben, daß es nicht so war.

»Hören Sie, Bonnie, ich zeige heute morgen mehreren Interessenten ein Haus in der Lombard Street 430. Ich veranstalte da so eine Art *open house.* Draußen in Newton. Spätestens um dreizehn Uhr, wenn die Eigentümerin nach Hause kommt, muß die Sache beendet sein.«

»Aber ich hab' Ihnen doch schon gesagt, ich sitze den ganzen Tag in Vorträgen.«

»Und *ich* hab' Ihnen gesagt, daß Sie in Gefahr sind«, wiederholte Joan so abgehackt, als säße hinter jedem Wort ein Punkt.

Bonnie wollte schon protestieren, doch dann überlegte sie es sich anders. »Also gut«, stimmte sie zu. »Ich werd' versuchen, in der Mittagspause rauszukommen.«

»Aber vor eins«, sagte Joan.

»Vor eins«, bestätigte Bonnie.

»Und bitte erzählen Sie Rod nichts davon«, fügte Joan hinzu.

»Warum nicht?«

Statt einer Antwort hörte Bonnie das Knacken in der Leitung, als Joan auflegte.

»Es ist immer ein Vergnügen, von Ihnen zu hören«, sagte Bonnie ärgerlich, legte ihrerseits auf und starrte einen Moment lang frustriert vor sich hin. Was für einen Blödsinn hatte sich Joan nun wieder in den alkoholbenebelten Kopf gesetzt?

Sie hatte allerdings tatsächlich keinen benebelten Eindruck gemacht, wie Bonnie einräumen mußte, als sie jetzt aufstand und zum Badezimmer ging. Sie hatte klar und präzise gesprochen, als wüßte sie genau, was sie sagte. Eine Frau mit einer Mission, dachte Bonnie. Sie ging ans Waschbecken, wusch sich das Gesicht und putzte sich die Zähne, ging dann auf nackten Füßen über den blaugrauen dicken Teppich zum Wandschrank. Es wurde langsam Zeit, die Wintersachen wegzupacken und die Sommersachen in den Schrank zu hängen, aber wie lautete doch der dumme Spruch, den ihre Freundin Diana zu zitieren pflegte? Laß im Schrank die warmen Sachen, bis dem April vergeht das Lachen. Ja, richtig, dachte Bonnie und verschloß ihre Ohren den anderen, beunruhigenderen Stimmen, während sie sich ankleidete. Sie sind in Gefahr, hörte sie dann doch wieder Joans Stimme. Sie und Amanda.

Was konnte Joan damit gemeint haben? Was für eine Gefahr sollte ihr und ihrer Tochter drohen?

Bitte erzählen Sie Rod nichts davon.

»Warum nicht?« fragte Bonnie laut, als sie das rote Strickkleid über ihren schlanken Hüften glattstrich. Weshalb wollte Joan nicht, daß sie mit ihrem Mann über diese merkwürdige Behauptung sprach? Wahrscheinlich, weil er sie für verrückt erklären würde. Bonnie lachte. Rod war sowieso überzeugt davon, daß seine geschiedene Frau nicht richtig tickte.

Sie beschloß, sich nicht mit Joan zu treffen. Die Frau hatte ihr nichts zu sagen, was sie interessierte. Nichts, was ihr in irgendeiner Weise nützlich sein konnte. Doch schon während Bonnie den Entschluß faßte, war ihr klar, daß ihre Neugier die Oberhand gewinnen und sie sich vor dem Ende aus dem Vortrag stehlen würde, wahrscheinlich den wichtigsten Teil verpassen würde, um den ganzen Weg bis in die Lombard Street zu fahren und dort zu entdecken, daß Joan sich nicht einmal erinnerte, sie am Morgen angerufen zu haben. Ähnliches war schon des öfteren vorgekommen. Anrufe im Suff mitten in der Nacht, wütende Beschimpfungen zum Abendessen, tränenreiche Klagen, wenn man gerade zu Bett gehen wollte. Und hinterher alles vergessen. Wovon reden Sie? Ich habe Sie nie angerufen. Warum sollen Sie mir unbedingt das Leben schwermachen? Was, zum Teufel, reden Sie da?

Bonnie hatte sie gewähren lassen. Trotz allem, was sie von dieser Frau wußte, trotz des Kummers und der Sorgen, die sie Rod bereitet hatte, tat Joan ihr leid. (»Du bist eine gute Seele«, pflegte ihre Mutter zu sagen.) Sie mußte sich immer wieder klarmachen, daß Joan für den größten Teil ihrer Probleme selbst verantwortlich war, daß sie ganz bewußt zum Alkohol gegriffen und nicht mehr davon abgelassen hatte. Es war zu einfach, ihr Verhalten damit zu entschuldigen, daß es verständlich sei, wenn eine Frau nach einer solchen Tragödie, wie sie sie erlebt hatte, zu trinken begann.

Selbst dieses tragische Ereignis, das ihr Leben so verändert hatte, hatte sie ja größtenteils selbst heraufbeschworen. Zweifellos hätte es abgewendet werden können, wäre Joan nicht so nachlässig gewesen, ihr vierzehn Monate altes Kind allein in der Badewanne zu lassen, wenn auch nicht einmal eine Minute, wie sie später verzweifelt behauptet hatte. Sie hatte alle möglichen Erklärungen gehabt: Sam und Lauren hatten im anderen Zimmer gestritten; Lauren hatte geschrien; es habe sich angehört, als könnte Sam ihr etwas antun; nur deshalb war Joan aus dem Badezimmer gestürzt. Sie hatte nachsehen wollen, was die beiden älteren Kinder trieben. Als sie wieder zurückgekommen war, war ihr jüngstes Kind tot und ihre Ehe zu Ende gewesen.

Bitte erzählen Sie Rod nichts davon.

Weshalb ihn gleich am frühen Morgen aufregen, sagte sich Bonnie und beschloß, ihrem Mann nichts von Joans Anruf zu sagen, oder höchstens erst nach dem Zusammentreffen. Rod hatte im Augenblick im Studio genug um die Ohren – eine ungünstige Sendezeit am Nachmittag, eine unmögliche Moderatorin, ein abgedroschenes Konzept. Wie viele seichte Talkshows brauchte das Publikum eigentlich noch? Dennoch hatten sich unter seiner fachmännischen Leitung die Einschaltquoten stetig verbessert. Mittlerweile war sogar von landesweiter Ausstrahlung die Rede. Die Tagung, die nächsten Monat in Miami stattfinden sollte, war von zentraler Bedeutung.

Wieder sah sie sich unter hohen Palmen auf weißem Sandstrand stehen, und ein leichtes Lüftchen schien sie zu umfächeln, als sie sich an ihren kleinen Toilettentisch setzte, der dem Bett gegenüber stand; an der Wand daneben hatte sie einen Akt von Salvador Dali aufgehängt, eine gesichtslose Frau in gedämpftem Blau mit runden Hüften und überlangen Gliedern, deren kahlem Kopf strahlenförmig irgendwelche Emanationen entsprangen.

Vielleicht ist Glatzköpfigkeit die Lösung, dachte Bonnie, während sie vergeblich versuchte, ihr kinnlanges braunes Haar so um ihr schmales Gesicht zu arrangieren, wie die Friseuse es ihr gezeigt hatte. »Ach, gib's doch auf«, sagte sie zu ihrem Spiegelbild und ließ ihr widerspenstiges Haar sein, wie es war. Trotz der feinen Linien rund um ihre tiefgrünen Augen, fand sie, daß sie gar nicht so übel aussah. Ihr hübsches Gesicht besaß jene Klarheit und Offenheit, die niemals wirklich außer Mode kamen und sie noch lange nicht wie fünfunddreißig erscheinen ließen. Als ›frisch‹ hatte Joan es einmal beschrieben.

Vielfältige Bilder von Rods geschiedener Frau verdrängten erbarmungslos die Vision von Palmen und weißen Stränden, grell und siebdruckartig, den Bildnissen ähnlich, die Andy Warhol von Elizabeth Taylor und Marilyn Monroe geschaffen hat. »Joan«, sagte Bonnie vor sich hin und versuchte, das Wort in zwei Silben zu drehen, um es weicher zu machen, freundlicher. Jo-an. Jo-an. Es klappte nicht. Auch der Name blieb hartnäckig so, wie Joan im Leben war, unveränderbar, nicht zu retuschieren oder weichzuzeichnen.

Sie war eine imposante Frau, fast einen Meter achtzig groß, mit großen braunen Augen, von denen sie gern sagte, sie seien dunkel wie Zobel, flammend rotem Haar, das sie als tizianrot zu bezeichnen pflegte, und einem spektakulären Busen. Alles an ihr war Übertreibung, und dies war zweifellos einer der Gründe für ihren Erfolg als Immobilienmaklerin.

Was mochte sie diesmal wieder in petto haben? Warum das Melodram? Was war so kompliziert, daß sie es nicht am Telefon besprechen konnte? Was für eine Gefahr sollte das sein, von der sie gesprochen hatte?

Bonnie zuckte mit den Achseln. Sie würde es bald genug herausfinden, sagte sie sich.

Um zwölf Uhr achtunddreißig lenkte Bonnie ihren weißen Caprice in die Einfahrt des Hauses Lombard Street 430 – durch einen Verkehrsunfall war sie unterwegs aufgehalten worden und hatte über eine halbe Stunde bis hierher gebraucht. Sie stellte ihren Wagen direkt hinter Joans rotem Mercedes ab. Joans Geschäfte florierten offensichtlich. Trotz der Schwankungen auf dem Immobilienmarkt schien sie die letzte längere Durststrecke gut überstanden zu haben. Ja, Joan war eben eine Überlebenskünstlerin. Nur die in ihrer Nähe kamen um.

Dieses Haus dürfte nicht schwer zu verkaufen sein, dachte Bonnie, als sie, in die kühle Sonne blinzelnd, an dem großen Schild im Vorgarten vorüberging, auf dem die öffentlichen Besichtigungszeiten angekündigt waren. Es war ein einstöckiges Haus mit viel Holz, wie die meisten Häuser in diesem gediegenen Vorort von Boston, und hatte offensichtlich erst vor kurzem einen frischen weißen Anstrich erhalten. Bonnie stieg die Stufen zur vorderen Veranda hinauf. Die schwarze Haustür war nur angelehnt. Bonnie klopfte schüchtern, stieß die Tür dann ein Stück weiter auf. Augenblicklich hörte sie Stimmen aus einem der hinteren Zimmer. Die Stimmen eines Mannes und einer Frau. Vielleicht Joan. Vielleicht aber auch nicht. Möglicherweise mitten in einer Auseinandersetzung. Es war schwer zu sagen. Auf jeden Fall würde sie nicht lauschen. Sie würde ein paar Minuten warten, ein paarmal diskret hüsteln, die Leute wissen lassen, daß noch jemand im Haus war.

Sie sah sich um, nahm eines der Kurzexposés, die Joan in einem Stapel auf einem kleinen Hocker im Eingangsbereich bereitgelegt hatte. Dem Informationsblatt zufolge hatte das Haus eine Gesamtwohnfläche von zweihundertachtzig Quadratmetern, mit vier Schlaf- oder Gästezimmern im oberen Stockwerk und einem ausgebauten Souterrain. Im Erdgeschoß teilte eine breite Treppe das Haus in zwei symmetrische Flügel, auf der einen Seite das Wohnzimmer, auf der anderen das Eßzimmer. Küche und Arbeitszimmer befanden sich im hinteren Teil. Irgendwo dazwischen war ein Badezimmer.

Bonnie räusperte sich, zuerst gedämpft, dann noch einmal, lauter. Die Leute im hinteren Teil des Hauses redeten weiter. Sie sah auf ihre Uhr, ging dann etwas zaghaft ins Wohnzimmer, das ganze in Beige und Creme gehalten war. Sie würde bald gehen müssen. Sie würde sowieso schon zu spät zurückkommen und den ersten Teil des Nachmittagsvortrags zu der Frage, wie die

Schulen von heute sich auf die Teenager von heute einstellen sollten, verpassen. Wieder sah sie auf ihre Uhr und klopfte mit dem Fuß ungeduldig auf den Parkettboden. Es war wirklich absurd. Es war ihr unangenehm, Joan zu stören, während diese sich bemühte, einen Abschluß zu machen, Tatsache war jedoch, daß Joan sie ausdrücklich gebeten hatte, vor eins hier zu sein, und bis zur vollen Stunde fehlte nicht mehr viel.

»Joan!« rief sie und ging in den Eingangsbereich zurück und wandte sich in Richtung Küche.

Das Gerede ging weiter, als hätte sie keinen Ton von sich gegeben. Sie hörte abgerissene Sätze – »Nun, wenn diese Gesundheitsreform durchgeführt wird...«, »Das ist eine wenig überzeugende Einschätzung der Dinge...« – und fragte sich, was da vorging. Weshalb sollte Joan anläßlich einer Hausbesichtigung eine solche Diskussion führen? »Ich muß unser Telefongespräch jetzt leider beenden, meine Dame«, hörte sie plötzlich die Männerstimme. »Sie wissen offensichtlich nicht, wovon Sie reden, und ich habe jetzt Lust auf ein wenig Musik. Wie wär's mit dem immer klassischen Sound von Nirvana?«

Es war das Radio. »Du lieber Himmel«, murmelte Bonnie. Sie hatte ihre Zeit damit vertan, diskret zu hüsteln, damit irgendein unhöflicher Rundfunkmoderator ungestört einen gutgläubigen Anrufer beleidigen konnte. Wer ist hier eigentlich die Verrückte, fragte sie sich und versuchte nun endgültig die Geduld verlierend, die plötzliche Attacke von Nirvana zu übertönen. »Joan!« rief sie und trat in die gelb-weiße Küche.

Joan saß an dem langen Fichtenholztisch. Ihre großen dunklen Augen waren vom Alkohol verschleiert, ihr Mund war wie zum Sprechen leicht geöffnet.

Aber sie sprach nicht. Und sie rührte sich nicht. Nicht einmal, als Bonnie zu ihr trat und eine Hand vor ihrem Gesicht bewegte; nicht einmal, als Bonnie sie bei der Schulter nahm und schüttelte.

»Joan, Herrgott noch mal...«

Sie konnte später nicht sagen, wann genau sie erkannte, daß

Joan tot war. Vielleicht, als sie den hellen roten Fleck bemerkte, der auf Joans weißer Seidenbluse wie eine abstrakte Malerei wirkte. Vielleicht, als sie das klaffende dunkle Loch zwischen ihren Brüsten sah und an ihren eigenen Händen das Blut fühlte, das warm und klebrig war wie Sirup. Vielleicht aber auch erst durch die schreckliche Mischung von Gerüchen, ob nun real oder eingebildet, die ihr plötzlich in die Nase stiegen. Oder waren es die Schreie, die aus ihrem Mund quollen und sich in gespenstischer Harmonie mit den Klängen von Nirvana vereinten?

Oder vielleicht die Schreie der Frau, die wie zu Stein erstarrt an der Wand neben der Küchentür stand und ihre Einkaufstüten umklammerte, als würde sie nur dadurch aufrecht gehalten.

Bonnie ging zu ihr. Die Frau wich in panischer Angst zurück, als Bonnie ihr die Einkaufstüten aus den Armen nahm. »Tun Sie mir nichts«, flehte sie mit jammernder Stimme. »Bitte, tun Sie mir nichts.«

»Niemand tut Ihnen etwas«, versicherte Bonnie ihr ruhig, stellte die Tüten auf die Arbeitsplatte und legte der zitternden Frau den Arm um die Schultern. Den freien Arm streckte sie zum Wandtelefon aus und tippte rasch die Nummer des Notrufs. Mit klarer Stimme nannte sie die Adresse und erklärte, daß im Haus eine Frau erschossen worden sei. Dann führte sie die zitternde Eigentümerin des Hauses ins Wohnzimmer und setzte sich mit ihr auf das beigefarbene Leinensofa. Sie legte ihren Kopf auf ihre Knie, um nicht ohnmächtig zu werden, und wartete auf das Eintreffen der Polizei.

2

Sie erschütterten das Haus wie ein heftiger Donnerschlag bei einem Gewitter – erschreckend, obwohl man ihn erwartet hat. Ihre Stimmen füllten den Vorraum; dann drückten sie wie ein Bienenschwarm ins Wohnzimmer. Die Frau neben ihr sprang vom Sofa auf, um sie zu begrüßen.

»Gott sei Dank, daß Sie hier sind«, rief sie in hohem Lamento. »Haben Sie die Polizei gerufen?«

Bonnie sah, wie die Frau mit anklagendem Finger auf sie deutete, sah, wie alle Augen sich auf sie richteten, während der Raum sich mit Menschen füllte. Widerstrebend zwang sie sich, ihnen in die Gesichter zu schauen, obwohl sie im ersten Moment nur Joan vor sich sehen konnte, ihr feuriges tizianrotes Haar, das in krausen Locken um das aschfahle Gesicht fiel, den großen, leicht geöffneten Mund, leuchtend orangerot bemalt, die dunklen Augen, milchig vom Tod.

»Wer ist erschossen worden?« fragte jemand.

Wieder hob die Frau den Arm, zeigte diesmal zur Küche. »Meine Immobilienmaklerin. Von Ellen Marx Immobilien.«

Mehrere gesichtslose junge Männer in weißen Kitteln rannten durch den Korridor nach hinten. Zweifellos Sanitäter und Notarzt, dachte Bonnie, seltsam unberührt von allem, was um sie herum vorging. Diese plötzliche Distanziertheit gestattete ihr, alles, was jetzt geschah, detailgenau aufzunehmen. Mindestens sechs Personen befanden sich im Haus: die beiden Sanitäter; zwei uniformierte Polizeibeamte; eine Frau, deren Haltung sie als Polizeibeamtin kennzeichnete, die jedoch kaum dem Teenageralter entwachsen schien; und ein massiger Mann von etwa vierzig Jahren, mit unreiner Haut und einem Bauch, der ihm über den Gürtel hing. Er leitete offensichtlich das ganze Unternehmen und war den Sanitätern zur Küche gefolgt.

»Sie ist tot«, verkündete er bei seiner Rückkehr. Er trug ein schwarz-weiß kariertes Sportsakko und eine einfarbige rote Krawatte. Von seinem Gürtel hing ein Paar Handschellen herab. »Der Gerichtsmediziner wird gleich hier sein.«

Gerichtsmediziner, wiederholte Bonnie im stillen und fragte sich, woher diese merkwürdig klingenden Worte kamen.

»Ich bin Captain Mahoney, und das ist Detective Kritzic.« Er wies mit dem Kopf auf die Frau zu seiner Rechten. »Würden Sie uns bitte berichten, was hier geschehen ist?«

»Als ich nach Hause kam…«, hörte Bonnie die Eigentümerin des Hauses beginnen.

»Ist das Ihr Haus?« fragte Detective Kritzic.

»Ja. Ich wollte es verkaufen…«

»Ihr Name, bitte.«

»Wie bitte? Oh, Margaret Palmay.«

Die Polizeibeamtin notierte das auf ihrem Block.

»Und wer sind Sie?«

Bonnie brauchte einen Moment, um zu erkennen, daß sie die Angesprochene war. »Bonnie Wheeler«, stotterte sie. »Ich möchte meinen Mann anrufen.« Warum hatte sie das gesagt? Sie war sich nicht einmal bewußt gewesen, daß sie es gedacht hatte.

»Sie können Ihren Mann gleich anrufen, Mrs. Wheeler«, versetzte Captain Mahoney. »Aber zuerst müssen wir Ihnen einige Fragen stellen.«

Bonnie nickte. Sie verstand, daß es wichtig war, eine gewisse Ordnung zu wahren. Bald würde ein neuer Schwarm Leute eintreffen, mit sonderbaren Instrumenten und Pulvern, um zu messen und zu prüfen, mit Videokameras und grünen Leichensäcken und gelbem Plastikband, um das Haus abzusperren. ›Tatort eines Verbrechens. Unbefugten ist der Zutritt verboten.‹ Sie kannte die Routine. Sie hatte es oft genug im Fernsehen gesehen.

»Bitte, Mrs. Palmay«, sagte Detective Kritzic freundlich. »Sie sagten eben, Sie wollten das Haus verkaufen…«

»Es steht seit Ende März zum Verkauf. Das war der erste öffentliche Besichtigungstermin. Sie sagte, sie würde um eins hier fertig sein.«

»Sie haben also keine Ahnung, wie viele Personen heute morgen das Haus besichtigt haben«, sagte Captain Mahoney. Es war mehr die Feststellung einer Tatsache als eine Frage.

»Im Vorraum liegt ein Gästebuch«, warf Bonnie ein, die sich erinnerte, ein solches Buch neben den Exposés gesehen zu haben.

Die Beamten nickten einander zu, und Detective Kritzic, die, wie Bonnie erst jetzt bemerkte, ähnlich rotes Haar wie Joan hatte, verschwand einen Moment. Mit dem Buch in der Hand kehrte sie zurück.

»Und als Sie nach Hause kamen?«

»Ich wußte, daß sie noch hier war«, berichtete Margaret Palmay, »weil ihr Wagen in der Einfahrt steht. Direkt dahinter steht ein zweiter Wagen, daher wußte ich, daß außer ihr noch jemand im Haus sein mußte. Ich mußte auf der Straße parken. Ich hätte ja gewartet, bis sie gegangen wären, aber ich war beim Einkaufen gewesen, und ein Teil der Sachen mußte schnell in den Gefrierschrank.« Sie brach ab, als wüßte sie nicht mehr weiter. Und vielleicht war es ja auch so.

Sie war eine hübsche Frau, fand Bonnie, ein bißchen klein vielleicht, mit gefälligen Rundungen und feinem blondem Haar, das sich in Höhe ihrer Ohrläppchen lockte. Die Nase zwischen den blaßblauen Augen war schmal, erinnerte an einen Vogelschnabel, ihr Mund war klein, aber ihre Stimme war klar und ruhig.

»Was geschah, als Sie ins Haus kamen, Mrs. Palmay?«

»Ich bin direkt in die Küche gegangen, und da hab' ich sie gesehen.« Wieder wies sie mit anklagendem Finger auf Bonnie. »Sie stand über Joan gebeugt. Ihre Hände waren voller Blut.«

Bonnies Blick flog zu ihren Händen, und sie unterdrückte mit Mühe einen Aufschrei, als sie das dunkelrote Blut sah, das wie Fingerfarben an ihren Händen getrocknet war. Eine Hitzewelle durchfuhr sie, pflanzte sich blitzschnell von ihrem Kopf bis zu den Füßen fort und raubte ihr alle Energie. Ihr schwindelte, sie fühlte sich zum Umfallen schwach.

»Kann ich meinen Mantel ausziehen?« fragte sie und zog, ohne auf eine Antwort zu warten, vorsichtig, um mit ihren blutigen Fingern nicht das Seidenfutter des Mantels zu berühren, ihre Arme aus den Ärmeln.

»Wer ist Joan?« fragte Captain Mahoney mit zusammengezogenen Brauen.

»Das Opfer«, antwortete Margaret Palmay, und das Wort klang bei ihr unnatürlich.

Was denkt der denn, von wem wir sprechen? fragte sich Bonnie.

Captain Mahoney warf einen Blick in seine Notizen. »Sagten Sie nicht, daß sie Ellen Marx heißt?«

»Nein«, erklärte Margaret Palmay, »Ellen Marx ist der Name der Immobilienfirma, für die sie gearbeitet hat. Ihr Name ist... war... Joan Wheeler.«

»Wheeler?«

Wieder richteten sich alle Augen auf Bonnie.

»Wheeler«, wiederholte Captain Mahoney und kniff die Augen zusammen, als wollte er Bonnie ins Visier eines Gewehrs nehmen. »Eine Verwandte von Ihnen?«

Konnte man die geschiedene Frau des eigenen Ehemanns als Verwandte bezeichnen? »Sie war die geschiedene Frau meines Mannes«, antwortete Bonnie.

Niemand sagte etwas. Es war beinahe so, als wäre zu einer Schweigeminute aufgerufen worden, dachte Bonnie, die genau merkte, daß sich etwas verändert hatte, daß es im Raum eine Unterströmung gab, die vorher nicht dagewesen war.

»Gut, gehen wir noch einmal zurück.« Captain Mahoney räusperte sich und richtete seine Aufmerksamkeit wieder auf Margaret Palmay. »Sie sagten, Sie hätten Mrs. Wheeler gesehen, wie sie über die Tote gebeugt stand, und ihre Hände seien voll Blut gewesen. Haben Sie eine Waffe gesehen?«

»Nein.«

»Wie ging es dann weiter?«

»Ich habe angefangen zu schreien. Ich glaube, sie hat auch geschrien, ich bin mir nicht sicher. Als sie mich dann sah, kam sie sofort auf mich zu. Zuerst hatte ich Angst, aber sie nahm mir nur die Tüten mit den Einkäufen aus den Händen, und dann rief sie die Polizei an.«

»Stimmen Sie mit Mrs. Palmays Aussage überein?« fragte

Captain Mahoney, während er sich an Bonnie wandte, die aber stumm blieb. »Mrs. Wheeler, haben Sie an dem, was Mrs. Palmay gerade gesagt hat, etwas auszusetzen?«

Bonnie schüttelte den Kopf. Margaret Palmays Version der Vorgänge schien ihr ganz in Ordnung zu sein.

»Wollen Sie uns nicht sagen, was Sie hier zu tun hatten?«

Das wird schwieriger werden, dachte sie und fragte sich, ob ihr Bruder sich auch so gefühlt hatte, als er das erste Mal von der Polizei vernommen worden war; ob er ebenso nervös, so verstört gewesen war. Aber selbst wenn, so hatte er sich zweifellos inzwischen an diese Vernehmungen gewöhnt, sagte sie sich und versuchte, diese beunruhigenden Überlegungen zu vertreiben. Ihr Bruder war der letzte, an den sie jetzt denken wollte.

»Joan hat mich heute in aller Frühe angerufen«, begann sie. »Sie bat mich, sie hier zu treffen.«

»Wir dürfen doch annehmen, daß Sie nicht auf Haussuche waren?«

Bonnie holte tief Atem. »Joan sagte, sie müßte mir etwas mitteilen, worüber sie am Telefon nicht sprechen könnte. Ich weiß«, fuhr sie ohne Aufforderung fort, »das klingt wie etwas, das man im Kino zu hören bekommt.«

»Ja, so klingt es tatsächlich«, stimmte Mahoney unverblümt zu. »Waren Sie und die geschiedene Frau Ihres Mannes befreundet, Mrs. Wheeler?«

»Nein«, antwortete Bonnie kurz.

»Fanden Sie es ungewöhnlich, daß sie Sie anrief und sagte, sie müßte mit Ihnen sprechen?«

»Ja und nein«, versetzte Bonnie und fuhr erst zu sprechen fort, als er ihr einen Blick zuwarf, der nähere Erklärung verlangte. »Joan hatte ein Alkoholproblem. Sie hat immer wieder mal bei uns angerufen.«

»Darüber waren Sie sicher nicht allzu erfreut«, sagte Captain Mahoney und verzog dabei den Mund, was Bonnie als Versuch eines verständnisvollen Lächelns deutete.

Sie zuckte mit den Achseln, nicht sicher, wie sie auf diese Bemerkung reagieren sollte. »Könnte ich jetzt meinen Mann anrufen?« fragte sie wieder.

»Was hielt denn Ihr Mann davon, daß Sie sich mit seiner geschiedenen Frau treffen wollten?« fragte Captain Mahoney, ihre Frage als Anknüpfungspunkt nutzend.

Bonnie zögerte. »Er wußte nichts davon.«

»Er wußte es nicht?«

»Joan hatte mich gebeten, ihm nichts davon zu sagen«, erläuterte Bonnie.

»Sagte sie auch, warum?«

»Nein.«

»Haben Sie immer getan, was die geschiedene Frau Ihres Mannes von Ihnen verlangte?«

»Natürlich nicht.«

»Warum dann heute?«

»Ich glaube, ich verstehe nicht ganz, was Sie meinen.«

»Warum haben Sie eingewilligt, sich heute mit ihr zu treffen? Warum haben Sie Ihrem Mann nichts gesagt?«

Bonnie drückte eine Faust an ihren halb geöffneten Mund und senkte sie hastig wieder in ihren Schoß, als sie Blut schmeckte. Joans Blut. Sie mußte schlucken, um das aufsteigende Würgen zu unterdrücken.

»Sie sagte am Telefon etwas sehr Merkwürdiges zu mir.«

»Was denn?« Captain Mahoney trat ein paar Schritte näher zu ihr, seinen Stift gezückt, um ihre Antwort sogleich zu notieren.

»Sie sagte, ich sei in Gefahr.«

»Sie sagte, *Sie* seien in Gefahr?«

»Ja, ich und meine Tochter.«

»Hat sie auch gesagt, warum?« fragte Captain Mahoney.

»Sie hat behauptet, es sei zu kompliziert, um es am Telefon zu besprechen.«

»Und Sie hatten keine Ahnung, wovon sie sprach?«

»Nein.«

»Und daraufhin haben Sie eingewilligt, sich mit ihr zu treffen.«

Bonnie nickte.

»Wann sind Sie hier angekommen?«

»Um zwölf Uhr achtunddreißig«, antwortete Bonnie.

Captain Mahoney schien überrascht über die Genauigkeit der Zeitangabe.

»Ich habe im Auto eine Digitaluhr«, erklärte Bonnie und empfand ihre Worte im selben Augenblick als hoffnungslos albern. Sie kicherte und sah, wie Befremden die Neugier in den Gesichtern der Anwesenden im Zimmer verdrängte. Eine Tote war im Haus! Sie war ermordet worden. Es war nicht etwa irgendeine beliebige Person – es war die geschiedene Frau ihres Mannes. Und sie selbst hatte man gesehen, wie sie mit Blut an den Händen vor der Toten gestanden hatte. Das war entschieden nicht komisch. Bonnie lachte wieder, lauter diesmal.

»Finden Sie hier etwas erheiternd, Mrs. Wheeler?« fragte Captain Mahoney.

»Nein«, antwortete sie und würgte gleichzeitig einen neuerlichen aufsteigenden Schwall von Gelächter ab, so daß ihre Stimme brüchig und verzerrt klang. »Nein, natürlich nicht. Ich bin wahrscheinlich nur etwas nervös. Tut mir leid.«

»Haben Sie einen Grund, nervös zu sein?«

»Ich verstehe nicht.«

Detective Kritzic kam zum Sofa und setzte sich neben sie. »Möchten Sie uns vielleicht etwas sagen, Mrs. Wheeler?« Ihre Stimme nahm einen mütterlichen Ton an, der zu dem mädchenhaften Gesicht in Widerspruch stand.

»Ich möchte meinen Mann anrufen«, sagte Bonnie zum drittenmal.

»Wir wollen das hier doch erst fertigmachen, wenn Sie gestatten, Mrs. Wheeler.« Detective Kritzics Stimme hatte wieder ihren früheren Ton. Alle Schwingungen nachsichtiger Mütterlichkeit waren schlagartig verschwunden.

Bonnie zuckte mit den Achseln. Hatte sie denn eine Wahl?

»Sie kamen also um zwölf Uhr achtunddreißig hier an«, wiederholte Captain Mahoney und wartete, daß Bonnie fortfahren würde.

»Die Tür war angelehnt, da bin ich ins Haus gegangen«, erklärte Bonnie und ließ die Ereignisse noch einmal vor sich ablaufen. »Ich hörte Stimmen, die aus dem hinteren Teil des Hauses kamen, und wollte nicht stören, deshalb hab' ich erst ein paar Minuten hier im Wohnzimmer gewartet, bevor ich in die Küche ging.«

»Haben Sie jemanden gesehen?«

»Nur Joan. Sonst war niemand hier. Die Stimmen, die ich gehört hatte, kamen aus dem Radio.«

»Und dann?«

»Und dann...« Bonnie zögerte. »Zuerst dachte ich, sie sei nur völlig betrunken. Sie saß am Tisch und hatte so einen leeren Blick. Ich bin zu ihr gegangen, und ich glaube, ich habe sie angefaßt.« Bonnie blickte zu ihren blutigen Fingern hinunter. »Ja, ich muß sie angefaßt haben.« Sie schluckte. »Und da hab' ich begriffen, daß sie tot war. Dann hab' ich geschrien, und sie auch.« Sie warf einen Blick auf Margaret Palmay. »Und dann hab' ich die Polizei angerufen.«

»Woher wußten Sie, daß Joan Wheeler erschossen worden war?«

»Wie bitte?«

»Sie sagten bei Ihrem Anruf, eine Frau sei erschossen worden.«

»Ach ja? Hab' ich das gesagt?«

»Wir haben es auf Band, Mrs. Wheeler.«

»Ich weiß nicht, woher ich das wußte«, antwortete Bonnie wahrheitsgemäß. »Mitten in ihrer Bluse war ein Loch. Ich habe es wohl einfach angenommen.«

»Hat jemand Sie kommen sehen, Mrs. Wheeler?«

»Nicht daß ich wüßte.« Warum fragte er das?

»Üben Sie einen Beruf aus, Mrs. Wheeler?«

»Ja. Ich bin Lehrerin«, antwortete Bonnie und fragte sich, inwiefern ihre berufliche Tätigkeit hier von Belang war.

»In Newton?«

»In Weston.«

»Und an welcher Schule unterrichten Sie?«

»An der höheren Schule in Weston Heights. Ich unterrichte Englisch.«

»Um welche Zeit sind Sie aus der Schule weggegangen?«

»Ich hatte heute keinen Unterricht. Wir haben heute einen Weiterbildungstag. Zur beruflichen Fortbildung«, erklärte Bonnie. »Ich habe an einem Symposion in Boston teilgenommen. Ich bin kurz vor zwölf dort weggegangen.«

»Und Sie haben für die Fahrt von Boston nach Newton über vierzig Minuten gebraucht?« fragte er skeptisch.

»Der Massachusetts Turnpike war wegen eines Verkehrsunfalls blockiert«, sagte Bonnie. »Das hat mich aufgehalten.«

»Hat jemand Sie weggehen sehen?«

»Das weiß ich wirklich nicht. Ich hab' versucht, mich möglichst unauffällig davonzustehlen. Warum?« fragte sie plötzlich. »Warum stellen Sie mir diese Fragen?«

»Sie sagen, daß die geschiedene Frau Ihres Mannes bereits tot war, als Sie hier eintrafen«, stellte er fest.

»Ja, natürlich sage ich das. Was sollte ich denn sonst sagen?« Bonnie sprang auf. »Was ist hier eigentlich los? Werde ich verdächtigt?« Logisch, ich bin verdächtig, sagte sie sich sofort. Was sonst. Man hatte sie mit Blut an den Händen vor der Toten stehen sehen, die die geschiedene Frau ihres Mannes war. Ganz klar, daß man sie verdächtigte. »Sie haben mir nicht geantwortet«, insistierte sie. »Verdächtigen Sie mich?«

»Wir bemühen uns nur herauszufinden, was hier geschehen ist«, antwortete Detective Kritzic ruhig.

»Ich möchte jetzt meinen Mann anrufen«, sagte Bonnie mit Entschiedenheit.

»Vielleicht rufen sie ihn am besten von der Dienststelle aus an.« Captain Mahoney klappte abschließend seinen Notizblock zu.

»Soll das heißen, daß ich verhaftet bin?« hörte Bonnie sich fragen und hatte dabei den Eindruck, es sei die Stimme einer anderen. Vielleicht wieder das Radio.

»Ich denke lediglich, daß sich alles bequemer auf der Dienststelle regeln läßt«, lautete die wenig befriedigende Antwort.

»Wenn das so ist«, Bonnie hörte wie gefiltert die Stimme ihres Bruders in ihrer eigenen, »rufe ich wohl besser meine Anwältin an.«

3

»Wo bist du gewesen?« Bonnie bemühte sich nicht, ihren Ärger und ihre Frustration zu verbergen. »Ich habe den halben Nachmittag versucht, dich zu erreichen.«

Diana Perrin starrte ihre Freundin verwundert an. »Ich hatte mit Mandanten zu tun«, antwortete sie ruhig. »Woher sollte ich denn wissen, daß man meine beste Freundin zur Polizei geschleppt hat, um sie in einer Mordsache zu vernehmen?«

»Sie glauben, ich hätte Rods geschiedene Frau umgebracht.«

»Ja, sieht ganz danach aus«, meinte Diana. »Was, zum Teufel, hast du ihnen erzählt?«

»Ich habe nur ihre Fragen beantwortet.«

»Du hast ihre Fragen beantwortet«, wiederholte Diana kopfschüttelnd. Bonnie bemerkte, daß ihr langes dunkles Haar im Nacken zu einem ordentlichen Knoten gesteckt war, wie sich das für eine nüchterne Anwältin gehörte. »Wie oft hast du von mir gehört, daß man ohne einen Anwalt kein Wort mit der Polizei spricht?«

»Aber ich mußte doch mit ihnen sprechen! Ich habe Joan schließlich gefunden.«

»Um so mehr Grund, nichts zu sagen.« Mit einem tiefen Seufzer ließ Diana sich auf den Stuhl fallen, der auf der anderen Seite des Tisches stand.

Sie saßen sich an einem langen Tisch – vielleicht helles Walnußholz, vielleicht dunkle Eiche – in der Mitte eines kleinen, hell erleuchteten, spärlich möblierten Raums gegenüber. Der Linoleumboden war abgetreten, und die grünen Wände hatten dringend einen frischen Anstrich nötig. In die Zimmerdecke versenkt waren Leuchtstoffröhren; die Wände waren kahl; die Holzstühle hatten steife, gerade Lehnen, keine Kissen und waren äußerst unbequem, zweifellos so ausgesucht, damit bei niemandem der Wunsch aufkommen konnte, mehr Zeit als unbedingt nötig auf ihnen zu verbringen. Eine der Innenwände hatte ein Fenster, das einen ungehinderten Blick auf den Dienstraum des kleinen Vorortreviers bot. Es war nicht viel los. Einige Männer und Frauen waren an ihren Schreibtischen beschäftigt und warfen ab und zu einen Blick zu Bonnie hinüber. Seit einer guten halben Stunde hatte sie weder Captain Mahoney noch Detective Kritzic zu Gesicht bekommen.

»Also, was hast du ihnen erzählt?«

Wieder schilderte Bonnie die Ereignisse des frühen Nachmittags und suchte dabei in Dianas gewöhnlich so ausdrucksvollem Gesicht nach Zeichen einer Reaktion. Doch Dianas Gesicht verriet nichts. Ihre kühlen blauen Augen blieben ausdruckslos auf Bonnies Lippen gerichtet, während diese sprach. Was für eine schöne Frau sie ist, dachte Bonnie, die wußte, wie sehr Diana sich bemühte, ihre Schönheit wenigstens bei der Arbeit herunterzuspielen, indem sie kaum Make-up verwendete, streng geschnittene Kostüme und solide Schuhe mit flachen Absätzen trug. Dennoch war unübersehbar, daß Diana Perrin, zweiunddreißig Jahre alt und bereits zweimal geschieden, eine bildschöne Frau war.

»Was starrst du mich so an?« fragte Diana, als sie plötzlich Bonnies Blick bemerkte.

»Du siehst toll aus.«

»Na prächtig«, murmelte Diana. »Das meinten die Bullen wohl, als sie vorhin sagten, deine Reaktionen seien teilweise nicht angemessen gewesen.«

»Glaubst du, die werden mich verhaften?«

»Das bezweifle ich. Sie haben nicht genug Material, und da sie dich nicht auf deine Rechte aufmerksam gemacht haben, können sie nichts, was du ihnen erzählt hast, gegen dich verwenden.«

»Ist das, was ich ihnen erzählt habe, denn wirklich so schlimm?«

»Hm, schauen wir mal, was ich dir dazu sagen kann – unter Berücksichtigung der Tatsache natürlich, daß ich mich in meiner Praxis hauptsächlich mit Wirtschaftsrecht befasse und mit Strafrecht seit meinem Studium nichts mehr zu tun hatte. Also: Die Tote war die geschiedene Frau deines Mannes; ihr hattet nichts miteinander am Hut, trotzdem hast du eingewilligt, dich mit ihr zu treffen und deinem Mann nichts davon zu sagen; du hast dich aus einem Vortrag geschlichen und keinem Menschen etwas darüber gesagt, wohin du wolltest; du hast behauptet, du hättest zur Zeit des Mordes mit deinem Wagen irgendwo im Stau gestanden...«

»Das stimmt auch! Auf dem Massachusetts Turnpike war wegen eines Verkehrsunfalls alles blockiert. Das kann man doch überprüfen.«

»Das werden sie auch tun, das kann ich dir versprechen. Und genauso werden sie bei der Telefongesellschaft deine Anrufe überprüfen, sich bei der Schule nach dir erkundigen und bei den Leuten, die heute morgen an dem Symposion teilgenommen haben, auf dem du gewesen sein willst...«

»Da war ich doch auch, Herrgott noch mal!«

»Sie werden außerdem den Tachostand in deinem Wagen

überprüfen, mit Margaret Palmays Nachbarn sprechen und deinen Anruf beim Notruf bis ins kleinste analysieren.«

»Aber was für ein Motiv sollte ich denn gehabt haben, Joan zu töten?«

Diana hob ihre schmale, wohlgebildete Hand und zählte die Gründe einen nach dem anderen an ihren Fingern ab. »Erstens – sie war die geschiedene Frau deines Mannes. Das könnte einigen als Motiv reichen. Zweitens – sie war eine Nervensäge. Drittens – sie war eine finanzielle Belastung für euch.«

»Aber die können doch nicht im Ernst glauben, ich hätte sie getötet, um Unterhaltszahlungen einzusparen!«

»Es sind schon Menschen für viel weniger getötet worden.«

»Verdammt noch mal, Diana, ich habe sie nicht getötet. Das weißt du doch!«

»Natürlich weiß ich das.« Diana drehte sich plötzlich ruckartig auf ihrem Stuhl herum, als wäre ihr eben eingefallen, daß sie etwas Wichtiges vergessen hatte. »Wo ist eigentlich Rod? Weiß er, was passiert ist?«

»Noch nicht. Ich konnte ihn erst vor zwanzig Minuten erreichen. Ich kann dir nicht sagen, wie fürchterlich das war. Ich konnte keinen Menschen auftreiben. Du warst in irgendwelchen Besprechungen; Rod war bei einem Arbeitsessen. Die einzige, die ich erreicht habe, war Pam Goldenberg.«

»Wer?«

»Ihre Tochter ist mit Amanda zusammen im Kindergarten. Wir wechseln uns immer mit dem Fahren ab. Ich hab' sie gebeten, Amanda bei sich zu behalten, bis ich hier rauskomme.«

»Gut gemacht.«

»War auch an der Zeit.«

Diana griff über den Tisch und tätschelte ihrer Freundin die Hand. »Sei nicht so hart gegen dich selbst, Bonnie. Es kommt schließlich nicht jeden Tag vor, daß man über die tote Ex-Frau des eigenen Ehemanns stolpert.« Sie blickte zur Decke hinauf. »Was meinst du, wie Rod es aufnehmen wird?«

Bonnie zuckte mit den Achseln. »Ich denke, nach dem ersten Schock wird er es ganz gut wegstecken. Aber ich mache mir viel größere Sorgen um Sam und Lauren. Wie sollen die damit fertig werden, daß ihre Mutter ermordet wurde? Wie wird sich das auf sie auswirken?«

Dianas Stimme bekam einen zaghaften Ton. »Heißt das, daß die beiden zu euch ziehen werden?«

Bonnie überlegte. »Gibt es denn eine andere Möglichkeit?«

Sie schloß die Augen und hatte augenblicklich die Bilder der beiden halbwüchsigen Kinder Rods vor sich: Sam, sechzehn Jahre alt, Schüler an der Weston High School, sehr groß und sehr mager, mit schulterlangem Haar, das er sich gerade pechschwarz hatte färben lassen, und einem kleinen goldenen Ring im linken Nasenflügel; Lauren, vierzehn Jahre alt, eine mittelmäßige Schülerin, obwohl sie eine der besten Privatschulen in Newton besuchte, gertenschlank und rehäugig, mit dem dichten, langen roten Haar ihrer Mutter und dem gleichen vollen, sinnlichen Mund.

»Sie hassen mich«, murmelte Bonnie.

»Unsinn, sie hassen dich doch nicht.«

»Doch. Und ihre Halbschwester kennen sie kaum.«

Diana sah zum Innenfenster hinüber. »Da kommt Rod.«

»Gott sei Dank.« Bonnie sprang auf und beobachtete, wie eine junge Frau in zerknitterter blauer Uniform den großen, gutaussehenden Mann, mit dem sie verheiratet war, zu dem kleinen Büro wies. Bonnie lief zur Tür, wollte schon nach dem Knauf greifen und hielt plötzlich inne.

»Das darf doch nicht wahr sein«, sagte Diana und sprach damit Bonnies Gedanken laut aus.

»Ich glaub' es einfach nicht.«

»Was tut die denn hier?«

Die Tür öffnete sich. Rod trat ins Zimmer, während die Frau hinter ihm von einem jungen Mann aufgehalten wurde, der ihr ein Heft oder einen Block zur Unterschrift hinhielt. Schon sammelte sich eine kleine Menschenmenge um sie. Aufgeregtes Getuschel war zu hören. »Ist das nicht Marla Brenzelle?« fragte jemand. »Ist das tatsächlich Marla Brenzelle?«

Marla Brenzelle, daß ich nicht lache, dachte Bonnie. Ich hab' sie in der High School gekannt, als sie noch schlicht und einfach Marlene Brenzel war; bevor sie sich eine neue Nase und einen neuen Busen machen ließ, bevor sie sich ihre Zähne überkronen und ihren Bauch einnähen ließ, bevor sie sich von ihren Oberschenkeln das Fett absaugen und das Haar weizenblond färben ließ. Ich kannte sie schon, als ihr kein Mensch zuhörte außer den Unglücksraben, an die sie sich in den Schulpausen wie eine Klette hängte; ich kannte sie, lange bevor ihr Vater einen Fernsehsender kaufte und sie zum Star ihrer eigenen Talkshow machte. Das einzige, was sich bei Marlene Brenzel seitdem nicht verändert hatte, war ihr Hirn. Es hatte immer noch Spatzenformat.

»Oh, Rod! Ich bin so froh, daß du hier bist.«

»Ich bin gekommen, so schnell es ging. Marla wollte mich unbedingt selbst herfahren.« Rod nahm Bonnie in die Arme. »Was ist denn überhaupt los?«

»Hat man es dir nicht gesagt?« fragte Diana.

»Kein Mensch hat mir etwas gesagt.« Rod drehte sich nach Diana um, offensichtlich erstaunt über ihre Anwesenheit. »Was tust *du* denn hier?«

»Ich habe sie angerufen, als ich dich nicht erreichen konnte«, erklärte Bonnie.

»Ich verstehe nicht.«

»Vielleicht solltest du dich erst mal setzen«, meinte Diana.

»Was ist denn los?«

»Joan ist tot«, sagte Bonnie leise.

»Was?« Rod umfaßte mit beiden Händen eine Stuhllehne, als brauchte er Halt.

»Sie ist ermordet worden.«

Rods normalerweise schon blasses Gesicht wurde noch eine Spur blasser.

»Sie ist ermordet worden? Das ist doch unmöglich. Wie... wer...?«

»So wie es aussah, ist sie erschossen worden. Sie wissen nicht, wer es getan hat.«

Rod brauchte einen Moment, um ihre Worte zu verdauen. »Was soll das heißen, so wie es aussieht, ist sie erschossen worden? Woher weißt du denn, wie es aussah?«

»Ich war dort«, antwortete Bonnie. »Ich habe sie gefunden.«

»Was? Du hast sie gefunden? Wieso?« Rods Stimme drang bis in den Dienstraum hinaus, der Ton fassungsloser Verwirrung erregte die Aufmerksamkeit der ehemaligen Marlene Brenzel, die ihre Autogrammstunde abrupt unterbrach, um zu ihm zu eilen.

»Ich will sie hier drinnen nicht haben«, sagte Bonnie.

Rod trat hastig in den Dienstraum hinaus, hielt Marla auf, indem er ihr die Hand auf die Schulter legte und sich zu ihr neigte, um ihr etwas ins Ohr zu flüstern. Bonnie sah, wie in den Augen der Frau Überraschung aufblitzte, obwohl in ihrem Gesicht kein Muskel zuckte. Die sind wahrscheinlich alle festgenäht, dachte Bonnie.

»Die hat so viele Schönheitsoperationen hinter sich, daß sie aussieht wie ein Fleckenteppich«, murmelte Diana. »Ihr Kinn ist so spitz, daß sie damit jemanden erstechen könnte.«

Bonnie mußte sich auf die Unterlippe beißen, um nicht zu lachen. Dann kam Rod wieder ins Zimmer, und das aufquellende Gelächter erstarb ihr in der Kehle.

Er hatte schon Mitte zwanzig die ersten grauen Haare gehabt, und war jetzt, Anfang vierzig, beinahe ganz ergraut. Doch ihn ließ das graue Haar jünger erscheinen; es betonte das dunkle Braun seiner Augen und verlieh den harten Kanten seines Gesichts – der langen Nase, dem eckigen Kinn – eine schmeichelnde Weichheit.

»Wissen es die Kinder schon?« fragte er.

»Noch nicht.« Bonnie ging zu ihm und schob ihren Arm unter den seinen.

»Was soll ich ihnen sagen?«

»Vielleicht kann ich Ihnen behilflich sein.« Captain Mahoney löste sich aus dem Menschenknäuel, das Marla Brenzelle umringte, trat in den kleinen Vernehmungsraum und schloß die Tür hinter sich. »Ich bin Captain Randall Mahoney von der hiesigen Kriminalpolizei. Detective Kritzic und ich haben Ihre Frau hierhergebracht.«

»Würden Sie mir bitte erklären, was eigentlich geschehen ist.«

Bonnie beobachtete ihren Mann, wie er dem Bericht des Captain zuhörte: Seine breiten Schultern krümmten sich schlaff nach vorn, als ihm bestätigt wurde, daß seine geschiedene Frau in der Tat erschossen worden war; seine Hände sanken wie leblos an seinen Seiten herab, als er erfuhr, daß Bonnie sich an diesem Morgen zu einem Zusammentreffen mit Joan bereit erklärt hatte, ohne ihm etwas davon zu sagen; und er schüttelte abwehrend den Kopf, als der Captain ihm sagte, daß Bonnie selbst die Polizei gerufen und dann jede weitere Kooperation mit der Begründung verweigert hatte, sie wolle erst mit ihrer Anwältin sprechen.

»Sie ist Wirtschaftsanwältin, Herrgott noch mal«, flüsterte Rod, ohne auch nur den Versuch zu machen, seine eingefleischte Abneigung gegen Diana zu verbergen. »Warum hast du sie angerufen?«

»Weil ich dich nicht erreichen konnte. Und ich wußte nicht, wen ich sonst anrufen sollte.«

Rod wandte sich wieder an Captain Mahoney. »Aber Sie werden doch meine Frau nicht verdächtigen«, sagte er herausfordernd.

»Im Augenblick geht es uns lediglich darum, Informationen zu sammeln«, antwortete Mahoney.

Bonnie hörte einen neuen Unterton in der Stimme des Polizeibeamten, einen feinen Anflug von Verständnisinnigkeit, als wollte er zu ihrem Mann sagen: Wir sind beide Männer; wir wissen doch, wie so etwas funktioniert; wir lassen uns nicht von unseren Emotionen hinreißen; jetzt, da Sie hier sind, wird es uns vielleicht endlich gelingen, Fortschritte zu machen.

»Haben Sie etwas dagegen, wenn wir Ihnen einige Fragen stellen?« fragte Mahoney, als Detective Kritzic die Tür öffnete und ins Zimmer trat.

»Da ist vielleicht etwas los«, murmelte sie, offensichtlich ziemlich erhitzt von ihrem flüchtigen Zusammentreffen mit der Prominenz.

»Mr. Wheeler, das ist Detective Natalie Kritzic.«

Natalie Kritzic nickte etwas verlegen und versuchte, ein unterschriebenes Foto Marla Brenzelles hinter ihrem Rücken zu verstecken. »Ich habe gehört, Sie sind ihr Regisseur«, sagte sie. »Ich bin ein großer Fan der Sendung.«

Na reizend, dachte Bonnie.

Rod nahm das Kompliment mit einem Lächeln entgegen. »Wenn ich Ihnen in irgendeiner Weise helfen kann, bin ich natürlich gern bereit...«

»Sie sind der geschiedene Mann von Joan Wheeler?« fragte Mahoney.

»Ja.«

»Darf ich fragen, wie lange Sie verheiratet waren?«

»Neun Jahre.«

»Und wann haben Sie sich scheiden lassen?«

»Vor sieben Jahren.«

»Kinder?«

»Ein Junge und ein Mädchen.« Er sah Bonnie hilfesuchend an.

»Sam ist sechzehn, und Lauren ist vierzehn«, bemerkte sie.

Rod nickte. Schweigend sahen sie zu, wie Randall Mahoney sich diese Informationen notierte.

»Wissen Sie etwas darüber, ob Ihre geschiedene Frau Feinde hatte, Mr. Wheeler?«

Rod zuckte mit den Achseln. »Meine geschiedene Frau war nicht besonders diplomatisch, Captain. Sie hatte nicht viele Freunde. Aber Feinde – das kann ich wirklich nicht sagen.«

»Wann haben Sie Ihre geschiedene Frau das letzte Mal gesehen, Mr. Wheeler?«

Rod mußte einen Moment überlegen. »Zu Weihnachten wahrscheinlich, als ich die Geschenke für die Kinder hinüberbrachte.«

»Und wann haben Sie das letzte Mal mit ihr telefoniert?«

»Daran kann ich mich nicht erinnern.«

»Aber wie Ihre Frau uns sagte, hat sie häufig bei Ihnen zu Hause angerufen.«

»Meine geschiedene Frau war Alkoholikerin, Captain Mahoney«, sagte Rod, als erklärte das alles.

»Standen Sie mit Ihrer geschiedenen Frau auf freundschaftlichem Fuß, Mr. Wheeler?«

»Beantworte das nicht«, riet Diana von der anderen Seite des Zimmers. Ihre Stimme war ruhig, aber dennoch energisch. »Das ist hier nicht von Bedeutung.«

»Ich habe kein Problem damit, diese Frage zu beantworten«, sagte Rod knapp in Dianas Richtung. »Nein, natürlich standen wir nicht auf freundschaftlichem Fuß. Sie war total übergeschnappt.«

»Glänzende Antwort«, hörte Bonnie Diana nicht gerade leise vor sich hin murmeln. Diana hob abwehrend die Hände und verdrehte die Augen.

Mahoney gestattete sich ein dünnes Lächeln. »Wie Ihre Frau uns berichtete, wurde sie von Ihrer geschiedenen Frau heute morgen angerufen und vor irgendeiner Gefahr gewarnt. Haben Sie eine Ahnung, was Ihre Ex-Frau damit gemeint haben könnte?«

»Joan hat gesagt, du wärst in Gefahr?« fragte Rod an Bonnie gewandt. Seine Stimme drückte die gleiche Ungläubigkeit aus wie sein gutaussehendes Gesicht. Mit einer Hand rieb er sich die Stirn, bis sie rosig wurde. »Nein, ich habe keine Ahnung, was sie damit gemeint haben könnte.«

»Wer würde vom Tod Ihrer geschiedenen Frau profitieren, Mr. Wheeler?«

Rods Blick wanderte langsam von Mahoney zu Bonnie, dann wieder zurück zu dem Polizeibeamten. »Ich verstehe die Frage nicht.«

»Ich rate dir, sie nicht zu beantworten«, unterbrach Diana erneut.

»Worauf wollen Sie hinaus?« fragte Rod ungeduldig, wobei schwer zu sagen war, ob seine Ungeduld sich gegen den Polizeibeamten oder gegen Diana richtete.

»Hat Ihre geschiedene Frau eine Lebensversicherung? Hat Ihre geschiedene Frau ein Testament gemacht?«

»Ich weiß nicht, ob sie ein Testament gemacht hat«, antwortete Rod, jedes Wort langsam und überlegt aussprechend. »Ich weiß, daß sie eine Lebensversicherung hatte, weil ich selbst die Prämien bezahlt habe. Das war Teil unserer Scheidungsvereinbarung«, fügte er erklärend hinzu.

»Und wer ist der Begünstigte dieser Lebensversicherung?« fragte Mahoney.

»Ihre Kinder. Und ich«, antwortete Rod.

»Und wie hoch ist die Versicherung?«

»Zweihundertfünfzigtausend Dollar«, gab Rod zurück.

»Und wem gehört das Haus in der Exeter Street 13? Auf wessen Namen ist es eingetragen?«

»Auf unser beider Namen.« Rod schwieg einen Moment und räusperte sich. »Gemäß unserer Scheidungsvereinbarung hatte sie das Recht gehabt, in dem Haus zu leben, solange die Kinder noch zur Schule gehen. Danach hätte sie es verkaufen müssen, und wir hätten den Erlös geteilt.«

»Wieviel ist das Haus Ihrer Meinung nach heute wert, Mr. Wheeler?«

»Da habe ich wirklich keine Ahnung. Joan war die Immobilienmaklerin.« Rods Gesicht hatte einen gereizten Ausdruck. »Ich denke, das reicht jetzt. Ich würde gern mit meiner Frau nach Hause fahren.«

»Wo waren Sie heute, Mr. Wheeler?«

»Pardon?« Rods Gesicht lief plötzlich rot an.

»Ich muß das fragen«, erklärte Mahoney beinahe entschuldigend.

»Aber er muß die Frage nicht beantworten«, warf Diana ein.

»Ich war im Studio«, antwortete Rod hastig.

Wieder verdrehte Diana die Augen zur Decke.

»Den ganzen Tag?«

»Selbstverständlich.«

Bonnie war plötzlich verwirrt. Wenn er den ganzen Tag im Studio gewesen war, wieso hatte sie ihn dann nicht erreichen können, als sie angerufen hatte?

»Ihre Frau hat über eine Stunde lang versucht, Sie zu erreichen, Mr. Wheeler«, sagte Mahoney, als hätte er Bonnies Gedanken gelesen.

»Ich habe mir mittags ein paar Stunden freigenommen«, erklärte Rod.

»Da haben Sie doch gewiß Zeugen…«

Rod atmete einmal tief durch und gab ein Geräusch von sich, das halb wie ein Lachen, halb wie ein Seufzen klang. »Nein, Zeugen habe ich keine. Ich habe das Mittagessen nämlich ausfallen lassen. Ich hab' in der Zentrale zwar hinterlassen, daß ich zum Mittagessen gehen würde und nicht erreichbar wäre, tatsächlich habe ich mich aber in meinem Büro ein paar Stunden hingelegt. Wir sind in der vergangenen Nacht kaum zum Schlafen gekommen. Unsere kleine Tochter hat uns auf Trab gehalten. Sie hatte einen Alptraum.«

Bonnie nickte bestätigend.

»Es hat Sie also niemand gesehen?«

»Erst nach zwei Uhr, da mußte ich zu einer Besprechung. Hören Sie«, fuhr er unaufgefordert fort, »ich war vielleicht nicht gerade ein begeisterter Fan meiner geschiedenen Frau, aber ich habe ihr ganz gewiß nichts Böses gewünscht. Ich finde es grauenhaft, daß ihr so etwas zustoßen mußte.« Er drückte Bonnie fest an sich. »Das geht uns beiden so.«

Danach folgte eine lange Pause des Schweigens. Aus dem Dienstraum nebenan war Marla Brenzelles zwitscherndes Gelächter zu hören. Sie zieht da draußen die große Schau ab, dachte Bonnie, während sie die Frau beobachtete, die in ihrem leuchtendgelben Valentino-Kostüm hüftschwenkend umherstolzierte und ihren sie bewundernden Fans ein imaginäres Mikrofon unter die Nasen hielt.

»Ich denke, das ist im Augenblick alles«, sagte Mahoney. »Wir werden aber sicher noch einmal mit Ihnen sprechen müssen.«

»Wir sind jederzeit für Sie da«, erwiderte Rod, aber es klang nicht mehr so aufrichtig wie zu Beginn der Vernehmung.

»Wir müssen auch mit Sam und Lauren sprechen«, fügte Detective Kritzic hinzu.

Rod sah sie bestürzt an. »Sam und Lauren? Warum?«

»Sie haben mit ihrer Mutter zusammengelebt«, erklärte Detective Kritzic. »Es könnte sein, daß sie uns bei der Frage, wer ihre Mutter getötet hat, weiterhelfen können.«

Rod nickte. »Kann ich vorher selbst mit ihnen sprechen? Ich glaube, es wäre besser, wenn ich ihnen sage, was geschehen ist.«

»Aber natürlich«, antwortete Mahoney. »Jetzt hätten wir nur noch gern Ihre Genehmigung, das Haus durchsuchen zu dürfen. Es könnte ja sein, daß es dort irgendwelche Hinweise gibt.«

Rod nickte. »Jederzeit.«

»Gut, wir kommen dann in ein paar Stunden vorbei. Ich wäre Ihnen verbunden, wenn Sie bis dahin nichts im Haus verändern würden. Wenn Ihre Kinder etwas wissen oder Ihnen noch etwas einfallen sollte, das uns weiterhelfen könnte, rufen Sie uns bitte unverzüglich an.«

»In Ordnung.«

Rod drückte Bonnies Schulter und führte sie zur Tür.

»Ach, übrigens«, sagte Mahoney, als sie hinausgehen wollten, »besitzen Sie oder Ihre Frau eine Schußwaffe?«

»Eine Schußwaffe?« Rod schüttelte den Kopf. »Nein«, antwortete er und legte ein Maß an Entrüstung in dieses eine Wort, das für mehrere Sätze ausgereicht hätte.

»Ich danke Ihnen«, sagte Mahoney, während Marla Brenzelle sich von ihren Fans losriß und ihnen mit theatralisch ausgebreiteten Armen entgegeneilte. »Wir sehen uns dann später.«

Und wie ich mich darauf freue, dachte Bonnie, als die ehemalige Marlene Brenzel sie mit filmreifer Geste in ihre Arme schloß.

4

Mit dem Auto ist Newton von Boston aus innerhalb von Minuten zu erreichen. Der Vorort zählt knapp dreiundachtzigtausend Einwohner und besteht aus vierzehn sehr unterschiedlichen Dörfern, mit Oak Hill im Südosten und Auburndale im Nordwesten. Joan Wheeler und ihre Kinder wohnten in West Newton Hill, dem exklusivsten Teil der Gemeinde.

Das Haus in der Exeter Street 13 war groß und im Tudor-Stil gebaut. Mehrere Jahre zuvor hatte Joan die ganze Fassade, auch Fenster und Türrahmen, in einem grünlichen Beigeton streichen und die vorderen Fenster im Erdgeschoß mit Buntglasscheiben versehen lassen. Infolgedessen machte das Haus jetzt den Eindruck, als könnte es sich nicht entscheiden, was es eigentlich sein wollte – Wohnhaus oder Kathedrale. Die bunten Fenster waren primitiv und rätselhaft: ein Mann in langen wallenden Gewändern, zu dessen Füßen ein Hund spielte; eine modern gekleidete Frau, die einen Wasserkrug auf dem Kopf balancierte; ein Sämann bei der Bestellung seines Landes; zwei dickliche Kinder, die an einem Wasserfall spielten.

Rod nahm seinen Kopf in die Hände, als Bonnie ihren Wagen in die Einfahrt lenkte.

»Geht's dir nicht gut?« fragte Bonnie.

Rod richtete sich auf und lehnte seinen Kopf an die Kopfstütze. »Ich kann einfach nicht glauben, daß sie tot ist. Sie war immer so unglaublich vital.« Er blickte zur Haustür hinüber. »Mir graut davor, da reinzugehen. Ich weiß nicht, wie ich es ihnen beibringen soll… was ich sagen soll, um es ihnen leichter zu machen…«

»Du wirst schon die richtigen Worte finden«, sagte Bonnie zuversichtlich. »Und du weißt, ich werde alles tun, was in meiner Macht steht, um ihnen zu helfen.«

Rod nickte schweigend, öffnete die Autotür und stieg aus. Dunkle Regenwolken hingen am Himmel.

»April ist der grausamste Monat«, deklamierte Bonnie lautlos, sich eines Gedichts von T. S. Eliot erinnernd, und schob ihre Hand in die ihres Mannes, als sie langsam und ernst den Weg hinaufgingen.

Vor der großen Flügeltür aus Holz blieb Rod stehen, kramte in seiner Tasche nach den Schlüsseln.

»Du hast Schlüssel?« fragte Bonnie überrascht.

Rod stieß die Tür auf. »Hallo!« rief er, als sie eintraten. »Ist jemand zu Hause?«

Bonnie sah auf ihre Uhr. Es war fast halb fünf.

»Hallo!« rief Rod wieder, und Bonnie ging ein paar zaghafte Schritte nach rechts, zum Wohnzimmer.

Die Wände des Raumes waren mit einem blaßblauen, in sich gemusterten Satin bespannt. Stilmöbel, ein Sofa mit altrosa Seidenbezug und zwei blaugoldene Sessel, standen vor einem großen offenen Kamin, mehrere offensichtlich teure, indische Teppiche lagen wie achtlos hingeworfen auf dem dunklen Parkettboden. An den Wänden hingen Kohlezeichnungen in schlichten Rahmen: eine Frau, die ein junges Mädchen an sich drückte; zwei Frauen mittleren Alters, die wie hingegossen in der Nachmittagssonne lagen; zwei alte Frauen beim Nähen.

»Die sind wirklich schön«, sagte Bonnie, den Blick auf die Zeichnungen gerichtet.

Auf dem Weg durch das Eßzimmer strich sie mit der Hand

über den langen, schmalen Eichentisch, der, von hochlehnigen Stühlen mit rostroten Ledersitzen umrahmt, die Mitte des Raumes einnahm.

Die Küche war ganz hinten, ein riesiger Raum, der sich über die ganze Breite des Hauses erstreckte. Der Boden war aus gebleichten Eichendielen, die Schränke hoben sich in dunklem Burgunderrot von den weißen Wänden ab. Die ganze Rückwand war verglast und bot Blick auf einen geschmackvoll angelegten Garten. Alles war, genau wie im Wohn- und Eßzimmer, blitzsauber und ordentlich aufgeräumt. Ganz im Unterschied zu meiner eigenen Küche, dachte Bonnie. Keine klebrigen Stellen auf dem Fußboden, keine getrockneten Soßenspritzer an den Wänden, keine Fingerabdrücke auf dem großen Glastisch. Kaum vorstellbar, daß in diesem Haus eine Frau mit zwei halbwüchsigen Kindern lebte. Sie ging durch eine zweite Tür auf der anderen Seite der Küche und kehrte zum Eingang zurück.

»Rod?« rief sie auf der Suche nach ihrem Mann.

»Ich bin hier drüben.«

Bonnie folgte dem Klang seiner Stimme in den kleinen Raum links neben der Haustür. Rod stand hinter einem vergoldeten Sekretär, in der rechten Hand einen großen Briefbeschwerer aus Kristall. Eingebaute Bücherregale nahmen drei Wände ein; ein burgunderrotes Ledersofa stand an der vierten, mit einem ovalen Teppich davor.

»Das war immer mein Lieblingszimmer«, sagte Rod. Sein Blick schien in weite Fernen gerichtet.

»Hier ist alles so sauber«, wunderte sich Bonnie. »Es ist fast gespenstisch.«

»Seit wann ist Sauberkeit etwas Gespenstisches?«

»Seit wir Amanda haben.« Bonnie hörte plötzlich Schritte im oberen Stockwerk. Rasch ging sie wieder hinaus, und Rod folgte ihr.

»Wer ist da?« Die Stimme klang dünn und zaghaft. »Mama? Bist du das? Hast du Besuch?«

»Lauren?« antwortete Rod und ging zur Treppe. »Lauren, ich bin's, dein Vater.«

Schweigen folgte. Bonnie wartete neben Rod am Fuß der Treppe. Was würde er seiner Tochter sagen? Wie würde er der Vierzehnjährigen beibringen, daß ihre Mutter tot war, daß man sie ermordet hatte?

»Lauren, kannst du einen Moment herunterkommen?« sagte er. »Ich muß mit dir sprechen.«

Oben am Treppengeländer erschien ein blasses, mißtrauisches Gesicht. Mit großen Augen, die Lippen leicht geöffnet, sah Lauren herunter. Ihre Hände lagen fest auf dem Treppengeländer. Ein paar Sekunden lang blieb sie unschlüssig oben stehen, ehe sie sich dazu entschied, nach unten zu gehen. Sehr langsam, sehr vorsichtig stieg sie eine Stufe nach der anderen hinunter, sah dabei beharrlich auf ihre Füße und vermied jeden Blickkontakt mit ihrem Vater oder dessen Frau.

Sie trug die grüne Schuluniform der Schülerinnen der Bishop Privatschule für Mädchen: grüner Faltenrock, passende Kniestrümpfe; cremefarbene, langärmelige Bluse; grün-gold gestreifte Krawatte; schwarze Schnürschuhe. Ihr langes rotes Haar war mit einem grünen Band zum Pferdeschwanz zusammengenommen. Die scheußlichste Schuluniform, die man für teures Geld kaufen kann, dachte Bonnie, die genau wußte, welche Wahnsinnsbeträge Rod jedes Jahr an Schulgeld zu zahlen hatte. Auch dies war ein Teil der Scheidungsvereinbarung.

»Hallo, Lauren«, sagte sie, und zum ersten Mal fiel ihr auf, wie stark die Ähnlichkeit zwischen Lauren und Amanda war, wie ausgeprägt das Erbe des Vaters in beiden Gesichtern war.

»Hallo, Schatz«, sagte Rod.

»Hallo, Daddy«, antwortete Lauren, als hätte Bonnie nichts gesagt, als wäre sie gar nicht vorhanden. »Was tust du denn hier?«

»Ich wollte euch besuchen«, antwortete Rod.

»Wieso?«

»Wo ist denn dein Bruder?« fragte er.

Lauren zuckte mit den Achseln. »Irgendwo unterwegs. Die haben heute Fortbildungstag in der Schule.« Ihr Blick flog zur Haustür. »Mama hat sich anscheinend verspätet«, sagte sie. »Sonst ist sie immer hier, wenn ich von der Schule heimkomme.«

»Hast du eine Ahnung, wann Sam nach Hause kommt?« fragte Rod.

»Nein. Wieso? Ist was?«

»Vielleicht sollten wir uns erst mal setzen«, begann Bonnie und brach ab, als sie merkte, daß niemand ihr zuhörte.

»Was ist los?« fragte Lauren, und Furcht trübte ihre großen, lichtbraunen Augen.

»Es hat einen Unfall gegeben«, begann Rod.

»Einen Unfall? Was für einen Unfall?« Lauren schüttelte schon den Kopf, als wollte sie die Realität dessen, was sie gleich hören würde, verleugnen.

»Deiner Mutter ist etwas passiert«, sagte Rod behutsam.

»Hat sie einen Autounfall gehabt? Liegt sie im Krankenhaus? In welches Krankenhaus haben sie sie gebracht?« Die Fragen überstürzten sich.

»Lauren, Liebes«, begann Rod, geriet ins Stocken, warf Bonnie einen hilfeflehenden Blick zu.

Bonnie holte tief Atem. »Lauren«, sagte sie, »es tut uns so leid, dir das sagen zu müssen ...«

»Ich spreche mit meinem Vater«, unterbrach das Mädchen scharf.

Die Zurückweisung traf Bonnie wie ein körperlicher Schlag. Sie hielt sich am Geländer fest und ließ sich langsam hinunter, bis sich auf einer der unteren Stufen Platz fand.

»Was ist mit meiner Mutter?« fragte Lauren ihren Vater.

»Sie ist tot«, antwortete er ohne Umschweife.

Mehrere Sekunden lang sagte Lauren gar nichts. Bonnie wäre gern zu ihr gegangen und hätte sie in die Arme genommen, um ihr zu sagen, daß sie keine Angst zu haben brauche, daß sie sich um sie kümmern würden, daß sie sie wie ein eigenes Kind lieben und alles gut werden würde; aber es war, als lägen Laurens Hände auf ihren Schultern und drückten sie nieder und sträubten sich gegen jeden Trost von ihr.

»Sie ist immer wie eine Verrückte gefahren«, flüsterte Lauren. »Ich hab' ihr so oft gesagt, sie soll langsam fahren, aber sie hat's nie getan, und dauernd hat sie alle anderen auf der Straße angebrüllt und beschimpft. Du hättest sie hören sollen. Ich hab' immer gesagt, sie soll sich abregen, daß man gegen den Verkehr nun mal nichts tun kann, aber...«

»Es war kein Autounfall«, unterbrach Rod.

»Was?« Lauren war plötzlich wie erstarrt. »Was ist passiert?« fragte sie schließlich.

»Sie ist erschossen worden«, antwortete Rod.

»Erschossen?« Laurens Blick flog wie gehetzt durch das Zimmer, traf flüchtig mit dem Bonnies zusammen, schweifte sofort wieder ab. »Du meinst, sie ist ermordet worden?«

»Die Polizei ist noch nicht sicher, was eigentlich passiert ist«, gab Rod ausweichend zurück.

»Die Polizei?«

»Ja. Sie werden bald hier sein«, sagte Rod.

»Meine Mutter ist ermordet worden?« fragte Lauren wieder.

»Es sieht so aus.«

Zielstrebig ging Lauren plötzlich zur Haustür. Bonnie stand auf. Wohin wollte das Mädchen? Doch an der Tür drehte Lauren um und ging mit gleichermaßen zielstrebigem Schritt den Weg wieder zurück. Sie schien, soweit Bonnie erkennen konnte, kein anderes Ziel zu haben, als in Bewegung zu bleiben. Aber vielleicht war das Ziel genug.

»Wer war es?« fragte Lauren. »Wissen sie schon, wer...?«

Rod schüttelte den Kopf.

»Und wo ist es passiert? Wo war es?«

»In der Lombard Street. Deine Mutter war zu einer öffentlichen Hausbesichtigung dort.«

Lauren begann zu weinen. Mit raschem Schritt ging sie wieder zur Haustür zurück, machte auf dem dicken Absatz ihres schwarzen Schnürschuhs kehrt und marschierte wieder zur Mitte des Raumes.

»Woher weißt du das?« fragte sie plötzlich. »Ich meine, wieso hat die Polizei mit dir gesprochen und nicht mit mir und Sam?«

»Weil ich sie gefunden habe«, erklärte Bonnie nach einer kurzen Pause.

Es war, als hätte plötzlich jemand die Zeit angehalten. Als wäre all das, dachte Bonnie später, was in diesem Moment geschah, in Wirklichkeit schon vor langer Zeit und irgendwo, an einem fernen Ort geschehen, und als sähen sie nur die Wiederholung der ganzen schrecklichen Szene auf einem von Rods Fernsehmonitoren, alles im Zeitlupentempo und irgendwie nicht ganz synchron: Bild um Bild drehte Lauren den Kopf nach Bonnie, ihr Pferdeschwanz hob sich träge in die Luft, schlug in einer Folge übertrieben wirkender Federbewegungen gegen ihre rechte Schulter, während unter stark geweiteten Pupillen Tränen von den Unterlidern der Augen rollten, die Hände zu Klauen gekrümmt in die Luft gegriffen und ihr Mund sich zu einem lautlosen Schrei geöffnet.

Chaos folgte, als die Szene plötzlich wieder in den Fluß der Gegenwart gerissen wurde und mit rasender Geschwindigkeit ablief. Entsetzt sah Bonnie, wie Lauren durch den Raum flog und sich auf sie stürzte. Ihre Fäuste trafen Bonnies Brust und Gesicht, ihre Füße traten nach ihren Beinen. Der Angriff kam so plötzlich, war so erschreckend und unerwartet, daß Bonnie keine Zeit blieb, sich gegen die Schläge zu wehren. Auf einmal schrien alle zugleich.

»Lauren, um Gottes willen!« brüllte Rod, während er versuchte, seine Tochter von Bonnie wegzureißen.

»Was soll das heißen, du hast sie gefunden?« rief Lauren weinend. »Was soll das heißen?«

»Lauren, bitte«, begann Bonnie, aber da traf Laurens linke

Faust ihren Mund. Bonnie taumelte rückwärts, gegen die Treppe, und schmeckte zum zweiten Mal an diesem Tag Blut, diesmal allerdings ihr eigenes.

»Lauren, Herrgott noch mal, hör auf!« Rod schaffte es endlich, seine Tochter um die Taille zu fassen und sie, immer noch tretend und laut schreiend, von Bonnie wegzuziehen. »Was ist denn in dich gefahren?« fuhr er sie zornig an. »Was soll das?«

»Sie hat sie umgebracht!« schrie Lauren. Ihr Haar hatte sich aus dem grünen Band gelöst und flog in langen Strähnen um ihren Kopf, von denen einige an ihren tränenfeuchten Wangen haften blieben. »Sie hat meine Mutter umgebracht!« Wieder versuchte Lauren, sich auf Bonnie zu stürzen.

»Sie hat sie nicht umgebracht, Herrgott noch mal!« rief Rod, sie zurückhaltend.

»Ach, sie hat sie wohl nur ganz zufällig gefunden?« fragte Lauren aufgebracht. »Willst du behaupten, daß sie sie nur ganz zufällig gefunden hat?«

Der ganze Raum drehte sich um Bonnie, sie drückte die Augen zu, als könnte sie so Laurens nächstem Angriff entgehen; in ihren Ohren dröhnten die schrecklichen Dinge, die Lauren schrie. Ihr Unterkiefer tat weh. Ihre Unterlippe war aufgeplatzt und brannte. Ihre Arme und Beine waren zweifellos von blauen Flekken übersät oder würde es sein, bis die Polizei eintraf. Wenn das kein gefundenes Fressen für sie war!

»Lauren«, sagte Bonnie leise, und jedes Wort war eine Qual, »du mußt doch wissen, daß ich mit dem Tod deiner Mutter nichts zu tun habe.«

»Was hast du dann bei der Hausbesichtigung zu suchen gehabt? Willst du vielleicht behaupten, du wärst nur zufällig vorbeigekommen? Und hättest sie nur zufällig gefunden?«

»Deine Mutter hat mich angerufen«, begann Bonnie. Dann brach sie in Tränen aus und schlug die Hände vor ihr Gesicht. Sie konnte es nicht mehr erzählen. Nicht ein einziges Mal mehr konnte sie die Ereignisse dieses Morgens schildern.

»Gehen wir doch ins Wohnzimmer«, schlug Rod beschwichtigend vor. »Setzen wir uns hin und versuchen wir, ruhig und vernünftig miteinander zu reden.«

»Ich gehe in mein Zimmer«, erklärte Lauren brüsk und entwand sich den Armen ihres Vaters.

Bonnie fuhr instinktiv zurück, als Lauren sich näherte, und hob die Hände, um ihr Gesicht vor weiteren Schlägen zu schützen. Doch Lauren lief an ihr vorbei und rannte in ihren schweren schwarzen Schnürschuhen polternd die Treppe hinauf. Eine Sekunde später flog oben eine Tür zu.

Rod war augenblicklich an Bonnies Seite. Behutsam schob er ihr das Haar aus den Augen und küßte das Blut an ihrem Mundwinkel weg. »Ach, du mein Armes. Es tut mir so leid. Ist alles in Ordnung?«

»Mein Gott«, murmelte Bonnie. »Sie haßt mich wirklich.«

An der Haustür hörten sie plötzlich Geräusche, Füße scharren, Gelächter, das Knirschen eines Schlüssels, der sich im Schloß drehte. Sam, dachte Bonnie und erstarrte automatisch. Wappne dich für die zweite Runde!

5

Die Tür flog auf, und Sam Wheeler, groß und schlaksig, kam mit lässigem Schritt herein. Offene Khakijacke über einem Tarnhemd aus Militärbeständen, darunter ein olivgrünes T-Shirt, und das Ganze hing schlabbrig über einer verblichenen, ausgebeulten braunen Hose. An den Füßen hatte er teure Basketballstiefel einer bekannten Marke, deren Schnürsenkel offen waren und ihm wie dünne Schlangen um die Füße hingen. Sein Haar war ungekämmt und so schwarz, daß es einen Stich ins Bläuliche hatte und die natürliche Farbe seiner Augen völlig auslöschte. Wie zwei leere Höhlen lagen sie unter ungewöhnlich langen Wimpern. Ein kleiner goldener Ring glänzte in seinem linken Nasenflügel.

Sam folgte ein zweiter Junge, nicht so groß, etwas muskulöser, mit einer ganzen Serie von Tätowierungen auf den nackten Armen. Langes braunes Haar umrahmte ein unleugbar hübsches Gesicht, das jedoch einen Zug höhnischer Unverschämtheit hatte, die sich sowohl in seinen grauen Augen als auch in seiner Haltung ausdrückte. Er trug ein schwarzes T-Shirt über schwarzen Jeans und schwarze, sehr spitze Lederstiefel. Der süßliche Geruch von Marihuana umhüllte ihn wie der Duft eines aufdringlichen Toilettenwassers, sein Markenzeichen, wie Bonnie wußte. Haze nannten sie ihn alle, weil er praktisch immer in benebeltem Zustand herumlief. Ihr Blick flog hastig zwischen den beiden halbwüchsigen Jungen hin und her.

»Was gibt's?« fragte Sam statt einer Begrüßung, obwohl weder sein Gesicht noch seine Stimme Überraschung darüber zeigte, sie hier zu sehen.

»Hallo, Mrs. Wheeler«, sagte Haze, und sein Blick richtete sich auf ihre geplatzte Lippe wie das Auge einer Kamera. »Was haben Sie denn mit Ihrem Gesicht gemacht?«

»Meine Frau hatte einen kleinen Unfall«, erklärte Rod hastig.

Hatte er nicht dasselbe Wort benutzt, um seiner Tochter den Tod ihrer Mutter zu beschreiben? Bonnie fand die Wortwohl interessant; sie sprach jeden von jeglicher Schuld frei.

»Ist das dein Auto draußen in der Einfahrt?« fragte Sam Bonnie, ohne der Bemerkung seines Vaters Beachtung zu schenken.

Bonnie nickte. »Wir müssen mit dir sprechen, Sam«, sagte sie.

Sam zuckte mit den Achseln. Dann rede, sagte die Geste.

»Es wäre vielleicht besser, wenn wir uns allein unterhalten könnten.« Rod warf einen Blick auf Haze.

»Vielleicht aber auch nicht«, entgegnete Sam.

Haze lachte leise.

»Das ist Harold Gleason«, stellte Bonnie den Jungen ihrem Mann vor. »Er ist in einer meiner Klassen.« Er stört den Unterricht, er macht niemals seine Aufgaben, er wird dieses Jahr durchfallen, hätte sie hinzufügen können, tat es aber nicht. »Alle nennen ihn Haze.«

»Schaut aus, als hätt' Ihnen jemand eins auf die Lippe gegeben, Mrs. Wheeler«, stellte Haze fest und trat, ohne sich um Rod zu kümmern, einen Schritt näher an Bonnie heran. Der Geruch des Marihuanas wehte ihr aus seinem Haar und seinen Kleidern entgegen. »Hm, ja«, stellte er fest. »Schaut ganz so aus, als hätt' Ihnen jemand eine verpaßt, Mrs. Wheeler.«

»Sam, die Sache ist wichtig«, sagte Rod ungeduldig.

»Bitte, ich höre.«

»Deiner Mutter ist etwas zugestoßen«, begann Rod. Dann brach er ab und blickte zur Treppe.

Sams Blick folgte dem seines Vaters. »Was ist denn passiert? War sie betrunken und ist aus dem Bett gefallen? Hat sie dich angerufen, daß du rüberkommen sollst? Seid ihr deshalb hier?«

»Deine Mutter ist tot, Sam«, sagte Rod leise.

Es wurde ganz still. Bonnie beobachtete Sams Gesicht, suchte nach einem Zeichen dafür, was er vielleicht empfand, aber seine Züge blieben völlig ausdruckslos, verrieten nichts von dem, was hinter diesen leeren schwarzen Augen vorging.

»Mann, wie ist das denn passiert?« fragte Haze.

»Sie ist erschossen worden«, antwortete Bonnie, den Blick immer noch forschend auf Sams Gesicht gerichtet. Doch es zeigte keine Reaktion. Keine Träne blitzte in seinen Augen, kein Muskel zuckte. »Ich habe sie gefunden«, fuhr sie fort und trat automatisch einen Schritt zurück, wobei sie schützend den Handrükken auf ihren Mund legte.

Noch immer keine Reaktion.

»Sie hat mich heute morgen angerufen. Sie sagte, sie hätte mir etwas mitzuteilen und bat mich, sie in der Lombard Street zu treffen, wo sie eine Hausbesichtigung hatte. Als ich dort ankam, war sie tot.«

Sam kniff ein klein wenig die Augen zusammen.

»Hast du vielleicht eine Ahnung, warum sie mich sprechen wollte, Sam?« fragte Bonnie.

Sam schüttelte den Kopf.

»Ich glaube, sie wollte mich vor etwas warnen«, erläuterte Bonnie. »Wenn wir wüßten, worum es ging...«

»Aber wer hat sie denn erschossen, Mann?« fragte Haze und rieb sich mit einem Finger nervös die Nase. Der Muskel seines Arms unter dem schwarzen T-Shirt schwoll an, und das tätowierte rote Herz darauf weitete sich.

»Das wissen wir noch nicht«, antwortete Bonnie, froh, daß jemand die passenden Fragen stellte.

»Was ist mit ihrem Auto?« fragte Sam.

»Wie bitte?« Bonnie traute ihren Ohren nicht. Hatte Sam wirklich nach dem Auto seiner Mutter gefragt?

»Wo ist ihr Wagen?« wiederholte Sam.

»Ich nehme an, der steht noch in der Lombard Street«, antwortete Bonnie.

»Das ist ein teurer Wagen«, erklärte Sam. »Die Polizei kann den doch nicht beschlagnahmen, oder?«

Bonnie wußte nicht, wie sie darauf reagieren sollte. Über Joans Wagen hatte sie überhaupt nicht nachgedacht. »Ich weiß nicht, wie das gehandhabt wird«, sagte sie und warf einen Blick auf Rod, der so verwirrt zu sein schien wie sie.

Sam trat von einem Fuß auf den anderen. Sein schweifender Blick schien nirgends Halt zu finden. »Ist Lauren zu Hause?«

»Sie ist oben.«

»Ihr habt es ihr schon gesagt?«

Bonnie nickte.

»Und wie geht's jetzt weiter?« fragte er.

»Das weiß ich auch nicht«, bekannte Bonnie. »Die Polizei wird sicher bald kommen...«

»Dann gehe ich jetzt besser«, verkündete Haze augenblicklich und wandte sich zur Tür, als säße ihm die Polizei bereits im Nakken. »Tut mir wirklich leid, das mit deiner Mutter, Sammy. Wir sehen uns später, Mann.« Die Haustür öffnete und schloß sich, ein Hauch kühler Aprilluft mischte sich mit dem abgestandenen Geruch des Marihuanas.

»Ich hab' der Polizei nichts zu sagen«, erklärte Sam.

»Ich denke, das wird die Polizei entscheiden«, entgegnete Rod.

»Was tut ihr überhaupt hier?« Sam blickte von seinem Vater zu Bonnie, dann wieder zu seinem Vater. »Ich mein', du warst hier, du hast uns die schlechte Nachricht überbracht – Ding Dong, die Hexe ist tot –, du mußt jetzt nicht mehr länger hier rumhängen, oder? Du kannst gemütlich heimfahren in dein schönes neues Haus, zu deiner neuen Familie und uns weitere sieben Jahre lang vergessen.«

Bonnie starrte den Jungen an. Ding Dong, die Hexe ist tot?!

»Sam?« erklang von oben eine dünne Stimme.

Sie blickten alle hinauf zu dem blassen jungen Mädchen, das zitternd am Ende der Treppe stand.

»Hast du gehört, was passiert ist?« fragte Lauren mit einer Stimme, die wie ein Wimmern klang. Ihr Blick war glasig, als sie, wie im Schlaf, langsam, Stufe um Stufe, die Treppe herunterkam. »Hast du gehört, was Mami passiert ist?«

»Es wird ein paar Tage dauern, bis wir den endgültigen Obduktionsbefund bekommen«, sagte Captain Mahoney, dessen massiger Körper in dem zarten gold-blauen Sessel im Wohnzimmer fehl am Platze wirkte. Sam, unruhig und mit gelangweiltem Gesicht, und Lauren, völlig reglos, kaum atmend, saßen ihm auf dem rosafarbenen Sofa gegenüber. Bonnie hockte unbequem auf der Kante eines Eßzimmerstuhls, den Rod hereingetragen hatte. Er und Detective Kritzic standen, Rod neben dem großen gemauerten Kamin, Detective Kritzic vor den Buntglasfestern.

»Was wollen Sie uns überhaupt fragen?« sagte Sam.

»Wann haben Sie Ihre Mutter das letztemal gesehen?« fragte Mahoney.

»Gestern abend.« Sam schob eine Haarsträhne hinter das Ohr. »Ich war ungefähr um zwei Uhr noch mal bei ihr und hab' ihr gute Nacht gesagt.«

»Und was für einen Eindruck machte sie?«

»Sie meinen, ob sie betrunken war?«

»War sie betrunken?«

Sam zuckte mit den Achseln. »Wahrscheinlich.«

»Und du, Lauren, wann hast du sie das letztemal gesehen?« fragte Detective Kritzic freundlich und beruhigend.

»Ich war heute morgen noch mal bei ihr, bevor ich in die Schule gegangen bin.«

»Ich dachte, ihr habt heute frei gehabt, weil Fortbildungstag war«, warf Mahoney mit einem Blick zu Bonnie ein.

»Ich gehe auf eine Privatschule«, erklärte Lauren.

»Hat deine Mutter dir etwas darüber gesagt, was sie heute vorhatte?«

»Sie hat gesagt, sie hätte heute morgen eine Hausbesichtigung und daß sie pünktlich wieder da wäre.«

»Wirkte sie irgendwie besorgt oder beunruhigt?«

»Nein.«

»Hat sie etwas davon gesagt, daß sie sich heute morgen mit Mrs. Wheeler treffen wollte?«

»Nein.«

»Sagte sie etwas davon, daß sie Mrs. Wheeler vor einer Gefahr warnen wollte?«

Lauren schüttelte den Kopf. »Vor was für einer Gefahr?«

»Könnt ihr euch vorstellen, daß jemand eurer Mutter etwas antun wollte?« Mahoneys Blick wanderte zwischen den zwei jungen Leuten hin und her.

»Nein«, antwortete Sam kurz.

Lauren sah zu Bonnie hinüber. Sie sagte nichts, doch es war klar, was sie meinte.

Meine neue Familie, dachte Bonnie. Ein Junge, dem es allem Anschein nach völlig gleichgültig ist, daß seine Mutter ermordet wurde, und ein Mädchen, die überzeugt davon ist, daß ich sie getötet habe. Wunderbar. Nun, wenigstens haben sie einander, dachte sie, wobei man allerdings, wenn man sie so nebeneinander sitzen sah, starr und steif, ohne einander zu berühren, mit unbewegten Gesichtern und nach innen gerichtetem Blick, daran zweifeln konnte, daß sie in den schweren Wochen, die vor ihnen lagen, einander viel Trost sein würden. Und von mir werden sie sich ganz gewiß nicht trösten lassen, dachte Bonnie, die wußte, daß nichts dergleichen von ihrer Seite geduldet, geschweige denn dankbar aufgenommen werden würde. Sie kennen mich kaum, aber sie wissen, daß sie mich hassen.

Konnte sie es ihnen verübeln? Hatte sie nicht selbst der Frau, die ihr Vater nach der Scheidung von ihrer Mutter geheiratet hatte, die gleichen Gefühle entgegengebracht? Hatte sie nicht ganz offen triumphiert, als diese zweite Ehe in die Brüche gegangen war? Waren nicht selbst jetzt ihre Gefühle für Ehefrau Nummer drei alles andere als herzlich? Und wie stand es mit ihrem Bruder, mit dem sie seit dem viel zu frühen Tod ihrer Mutter kein Wort mehr gewechselt hatte? War er ihr je ein Trost gewesen?

Bonnie schloß die Augen, um die Tränen zurückzudrängen. Jetzt war kaum der Moment, schmerzende Wunden aufzukratzen, alte Leiden auszugraben. Sie hatte weit aktuellere Sorgen.

Wir haben vieles gemeinsam, hätte sie gern zu Lauren gesagt. Ich kann dir helfen, wenn du es mir erlaubst. Vielleicht können wir einander helfen.

Sie nahm um sich herum Bewegung wahr und öffnete die Augen. Captain Mahoney war aufgestanden. »Ich will mich jetzt dann mal hier umsehen«, sagte er.

6

»Mein Gott, wie sieht es denn hier aus!« rief Bonnie impulsiv und bedauerte sofort, daß sie es gesagt hatte.

»Sie hatte wahrscheinlich noch keine Zeit aufzuräumen«, antwortete Lauren, ihre Mutter verteidigend.

»Geben Sie acht, wenn Sie hereinkommen«, bemerkte Mahoney. »Rühren Sie möglichst nichts an.«

Einer nach dem anderen traten sie in Joans Schlafzimmer im oberen Stockwerk: Bonnie, ihr Mann, seine Kinder, Captain Mahoney und Detective Kritzic. Sie bewegten sich, als gingen sie auf Glas, vorsichtig, bei jedem Schritt die Knie übertrieben in die Höhe ziehend, sorgsam darauf achtend, wohin sie ihre Füße setzten. Keiner sprach, ihr Schweigen war jedoch mehr von Bestürzung als von Respekt vor der Toten diktiert. Die Gesichter von Joans Kindern jedoch spiegelten weder das eine noch das andere wider.

»Sie hat einfach noch keine Zeit gehabt, hier aufzuräumen«, wiederholte Lauren und suchte ein freies Fleckchen Teppich neben einer offenen Schranktür.

»Hier sieht's doch immer so aus«, erklärte Sam, an eine blaßrosa Wand gelehnt.

»Sie hat schließlich keinen Besuch erwartet«, sagte Lauren.

Besuch? dachte Bonnie, während sie sich in der Mitte des Zimmers in kleinen Kreisen drehte und versuchte, ihren Ekel zu überwinden und sich ihre Gefühle nicht anmerken zu lassen. Das Zimmer war ein Katastrophengebiet, ein Schlachtfeld, eine Müllhalde, menschenunwürdig.

Bonnies Blick fegte durch das Zimmer wie ein Besen, als wollte sie irgendwie auf visuellem Weg all die Abfälle, das ganze Chaos in die Mitte des Raums befördern, die alten Zeitungen, die überall verstreut lagen, die Bücher und Zeitschriften, die teilweise aufgeschlagen, teilweise zerknittert auf dem rosaroten

Teppich lagen, die Stapel hingeworfener Kleidungsstücke, die aus dem Schrank gezogen und einfach liegengelassen worden waren, die Teller mit dem verkrusteten Essen und die zur Hälfte geleerten Kaffeetassen, die zahlreichen, überquellenden Aschenbecher, die auf jedem freien Fleckchen standen. Das Bett selbst sah aus, als sei es seit Wochen, vielleicht seit Monaten nicht mehr gemacht worden. Leere Flaschen lagen auf dem Kopfkissen, ein weißes Telefon, dessen Schnur hoffnungslos verdreht und verschlungen über einem aufgeschlagenen Adreßbuch lag, stand in der Mitte des Betts neben einem mit Senf und Ketchup verschmierten Pappbehälter, der einen angebissenen Hamburger enthielt. Mehrere leere Flaschen ragten unter dem Bett hervor. Weinflaschen, erkannte Bonnie und bemühte sich, sie nicht anzustarren. Wie hatte die Frau so leben können?

»Und unten ist es so sauber«, murmelte sie in dem Bemühen, die beiden Gegensätze miteinander zu vereinen.

»Unten war auch nie jemand«, sagte Sam.

»Und wenn ihr gegessen habt?« Bonnie riß ihren Blick mit Gewalt von dem abgebissenen Hamburger los. »Wer hat gekocht? Wo habt ihr gegessen?«

»Auswärts«, antwortete Sam. »Oder wir haben uns was kommen lassen und in unseren Zimmern gegessen.« Er sagte es, als wäre es das Normalste von der Welt.

»Im Immobiliengeschäft gibt's keine geregelte Arbeitszeit«, bemerkte Lauren. »Da ist es schwer, alles unter einen Hut zu bringen. Meine Mutter hat ihr Bestes getan.«

»Aber natürlich«, stimmte Bonnie zu.

»Ein bißchen Unordnung bedeutet schließlich nicht das Ende der Welt.«

»Nein, sicher nicht.«

»Wer hat dich überhaupt um deine Meinung gefragt?« sagte Lauren.

Bonnie war sich bewußt, daß Captain Mahoney, der am Bett stand und sich geduldig bemühte, das Adreßbuch aus dem verschlungenen Telefonkabel zu befreien, den Wortwechsel aufmerksam verfolgte. Sie fühlte sich flau, die Gerüche nach halbverfaultem Essen und schalem Zigarettenrauch nebelten sie ein und beschworen Erinnerungen an andere Gerüche herauf, die noch unangenehmer gewesen waren. An den Geruch nach Blut und zerfetztem Fleisch und menschlichen Exkrementen. An den Geruch nach gewaltsamem Tod.

Sie spürte, wie Rod schützend den Arm um sie legte, als wüßte er genau, was ihr durch den Kopf ging, und lehnte sich an ihn.

Mahoney nahm das aufgeschlagene Adreßbuch vom Bett. »Kennt jemand Sally Gardiner, Lyle und Caroline Gossett, Linda Giradelli?« las er aus dem Buch vor, das offensichtlich bei dem Buchstaben G aufgeschlagen war.

»Mit den Gossetts waren wir früher befreundet«, bemerkte Rod. »Sie wohnen gegenüber.«

»Meine Mutter hatte einen Haufen Bekannte«, sagte Lauren.

»Zechkumpane«, flüsterte Rod unterdrückt.

»Wie steht es mit einem Dr. Walter Greenspoon?«

»Ist das der Psychiater?« fragte Bonnie.

»Kennen Sie ihn?«

»Ich habe von ihm gehört. Er hat eine wöchentliche Kolumne im *Globe.*«

»Und wir hatten ihn ein paarmal als Spezialisten in unserer Show«, fügte Rod hinzu.

»Kann es sein, daß Ihre geschiedene Frau bei ihm in Behandlung war?«

»Ich habe keine Ahnung.«

Mahoney sah Sam und Lauren an. Beide zuckten nur mit den Achseln. Der Polizeibeamte blätterte weiter. »Wie steht es mit Donna Fisher oder Wendy Findlayson?«

Rod und Bonnie schüttelten die Köpfe. Sam und Lauren zuckten wiederum mit den Achseln.

»Josh Freeman?«

»An der Weston High School gibt es einen Lehrer dieses Namens«, sagte Bonnie erstaunt.

»Er ist mein Kunstlehrer«, fügte Sam hinzu.

»Ist das die Telefonnummer der Schule?« Mahoney hielt Bonnie das Buch hin.

»Nein«, antwortete sie, vor sich das Bild des großen, schlanken, immer etwas zerknautscht wirkenden Witwers, der in diesem Jahr an die Schule gekommen war. Sie fragte sich, wie Joan zu seiner privaten Telefonnummer gekommen sein konnte.

Mahoney reichte das rote Lederbuch an Detective Kritzic weiter und richtete seine Aufmerksamkeit wieder auf das Bett. Er schob das Telefon und den Pappdeckel mit dem Hamburger auf die Seite und zog die Decke zurück. »Was haben wir denn hier?« sagte er interessiert und zog ein großes Album heraus, öffnete es und blätterte es rasch durch. »Kennt jemand einen Scott Dunphy?« fragte er nach einer kurzen Pause.

Bonnie fühlte einen Stich wie bei einer unangenehmen Erinnerung, aber sie konnte mit dem Namen nichts anfangen. Sie kannte niemanden namens Scott Dunphy.

»Wie steht's mit Nicholas Lonergan?«

Bonnie schnappte nach Luft, und ihr Magen krampfte sich zusammen.

»Ich nehme an, der Name ist Ihnen bekannt«, sagte Mahoney und sah Bonnie mit zusammengekniffenen Augen an.

»Nicholas Lonergan ist mein Bruder«, erklärte Bonnie gepreßt. Sie spürte, wie ihr die Beine weich wurden.

»Interessant«, meinte Mahoney lässig. »Ich sehe, er hat vor ein paar Jahren mal Dummheiten gemacht.« Er blätterte zur nächsten Seite.

»Ich verstehe nicht...«

»Und Steve Lonergan?«

Bonnie hatte wieder dieses merkwürdige Gefühl, als wäre sie aus der Zeit gefallen, als kämen die Worte, die sie hörte, die

Worte, die sie sprach, von einem ganz anderen Ort und einer ganz anderen Person.

»Das ist mein Vater«, sagte sie. Was ging hier vor? Was hatten ihr Vater und ihr Bruder, diese beiden Männer, mit denen sie seit mehr als drei Jahren nicht mehr gesprochen hatte, jetzt in diesem Zimmer mit ihr zu tun? Auf welche perverse Weise hatte Joans Ermordung sie wieder mit ihnen zusammengeführt?

»Sie sollten sich das vielleicht einmal ansehen«, sagte Mahoney und reichte ihr das Album. Es war überraschend leicht, wenn man bedachte, daß er ihr gerade die ganze Last ihrer Vergangenheit in die Arme gelegt hatte.

Etwas ängstlich betrachtete Bonnie die erste Seite. Ein kleiner Zeitungsausschnitt nahm die Mitte des ansonsten freien Blattes ein. »Hiermit wird die Vermählung von Bonnie Lonergan mit Rod Wheeler am 27. Juni 1989 bekanntgegeben. Miss Lonergan ist Englischlehrerin an einer High School. Mr. Wheeler ist Leiter der Nachrichtenabteilung beim Fernsehen WHDH in Boston. Das Paar wird seine Flitterwochen auf den Bahamas verbringen.«

Weshalb hatte Joan ihre Heiratsanzeige aufgehoben? Verwundert blätterte Bonnie um. Sie bemerkte, daß Rod ihr über die Schulter sah, fühlte seinen warmen Atem in ihrem Nacken. Ein feiner Schweißfilm bildete sich auf ihrer Oberlippe, als sie den zweiten Zeitungsausschnitt vom 5. November desselben Jahres las. »Haftbefehle wegen Immobilienbetrugs ausgestellt«, war der Artikel betitelt. »Heute wurden Haftbefehle gegen zwei Männer, die vermutlich an einem großangelegten Immobilienschwindel beteiligt waren, bei dem Anleger um mehrere hunderttausend Dollar geprellt wurden, ausgestellt. Scotty Dunphy und Nicholas Lonergan, beide aus Boston, sollen die treibenden Kräfte bei dem Versuch gewesen sein, Hunderte von Immobilienkäufern...«

»Mein Gott«, flüsterte Bonnie und übersprang den Rest des Artikels, den sie bereits auswendig kannte, um schnell zur nächsten Seite zu blättern, die ein großes, körniges Schwarz-weiß-Foto ihres Bruders in Handschellen zeigte. Sein gutaussehendes Gesicht war von kinnlangem, zottigem blondem Haar verdunkelt. Und dann auf der nächsten Seite: »Freispruch im Immobilienschwindel aus Mangel an Beweisen.«

Danach wiederum eine kleine Anzeige in der Mitte eines im übrigen leeren Blatts: »Hiermit wird die Heirat von Steve Lonergan mit Adeline Sewell am 15. März 1990 bekanntgegeben. Mr. Lonergan ist Unternehmensberater für Personalfragen. Mrs. Sewell leitet ein Reisebüro. Sie werden ihre Flitterwochen in Las Vegas verbringen.« In der Anzeige wurde nicht erwähnt, daß es für beide die dritte Ehe war.

Die folgende Seite war Rod gewidmet: ein mit Fotografien versehenes schmeichelhaftes Porträt des erfolgreichen Leiters der Nachrichtenabteilung beim Sender WHDH; eine Ankündigung der neuen Show *Marla!* unter Leitung von Rod; eine Fotografie, die das dynamische Duo Arm in Arm zeigte; ein Bericht über den wachsenden Erfolg des Programms.

Danach folgten weitere, wenig schmeichelhafte Aufnahmen ihres Bruders in Handschellen. Ein wenig älter jetzt, hager und eingefallen stand er neben dem seltsam lächelnden Scott Dunphy, diesmal unter der Sensationsschlagzeile »Schuldig der Anstiftung zum Mord«.

Hastig blätterte Bonnie um. Sie wollte nicht noch einmal die schrecklichen Monate zwischen dem Tod ihrer Mutter und der Geburt ihres Kindes durchleben. Beide Ereignisse waren im übrigen auf den folgenden Seiten in Anzeigen festgehalten, wie Bonnie mit wachsendem Unbehagen feststellte.

Auf das letzte Bild des Albums war das Zeitungsfoto ihrer Tochter Amanda geklebt, das kurz vor Weihnachten in einem der größten Spielzeuggeschäfte Bostons aufgenommen worden war. Ein Fotograf hatte das Kind bemerkt, das wie verzaubert, einen Daumen im Mund, vor einem riesigen Plüschkänguruh stand. Das Bild war auf der Titelseite der Wochenendbeilage des

Globe veröffentlicht worden. Bonnie hatte zu Hause auf ihrem Schreibtisch einen großen, gerahmten Abzug davon stehen.

»Ich versteh' das nicht«, sagte Bonnie tonlos. Sie sah Sam und Lauren an. »Warum hat sich eure Mutter diese Dinge aufgehoben?«

Doch Sam und Lauren sagten nichts, mit ihrem Schweigen ihre Unwissenheit oder ihr Desinteresse, vielleicht auch eine Mischung aus beidem, unterstreichend.

»Hier ist ein Nick Lonergan eingetragen«, bemerkte Detective Kritzic und hielt Joans Adreßbuch in die Höhe.

Bonnie merkte, wie ihr Herz zu rasen begann. »Das kann nicht sein«, protestierte sie und hatte dabei das Gefühl, in einem Sumpf zu versinken. Hilfesuchend klammerte sie sich an Rods Arm. »Die beiden haben sich gar nicht gekannt.«

Detective Kritzic las die Nummer laut vor.

Bonnie nickte bestätigend. »Das ist die Nummer meines Vaters«, sagte sie und schwieg. Sie konnte doch nicht schon wieder sagen, ich verstehe das nicht.

»Hat eure Mutter eine Schußwaffe besessen?« wandte sich Mahoney unvermittelt an Sam und Lauren. Wenn er an Bonnie noch Fragen dazu hatte, wie die Nummer ihres Bruders in Joan Wheelers Adreßbuch gelangt war, so behielt er sie zumindest vorläufig für sich.

»Ja«, antwortete Lauren.

»Sie hatte sie immer in der obersten Schublade ihrer Kommode«, fügte Sam hinzu und wies zu der hohen Walnußchiffoniere, die neben dem Fenster stand. Die untersten Schubladen waren offen, mehrere bunte Blusen hingen heraus.

Mit zwei großen Schritten war Mahoney bei der Kommode. Er zog die oberste Schublade auf und versenkte seine Hand in Joans intimeren Kleidungsstücken. Mehrere hauchdünne Strumpfhosen schwebten nach unten und landeten sacht auf seinen schwarzen Schuhen.

»Wißt ihr, was für eine Waffe es war?«

»Ich hab' von Schußwaffen keine Ahnung«, erklärte Sam.

»Fragen Sie meinen Dad«, sagte Lauren. »Es war seine Waffe.«

Alle Augen richteten sich auf Rod, der so bestürzt aussah, wie Bonnie sich selbst eben noch gefühlt hatte.

»Sagten Sie nicht, Sie besäßen keine Schußwaffe, Mr. Wheeler?« fragte Mahoney.

»Ich hatte mal einen .38er Revolver«, stotterte Rod nach einer Pause. »Aber den hatte ich völlig vergessen. Joan behielt ihn nach unserer Trennung. Sie sagte, sie hätte Angst allein im Haus.«

»Nun, hier ist jedenfalls keine Waffe«, stellte Mahoney fest, nachdem er alle Schubladen durchsucht hatte. »Aber wenn Sie gegangen sind, werden wir noch einmal gründlicher suchen.«

»Wohin gehen wir denn?« fragte Sam.

»Ihr kommt mit zu uns«, erklärte ihm Bonnie. Auf Bestätigung wartend, sah sie Rod an, doch der starrte sie nur an, als hätte er nicht verstanden. »Ich würde vorschlagen, ihr packt jetzt das Nötigste. Den Rest können wir später holen.«

»Und wenn wir nicht mit zu euch kommen wollen?« Helle Panik lag in Laurens Stimme.

»Ihr könnt mit eurem Vater gehen, oder ich muß euch zum Jugendamt bringen«, mischte sich Mahoney ein. »Ich denke, daß ihr es vorzieht, mit eurem Vater zu gehen.«

Bonnie nickte dankbar. Die Tatsache, daß er Sam und Lauren ermutigte, mit ihnen zu fahren, konnte doch nur bedeuten, daß er keinen von ihnen ernsthaft als Täter in Verdacht hatte.

Sam und Lauren nahmen sich ein paar Sekunden Zeit, um die Alternativen gegeneinander abzuwägen, dann verließen sie schweigend das Zimmer. Bonnie und Rod folgten ihnen wie betäubt.

Sams Zimmer war direkt gegenüber. Das Bett war ungemacht, auf seiner Kommode lagen Bücher und Papiere und haufenweise Kleingeld. An der Wand hing neben dem Foto einer barbusigen Cindy Crawford ein Poster von Guns 'n Roses-Star Axl Rose in der Unterwäsche. Eine Elektrogitarre mit zerkratztem Korpus und einer abgerissenen Saite lag auf dem braunen Teppich neben einem hingeworfenen Flanellhemd, aus dessen Brusttasche eine aufgerissene Packung mit Camel-Zigaretten schaute. Auf dem weißen Fensterbrett stand ein großer rechteckiger Glasbehälter, in dem eine große Schlange ausgestreckt lag.

»Du lieber Gott«, flüsterte Bonnie. »Was ist denn das?«

»Das ist L'il Abner«, antwortete Sam stolz. Zum erstenmal, seit er nach Hause gekommen war, zeigte sein Gesicht eine Regung von Gefühl. »Er ist erst achtzehn Monate alt, aber er ist schon über einen Meter zwanzig lang. So eine Boa constrictor kann zwischen zweisiebzig und dreifünfzig lang werden. In der Wildnis noch länger.«

Mahoney ging an Bonnie vorbei zu dem Terrarium. »Das ist ja wirklich ein Prachtexemplar«, sagte er. »Was geben Sie ihm zu fressen?«

»Lebendige Ratten«, antwortete Sam.

Bonnie drückte beide Hände auf ihren Magen und kämpfte gegen den aufsteigenden Brechreiz. Das konnte doch nicht wahr sein, daß sie hier im Zimmer eines Jungen standen, der gerade von der Ermordung seiner Mutter erfahren hatte, und jetzt erzählte, daß er seiner Boa constrictor lebende Ratten zu fressen gab.

»Und Ihre Mutter hatte nichts dagegen, daß Sie so ein exotisches Tier hier im Haus hielten?« fragte Mahoney.

»Sie ist nur ausgeflippt, wenn die Ratten abgehauen sind«, sagte Sam.

Bonnie sah von ihrem Mann zu seinem Sohn und suchte nach einer Ähnlichkeit zwischen den beiden. Sie war vorhanden, gewiß, wenn auch nur schwach. Sie manifestierte sich mehr in Körperhaltung und Gestik, in der Art zum Beispiel, wie beide den Kopf zur Seite neigten, wenn sie eine Frage stellten, wie sie ein klein wenig die Lippen vorschoben, wenn sie lächelten, wie sie sich zerstreut einen Nasenflügel zu reiben pflegten, wenn sie überlegten.

Vielleicht hatte es eine Verwechslung gegeben, dachte Bonnie. Vielleicht war den Leuten im Krankenhaus damals einer jener schrecklichen Fehler unterlaufen, von denen man manchmal hört, und Sam war mit einem anderen Säugling vertauscht worden, war in Wirklichkeit gar nicht Rods Sohn. Rods Sohn war ein normaler junger Mann mit ganz normalem braunem Haar, der keinen goldenen Ring in der Nase trug, ein Junge, der weinte, wenn er vom Tod seiner Mutter erfuhr, und der Hunde und Goldfische mochte.

»Ich bin soweit«, sagte Lauren, die mit einem großen Matchsack über der Schulter und einer kleinen Reisetasche in der Hand an der Tür stand.

»Und was wird aus dem Haus?« fragte Sam.

»Darüber können wir uns später den Kopf zerbrechen«, antwortete Rod.

»Aber ich will nicht, daß es verkauft wird«, sagte Lauren.

»Darüber können wir uns später den Kopf zerbrechen«, wiederholte Rod.

»Wie komm' ich denn jetzt zur Schule?« Wieder war die Panik in Laurens Stimme hörbar.

»Über die Schule mach dir jetzt erst mal keine Gedanken«, sagte Bonnie.

»Ich fahr' dich hin, wenn wir Mamas Wagen bekommen«, erklärte Sam und drehte sich nach Captain Mahoney um. »Wann kann ich den Wagen meiner Mutter bekommen?«

Wenn die Frage Mahoney überraschte, so ließ er es sich nicht anmerken. »Spätestens in einer Woche voraussichtlich.«

Detective Kritzic kam mit einem dünnen Hefter herein und reichte ihn aufgeschlagen dem Captain. Mahoney blätterte ihn in aller Ruhe durch, wobei er immer wieder flüchtig zu Bonnie und Rod hinüberblickte.

»Vielleicht gehen wir am besten in den Flur hinaus«, schlug er beiläufig vor, als er mit der Lektüre fertig war. Allzu beiläufig, fand Bonnie, als sie den beiden Beamten nach draußen folgten.

»Haben Sie etwas gefunden?« fragte Rod.

»Sie haben uns nicht gesagt, daß die Lebensversicherungspolice auf Ihre Frau eine Verdoppelungsklausel enthält«, sagte Mahoney.

»Verdoppelungsklausel?« wiederholte Bonnie verständnislos.

»Bei Tod durch Unfall oder Mord verdoppelt sich die Versicherungssumme«, erklärte Mahoney. »Damit wäre der Tod Ihrer geschiedenen Frau eine halbe Million Dollar wert, wenn ich das einmal so sagen darf.«

»Das ist richtig«, erwiderte Rod gelassen.

»Gibt es noch andere Versicherungspolicen, von denen ich wissen sollte, Mr. Wheeler?« fragte Mahoney.

»Ich habe Lebensversicherungen auf meine ganze Familie abgeschlossen«, antwortete Rod.

»Einschließlich Ihrer derzeitigen Frau?« Mahoney zog einen Notizblock aus der Hüfttasche seiner Hose.

Das Wort »derzeitig« ärgerte Bonnie; das klang, als sei ihre Position nur vorübergehender Natur und könne sich jeden Moment ändern.

»Auf alle Mitglieder meiner Familie«, sagte Rod.

»Mit Verdoppelungsklauseln?« fragte Mahoney.

Rod nickte. »Ich glaube, ja.«

Sam kam in den Flur, über der Schulter seine Gitarre, die große Schlange wie eine Pelzstola um seinen Hals gelegt. »Das Terrarium kann ich nicht allein tragen«, sagte er. »Da brauch' ich Hilfe.«

7

Bonnie stand neben ihrem Bett und starrte auf das Telefon. Es dauerte eine ganze Weile, ehe sie den Hörer abnahm. Und wieder zögerte sie, ehe sie die Nummer eintippte. »Bitte, sei da«, flüsterte sie. »Es ist nach Mitternacht. Ich bin so müde. Wo warst du den ganzen Abend?«

Erst als es das sechstemal läutete, wurde endlich abgehoben. »Ja«, sagte eine Frau mit klarer Stimme. Nicht »Hallo«, sondern »Ja«. Beinahe als hätte sie Bonnies Anruf erwartet.

»Adeline«, begann Bonnie.

»Bonnie, bist du das?«

Bonnie war überrascht, daß die Frau sie so prompt erkannt hatte, und plötzliche Panik schoß in ihr hoch, als ihr klar wurde, daß es jetzt für einen Rückzieher zu spät war.

»Ich muß meinen Vater sprechen.«

»Ist etwas passiert?«

»Ich möchte nur mit meinem Vater sprechen, bitte.«

»Er kann jetzt leider nicht ans Telefon kommen. Er hat eine Magengeschichte. Möchtest du mir nicht sagen, worum es sich handelt?«

»Eigentlich möchte ich Nick sprechen. Ist er da?«

Schweigen.

»Adeline, ist mein Bruder da?«

»Nein, er ist nicht hier.«

Bonnie holte tief Atem. »Du weißt, ich würde nicht anrufen, wenn es nicht wichtig wäre.«

»Ja, das weiß ich. Es ist ja mehr als drei Jahre her, seit wir das letzte Mal von dir gehört haben.«

Bonnie schloß die Augen. Sie war zu müde, um auf diese alten Geschichten einzugehen. »Bitte, ich muß unbedingt mit Nick sprechen.«

»Ich kann ihm nur ausrichten, daß du angerufen hast«, sagte Adeline.

Bonnie sah sie vor sich. Sie war klein, nur knappe einen Meter fünfzig groß, mit weichen blauen Augen, kurzem grauem Haar und einem eisernen Willen. Sie war fast siebzig Jahre alt, aber sie war immer noch eine kraftvolle und energische Person, das spürte man selbst am Telefon. Bonnie war ihr nicht gewachsen, war ihr nie gewachsen gewesen, wie sie sich jetzt mit einem trüben Lächeln eingestand, während sie Rod beobachtete, der eben ins Zimmer gekommen war und begann, sein Hemd aufzuknöpfen.

»Na schön. Dann sag meinem Vater nur, daß ich angerufen habe«, sagte sie. »Sag ihm bitte, daß ich unbedingt so bald wie möglich mit ihm sprechen muß.«

»Ich werde es ihm ausrichten.«

»Danke«, sagte Bonnie, obwohl Adeline bereits aufgelegt hatte. »Sag mir, daß das alles nur ein böser Traum ist«, bat sie Rod, als der zu ihr kam und sie in die Arme nahm.

»Es ist alles nur ein böser Traum«, erklärte er bereitwillig, gab ihr einen Kuß auf die Stirn, nahm ihr den Telefonhörer aus der Hand und legte ihn auf.

»Sind die Kinder im Bett?«

»Mehr oder weniger.« Er küßte sie auf die Wange.

»Dann sag' ich ihnen noch gute Nacht.«

»Ich glaube, es ist am besten, du läßt sie einfach«, riet Rod behutsam. Seine Stimme schien ihr das einzig Reale zu sein, Halt und Trost zugleich.

»Ich wollte nur, daß sie wissen, daß ich für sie da bin.«

»Das wissen sie«, erwiderte er. »Und mit der Zeit werden sie sich an die neue Situation gewöhnen. Du mußt ihnen nur ein bißchen Zeit und ein bißchen Raum lassen.«

Sie nickte. Sie konnte nur hoffen, daß er recht hatte.

»Komm, gehen wir zu Bett.«

»Es kann sein, daß mein Vater noch anruft...«

»Ich hab' ja nicht gesagt, daß wir gleich schlafen müssen.« Rod küßte zärtlich und drängend ihren Mund.

»Du willst jetzt...?« fragte Bonnie ungläubig. Sie hatte gerade den wahrscheinlich schlimmsten Tag ihres Lebens hinter sich. Sie hatte Rods geschiedene Frau ermordet vorgefunden, war zur Vernehmung aufs Polizeirevier geschleppt worden, hatte zwei feindselige Stiefkinder geerbt, ganz zu schweigen von einer einen

Meter zwanzig langen Boa constrictor. Sie war von ihrer Stieftochter geschlagen und von ihrer Stiefmutter mit Kälte behandelt worden. Sie war verwirrt und zornig und erschöpft. Und ihr Mann war – ja, was? Ihr Mann war in Stimmung für eine Liebesnacht. »Vorsicht, meine Lippe«, sagte sie, als er sie von neuem zu küssen begann, noch drängender, und ihr Kleid aufzuknöpfen begann. Warum eigentlich nicht? dachte sie, trotz ihrer Müdigkeit seine Zärtlichkeiten erwidernd. Wußte sie denn etwas Besseres?«

»Mami!« Es war Amandas dünnes Stimmchen. »Mami!«

Bonnie löste sich aus der Umarmung ihres Mannes. »Es ist wahrscheinlich einfach zuviel Aufregung für einen Abend.«

»Mami!«

»Ich komme, Schatz.« Bonnie eilte durch den Flur, vorbei an dem Gästezimmer, in dem sie Lauren untergebracht hatten, und dem kleinen Arbeitszimmer, in dem Sam und seine Schlange sich häuslich eingerichtet hatten. »Was ist denn, mein Kleines?« fragte sie, als sie in Amandas Zimmer trat.

Amanda saß in der Mitte ihres kleinen Himmelbetts, umgeben von einem ganzen Zoo von Plüschtieren, zu dem ein großer rosaroter Pandabär, ein kleines weißes Kätzchen, ein mittelgroßer brauner Hund, zwei Teddybären in Schwarz und Weiß und der Frosch Kermit gehörten. Das große Känguruh, von dem sie im Spielzeuggeschäft so hingerissen gewesen war, stand auf dem Boden am Fuß ihres Betts, die Vorderläufe ausgestreckt, als wollte es böse Geister vertreiben.

»Ich kann nicht schlafen«, sagte Amanda.

»Das kann ich verstehen. Das ist sicher schwierig heute abend.«

Bonnie näherte sich dem Bett und beobachtete Amandas rundes Gesichtchen, das immer deutlicher aus der Dunkelheit hervortrat, beinahe so, als leuchtete es von innen. Und vielleicht war es ja auch so, dachte Bonnie, wie so oft voll staunender Ehrfurcht darüber, daß sie an der Erschaffung eines so schönen, vollkommenen kleinen Menschen beteiligt gewesen sein sollte. Amanda Lindsay Wheeler, sagte sie lautlos vor sich hin, blonde Locken und runde kleine Hamsterbäckchen, große dunkelblaue Augen und eine niedliche Stupsnase. Schön wie die Unschuld, so sind kleine Mädchen. Bonnie hob ihre Hand an ihre Lippen, fühlte, wie es brannte.

Und dann werden sie erwachsen, dachte sie.

Bald würden die Hamsterbäckchen schmal werden und schärfere Konturen bekommen; der Blick würde an Wißbegierde verlieren, ängstlicher werden; die lächelnden Lippen würden schmäler werden, eher zum Schmollen geneigt.

»Findest du Lauren hübsch?« fragte Amanda unvermittelt und riß Bonnie damit aus ihren Gedanken.

»Oh, ja«, antwortete Bonnie. »Und du?«

Amanda nickte mit Nachdruck. »Ist sie jetzt meine große Schwester?«

»Hättest du das gern?«

Wieder nickte Amanda.

»Aber jetzt mußt du erst einmal schlafen, mein Schatz.« Bonnie neigte sich über das Kind, küßte es auf die Stirn und deckte es zu.

»Ich hab' dich lieb!« rief Amanda ihr nach, als sie auf dem Weg zur Tür war.

»Ich hab' dich auch lieb, mein kleiner Engel.«

»Aber ich hab' dich mehr lieb.«

Bonnie blieb stehen und sah sich lächelnd um. »Du kannst mich unmöglich mehr liebhaben als ich dich.«

»Okay«, sagte Amanda lachend. »Dann haben wir uns beide genau gleich lieb.«

»Okay«, stimmte Bonnie zu und ging weiter zur Tür.

»Wir haben uns beide genau gleich lieb.«

»Nur daß ich dich noch mehr liebhabe.«

Bonnie warf ihrer Tochter von der Tür aus noch eine Kußhand zu und sah, wie Amanda in die Luft griff, um den Kuß zu fangen und ihn sich auf die Wange zu kleben. Dann trat sie in den Flur hinaus.

Im Arbeitszimmer brannte noch Licht. Der schmale helle Streifen, der durch die Ritze unter der Tür fiel, schien ihr zu winken. Bonnie zögerte, dann klopfte sie leise und öffnete vorsichtig die Tür, als Sam keine Antwort gab.

Nur mit seiner ausgebeulten braunen Hose bekleidet lag Sam auf der Bettcouch. Zwischen seinen Lippen hing eine brennende Zigarette, von der Asche auf seine nackte Brust gefallen war. Er fuhr hoch, als er sie sah, und die Asche rieselte auf den weichen braunen Teppich.

»Ich weiß, daß ich im Haus nicht rauchen soll«, sagte er hastig und sah sich nach einem Teil um, in dem er die Zigarette hätte ausdrücken können. Schließlich quetschte er sie einfach zwischen den Fingern aus.

Unsicher sah Bonnie sich in dem kleinen Arbeitszimmer um, das eigentlich ihr Reich war, ein Raum, in den sie sich zurückziehen konnte, um Aufsätze und Prüfungsarbeiten zu benoten, um ihre Stunden vorzubereiten, um zu lesen und sich zu entspannen. Jetzt hingen Kleider über dem großen Fernsehapparat, die Gitarre lehnte an der Wand, graue Asche sprenkelte das zartgelbe Sofa, und Amandas Foto und ihr Computer standen auf dem Boden, damit der große Glasbehälter auf ihrem Schreibtisch Platz hatte.

Sie erstarrte. »Wo ist die Schlange?« fragte sie, als sie sah, daß das Terrarium leer war.

Sam hob einen langen, dünnen Arm und wies zum Fenster. »Da, auf dem Fensterbrett. Er bildet sich ein, er sei eine Katze.«

Widerstrebend wandte Bonnie ihren Blick zum Fenster am anderen Ende des Raums. Hinter den halb geöffneten minzgrünen Vorhängen lag zusammengerollt die Schlange.

»Würde es dir was ausmachen, sie in ihrem Behälter zu lassen, wenn wir zu Hause sind?« fragte Bonnie und widerstand nur mit Mühe einem Impuls, schreiend in den Flur hinauszurennen.

»Aber nein«, sagte Sam, ohne sich jedoch von der Stelle zu rühren.

Bonnie blieb an der Tür stehen. »Alles in Ordnung?« fragte sie. »Möchtest du vielleicht ein bißchen mit mir reden?«

»Worüber?« fragte der Junge.

Bonnie wußte nicht, was sie sagen sollte – wir könnten ja vielleicht über das Wetter reden; oder über die Boston Red Sox; oder vielleicht darüber, daß deine Mutter heute morgen ermordet wurde –, darum sagte sie gar nichts. Sie wartete, den Blick forschend auf das verschlossene Gesicht des Jungen gerichtet, und fand es ironisch, daß Jungen so häufig ihren Müttern ähnelten, während Mädchen eher nach ihren Vätern schlugen. Zumindest war das bei Sam und Lauren so. Und so war es auch bei ihr und Nick gewesen.

»Also dann, gute Nacht, Sam«, sagte sie schließlich, in Gedanken noch bei ihrem Bruder und der Frage, ob er anrufen würde. »Bis morgen.«

Sie ging hinaus, und gerade als sie die Tür hinter sich schloß, wurde die Tür des Gästezimmers geöffnet, und Lauren erschien. Instinktiv trat Bonnie einen kleinen Schritt zurück.

»Ich will nur ins Bad.« Lauren wies zu dem kleinen Raum am Ende des Flurs.

»Ich habe euch frische Handtücher und ein neues Stück Seife hingelegt«, sagte Bonnie, als Lauren an ihr vorbeiging. »Wenn du sonst noch etwas brauchst...«

Lauren verschwand im Badezimmer und schloß die Tür hinter sich.

»...dann ruf mich einfach«, sagte Bonnie.

Laß ihr Zeit und Raum, ermahnte sie sich, als sie ins Schlafzimmer zurückging. Rod war schon im Bett.

»Ich bin gleich soweit«, sagte sie und zog ihr Kleid über den Kopf, ließ es auf den Boden fallen, streifte ihre Unterwäsche ab und glitt zu ihrem Mann ins Bett, um sich von ihm in die Arme nehmen zu lassen. Vielleicht hatte er recht. Er kannte sie, er wußte immer, was sie brauchte. Als sie sich an ihn schmiegte, fühlte sie die rhythmische Bewegung seiner nackten Brust.

Er war eingeschlafen. Leise lachend strich sie mit ihrer Hand über seine warme Haut und küßte vorsichtig seine leicht geöffneten Lippen. Im Schlaf sieht er aus wie ein kleiner Junge, dachte sie. Die Sorgenfältchen um Augen und Mund waren wie weggewischt.

Aber ich kann jetzt bestimmt nicht schlafen, sagte sie sich im selben Moment, stand auf und ging ins Badezimmer. Sie putzte sich die Zähne und wusch sich, mit besonderer Vorsicht rund um die geschwollene Lippe, das Gesicht. In ihrem Hirn herrschte ein wirres Durcheinander von Bildern und Geräuschen: Joans Stimme am Telefon; die tote Joan am Küchentisch in dem Haus in der Lombard Street; das klaffende Loch in der Mitte ihrer Brust; Joans Schlafzimmer; Joans Album mit den Zeitungsausschnitten; der Name ihres Bruders in Joans Adreßbuch; die Versicherungspolice mit der Verdoppelungsklausel; ein Leben, das brutal ausgelöscht worden war; zwei mutterlose Kinder. Warum? Was hatte das alles zu bedeuten?

»Ich liege bestimmt die ganze Nacht wach«, jammerte Bonnie, als sie wieder ins Bett kroch und die Augen schloß. Im nächsten Moment schon war sie eingeschlafen.

Im Traum stand Bonnie vor ihrer Klasse, in der Hand die Blätter für die Abschlußprüfung, die sie gleich verteilen würde.

»Das ist eine schwierige Aufgabe«, sagte sie zu ihren Schülern und ließ ihren Blick über die verwirrten Gesichter wandern. »Ich hoffe deshalb, ihr habt euch gut vorbereitet.«

Von Stöhnen und Kichern begleitet, ging sie rasch zwischen den Tischreihen hindurch und legte jedem Schüler ein Blatt hin. Als sie aufblickte, sah sie, daß jemand das Klassenzimmer wie zu einem Halloween-Fest im Kindergarten dekoriert hatte: Da hingen aus Papier ausgeschnittene Hexen, die auf Besenstielen ritten; Scherenschnitte schwarzer Katzen mit hohen Buckeln;

orangefarbene Kürbisse mit grinsenden Gesichtern, in denen die Augen große schwarze Löcher waren.

»Ihr könnt anfangen, sobald ich die Blätter fertig ausgeteilt habe«, sagte sie den Schülern.

Lautes Gelächter war die Antwort.

»Würde mir vielleicht jemand sagen, was daran so komisch ist?« fragte sie.

Haze stand von seinem Stuhl auf und kam mit lässigem Schritt auf sie zu. »Ich hab' eine Nachricht für Sie. Von Ihrem Vater«, sagte er. Eine selbstgedrehte Zigarette fiel aus der Brusttasche seines Hemds auf den Boden.

»Im Klassenzimmer wird nicht geraucht«, erinnerte Bonnie ihn.

»Er sagt, daß Sie ein ungezogenes Mädchen sind«, teilte Haze ihr mit und sah zu den Fenstern hinüber. Bonnie, deren Blick dem seinen folgte, sah eine große, aus Papier ausgeschnittene Boa constrictor, die sich zwischen den Lamellen der altmodischen Sonnenjalousie wand.

»Nein!« protestierte Bonnie. »Ich bin ein braves Mädchen.«

Plötzlich gab es Feueralarm. Die Schüler stürzten zur Tür. In ihrer Panik rissen sie Bonnie um und trampelten sie mit ihren schweren Stiefeln nieder. »Helft mir doch!« rief Bonnie ihnen zerschrammt und blutig nach, als die Papierschlange zu Boden fiel und lebendig wurde. Mit weit aufgerissenem Maul glitt sie ihr in Wellenbewegungen entgegen, während die Alarmanlage schrill zu bimmeln fortfuhr.

Bonnie schreckte in ihrem Bett in die Höhe, die Arme abwehrend vor sich ausgestreckt, das Läuten des Feueralarms im Ohr.

Es war das Telefon, das so läutete.

»O Gott«, sagte sie und versuchte sich zu beruhigen, indem sie ein paarmal tief durchatmete. Sie griff über den schlafenden Rod hinweg nach dem Telefonhörer und sah auf der Radiouhr, daß es fast zwei Uhr war. »Hallo?« Ihre Stimme war heiser, ihr Tonfall schwankte zwischen Panik und Entrüstung.

»Ich höre, du wolltest mich sprechen?«

»Nick?« Aufatmend lehnte sich Bonnie an das Kopfbrett des Bettes und zog dabei versehentlich das Kabel über Rods Gesicht. Er erwachte und öffnete die Augen.

»Was kann ich für dich tun, Bonnie?«

Entweder weiß er nicht, daß es mitten in der Nacht ist, oder es ist ihm gleich, dachte Bonnie und hatte augenblicklich das Bild ihres jüngeren Bruders vor sich: schmutzigblondes Haar, das ihm in die eng beieinander stehenden grünen Augen fiel, und eine kleine, zarte Nase, die in seinem harten Gesicht fehl am Platz wirkte. Seine Stimme und sein Ton waren wie immer – eine Mischung aus Charme und Unverschämtheit. Sie erinnerte sich, wie er sie immer zum Lachen gebracht hatte, und überlegte, wann ihr das Lachen vergangen war.

»Ich wußte gar nicht, daß du aus dem Gefängnis raus bist.«

»Du solltest häufiger anrufen.«

»Wohnst du jetzt bei Dad?«

»Ja, das war eine Bewährungsauflage. Gibt es einen Grund für dieses Gespräch?«

»Joan Wheeler ist heute ermordet worden«, sagte Bonnie und wartete auf seine Reaktion.

»Soll mir das etwas sagen?« fragte ihr Bruder nach einer längeren Pause.

»Das mußt du mir schon sagen, Nick. Die Polizei hat deinen Namen in Joans Adreßbuch gefunden.«

Die Telefonverbindung wurde unterbrochen.

»Nick?« Sie schüttelte den Kopf und reichte Rod den Hörer. »Er hat einfach aufgelegt.«

Rod setzte sich auf, fuhr sich mit der Hand müde durch sein wirres Haar und legte den Hörer auf. »Glaubst du denn, er könnte mit Joans Tod etwas zu tun haben?«

»Joan ruft mich morgens in aller Frühe an, um mir zu sagen, daß Amanda und ich in irgendeiner Gefahr schweben«, sagte Bonnie, laut nachdenkend. »Ein paar Stunden später ist sie tot, und in ihrem Adreßbuch finden wir den Namen meines Bruders. Ich weiß nicht, was ich davon halten soll.«

»Ich finde, wir sollten die ganze Sache der Polizei überlassen.«

»Die Polizei glaubt, daß *ich* es getan habe«, entgegnete sie.

Rod nahm sie in die Arme und drückte sie an sich. »Nein, das glauben sie nicht. Sie glauben, daß *ich* es getan habe. Ich bin doch derjenige, der euer aller Leben versichert hat. Verdoppelungsklausel, vergiß das nicht.«

»Danke.«

»Gern geschehen.« Sie legten sich wieder hin, eng aneinander geschmiegt.

»Ich frag' mich, was sie mit Josh Freeman zu tun hatte«, sagte Bonnie ein paar Sekunden später.

»Mit wem?«

»Josh Freeman, Sams Kunstlehrer. Sein Name steht auch in ihrem Adreßbuch. Er ist eine weitere Verbindung zwischen uns.«

»Jetzt schlaf erst mal, Nancy Drew.«

»Ich liebe dich«, flüsterte Bonnie.

»Ich liebe dich auch.«

»Aber ich liebe dich mehr«, sagte Bonnie und wartete. Doch Rod drückte nur ihren Arm und sagte nichts.

8

Joans Beerdigung fand in der folgenden Woche statt.

Bonnie saß neben Rod und seinen Kindern in der ersten Reihe der kleinen Kirche und wunderte sich über die große Zahl der Trauergäste. Sie fragte sich, wer die Leute alle waren und in was für einer Beziehung sie zu Joan gestanden hatten.

Rod hatte behauptet, Joan habe keine Freunde gehabt, nur »Zechkumpane«. Dennoch war der Raum buchstäblich zum Brechen voll. Es mußten gut über hundert Menschen sein, die sich in den engen Bänken drängten und dicht nebeneinander an den Wänden standen. Das konnten doch nicht alles flüchtige Bekannte sein, mit denen Joan hin und wieder ein paar Gläser zusammen getrunken hatte. Und es konnten auch nicht lauter Geschäftsfreunde oder Arbeitskollegen sein, wenn auch die Gruppe makellos gekleideter Frauen mit den wie gemeißelt wirkenden Frisuren zweifellos Mitarbeiterinnen der Immobilienfirma Ellen Marx waren, für die auch Joan tätig gewesen war. Sicher waren auch einige Leute da, die Joan gar nicht gekannt hatten, die, von den Zeitungs- und Fernsehberichten über einen brutalen Mord mitten in ihrer sonst so friedlichen Gemeinde angelockt, aus Neugier und Sensationslust gekommen waren.

Langsam und suchend ließ Bonnie ihren Blick durch den Raum schweifen und sortierte jene Personen aus, die sie kannte. Captain Mahoney und Detective Kritzic standen nahe bei der hinteren Tür, der Captain im dunkelblauen Anzug, Natalie Kritzic im hellgrauen Kostüm, beide wach und aufmerksam auf alles achtend, was im Raum vorging. Und es waren zweifellos auch mehrere verdeckte Ermittler da, obwohl diese, genau wie die Angestellten der Immobilienfirma, ziemlich leicht zu identifizieren waren: der junge Mann zum Beispiel mit dem aschblonden Haar und den wäßrig braunen Augen, der im hinteren Teil der Kirche saß und jeden mit Blicken verfolgte; die beiden sportlich gekleideten Männer, die nahe dem Portal standen und sich hinter vorgehaltenen Händen flüsternd unterhielten. Diese Männer konnten nur von der Polizei sein.

Wie aber stand es mit den vielen anderen, den Männern und Frauen, die Tränen in den Augen hatten und sichtbar ergriffen waren? Wer waren der Mann und die Frau mittleren Alters, die sich schräg hinter ihr, in der dritten Reihe auf der anderen Seite des Mittelgangs, gegenseitig trösteten? Wer waren die Leute unmittelbar hinter ihr, die mit gedämpften Stimmen Erinnerungen an die Freundin austauschten, die sie verloren hatten? Sprachen sie wirklich von Joan? Bonnie lehnte sich zurück, um zu lauschen, doch die Leute hinter ihr schwiegen plötzlich, als hätten sie ihr Interesse bemerkt.

Außer ihren Kindern hatte Joan keine lebenden Verwandten, keine Eltern oder Geschwister, die sie betrauerten. Sie war ein Einzelkind gewesen. Die Glückliche, dachte Bonnie und warf einen ängstlichen Blick nach hinten. Es hätte sie nicht gewundert, plötzlich ihren Bruder antanzen zu sehen. Er war durchaus imstande, so etwas zu tun, und sei es nur, um den Anblick ihres schockierten Gesichts zu genießen. Flüchtig fragte sie sich, ob die Polizei sich mit ihm in Verbindung gesetzt hatte, drängte dann alle Gedanken an ihn entschlossen zurück und konzentrierte sich auf die Anwesenden. Sie lächelte ihrer Freundin Diana zu, die gekommen war, um ihr moralischen Beistand zu leisten, begrüßte mit einem kurzen Nicken Marla Brenzelle, die in einem leuchtend pinkfarbenen Ensemble, in dem sie mehr wie eine Brautmutter als ein Trauergast aussah, in der Reihe hinter Diana saß. Doch Marla nahm ihren Gruß gar nicht zur Kenntnis, war offensichtlich nur darauf bedacht, mehreren in der Nähe lauernden Fotografen ihr feierlich ernstes Profil zu zeigen. Wird für diese Frau eigentlich alles zum Fototermin? fragte sich Bonnie und zog unwillkürlich die Brauen hoch, als Josh Freeman in ihr Blickfeld geriet. Wieso hatte sie ihn nicht schon vorher bemerkt?

Er sah genauso aus wie immer, attraktiv auf eine nachlässig, beinah verächtliche Art, als empfände er sein gutes Aussehen als hinderlich, als etwas, das er mittlerweile zwar akzeptierte, mit dem er sich aber nie wirklich abfand. Sein erster Auftritt im Lehrerzimmer der Weston High School war bei den weiblichen Lehrkräften mit beifälligem Getuschel kommentiert worden. Alle hatten mehr über diesen sympathischen Witwer aus New York wissen wollen. Doch Josh Freeman hatte sich als ebenso unzugänglich wie attraktiv erwiesen. Er blieb meistens für sich, pflegte kaum Umgang mit den anderen Leute, auch wenn er den Kollegen stets freundlich und höflich begegnete. Was hat der

Mann hier verloren, fragte sich Bonnie jetzt. Wie gut ist er mit Joan bekannt gewesen?

»Mr. Freeman ist hier«, flüsterte sie Sam zu, der auf Rods anderer Seite saß. Der Junge drehte sich um und winkte seinem Lehrer so lässig zu wie einem Kumpel, den er zufällig bei einem Baseball-Spiel gesichtet hatte.

Eine Frau näherte sich mit zögerndem Schritt. Ihre Augen waren vom Weinen gerötet und verschwollen. »Lauren«, begann sie und nahm die Hand des jungen Mädchens. Es war kaum festzustellen, wer von den beiden stärker zitterte. »Sam«, sagte sie zu Joans Sohn und versuchte zu lächeln, doch da begannen ihre Lippen so heftig zu beben, daß sie eine Hand auf ihren Mund drükken mußte, um nicht in Schluchzen auszubrechen. »Lyle und ich können es nicht fassen«, brachte sie mühsam hervor. »Es tut uns so entsetzlich leid.«

Bonnie bemerkte einen kleinen, stämmigen Mann, der hinter der großen blonden Frau stand, seine Hand fürsorglich auf ihrer Schulter.

»Eure Mutter war so ein wunderbarer Mensch«, fuhr die Frau fort. »Ich weiß, daß ich heute nicht hier stünde, wenn sie nicht gewesen wäre. Sie hat so viel für mich getan. Ich kann es nicht fassen, daß sie nicht mehr da ist. Ich kann mir einfach nicht vorstellen, daß jemand ihr etwas angetan haben soll. Sie war ein großartiger Mensch. Wirklich.« Ein lautes Schluchzen kam über ihre Lippen. Ihr Mann umfaßte fester ihre Schulter und zerknitterte die feine Seide ihres dunkelblauen Kleides unter seiner Hand.

Ein großartiger Mensch? Eine wunderbare Frau? Von wem sprach diese Frau? Bonnie drehte sich nach Rod um, der die Frau mit einer Art befremdeter Distanziertheit anstarrte.

Lauren stand auf und zog die Frau tröstend an sich.

»Eigentlich sollte *ich* dich trösten«, sagte die Frau und neigte sich ein wenig zurück, um sich die Tränen aus den Augen zu wischen.

»Ich komme schon zurecht«, versicherte Lauren ihr.

Die Frau hob ihre Hand und strich Lauren sanft über die Wange. »Ja, das weiß ich.« Wieder versuchte sie zu lächeln, diesmal mit etwas mehr Erfolg. »Deine Mutter hat dich sehr geliebt, weißt du das? Sie hat so oft von dir gesprochen. Lauren dies und Lauren das. Meine kleine Lauren, hat sie oft gesagt, sie ist so ein schönes junges Mädchen. Sie war sehr stolz auf dich... auf euch beide«, fügte die Frau zu Sam gewandt etwas verspätet hinzu.

Sam nickte nur und sah rasch weg.

»Hör zu, wenn wir irgend etwas für euch tun können...« Die Frau brach ab, als Lauren sich wieder setzte. »Ihr wißt ja, wo wir zu erreichen sind.« Der Blick der Frau schweifte über Bonnie hinweg zu Rod.

Rod stand hastig auf. »Caroline«, sagte er und bot ihr die Hand. »Es tut mir leid, daß wir uns unter solchen traurigen Umständen wiedersehen. Hallo, Lyle.«

»Hallo, Rod«, erwiderte der Mann kühl.

»Ja, traurig, Rod«, erwiderte die Frau, ohne Rod die Hand zu reichen. »Du siehst gut aus.«

»Das klingt enttäuscht.«

»Wahrscheinlich habe ich Gerechtigkeit erwartet.«

Bonnie wurde sich bewußt, daß sie den Atem anhielt, während ihr Blick erschreckt zwischen den beiden hin und her flog, die einander offensichtlich feindselig gegenüberstanden. Wer waren diese Leute? Warum diese Feindseligkeit gegen ihren Mann?

»Ich danke euch, daß ihr gekommen seid«, sagte Rod sehr leise, kaum hörbar.

Die Frau richtete ihre Aufmerksamkeit auf Bonnie. »Sie müssen Bonnie sein. Joan hat Sie sehr geschätzt.«

»Wirklich?«

»Sorgen Sie gut für ihre Kinder«, drängte die Frau, ehe sie kehrtmachte und von ihrem Mann gefolgt davonging.

Bonnie sah ihren Mann an. »Was hatte das denn zu bedeuten? Wer sind diese Leute?«

»Das sind die Gossetts«, erklärte Rod und setzte sich wieder.

Bonnie erinnerte sich, daß die Namen in Joans Adreßbuch standen. Lyle und Caroline Gossett. Sie wohnten Joan gegenüber. Rod hatte sie als frühere Freunde bezeichnet.

»Ihr seid offensichtlich nicht gerade ein Herz und eine Seele«, sagte sie.

»Man kann es nicht jedem rechtmachen«, gab Rod unbeeindruckt zurück.

Was war denn zwischen euch, hätte Bonnie gern gefragt, fand es dann aber besser, den Mund zu halten. Dies war weder die Zeit noch der Ort, um alte Wunden aufzureißen und zu untersuchen. Sie würde Rod später danach fragen.

Als sie neben sich unterdrücktes Schluchzen hörte, blickte sie an Sam vorbei zu Lauren, die in einem lose sitzenden, langen blauen Kleid wie verloren wirkte. »Brauchst du ein Taschentuch?« fragte sie und hielt dem jungen Mädchen ein Papiertuch hin. Aber Lauren reagiert nicht einmal.

Bonnie faßte Rods Hand. Hilf mir, flehte sie stumm. Hilf mir deine Kinder kennenlernen. Sag mir, wie ich zu ihnen durchdringen kann.

Aber wie sollte er das können, fragte sie sich, da er sie doch selbst kaum kannte.

Sie hatten sich geweigert, das neue Haus ihres Vaters zu betreten, an seinem neuen Leben teilzuhaben, im Lauf der Jahre waren durch Zeitprobleme und immer stärker hervortretend Loyalitätskonflikte Rods wöchentliche Besuche bei seinen Kindern zu reinen Zufallsbegegnungen geworden. Es war nicht seine Schuld. Es war auch nicht ihre Schuld. Niemand war schuld daran. Es war, so traurig das war, einfach so gekommen.

Die vergangene Woche war schwierig gewesen. Bonnie galt der Polizei offensichtlich immer noch als verdächtig. Die Beamten waren mehrmals vorbeigekommen, um ihr weitere Fragen zu stellen und mit Sam und Lauren zu sprechen. Über den Inhalt dieser Gespräche erfuhr Bonnie nichts; weder Sam noch Lauren hatten auch nur das geringste Bedürfnis gezeigt, sich ihr oder Rod mitzuteilen. Im Gegenteil, sobald Bonnie versuchte, sich ihnen zu nähern, zogen sie sich in sich selbst zurück. Sie kamen nur zum Essen aus ihren Zimmern und auch dann nur widerwillig. Nachdem das ein paar Tage so gegangen war, hatte Rod seine tägliche Arbeit wiederaufgenommen. Bonnie hätte gerne das gleiche getan, zumal ihre Anwesenheit im Haus eher unerwünscht zu sein schien. Doch sie meinte, Sam und Lauren nicht einfach in einem fremden Haus allein lassen zu können. Jedenfalls noch nicht. Sie mußte da sein, falls die beiden sie brauchen sollten. Wenigstens bis nach der Beerdigung.

»Du bist eine gute Seele«, hörte sie ihre Mutter sagen, und die Tränen schossen ihr in die Augen bei der Erinnerung an eine andere Frau, die viel zu früh gestorben war. Es ist schon komisch, dachte sie, daß ich jetzt tatsächlich eine Woche lang schulfrei habe, wenn es auch weiß Gott nicht der romantische Urlaub unter Palmen ist, den ich mir vorgestellt hatte. »Du bist meine Brave«, hörte sie wieder die Stimme ihrer Mutter und drehte unwillkürlich den Kopf, um zu sehen, ob ihr Bruder unter den Trauergästen sei.

»Was ist denn?« fragte Rod und legte seinen Arm um ihre Schultern, um sie an sich zu ziehen.

Bonnie schüttelte nur den Kopf. Sie richtete ihren Blick wieder auf den mit Blumen über und über bedeckten Sarg, zupfte am Kragen ihrer grauen Seidenbluse und glättete die Falten ihres schwarzen Rocks, obwohl es da nichts zu glätten gab. Dann hörte sie Schritte und Füßescharren, und als sie aufblickte, sah sie, daß Sams Freund Haze sich auf der anderen Seite des Gangs in eine der Bänke schob.

»Hallo, Mrs. Wheeler«, sagte er. »Wie geht's denn so?«

Ein großer grauhaariger Mann trat vorn auf das Podium. »In tiefer Traurigkeit«, begann er mit gedämpfter Stimme, »haben wir uns heute hier versammelt, um Joan Wheeler zu betrauern. Und es sagt einiges über die hohe Wertschätzung, die Joan

Wheeler allseits genossen hat, daß so viele von Ihnen heute hierhergekommen sind. Nie hat sie trotz tragischer Verluste ihre Güte, ihren Lebenswillen, ihre Demut und ihren Humor verloren«, fuhr er fort, und wieder überlegte Bonnie, wer eigentlich diese Frau war, auf die er seine Lobeshymnen ausbrachte.

In respektvollem Ton fuhr der Mann fort, Joans Leistungen aufzuzählen. In wohltönenden Worten ließ er sich über ihre Liebe zu ihren Kindern aus, spielte nur mit vagen Andeutungen auf die Umstände des Todes ihres jüngsten Kindes an, fand angemessene Euphemismen für Joans anschließende Flucht in den Alkohol, berichtete, daß Joan in den Tagen unmittelbar vor ihrem Tod von neuer Entschlußkraft erfüllt gewesen sei, ihm gesagt habe, daß sie entschlossen sei, sich zusammenzureißen und ihr Haus in Ordnung zu bringen.

Keine leichte Aufgabe, dachte Bonnie, die sich nur zu lebhaft an den Zustand von Joans Zimmer erinnerte. Immer wieder schweiften ihre Gedanken während der Trauerrede ab, es gelang ihr nicht, die Dinge, die Rod über Joan erzählt hatte, mit dem, was sie jetzt hörte, in Einklang zu bringen. Wer, fragte sie sich, als sie das unterdrückte Schluchzen rundherum hörte, war diese Frau gewesen, um die so viele jetzt weinten? Sie warf einen Blick zu Sam hinüber. Und wie kam es, daß die Augen ihres Sohnes völlig trocken waren?

Dann war der Trauergottesdienst zu Ende, die Sargträger kamen und hoben den blumengeschmückten Sarg auf ihre Schultern. Rod und seine Kinder standen auf, um ihnen zu folgen. Bonnie blieb ein wenig zurück, ihre Augen starr geradeaus gerichtet, jeden Blickkontakt meidend, fast so als hätte sie Angst davor, jemand Bestimmtes zu sehen. Das Portal öffnete sich einem blendend hellen Nachmittag, sonnig, aber kalt. Ich hätte eine Jacke anziehen sollen, dachte Bonnie fröstelnd, während sie zusah, wie der Sarg in den Leichenwagen geschoben wurde.

Geräusche drangen plötzlich zu ihr durch, sie hörte die Autos auf der vielbefahrenen Commonwealth Avenue, wurde sich bewußt, daß Menschen sie umdrängten. Hätte einer vor dem Gottesdienst sie gefragt, wie viele wohl auf den Friedhof mitfahren würden, hätte sie *keiner* gesagt. *Fast alle,* würde sie jetzt wahrscheinlich sagen.

Plötzlich entdeckte sie Josh Freeman.

»Mr. Freeman!« rief sie ihm nach und drängte sich zwischen den Trauergästen hindurch. »Entschuldigen Sie, Mr. Freeman.«

Er blieb stehen und drehte sich um. »Guten Tag Mrs. Wheeler«, sagte er mit einem Ausdruck leichter Verwunderung. War er überrascht, sie hier zu sehen? Hatte er nicht gewußt, daß sie Sams Stiefmutter war?

»Ich wußte gar nicht, daß Sie Joan gekannt haben«, begann Bonnie, ohne selbst zu wissen, wohin dieses Gespräch führen sollte.

»Sam ist in einer meiner Klassen.«

»Ja, ich weiß.« Bonnie wartete darauf, daß er noch etwas sagen würde, aber er tat es nicht. Sie spürte eine Hand an ihrem Ellbogen, drehte sich um, sah Diana.

»Ich ruf' dich später an«, sagte Diana und gab ihr einen Kuß auf die Wange, um sogleich zum Parkplatz weiterzueilen.

Bonnie wandte sich wieder Josh Freeman zu. Seine braunen Augen waren heller und klarer als die Rods. Sein Haar war wellig und ein wenig zerzaust, als hätte er versucht, es zu bändigen, und den Kampf aufgegeben.

»Waren Sie und Joan befreundet?« fragte sie und bemühte sich, ihn nicht anzustarren.

»Ja«, antwortete er. Dann nichts mehr.

»Könnten wir vielleicht einmal miteinander über sie reden?« Warum hatte sie das gefragt? Worüber wollte sie mit ihm reden?

»Ich weiß eigentlich nicht recht, was es da zu sagen gibt«, gab er zurück, seine Worte wie ein Echo ihrer eigenen Gedanken.

»Bitte.«

Er nickte. »Wann sind Sie wieder in der Schule?«

»Ab Montag.«

»Gut, bis dann.«

»War das nicht eine wunderbare Trauerrede?« fragte Marla Brenzelle, die aussah wie ein Riesenpäckchen pinkfarbener Zukkerwatte, mit lauter Stimme und ging Rods Kindern mit ausgebreiteten Armen entgegen. »Ihr müßt Lauren und Samantha sein.«

»Sam und Lauren«, verbesserte Bonnie und drehte sich wieder nach Josh Freeman um. Aber der war schon gegangen.

»Ich möchte euch beiden mein Beileid aussprechen«, fuhr Marla unbeeindruckt fort.

»Danke«, sagte Lauren.

»Ich hatte übrigens vor ein paar Wochen Gelegenheit, Ihren Bruder kennenzulernen«, sagte Marla.

Bonnie brauchte einen Moment, um zu begreifen, daß Marla nicht mit Lauren sprach, sondern mit ihr. »Oh, Pardon. Was sagten Sie?«

»Kann mein Freund ein Autogramm von Ihnen haben?« fragte Sam unvermittelt.

Marlas Gesicht leuchtete auf, als hätte soeben jemand einen Scheinwerfer auf sie gerichtet. »Aber natürlich.«

Bonnie blickte zu Haze hinüber, der mit einem Textmaker in der Hand grinsend dastand.

»Einfach hier«, sagte er, reichte Marla den Stift und hielt seinen tätowierten Arm hoch.

»Haze«, wiederholte Marla, nachdem sie ihn nach seinen Namen gefragt hatte. »Das ist ein interessanter Name.«

Was geht hier eigentlich vor, fragte sich Bonnie, die ungeduldig wartete, während Marla mit großem Schwung ihr Autogramm auf Hazes Arm setzte. »Wieso haben Sie meinen Bruder kennengelernt? Was meinen Sie damit?«

Marla ließ mit einem strahlenden Lächeln ihre überkronten Zähne blitzen. »Na ja, ich habe ihn doch in der High School nie kennengelernt. Als er kam, war ich schon abgegangen. Aber ich weiß noch, daß die tollsten Stories über ihn erzählt wurden. Was für ein ausgeflippter Bursche er war, wie die Kids heute sagen würden. Da war ich natürlich neugierig auf ihn, besonders weil Sie ja in der Schule immer so ein Tugendbold waren.«

Bonnie ignorierte die Spitze, ob sie nun beabsichtigt war oder nicht. »Wo haben Sie denn meinen Bruder kennengelernt?«

»Er kam ins Studio, um mit Rod zu sprechen. Hat Rod Ihnen das nicht erzählt?«

Bonnie blickte sich suchend nach ihrem Mann um, doch der sprach gerade mit einem Angestellten des Bestattungsunternehmens. Er hatte sich mit ihrem Bruder getroffen und ihr kein Wort davon gesagt? Wieso nicht?

»Anscheinend hatte er irgendeine verrückte Idee für eine Serie«, erläuterte Marla, als hätte sie Bonnies unausgesprochene Frage erraten. »Rod hat ihm gesagt, so etwas würde nie im Leben ankommen. Aber ich glaube, ich habe ihn überredet, mal in unserer Show aufzutreten. Meiner Ansicht nach wäre er ein großartiger Gast, meinen Sie nicht? Er sieht unglaublich gut aus und ist so charmant.«

»Mein Bruder ist ein Betrüger und ein Schwindler«, entgegnete Bonnie kurz und hart. Sie wollte dieser Frau so schnell wie möglich entkommen.

»Eben!«

»Ich muß jetzt wirklich weg«, sagte Bonnie und war schon im Gehen. »Danke, daß Sie gekommen sind«, fügte sie hinzu, die Worte wie ein zusammengeknülltes Stück Papier über die Schulter werfend.

»Nächstes Mal sehen wir uns hoffentlich unter erfreulicheren Umständen«, rief Marla ihr nach.

Damit rechne mal lieber nicht, dachte Bonnie.

»Warum hast du mir nicht erzählt, daß du mit Nick gesprochen hast?« fragte Bonnie Rod scharf, während er mehrere Behälter mit chinesischen Gerichten auf dem runden weißen Küchentisch verteilte. Die Küche war ein rechteckiger Raum, die Eßecke nach vorne hinaus mit Blick zur Straße. Die Schränke waren aus hellem Eichenholz, der geflieste Boden war mandelbraun, die Wände waren weiß. An einer Wand hing eine Chagall-Lithographie, die eine Kuh über einem Dach schwebend zeigte; eine Zeichnung Amandas, die eine Gruppe von Menschen mit viereckigen Köpfen darstellte, hing an einer anderen Wand.

»Du hast wohl mit Marla gesprochen«, stellte Rod fest. Seine Stimme war ruhig, gelassen.

»Ich verstehe das nicht, Rod.«

Er stellte den letzten Behälter auf den Tisch und leckte sich automatisch die Finger ab. »Da gibt's nichts zu verstehen, Schatz. Dein Bruder erschien vor ein paar Wochen bei uns im Studio; unangemeldet natürlich. Mit so einer verrückten Idee für eine Serie. Ich habe ihm gesagt, daß sie nicht zu gebrauchen war.«

»Daß sie nicht ankommen würde«, verbesserte ihn Bonnie.

»Wie?«

»Marla sagte, du hättest ihm erklärt, sie würde nie im Leben ankommen«, erklärte sie gereizt. Wieso hatte er ihr nichts davon erzählt?

Rod ging zu Bonnie, die am Herd lehnte. »Nun komm schon, Schatz. Das war doch keine große Sache. Ich hab's dir nicht erzählt, weil ich genau wußte, daß es dich nur aufregen würde.«

»Trotzdem. Was glaubst du denn, wie's mir jetzt geht?«

Er senkte den Kopf. »Es war dumm von mir, dir nichts davon zu sagen. Es tut mir leid.«

»Du hattest also schon mit ihm gesprochen, als die Polizei seinen Namen in Joans Adreßbuch fand«, sagte sie in dem Bemühen, die Fakten für sich zu ordnen. »Warum hast du es mir nicht wenigstens da gesagt?«

»Was hätte ich denn sagen sollen? Oh, übrigens, dein Bruder war letzte Woche bei mir? Ich hielt es für völlig irrelevant.«

»Auch danach noch, als ich versucht habe, ihn zu erreichen?«

»Da hab' ich mir überlegt, ob ich es dir sagen soll.«

»Aber du hast es nicht getan. Nicht einmal, nachdem ich mit ihm gesprochen hatte.«

»Ich wüßte nicht, wozu es gut sein sollte. Die ganze Geschichte fing auf einmal an, sehr kompliziert zu werden. Ich bin der Meinung, daß wir es der Polizei überlassen sollten, sich damit zu befassen, wenn er irgendwas mit Joans Tod zu tun hat.«

»Darum geht es doch gar nicht!«, rief Bonnie aufgebracht.

»Worum geht es dann?« Rods Blick schweifte zum Flur, er fürchtete offensichtlich, seine Kinder könnten die Auseinandersetzung hören.

Bonnie senkte augenblicklich ihre Stimme. »Es geht darum, daß du es mir hättest sagen müssen.«

»Einverstanden«, sagte er. »Aber ich hab's nicht getan. Ich weiß auch nicht, warum. Wahrscheinlich weil ich genau so eine Szene wie die jetzige vermeiden wollte.«

Bonnie schwieg.

»Das Essen wird kalt«, bemerkte Rod schließlich.

»Hast du gewußt, daß er bei meinem Vater wohnt?« fragte Bonnie, als hätte er nichts gesagt.

»Nein. Ich hab' ihn nicht danach gefragt, und er hat es mir nicht gesagt.«

»Habt ihr über Joan geredet?«

»Weshalb, um Himmels willen, hätten wir über Joan reden sollen?«

»Es würde mich interessieren, warum sein Name in ihrem Adreßbuch steht.«

»Ich wiederhole«, sagte Rod scharf, den kantigen Unterkiefer angespannt, als kostete es ihm Mühe, sich zu beherrschen, »wir sollten diese Sache der Polizei überlassen.«

»Weißt du eigentlich, daß diese dumme Person ihn als Gast in eure Show eingeladen hat?« fragte Bonnie abrupt.

»Marla?« Rod lachte.

»Du findest das komisch?«

»Er kommt bestimmt nicht.«

»Natürlich kommt er. Und wenn nur, um mich zu ärgern.«

»Dann laß dich nicht davon ärgern.« Rod gab ihr einen Kuß auf die Nasenspitze. »Komm, Schatz. Nimm dir das alles doch nicht so zu Herzen. Es tut mir leid, daß ich dir nichts gesagt habe. Wirklich, glaub mir.«

Sam kam lässig in die Küche, gefolgt von seiner Schwester. »Du findest Marla Brenzelle dumm?« fragte er.

Bonnie hätte gern gewußt, wie viel von dem Gespräch die beiden gehört hatten. »Sagen wir einfach, die Frau hat einen schwach ausgebildeten Sinn für Ironie.«

»Was ist das?« Sam machte es sich in einem der Korbsessel bequem.

»Ironie?«

»Nein, das da.« Sam deutete auf einen der Plastikbecher.

»Huhn mit Zitrone«, antwortete Rod ihm. »Bedien dich.«

»Ich finde sie cool«, sagte Lauren. Sie setzte sich und häufte eine große Portion gebratenen Reis auf ihren Teller.

»Wirklich?« Bonnie gab sich keine Mühe, ihre Verwunderung zu verbergen. »Was findest du denn cool an ihr?«

Lauren zuckte mit den Achseln. »Sie hilft doch anderen.«

»Sie hilft ihnen? Wie denn? Indem sie sie vor Millionen Fernsehzuschauern ausbeutet?«

»Wieso beutet sie sie aus?« fragte Lauren.

»Kannst du mir mal das Chow Mein rübergeben?« sagte Sam.

»Sie beutet sie aus, indem sie sie glauben macht, sie könnten ihre Probleme lösen, wenn sie sie vor Millionen von Leuten auf den Tisch legen. Als Lösung bietet sie ihnen einen Gemeinplatz im Ruckzuck-Verfahren. Sie bietet außerdem jedem Irren und jedem Exhibitionisten im Land ein öffentliches Forum. Sie legitimiert das fragwürdige Verhalten dieser Leute, indem sie so tut, als wäre es die Norm, was es ganz eindeutig nicht ist.« Bonnie, von ihrer Auseinandersetzung mit Rod noch aufgebracht, geriet jetzt erst richtig in Fahrt. »Was glaubst du denn, wie viele lesbische Zwillinge es gibt, die die Liebhaber ihrer Mütter verführt haben? Oder wie viele Spanner, die ihre Cousine geheiratet haben, nachdem sie gesehen hatten, daß sie mit ihrem Vater im Bett war? Glaubst du im Ernst, es geht Marla Brenzelle, die ich übrigens schon kannte, als sie noch Marlene Brenzel hieß, darum, jemand anderem zu helfen als sich selbst und ihren Einschaltquoten, wenn sie solche Leute in ihre Show holt? Ich möchte wirklich wissen, was eigentlich aus Diskretion und gesundem Menschenverstand geworden ist?«

Nach diesem unerwarteten Ausbruch war es einen Augenblick ganz still im Zimmer.

»Na, das war mal eine feurige Rede«, bemerkte Rod schließlich ruhig.

»Tut mir leid«, entschuldigte sich Bonnie hastig. »Ich weiß selbst nicht, was plötzlich in mich gefahren ist. Ich wollte wirklich nicht so...«

»So geringschätzig sein?« fragte Rod spitz.

»Ehrlich, es tut mir leid. Ich wollte nicht...«

»Ich hatte ja keine Ahnung, daß du über meine tägliche Arbeit eine so dezidierte Meinung hast«, sagte Rod.

»Seit wann kennst du Marla Brenzelle?« wollte Sam wissen.

»Wir waren zusammen auf der Schule«, antwortete Bonnie, ihren Blick auf Rod gerichtet.

»Cool«, sagte Sam.

»Wirklich, Rod«, sagte Bonnie zu ihrem Mann, »ich wollte das, was du tust, nicht runtermachen...«

»Es klang aber ganz danach«, versetzte er.

»Sie hat mich gefragt, ob ich mal in ihrer Show auftreten will«, warf Lauren ein. »Sie hat gesagt, es würde mir vielleicht helfen, mit dem, was passiert ist, besser fertigzuwerden, wenn ich drüber reden könnte.«

»Es würde bestimmt helfen, mit jemandem darüber zu sprechen«, stimmte Bonnie sofort zu. »Aber sprich mit deinem Vater darüber. Oder mit einem Therapeuten. Oder auch mit mir.«

»Weshalb sollte ich ausgerechnet mit dir reden wollen?« fragte Lauren.

»Lauren!« warnte Rod. »Nimm dich zusammen.«

»Na ja«, begann Bonnie, und die Worte lösten sich nur schwer von ihren Lippen, »ich weiß, wie es ist, wenn man eine Mutter verliert, die man liebt.«

»Ich habe meine Mutter nicht *verloren*. Sie ist ermordet worden. Deine vielleicht auch?« fragte Lauren herausfordernd.

»Nein«, antwortete Bonnie. Nicht direkt, dachte sie.

»Dann hast du null Ahnung.« Lauren stieß ihren Stuhl vom Tisch weg. »Ich habe keinen besonderen Hunger. Darf ich aufstehen?« Und im nächsten Moment war sie verschwunden.

Rod griff über den Tisch und tätschelte Bonnies Hand. »Tut mir leid, Liebes. Das hast du nicht verdient.« Er blickte durch das Fenster hinaus auf die stille Vorortstraße. »Es war für uns alle ein scheußlicher Tag.« Er fuhr sich mit der Hand durchs Haar und schob seinen Teller weg. »Ich habe auch keinen großen Hunger.« Er stand auf und streckte sich. »Ich bin irgendwie unruhig. Macht es dir etwas aus, wenn ich ein Weilchen verschwinde? Ich brauch' frische Luft.«

»Jetzt noch? Es ist doch schon nach neun.«

»Nur eine kleine Spritztour. Ich bin bestimmt nicht lang weg.« Er war schon auf dem Weg aus der Küche. Bonnie folgte ihm eilig. »Ich brauche einfach ein bißchen Zeit, um einen klaren Kopf zu bekommen«, sagte er an der Haustür.

»Rod, es tut mir wirklich leid«, begann Bonnie. »Du weißt, es war nicht meine Absicht, dich zu kritisieren.«

»Dir braucht nichts leid zu tun.« Er küßte sie zärtlich auf den Mund, während er mit der Hand schon zur Tür griff. »Komm doch mit«, sagte er plötzlich.

»Ich kann doch Amanda nicht allein lassen!« Ihre Tochter lag schon seit einer Weile im Bett.

»Sam und Lauren sind ja hier«, erinnerte Rod sie.

Bonnie sah zur Treppe, dachte an Sam in der Küche und Lauren in ihrem Zimmer. Bilde dir nur ja nicht ein, daß du meine Kinder als Babysitter benützen kannst. Sie sind nicht dazu da, dir das Leben zu erleichtern, hatte Joan eines denkwürdigen Abends kurz nach Amandas Geburt zu ihr gesagt.

»Nein, ich bleibe lieber hier«, entschied Bonnie, die genau wußte, daß Joan alles in ihrer Macht Stehende getan hatte, um jegliche Vertrautheit zwischen Sam und Lauren und ihrer kleinen Halbschwester zu verhindern. Sie war boshaft und grausam gewesen, ganz gewiß nicht dieses Vorbild an Güte und Menschlichkeit, dessen Loblied man heute nachmittag bei der Trauerfeier gesungen hatte.

»Also, ich bin gleich wieder da«, sagte Rod und zog die Tür hinter sich zu.

Sam saß immer noch über seinen Teller gebeugt am Tisch. Das Licht der Deckenlampe leuchtete auf dem Mitternachtsblau seines Haars.

»Ich bin froh, daß wenigstens einer Appetit hat«, bemerkte sie.

Sam drehte sich um. Orangerote Sauce klebte an seinen Lippen wie verschmierter Lippenstift, die gleiche Farbe, die seine Mutter immer benutzt hatte, die gleiche Farbe, die sie auch am Tag ihres Todes benutzt hatte.

Bonnie trat unwillkürlich einen Schritt zurück, als hätte sie ein Gespenst gesehen. Sam lächelte. Von seiner rechten Hand hing etwas herab wie eine Taschenuhr an einer Kette, nur war dies keine Kette, wie Bonnie sah. Es war ein Schwanz.

»O Gott«, sagte sie und drückte eine Hand auf ihren Magen. »Sag mir, daß es nicht das ist, was ich glaube.«

»Es ist nur eine kleine weiße Ratte«, erklärte Sam lachend. »Ich hab' sie ein bißchen an meinem süßsauren Schweinefleisch knabbern lassen. So eine Art Henkersmahlzeit, bevor sie von L'il Abner verdrückt wird.« Er stand auf und nahm die zum Tode verurteilte Ratte mit, deren zuckende Schnauze orangerot schimmerte. »Willst du zusehen?«

»Nein, danke«, antwortete Bonnie heiser, und Sam ging hinaus. Sie ließ sich auf einen der Küchenstühle sinken und wartete auf Rods Heimkehr.

9

Am folgenden Montag morgen stellte Bonnie ihren Wagen Punkt sieben Uhr neunundzwanzig auf dem Lehrerparkplatz vor der Weston High School ab. Ich habe eine Digitaluhr im Wagen, hatte sie vor gar nicht langer Zeit den Polizeibeamten gesagt. Und dann hatte sie zu lachen angefangen. Sie hatte nicht lange gelacht und nicht laut. Aber lange genug, um ihre Neugier zu erregen, laut genug, um ihren Verdacht zu wecken. Am Wochenende waren sie wieder dagewesen, um mit ihr zu sprechen, hatten ihr wieder die gleichen Fragen gestellt, wahrscheinlich in der Hoffnung, sie würde sich widersprechen, irgend etwas Belastendes sagen, das Captain Mahoney berechtigen würde, ihr die Handschellen anzulegen, die an seinem Gürtel baumelten, und sie mitzunehmen. Die Gefahr, in der sie und ihre Tochter möglicherweise schwebten, vor der Joan sie gewarnt hatte, schien sie überhaupt nicht zu interessieren. Wahrscheinlich glauben sie, ich hätte mir das alles ausgedacht, dachte Bonnie in ihrem Ärger darüber, wie wenig die Polizei über den Stand ihrer Ermittlungen preisgegeben hatte. Sie hatte ihnen lediglich mitgeteilt, daß Joan nach Befund des Coroners von einer Kugel aus einem .38er Revolver getötet worden war, höchstwahrscheinlich jener Waffe, die noch auf Rod zugelassen war.

»Hallo, Mrs. Wheeler!« rief jemand, als Bonnie die Tür des Gebäudes erreichte. »Lassen Sie, ich mach' Ihnen auf.«

Bonnie drehte sich um und sah Haze, der ihr nachrannte. Das heißt, nein, rennen kann man eigentlich nicht sagen, dachte sie, während sie ihn beobachtete, fasziniert von der unbekümmerten

Selbstgefälligkeit seiner Bewegungen. Es war eher ein leichtes, federndes Tänzeln, wie das eines wohlgebauten, kraftvollen Hengstes.

»Sie schauen echt gut aus heute, Mrs. Wheeler«, sagte er, zog die schwere Tür auf und trat dann zur Seite, um Bonnie den Vortritt zu lassen. »Schön, daß Sie wieder da sind«, fügte er hinzu, als sie in die Schulkantine traten.

Bonnie lächelte. »Was verschafft mir denn die Ehre, Haze?«

Haze senkte den Kopf und sagte so leise, daß sie sich vorbeugen mußte, um ihn zu hören: »Sie erwarten doch nicht im Ernst heute den Aufsatz, oder?« fragte er.

Sie hätte gelacht, wäre nicht die plötzliche Spannung im Gesicht des Jungen gewesen, das Erstarren seines Lächelns.

»Leider doch«, antwortete sie und fühlte sich plötzlich vom Lärm und den Gerüchen des Raumes bedrängt. »Du hast über einen Monat Zeit gehabt.«

Haze sagte nichts, doch sein gefrorenes Lächeln wich einem kaum wahrnehmbaren höhnischen Grinsen, als er langsam zurückwich und in einer Gruppe von Schülern verschwand. Wie die Ratte, die von der Boa constrictor verschlungen wird, dachte Bonnie, die ihn beobachtete. Sie fühlte sich beunruhigt von dieser Begegnung, hätte aber nicht sagen können, warum.

Sie verließ die Kantine, nickte ein paar Jungen zu, die in einer Ecke knuffend und puffend herumalberten, und ging rasch den Korridor hinunter. Eine lange Leuchtröhre zog sich in der Mitte der hohen Decke entlang wie die Mittellinie auf einer Landstraße und warf einen gespenstischen Schein auf die große, gerahmte Fotografie der Schulabgänger des letzten Jahres, deren Köpfe mit den lachenden Gesichtern man abgeschnitten und säuberlich in einzelne, ovale Passepartouts gesteckt hatte. Bonnie öffnete die Tür zum Lehrerzimmer und hielt schnurstracks auf die große Kaffeemaschine zu, die auf einem Sideboard stand.

»Hallo, alle miteinander«, sagte sie zu niemandem im besonderen, nachdem sie sich eine Tasse eingeschenkt hatte und zu einem Sessel vor der langen Reihe niedriger Fenster ging. Der Blick – auf einen kleinen Innenhof mit einem einsamen Baum – war nicht gerade spektakulär.

Es war vielleicht ein halbes Dutzend Lehrkräfte in dem großen Raum, in dem die Farben Rot und Beige vorherrschten. Ein paar standen in einer kleinen Gruppe beisammen und unterhielten sich, andere schienen in die Morgenzeitung vertieft zu sein, alle gaben sich betont nonchalant. Einige erwiderten ihre Begrüßung; jemand fragte, wie es ihr ginge; sie sagte, okay.

»Es tut gut, wieder hier zu sein«, bemerkte Bonnie, während sie feststellte, daß Josh Freeman nirgends zu sehen war.

»Das muß ja scheußlich gewesen sein«, sagte Maureen Templeton, eine Mathematik- und Physiklehrerin mit krausem gelbem Haar und einem ausgeprägten Überbiß, und alle nickten zustimmend.

»Ja, das war es«, bestätigte Bonnie.

»Weiß die Polizei schon...?«

»Nein, bis jetzt noch gar nichts«, sagte Bonnie.

»Schlimme Woche, hm?« fragte Tom O'Brian, der so intellektuell aussah, wie sich das für einen Lehrer für dramatische Kunst gehörte.

»Ja, gräßlich.«

»Also, wenn wir irgendwie helfen können...«, sagte wieder Maureen Templeton, während die anderen nickten wie gehabt.

»Danke.«

»Ich habe Sam in einer meiner Gruppen«, sagte Tom O'Brian. »Er ist ein echtes Talent, der geborene Schauspieler. Wie hält er sich?«

»Besser, als man erwarten würde«, antwortete Bonnie, die aus Sams Verhalten noch immer nicht klug wurde. Die Polizei hatte Joans Auto freigegeben, und Sam hatte sich mit wahrem Feuereifer bereit erklärt, seine Schwester für den Rest des Schuljahrs in ihre Schule zu fahren und dort wieder abzuholen. »Haben Sie seine Mutter gekannt?«

»Ich habe sie beim Elternsprechtag im November kennengelernt. Sie machte einen sehr netten Eindruck.« Tom O'Brian schüttelte den Kopf. »Schreckliche Geschichte. Schwer zu glauben.«

Danach schien es nichts mehr zu sagen zu geben, und es wurde still im Zimmer. Allmählich kehrten alle wieder zu dem zurück, womit sie vor Bonnies Erscheinen beschäftigt gewesen waren. Bonnie nahm sich einen Teil des *Boston Globe,* der auf dem niedrigen Resopaltisch vor ihrem Sessel lag, und blätterte ihn durch, erleichtert, ihren Namen nicht mehr in den Schlagzeilen zu finden. Andere Morde, grausamer und sensationeller, hatten Joans Geschichte verdrängt: ein tödliches Familiendrama in Waltham; eine Schießerei in der Newbury Street; die Story von einem jungen Paar, das beim Dessert in einem Schickeria-Bistro niedergestochen worden war.

Bonnie blätterte eilig weiter zum Lokalteil, überflog die Rezepte für fettarmen Schokoladenkuchen und ballastreiche Apfeltaschen, ignorierte einen Artikel über Sexualität im Alter und richtete ihre Aufmerksamkeit auf eine mit »Hausbesuch« überschriebene Ratgeberkolumne, für die zwei Ärzte verantwortlich zeichneten, die Allgemeinärztin Dr. Rita Wertman und der Familientherapeut Dr. Walter Greenspoon.

Wieso stand Dr. Greenspoons Name in Joan Wheelers Adreßbuch?

»Lieber Dr. Greenspoon«, begann der erste Liebesbrief. »Ich bin die Mutter eines hyperaktiven, siebenjährigen Mädchens, das meinen Mann und mich zur Verzweiflung treibt. Morgens will sie nicht aufstehen, schreit wie am Spieß, wenn ich sie zur Schule fahre und weigert sich, ihr Abendbrot zu essen oder zu Bett zu gehen. Mein Mann und ich sind völlig erschöpft und ständig gereizt. Ich habe Angst, daß unsere Ehe mit diesem Kind nicht mehr lange halten wird, und ich weiß nicht, was ich tun soll.«

»Liebe frustrierte Mutter«, begann Dr. Greenspoons Antwort, »Sie und Ihr Mann müssen lernen, im Einklang zu handeln...«

»Entschuldigen Sie, Mrs. Wheeler«, sagte jemand.

Bonnie ließ die Zeitung sinken und sah auf. Josh Freeman stand vor ihr, groß und schlank, ein zurückhaltendes Lächeln auf den Lippen. Er hatte etwas sympathisch Jungenhaftes, gleichzeitig jedoch warnte etwas an seiner Haltung sie, ihm zu nahe zu kommen.

»Mr. Freeman, guten Morgen«, sagte sie etwas verlegen.

»Sie sagten, sie würden sich gern einmal mit mir unterhalten.«

»Ach ja, wenn es Ihnen nichts ausmacht.« Bonnie wies mit dem Kopf zu dem freien Sessel neben dem ihren. Josh Freeman zögerte, setzte sich aber dann. »Wie gefällt es Ihnen eigentlich an der Weston High School?« fragte Bonnie, die nicht wußte, wie sie anfangen sollte. Sie war so verlegen wie bei ihrer ersten Verabredung mit einem Jungen. Was sollte das Ganze? Warum hatte sie ihn um dieses Gespräch gebeten? Worüber wollte sie überhaupt mit ihm sprechen?«

»Es gefällt mir sehr gut«, antwortete Josh Freeman. »Eine ganze Menge begabter, kreativer junger Leute. Ich brauch' gar nicht viel zu tun, um sie zu motivieren. Aber ich kann mir nicht vorstellen, daß Sie sich darüber mit mir unterhalten wollten.«

Von Smalltalk hält er also nicht viel, dachte Bonnie, die das normalerweise bewunderte.

»Es hat mich überrascht, Sie bei Joan Wheelers Beerdigung zu sehen«, erklärte sie offen.

Josh Freeman sagte nichts.

»Ich wußte nicht, daß Sie befreundet waren.«

Immer noch nichts.

»Sie sagen ja gar nichts«, meinte Bonnie, ihren Blick auf seinen Mund gerichtet. Sie hatte beinahe Angst, ihm in die Augen zu sehen.

»Sie haben mich nicht gefragt«, antwortete er.

Sie lächelte. Sie würde sich also ganz genau ausdrücken müssen, wenn sie von ihm etwas erfahren wollte, wobei ihr allerdings selbst nicht ganz klar war, was sie eigentlich zu erfahren hoffte.

»Wie gut waren Sie mit Joan bekannt?«

»Wir haben uns im November kennengelernt, beim Elternsprechtag. Danach haben wir verschiedentlich miteinander gesprochen.«

»Sie hatte Ihre private Telefonnummer.«

»Ja.« Bonnie holte tief Atem und zwang sich, ihm in die Augen zu sehen. Einen Moment war sie überrascht von der Klarheit, von der Intensität seines Blicks. »Sie machen es mir nicht sehr leicht.«

»Es ist nicht meine Absicht, es Ihnen schwerzumachen«, erwiderte er. »Ich weiß nur nicht, worauf Sie eigentlich hinaus wollen.«

»Hat die Polizei sich mit Ihnen in Verbindung gesetzt?«

»Ich habe mit der Polizei gesprochen, ja.«

»Darf ich fragen, worüber?«

»Nein, das dürfen Sie nicht«, antwortete er ruhig.

Bonnie spürte, wie sie rot wurde. »Wußten Sie eigentlich von meiner Verbindung zu Joan?« fragte sie.

»Ich weiß, daß Sie mit ihrem geschiedenen Mann verheiratet sind.«

»Hat Joan Ihnen das gesagt oder die Polizei?«

»Joan.«

»Welcher Art war Ihre Beziehung zu Joan eigentlich?«

»Ich glaube nicht, daß Sie das etwas angeht«, antwortete Josh Freeman und warf gleichzeitig einen Blick auf die große Wanduhr. »Im übrigen wird es gleich läuten. Ich muß zum Unterricht.«

»Wir haben noch fünf Minuten.«

»Was wollen Sie denn über meine Beziehung zu Joan wissen?«

»Es bestand also eine Beziehung«, stellte Bonnie fest.

Er sagte nichts.

»Hat sie je von mir gesprochen?« fragte Bonnie. »Oder von

meiner Tochter? Hat sie zu Ihnen einmal etwas davon gesagt, daß sie glaubte, wir befänden uns in Gefahr?«

Ein flüchtiger Ausdruck der Beunruhigung blitzte in Josh Freemans Augen auf und erlosch wieder. »Ich weiß wirklich nicht, worauf Sie hinaus wollen«, sagte er und stand auf, »und ich finde dieses Gespräch äußerst unbehaglich. Ich muß jetzt wirklich zum Unterricht.«

Bonnie stand ebenfalls auf. »Können wir nach der Schule noch einmal miteinander sprechen?«

»Das glaube ich nicht.«

»Bitte!«

»Wir werden sehen«, sagte er, offensichtlich hin und her gerissen. Dann ging er, ehe sie noch ein weiteres Wort hervorbringen konnte.

Bonnie wappnete sich innerlich und öffnete die Tür zu ihrem Klassenzimmer. Augenblicklich stürzten die Schüler, die noch schwatzend und lachend am Fenster zusammenstanden, zu ihren Plätzen. Sie boten das gewohnte Bild: lange Haare, Fetzenjeans, Ohr- und Nasenstecker, ungefähr gleich viele junge Männer und junge Frauen aus relativ wohlhabenden Familien, entschlossen, so heruntergekommen wie möglich auszusehen. In ihren Augen spiegelte sich ein Zynismus, der nicht zu ihrer Jugend paßte.

Es gab einiges Gekicher und viele nervöse Blicke, als Bonnie die Gesichter der vierundzwanzig Schüler, die in ihrem vorletzten Jahr waren, musterte. Hinten saß Haze, zwinkerte und nickte mit dem Kopf wie die Handpuppe eines Bauchredners. Bonnie trat hinter das Pult und setzte sich, nachdem sie sich rasch vergewissert hatte, daß alles so war, wie sie es verlassen hatte. Die Tafel war sauber abgewischt; am Schwarzen Brett hing das vertraute Sammelsurium von Landkarten, Kino- und Theaterprogrammen. »Literatur von 1400–1850«, verkündete ein Flugblatt. Neben dem Schwarzen Brett hingen von den Schülern gezeichnete Plakate zu den Lektüren, die in diesem Jahr durchgenommen worden waren: *Der Fänger im Roggen; Ich weiß, daß der gefangene Vogel singt; Cyrano de Bergerac; Macbeth.*

»Was hat die Ersatzlehrkraft letzte Woche mit euch durchgenommen?« fragte sie und nahm ihre Ausgabe von *Macbeth* vom Pult.

»Nicht viel«, sagte jemand und lachte.

»Fort, fort, verdammter Fleck«, schrie Haze, und die Klasse brüllte.

»Er war ziemlich inkompetent«, sagte eines der Mädchen aus der ersten Reihe. »Er ließ uns die meiste Zeit für uns selbst arbeiten.«

»Gut. Dann solltet ihr eigentlich alle euren Aufsatz heute fertig haben«, sagte Bonnie und erhielt laute Buhrufe zur Antwort. »Aber jetzt gehen wir erst einmal zur Seite zweiundsiebzig.«

Eines der Mädchen meldete sich.

»Ja, Katie?«

»Was war das für ein Gefühl, eine Tote zu finden?« fragte das Mädchen schüchtern.

Einen Moment lang wurde es ganz still in der Klasse. Nun ja, es ist ganz logisch, daß sie neugierig sind, sagte sich Bonnie. Sie hatten alle die Zeitungen gelesen, wußten von Joans Ermordung, wußten, daß sie Joan gefunden hatte.

»Furchtbar«, antwortete Bonnie dem Mädchen. »Es war furchtbar.«

»War die Leiche schon kalt?« fragte ein anderes Mädchen.

»Die Haut war kühl«, antwortete Bonnie.

»Haben Sie es getan?« Es war eine männliche Stimme, der Ton bewußt herausfordernd. Bonnie wußte, ohne hinzusehen, daß Haze die Frage gestellt hatte.

»Tut mir leid, dich enttäuschen zu müssen«, versetzte Bonnie, heftig bemüht, ruhig zu sprechen, »aber die Antwort lautet nein. So, und jetzt denke ich, kehren wir zu *Macbeth* zurück. Seite zweiundsiebzig.« Sie blätterte mit merklich zitternden Händen in ihrem Text. »*Macbeth's* Rede ist gleich oben auf der Seite.«

Sie blickte zum Fenster hinaus und freute sich über die Zeichen des Frühlings. Trotz der beinahe winterlich kühlen Temperaturen hatten alle Bäume Knospen, manche blühten sogar schon. Es sah aus, als hätte jemand einen Finger durch eine Kreidezeichnung gezogen, die klaren Linien der Zweige verwischt und mit einem feinen grünen Farbhauch überzogen. Eine herrliche Jahreszeit, dachte Bonnie, während sie mehrere Mädchen beobachtete, die, offensichtlich verspätet, über die große Wiese liefen. Eines der Mädchen verlor ein Heft, sie mußte umkehren, um es aufzuheben. Bonnies Blick folgte ihr, sie sah, wie das Mädchen sich bückte und unter ihrem kurzen schwarzen Rock karierte Boxershorts zu sehen waren. Bonnie lächelte und wollte ihre Aufmerksamkeit eben wieder dem Text zuwenden, als etwas anderes ihr Augenmerk auf sich zog: Ein Mann stand am anderen Ende der Wiese, nicht ganz verborgen von den Bäumen. Beobachtete er die Mädchen? Oder stand er aus einem anderen Grund hier?

Sie ging zum Fenster, beugte sich vor, drückte beinahe ihre Nase an das Glas. Als spürte er, daß er beobachtet wurde, trat der Mann aus dem Schatten der Bäume und zeigte sich. Er trug eine beigefarbene Windjacke über Bluejeans, und eine große Sonnenbrille verdeckte seine Augen. Eine Sonnenbrille mit Spiegelgläsern. Erschrocken trat Bonnie einen Schritt zurück und stieß gegen einen der Schultische.

»Mrs. Wheeler, ist was?« fragte jemand.

»Tracey, vertritt mich, bis ich wieder zurückkomme«, sagte Bonnie, schon auf dem Weg zur Tür. »Arbeitet an euren Aufsätzen«, befahl sie.

»Was ist denn los?« flüsterte jemand.

»Wer ist der Kerl da draußen?« fragte jemand anders.

Bonnie rannte durch den Korridor zur Haupttür. Sie stieß sie auf und lief über die Wiese zu den Bäumen, wo sie den Mann gesehen hatte.

Aber er war nicht mehr da.

Bonnie blieb stehen, drehte sich einmal im Kreis, drehte sich noch einmal. Dieser gottverdammte Kerl, dachte sie, und Tränen des Zorns schossen ihr in die Augen. Sie würde sich das nicht gefallen lassen. Sie würde sich solchen Psychoterror nicht bieten lassen.

»Nick!« rief sie, und der Wind trug ihre Stimme über die Wiese. »Nick, wo bist du? Ich weiß, daß du hier bist. Ich hab' dich gesehen.«

Hinter sich hörte sie raschelnde Schritte. Sie drehte sich um und kniff die Augen gegen die Sonne zusammen. Ein Mann kam gemächlichen Schrittes auf sie zu. Bonnie beschattete ihre Augen mit der Hand, um das Gesicht des Mannes erkennen zu können.

»Ist was nicht in Ordnung?« fragte der Mann.

Noch ehe sie sein Gesicht sah, wußte sie, daß es nicht Nick war. Es war die falsche Stimme. Der Ton war freundlich und fürsorglich, zwei Adjektive, die sie niemals verwendet hätte, um ihren Bruder zu beschreiben.

Bonnie ging dem dunkelhaarigen Mann entgegen, der die graue Uniform des Hausmeisters der Schule trug. »Haben Sie hier vielleicht einen Mann herumlungern sehen?« Mit einer vagen Geste deutete sie zu den Bäumen. »Groß, dunkelblond, mit einer Sonnenbrille mit Spiegelgläsern«, fuhr sie fort, überzeugt, daß es Spiegelgläser gewesen waren, obwohl sie es nicht mit Sicherheit sagen konnte. Nick hatte immer Sonnenbrillen mit Spiegelgläsern getragen. So konnte keiner seine Augen sehen. Die Spiegel der Seele, dachte sie. Nur hatte er gar keine Seele.

Der Hausmeister schüttelte den Kopf. »Tut mir leid, nein. Ich hab' niemanden hier gesehen. Aber ich werde auf jeden Fall die Augen offenhalten. Sie können sich darauf verlassen.«

Bonnie sah sich ein letztes Mal um, dann ging sie widerstrebend zum Schulgebäude zurück. Vielleicht hatte sie sich getäuscht. Vielleicht war es gar nicht Nick gewesen. Was sollte er auch hier draußen zu suchen haben? Nein, es war wahrscheinlich ihre Einbildung gewesen. Ein Schatten, aus dem sie einen Menschen geformt hatte, wie aus einem Stück Ton. Es war niemand dort gewesen. Nur daß andere in ihrer Klasse ihn auch gesehen hatten. »Wer ist der Kerl da draußen?« hatte jemand gefragt. Sie hatte es deutlich gehört.

»Der ist abgehauen, sobald Sie rausgerannt sind«, rief Haze, als sie wieder ins Klassenzimmer trat.

»Habt ihr gesehen, wohin er gelaufen ist?« fragte Bonnie.

»Zum Parkplatz«, antwortete jemand.

»Wer war es?« fragten mehrere Schüler zugleich.

Bonnie hob achselzuckend die Hände. »Ich weiß es nicht. Ich dachte, es wäre jemand, den ich kenne. Aber lassen wir das jetzt. Also, zurück zu Seite zweiundsiebzig. Fangen wir mit der Rede an.«

Am Ende der Stunde kam Haze mit lässig federndem Schritt auf sie zu, die eine Hand in der Tasche seiner schwarzen Jeans, in der anderen einen Hefter, aus dem ein paar leere Blätter hervorstanden. Dicht vor ihr blieb er stehen, wie immer von süßlichem Marihuanageruch umhüllt.

»Äh... Mrs. Wheeler«, begann er. »Ich hab' echt noch keine Zeit gehabt, den Aufsatz zu machen. Ich brauch' unbedingt eine Verlängerung.«

»Du hast mehr als genug Zeit gehabt«, entgegnete Bonnie.

»Na ja, in der letzten Woche ist irgendwie alles drunter und drüber gegangen, mit dem Mord und so«, sagte er.

Bonnie hatte schon den Mund geöffnet, um etwas zu sagen, doch sie schloß ihn wieder. Wollte er allen Ernstes die Ermordung der Mutter seines Freundes als Entschuldigung dafür benutzen, daß er seine Hausaufgabe nicht rechtzeitig gemacht hatte? Und wunderte sie das eigentlich?

»Ich kann dir leider nicht ganz folgen.«

»Ich brauche noch etwas Zeit.«

»Du kennst die Regeln, Haze. Für jeden Tag Verspätung gibt es Punktverlust.«

»Aber ich muß dieses Jahr unbedingt durchkommen.«

»Dann mußt du unbedingt anfangen zu arbeiten.«

»So was Kleinliches«, brummte Haze.

»Wie bitte?«

»Sams Mutter war unheimlich kleinlich«, fuhr Haze fort und sah ihr dabei starr in die Augen. »Und Sie sehen ja, was ihr passiert ist.«

Einen Moment lang war Bonnie wie vom Donner gerührt. Dann fragte sie: »Was willst du damit sagen?«

»Ich muß unbedingt durchkommen«, wiederholte er und ging aus dem Zimmer.

Bonnie saß am Ende dieses langen Tages im Lehrerzimmer, trank ihre dritte Tasse Kaffee und versuchte, sich zu entspannen. Diese ganze Heimlichtuerei lag ihr überhaupt nicht. Sie hatte alles gern offen und direkt. Nicht dieses Um-den-heißen-Brei-herumschleichen, kein Herumgerate. Das war einer der Gründe, weshalb sie mit Lyrik häufig ihre Probleme hatte. Warum sagen die nicht einfach, was sie meinen? fragte sie sich oft, und eben diese Frage stellte sie sich jetzt auch. Sie dachte an Josh Freeman und seine Weigerung, offen mit ihr zu sprechen; an ihren Bruder, der sich wie ein Exhibitionist im Gebüsch herumdrückte; an Haze und seine indirekte Drohung.

Wahrscheinlich sollte sie die Polizei anrufen und von seinen merkwürdigen Bemerkungen berichten, aber sie bezweifelte, daß das irgend etwas bewirken würde. Die Polizei hatte kein Hehl daraus gemacht, daß sie noch immer die Hauptverdächtige war. Und die Gefahr, vor der Joan mich warnen wollte? hatte sie wiederholt gefragt. Die Gefahr, die angeblich mir und meinem Kind droht? Darauf hatten sie gar nichts gesagt. Gab es denn niemanden, der ihr eine befriedigende Antwort geben konnte?

Sie sah auf die Uhr. Es war nach drei. Wo blieb Josh Freeman? Hatte er denn nicht eingewilligt, nach der Schule noch einmal mit ihr zu sprechen?

Nein, nicht direkt, mußte sie sich eingestehen. Von Einwilligung konnte keine Rede sein. Im Gegenteil, auf ihren Vorschlag, noch einmal mit ihr zu sprechen, hatte er mit größtem Widerwillen reagiert, sie auf ihr Drängen nur mit einem lauen »Wir werden sehen« abgespeist.

Seufzend sah Bonnie sich im Zimmer um. Die Nachmittagssonne brachte wie ein Spotlight die blau-beigen Vorhänge, die zu beiden Seiten des langen Fensters herabhingen, in ihrer ganzen Häßlichkeit zur Geltung. Anthony Higuera, ein Spanischlehrer, saß am anderen Ende des Raums in einer Ecke und korrigierte; Robert Chaplin, ein Chemielehrer, war in die Morgenzeitung vertieft und schüttelte bei der Lektüre immer wieder den Kopf. Josh Freeman war nirgends zu sehen.

Ein interessanter Mann, dachte Bonnie bei sich, rätselhaft, sympathisch, aber unzugänglich; etwas in seinen Augen verriet ihr allerdings, daß er nicht immer so gewesen war. Doch seit er hier an der Schule war, blieb er meistens für sich, als hätte er Angst, es könnte ihm jemand zu nahe kommen. Sie erinnerte sich gehört zu haben, daß seine Frau bei einem schrecklichen Unfall ums Leben gekommen war, doch soweit sie wußte, hatte er mit keinem an der Schule darüber oder über irgendeinen anderen Aspekt seines Privatlebens gesprochen. Und wie war es mit Joan gewesen? Hatte er sich ihr anvertraut?

Vielleicht, schoß es Bonnie plötzlich durch den Kopf, wartet er in seinem Klassenzimmer auf mich. Sie sprang so hastig auf, daß sie beinahe ihren Sessel umgestoßen hätte. Ich werde auf jeden Fall nachsehen, beschloß sie, eilte aus dem Lehrerzimmer und ging den Korridor hinunter zur Treppe am anderen Ende des Gebäudes. Selbst wenn er nicht auf sie warten sollte, würde sie ihm vielleicht unterwegs begegnen...

»Oh, Mrs. Wheeler!« rief da jemand, und als Bonnie sich umdrehte, sah sie eine der Sekretärinnen, eine rundliche junge Frau ganz in Rot, durch den Korridor laufen. Eine Tomate auf

Beinen, dachte Bonnie, als die Frau keuchend vor ihr haltmachte. »Ein Glück, daß ich Sie noch erwischt habe.«

»Wieso? Ist etwas passiert?«

»Der Kindergarten Ihrer Tochter hat angerufen. Sie möchten so schnell wie möglich zurückrufen. Sie...«

Bonnie ließ der verdutzten jungen Frau keine Zeit, ihren Satz fertig zu sprechen. Wie gejagt stürzte sie zum Sekretariat, zum ersten verfügbaren Telefon.

»Probleme?« fragte Ron Mosher, der in diesem Moment aus seinem Büro ins Vorzimmer trat.

»Claire Appleby, bitte«, sagte Bonnie in den Hörer und beantwortete gleichzeitig die besorgte Frage des Schulleiters mit einem ratlosen Achselzucken. »Hier spricht Bonnie Wheeler.«

»Ah, Mrs. Wheeler«, meldete sich eine Sekunde später Claire Appleby. »Danke, daß Sie so prompt zurückrufen.«

»Was ist denn los? Ist Amanda etwas passiert?«

»Es ist inzwischen alles wieder gut. Bitte, regen Sie sich nicht auf.«

»Was soll das heißen, es ist alles *wieder* gut?«

»Es gab einen kleinen Zwischenfall.«

»Einen Zwischenfall?«

»Ihrer Tochter ist nichts geschehen...«

Bonnie wartete nicht auf weitere Ausführungen. Sie hatte schon aufgelegt und rannte durch den Korridor zu ihrem Wagen.

10

Amandas Kindergarten befand sich in einem einstöckigen roten Backsteingebäude mit vielen Fenstern in der School Street. Normalerweise brauchte man für die Fahrt von der Weston High School zwei Minuten; Bonnie war in weniger als sechzig Sekunden dort.

Sie lenkte ihren Wagen in die lange Einfahrt, stellte ihn auf den Parkplatz neben dem Gebäude und lief den kleinen Fußweg mit dem Spitznamen Alphabet Lane entlang zum Kindergarten, der sich im rückwärtigen Teil des Gebäudes, direkt am Spielplatz, befand.

Schon durch das Fenster entdeckte sie ihre Tochter und stieß die Glastür weit heftiger auf, als notwendig gewesen wäre, so daß sie beinahe in den großen Raum hineinfiel. Amanda blickte von dem kleinen Tisch auf, an dem sie mit bunten Bauklötzen spielte. »Mami!« rief sie freudig überrascht.

Sie hatte einen blauen Overall an und darunter einen roten Pulli. Hatte sie Amanda heute morgen nicht den grünen Spielanzug angezogen? Wessen Kleider trug ihre Tochter jetzt?

Eine der Erzieherinnen, eine junge Frau mit lockigem dunklem Haar und einem zitronengelben Kleid, saß auf einem kleinen Kinderstuhl neben Amanda. Bonnie versuchte krampfhaft, sich an den Namen der jungen Frau zu erinnern; er fiel ihr ein, als Amanda ihr entgegengelaufen kam.

»Was ist denn passiert, Sue?« fragte Bonnie die Erzieherin, als sie Amanda in ihre Arme schloß und mit den Augen hastig Gesicht und Körper des Kindes nach Verletzungen absuchte.

»Ein böser Mann hat was auf mich geschmissen«, sagte Amanda.

»Wie meinst du das? Wer hat etwas auf dich geschmissen? Was war es denn?«

»Warten Sie doch einen Moment, dann hole ich Mrs. Appleby«, sagte die Erzieherin. »Sie hat gesagt, wir sollen ihr sofort Bescheid geben, wenn Sie da sind.«

»Alles in Ordnung?« fragte Bonnie ihre Tochter, während sie mit zitternden Händen das zarte Kindergesicht streichelte. Das Herz schlug ihr bis zum Hals. Ich muß mich beruhigen, sagte sie sich. Ich muß ruhig bleiben, wenigstens so lange, bis ich genau weiß, was passiert ist.

Irgend jemand hatte etwas nach ihrer Tochter geworfen. Hatte versucht, ihrem unschuldigen kleinen Mädchen etwas zuleide zu tun. Nein, das war ausgeschlossen. Es mußte ein Versehen gewesen sein, ein dummer Zufall. Weshalb sollte jemand einem dreijährigen Kind etwas antun wollen?

Sie sind in Gefahr, hatte Joan gewarnt. Sie und Amanda.

»Nein«, flüsterte sie wie betäubt. Das konnte nicht sein.

»Was denn, Mami?«

»Mrs. Wheeler«, sagte Claire Appleby, und Bonnie, die sie nicht bemerkt hatte, fuhr erschrocken zusammen. »Es tut mir sehr leid, daß das passiert ist.«

Claire Appleby war eine große Frau mittleren Alters mit flachem Busen und breiten Hüften. Sie trug ein einfaches blaues Hemdblusenkleid, das unglücklicherweise sowohl den flachen Busen als auch die ausladenden Hüften betonte.

»Was ist denn nun wirklich passiert?« Bonnie entdeckte plötzlich, daß ein paar Härchen hinter dem linken Ohr ihrer Tochter feucht und verklebt waren.

»Es ist vielleicht am besten, wenn Sue mit Amanda ein bißchen hinausgeht«, schlug Claire Appleby freundlich vor.

Amanda klammerte sich so fest an Bonnies Hals, daß diese das Gefühl hatte, keine Luft mehr zu bekommen. Wie eine Boa constrictor, dachte sie mit Unbehagen, während sie sachte die Arme des Kindes von ihrem Hals löste.

»Es ist schon in Ordnung, Schätzchen«, sagte sie und stellte Amanda auf den Boden. »Es dauert nur ein paar Minuten. Und danach gehen wir ein Eis essen.«

»Erdbeer?«

»Ja, wenn du willst.«

»Ein böser Mann hat mich ganz voll Blut geschüttet.«

»Was?!«

»Sue«, sagte Claire Appleby mit einer nervösen Handbewegung zu ihrem blonden Haar. »Bitte gehen Sie jetzt mit Amanda auf den Spielplatz hinaus.«

»Ich will zu den Schaukeln«, erklärte Amanda.

»Okay, wer als erster dort ist«, sagte Sue.

Auf dem Spielplatz gab es ein ganzes Sortiment von Turngeräten, drei Rutschbahnen verschiedener Formen und Größen, einen riesigen Sandkasten und mehrere Schaukeln. Bonnie sah zu, wie Sue ihre Tochter auf eine der kleineren Schaukeln setzte, und wurde sich durch das plötzliche Engegefühl in ihrer Brust bewußt, daß sie die ganze Zeit den Atem anhielt. Hunderte quälender Fragen stürmten auf sie ein, aber ihre Stimme versagte ihr den Dienst. Statt dessen liefen ihr die Tränen übers Gesicht und hinunter in den Kragen ihrer weißen Bluse. Hör auf zu heulen, schnauzte sie sich im stillen an. Heulen kannst du später noch.

»Es ist nicht so schlimm, wie es sich anhört«, versicherte Claire Appleby hastig.

»Aber was ist denn nun genau passiert?« fragte Bonnie mit erstickter Stimme.

»Sie wissen, daß wir die Kinder immer im Auge behalten...«

»Ja, ja, das weiß ich. Deswegen verstehe ich ja nicht...«

»Es tut mir leid, Mrs. Wheeler. Ich kann verstehen, daß Sie sehr erschrocken sind. Ich weiß, daß die letzten Tage für Sie sehr schwer waren. Ich habe die Zeitungen gelesen...«

»Bitte, sagen Sie mir doch endlich, was passiert ist«, drängte Bonnie.

»Die Kinder waren draußen auf dem Spielplatz«, begann Claire Appleby. »Sue und Darlene waren bei ihnen. Anscheinend ging Amanda auf den Weg hinüber. Sie erzählte Sue später, jemand hätte ihren Namen gerufen.«

»Jemand hat sie gerufen?«

»Ja, das sagte sie jedenfalls.«

»Hat sie auch gesagt, wer es war?«

»Das wußte sie nicht. Die Person hatte offenbar eine Kapuze oder etwas Ähnliches über dem Kopf, und sobald Amanda nahe genug war, goß dieser Mann einfach den Eimer über ihr aus.«

»Einen Eimer mit – Blut?« fragte Bonnie ungläubig.

»Wir *glauben,* daß es Blut war«, antwortete Claire Appleby

ruhig. »Wir sind nicht sicher. Es war eine dunkelrote Flüssigkeit, und im ersten Moment glaubten wir, es sei Farbe. Aber...« Sie ließ den Satz in der Luft hängen.

»Aber was?«

»Es war keine Farbe. Sue sagte, ihr wäre fast das Herz stehengeblieben, als sie Amanda sah. Sie dachte, sie wäre gestürzt und hätte sich den Kopf aufgeschlagen. Daß sie sich nicht verletzt hatte, sahen wir erst, als wir das Zeug abgewaschen hatten. Ihr ganzes Gesicht und ihre Kleider waren voll davon. Die Kleider haben wir in einer Plastiktüte für Sie aufgehoben«, fügte Claire Appleby hinzu.

»Augenblick mal«, sagte Bonnie scharf. »Sie sagen, daß drüben auf dem Weg eine vermummte, fremde Person war, die einen Eimer voll Blut bei sich hatte, und sie ist niemandem aufgefallen?«

»Das ist leider richtig«, bekannte Claire Appleby.

Bonnie spürte, wie ihre Beine zu zittern begannen, fürchtete, sie würden ihr den Dienst versagen, und sie sah sich nach etwas um, woran sie sich hätte festhalten können. Es war nichts da. Sie stolperte, fiel taumelnd an einen der Kindertische.

»Setzen Sie sich doch.« Claire Appleby half ihr auf einen der kleinen Stühle. Sie wollte sich neben sie setzen, aber ihr üppiges Gesäß ließ sich nicht zwischen die Armlehnen pressen. »Amanda ist nichts passiert«, sagte sie wie schon zuvor. »Sie ist mit einem Schrecken davongekommen.«

Bonnie sah sich ungläubig im Zimmer um. Ihr Blick wanderte, ohne etwas wahrzunehmen, über die Mobiles, die von der Decke herabhingen, die großen, aus Papier ausgeschnittenen Buchstaben, die die Wände zierten, die Poster mit den Bildern wilder Tiere, die Kästen voller Spielsachen.

»Und wann ist das alles passiert? Wie lange ist es her?«

Claire Appleby sah auf ihre Uhr. »Noch gar nicht so lange. Zwanzig Minuten vielleicht. Höchstens eine halbe Stunde. Wir haben sie erst saubergemacht und bei Ihnen angerufen.«

»Haben Sie die Polizei informiert?«

Claire Appleby zögerte. »Wir hielten es für besser, zuerst mit Ihnen zu sprechen. Selbstverständlich werden wir den Vorfall melden.«

»Ich bin der Meinung, wir sollten die Polizei anrufen«, erklärte Bonnie, während sie zum Fenster hinaus auf den Spielplatz blickte, wo ihre Tochter lachend und schreiend vor Vergnügen auf der Schaukel durch die Luft flog. Den häßlichen Zwischenfall schien sie längst vergessen zu haben.

»Haben Sie eine Ahnung, wer das getan haben könnte?« fragte Captain Mahoney. Hinter ihm stand sein Freund, Detective Haver von der Polizei Weston. Da sich dieser Zwischenfall in Weston ereignet hatte und nicht in Newton, hatte Mahoney erklärt, war er strenggenommen nicht dafür zuständig.

Bonnie schüttelte den Kopf. Weshalb fragte er sie das? Woher sollte sie wissen, wer etwas so Scheußliches getan haben konnte?

»Sollten wir mit ihr ins Krankenhaus fahren?« fragte sie. »Um einen Aidstest machen zu lassen?«

»Ich würde vorschlagen, wir warten die Blutuntersuchung ab«, erwiderte Captain Mahoney besänftigend. »Ich könnte mir vorstellen, daß es sich nicht um menschliches Blut handelt.«

»Wieso nicht?«

»Hier in der Gegend gibt es viel Landwirtschaft, Mrs. Wheeler«, bemerkte Detective Haver. Er war ein korpulenter Mann mittlerer Größe und schokoladenbrauner Haut. »Drüben in Easton gibt es eine Anzahl Höfe, wo noch selbst geschlachtet wird.«

»In Easton?« wiederholte Bonnie verblüfft.

»Ihr Vater wohnt in Easton, nicht wahr?« sagte Mahoney beiläufig.

Allzu beiläufig, dachte Bonnie. Ihr Bruder fiel ihr plötzlich ein, den sie in den Bäumen hinter der Schule zu sehen geglaubt hatte.

»Haben Sie mit meinem Vater gesprochen?« fragte Bonnie.

»Nur kurz.«

»Und mit meinem Bruder auch?«

»Ja.«

»Und? Hatte er etwas Interessantes zu sagen?«

»Warum fragen Sie das Ihren Bruder nicht selbst?«

Bonnie schluckte und sah zu ihrer Tochter hinaus, die jetzt mit dem Kopf nach unten von einem der Klettergerüste auf dem Spielplatz herabhing, fürsorglich behütet von der Erzieherin.

»Mein Bruder und ich sind nicht gerade die besten Freunde, Captain«, sagte sie.

»Darf ich fragen, warum nicht?«

»Sie haben doch das Album von Joan Wheeler gesehen«, versetzte Bonnie. »Die Antwort liegt wohl auf der Hand.«

»Glauben Sie, daß er mit Joan Wheelers Tod etwas zu tun hat?«

»Glauben Sie es?«

»Ihr Bruder hat für die Zeit des Mordes ein Alibi«, erklärte Mahoney.

»Ach ja?«

»Das scheint Sie zu überraschen.«

»Bei meinem Bruder überrascht mich nichts.«

»Jetzt scheinen Sie enttäuscht zu sein.«

»Ich halte wohl am besten den Mund«, sagte Bonnie und sah, wie Mahoney lächelte. Er scheint mich zu mögen, dachte sie. Er möchte gern glauben, daß ich mit Joans Tod nichts zu tun habe.

»Gibt es irgendeinen Grund zu der Annahme, daß er mit dem Zwischenfall hier etwas zu tun hat?«

»Weshalb sollte mein Bruder meiner Tochter etwas antun wollen? Er kennt sie noch nicht einmal«, antwortete Bonnie mehr sich selbst als dem Beamten. Und doch, heute morgen war er hier gewesen, hier in dieser Gegend. Ging die Gefahr, von der Joan sie hatte warnen wollen, von ihm aus?

Was hielt sie davon ab, der Polizei diese Information zu geben? War es möglich, daß sie ihren jüngeren Bruder immer noch schützen wollte?

Du bist eine gute Seele, hörte sie wieder die Stimme ihrer Mutter. Sie schüttelte den Kopf, um sie zum Schweigen zu bringen.

»Halten Sie es für möglich, daß diese Geschichte mit Amanda nur ein dummer Jungenstreich war?« fragte Bonnie hoffnungsvoll.

Mahoney lockerte seine rot-schwarz gestreifte Krawatte und öffnete den Hemdkragen über seinem vorstehenden Adamsapfel. »Es wäre möglich, daß jemand in der Zeitung von Ihnen gelesen hat und es lustig findet, Ihnen einen Schrecken einzujagen«, sagte Mahoney, laut überlegend. »Verrückte gibt es überall, auch in einem scheinbar sicheren Vorort wie Weston.«

Bonnie nickte. Was er sagte, war wahr. Sicher war man heutzutage nirgends mehr, auch nicht in Weston, wo sie sich niedergelassen hatten, als sie schwanger geworden war. Widerstrebend hatten Rod und sie sich damals eingestanden, daß Boston für Kinder nicht das sicherste Pflaster war, und hatten Weston als ihren neuen Wohnort gewählt, weil es trotz seiner Nähe zur Stadt mehr ländlichen Charakter hatte. Die Grundstücke, auf denen die Häuser standen, waren groß, und es gab reichlich Bäume und Gewässer und gute saubere Luft. Der ideale Ort, um Kinder großzuziehen. Mit dem Auto nur fünfzehn Minuten von der Stadtmitte Bostons entfernt. Gleich um die Ecke von ihren Freunden Diana und Greg. Weit genug entfernt von Newton und Joan. Und noch weiter entfernt von Easton und dem, was von Bonnies Familie noch übrig war.

Nur hatten sich Diana und Greg kurz nach Amandas Geburt scheiden lassen, und jetzt verbrachte Diana den größten Teil ihrer Zeit in der Stadt. Und es schien, daß es keinen Ort gab, der von ihrer Familie und Rods geschiedener Frau weit genug entfernt war. Die Vergangenheit ist immer näher, als man glaubt, dachte Bonnie.

»Oh, entschuldigen Sie, haben Sie mich etwas gefragt?« Bonnie wurde sich plötzlich bewußt, daß sie nicht mehr auf das Gespräch geachtet hatte.

»Ich habe gefragt, ob Sie als Lehrerin beliebt sind«, wiederholte er.

»Beliebt?«

»Mögen Ihre Schüler Sie, Mrs. Wheeler?«

»Ich denke schon«, stotterte sie. »Das heißt, ich möchte es gern glauben«, schränkte sie augenblicklich ein und mußte an Haze denken, wie er nach dem Unterricht zu ihr gekommen und so dicht vor ihr stehengeblieben war. War es möglich, daß er hinter diesem Überfall auf ihre Tochter steckte? War es möglich, daß er etwas mit Joans Tod zu tun hatte? Kam die Gefahr, vor der Joan sie gewarnt hatte, vielleicht von ihm? Es gibt da einen Jungen«, sagte sie. »Er heißt Harold Gleason. Alle nennen ihn Haze. Er ist im vorletzten Jahr. Er macht mir in letzter Zeit etwas Schwierigkeiten, und er kannte Joan Wheeler. Er ist ein Freund Sams, meines Stiefsohns«, fügte sie hinzu und fühlte sich ungeschickt in ihrem Bemühen auszudrücken, was sie meinte. Sie berichtete Captain Mahoney genau, was Haze an diesem Morgen zu ihr gesagt hatte. Er schrieb es sich auf, doch seinem Gesicht war nicht anzusehen, was er davon hielt.

»Wissen Sie, wo dieser Harold Gleason wohnt?« fragte er dann.

Bonnie schloß einen Moment die Augen und versuchte die Adresse vor sich zu sehen, die auf der Schülerkarte stand. »Marsh Lane achtzehn«, sagte sie schließlich. »In Easton.«

11

Seit fast einer Viertelstunde fuhr Bonnie ziellos durch die breiten, gewundenen Straßen von Easton. Viele der Straßen hatten die gleichen Namen wie die in Weston: Glen Road; Beach Road; Country Lane und wie sie alle hießen. Sie kannte sie alle. Sie hatten sich in den mehr als drei Jahren, seit sie das letzte Mal hier gewesen war, nicht geändert, ja, waren eigentlich seit ihrer Kindheit unverändert. Was tat sie hier? Es würde bald dunkel werden. Wahrscheinlich würde sie nach Hause fahren. Was hoffte sie, damit zu erreichen, daß sie hier herumgondelte?

Die Polizeibeamten hatten ihr gesagt, sie würden Haze überprüfen, sie selbst solle sich jetzt erst einmal um ihre Tochter kümmern, mit ihr das Eis essen gehen, das sie ihr versprochen hatte. Das hatte sie getan und war danach sofort mit Amanda zu ihrem Hausarzt gefahren, der das Kind gründlich untersucht und für kerngesund erklärt hatte. Er hatte Bonnie geraten, mit Blutuntersuchungen zu warten, bis der Befund des Polizeilabors vorlag. Das Kind habe für einen Tag genug Blut gesehen, hatte der Arzt gemeint.

Sie war also mit ihrer Tochter nach Hause gefahren und war sich wie ein unwillkommener Eindringling vorgekommen, als sie die Haustür geöffnet und die aggressive Rap-Musik gehört hatte, die ihr aus den oberen Zimmern entgegenschallte. Sie hatte versucht, Rod anzurufen. Erfolglos. Man hatte ihr gesagt, er habe gerade mit einer Werbesendung zu tun und könne im Moment nicht gestört werden. Sie setzte Amanda mit Papier und Buntstiften an den Küchentisch und überlegte, was sie Sam und Lauren zum Abendessen machen könnte, entschied sich für Makkaroni mit Käse. Alle Kinder mögen Makkaroni mit Käse, dachte sie und fragte sich, ob der Weg zum Herzen eines Kindes so gerade und direkt sei wie der zum Herzen eines Mannes.

Rod rief an, als sie sich gerade zum Essen gesetzt hatten, und sagte, er werde später kommen, werde im Studio ein Sandwich essen, ob sie allein mit den Kindern zurechtkäme? Sie hörte Amanda lachen, drehte den Kopf und sah, daß Sam, von Lauren mit einem nachsichtigen Lächeln bedacht, aus seinen Makkaroni ein Gesicht bildete. Gleich darauf waren alle drei eifrig damit beschäftigt, aus ihren Nudeln Gesichter zu formen. Bonnies Mutter wäre entsetzt gewesen, Bonnie jedoch freute sich, war beinahe stolz – ihr Essen war ein Erfolg. Ja, antwortete sie Rod, sie werde schon zurechtkommen.

Nach dem Abendessen brachte Bonnie Amanda zu Bett, rief dann Mira Gerstein an, eine ältere Frau, die in der Nähe wohnte, und fragte sie, ob sie Babysitten könnte. Sie werde nicht lange ausbleiben, erklärte sie, obwohl sie noch gar nicht wußte, wohin sie wollte, was sie vorhatte. Halt dich da raus, hörte sie Rod sagen, als sie in ihren Wagen stieg und aus der Einfahrt rückwärts in die Winter Street hinausfuhr. Aber wie hätte sie zu Hause sitzen und Däumchen drehen können, wenn ihr Kind in Gefahr war? Wie konnte sie hoffen, daß diese Familie zusammenwachsen würde, solange Joans Geist nicht zur Ruhe gekommen, solange Joans Mörder nicht gefaßt war? Erst wenn das erreicht war, würden sie alle gemeinsam vorwärtsgehen können; erst dann wären sie sicher.

»Schön und gut, aber was soll das hier eigentlich bringen?« sagte Bonnie laut zu sich selbst, als sie in die Marsh Lane einbog und langsam, auf der Suche nach Nummer 18, an den alten Holzschindelhäusern vorbeifuhr, die in unregelmäßigen Abständen die Straße säumten.

Nummer 18 war das älteste Haus in der kleinen Straße, so sah es jedenfalls aus, von den Spuren der Vernachlässigung überzogen wie von einem zweiten Anstrich. In diesem Haus lebte Haze, von seiner Mutter verlassen, nachdem diese selbst von ihrem Mann, Hazes Vater, verlassen worden war, bei seinen Großeltern mütterlicherseits. Bonnie verringerte ihr ohnehin schon gemächliches Tempo; sie kroch jetzt beinahe und versuchte dabei, durch die vorhanglosen Fenster in das ebenerdige Haus zu spähen. Aber drinnen war alles dunkel; es sah nicht so aus, als wäre jemand zu Hause, obwohl in der Einfahrt ein alter blauer Buick stand. Was für ein Auto fuhr Haze? Sie hielt an, überlegte, ob sie aussteigen sollte, anklopfen und verlangen, mit den Großeltern zu sprechen, die sie nicht kannte.

Und wozu soll das gut sein? fragte sie sich, den Fuß schon wieder auf dem Gaspedal. Was will ich diese Leute denn fragen? Wo ihr Enkel heute unmittelbar nach der Schule gewesen ist? Ob ihnen sein Verhalten in letzter Zeit sonderbar vorkommt? Ob sie es für möglich halten, daß er einen Mord begangen hat?

Sicher, großartig. Hervorragende Detektivarbeit. Überlaß die Sache der Polizei, hatte Rod ihr geraten, und er hatte recht. Sie hatte ihren Teil getan, den Beamten alles gesagt, was sie wußte.

Nur hatte sie eben nicht alles gesagt, was sie wußte.

Sie bog in die Spruce Street ein, dann wieder in die Elm Street und wieder in die Cherry Street. Sie hatte ihnen kein Wort davon gesagt, daß sie ihren Bruder gesehen hatte. An der Meadow Street bog sie erneut ab und hielt am Ende der langen Straße.

An der zweiten Ecke rechts und dann wieder links, und sie wäre da – vor dem alten Backsteinhaus, in dem sie aufgewachsen war, dem Haus, das ihre Mutter ihrem Bruder vererbt hatte. Und Nick hatte es augenblicklich an seinen Vater verkauft.

Nur einmal rechts, dann einmal links, und sie wäre dort. Aber ich fahre jetzt nicht hin, sagte sie sich, obwohl sie wußte, daß sie schon auf dem Weg dorthin war, daß sie von Anfang an zu diesem Haus gewollt hatte, diesem Spukhaus voller Geister und Gespenster.

Sie fuhr beinahe automatisch, ihre Finger berührten kaum das Lenkrad. Seit dem Tod ihrer Mutter war sie nicht mehr zu diesem Haus zurückgekehrt, hatte sich sogar verboten, an es zu denken, obwohl manchmal, wenn sie die Augen schloß, die dunklen Mauern ihrer Kindheit emporwuchsen und sie gefangenhielten wie ein Sarg. Dann sah sie auch immer die aufdringliche Blumentapete, der sie stets die Schuld an dem leicht widerwärtigen Geruch gegeben hatte, der jedes Zimmer erfüllte.

»Was tu' ich hier?« fragte sie sich, als sie ihren Wagen vor dem Haus in der Maple Road 422 anhielt, einen Moment lang nicht sicher, ob sie einen Fehler gemacht hatte und an der falschen Ecke abgebogen war. »Was haben sie denn mit dem Haus gemacht?« fragte sie laut. Ihre Beine zitterten, als sie aus dem Auto stieg.

Die roten Backsteinmauern waren grau gestrichen worden, und jedes Fenster hatte weiße Läden. In zwei großen Tontöpfen rechts und links der Haustür und in einem langen Blumenkasten vor dem Küchenfenster waren bunte Stiefmütterchen angepflanzt. Der Geruch frisch gemähten Grases wehte ihr in die Nase, als sie langsam den Weg hinaufging. Was tue ich hier, fragte sie sich wieder und dachte, daß immer noch Zeit sei umzukehren, daß niemand sie gesehen habe, sie jetzt zum Wagen zurücklaufen und unbemerkt verschwinden könne.

Die Haustür öffnete sich plötzlich. Eine Frau trat heraus und sah Bonnie entgegen, als hätte sie die ganze Zeit auf ihr Kommen gewartet.

»Du lieber Gott!« sagte die Frau. »Du bist es wirklich.«

»Hallo, Adeline«, grüßte Bonnie, überrascht über den kräftigen Klang ihrer Stimme. Sie blieb stehen, ihre Füße waren plötzlich wie angewurzelt.

»Ich dachte mir, daß du es bist, als ich deinen Wagen halten sah. Ich sagte zu Steve: ›Ich glaube, wir bekommen Besuch. Ich glaube, es ist Bonnie.‹«

»Und was hat er gesagt?« fragte Bonnie.

Die Frau zuckte mit den Achseln. »Du kennst ja deinen Vater. Er sagt nicht viel.«

Bonnie nickte, unsicher, ob sie stehenbleiben oder weitergehen sollte.

»Nach deinem Anruf hatte ich so eine Ahnung, daß du vorbeikommen würdest«, fuhr Adeline fort. »Ich sagte zu Steve: ›Es würde mich gar nicht wundern, wenn Bonnie uns besucht.‹«

»Und hier bin ich«, bestätigte Bonnie.

»Ja.«

»Das ist nicht leicht für mich«, sagte Bonnie.

»Es braucht aber auch nicht gar so schwierig zu sein.«

»Ist mein Bruder hier?«

»Im Augenblick nicht.«

Bonnie merkte, wie ihre Schultern sich entspannten, wenn sie auch nicht sicher war, ob aus Enttäuschung oder Erleichterung.

»Warum kommst du nicht herein und sagst deinem Vater guten Tag?« fuhr Adeline fort. »Wenn du schon so weit gefahren bist.«

War das sarkastisch gemeint? Bonnie kämpfte gegen den Impuls, auf der Stelle kehrtzumachen und davonzulaufen. Tatsache war, daß sie diese Frau, die ihr Vater geheiratet hatte, kaum kannte. Sie hatte sie seit der Hochzeit selten gesehen, nur mit ihr gesprochen, wenn es keine andere Möglichkeit gab. Sie hatte diese Frau genauso behandelt, wie Rods Kinder sie behandelten.

»Wir beißen nicht«, fügte Adeline Lonergan hinzu und lächelte.

Bonnie wollte ablehnen, aber ihre Füße schienen sich plötzlich selbständig zu machen und bewegten sich vorwärts, auf das Haus zu. »Ich sehe, ihr habt hier einiges verändert«, sagte sie, als sie sich der Tür näherte.

»War auch allerhöchste Zeit, meinst du nicht?« Adelines blaue Augen unter dem grauen Haar hatten beinahe etwas Verschmitztes.

Bonnie war so sehr damit beschäftigt, das Innere des kleinen Hauses in Augenschein zu nehmen, daß sie zu antworten vergaß. An die Stelle der bedrängenden Blumentapete, die einst alle Wände bedeckt hatte, war leuchtendes Weiß getreten. Weiße Wände überall – im Flur, in der Küche, im Wohn- und Eßzimmer. An den Fenstern statt dunklen Samts duftiger lindgrüner Voile, statt der schweren Mahagonimöbel helles Ahorn.

»Gefällt es dir?« fragte Adeline, führte Bonnie ins Wohnzimmer und bat sie, auf dem blaßgelben Sofa Platz zu nehmen.

»Es ist auf jeden Fall anders«, antwortete Bonnie. Zu mehr war sie nicht bereit. Ihr Herz raste. Ihr war schwindlig, und sie fühlte sich leicht benommen, als wäre sie Dorothy, die soeben in der Wunderwelt des Zauberers von Oz erwacht war.

»Diese dunklen Farben waren so bedrückend«, fügte Adeline hinzu, während sie es sich in einem minzgrünen Sessel bequem machte. »Wie geht es dir?«

Bonnie ließ sich einen Moment Zeit, um sich selbst zu beruhigen. »Ganz gut«, antwortete sie dann.

»Ich hoffe, ihr seid alle gesund.«

»Ja, danke, es geht uns gut.« Bonnie rutschte nervös auf dem Sofa hin und her. Sie sah, daß auf dem Couchtisch neben der neuesten Ausgabe von *Vanity Fair* eine Bibel lag. »Mein Vater...?« Bonnie sah zum Flur hinaus. In ihrem Kopf drehte sich alles, als wäre ihr Gehirn unfähig, die Veränderungen, die ihre Augen wahrnahmen, zu verarbeiten. Sie fühlte sich völlig kraftlos und griff haltsuchend nach der Armlehne des Sofas.

»Er weiß, daß du hier bist. Er wird gleich kommen, denke ich.«

Bonnie nickte und bedauerte schon ihre Entscheidung, hereingekommen zu sein. »Du siehst gut aus.«

»Ich achte darauf, was ich esse, und bemühe mich, fit zu bleiben. Ich treibe regelmäßig Gymnastik, und dein Vater und ich machen jeden Tag lange Spaziergänge.«

Bonnie stand auf und ging zum Fenster. Während sie hinausblickte, versuchte sie sich vorzustellen, daß draußen ihr Vater mit ihrer Mutter vorüberginge, doch das Bild wollte sich nicht einstellen. Ihr Vater war immer viel zu beschäftigt gewesen, um mit ihrer Mutter spazierenzugehen.

»Was macht das Reisegeschäft?«

»Oh, das haben meine Töchter schon vor mehreren Jahren übernommen. Dein Bruder arbeitet jetzt auch dort.«

Erstaunt drehte sich Bonnie nach der dritten Frau ihres Vaters um. »Wirklich? Und wie geht es?«

»Sehr gut, nach allem, was meine Töchter mir erzählen. Nick hat sich in den letzten anderthalb Jahren sehr verändert.«

»Da kann ich nur hoffen, daß du recht hast.« Bonnie sah auf ihre Uhr. Es war fast halb acht. »Hör zu, ich muß gehen. Würdest du meinem Vater sagen...«

»Was?« fragte ihr Vater von der Tür her.

Bonnie fuhr herum.

»Guten Abend, Bonnie.«

»Guten Abend, Dad«, antwortete Bonnie. Das Wort lag ihr schwer auf der Zunge.

Steve Lonergan verschränkte die Arme vor seiner Brust und straffte seine Schultern, eine Angewohnheit, die Bonnie aus ihrer Jugend kannte und die stets Angst bei ihr ausgelöst hatte. Selbst jetzt spürte sie, wie ihr Herz schneller zu klopfen begann, obwohl der beinahe zarte alte Mann mit dem schütteren weißen Haar und der merkwürdig durchsichtigen Haut, der da vor ihr stand, nichts Angsteinflößendes an sich hatte. Das Alter hatte seinen Körper schrumpfen lassen, aber selbst in seinen besten Jahren war er, das sagte Bonnie ihr gesunder Menschenverstand, niemals so groß gewesen, wie sie ihn in Erinnerung hatte; dennoch war sie überrascht von seiner offensichtlichen Hinfälligkeit. Sein Gesicht trug noch eine dünne Fassade der Härte, aber sie war brüchig geworden, und in den hellen braunen Augen war eine Weichheit, an die Bonnie sich nicht erinnern konnte.

»Was führt dich hier heraus?« Ihr Vater trat ins Zimmer und ließ sich in einem grün und gelb gestreiften Ohrensessel nieder. Mit einer Handbewegung bedeutete er ihr, wieder auf dem Sofa Platz zu nehmen.

»Ein Schüler von mir wohnt hier in der Gegend, und ich muß etwas für ihn abgeben«, antwortete Bonnie. Sie fühlte das Nachgeben der weichen Sofapolster unter ihrem Körper.

Ihr Vater lachte leise. »Du warst immer eine schrecklich schlechte Lügnerin.«

Bonnie wurde brennend rot. War sie eine schlechte Lügnerin, weil sie nicht gerne log, oder log sie nicht gern, weil sie sich so schlecht darauf verstand?

»Ein Schüler von mir wohnt hier in der Gegend«, wiederholte sie, »und ich hatte gehofft, Nick anzutreffen«, bekannte sie nach einer kurzen Pause.

»Nick ist nicht hier«, sagte ihr Vater.

»Ich weiß.«

»Adeline hat ihm ausgerichtet, daß du angerufen hast. Hat er sich nicht gemeldet?«

»Doch, doch.«

»Du siehst ein bißchen müde aus«, sagte ihr Vater plötzlich, und Bonnie spürte, wie ihr die Tränen in die Augen schossen. »Hast du so viel zu arbeiten?«

»Na ja, es war eine Menge los.«

»Ja, das hörte ich von der Polizei«, erwiderte ihr Vater. »Jetzt habe ich also *drei* Enkelkinder, die ich nie gesehen habe.«

Einen Moment lang war Bonnie sprachlos.

»Wie geht es ihr denn, meiner kleinen Enkelin?« fragte ihr Vater.

»Es geht ihr gut«, sagte Bonnie leise, mit unsicherer Stimme. Jemand hat heute einen Eimer voll Blut über ihr ausgeleert, hätte sie beinahe geschrien, aber sie tat es nicht. Am liebsten wäre sie vom Sofa aufgesprungen und aus dem Zimmer gerannt, aus diesem Haus, das für sie nur mit unglücklichen Erinnerungen verbunden war, geflohen vor den bedrückenden dunklen Blumen, die aus dem Weiß der Wände hervorzubrechen drohten, aber sie konnte sich nicht von der Stelle rühren. Es war, als hätten sich Schlingpflanzen um ihre Arme und Beine gewunden und fesselten sie an das Sofa und ihre Vergangenheit.

»Wie alt ist sie jetzt? Drei? Vier?«

»Du weißt genau, wie alt sie ist«, entgegnete Bonnie. Steve Lonergan nickte. »Laß mich überlegen. Sie kam zwei Monate nach dem Tod deiner Mutter zur Welt...«

»Ich will nicht über meine Mutter reden.«

»Wirklich nicht? Ich dachte, deshalb bist du hergekommen.«

»Ich bin hergekommen, weil ich mit Nick sprechen wollte.«

»Nick ist nicht hier.«

Bonnie schwieg. Was für ein dummes Spiel! Warum war sie wirklich hergekommen? Wieder versuchte sie aufzustehen, aber ihr Körper reagierte nicht.

»Hat Nick zu dir jemals etwas über seine Beziehung zu der geschiedenen Frau meines Mannes gesagt?« fragte sie schließlich.

»Er hat für die Zeit ihres Todes ein Alibi, wenn du darauf hinaus willst.«

»Bist du sein Alibi?« fragte Bonnie beinahe verächtlich.

»Es war sein freier Tag«, warf Adeline ein, »und er hat uns hier im Haus einiges geholfen.«

»Ach, ihr seid sein Alibi?« wiederholte Bonnie ungläubig.

»Weshalb sollten wir lügen?« fragte Adeline.

»Und heute?« fragte Bonnie, ohne auf Adelines Frage einzugehen. »Hat er heute auch frei?«

»Ich glaube, ja. Soviel ich weiß wechselt das von Woche zu Woche. Aber ich weiß nicht, was Nick heute getan hat. Er war schon weg, als wir aufgestanden sind.«

»Das macht nichts«, erklärte Bonnie und stemmte beide Hände in das Sofa, um endlich aufzustehen. »Ich weiß, wo er heute war.« Sie ging zur Haustür und vermied es bewußt, die Treppe hinaufzublicken, die Geister zur Kenntnis zu nehmen, die gleich hinter der Schlafzimmertür warteten. »Sagt ihm nur, er soll sich von meiner Tochter fernhalten«, sagte sie kurz, riß die Haustür auf und rannte den Weg hinunter zu ihrem Auto, ehe jemand etwas erwidern konnte.

Was, zum Teufel, ist mit mir los? Bonnie starrte wütend ihr Bild im Rückspiegel ihres Wagens an. In ihren Augen glänzten immer noch Tränen, ihre Lider wirkten geschwollen. Fang jetzt ja nicht an zu heulen, befahl sie sich zornig. Fang ja nicht an zu heulen. Wie war sie nur auf die blödsinnige Idee gekommen, in dieses Haus zurückzukehren? Was hatte sie sich von einer Konfrontation mit ihrem Vater und seiner Frau erhofft? Hatte sie etwa erwartet, ihr Vater würde sich ihr zu Füßen werfen und um Vergebung betteln? Verzeih mir, daß ich ein so schlechter Vater war; verzeih mir, daß deine Mutter meinetwegen so viel leiden mußte; ich kann nicht länger mit der Schuld an ihrem Tod leben. War es das, was sie zu hören gehofft hatte?

Wie kam ihr Vater überhaupt dazu, in diesem Haus zu leben? Hatte denn nicht gerade er es mehr als eilig gehabt, es zu verlassen? War nicht er derjenige gewesen, der gegangen war, der ihre Mutter mit zwei Kindern im Stich gelassen hatte? Welches Recht hatte er, in diesem Haus zu leben? Hier glücklich zu sein? Wie würde ihre Mutter sich fühlen, wenn sie das wüßte?

Ich hätte nie da hinfahren sollen. Ich bin wirklich zu blöd. Einfach blöd. Bonnie schlug sich mit der Faust an den Kopf. Ich hab' nicht mehr alle Tassen im Schrank. Wie konnte ich nur in dieses Haus zurückgehen?

Was hatte ihr Vater gesagt? Er habe angenommen, sie wäre gekommen, um über ihre Mutter zu sprechen? Wieso hatte er das angenommen? Was glaubte er denn, was sie ausgerechnet ihm zu sagen haben würde? Was glaubte er, was sie ausgerechnet von ihm hören wollte?

»Hauptsache, du richtest Nick aus, was ich gesagt habe«, sagte sie laut und atmete auf, als sie das Ortsschild von Weston vor sich auftauchen sah.

Es war natürlich möglich, daß Nick mit dem, was Amanda heute nachmittag zugestoßen war, überhaupt nichts zu tun hatte. Denn was sollte er für einen Beweggrund haben, ihrem Kind etwas anzutun? Was konnte er dadurch zu erreichen hoffen?

Der einzige Mensch, der davon profitieren würde, wenn ihr oder Amanda etwas zustieß, war Rod. Die Erkenntnis traf Bonnie wie ein Schlag, und sie trat unwillkürlich so hart auf die Bremse, daß der Wagen mit einem Ruck stehenblieb. Der Motor erstarb.

»Jetzt drehst du aber wirklich durch«, sagte sie sich, während sie wieder startete, froh, daß niemand hinter ihr war. »Ich brauche gar nicht darauf zu warten, daß mich jemand erschießt«, brummte sie. »Ich bring' mich gleich selber um.«

Wie konnte sie so etwas überhaupt denken? Rod war der gütigste, liebste Mensch auf der Welt, trotz allem, was ein paar Freunde und Nachbarn von Joan über ihn denken mochten. Was hatte Caroline Gossett bei Joans Beerdigung eigentlich mit ihrer Bemerkung gemeint? »Wahrscheinlich habe ich Gerechtigkeit erwartet«, hatte sie gesagt. Was sollte das heißen?

Was war denn so aufregend daran, daß Rod ihr Leben und das seiner Kinder versichert hatte? Es gab Millionen Familienväter, die das Leben ihrer Angehörigen versichern ließen.

Auch ihre Kinder? flüsterte es. Mit einer Verdoppelungsklausel?

Rod hat für die Zeit von Joans Tod kein Alibi, flüsterte es weiter. Er hat sich mit deinem Bruder getroffen, ohne dir etwas davon zu sagen.

Er hatte sich in seinem Büro aufs Ohr gelegt, weil er die ganze Nacht nicht geschlafen hatte, konterte Bonnie. Nick ist unangemeldet zu ihm gekommen, weil er ihm irgendeine verrückte Idee für eine Serie aufschwatzen wollte. Rod hat es mir nicht gesagt, weil er mich nicht aufregen wollte.

Aber vielleicht hatte es auch einen anderen Grund für Nicks Besuch im Studio gegeben. Vielleicht hatten die beiden Männer andere Dinge zu besprechen gehabt.

Zum Beispiel?

Zum Beispiel Mord, flüsterte es.

Wieder trat Bonnie voll auf die Bremse. Diesmal begann es hinter ihr wie wahnsinnig zu hupen. Bonnie warf einen Blick in den Rückspiegel und sah, wie der Mann im Wagen direkt hinter ihr ein eindeutiges Zeichen machte und dazu mit wutverzerrtem Gesicht schimpfte.

»Herzlichen Dank«, sagte Bonnie. »Das hat mir gerade noch gefehlt.«

Vergiß Haze nicht, begann es erneut zu flüstern, sobald Bonnie wieder anfuhr.

»Haze hatte überhaupt keinen Grund, Joan zu töten«, sagte Bonnie laut. »Kann ja sein, daß sie kleinlich und pingelig war, aber das ist doch kein Motiv für einen Mord. Er hält vielleicht nicht viel von mir als Lehrerin, aber wenn er mich umbringt, bekommt er auch keine besseren Noten.«

Nein, aber es konnte ja sein, daß auch er finanziell von Joans Tod profitierte. Es konnte ja sein, daß ihm jemand einen Anteil am Gewinn angeboten hatte. Ein Freund vielleicht, dem der Mercedes seiner Mutter wichtiger war als die Kugel, die ihr Herz getroffen hatte. Ding Dong, die Hexe ist tot!?

»Du meine Güte«, murmelte Bonnie. Wie konnte sie so etwas überhaupt denken? Wie konnte sie ihren Mann und ihren Stiefsohn des Mordes verdächtigen?

Bonnie bog in die Winter Street ein. Ihr Haus tauchte nach der zweiten Kurve in der Straße wie eine Vision aus der Dunkelheit auf. Rods Auto stand in der Einfahrt; Bonnie stellte ihren Wagen neben seinem ab und schaltete den Motor aus.

Trautes Heim, Glück allein, dachte sie.

12

Am folgenden Tag suchte sie Caroline Gossett auf.

Der moderne Bungalow war gelb, hatte ein graues Dach und schwarze Markisen. Offen und weitläufig stand er im flachen Gelände, sich hier und dort in unerwartete Richtungen wendend. Ein bißchen wie mein Leben, dachte Bonnie, als sie etwas zögernd den mit Steinen gepflasterten, gewundenen Weg zur schwarzen Haustür hinaufging und es dabei sorgfältig vermied, über die Schulter zu Joans Haus auf der anderen Straßenseite zurückzublicken. Was habe ich hier zu suchen? dachte sie und wurde sich bewußt, daß sie sich diese Frage in letzter Zeit beunruhigend häufig gestellt hatte. »Ich muß komplett verrückt geworden sein«, sagte sie laut.

Sie drückte zweimal kurz und schnell auf die Türglocke, hörte drinnen ein Glockenspiel die ersten Takte eines alten englischen Volkslieds anschlagen. Rechts und links von der Tür waren hohe, schmale Glasscheiben, und Bonnie versuchte, ins Innere des Hauses zu spähen, doch die dichten Stores, die vor den Fenstern hingen, nahmen ihr die Sicht. Das wenige, was sie vom Inneren des Hauses erkennen konnte, wirkte elegant und kultiviert – dunkle Holzböden, ein Klavier im Hintergrund des Zimmers, das wahrscheinlich das Wohnzimmer war, eine große Bronzeskulptur, vermutlich ein weiblicher Akt.

Ich hätte vorher anrufen sollen, sagte sie sich. Ich hätte anrufen und fragen sollen, ob ich vorbeikommen kann, wann es am besten paßt. Das wäre vernünftig gewesen und höflich dazu. Aber sie hatte einem plötzlichen, unglückseligen Impuls nachgegeben und war direkt nach der Schule hierhergefahren. Sie wußte nicht einmal, ob Caroline Gossett überhaupt zu Hause war. Es war erst knapp nach drei Uhr nachmittags. Die Frau war wahrscheinlich noch beim Arbeiten. Wenn sie arbeitete. Bonnie hatte keine Ahnung, was Caroline Gossett mit ihrer Zeit anfing, ob sie eine vielbeschäftigte Karrierefrau war oder ein Heimchen am Herd, ob sie ehrenamtliche Arbeit leistete oder acht Stunden jeden Tag im Fitneßstudio verbrachte. Sie wußte überhaupt nichts von Caroline Gossett, außer daß sie eine Nachbarin Joans gewesen war und sie offensichtlich sehr geschätzt hatte.

Immer wenn Bonnie versucht hatte, mit Rod über Caroline Gossett zu sprechen, hatte er ihre Fragen mit einer ungeduldigen Handbewegung und einem Stirnrunzeln abgewehrt. Er habe kein Interesse daran, über die Vergangenheit zu sprechen, hatte er ihr erklärt. Caroline Gossett sei eine frivole und oberflächliche Person, mit der er schon nichts habe anfangen können, als er noch mit Joan verheiratet gewesen war; sie sei inzwischen nicht interessanter geworden.

Was also habe ich hier verloren? fragte sich Bonnie wiederum, als sie, statt ein zweites Mal zu läuten, laut an die Tür klopfte. »Joan hat Sie sehr geschätzt«, hatte Caroline bei der Beerdigung zu ihr gesagt. Wieso hatte Joan von ihr gesprochen?

»Moment! Moment! Ich komm' ja schon«, rief es von drinnen, und gleichzeitig näherten sich eilige Schritte. Hinter den Vorhängen an den Seitenfenstern wurde verschwommen das Gesicht einer Frau sichtbar, der Stoff wurde mit einem Ruck auf die Seite gezogen, blaue Augen starrten Bonnie an, offensichtlich schokkiert über das, was sie sahen.

»Sie sind doch Rods Frau«, sagte Caroline Gossett, als sie Bonnie die Tür öffnete und sie mit unverhohlener Neugier musterte.

Caroline Gossett war groß, wie Bonnie sie in Erinnerung hatte, aber sie war schlanker, wirkte in Jeans und einer losen blaßrosa Baumwollbluse, die ihr auf die Hüften herabhing, weit weniger imposant als bei der Beerdigung in ihrem marineblauen Seidenkleid. Sie hatte das Haar zu einem Pferdeschwanz hochgebunden und war ungeschminkt. Und dennoch hatte sie etwas Elegantes.

»Ich dachte, wir könnten vielleicht einmal miteinander reden«, sagte Bonnie.

»Aber sicher«, antwortete die Frau freundlich und trat ein paar Schritte zurück. »Kommen Sie doch herein.«

Bonnie folgte ihr ins Innere des Hauses. »Ich danke Ihnen. Ich weiß, ich hätte vorher anrufen sollen...«

»Nein, es ist wahrscheinlich ganz gut, daß Sie es nicht getan haben. Sie wissen schon... das Überraschungsmoment und so.« Caroline Gossett schloß die Haustür und wies mit einer Handbewegung zur Küche. »Möchten Sie ein Glas Zitronenlimonade? Ich habe gerade einen frischen Krug gemacht.«

Nein, besser nicht, dachte Bonnie. »Ja, gern«, antwortete sie. »Vielen Dank.«

»Kommen Sie.«

Bonnie folgte Caroline Gossett in eine große, quadratische Küche. Der Raum war ganz in Weiß und Gelb gehalten, mit erdfarbenen mexikanischen Fliesen ausgelegt. Die Wände schmückten einige gerahmte Kohlezeichnungen von Frauen und Kindern, unverkennbar von der Hand derselben Künstlerin wie die Bilder in Joans Wohnzimmer. Entweder hatten die beiden Frauen einen ähnlichen Geschmack, oder irgendeine Galerie hatte einen Räumungsverkauf veranstaltet.

»Die sind wirklich schön«, bemerkte Bonnie, während ihr Blick von der Zeichnung einer Mutter, die ihr neugeborenes Kind im Arm hielt, zu der einer älteren, die eine alte Frau, wahrscheinlich ihre Mutter, umfangen hielt, schweifte.

»Danke.«

»Es tut mir leid, wenn ich Sie störe«, sagte Bonnie höflich, obwohl es nicht die Wahrheit war.

»Ach, ich bin ganz dankbar für diese Unterbrechung. Ich fing schon an zu schielen.« Caroline Gossett machte den Kühlschrank auf, nahm einen großen Krug Limonade heraus und goß zwei Gläser ein.

»Zu schielen?«

»Ich arbeite gerade an einer Skizze für ein neues Bild.«

»Sie arbeiten an einer Skizze? Dann sind diese Zeichnungen von Ihnen?« Bonnie betrachtete die Bilder mit neuem Blick. Die Frau, die diese bemerkenswerten Zeichnungen angefertigt hatte, war offensichtlich eine sensible Künstlerin. Man konnte sie kaum als frivol und oberflächlich bezeichnen.

»Rod hat Ihnen nicht erzählt, daß ich male«, sagte Caroline.

»Nein, er hat mir gar nichts erzählt.«

»Er weiß also nicht, daß Sie hier sind«, meinte Caroline. Sie hatte eine seltsame Art, ihre Fragen in Feststellungen zu kleiden.

»Ich wußte selbst nicht, daß ich herkommen würde.«

»Das ist interessant.« Caroline reichte Bonnie ein Glas.

Bonnie trank einen großen Schluck und spürte, wie ihr ganzer Mund sich zusammenzog.

»Zu sauer?«

»Nein, sie schmeckt sehr gut.« Bonnie führte das Glas wieder an ihre Lippen, trank aber nicht.

Caroline lächelte. »Hat Ihnen schon mal jemand gesagt, daß Sie eine ganz schlechte Lügnerin sind?«

»Das sagt mir jeder immer und überall.«

Carolines Lächeln vertiefte sich. Sie sah sehr hübsch aus, wenn sie lächelte, dachte Bonnie. Beinahe mädchenhaft.

»Joan hat sich immer darüber beschwert, daß meine Limonade nicht süß genug sei. Sie war eine ganz Süße. Genau wie Sie.«

»Ich mag eigentlich gar nichts Süßes«, entgegnete Bonnie, die sich nicht besonders wohl dabei fühlte, mit Rods geschiedener Frau verglichen zu werden.

»Ja, das hat sie auch immer gesagt.« Caroline lächelte. »Wie geht es den Kindern?«

Bonnie seufzte. »Ich weiß es ehrlich gesagt nicht. Ich kann nicht behaupten, daß sie mir ihr Herz ausgeschüttet haben.«

»Lassen Sie ihnen Zeit. Es ist doch eine wahnsinnige Umstellung für sie.«

»War die Beziehung zu ihrer Mutter sehr eng?«

Caroline ließ sich die Frage einen Moment durch den Kopf gehen. »Nicht so eng, wie Joan es gerne gehabt hätte«, antwortete sie schließlich. »Sam entwickelte sich ziemlich eigenbrötlerisch. Und Lauren war immer mehr die Tochter ihres Vaters. Joan hat sich bemüht, aber… was kann man da schon tun?«

Bonnie folgte Caroline aus der Küche in das geräumige Wohnzimmer, in dem neben dem großen Bronzeakt noch weitere Skulpturen standen – ein Frauentorso, der Kopf eines Kindes, eine kleine Tänzerin. An den Wänden hingen so viele Zeichnungen und Gemälde – manche Öl, manche Pastell –, daß man fast den Eindruck bekommen konnte, sich in einer Galerie zu befinden.

»Sind die alle von Ihnen?«

»Die meisten davon.«

»Sie sind sehr schön«, sagte Bonnie. »Ganz besonders gefällt mir das hier.« Sie wies auf das Ölgemälde einer Frau, die vor einem Spiegel stand, aus der ihr ihr eigenes Bild im Alter, ganz in Blau- und Violettönen, entgegenblickte.

»Ja, das wußte ich schon vorher. Das war auch Joans Lieblingsbild.«

Bonnie wich augenblicklich vor dem Gemälde zurück und stieß dabei an das Klavier, das hinter ihr stand.

»Spielen Sie?«

»Nicht sehr gut.« Caroline ließ sich mitten auf das weiße Sofa fallen. »Setzen Sie sich doch und sagen Sie mir, was ich für Sie tun kann.«

Bonnie ließ sich vorsichtig auf der Kante eines weißen Sessels nieder. »Ein paar Bemerkungen, die Sie bei der Beerdigung gemacht haben, haben mich neugierig gemacht.«

»Da müssen Sie erst einmal mein Gedächtnis auffrischen.«

»Sie haben mit Rod gesprochen und sagten, er sähe gut aus. Darauf erwiderte er, daß Sie darüber enttäuscht zu sein schienen.«

»Oh, ja. Ich weiß noch, daß mir der Gedanke durch den Kopf schoß, ganz tief in irgend jemandes Schrank müsse ein sehr, sehr häßliches Gemälde von Ihrem Mann versteckt sein«, sagte Caroline, sich mit dem Zeigefinger ihrer rechten Hand leicht auf die Unterlippe klopfend.

»Mein Mann ist wohl kaum Dorian Gray«, entgegnete Bonnie. Wollte die Frau etwa andeuten, ihr Mann habe eine Art Teufelspakt geschlossen? »Etwas später sagten Sie: ›Wahrscheinlich habe ich Gerechtigkeit erwartet.‹ Was meinten Sie damit?«

Caroline hob ihr Glas zu den Lippen und trank halb aus. »Was verstehen Sie daran nicht?«

»Ich verstehe nicht, warum Sie meinen Mann nicht mögen«, antwortete Bonnie wahrheitsgemäß.

Caroline schüttelte den Kopf. Ihr Haar löste sich aus dem Band und fiel ihr ins Gesicht. »Ist es denn wichtig, was ich von Rod halte?«

»Nein«, antwortete Bonnie hastig und senkte die Lider, um die Lüge zu verbergen. Doch gleich hob sie ihren Blick wieder. »Ich weiß nicht, warum es für mich wichtig ist«, korrigierte sie sich. »Aber seit der Beerdigung gehen mir Ihre Bemerkungen dauernd im Kopf herum. Ich frage mich natürlich, was zwischen Ihnen beiden vorgefallen ist, daß Sie eine so starke Abneigung gegen ihn haben.«

»Sie haben ihn nicht danach gefragt«, stellte Caroline fest.

Bonnie sagte nichts.

»Lassen Sie mich raten.« Caroline schob sich ein paar Haarsträhnen hinter die Ohren und richtete ihren Blick zur Zimmerdecke. »Er hat Ihnen erzählt, ich wäre eine alberne Wichtigtuerin und gehörte einer unglücklichen Vergangenheit an, von der er nichts mehr wissen will.« Sie sah Bonnie direkt ins Gesicht. »Warm?«

»Ziemlich warm, ja.«

Caroline lachte. »Sie gefallen mir. Aber das ist nicht weiter verwunderlich. Rod hatte bei Frauen immer einen sehr guten Geschmack.«

»Was war zwischen Ihnen und Rod?« wiederholte Bonnie.

»Zwischen uns beiden? Nichts.«

»Warum dann diese Ablehnung?«

Caroline trank den Rest ihrer Limonade aus und stellte das Glas auf den Beistelltisch neben dem Sofa. »Sind Sie sicher, daß Sie das hören wollen?«

»Nein«, bekannte Bonnie. »Aber erzählen Sie es mir trotzdem.«

Caroline atmete einmal tief durch. »Ich überlege, wie ich das möglichst freundlich formulieren kann«, sagte sie und schwieg, offensichtlich auf der Suche nach den richtigen Worten. »Ihr Mann ist ein unsensibles Arschloch und ein Schürzenjäger. Wie ist das?«

Bonnie zuckte zusammen, dachte kurz daran zu gehen, rührte sich nicht von der Stelle.

»Können Sie sich etwas genauer erklären?« Sie hätte beinahe gelacht. Die Frau, die ihr gegenübersaß, hatte ihren Mann soeben als unsensibles Arschloch und Schürzenjäger bezeichnet, und sie, Bonnie, reagierte darauf, indem sie um eine nähere Erklärung bat. Umwerfend, wie Diana gesagt hätte.

»Sie möchten Beispiele«, sagte Caroline.

»Ich wäre Ihnen dankbar, ja.«

»Da bin ich mir nicht so sicher.«

»Sprechen Sie trotzdem.«

»Nein, jetzt reden erst einmal Sie. Was hat er Ihnen denn die ganzen Jahre erzählt? Daß er der ewig liebende Ehemann einer völlig unzurechnungsfähigen Trinkerin gewesen sei?«

Bonnie bemühte sich erfolglos, sich nichts anmerken zu lassen.

»Das dachte ich mir schon. Das ist die Geschichte, die er den meisten Leuten erzählt. Vielleicht glaubt er sogar selbst daran. Wer weiß? Wen interessiert es?« Sie stand auf, ging zum Klavier und blieb stehen. »Hat er Ihnen vielleicht gesagt, daß Joan unter anderem deshalb zu trinken angefangen hat, weil er nie zu Hause war? Weil er ein völlig verantwortungsloser Ehemann und desinteressierter Vater war? Weil er viel zu sehr damit beschäftigt war, anderen Frauen hinterherzulaufen, um sich für seine eigene Familie zu interessieren? Nein, ich seh's an Ihrem Gesicht, daß er es vorgezogen hat, davon nichts zu sagen.«

»Diese Geschichten hat Ihnen Joan erzählt«, erklärte Bonnie, diesmal, wie Caroline, ihre Frage in eine Feststellung kleidend.

»Wenn Sie damit unterstellen wollen, daß ich blindlings alles geglaubt habe, was Joan mir erzählte, dann täuschen Sie sich. Ich habe unseren Superman eines Abends selbst gesehen, als er angeblich arbeitete. Lyle und ich waren im Copley Square Hotel beim Essen, und er saß ganze zwei Tische entfernt und knabberte am Ohr einer aufregenden Brünetten.«

»Mein Gott noch mal, das war wahrscheinlich was Geschäftliches. Rod ist ein wichtiger Mann beim Fernsehen. Er hat wahrscheinlich jeden Tag mit aufregenden Frauen zu tun.«

»Und nachts auch«, fügte Caroline mit einer Ruhe hinzu, die Bonnie wütend machte. »Glauben Sie mir, das war keine geschäftliche Sache.«

»Ganz gleich, was es war«, entgegnete Bonnie, »Rod hat Joan nicht wegen einer anderen Frau verlassen.«

»Was hat er Ihnen denn erzählt, warum er sie verlassen hat?«

Bonnie trank noch einen Schluck Limonade. Sie schmeckte bitter auf ihrer Zunge. »Er sagte, nach dem Tod des Kindes...«

»Nur weiter.«

»Nach dem Tod des Kindes konnte er es einfach nicht mehr ertragen, mit ihr zusammenzusein.«

»Ja, er war nach Kellys Tod eine Riesenhilfe«, sagte Caroline.

»Ich habe den Eindruck, Sie spielen sich als Richterin auf.«

»Ich dachte, Sie wollten meine Meinung hören.«

»Woher wollen Sie wissen, wie meinem Mann damals zumute war, was er innerlich durchmachte?«

»Ich weiß, was ich gesehen habe.«

»Und was haben Sie gesehen?«

»Einen Mann, der seine Frau bei jeder Gelegenheit betrog, einen Mann, der nie da war, wenn sie ihn brauchte, einen Mann, der sie im Stich ließ, als sie ihn am nötigsten brauchte.«

»Er konnte nicht bleiben«, versuchte Bonnie zu erklären. »Jedesmal, wenn er Joan sah, sah er seine tote kleine Tochter vor sich.«

»Dann hat er sie nach ihrem Tod öfter gesehen als zu ihren Lebzeiten«, versetzte Caroline mit so viel bitterer Schärfe, daß es beiden Frauen einen Moment die Sprache verschlug. »Tut mir leid«, sagte sie dann leise, nach einer langen Pause. »Das war ziemlich stark, selbst für mich. Ihr Mann schafft es offensichtlich, meine nettesten Seiten zum Vorschein zu bringen.«

Bonnie hätte am liebsten zu weinen angefangen, aber sie nahm sich zusammen. »Sie kennen meinen Mann nicht sehr gut.«

»Vielleicht sind Sie diejenige, die ihn nicht kennt«, erwiderte Caroline.

»Es war nicht mein Mann, der ein vierzehn Monate altes Kind in der Badewanne ertrinken ließ«, erinnerte Bonnie.

»Und wer spielt sich jetzt als Richterin auf?« meinte Caroline.

»Fakten sind Fakten.«

»Und Unfälle passieren. Und Menschen machen Fehler. Und wenn sie Glück haben, bekommen sie von denen, die ihnen am nächsten sind, ein wenig Hilfe und Verständnis. An dem Nachmittag, an dem Kelly ertrunken ist, sind zwei Menschen gestorben«, erklärte Caroline leise. »Joans Beerdigung fand nur etwas verspätet statt.« In ihren Augen glänzten Tränen.

»Sie haben bei der Beerdigung noch etwas anderes gesagt«, bemerkte Bonnie.

Caroline zuckte mit den Achseln und wartete darauf, daß Bonnie fortfahren würde.

»Sie sagten, es gäbe Sie heute nicht mehr, wenn Joan nicht gewesen wäre. Was wollten Sie damit sagen?«

»Ich habe vor einigen Jahren selbst eine ziemlich schwere Zeit durchgemacht«, erklärte Caroline. Ihre Stimme war leiser als zuvor. »Ich möchte nicht näher darauf eingehen, aber ich erfuhr damals, daß ich niemals Kinder bekommen kann.«

»Das tut mir leid«, sagte Bonnie aufrichtig.

»Joan war damals jeden Tag für mich da. Sie achtete darauf, daß ich aß, daß ich an die frische Luft kam, daß ich jemanden hatte, mit dem ich reden konnte. Sie kam mir nicht mit diesen Allgemeinplätzen, daß alles wieder gut werden würde, daß die Zeit alle Wunden heilt, daß ich auch ein Kind adoptieren könnte, daß es Gottes Wille sei, daß man nie wisse, wozu so etwas gut sei. Sie wußte, wie wenig hilfreich solche Binsenweisheiten sind. Wie weh sie tun. Sie hatte sie alle selbst zu hören bekommen. Sie wußte, daß ich jetzt einen Menschen brauchte, mit dem ich sprechen konnte; jemanden, der mich einfach in den Arm nahm und mir zuhörte, während ich weinte und jammerte und wütete und mit meinem Schicksal haderte. Es machte ihr überhaupt nichts aus, daß ich Tag für Tag dasselbe sagte. Sie war da, sie hörte mir zu, sie gab mir recht, wenn ich sagte, wie ungerecht und gemein es sei. Sie hat meine Gefühle immer respektiert, nie versucht, sie herunterzuspielen oder meinen Zorn zu ignorieren. Selbst nach Monaten noch, als meine Schwestern und alle anderen schon sagten, es sei Zeit, mich wieder dem Leben zuzuwenden, stand Joan zu mir. Sie sagte, ich würde das Leben schon wieder anpacken, wenn ich innerlich so weit sei.«

»Sie war eine echte Freundin«, bestätigte Bonnie.

»Ja, das war sie. Ohne sie hätte ich diese Monate nicht überstanden.« Caroline holte einmal tief Atem und zwang sich zu einem Lächeln. »Aber das ist noch nicht alles«, sagte sie.

»Nein?«

»Gerade als ich langsam wieder auf die Beine kam, stürzte meine Mutter und brach sich das Hüftgelenk. Sie mußte ins Krankenhaus. Mein Vater ist tot; meine beiden Schwestern leben nicht hier. Ich war die einzige, die sich um unsere Mutter kümmern konnte. Nach dem Krankenhaus mußte sie in eine Rehaklinik und danach in ein Pflegeheim, weil sie sich nicht mehr selbst versorgen konnte. Joan hat damals alles in die Hand genommen. Sie hat mit den Ärzten gesprochen, die Formalitäten erledigt, dafür gesorgt, daß meine Mutter die bestmögliche Betreuung bekam. Sie war unglaublich. Ich denke, das hatte viel damit zu tun, daß sie nach Kellys Tod mit ihrer eigenen Mutter so viel durchgemacht hat.«

Bonnie wurde plötzlich kalt. »Wie meinen Sie das?«

»Sie kennen die Geschichte mit Joans Mutter nicht.« Wieder eine Frage in Form einer Feststellung.

»Ich weiß nur, daß sie tot ist.«

»Tot?« Caroline sah sie erstaunt an. »Wer hat gesagt, daß Joans Mutter tot ist?«

»Ist sie denn nicht tot?«

»Meines Wissens nicht.«

Bonnie merkte, daß sie den Atem angehalten hatte. Sie versuchte auszuatmen, aber es geschah nichts. Es war, als wäre sie unfähig zu atmen.

»Was ist denn nach Kellys Tod passiert?«

»Ihre Mutter wurde krank. Sie litt an zunehmender geistiger Verwirrung. Sie fing an, Dinge zu vergessen, sie ging in der Unterwäsche auf die Straße und solche Sachen, und sie redete meist völlig unsinniges Zeug. Sie hatte schon seit Jahren ein Alkoholproblem. Es wurde immer schlimmer. Schließlich mußte Joan sie in ein Heim geben. Natürlich hatte sie auch da wieder Schuldgefühle, mit denen sie fertig werden mußte. Und der gutaussehende Ehemann war selbstverständlich wieder einmal nirgends zu sehen.«

»Wissen Sie, wo die Mutter jetzt ist?«

»In der Melrose Klinik. Es ist eine psychiatrische Klinik in Sudbury. Eine private Einrichtung, für eine Nervenheilanstalt relativ angenehm.«

»Und wie wird das bezahlt?«

»Aus Joans Erbe«, antwortete Caroline sarkastisch. »Zumindest sagte Rod das immer.«

»Glauben Sie, die Mutter weiß, daß Joan tot ist?«

»Ich glaube, die bekommt überhaupt nicht mehr viel mit. Nach allem, was Joan mir erzählt hat, hat sie sich fast ganz in ihre eigene Welt zurückgezogen.«

»Können Sie mir ihren Namen sagen?« fragte Bonnie und war selbst überrascht über ihre Frage.

»Elsa Langer«, antwortete Caroline. »Warum?«

»Das weiß ich selbst nicht«, sagte Bonnie aufrichtig. »Kann ich Ihnen noch eine Frage stellen?«

»Bitte.«

»Auf der Beerdigung sagten Sie, Joan hätte mich sehr geschätzt.«

»Das stimmt.«

»Was hat sie denn über mich gesagt?«

Wieder hob Caroline den Blick zur Zimmerdecke. »Lassen Sie mich überlegen... Daß Sie eine sympathische Frau seien, eine gute Mutter, und daß sie Sie bewundert.«

»Hatten Sie den Eindruck, daß sie sich sehr stark mit mir beschäftigte? Daß ich so etwas wie eine fixe Idee war?«

»Eine fixe Idee?«

Bonnie berichtete Caroline von dem Album mit den Zeitungsausschnitten, das die Polizei in Joans Schlafzimmer gefunden hatte.

»Tatsächlich? So ordentlich habe ich sie nie kennengelernt.«

»Hat sie sonst noch etwas über mich gesagt? Fällt Ihnen noch etwas ein?«

»An eine Bemerkung erinnere ich mich, ja«, antwortete Caroline nach einer kurzen Pause.

»Ja?« Bonnie wartete mit wachsender Neugier.

»Sie sagte, Sie täten ihr leid.«

Prompt schossen Bonnie die Tränen in die Augen. Heul jetzt nicht, wies sie sich zurecht. Nicht hier. Und nicht jetzt. »Jetzt sollte ich aber wirklich gehen, denke ich.«

»Das war ein interessanter Nachmittag für Sie«, bemerkte Caroline und stand auf, um ihr vorauszugehen.

»Ich danke Ihnen, daß Sie sich die Zeit genommen haben«, sagte Bonnie, als sie die Haustür öffnete. Ein starker Windstoß blies ihr ins Gesicht, den sie als wohltuend empfand. Sie öffnete ihren Mund und sog die frische Luft ein wie Wasser.

»Wer ist denn das?« Caroline, die mit ihr aus dem Haus getreten war, wies mit dem Kopf zur anderen Straßenseite.

Widerstrebend blickte Bonnie zu Joans Haus hinüber und sah einen dunkelgrünen Wagen vorfahren und anhalten. Die Autotür wurde geöffnet, ein Paar wohlgeformter Beine schwang sich aus dem Wagen, eine Hand zog an einem schmalen beigefarbenen Leinenrock, dann stieg eine Frau aus dem Auto. Sie hatte aschblondes Haar, beinahe vom gleichen Ton wie ihr Kostüm und ihre Schuhe. Sie sah sich um, bemerkte, daß sie beobachtet wurde, und sah mit einem höflichen Lächeln zu Bonnie hinüber, ehe sie sich in Richtung zum Haus in Bewegung setzte.

»Da ist niemand zu Hause«, rief Caroline über die Straße.

»Das ist schon in Ordnung«, rief die Frau zurück, ohne sich umzudrehen. »Ich habe einen Schlüssel.« Sie schwenkte ihn in der Luft.

Bonnie und Caroline sprinteten über die Straße. »Entschuldigen Sie«, sagte Bonnie, »aber da können Sie nicht hinein.«

Die Frau drehte sich um. Ihr Make-up hatte den gleichen Farbton wie Kleidung und Haar. Man müßte sie nur noch vor einen beigefarbenen Hintergrund stellen, dachte Bonnie, und sie würde darin verschwinden.

»Oh«, sagte die Frau in Beige. »Wieso nicht?«

»Die Frau, die hier gewohnt hat, ist gestorben«, antwortete Bonnie, die nicht recht wußte, was sie sagen sollte. Die Frau kam ihr irgendwie bekannt vor. Sie war sicher, sie schon einmal gesehen zu haben.

»Ja, das weiß ich. Ich werde nichts in Unordnung bringen.«

»Wer sind Sie?« fragte Bonnie, die instinktiv wußte, daß die Frau nicht von der Polizei war.

»Gail Ruddick.« Die Frau reichte ihr eine Karte.

Bonnie nahm sie. Caroline, die etwas hinter ihr stand, sah ihr über die Schulter. »Ellen Marx Immobilien« las Bonnie. Caroline pfiff tonlos durch die Zähne.

»Ich habe Sie bei Joans Beerdigung gesehen«, sagte Bonnie, die plötzlich wußte, warum die Frau ihr bekannt vorkam. Letzte Reihe, die gemeißelten Frisuren, dachte sie.

»Richtig.« Gail Ruddick fühlte sich in ihrer Haut offensichtlich nicht recht wohl. »Eine schreckliche Geschichte, einfach furchtbar.« Sie warf einen kurzen Blick auf das Haus. »Wir sollen uns das Haus einmal ansehen, um festzustellen, wie hoch etwa sein Wert ist.«

»Die Polizei hat Sie darum gebeten?«

»Nein«, antwortete Gail Ruddick. »Nicht die Polizei.« Sie war offensichtlich nicht bereit, noch mehr dazu zu sagen.

»Wer denn dann?« fragte Bonnie.

»Tut mir leid«, antwortete die Immobilienmaklerin. »Darüber kann ich Fremden wirklich keine Auskunft geben.«

»Eine Fremde bin ich nun wirklich nicht«, erklärte Bonnie. »Dieses Haus gehört meinen Stiefkindern. Und meinem Mann«, fügte sie hinzu und hatte dabei ein so ungutes Gefühl, daß ihr die Worte nur zitternd über die Lippen kamen.

Gail Ruddick verzog den dezent geschminkten Mund zu einem strahlenden Lächeln. Das blendende Weiß ihrer Zähne wirkte beinahe wie ein Schock nach dem vielen Beige. »Ach so, das ist etwas anderes. Ihr Mann hat mir den Auftrag gegeben, mich hier einmal umzusehen. Von ihm habe ich auch den Schlüssel. Wenn Sie einen Moment warten, schließe ich rasch auf und gebe Ihnen den gleich wieder zurück. Dann muß ich mich später nicht mehr darum kümmern.«

Sie ging zur Haustür, sperrte auf und brachte dann den Schlüssel zurück. Bonnie hängte ihn an ihren Bund. Sie konnte nicht verhindern, daß ihre Hände dabei zitterten.

»Würden Sie Ihrem Mann ausrichten, daß ich mich mit der Schätzung melde, sobald ich kann?«

Bonnie nickte, als die Frau schon wieder kehrt machte und zum Haus zurückging.

»Eine Frage habe ich noch«, sagte Bonnie zu Caroline, ohne die Frau von der Immobilienfirma aus den Augen zu lassen. »Hat Joan zu Ihnen jemals etwas darüber gesagt, daß sie glaubte, meine Tochter und ich wären in Gefahr?«

»Nein«, antwortete Caroline. »Glauben Sie denn, daß es so ist?«

Bonnie sagte nichts.

»Geben Sie gut auf sich acht«, sagte Caroline zum Abschied. »Ich bin jederzeit für Sie da, wenn Sie einmal das Bedürfnis haben, mit jemandem zu reden.«

Bonnie sah Gail Ruddick nach, bis sie in Joans Haus verschwunden war. Hinter sich hörte sie Caroline davongehen, drehte sich um und sah noch, wie sie die Tür ihres Hauses hinter sich schloß. Allein stand sie auf dem Bürgersteig, ein kleines Mädchen, das nicht wußte, wohin, und auf jemanden wartete, der es bei der Hand nehmen und sicher nach Hause führen würde.

13

Die Melrose Klinik war inmitten eines großen Parks im Nachbarvorort Sudbury gelegen, ganz in der Nähe des Sudbury River, mit dem Auto von der Weston High School aus in kurzer Fahrt zu erreichen. Bonnie fuhr am folgenden Nachmittag nach der Schule hinüber.

»Und was soll das nun wieder?« fragte sie sich laut in leichter Abwandlung des ewig gleichen »Was tue ich hier?«

»Ich versuche nur herauszufinden, was eigentlich vorgeht. Ich kann nun mal unbeantwortete Fragen nicht leiden«, erklärte sie der Frau mit dem ängstlichen Gesicht, die ihr aus ihrem Rückspiegel entgegenblickte. Warum hatte ihr niemand gesagt, daß Elsa Langer noch lebte?

Sie fuhr die lange Auffahrt hinauf zu dem imposanten weißen Gebäude, das mit seiner Säulenhalle und der Patina verblichener Pracht an den alten Süden erinnerte. Es war ein schöner Tag, warm, mit einer leichten Brise, die im frischen Laub der Bäume raschelte. Menschen gingen in Zweier- und Dreiergruppen auf den Rasenflächen unter den Bäumen spazieren. Patienten wahrscheinlich, dachte Bonnie und erwiderte ein freundliches Winken mit einem Kopfnicken. Jemand, den ich kenne? fragte sie sich und verwarf die Möglichkeit sofort. Eher eine arme verlorene Seele, die einen verwandten Geist erkannt hatte.

Sie stellte ihren Wagen auf dem großen Besucherparkplatz ab. Seit wann sah sie sich selbst als arme verlorene Seele? Sie öffnete die Autotür und schwang ihre Beine aus dem Wagen. Augenblicklich fiel ihr dabei Gail Ruddick ein.

»Ach so, das ist etwas anderes. Ihr Mann hat mir den Auftrag gegeben, mich hier einmal umzusehen. Von ihm habe ich auch den Schlüssel.«

Bonnies Gedanken kehrten zum vergangenen Tag zurück. Den ganzen Nachmittag hatte sie ungeduldig darauf gewartet, endlich mit Rod sprechen zu können, aber dann hatte er kurz vor dem Abendessen angerufen und gesagt, er käme erst spät nach Hause; sie hätten wahnsinnig viel zu tun, um alles für die Tagung in Miami vorzubereiten; er würde im Studio eine Kleinigkeit essen, sie solle nicht auf ihn warten.

Sie hatte dennoch auf ihn gewartet, aber schon als er zur Tür hereingekommen war, hatte sie ihm angesehen, daß dies nicht der richtige Moment für eine Aussprache war. Aber eine Aussprache hatte sie ja eigentlich gar nicht im Sinn. Sie wollte ihm nur ein paar Fragen stellen. Warum er die Immobilienfirma beauftragt hatte, Joans Haus zu besichtigen; warum er ihr nicht gesagt hatte, daß Joans Mutter noch lebte. Und ob das, was Caroline ihr über seine vielen Seitensprünge erzählt hatte, der Wahrheit entspräche.

Den ganzen Nachmittag hatte sie überlegt, wie sie die Fragen formulieren sollte, damit sie möglichst harmlos klangen und er sich nicht sofort angegriffen fühlte. Auf keinen Fall sollte Rod glauben, sie wolle ihm irgend etwas vorwerfen. Das wollte sie wirklich nicht. Sie war nur neugierig. Ihr ganzes Leben war plötzlich auf den Kopf gestellt worden, und anstatt sich langsam wieder in seinen Normalzustand einzupendeln, schien es auf unbestimmte Dauer in dieser halsbrecherischen Position verharren zu wollen. War es da nicht verständlich, daß sie ein paar Fragen hatte? War es da nicht verständlich, daß sie wissen wollte, was eigentlich los war?

»Ich würde gern mal mit dir reden«, hatte sie gesagt, als Rod ins Bett gekommen war und die Decke hochgezogen hatte.

»Hat das nicht bis morgen Zeit? Ich hab' einen beschissenen Tag hinter mir.«

»Doch, sicher.«

Sofort hatte er sich herumgedreht und ihr einen Kuß gegeben. »Entschuldige, Liebes. Ich weiß, das ist nicht fair. Hast du Probleme mit den Kindern?«

»Nein, die Kinder sind es nicht.«

»Was denn? Schwierigkeiten in der Schule?«

Bonnie schüttelte den Kopf. »Ich war heute bei Caroline Gossett.«

Mit einem Ruck richtete Rod sich auf. »Warum denn das, um Himmels willen?«

»Das weiß ich selbst nicht so genau. Wahrscheinlich hat mich durcheinandergebracht, was sie bei der Beerdigung zu dir sagte.«

Rod holte tief Atem und schloß die Augen. »Und jetzt, laß mich raten – jetzt bist du noch mehr durcheinander als vorher.«

Bonnie lächelte. »Woher weißt du das?«

»Caroline hat diese Wirkung auf andere.«

»Sie scheint eine sehr nette Frau zu sein.«

»Die Dinge sind nicht immer das, was sie zu sein scheinen.« Rod legte sich wieder hin. »Und, was hat sie dir erzählt? Daß ich Joan in den Alkoholismus getrieben habe, weil ich nie da war? Daß ich sie vernachlässigt habe, weil ich dauernd anderen Frauen hinterherrennen mußte? Daß ich sie in der Zeit, als sie mich am dringendsten brauchte, im Stich gelassen habe?«

»Das klingt ja, als hättest du das alles schon einmal gehört.«

»Dieses Lied singt sie seit Jahren.«

»Und hast du Joan betrogen?« fragte Bonnie zaghaft.

Rod hob die Hand von seinem Gesicht und sah Bonnie direkt in die Augen. »Nein«, antwortete er. »Obwohl ich, weiß Gott, reichlich Gelegenheit dazu hatte. Ich gebe zu, ich habe öfter mit dem Gedanken gespielt. Macht mich das schuldig?«

Bonnie beugte sich über ihn und küßte ihn statt einer Antwort zärtlich auf den Mund.

»Kann ich jetzt schlafen?« fragte er und machte Anstalten, sich auf die Seite zu drehen.

»Wußtest du, daß Joans Mutter noch lebt?«

»Was, Elsa lebt noch? Nein, ich hatte keine Ahnung.«

»Sie ist in einer Nervenklinik in Sudbury.«

Ohne etwas zu sagen, zog Rod Bonnies Arm um seine Taille, als er sich wieder auf die Seite drehte. »Ganz gleich, wo sie ist, mich geht sie nichts mehr an«, murmelte er.

»Haben die Kinder je von ihr gesprochen?«

»Mit mir nicht. Können wir das nicht morgen besprechen?«

Bonnie schwieg. »Ich liebe dich«, flüsterte sie nach einer kurzen Pause.

»Ich liebe dich auch, Schatz. Tut mir leid. Morgen hab' ich wieder mehr Energie.«

»Kann ich dir noch eine Frage stellen?«

»Klar.« Seine Stimme war gedämpft und undeutlich, er schien schon am Rand des Schlafs zu sein.

»Du hast mir nicht gesagt, daß du eine Immobilienfirma beauftragt hast, Joans Haus zu besichtigen.«

Rod sagte nichts. Bonnie fühlte seinen Körper erstarren.

»Die Frau von der Immobilienfirma kam vorbei, als ich gerade bei Caroline wegging«, erklärte sie.

»Und was für eine Frage hast du?« Rods Stimme war so angespannt wie seine Muskeln unter Bonnies Fingern.

»Ich würde einfach gern wissen, warum du das Haus schätzen läßt.«

»Warum sollte ich es nicht schätzen lassen?«

»Findest du es nicht ein bißchen... übereilt?« fragte Bonnie.

Rod setzte sich plötzlich auf. Ungeduldig schob er die Bettdecke weg und stand auf. »Überstürzt? Das Haus gehört mir, verdammt noch mal. Seit über zehn Jahren bezahle ich die Hypotheken. Es gehört mir und meinen Kindern. Wir sprechen hier von der Zukunft meiner Kinder, und ich möchte das tun, was für sie am besten ist. Gibt es daran etwas auszusetzen? Meinst du nicht, es ist gut und vernünftig zu wissen, was das Haus wert ist und was für Möglichkeiten wir haben?«

»Ich hab' mir nur Sorgen gemacht, was die Polizei vielleicht denkt...«

»Es ist mir piepegal, was die Polizei denkt. Aber was *du* denkst, das interessiert mich.«

»Ich hab' mir einfach Gedanken gemacht, warum du mir nichts davon gesagt hast.«

»Wahrscheinlich weil ich geschuftet habe wie ein Blöder, um mich auf diese verflixte Konferenz in Miami vorzubereiten, und keine zwei Minuten Zeit hatte, mal in Ruhe nachzudenken, geschweige denn, dir über jedes bedeutungslose Detail meines Lebens Rechenschaft abzulegen.« Er warf die Hände in die Luft, während er, nackt bis auf seine Boxershorts, vor dem Bett hin und her lief. »Du willst Einzelheiten? Okay, hier sind sie. Die Arbeit schlägt mir über dem Kopf zusammen, Marla hat irgendeinen Floh im Ohr, und dann ruft mich eine Maklerin an und erzählt mir, ich solle daran denken, das Haus zu verkaufen, solange die Marktlage noch einigermaßen rosig ist, weil man ja nie wüßte, wie lange das anhält. Ist dir das detailliert genug?«

»Rod...«

»Woraufhin ich sagte, es sei wahrscheinlich noch zu früh, um an einen Verkauf zu denken, und sie erklärte, es könne doch nicht schaden, wenn sie sich das Objekt mal ansähe und mir einen Schätzpreis nenne. Ich sagte, das klänge eigentlich vernünftig, und was passiert dann? Plötzlich werd' ich zum miesen Schürzenjäger degradiert, der seine frühere Frau und seine Kinder einfach im Stich gelassen hat.« Er blieb abrupt stehen und sah Bonnie direkt an. »Vielleicht hab' ich die Frau sogar umbringen lassen.« Er schwieg einen Moment und sah sie scharf an. »Ist es vielleicht das, was dir durch den Kopf geht, Bonnie? Ist es das, was in Wirklichkeit hinter all diesen Fragen steckt?«

Bonnie sagte nichts. Hatte er recht? War es möglich, daß sie tatsächlich so etwas gedacht hatte?

Rods Gesicht wurde plötzlich weich und traurig. »Bonnie«, sagte er fast tonlos, »antworte mir bitte. Glaubst du im Ernst, daß ich mit Joans Tod etwas zu tun haben könnte? Wenn das so ist... ich meine, was tun wir dann hier zusammen? Wie kannst du es ertragen, mit mir in einem Zimmer zu sein, gar noch im selben Bett?«

Er hat ja recht, dachte Bonnie. Was ist nur los mit mir? Ich hätte doch wissen müssen, wie er meine Fragen auslegen würde. Wie sonst hätte er sie auslegen sollen?

»Rod, bitte verzeih mir«, sagte Bonnie. Sie hätte ihn gern berührt, aber sie hatte Angst, daß er sie zurückstoßen würde. »Ich weiß nicht, was ich sagen soll. Ich weiß, daß du mit Joans Tod nichts zu tun hast. Ich wollte nie unterstellen...«

Rod schüttelte langsam den Kopf. »Okay, okay. Es ist ja gut. Es ist ja gut«, wiederholte er, als handele es sich um ein Mantra, als könne allein die Wiederholung der Worte alles wiedergutmachen. »Komm, gehen wir schlafen.« Er legte sich wieder hin. »Ich bin müde. Ich kann kaum noch klar denken. Ich habe wahrscheinlich viel zu heftig reagiert. Es tut mir leid, daß ich dich gleich so angefahren habe. Das kommt schon wieder in Ordnung. Ich bin im Moment einfach etwas überfordert. Ich brauche ein bißchen Schlaf. Wir besprechen das morgen noch einmal.«

Doch als Bonnie am nächsten Morgen aus der Dusche kam, war er schon zur Arbeit gefahren. Auf dem Zettel, den er ihr auf den Küchentisch gelegt hatte, stand, er werde voraussichtlich wieder spät kommen, sie solle nicht auf ihn warten.

Was erhoffe ich mir, fragte sich Bonnie, als sie auf das große

Klinikgebäude zuging. Geht es mir darum, meinen Namen reinzuwaschen und irgendwie diese Familie zusammenzuhalten? Was hoffe ich denn von dieser armen alten Trinkerin zu erfahren, die geistig schon lange nicht mehr da ist? Wahrscheinlich sollte ich mich auch gleich einliefern lassen. Ich passe gut hierher.

Eine alte Frau, die auf einer Bank in der Nähe saß, winkte sie zu sich heran. »Ich kenne Sie«, erklärte sie, als Bonnie zu ihr trat. »Sie sind doch diese berühmte Schauspielerin. Die, die neulich gestorben ist.«

Wunderbar, dachte Bonnie und machte hastig kehrt, um ihren Weg zur Klinik fortzusetzen.

Drinnen empfing sie eine Atmosphäre gekünstelter Fröhlichkeit, wie sie für viele solcher Einrichtungen charakteristisch ist. Breite Korridore, pfirsichfarbene Wände, Picasso-Lithographien von Blumen und Harlekins, eine gutaussehende Frau mittleren Alters hinter einem großen, cremefarbenen Empfangstisch in dem luftigen, gut beleuchteten Empfangsraum. Bonnie näherte sich ihr vorsichtig.

»Ja?« sagte die Frau freundlich lächelnd. »Kann ich Ihnen behilflich sein?«

Du könntest mir sagen, ich soll sofort umkehren und wieder nach Hause fahren, dachte Bonnie, während sie der Frau in die veilchenblauen Augen sah und überlegte, ob die Farbe echt war oder das Ergebnis getönter Kontaktlinsen. Heutzutage wußte man ja nie. Die Dinge waren nicht immer das, was sie zu sein schienen. Das hatte Rod auch gesagt.

»Ich möchte gern zu Elsa Langer«, sagte sie.

Die Empfangsdame wandte sich an ihren Computer. »Langer, sagten Sie?«

»Ja. Elsa Langer.«

»Elsa Langer. Ach ja, hier haben wir sie schon. Zimmer 312 im Südflügel. Die Aufzüge sind dort drüben.« Sie wies nach rechts.

»Vielen Dank.« Bonnie rührte sich nicht vom Fleck.

»Gehen Sie ruhig hinauf.«

Bonnie nickte und blieb immer noch stehen wie angewurzelt.

»Ist etwas nicht in Ordnung?«

»Ich… es ist nur… ich habe Mrs. Langer schon lange nicht mehr gesehen«, log sie und fragte sich dabei, ob die Empfangsdame sie so leicht durchschauen konnte wie Caroline Gossett, »und ich habe keine Ahnung, was mich erwartet.« Das wenigstens war die Wahrheit.

In der zweiten Etage trat Bonnie aus dem Aufzug und sah sich erst einmal gründlich um. Die Wände waren blau; statt Picasso hing hier Matisse. Ein paar Schritte nach rechts, dem Schwesternzimmer gegenüber war ein Besucherraum. Auf einem Empfangstisch warteten mehrere Blumenarrangements auf Lieferung. Vielleicht hätte ich Elsa Langer ein paar Blumen mitbringen sollen, dachte Bonnie und klemmte die beiden Zeitschriften, die sie gekauft hatte, fester unter ihren Arm. *Vogue* und *Bazaar*. Die neueste Frühlingsmode. Genau das, was die Frau brauchte.

Mehrere Pflegerinnen, die angeregt miteinander schwatzten, blickten auf, als Bonnie sich näherte, musterten sie kurz und wandten sich wieder ihrem Gespräch zu. Der Kunde war hier offensichtlich nicht König. Bonnie wartete, den Blick zum Besucherraum gerichtet, und bemerkte eine junge Frau, die schweigend zwischen einem Mann und einer Frau mittleren Alters saß, wahrscheinlich ihren Eltern. Die Mutter war in Tränen aufgelöst, der Vater starrte mit leerem Blick vor sich hin, als könne er nicht glauben, daß ihm dies geschah. Eine andere Frau hatte ihren Arm um die Schultern eines jungen Mannes gelegt, der neben ihr saß und unaufhörlich wie besessen unsichtbare Fussel von seiner Hose zupfte. »Ist ja gut, ist ja gut«, murmelte die Frau immer wieder. »Ist ja gut.«

Bonnie wandte sich wieder den Pflegerinnen zu. »Entschuldigen Sie, könnten Sie mir sagen, wo Zimmer 312 ist?«

»Da runter«, antwortete eine der Pflegerinnen und zeigte ihr die Richtung, ohne auch nur aufzublicken.

»Danke.«

Einen Augenblick später stand Bonnie vor der geschlossenen Tür zu Zimmer 312. Und jetzt? Sollte sie klopfen? Oder einfach hineinplatzen? Vielleicht wäre es das beste, umzukehren und nach Hause zu fahren.

»Herein«, rief jemand, ehe Bonnie einen Entschluß gefaßt hatte.

Bonnie atmete einmal tief durch und stieß die Tür auf.

In einem Rollstuhl beim Fenster saß eine Frau. Sie hatte braunes Haar, gefärbt, wie man an den weißen Wurzeln sah, und ihre Haut war von Leberflecken und Altersflecken übersät. Ihre Beine, formlos und dick wie zwei Holzklötze, sahen unter einem rosafarbenen gesteppten Morgenrock hervor. Selbst in sitzender Haltung war sie eine imposante Gestalt. Wie ihre Tochter, dachte Bonnie mit Unbehagen, obwohl sie sonst kaum Ähnlichkeit mit Joan entdecken konnte.

»Woher wußten Sie, daß ich da war?« Bonnie trat ins Zimmer und fühlte den leichten Lufthauch, als die Tür hinter ihr zufiel. Hatte die Frau ihre Anwesenheit gespürt? Hatte sie geahnt, daß sie kommen würde?

»Ich hab' Schritte gehört«, antwortete die Frau. »Und vor der Tür haben sie plötzlich aufgehört.«

Bonnie lachte. So einfach war das also. Wie schnell sind wir doch dabei, dachte sie, das Offensichtliche zu übersehen.

»Sind Sie Elsa Langer?« fragte sie.

»Vielleicht.« Die Frau glättete ihren Morgenrock über den massiven Knien. »Wer fragt?«

»Bonnie – Bonnie Wheeler.«

Die Frau zog die schmalen Brauen über der großen Nase zusammen.

»Ich habe Ihnen etwas mitgebracht.« Bonnie trat ein paar Schritte näher zu der Frau und legte ihr die Zeitschriften auf den Schoß.

Die Frau sah kurz hinunter, dann richtete sie ihren Blick

wieder auf Bonnie. »Danke schön. Wie heißen Sie gleich wieder?«

»Bonnie. Bonnie Wheeler«, antwortete Bonnie und betonte ihren Nachnamen in der Hoffnung, er würde bei der Frau eine Reaktion auslösen. Als nichts geschah, fügte sie hinzu: »Ich habe Joan gekannt.«

»Ach?«

»Ja.« Bonnie fragte sich, was sie als nächstes sagen sollte. Wußte die Frau, daß ihre Tochter tot war? Hatte jemand es ihr gesagt?

»Ich hab' auch mal eine Joan gekannt.«

Bonnie nickte.

Die Frau begann plötzlich merkwürdige Mundbewegungen zu machen. Als kaute sie auf etwas Widerspenstigem herum, schob sie ihre Lippen vor und zurück, mahlte hin und her, drückte schließlich den oberen Teil einer Zahnprothese heraus, hielt ihn einen Moment auf ihrer Zungenspitze und schob ihn mit einem Klappern wieder zurück.

»Hat jemand mit Ihnen über Joan gesprochen?« fragte Bonnie. Sie vermied es, die Frau anzusehen, die schon wieder versuchte, ihre Prothese aus dem Mund zu schieben.

»Joan ist tot«, sagte die Frau nuschelnd, immer noch ihre Prothese hin und her schiebend.

»Ja«, bestätigte Bonnie, während ihr Blick über die blauen Wände, die kleine Kommode, die beiden Krankenbetten wanderte. Eines der Betten war ordentlich gemacht, das andere hatte man gelassen, wie es war, mit verwurstelter Decke, die in der Mitte etwas aufgeworfen war, als läge jemand darunter.

»Mein Gott, da liegt ja jemand im Bett«, sagte Bonnie und trat näher an das Bett heran. Das formlose Häufchen in der Mitte nahm langsam menschliche Gestalt an. Bonnie hielt den Atem an, als sich ihr das Bild ihrer Mutter in den Tagen vor ihrem Tod aufdrängte. Sie hatte Angst, die reglose Gestalt in der Mitte des Bettes genauer anzusehen. Gesicht und Haar der Frau waren aschgrau, ihre Wangen eingefallen, ihre braunen Augen weit offen und bar jeden Ausdrucks, so als sähen sie nichts. Einen Moment lang glaubte Bonnie, die Frau wäre tot, doch da stieß sie plötzlich einen merkwürdigen kleinen Laut aus, einen zitternden Schrei, der sofort verklang.

»Das ist Mrs. Langer, nicht wahr?« fragte Bonnie die Frau im Rollstuhl.

»Vielleicht«, antwortete die Frau. »Wer fragt?«

»Bonnie«, wiederholte Bonnie. »Bonnie Wheeler. Kennen Sie den Namen, Mrs. Langer?« fragte sie die Frau im Bett.

»Die redet nicht mit Ihnen«, erklärte die Frau im Rollstuhl. »Die redet mit niemand mehr, seit sie ihr gesagt haben, daß ihre Joan tot ist.«

»Es tut mir sehr leid, daß Sie Ihre Tochter verloren haben«, sagte Bonnie und berührte behutsam Elsa Langers Schulter.

»Sie hat sie jeden Monat besucht. Jetzt kommt niemand mehr.«

»Mrs. Langer, können Sie mich hören?«

»Die redet nicht mit Ihnen.« Wieder hörte Bonnie das Klappern der Zahnprothese, die hin und her geschoben wurde.

Bonnie kniete neben dem Bett nieder, so daß ihre Augen auf einer Höhe mit denen Elsa Langers waren. »Ich bin Bonnie Wheeler«, sagte sie zu ihr. »Rods Frau.« Die Frau zwinkerte mehrmals rasch hintereinander. Bonnie neigte sich näher zu ihr. »Hat Joan einmal von mir gesprochen?«

»Joan ist tot«, verkündete die Frau im Rollstuhl.

»Joan hat sich Sorgen um mich gemacht«, fuhr Bonnie fort. »Sie sagte, sie müßte mir etwas mitteilen, aber sie ist gestorben, ehe wir miteinander sprechen konnten. Ich würde gern wissen, ob sie vielleicht zu Ihnen einmal etwas gesagt hat.«

Bonnie brach ab. Was tat sie da? Diese Frau war nur noch einen Atemzug vom Tod entfernt. Sie konnte sie wahrscheinlich nicht mehr sehen, geschweige denn hören oder verstehen, wovon sie sprach.

»Ich wollte Ihnen nur sagen, daß es Sam und Lauren gut geht. Sie leben jetzt bei Rod und mir, und wir werden gut für die beiden sorgen. Vielleicht kann ich sie sogar einen Nachmittag mit hierherbringen, wenn Sie das möchten. Ich bin sicher, sie würden ihre Großmutter gern sehen.« Wieso hatte sie das gesagt? Sie hatten die alte Frau ja nicht einmal erwähnt.

Elsa Langer sagte nichts.

Unsicher stand Bonnie wieder auf. »Es ist wohl besser, wenn ich jetzt gehe.«

»Ich hab' Ihnen ja gesagt, daß sie nicht mit Ihnen redet«, bemerkte die Frau im Rollstuhl mit einem triumphierenden Unterton in der Stimme.

»Hat sie früher mit Ihnen geredet?« fragte Bonnie mit einem Blick auf die Frau, die immer noch klappend mit ihrer Zahnprothese jonglierte.

»Vielleicht. Wer fragt?«

Bonnie seufzte resigniert. »Bonnie«, antwortete sie. »Bonnie Wheeler.«

»Den Namen kenn' ich«, sagte die Frau. Sie strich sich mit der Hand über ihren Schoß und fegte die Zeitschriften zu Boden.

»Ja, wirklich?«

»Vielleicht. Wer fragt?«

Bonnie hob die Zeitschriften vom Boden auf und legte sie beinahe ängstlich neben Elsa Langer, die reglos in den weißen Laken lag, aufs Bett. Eine einzelne Träne rann über die Wange der alten Frau.

»Mrs. Langer! Mrs. Langer, können Sie mich hören? Haben Sie gehört, was ich vorhin gesagt habe? Können Sie mich verstehen? Können Sie mit mir sprechen, Mrs. Langer? Möchten Sie mir irgend etwas sagen?«

»Die redet bestimmt nicht mit Ihnen«, sagte die Frau im Rollstuhl.

»Aber sie weint.«

»Sie weint dauernd.«

»Tatsächlich?«

»Vielleicht. Wer fragt?«

Bonnie wandte sich wieder der Frau im Bett zu. »Weinen Sie nicht, Mrs. Langer«, sagte sie zu Joans Mutter. »Bitte, ich wollte Sie nicht aufregen. Ich werde jetzt wieder gehen, aber ich hinterlasse meine Telefonnummer bei den Pflegerinnen, falls Sie mich erreichen wollen.« Sie beugte sich vor und berührte das weiche graue Haar der Frau. »Auf Wiedersehen.«

»Hat mich gefreut, Sie kennenzulernen«, sagte die Frau im Rollstuhl.

»Ja, ganz meinerseits«, erwiderte Bonnie.

»Ha-ha, Lügen haben kurze Beine!« rief die Frau Bonnie nach, als diese aus dem Zimmer eilte.

14

Sobald Bonnie nach Hause kam, rief sie die Praxis Walter Greenspoons an.

»Praxis Doktor Greenspoon.« Die Stimme der Sekretärin klang belegt und rauchig, als hätte Bonnie sie gerade beim Genuß einer Zigarette gestört.

»Ich hätte gern so bald wie möglich einen Termin bei Doktor Greenspoon«, erklärte Bonnie, die ein weiteres Mal nicht begriff, was sie da eigentlich tat. Sie hatte nicht vorgehabt, Dr. Greenspoon anzurufen. Auf der Fahrt nach Hause hatte sie beschlossen, es allein der Polizei zu überlassen, den Mord an Joan zu klären, und sich selbst herauszuhalten. Aber wie konnte sie sich heraushalten, wenn sie doch praktisch mittendrin war, wenn sie und ihre Tochter sich möglicherweise in tödlicher Gefahr befanden.

»Sind Sie Patientin bei uns?«

»Bitte? Oh, nein, nein, ich war noch nie bei Ihnen.«

»Hm. Ich kann Ihnen frühestens am zehnten Juli einen Termin geben.«

»Am zehnten Juli? Das sind ja noch zwei Monate!«

»Doktor Greenspoon hat sehr viel zu tun.«

»Natürlich, das glaube ich, aber ich kann nicht so lange warten. Ich muß ihn sofort sehen.«

»Tut mir leid, aber das ist ausgeschlossen.«

»Warten Sie, legen Sie nicht auf«, sagte Bonnie hastig. »Mir ist eben etwas eingefallen. Wann ist Joan Wheelers nächster Termin?«

»Wie bitte? Ich verstehe nicht.«

»Ich bin Joan Wheelers Schwester«, behauptete Bonnie kühn.

Dic Stimme der Sekretärin veränderte sich plötzlich, wurde weicher, persönlicher. »Ach so, mein Beileid. Wir waren sehr betroffen, als wir hörten, was Ihrer Schwester zugestoßen ist«, sagte sie.

»Danke«, erwiderte Bonnie, völlig verblüfft über die Dinge, die aus ihrem Mund kamen. »Ich weiß, daß Joan Doktor Greenspoon sehr geschätzt hat, und ich habe im Augenblick wirklich große Schwierigkeiten, mit der ganzen Sache fertigzuwerden. Deshalb dachte ich, ich könnte vielleicht Joans nächsten Termin wahrnehmen...« Sie hielt inne, unfähig, die Lüge noch weiter auszuspinnen.

»Leider haben wir die Stunde bereits vergeben«, antwortete die Sekretärin entschuldigend.

Bonnie nickte nur und war schon bereit, sich damit abzufinden. Siehst du, flüsterte ihr Gewissen, lügen bringt gar nichts.

»Aber wir haben am kommenden Freitag einen Termin frei«, fuhr die Sekretärin eilig fort. »Den könnte ich Ihnen vielleicht geben, obwohl das eigentlich gegen die Regeln verstößt. Könnten Sie um zwei Uhr kommen?«

»Selbstverständlich«, antwortete Bonnie hastig.

»Gut. Würden Sie mir bitte Ihren Namen sagen?«

»Bonnie Lonergan«, antwortete Bonnie, auf ihren Mädchennamen zurückgreifend, obwohl sie sich damit so unwohl fühlte wie mit einem zu klein gewordenen Schuh. Wieso war sie ausgerechnet auf Lonergan verfallen? Gerade diesen Teil ihres Lebens wollte sie doch dringend hinter sich lassen. Sie legte auf, ehe die Sekretärin es sich anders überlegen konnte. Freitag, vierzehn Uhr. Sie würde die letzte Unterrichtsstunde schwänzen müssen. Kein Problem. Sie würde dem Schulleiter sagen, sie habe wegen Sam und Lauren einen Termin bei einem Psychotherapeuten. Das war ja auch wahr. Zumindest teilweise. Sie hatte tatsächlich einen Termin bei einem Psychotherapeuten. Und irgendwann während der Sitzung würde sie zweifellos auf Sam und Lauren zu sprechen kommen. Vielleicht sogar ziemlich ausführlich. Es war also gar keine wirkliche Lüge.

Bonnie wurde sich plötzlich der Musik bewußt, die aus Sams Zimmer durch die Küchendecke drang. Aber Musik kann man das wohl kaum nennen, dachte sie, während sie verschiedene Gemüse aus dem Kühlschrank nahm, um den Salat vorzubereiten. Rhythmisches Tom-Tom war eine genauere Beschreibung – laut, aufdringlich, gnadenlos.

Sie stellte sich Sam vor, wie er mit offenem Hemd auf seinem Bett lag, an die Decke starrte und nachdachte. Worüber? Bonnie hatte keine Ahnung. Obwohl sie sich immer wieder um ihn bemüht hatte, verweigerte er ihr beharrlich sein Vertrauen. Und allen anderen auch. Er sprach mit keinem – nicht mit ihr, nicht mit Rod, nicht mit dem Schulleiter oder seinem Stellvertreter, nicht mit der Schulberatung oder dem Schulpsychologen, obwohl sie sich alle in der letzten Woche um ihn bemüht hatten. Es war zwecklos. Sam ging zur Schule, machte seine Arbeit, trieb sich mit seinen Freunden herum, spielte auf seiner Gitarre, fütterte seine Schlange, rauchte seine Zigaretten und hüllte sich im übrigen in Schweigen.

Lauren war nicht viel anders. Auch sie lehnte jede Hilfe ab und behielt alles, was sie bewegte, für sich. In den zwei Wochen seit dem Tod ihrer Mutter war sie abwechselnd feindselig, passiv, aggressiv oder weinerlich gewesen. In den letzten Tagen war sie in eine Art Starrheit verfallen, eine Lethargie, die sie so lähmte, daß sie morgens kaum rechtzeitig aus dem Bett kam, unfähig war, sich zu konzentrieren, zu tun, was zu tun war. Vielleicht, hatte Bonnie gemeint, sei es für sie noch zu früh, schon wieder zur Schule zu gehen, aber davon hatte Lauren nichts wissen wollen. Sie werde schon zurechtkommen, erklärte sie störrisch, wenn sie man nur in Ruhe lasse. Einzig Amanda schaffte es, sie hin und wieder zum Lächeln zu bringen. Und Rod, auf den sie Abend für Abend wartete, ganz gleich, wie spät er nach Hause kam.

Vielleicht sollten sie sich ein paar Tage freimachen und alle zusammen wegfahren, hatte Bonnie Rod vorgeschlagen; sich ein paar Tage gönnen, um so vielleicht einander wirklich kennenlernen zu können. Sie selbst, sagte sie, begänne langsam, sich in ihrem eigenen Haus wie eine Außenseiterin zu fühlen. Sie wolle doch nichts weiter, als von den Kindern akzeptiert zu werden. Vielleicht könnten sie alle zusammen eine Therapie machen. Eine Familientherapie. Doch Rod erklärte, er könne sich im Augenblick keinen freien Tag leisten, und eine längere Therapie käme schon gar nicht in Frage. Im Grunde, erklärte er, brauchten sie nur Zeit. Sam und Lauren hätten Amanda bereits in ihr Herz geschlossen; es wäre nur eine Frage der Zeit, bis sie auch Bonnie akzeptieren würden.

Ich kann nur hoffen, daß du recht hast, dachte Bonnie, während sie jetzt, begleitet von den dröhnenden Bässen aus Sams Zimmer, die Karotten würfelte, die Gurke und die Tomaten in Scheiben schnitt und sich fragte, wie Sam diese Lautstärke aushielt. Sie hätte natürlich hinaufgehen und ihn bitten können, die Musik etwas leiser zu hören, aber das wollte sie nicht. Ihr war es als junges Mädchen nie erlaubt gewesen, einmal so richtig in lauter Musik zu schwelgen. Die Gesundheit ihrer Mutter war zu empfindlich gewesen, ihre Migränen zu häufig. Laute Radiomusik war Bonnie und Nick strikt verboten gewesen. Nick allerdings hatte sich um diese Verbote nie gekümmert.

Außerdem war ihr diese dröhnende Musik in gewisser Weise angenehm. Sie übertönte alles andere, drängte es in die hintersten Winkel ihres Bewußtseins, erstickte jeden ernsthaften Gedanken, der sich formen wollte, im Keim. Solange das Donnern des Schlagzeugs die Küche erschütterte, brauchte sie nicht über die Absurdität ihres Handelns nachzudenken – ihren Besuch bei Caroline Gossett am gestrigen Nachmittag, ihren Besuch bei Elsa Langer, ihren Termin bei Dr. Greenspoon. Warum tut sie das alles? Glaubte sie im Ernst, sie würde mit ihren dilettantischen Versuchen, der Wahrheit auf den Grund zu kommen, etwas erreichen? Bildete sie sich im Ernst ein, wenn sie auf eigene Faust Nachforschungen anstellte, ihr Leben damit unter Kontrolle zu halten? War denn die Illusion der Kontrolle so wichtig für ihr Wohlbefinden?

Bonnie warf das kleingeschnittene Gemüse in eine Salatschüssel, stellte die Schüssel in den Kühlschrank und sah auf die Uhr. Es war fast fünf. Rod würde wieder spät nach Hause kommen; Sam und Lauren waren in ihren Zimmern; Amanda war auf einer Geburtstagsfeier und würde erst gegen sechs heimkommen. Sie konnte es sich leisten, ein paar Minuten die Beine hochzulegen und die Zeitung zu lesen. Sie konnte aber auch schon den Tisch decken und die Wäsche aufräumen.

Sie entschied sich dafür, die Beine hochzulegen. Sie nahm die Zeitung vom Küchentisch, die seit dem frühen Morgen da lag, und blätterte nach einem flüchtigen Blick auf die erste Seite schnell zum Lokalteil und Dr. Greenspoons Kolumne. Hausaufgaben, sagte sie sich. Recherchierarbeit.

»Lieber Dr. Greenspoon«, begann der erste Brief, »ich habe Angst, daß mein Mann homosexuell ist. Er zeigt schon seit einiger Zeit überhaupt kein sexuelles Interesse mehr an mir und hat sich in letzter Zeit auch emotional immer weiter von mir entfernt. Außerdem habe ich ganz unten in seiner Schublade einschlägige Literatur gefunden. Ich finde diese Vorstellung schrecklich, aber wenn mein Verdacht stimmt, so würde das einiges erklären. Wir haben schon lange nicht mehr miteinander geschlafen, trotzdem habe ich Angst vor Aids. Soviel ich weiß, hat die Krankheit eine lange Inkubationszeit. Habe ich Anlaß zur Sorge? Soll ich mit meinem Mann über meinen Verdacht sprechen oder lieber nichts sagen? Ich liebe diesen Mann, und es würde mir das Herz brechen, ihn zu verlieren. Ich weiß nicht, was ich tun soll. Können Sie mir helfen?« Unterschrieben war er mit: »Eine Ratlose«.

»Liebe Ratlose«, lautete die Antwort, »Sie müssen sofort mit Ihrem Mann sprechen. Geheimnisse tun einer Ehe nicht gut, und in Ihrem Fall könnte das Geheimnis für Sie tödlich sein.«

»Na prächtig«, sagte Bonnie. »Das ist echt entspannend.« Sie legte die Zeitung weg, stand auf und ging zum Wäschekorb, den sie am Morgen im Flur an die Treppe gestellt hatte. Sie hob den schweren Korb hoch und trug ihn die Treppe hinauf. Bei jedem ihrer Schritte wurde die Musik lauter, dröhnender.

Sie schichtete die frisch gewaschene Bettwäsche in den Wäscheschrank im Schlafzimmer, ihre Unterwäsche in die oberste Schublade einer Kommode, Rods Unterwäsche zwei Schubladen tiefer. Dann kamen seine Socken an die Reihe, die meisten schwarz, einige braun, alle kniehoch. Bonnie zog die unterste Schublade auf, um die Socken einfach zu den anderen zu werfen, und hielt plötzlich inne. »Ich habe in seiner untersten Schublade einschlägige Literatur gefunden«, schoß es ihr durch den Kopf. Sei nicht blöd, sagte sie sich sofort, doch sie ließ ihre Hand auf dem Sockenstapel liegen. Daß mein Mann schwul sein könnte, ist wirklich meine letzte Sorge.

Was ist denn deine Sorge? flüsterte es heimtückisch.

»Gar nichts«, sagte Bonnie laut. »Überhaupt nichts.« Aber sie hatte die Hände schon unter die Socken geschoben, tat so, als wollte sie sie ordnen, um Platz zu schaffen. »Nichts als ein Haufen Socken«, verkündete sie laut. »Keinerlei tödliche Geheimnisse.«

Doch da stießen ihre Finger auf etwas Fremdes, nicht Wolle

oder Nylon, sondern – eine Plastiktüte. »Eine Plastiktüte voller Socken«, sagte sie laut und zog schon die pinkfarbene Tüte heraus, die auf einer Seite ein knallrotes Herz zierte. »Der Reiz schöner Wäsche«, stand in schwungvollen schwarzen Buchstaben darunter. »Keine Socken«, stellte Bonnie fest, sah in die Tüte hinein und zog eine lavendelfarbene Spitzengarnitur aus Büstenhalter, Höschen und Strapsgürtel heraus. »Alles andere als Socken«, sagte sie, als sie dazu noch zwei lavendelfarbene Chiffonschals herauszog. Lachend setzte sie sich auf den Boden.

Rod hatte ihr schon lange keine verführerischen Dessous mehr gekauft. Früher, erinnerte sie sich, hatte er es sehr häufig getan, besonders in der ersten Zeit ihrer Ehe. Da pflegte er sie mit kleinen Päckchen zu überraschen – Tangahöschen, schwarze Spitzenbodys, tief ausgeschnittene Büstenhalter. Sie betrachtete den Büstenhalter, drehte ihn herum, um die Größe zu prüfen. »Dachte ich mir doch gleich, daß er da ein bißchen optimistisch war«, sagte sie, als sie feststellte, daß er eine Nummer zu groß war. »Da war wohl der Wunsch der Vater des Gedankens«, murmelte sie lächelnd, während sie die beiden Schals hochhob und überlegte, wozu er die gekauft hatte.

Das Telefon läutete. Bonnie sprang auf und ging zum Apparat. »Ja?«

»Wie geht es dir?« fragte Diana, ohne erst ihren Namen zu nennen. »Ich hab' gerade ein paar Minuten Zeit und wollte mal hören, was du treibst. Macht dir die Polizei immer noch das Leben schwer?«

»Nein, die geben seit ein paar Tagen Ruhe, aber ich weiß nicht, ob das ein gutes oder schlechtes Zeichen ist.«

»Wenn einen die Polizei in Ruhe läßt, ist das immer ein gutes Zeichen. Und – wie fühlst du dich?«

»Ach, ganz gut soweit.«

»Nur ganz gut? Kann ich vielleicht irgendwas tun, um dich ein bißchen aufzumöbeln? Na los, sag schon. Dein Wunsch ist mir Befehl.«

Bonnie hielt den lavendelfarbenen Spitzenbüstenhalter hoch und schob ihre Faust in eine der Schalen. »In dem Fall wünsche ich mir etwas mehr Busen.«

Diana lachte. »Wird sofort erledigt. Du kannst meinen haben. Wozu brauchst du ihn denn?«

Kichernd erzählte Bonnie von der Unterwäsche, die sie in Rods Kommode gefunden hatte.

»Bist du sicher, daß er kein Transvestit ist?« fragte Diana.

»Du lieber Gott!«

»Sollte nur ein Witz sein. Aber jetzt muß ich Schluß machen. Ich wollte nur mal hören, wie du dich schlägst.«

»Das ist gut ausgedrückt. Hör zu, hast du nicht Lust, am Freitag abend zum Essen zu kommen?«

»Kommenden Freitag?«

»Ja. Oder hast du schon andere Pläne?«

»Nein. Aber bist du sicher, daß es dir nicht zuviel wird? Du hast doch jetzt wirklich eine Menge um die Ohren. Da sollte lieber ich für dich kochen.«

»Du kochst doch nie«, entgegnete Bonnie.

»Das stimmt. Also gut, dann bei euch. Um sieben?«

»Freitag um sieben. Bis dann.« Bonnie legte auf und spielte zerstreut an den Strapsen herum, die von dem schmalen Spitzengürtel herabhingen.

»Entschuldigung.«

Bonnie stopfte die Dessous hastig wieder in die Plastiktüte und drehte sich nach Lauren um, die in der Tür zum Schlafzimmer stehengeblieben war.

»Hallo, Schatz. Ist irgendwas?« fragte Bonnie.

»Ich finde mein rotes T-Shirt nicht«, sagte Lauren, ohne Bonnie anzusehen.

»Das hab' ich gewaschen«, antwortete Bonnie. Sie knüllte die pinkfarbene Plastiktüte in ihrer Hand zusammen und legte sie wieder in die Kommode, ehe sie das rote T-Shirt aus dem Wäschekorb nahm.

»Du brauchst meine Sachen nicht zu waschen«, sagte Lauren. »Das kann ich selbst.«

»Das ist doch gar nicht der Rede wert«, versicherte Bonnie. Bitte, laß mich doch wenigstens das für dich tun, fügte sie lautlos hinzu.

Lauren kam langsam ins Zimmer und nahm das T-Shirt, das Bonnie ihr hinhielt. »Danke.«

»Gern geschehen«, erwiderte Bonnie dankbar.

Ihre Finger berührten einander flüchtig, gleich darauf war Lauren verschwunden.

»Sam?« Bonnie klopfte sachte an seine Zimmertür. »Sam, kann ich einen Moment reinkommen?« Sie klopfte noch einmal. Was mache ich denn jetzt schon wieder? fragte sie sich. Ganz klar, daß er bei dem Gejaule und Getöse in seinem Zimmer ihr Klopfen nicht hörte. Sie klopfte ein drittes Mal, lauter, indem sie mit der Faust mehrmals gegen die Tür schlug. »Sam!« rief sie. »Sam, kann ich mal kurz reinkommen?«

Die Tür zu seinem Zimmer öffnete sich plötzlich, und die Musik überschwemmte den Flur wie Lava aus einem Vulkan, die alles zu verschlingen drohte.

»Ich habe deine Wäsche hier«, schrie Bonnie und wies mit dem Kopf auf den Korb in ihren Armen.

»Oh, Klasse«, schrie Sam zurück. »Vielen Dank.« Er trat zur Seite, um sie ins Zimmer zu lassen.

Bonnie zögerte nur einen Moment, dann ging sie hinein, warf einen raschen Blick in die Runde, um sich zu vergewissern, daß die Schlange in ihrem Glaskasten war. Angenehm überrascht nahm sie zur Kenntnis, daß das Zimmer ganz ordentlich aussah. Sie stellte den Wäschekorb aufs Sofa und drückte eine Hand auf ihr Ohr.

»Findest du das nicht ein bißchen laut?« fragte sie.

Sam ging zur Stereoanlage und drehte die Lautstärke herunter. »Tut mir leid.«

»Schon gut«, antwortete Bonnie. Sie wünschte, sie hätte gewußt, wie sie ihm näherkommen, ihn dazu bewegen könnte, sich zu öffnen und über seine Mutter zu sprechen. Eine liebevolle Beziehung war es offensichtlich nicht gewesen. Das wußte sie schon seit seiner merkwürdigen Reaktion auf die Nachricht von ihrem Tod. Wo ist ihr Auto? hatte er gefragt. »Ding-Dong, die Hexe ist tot.« Aber zweifellos war er in diesem Moment unter Schock gestanden; sicher spiegelte die völlige Gleichgültigkeit, die er noch immer an den Tag legte, nicht seine wahren Gefühle wider. »Macht es L'il Abner nichts aus, wenn die Musik so laut ist?« Widerstrebend sah Bonnie zu der Schlange hinüber.

»Überhaupt nichts«, versicherte Sam. »Schlangen sind taub.«

»Wirklich?«

»Sie spürt die Schwingungen, aber hören kann sie gar nichts.« Sam ging zu dem Terrarium und klopfte mit den Fingern leicht an das Glas.

Vorsichtig näherte sich auch Bonnie. Die Schlange streckte sich ihr entgegen wie in Alarmbereitschaft. Bonnie schluckte, zwang sich, das Reptil genau zu betrachten.

»Sie ist wirklich schön«, bekannte sie.

»Ja, das finde ich auch.« Stolz schwang in Sams Stimme.

»Und wie lang wird sie, hast du gesagt?«

»Bis zu dreieinhalb Metern, an die fünf Meter, wenn sie in freier Wildbahn leben würde.«

»Unglaublich.« Bonnie wußte nicht, ob sie von der Schlange sprach oder davon, daß sie selbst sich so nah an das Tier herangewagt hatte. »Was ist das für Zeug auf dem Boden?«

»Westafrikanische Koralle«, erklärte Sam. »Man kann auch einfach Kiesel nehmen.«

Bonnie wies auf die anderen Dinge in dem Glasbehälter. »Und wozu ist das alles?«

»Das Thermometer brauche ich, um die Temperatur im Terrarium zu regulieren. Sie sollte fünfunddreißig Grad nicht überschreiten. Interessiert dich das wirklich?« fragte er skeptisch.

»Aber ja.« Es erstaunte Bonnie selbst, daß es wahr war. »Bitte, erzähl weiter.«

Sams Gesicht schien plötzlich lebendig zu werden. »Also, je wärmer es Schlangen haben, desto schneller wachsen sie. Abends dreh' ich die Temperatur auf zweiundzwanzig Grad runter, aber nicht tiefer, weil Schlangen Kaltblüter sind und ihr Stoffwechsel sonst nicht richtig arbeitet.« Er wies auf den großen Stein, der ganz links im Terrarium lag. »Das ist ein Wärmestein. Siehst du den Stecker?«

Bonnie nickte.

»Ich achte darauf, daß der Stein immer neunundzwanzig Grad hat. Und die Lampen spenden auch noch Wärme.« Er zeigte auf einen Scheinwerfer oben auf dem Behälter. »Das hier ist eine Hundert-Watt-Lampe und die lange, die den ganzen Behälter entlangläuft, gibt ein besonderes Licht, dem Sonnenlicht ähnlich, damit L'il Abner auch seine Vitamine bekommt. Und das da ist sein Trinkwasser«, sagte er und wies auf eine rote Plastikschale, die mit Wasser gefüllt war. »Auf Wasser ist er ganz verrückt. Manchmal rollt er sich sogar in der Schale zusammen. Ich halte es immer auf sechs- bis siebenundzwanzig Grad. Und den Holzklotz hab' ich dahin gestellt, damit er Schatten hat und auch mal spielen kann, wenn er will.«

»Spielen?«

»O ja. Boas sind sehr verspielt.«

Boas sind Boas, dachte Bonnie, sagte es aber nicht. »Und die Pappschachtel dort?«

»Da kriecht er gern zum Schlafen rein.«

Der Kopf der Schlange stieß gegen den Deckel des Glasbehälters. Unwillkürlich trat Bonnie einen Schritt zurück. »Er kann doch nicht raus, oder?«

»Nein, jetzt noch nicht. Aber wenn er größer wird, muß ich was Schweres oben drauflegen, damit er den Deckel nicht hochheben kann. Jetzt wiegt er ja nur ungefähr viereinhalb

Kilo, aber Boas sind unheimlich stark, und wenn sie ausgewachsen sind, können sie bis zu neunzig Kilo schwer werden.«

»Du meine Güte!«

»Willst du ihn mal halten?«

»Was?«

»Er tut dir nichts, bestimmt nicht. Er ist wirklich ganz gutmütig.« Sam schob bereits den Glasdeckel zur Seite und hob die Schlange hinaus.

»Nein, Sam«, protestierte Bonnie. »Ich glaube nicht, daß das nötig ist.«

»Du brauchst wirklich keine Angst zu haben.« Sam hielt ihr die Schlange zur Begutachtung hin. »Ist er nicht ein Prachtstück? Schau mal, wie seine Farbe irisiert. An manchen Stellen ist er fast rot. In der Sonne ist er beinahe grün. Siehst du, wie da hinten, zum Schwanz hin, die Farben kräftiger werden und das Muster konzentrierter?«

Bonnie ließ ihren Blick langsam über den Körper der Schlange gleiten und sah dann starr vor Entsetzen, wie Sam den Kopf der Schlange zu seinem Mund hob.

»Siehst du? Er tut einem nichts.« Blitzschnell schoß die gespaltene Zunge der Schlange auf Sams Mund zu.

»Was tut sie denn jetzt?« Bonnie zwang sich näher zu treten.

»Schlangen nehmen Wärme mit der Zunge wahr. Ihre Zungen sind immer in Bewegung. Schau mal, wie lang die Zunge von L'il Abner ist.« Er drehte den Kopf der Schlange in ihre Richtung. »Siehst du den dunklen Streifen, der direkt durch seine Augen geht?«

Bonnie musterte die Augen zu beiden Seiten des Schlangenkopfes.

»Schlangen haben keine Augenlider, darum können sie ihre Augen nie zumachen«, erklärte Sam, seine Rolle als Lehrer offensichtlich genießend. »Faß ihn doch mal an. Es ist ein ganz tolles Gefühl. Wie wenn man Seide anfaßt.«

»Wie Seide«, wiederholte Bonnie wie ein Automat und

streckte, ohne es eigentlich zu wollen, ihren Arm nach der Schlange aus. Mit den Fingern berührte sie den Körper der Schlange vorsichtig und behutsam. Sam hat recht, dachte sie, während sie den langen Schlangenleib mit wachsendem Zutrauen streichelte. Es fühlte sich tatsächlich wie Seide an.

»Willst du ihn nicht doch mal halten?« meinte Sam.

O Gott, nein, dachte Bonnie. »Na schön«, hörte sie sich sagen. War sie denn von allen guten Geistern verlassen? »Wie muß ich ihn halten?«

»Warte.« Sam führte eine ihrer Hände hinter den Kopf der Schlange, die andere zum Körperende.

»Und wenn er jetzt anfängt, sich zusammenzurollen?«

»Das macht nichts. Wir sind immer noch stärker als er. Hauptsache, du läßt ihn nicht fallen«, warnte Sam. »Das haßt er nämlich wie die Pest.«

Bonnie hielt die Schlange sehr fest, spürte, wie sie sich gegen ihren Zugriff wehrte und war überrascht über das Ausmaß an Kraft, das von ihren Wellenbewegungen ausging. Wirklich, von allen guten Geistern verlassen, dachte sie.

»Ich hab' mein Leben lang Todesangst vor Schlangen gehabt«, sagte sie.

»Aber du machst das ganz prima«, versicherte ihr Sam.

Die Schlange drehte züngelnd ihren Kopf nach ihr. Sie ist wirklich ein prachtvolles Tier, dachte Bonnie, einen Moment lang wie hypnotisiert von dem Anblick und von der Tatsache, daß sie die Schlange tatsächlich in ihren Händen hielt. Wenn mir vor einer Woche, ach was, vor einer Stunde, jemand gesagt hätte, daß ich demnächst eine über einen Meter lange Boa constrictor in Händen halten würde, hätte ich den Betreffenden für verrückt erklärt. Und jetzt hielt sie das verdammte Biest nicht nur in ihren Händen, sondern fand es auch noch angenehm, die Übertragung der Kraft vom Körper der Schlange auf den ihren zu spüren. Ohne Zweifel war sie selbst diejenige, die für verrückt erklärt werden mußte.

Plötzlich begann die Schlange sich zu winden, stemmte sich gegen ihre Finger und Handflächen, so daß sie ihr zu entkommen und auf den Boden zu fallen drohte. Das durfte auf keinen Fall passieren. Sie kämpfte mit der Schlange, um sie im Griff zu behalten. Hatte Sam nicht gerade gesagt, daß die Schlange es haßte, fallen gelassen zu werden?

»Vielleicht solltest du sie jetzt wieder nehmen«, sagte Bonnie. Was würde sie tun, wenn Sam sich weigerte, einfach lachend aus dem Zimmer ginge? Lieber Gott, von all dem Blödsinn, den sie in den letzten Tagen fabriziert hatte, war dies bei weitem der blödsinnigste. Glaubte sie ernstlich, sie fände auf diesem Weg einen Zugang zu Sam? Ihn dazu bewegen, sich zu öffnen und über seine Mutter zu sprechen? Glaubte sie wirklich, daß der Weg zum Herzen eines halbwüchsigen Jungen über seine Boa constrictor führte?

»Aber klar«, sagte Sam und nahm ihr ohne Probleme die Schlange aus den Armen, um sie in ihren Behälter zurückgleiten zu lassen. Danach drückte er fest den Deckel zu.

Bonnie fühlte sich plötzlich wie beschwipst. Sie hörte jemanden lachen und merkte, daß sie selbst das war. »Ich hab's geschafft!« Sie lachte wieder. »Ich hab's tatsächlich geschafft.«

Sam lachte mit ihr. »Du warst toll«, sagte er.

»Ja, das stimmt«, stimmte sie zu.

»Meine Mutter hat sich L'il Abner immer nur vom Leib gehalten«, brummte Sam und fuhr sich sofort mit der Hand über den Mund, als wollte er die Worte auslöschen.

Bonnie hielt den Atem an. Sie hätte den Jungen am liebsten mit Fragen überschüttet, wußte aber, daß sie vorsichtig zu Werke gehen mußte. »Wirklich?« war daher alles, was sie sagte.

»Sie hat immer gesagt, er wäre schleimig und widerlich«, fuhr Sam fort, den Blick auf seine Schlange gerichtet. »Aber er ist überhaupt nicht schleimig.«

»Nein, das ist er wirklich nicht.«

»Es hat sie einfach nicht interessiert.«

»Aber sie hat dir immerhin erlaubt, die Schlange im Haus zu behalten. Das hätte meine Mutter nie getan«, sagte Bonnie. Sie hatte als Kind nie ein Tier haben dürfen. Mutter's Allergien, hatte man ihr immer erklärt. Sie erinnerte sich an das Hündchen, das Nick eines Nachmittags mit nach Hause gebracht hatte, nur um mitgeteilt zu bekommen, daß er es sofort wieder dahin zurückbringen solle, wo er es gefunden hatte. »Aber er gehört doch zu mir«, hatte Nick gebettelt – ohne Erfolg.

»Hm, ja.«

»Wie war deine Mutter eigentlich, Sam?« fragte Bonnie vorsichtig.

Schon war das gleichgültige Achselzucken wieder da. »Keine Ahnung«, sagte er nach einer kurzen Pause. »Wir sind uns meistens aus dem Weg gegangen.«

»Und warum?«

»Da müßtest du sie schon selber fragen.« Er lachte, merkwürdig erstickt und abgerissen, und rieb sich mit dem Zeigefinger die rechte Nasenseite.

»Ist der dir nicht im Weg?« Bonnie zeigte auf den Ring in seinem linken Nasenflügel.

»Ach, mit der Zeit vergißt man den«, antwortete er. Ein scheues Lächeln erhellte flüchtig sein Gesicht und erlosch gleich wieder.

»Erzähl mir etwas über deine Mutter«, sagte Bonnie und sah, wie er erstarrte.

Eine Weile sagte er gar nichts. »Du findest, ich sollte traurig sein, daß sie tot ist«, bemerkte er schließlich.

»Bist du das nicht?«

»Nein. Warum sollte ich traurig sein?« Sein Blick forderte sie heraus. »Sie war eine miese alte Alkoholikerin. Sie hat mich nie geliebt.«

»Du glaubst, deine Mutter hätte dich nicht geliebt?« wiederholte Bonnie.

»Sie hat nur Lauren geliebt«, fuhr Sam fort. »Mit mir hatte sie überhaupt nichts am Hut.« Wieder kratzte er sich an der Seite seiner Nase. »Und ich hatte mit ihr nichts am Hut. Darum bin ich auch nicht traurig, daß sie tot ist.«

»Das muß für dich sehr schwer gewesen sein.«

»Was?«

»Mit einer Mutter aufzuwachsen, die getrunken hat, die keine Zeit für dich hatte und die dir niemals ihre Zuneigung zeigte.«

»Ach wo, das war nicht schwer.« Seine Worte trieften vor trotziger Abwehr.

»Du bist sicher ziemlich sauer auf sie.«

Er lachte höhnisch und warf die Hände in die Luft. »Sie ist tot. Wie kann ich da sauer auf sie sein?«

»Wenn ein Mensch stirbt, heißt das noch lange nicht, daß auch unser Zorn auf ihn stirbt.«

»Ach ja? Also mich läßt das alles ziemlich kalt.«

»Und was ist mit deiner Großmutter?« fragte Bonnie, das Thema wechselnd.

»Mit meiner Großmutter? Was soll mit ihr sein?«

»Ich war heute bei ihr.«

»Tatsächlich? Und – hat sie dich erkannt?«

»Nein.«

Sam lachte. »Hab' ich mir gedacht.«

»Was hast du gesagt?« rief es von der Tür her. Bonnie drehte sich um und sah Lauren dort stehen, aschfahl im Gesicht. »Hast du gesagt, daß du bei unserer Großmutter warst?«

Unten wurde die Haustür geöffnet und geschlossen. »Bonnie?« rief Rod laut. »Bonnie, bist du da?«

»Ich bin oben«, rief Bonnie überrascht zurück. »Ich dachte, du kämst heute wieder später.«

»Ich hab' Marla gesagt, daß es irgendwann auch mal genug sein muß«, erklärte Rod, schon die Treppe hinauflaufend. »Ich habe ein Zuhause, ich habe eine Familie, ich habe eine schöne Frau, für die ich viel zu wenig Zeit habe.« Er näherte sich

Sams Zimmer und blieb stehen, als er Bonnie mit seinen beiden Kindern sah. »Was ist denn hier für eine Versammlung?« fragte er.

15

Sie saßen auf dem Fußende des Betts. »Ich habe eine Überraschung für dich«, sagte er.

Bonnie sah ihren Mann lächelnd an. »Du bist heute abend voller Überraschungen«, erwiderte sie und zählte sie sich im stillen noch einmal auf: seine frühe Heimkehr, seine unerschütterlich gute Laune, seine Gelassenheit, als er von ihrem Besuch bei Elsa Langer hörte, seine eifrige Bereitschaft, ihr beim Tischdecken, Abspülen und Aufräumen zu helfen. Er hatte sich dazugesetzt, als Lauren Amanda eine Gute-Nacht-Geschichte vorlas und die Kleine dann zu Bett brachte, hatte sich danach sogar eine halbe Stunde Zeit für seine ältere Tochter genommen.

»Ich glaube, Lauren hat sich wirklich gefreut, daß du heute abend mal Zeit für sie hattest«, sagte Bonnie zu ihrem Mann.

»Es hat mir Spaß gemacht«, erwiderte Rod. »Sie ist wirklich eine Süße.«

»Ich wollte, ich könnte ein bißchen mehr für sie tun.«

»Sei einfach du selbst. Dann wird es schon werden.«

»Worüber habt ihr beide euch denn unterhalten?«

»Hauptsächlich über Marla.«

»Über Marla?«

»Du weißt doch, wie junge Leute sind.« Er zuckte ein wenig wegwerfend mit den Achseln. »Sie wollte wissen, was Marla für ein Mensch ist, ob sie einen Freund hat und dergleichen Dinge mehr.«

»Hat sie denn einen?« Bonnie erinnerte sich vage, daß Marla gerade wieder einmal geschieden war.

»Ich habe keine Ahnung«, versetzte Rod. »Ich bin ihr Regisseur, nicht ihr Vertrauter. Wir werden das übrigens bald erfahren.«

»Was heißt das?«

»Na, spätestens beim Abendessen am Samstag.«

»Bei welchem Abendessen am Samstag?« fragte Bonnie verwundert.

»Wir sind diesen Samstag bei Marla zum Essen eingeladen«, erklärte er. »Hast du das vergessen?«

»Vergessen? Das ist das erste, was ich höre.«

»Ich hab' dir schon vor einem Monat von dieser Einladung erzählt«, sagte Rod. »Es wundert mich allerdings nicht, daß es dir bei dem Wirbel in der letzten Zeit entfallen ist.«

»Rod, ich glaube, einen ganzen Abend mit Marla Brenzelle halte ich im Augenblick nicht aus. Außerdem haben wir keinen Babysitter.«

»Wir haben zwei halbwüchsige Kinder.«

»Nein, das geht nicht«, protestierte Bonnie. »Du weißt doch, wie Joan darüber dachte. Sie wollte nicht, daß wir ihre Kinder als Babysitter ausnutzen.«

»Sie sind auch meine Kinder«, erklärte Rod. »Und ich glaube, sie machen es gern. Sie mögen Amanda, und Amanda ist ganz vernarrt in die beiden. Außerdem bin ich der Meinung, daß sie sich dadurch mehr zur Familie gehörig fühlen werden. Und das ist es doch, was du gern möchtest – daß wir eine richtige Familie werden, nicht wahr? Die beiden sind okay«, fügte er hinzu, und in seiner Stimme schwang ein Ton der Überraschung, als hätte er diese beiden Fremden, die seine eigenen Kinder waren, eben erst kennengelernt.

Und vielleicht war es ja auch so, dachte Bonnie, die, obwohl sie es nicht gern tat, zugeben mußte, daß Caroline Gossett mit ihrer Beurteilung Rods als Vater ziemlich genau ins Schwarze getroffen hatte. Es stimmte, daß er sich kaum Zeit für seine Kinder nahm, auch für Amanda nicht. Zunächst hatte er behauptet, sie sei noch zu klein, zu zart, er habe Angst, sie zu halten. Mit Säuglingen habe er noch nie gut umgehen können, hatte er erklärt, obwohl das jetzt, da Amanda mittlerweile drei Jahre alt war, wahrhaftig nicht mehr als Begründung für seine Zurückhaltung gelten konnte.

Bonnie hatte Rods Distanziertheit gegenüber seiner kleinen Tochter immer als eine Angst, sie zu verlieren, interpretiert. Er hatte schon einmal ein Kind durch einen tragischen Unfall und seine beiden älteren Kinder durch die Scheidung verloren. Er hatte Angst, sich einzulassen, Amanda bedingungslos zu lieben, er hatte Angst davor, wieder verletzt zu werden. So jedenfalls hatte Bonnie es gesehen, bis Caroline Gossett ihr etwas anderes erzählt hatte.

Vielleicht wollte Rod mit seiner plötzlichen Verhaltensänderung nur beweisen, daß Caroline sich in ihm getäuscht hatte. Was immer auch dahintersteckte, wenn ihr – Bonnies – Besuch bei Caroline nichts anderes bewirkt hatte, als Rod an seine väterlichen Pflichten zu erinnern, so war er allein deswegen schon der Mühe wert gewesen. Sie griff nach Rods Hand und fragte: »Also, was ist mit meiner Überraschung?«

»Mach die Augen zu«, befahl er.

Bonnie schloß gehorsam die Augen und kam sich vor wie ein kleines Kind. Sie fing an zu kichern. Sie merkte, wie er aufstand, hörte, wie eine Schublade aufgezogen wurde, hörte Plastik knistern. Eine pinkfarbene Plastiktüte mit einem großen roten Herz auf der Seite. »Der Reiz schöner Wäsche« dachte sie und bereitete sich darauf vor, angemessene Überraschung zu mimen.

»Okay«, sagte er. »Du kannst die Augen wieder aufmachen.«

Mit der pinkfarbenen Plastiktüte in der Hand stand er vor ihr.

»Was ist da drin?« fragte sie.

Er legte ihr die Tüte auf den Schoß. »Ich hab' dir schon lange nichts mehr mitgebracht«, sagte er ein wenig verlegen. »Ich hab' mir gedacht, das würde vielleicht ein paar schöne Erinnerungen wecken.«

Bonnie gab sich neugierig, dann überrascht, als sie die zarten Wäschestücke aus der Tüte zog. »Oh là là, was haben wir denn da?«

»Du hast in Lavendel immer toll ausgesehen«, sagte er zu ihr. »Probier die Sachen doch mal an.«

»Jetzt?«

»Wenn du nichts anderes vorhast.«

»Nein, ich habe nichts anderes vor«, sagte sie und stand auf. Rod, der ihr den Weg versperrte, nahm sie in die Arme und zog sie fest an sich.

»Ich glaube, du weißt überhaupt nicht, wie sehr ich dich liebe«, sagte er.

»Ich liebe dich auch.«

»Ich hab' mich wie ein Idiot benommen.«

»Nein, überhaupt nicht.«

»Ich hab' mich in meiner Arbeit vergraben und versucht, alles, was passiert ist, einfach zu ignorieren. Ich habe dich und deine Sorgen nicht ernst genug genommen, ich habe mich dir und den Kindern entzogen...«

»Aber jetzt bist du ja hier.«

»Ich liebe dich.«

»Ich liebe dich mehr«, sagte Bonnie.

»Ich kann's kaum erwarten, dich in den Sachen zu sehen.«

»Der Büstenhalter sieht ein bißchen ambitioniert aus.« Bonnie hielt ihn vor ihren Busen. »Na ja, macht nichts. Wie heißt der schöne Spruch – mehr als eine Handvoll ist Verschwendung.«

Er zog sie noch fester an sich und küßte sie wieder. Seine Zunge drängte in ihren Mund, und Bonnie dachte augenblicklich an die Schlange, wie sie nach Sams Lippen gezüngelt hatte. Sie fuhr zurück.

»Was ist denn?« fragte Rod.

Mit einem heftigen Kopfschütteln befreite sich Bonnie von dem Bild. »Ich werfe mich rasch in Schale«, flüsterte sie, entwand sich den Armen ihres Mannes und eilte ins Badezimmer.

Rock und Bluse glitten zu Boden, ebenso ihre weiße Baumwollunterwäsche. Sie betrachtete ihren nackten Körper, und sofort setzte die Kritik ein: Ihr Busen könnte größer sein; ihr Po könnte straffer sein; ihr Bauch könnte flacher sein; ihre Arme schlanker. Ihr Gesicht konnte nicht mehr für das eines jungen Mädchens gehalten werden. Sie zog die Haut zu beiden Seiten ihrer Augen nach oben und dachte an Marla Brenzelle. Eine kleine Naht hier, ein kleiner Abnäher dort, eine Dosis Silikon hier, ein bißchen abgesaugtes Fett dort.

Sie stieg in das Bikinihöschen und zog es über ihren schlanken Hüften hoch, zog ihren Bauch ein, drückte ihre Taille mit beiden Händen zusammen. Warum konnte sie nicht so eine Wespentaille haben wie die Models in den Modezeitschriften?

»Könnte ich so eine haben, bitte?« fragte sie ihr Spiegelbild.

Vielleicht, hörte sie eine Stimme. Wer fragt?

»Oh, verdammt noch mal, fang jetzt nicht an, an diese verrückte Alte zu denken«, sagte Bonnie laut. Sie fummelte ungeschickt mit Strumpfgürtel und Strümpfen und überlegte, wofür die Schals gedacht waren. »Also, für das Haar sind sie bestimmt nicht«, sagte sie, als sie einen letzten Blick in den Spiegel warf. Mal ganz objektiv gesprochen, so übel sah sie gar nicht aus. Was war schon dabei, wenn der Büstenhalter ein bißchen groß war? Den würde sie sowieso nicht lange anhaben. Es war eine Weile her, seit sie sich das letztemal so für ihren Mann zurechtgemacht hatte. Ob er enttäuscht sein würde? Sie holte einmal tief Atem, öffnete die Badezimmertür und trat ins Schlafzimmer.

Rod hatte die Deckenbeleuchtung ausgedreht, und das Zimmer lag im Dunkeln. Durch die Ritze zwischen den Vorhängen fiel ein schmaler Mondstrahl.

»Bleib ganz ruhig stehen«, sagte Rod, eine körperlose Stimme in der Dunkelheit. »Ich möchte dich ansehen.«

Bonnie blieb stehen. Ihr Atem ging kurz und stoßweise. »Und wenn jemand reinkommt?« fragte sie.

»Hier kommt niemand rein.«

»Sam ist noch wach. Ich hör' die Musik...«

»Hier kommt niemand rein«, wiederholte Rod. Er setzte sich auf. Sein Gesicht war jetzt klar sichtbar, sein Blick durchschnitt die Dunkelheit.

»Rod...«

»Weißt du eigentlich, wie schön du bist?«

»Sag's mir.«

»Komm zu mir«, sagte er. »Dann zeig' ich es dir.«

Im nächsten Moment lag sie neben ihm auf dem Bett, und er überschüttete sie mit Küssen und Liebkosungen, streichelte sie am ganzen Körper und begann, sie langsam und zärtlich zu entkleiden, bis sie nackt an seiner Seite lag.

»Was ich mit den Dingern machen sollte, wußte ich nicht«, bekannte sie und öffnete ihre Fäuste, um ihm die Chiffonschals zu zeigen. Sie blähten sich im Kontakt mit der Luft wie ein Schwamm im Wasser.

»Ich kann dir zeigen, wozu die Schals da sind«, flüsterte er. »Wie abenteuerlustig bist du?«

»Abenteuerlustig?«

»Du hattest doch immer ein Faible für das Abenteuerliche«, neckte er.

»Was...«, begann sie und hatte Angst, den Satz zu beenden.

»Ich zeig' es dir. Gib mir deine Hände.«

»Meine Hände?«

»Schsch. Nicht sprechen.«

»Was...?«

»Sprich jetzt nicht«, sagte er wieder und küßte sie sachte auf die Lippen. »Es gefällt dir sicher. Ich verspreche es dir.«

Und schon hatte er um jedes ihrer Handgelenke einen Schal gelegt und sie an die Bettpfosten hinter ihrem Kopf gefesselt.

»Rod! Was machst du da?«

»Sei ganz locker«, sagte er. »Mach die Augen zu. Genieß es.«

»Ich glaube nicht, daß ich locker sein kann.«

»Du brauchst keine Angst zu haben. Es gibt keinen Grund

dazu«, versicherte er ihr. »Ich werde nichts tun, was du nicht willst.«

»Aber ich weiß ja noch nicht einmal, ob ich das hier eigentlich will.«

Statt einer Antwort küßte er sie. Wieder fühlte sie seine Zunge in ihrem Mund. Wieder dachte sie an die Schlange und bemühte sich, das Bild zu bannen. Warum konnte sie nicht einfach locker sein und genießen, wie Rod gesagt hatte?

Weil es schwer ist, locker zu bleiben, wenn einem die Hände über dem Kopf gefesselt sind, flüsterte es.

Aber doch nicht, wenn du weißt, daß nichts Schlimmes passieren wird, entgegnete sie. Doch nicht, wenn du dich nur zurückzulehnen und loszulassen brauchst. Doch nicht, wenn dein Mann nichts weiter im Sinn hat, als der Sache ein bißchen Pep zu geben.

Seit wann hatten sie es nötig, »der Sache ein bißchen Pep zu geben«, wenn sie miteinander schliefen? War nicht gerade dieser Teil ihrer Beziehung immer der natürlichste gewesen? Hatten sie nicht immer zusammengepaßt wie Haken und Öse, zwei zusammengehörige Stücke eines Puzzles?

Pferd und Wagen? flüsterte sie neckend. Zwei Erbsen in einer Schote? Hand im Handschuh?

Was war los mit ihr? Wollte sie unbedingt alles kaputtmachen?

Vielleicht, krächzte es dünn. Wer fragt?

Bonnie schloß die Augen und zwang sich, an nichts zu denken. Sie wollte sich nur auf das konzentrieren, was im Augenblick geschah. Und im Augenblick zog ihr Mann mit seiner Zunge lange feine Linien über ihren ganzen Körper. Sie wölbte sich ihm entgegen, riß an ihren Fesseln, um ihn mit ihren Händen zu berühren und zu streicheln, aber es ging nicht.

Seit wann gehören Frauen in Fesseln zu seinen sexuellen Phantasien? Mir gegenüber hat er nie so etwas erwähnt. Vielleicht war er ganz spontan auf die Idee gekommen, als er im

Wäscheladen stand. Vielleicht hatte es sogar die Verkäuferin vorgeschlagen, und es war ihm peinlich gewesen abzulehnen.

Aber vielleicht hatte auch Rod die Schals vorgeschlagen. Vielleicht hatte ihn ein Film dazu inspiriert, oder, was wahrscheinlicher war, das Bekenntnis eines Gastes in seiner Fernsehshow. »Haben Sie geheime sexuelle Phantasien, die Sie gern mit unseren Millionen Zuschauern teilen würden? Rufen Sie 1-800...«

Jeder hat Phantasien, sagte sich Bonnie. Genauso wie jeder Geheimnisse hat, irgend etwas, das man für sich behält und vor allen anderen verbirgt. Was war schon dabei, wenn Rod diese Phantasien bislang nicht mit ihr geteilt hatte? Er teilte sie jetzt mit ihr. Sie war gewissermaßen die Begünstigte.

Augenblicklich dachte Bonnie an die Versicherungen, die Rod auf ihr Leben und das seiner Kinder abgeschlossen hatte und von denen sie bis vor kurzem nichts gewußt hatte. Wie gut kenne ich eigentlich diesen Mann? fragte sie sich; diesen Mann, mit dem ich seit fünf Jahren verheiratet bin. »Sie kennen meinen Mann nicht sehr gut«, hatte sie zu Caroline Gossett gesagt.

»Vielleicht sind Sie diejenige, die ihn nicht kennt«, hatte Caroline entgegnet.

»Du bist wunderschön«, sagte Rod. »So schön. Ich liebe dich so sehr.«

»Ich liebe dich auch«, sagte Bonnie. Die Tränen liefen ihr über die Wangen. Was war nur los mit ihr? Woher kamen diese aberwitzigen Gedanken? Natürlich kannte sie ihren Mann. Er war ein guter Mann, ein gütiger und zuverlässiger Mann. Sie führten eine gute Ehe. Sie hatte überhaupt keinen Grund, ihm gegenüber mißtrauisch zu sein. Wenn sie nicht achtgab, würde sie mit diesen kleinlichen und eifersüchtigen Verdächtigungen alles kaputtmachen. Wenn sie nicht achtgab, würde es ihr am Ende gehen wie ihrer Mutter.

Wirklich toll, dachte sie und zog unwillkürlich an ihren Fesseln, so daß die Knoten an ihren Handgelenken sich noch enger zusammenzogen. Als wäre es nicht genug, daß sie schon Caroline Gossett und diese verrückte Alte aus der Melrose Klinik ins Zimmer gelassen hatte, war jetzt auch noch ihre Mutter bei ihnen im Bett.

Bonnie konzentrierte ihren Blick auf das Gesicht ihres Mannes, das ihr entgegenfiel wie das Bild in einem 3-D-Film, als er mit rhythmischen Stößen in sie eindrang, seine Lippen auf die ihren gepreßt, seine Arme nach den Bettpfosten ausstreckte, seine Finger in die ihren schob.

»Ich liebe dich«, sagte er wieder. »Ich liebe dich. Ich liebe dich.«

Bonnie hatte ein Gefühl, als befände sie sich auf einem Karussell, das in immer größer werdenden Kreisen herumraste, während ihr schwindelte vor Lust und Entzücken, jeder Nerv ihres Körpers erregt war und die Musik des Karussells sich zu einem unglaublichen Crescendo zu steigern begann. Festhalten, dachte sie. Gleich ist die Fahrt vorbei.

»Daddy?« kam eine dünne Stimme irgendwo aus weiter Ferne. »Daddy?« Die Stimme sprang auf das Karussell auf und streckte sich nach Bonnie.

Bonnie machte die Augen auf, als Rod sich abrupt von ihr löste und hastig die Bettdecke über ihre beiden nackten Körper warf, womit er aber nicht verbergen konnte, daß Bonnies Hände gefesselt waren.

»Mir ist so übel, Daddy«, rief Lauren weinerlich. »Mir ist wahnsinnig schlecht.«

»Okay, Schatz«, sagte Rod. »Geh in dein Badezimmer. Ich komme sofort.«

Lauren floh wie gehetzt aus dem Zimmer. Rod sprang aus dem Bett und griff nach seinem Bademantel.

»Rod, mach mich doch erst mal los«, drängte Bonnie.

Er war sofort bei ihr und nestelte an den Chiffonschals. Die Knoten an ihren Handgelenken waren allerdings so fest, daß er sie nicht gleich öffnen konnte und sich zunächst damit begnügte, sie von den Bettpfosten loszumachen.

»Mein Gott, was muß sie von uns denken«, sagte Bonnie, während sie selbst versuchte, die Schals von ihren Handgelenken zu ziehen, aber es nicht schaffte. »Wenn sie mich so ans Bett gefesselt gesehen hat!«

»Sie konnte gar nichts sehen. Es ist stockfinster hier. Sie hatte gar keine Zeit, sich an die Dunkelheit zu gewöhnen.«

»Aber wir wissen doch nicht, wie lange sie schon da stand.«

»Daddy!« rief Lauren aus dem Flur. »Bitte, hilf mir.«

Rod rannte aus dem Zimmer, und Bonnie, deren Körper sich aus Protest gegen die rüde Unterbrechung zusammenkrampfte, rappelte sich mühsam hoch. Nur ein paar Sekunden noch, und es wäre alles vorbei gewesen, dachte sie, als sie zu ihrem Schrank ging und in ihren Bademantel schlüpfte. Die Chiffonschals schob sie in die Ärmel und eilte zum Badezimmer am Ende des Flurs. Nur ein paar Sekunden noch, und es wäre vorüber gewesen, ihr Körper wäre befriedigt gewesen, ihre Hände frei.

Hatte Rod recht? War es wirklich so dunkel gewesen, daß Lauren gar nicht hatte erkennen können, was vorging? Oder hatte sie vielleicht doch alles gesehen? Meine Stiefmutter, die Perverse, dachte Bonnie, als sie sich dem Badezimmer näherte, durch dessen Tür die unverkennbaren Geräusche von Würgen und Erbrechen drangen. Bonnie holte einmal tief Atem, dann ging sie hinein.

Lauren kniete gekrümmt vor der Toilette. Ihr rotes Haar klebte ihr feucht auf der Stirn, ihr Gesicht war aschfahl, ihr Körper zuckte in immer neuen heftigen Anfällen von Brechreiz. Rod stand am Fenster und sah aus, als wollte er sich ebenfalls gleich übergeben.

»Geh wieder ins Bett«, sagte Bonnie zu ihm. »Ich mach' das schon.«

Das ließ sich Rod nicht zweimal sagen. Er verzog kurz den Mund zu einem, wie es schien, dankbaren Lächeln, dann war er verschwunden. Bonnie ging zum Waschbecken, tauchte einen Waschlappen in kaltes Wasser und drückte ihn Lauren an die Stirn.

»Atme tief durch«, riet sie, als Lauren ihre Hand wegstieß. »Komm, Schatz. Du mußt tief durchatmen. Das hilft.«

Lauren versuchte, ihrem Rat zu folgen. Ein paar Sekunden lang sah es aus, als wäre es vorbei, dann begann sie wieder zu würgen. Von neuem versuchte Bonnie, Lauren die kühle Kompresse an die Stirn zu legen. Wieder wurde sie zurückgestoßen.

Das Abendessen, das sie heute gemacht hatte, war Lauren offensichtlich aus irgendeinem Grund nicht bekommen. Bedrückt setzte sich Bonnie auf den Rand der Badewanne und fragte sich, warum sie Rod weggeschickt hatte. Lauren wollte nicht sie hier haben. Sie hatte ihren Vater gerufen. Und sie selbst – Bonnie – konnte sich angenehmeres vorstellen, als den Rest der Nacht hier zu sitzen und zuzusehen, wie Lauren sich übergab. Dennoch ging sie nicht. Sie wartete, spürte, wie allmählich die Kühle des Wannenrands durch ihren warmen Bademantel drang. Du bist ein gutes Kind, hörte sie ihre Mutter sagen.

»O Gott, mir ist so schrecklich schlecht«, stöhnte Lauren weinend.

»Ach, Schatz, ich wollte, ich könnte etwas tun, damit es dir besser geht.« Wieder schoß Bonnie die Frage durch den Kopf, ob Lauren gesehen hatte, daß ihre Hände an die Bettpfosten gefesselt waren. Ob sie das zusätzlich belastete? »Das hier hilft vielleicht«, sagte sie und hielt dem jungen Mädchen noch einmal den feuchten Waschlappen hin. Diesmal stieß Lauren sie nicht zurück, sondern ließ sich das feuchte Tuch auf die Stirn drücken. »Ist es besser so?«

»Ein bißchen, ja.«

»Atme weiter tief durch«, riet Bonnie.

»Ich hab' so fürchterliche Magenschmerzen. Ich hab' ein Gefühl, als würde ich gleich sterben.«

»Nein, sterben wirst du bestimmt nicht, das verspreche ich dir. Du fühlst dich sicher bald wieder besser.«

Lauren sank kraftlos gegen die Wand, und Bonnie nahm sie in ihre Arme. Sie tupfte dem Mädchen die Stirn ab und drückte ihr das feuchte Tuch dann in den Nacken. »Wie ist das?«

»Ein bißchen besser.«

»Gut.«

So blieb sie fast eine Stunde lang sitzen.

»Glaubst du, du kannst jetzt wieder ins Bett gehen?« fragte Bonnie schließlich, der es nicht mehr gelang, den unangenehmen Geruch in dem kleinen Raum zu ignorieren. Sie hatte das Gefühl, ihr würde auch gleich übel werden.

Lauren nickte und ließ sich von ihr in die Höhe ziehen. Bonnie legte Lauren einen Arm um die Taille und hielt mit der anderen Hand ihre zitternden Hände.

»Ganz langsam«, mahnte sie. »Wir haben es überhaupt nicht eilig.«

»Was ist das?« fragte Lauren plötzlich und wies mit dem Kopf auf Bonnies Handgelenk. Ein lavendelfarbener Chiffonschal hing aus dem Ärmel ihres Bademantels.

Bonnie zog hastig ihre Hand weg und schob mit den Fingern den Schal wieder in den Ärmel. »Ach, das ist nichts«, antwortete sie. »Das Futter ist zerrissen...« Sie sprach nicht weiter.

»Es tut mir leid, daß ich dich und Daddy gestört habe«, sagte Lauren.

»Du hast uns nicht gestört«, versicherte Bonnie rasch, während sie sich wiederum fragte, was Lauren gesehen hatte. Sie konnte nur hoffen, daß Rod recht hatte und es zu dunkel gewesen war, um irgend etwas zu erkennen.

Sie half Lauren in ein frisches Nachthemd und packte sie dann ins Bett. Bevor sie ging, neigte sie sich über sie und gab ihr einen Kuß auf die Stirn.

»Bonnie!« rief Lauren schwach, als sie schon an der Tür war.

Bonnie blieb stehen. »Ja?«

»Könntest du nicht bei mir bleiben, bis ich eingeschlafen bin?«

Die Tränen schossen Bonnie in die Augen. Was für ein Abend,

dachte sie, als sie zu Laurens Bett zurückkehrte und sich setzte. Nachdem sie sich vergewissert hatte, daß die Chiffonschals gut verborgen waren, nahm sie Laurens Hand und hielt sie, bis das Kind eingeschlafen war.

16

Am Freitag nachmittag fuhr Bonnie zu Dr. Walter Greenspoon.

Es war kein schöner Tag. Seit dem frühen Morgen verdunkelten Regenwolken den Himmel, und die kühlen Temperaturen entsprachen mehr einem Oktober- als einem Maitag. Lauren fühlte sich noch immer nicht wohl, so daß Bonnie inzwischen den Verdacht hatte, nicht das Abendessen war der Grund ihrer Übelkeit, sondern eine Virusgrippe. Ganz gleich, Lauren hatte noch im Bett gelegen, als Bonnie am Morgen zur Schule aufgebrochen war. Sie hatte sie nicht gestört; Lauren hatte Schlaf jetzt wahrscheinlich dringender nötig als Unterricht.

Rod war wieder einmal in aller Frühe verschwunden. Ein weiteres Arbeitsfrühstück im Studio zur Vorbereitung auf die Konferenz in Miami. Über die Möglichkeit, daß sie ihn nach Florida begleitete, war kein Wort mehr gefallen. Diese Aussicht schien sich mit Joans Ermordung in Luft aufgelöst zu haben. Aber es war sowieso nicht daran zu denken, daß sie ausgerechnet jetzt wegfahren und die Kinder alleinlassen würde. Auch wenn die Polizei gestern angerufen und mitgeteilt hatte, daß den Untersuchungen zufolge das Blut, mit dem Amanda bespritzt worden war, von einem Tier stammte und nicht von einem Menschen, konnte man den Anschlag selbst nicht einfach vergessen. Ihr Kind war in Gefahr, genau wie Joan gesagt hatte.

Und ich bin auch in Gefahr, dachte Bonnie, als sie die Mount Vernon Street in Beacon Hill hinauffuhr und sah, daß nicht weit vor ihr gerade eine weiße Corvette aus einer Parklücke ausscherte. Mein Kind und ich sind in Gefahr, und niemanden scheint das übermäßig zu kümmern. Die Polizei ist völlig gleichgültig; mein Mann verschließt die Augen; niemand hat eine Ahnung, was geschehen soll.

Außer vielleicht Joans Mörder, dachte Bonnie fröstelnd.

Alles hängt von mir ab, dachte Bonnie, als sie ihren Wagen in eine eben frei gewordene Lücke manövrierte. Sie betrachtete das elegante rote Backsteinhaus, in dem sich die Praxis von Dr. Walter Greenspoon befand, und sah auf ihre Uhr. Es war zehn vor zwei. Was sollte sie eigentlich dem Doktor erzählen? Was hoffte sie, über Joan aus ihm herauszuquetschen?

Bonnie lehnte sich in dem beigefarbenen Ledersitz ihres Wagens zurück, schloß die Augen und schüttelte den Kopf. Bisher hatte sie jedenfalls herzlich wenig Erfolg mit ihren Bemühungen gehabt. Josh Freeman ging ihr immer noch geflissentlich aus dem Weg. Seit ihrer letzten Begegnung hatte er keinen Fuß mehr ins Lehrerzimmer gesetzt, und jedesmal wenn sie einander irgendwo in den Korridoren begegneten, senkte er den Kopf, um sie nicht ansehen zu müssen, und ging schneller. Und Haze – er hatte ihre letzten beiden Stunden geschwänzt, und auf ihre Anrufe bei seinen Großeltern hatte sich niemand gemeldet. Sie hatte ihnen auf dem Anrufbeantworter eine Nachricht hinterlassen und sie gebeten, zum Tag der offenen Tür in der nächsten Woche zu kommen, aber sie hatte nicht viel Hoffnung, sie dort tatsächlich zu sehen. Ihr Gespräch mit Caroline Gossett hatte mehr Fragen aufgeworfen als beantwortet, und ihr Besuch bei Elsa Langer war ein totaler Schlag ins Wasser gewesen. Was also glaubte sie damit zu erreichen, daß sie Bostons erstem Pop-Psychologen einen Haufen Lügen auftischte?

Seufzend öffnete sie die Wagentür und stieg aus. Das Reihenhaus aus rotem Backstein war typisch für die Wohnhäuser in diesem exklusiven Teil Bostons. »Vornehm« war das Adjektiv, das am häufigsten zu ihrer Beschreibung verwendet wurde, und es paßte. Diese alten Häuser aus dem neunzehnten Jahrhundert mit den Bogenfenstern im oberen Stockwerk wurden von kundigen und liebevollen Händen gepflegt und instandgehalten; die kleinen Vorgärten zeigten sich hübsch und adrett hinter niedrigen schmiedeeisernen Zäunen; die Messingklopfer an den massiven Holztüren glänzten, als würden sie nie berührt.

Langsam stieg Bonnie die acht Stufen zur Haustür hinauf, überflog das Klingelbrett mit den Namen diverser Ärzte und drückte auf den Knopf für Dr. Greenspoons Praxis.

»Ihr Name, bitte«, klang eine Stimme klar und deutlich über die Sprechanlage.

Bonnie fuhr zurück und sah sich um, als müsse sie sich vergewissern, daß sie die Angesprochene war. »Bonnie«, antwortete sie und zögerte. »Bonnie Lonergan.«

Der Türöffner summte – kurz, gedämpft, sachlich. Bonnie stieß die schwere Haustür auf und trat in das schwarz-weiß geflieste Foyer. Ein goldener Pfeil an der holzgetäfelten Wand zeigte den Weg zu Dr. Greenspoons Praxis in der ersten Etage. Bonnie stieg die mit dunkelblauem Teppich bespannte Treppe hinauf.

Die Praxis war rechts von der Treppe, hinter einer zweiflügeligen Mahagonitür. Bonnie klopfte vorsichtig, als wäre sie selbst nicht sicher, ob sie überhaupt gehört werden wollte. Wieder summte ein Türöffner, und sie trat ein.

Zwei Sekretärinnen, eine Schwarze und eine Weiße, beide jung und äußerst gepflegt, saßen hinter einem großen gebogenen Empfangstisch. Sie blickten gleichzeitig auf und lächelten entgegenkommend, als sie eintrat. Auf zwei Messingschildchen standen ihre Namen: Erica McBain und Hyacinth Johnson.

»Mrs. Lonergan?« fragte Erica McBain mit der rauchigen Stimme in gedämpftem Ton.

»Ja«, antwortete Bonnie. Es sah aus, als sei die Kleidung der beiden Sekretärinnen auf dem Dekor der Räume abgestimmt. Alles war in weichen Grau- und Rosétönen gehalten, vom tiefen Altrosa der beiden zweisitzigen Sofas beim Fenster bis zum blassen Rosé von Hyacinth Johnsons Bluse; vom gedämpften Grau des Teppichs zum Anthrazitgrau von Erica McBains Rock. Bonnie fühlte sich fehl am Platz in ihrem Hosenanzug in grün-weißem Hahnentritt, wie Unkraut in einem gepflegten Garten.

»Der Doktor wird gleich hier sein.« Eine manikürte Hand mit himbeerroten Nägeln schob ein Formular über den Empfangstisch. »Würden Sie das bitte ausfüllen. Das Honorar beträgt zweihundert Dollar pro Stunde und ist jeweils nach der Sitzung zu bezahlen.«

Bonnie starrte auf das Formular. Name, Adresse, Telefonnummer, Sozialversicherungsnummer, Alter, Beruf, Personenstand, Kinderkrankheiten, Erkrankungen in letzter Zeit, Medikamente, Grund des Besuchs.

»Ach du lieber Gott«, murmelte Bonnie. So viele Lügen wollten da geschrieben werden.

»Bitte«, fragte die Sekretärin. »War Ihnen das Honorar nicht bekannt?«

»Das ist es nicht«, antwortete Bonnie. »Ich habe nichts zu schreiben«, sagte sie, obwohl sie wußte, daß sie mindestens ein halbes Dutzend Stifte in ihrer Handtasche hatte.

»Bitte.« Hyacinth Johnson schob einen schwarzen Kugelschreiber über den Tisch. »Setzen Sie sich doch.« Die dunklen Augen wiesen auf die beiden zweisitzigen Sofas.

»Danke.« Bonnie nahm das Formular zum Sofa mit, setzte sich, war erstaunt, als sie merkte, daß der Sitz stabiler war, als sie erwartet hatte. Und was soll ich jetzt tun? fragte sie sich, den Stift in der Hand, ohne zu schreiben. Los, komm schon, drängte sie sich selbst. Mach jetzt nicht in letzter Minute einen Rückzieher. Füll den Fragebogen aus. Eine Halbwahrheit hier, eine Halbwahrheit dort. Du bist doch Lehrerin – machen zwei Halbwahrheiten eine ganze Wahrheit? Schluß mit diesem Unsinn. Name: Bonnie Lonergan. Adresse: Winter Street 250. Sie werden das bestimmt nicht überprüfen und entdecken, daß der Name nicht mit der Adresse übereinstimmt. Los, schreib deine Telefonnummer hin. Sie brauchen sie doch nur für ihre Akten, falls sie dich aus irgendeinem Grund mal erreichen müssen. Sie rufen bestimmt nicht die Telefongesellschaft an, um eventuelle Diskrepanzen festzustellen. Entschuldigen Sie, aber unsere Ermittlungen zeigen, daß niemand mit dem Namen Bonnie Lonergan unter dieser Anschrift und dieser Telefonnummer zu erreichen ist...

An ihre Sozialversicherungsnummer konnte sich Bonnie nicht erinnern, obwohl sie sie immer auswendig gewußt hatte. Sie mußte in ihrer Tasche nach ihrer Brieftasche suchen, fand sie und ließ sie fallen. Ihr Führerschein fiel heraus und verriet für alle sichtbar ihre wahre Identität. Nur sah überhaupt niemand hin. Erica McBain und Hyacinth Johnson waren viel zu sehr damit beschäftigt, Anrufe zu beantworten und an ihren Computern zu arbeiten, um sich um ihre Identitätsprobleme zu kümmern.

»Das ist ja absurd«, murmelte Bonnie und schrieb ihre Sozialversicherungsnummer ab. Sie mußte sich beruhigen. Sonst hätte sie gleich hier in der Praxis einen Nervenzusammenbruch, und der Arzt würde sie einliefern lassen. Was vielleicht gar keine so schlechte Idee wäre, dachte sie.

»Mrs. Lonergan?« hörte sie eine Männerstimme und fuhr zusammen. Wieder fiel ihre Brieftasche auf den Boden. Der Mann bückte sich, sie aufzuheben, und Bonnie erkannte den kahlen Kopf von dem Foto in der Zeitung. Sie hielt den Atem an, als Dr. Greenspoon ihre Brieftasche aufhob. Sein Daumen lag auf ihrem Führerschein und verdeckte den Namen.

»Bitte, kommen Sie herein«, sagte er, als er ihr die Brieftasche zurückgab.

Bonnie nickte den beiden Sekretärinnen zu, obwohl keine von ihrer Arbeit aufblickte, und folgte Dr. Greenspoon in sein Sprechzimmer, einem sehr schönen Raum mit großen Fenstern und eingebauten Bücherregalen. Zwei burgunderrote Ledersofas standen einander gegenüber, dazwischen ein langer ovaler Glastisch. In einer Ecke stand schräg ein großer Mahagonischreibtisch, nicht weit davon entfernt ein weiterer, kleinerer Glastisch, zu dem zwei Sessel mit einem feinen rosa-grauen Streifen gehörten.

Walter Greenspoon mußte ungefähr fünfzig Jahre alt sein. Er war weit größer und massiger, als Bonnie erwartet hatte. Vielleicht lag das daran, daß auf dem Zeitungsfoto nur Kopf und Schultern zu sehen waren. Sie war jedenfalls überrascht von diesem imposanten Körper. Er war gut über einen Meter achtzig groß mit dem breiten Oberkörper und den muskulösen Armen eines Footballspielers. Wie zum Ausgleich für dieses beinahe aufdringlich männliche Image trug er ein blaßrosa Hemd und eine rotgemusterte Krawatte. Er hatte blaue Augen, ein weiches Kinn, eine sonore Stimme, in der sich Sanftheit und Autorität auf interessante Weise vereinigten.

»Das nehme ich gleich an mich«, sagte er, auf das Formular weisend.

»Ich bin aber noch gar nicht fertig...«

»Das macht nichts. Wir können es zusammen ausfüllen. Nehmen Sie Platz.«

Bonnie ließ sich auf einem der burgunderroten Ledersofas nieder, Dr. Greenspoon setzte sich ihr gegenüber auf das andere. Sie wartete schweigend, während er ihre Angaben durchlas.

»Bonnie Lonergan?«

Bonnie räusperte sich. »Ja.« Sie räusperte sich noch einmal.

»Und wie alt sind Sie, Mrs. Lonergan, wenn ich fragen darf?«

»Ich werde im Juni fünfunddreißig«, antwortete sie ihm.

»Und Sie wohnen in Weston, wie ich sehe. Eine hübsche Gegend.«

»Ja.«

»Sie sind verheiratet?«

»Ja. Seit fünf Jahren.«

»Haben Sie Kinder?«

»Eine Tochter. Sie ist drei. Und zwei Stiefkinder«, fügte sie hinzu und hätte sich am liebsten auf die Zunge gebissen. Warum hatte sie ihm das gesagt?

»Welchen Beruf üben Sie aus?«

»Ich bin Lehrerin an einer High School. Für Englisch«, antwortete Bonnie und fragte sich, wann sie diesen sinnlosen Austausch von Informationen beenden und auf den Zweck ihres Besuchs kommen konnte. Aber vielleicht war dieses Geplänkel ja ganz gut, um die Atmosphäre zu lockern. Vermutlich war das der Zweck der Übung.

»Unterrichten Sie gern?«

»Sehr gern«, antwortete Bonnie wahrheitsgemäß.

»Das ist schön. Meiner Erfahrung nach gibt es nicht viele Menschen, die mit ihrer Arbeit zufrieden sind. Das ist jammerschade. Haben Sie irgendwelche gesundheitlichen Probleme?«

»Nein.«

»Keine Migräne, Magenkrämpfe, Schwindelanfälle?«

»Nein, ich bin beinahe ekelhaft gesund. Ich werde nie krank.«

Er lächelte. »Nehmen Sie regelmäßig irgendwelche Medikamente?«

»Nur die Pille.«

»Und was für Kinderkrankheiten haben Sie durchgemacht?«

»Die Windpocken.« Automatisch berührte sie eine kleine Narbe über ihrer rechten Augenbraue. »Meine Mutter hat mir immer wieder gesagt, daß ich nicht kratzen soll.«

»Dazu sind Mütter da. Möchten Sie mir nicht ein bißchen was über sie erzählen?«

»Wieso denn?«

»Ich lasse mir von meinen Patienten immer gern ein wenig über ihr Leben erzählen, ehe wir anfangen«, erklärte er ruhig.

»Ich glaube, das ist in dem Fall wirklich nicht nötig«, sagte Bonnie. »Ich meine, ich bin nicht hergekommen, um über meine Mutter zu sprechen.«

»Sie wollen also nicht über sie sprechen?«

»Da gibt es nichts zu sagen. Außerdem wissen Sie wahrscheinlich sowieso alles über sie«, fügte Bonnie stotternd hinzu, der plötzlich einfiel, daß sie sich ja als Joans Schwester ausgegeben hatte. Hatte auch Dr. Greenspoon vergessen, wer sie angeblich war?

»Ich weiß alles über Ihre Mutter?« wiederholte er.

»Doktor Greenspoon«, sagte Bonnie, »ich bin Joan Wheelers Schwester.«

Walter Greenspoon legte das Formular neben sich auf das Sofa. »Entschuldigen Sie. Ich habe da anscheinend etwas durcheinandergebracht. Verzeihen Sie. Standen Sie und Joan einander nahe?«

»Nein, eigentlich nicht.« Bonnie atmete erleichtert auf. Endlich die Wahrheit.

»Trotzdem war ihre Ermordung ein schwerer Schlag für Sie.«

»Ja, das stimmt.«

»Möchten Sie darüber mit mir sprechen?«

»Eigentlich hatte ich gehofft, daß Sie mit mir sprechen würden«, erwiderte Bonnie.

»Ich glaube, ich kann Ihnen nicht ganz folgen.«

Bonnie senkte die Lider, hob dann flüchtig den Blick, um den Arzt anzusehen, und senkte ihn wieder. »Ich weiß, daß Joan bei Ihnen in Behandlung war.«

»Das hat sie Ihnen erzählt?«

»Ja.«

Dr. Greenspoon sagte nichts.

»Meine Schwester hatte eine Menge Probleme, wie Sie sicher wissen. Sie hatte ein Kind verloren; sie war geschieden; sie war Alkoholikerin.«

Noch immer sagte Dr. Greenspoon nichts.

»Und ich weiß, daß sie versucht hat, ihr Leben wieder in den Griff zu bekommen. Sie hat mir selbst gesagt, sie sei fest entschlossen, mit dem Trinken aufzuhören, und hat mir erzählt, daß sie regelmäßig zu Ihnen geht.«

»Was hat sie Ihnen noch erzählt?«

»Daß sie sich wegen etwas Sorgen macht.« Bonnie wünschte, sie wüßte, was Greenspoon dachte. »Um die Frau und die kleine Tochter ihres geschiedenen Mannes«, fügte sie hinzu und hielt den Atem an, bis ihr die Brust wehtat und sie ausatmen mußte.

»Sie machte sich Sorgen um die Frau und die Tochter ihres geschiedenen Mannes?« sagte Greenspoon in seiner nervtötenden Art, alles, was sie sagte, zu wiederholen.

»Ja.«

»Aber weshalb sollte sie sich denn um die Frau und die Tochter ihres geschiedenen Mannes Sorgen machen?«

»Das weiß ich auch nicht. Ich hatte gehofft, Sie könnten mir das vielleicht sagen.«

Es blieb einen Moment still. »Vielleicht könnten Sie mir etwas mehr darüber erzählen.«

»Mehr weiß ich nicht.« Bonnie hörte, wie ihre Stimme anschwoll. Sie hatte Mühe stillzusitzen und faltete die Hände in ihrem Schoß, um sich zur Ruhe zu zwingen. Sie räusperte sich und setzte noch einmal an. »Mehr weiß ich auch nicht«, wiederholte sie, den ruhigen Tonfall seiner Sekretärinnen imitierend. »Ich weiß nur, daß sie sich große Sorgen machte. Sie hat mir gesagt, sie glaube, die beiden seien irgendwie in Gefahr.«

»Sie glaubte, sie seien in Gefahr?«

»Ja. Sie hat gesagt, sie habe Angst um sie, und hat mich gefragt, ob ich es für richtig hielte, wenn sie sich mit der Frau ihres geschiedenen Mannes in Verbindung setzte, um sie zu warnen?«

»Wovor wollte sie sie warnen?«

»Vor der Gefahr natürlich«, wiederholte Bonnie frustriert. War dieser Dr. Greenspoon vernagelt oder stellte er sich absichtlich dumm? Vielleicht schrieben in Wirklichkeit seine beiden Sekretärinnen seine Zeitungskolumne, und der ehrenwerte Herr Doktor stellte nur sein Porträt und seine männliche Autorität für das Projekt zur Verfügung.

»Warum genau sind Sie zu mir gekommen?« fragte Greenspoon nach einer kurzen Pause.

»Na ja, mir geht das, was sie gesagt hat, dauernd durch den Kopf«, erklärte Bonnie stotternd. »Ich meine, anfangs habe ich mir nicht viel dabei gedacht. Ich habe geglaubt, Joan hätte wieder einmal getrunken und rede den üblichen Unsinn. Aber dann, nach ihrer Ermordung, mußte ich dauernd daran denken und fing an mich zu fragen, ob ich nicht irgend etwas tun sollte...«

»Befaßt sich nicht die Polizei mit der Angelegenheit?«

»Ich glaube nicht, daß sie ihr viel Gewicht beimessen, nein.«

»Aber Sie glauben, daß die Polizei das tun sollte?«

»Ich weiß nur, daß bereits eine Frau ermordet worden ist und daß eine zweite Frau und ihr Kind möglicherweise in Gefahr sind.«

»Glauben Sie denn, daß zwischen diesen beiden Angelegenheiten eine Verbindung besteht?«

»Glauben Sie das denn nicht?«

»Ich weiß nicht recht, was ich glauben soll.«

»Ich hatte gehofft, Sie könnten mir helfen«, sagte Bonnie.

»Wie denn genau?«

»Na ja, wenn Joan irgend etwas zu Ihnen gesagt hat, das dazu beitragen könnte...«

»Was zwischen Joan und mir in diesem Zimmer gesprochen wurde, ist streng vertraulich. Das kann ich nicht preisgeben«, erklärte Dr. Greenspoon behutsam.

»Aber wenn es dazu beitragen würde, Menschenleben zu retten...«

»Ich darf das Vertrauen einer Patientin nicht verletzen.«

»Nicht einmal, wenn die Patientin tot ist? Wenn die Patientin ermordet wurde? Wenn eine echte Gefahr besteht, daß vielleicht noch andere sterben?«

»Ich arbeite nach besten Kräften mit der Polizei zusammen. Ich habe sie bereits von allem unterrichtet, was ich für relevant halte.«

»Aber die Polizei tut nichts.«

Dr. Greenspoon hob hilflos die Hände. »Ich fürchte, daran kann ich leider auch nichts ändern.«

»Doktor Greenspoon«, begann Bonnie von neuem, einen anderen Weg einschlagend, »bitte, versuchen Sie, mich zu verstehen. Meine Schwester ist tot. Sie ist ermordet worden, und kein Mensch scheint auch nur die geringste Ahnung zu haben, wer sie getötet hat. Ich hatte gehofft, Sie könnten mir vielleicht etwas sagen, das uns hilft, ihren Mörder zu finden.«

»Ich wünschte, ich könnte es«, antwortete Greenspoon.

»Hatte Joan vielleicht vor irgend etwas Angst? Oder vor irgend jemandem? Hat sie etwas über die Männer in ihrem Leben gesagt? Über einen Josh Freeman zum Beispiel? Oder einen Nick Lon...« Sie brach abrupt ab. »Einen Mann namens Nick«, korrigierte sie sich.

»Sie wissen, daß ich Ihnen derartige Informationen nicht geben kann.«

»Doktor Greenspoon, die Polizei hat in Joans Haus etwas gefunden«, sagte Bonnie, es noch einmal von einer anderen Seite versuchend. »Sie haben ein Album mit Zeitungsausschnitten gefunden.«

Dr. Greenspoons Gesicht drückte Verwunderung aus. »Ein Album mit Zeitungsausschnitten?«

»Ja, über Joans geschiedenen Mann und seine neue Familie. Von der Heiratsanzeige bis zu Fotos ihrer gemeinsamen kleinen Tochter. Es sah fast so aus, als wäre Joan davon besessen gewesen.«

Dr. Greenspoon sagte nichts, sondern schien auf weitere Erläuterungen zu warten.

»War diese Beschäftigung mit der neuen Familie ihres geschiedenen Mannes eine fixe Idee von ihr, Doktor Greenspoon?«

»Berichten Sie mir doch noch ein wenig mehr darüber, was dieses Album enthielt«, schlug Greenspoon vor.

Bonnie holte tief Atem. Zum erstenmal hatte sie das Gefühl, daß er bereit sein könnte, ihr zu helfen. »Das meiste drehte sich um die Frau, die Rod geheiratet hat. Rod ist Joans geschiedener Mann«, fügte Bonnie erklärend hinzu.

Er nickte. »Und der Name der Frau?«

»Barbara«, antwortete Bonnie rasch und fragte sich gleichzeitig, wieso sie ausgerechnet diesen Namen gewählt hatte. Sie hatte den Namen Barbara nie gemocht. »Sie hatte Anzeigen über den Tod von Barbaras Mutter und die Wiederheirat ihres Vaters eingeklebt, außerdem mehrere Zeitungsausschnitte über Barbaras Bruder, der vor ein paar Jahren mit der Polizei Schwierigkeiten hatte, und ein paar Artikel über Rods Karriere beim Fernsehen.«

»Und Sie glauben, daß dieses Buch den Schlüssel zu Joans Ermordung enthält?«

»Ich weiß nicht, was ich glauben soll. Ich weiß überhaupt nicht mehr, was ich glauben soll«, jammerte Bonnie. »Deswegen bin ich ja so frustriert. Kein Mensch sagt mir etwas. Ich habe gehofft, daß Sie mir vielleicht weiterhelfen können. Sie brauchen mir ja keine vertraulichen Informationen zu geben. Sie brauchen mir nichts zu sagen, was Joan Ihnen anvertraut hat. Sagen Sie mir nur, ob Sie glauben, daß Barbara und ihre Tochter in Gefahr sind, und von welcher Seite ihnen Gefahr drohen könnte, wenn Sie irgendeinen Verdacht haben.«

»Was waren das für Schwierigkeiten mit der Polizei, in die Barbaras Bruder verwickelt war?« fragte Dr. Greenspoon.

»Wie bitte?«

»Sie sagten doch eben, in dem Album sei ein Artikel über Barbaras Bruder gewesen. Was wurde ihm denn von der Polizei vorgeworfen?«

Bonnie konnte kaum noch ruhig atmen. »Anstiftung zum Mord«, flüsterte sie.

»Anstiftung zum Mord?« wiederholte Greenspoon.

»Barbaras Bruder war ein kleiner Gauner mit großen Ambitionen«, erklärte Bonnie und fand es merkwürdig tröstlich, von sich selbst in der dritten Person zu sprechen. »Eigentlich war es komisch, denn als er klein war, sagte er immer, er würde mal zur

Polizei gehen. Das war sein großes Ziel. Jedenfalls stand es so in der Zeitung«, log Bonnie, verwundert darüber, wie dieses kleine Juwel aus der Vergangenheit plötzlich an die Oberfläche gekommen war. »Wie heißt es doch so schön? Polizei und Verbrecher sind nur zwei Seiten derselben Medaille«, sagte sie in dem Bemühen, ihre Selbstbeherrschung wiederzufinden.

»Ja, etwas in der Art habe ich schon mal gehört«, stimmte Dr. Greenspoon zu.

»Auf jeden Fall«, fuhr Bonnie fort, »hatten er und sein Partner wohl irgendwelche krummen Immobiliengeschäfte gemacht und waren deswegen angezeigt worden. Aber das Verfahren wurde eingestellt. Ein paar Jahre später wurden sie wegen Anstiftung zum Mord verurteilt.«

»Erzählen Sie mir das genauer.«

»Ich weiß auch nur, was in den Zeitungen stand«, behauptete Bonnie, »aber anscheinend handelte es sich um irgendeinen Investmentschwindel, der aufflog. Einer der Geschädigten, der Barbaras Bruder bereits eine Menge Geld gegeben hatte, schöpfte Verdacht und drohte mit der Polizei. Mein ... Barbaras Bruder und sein Partner heuerten daraufhin einen Berufskiller an, um den Mann umbringen zu lassen, nur entpuppte sich der Killer dann als verdeckter Kriminalbeamter. Ist das nicht immer so?« Bonnie lachte nervös und fragte sich, ob Dr. Greenspoon ihren Beinahe-Versprecher bemerkt hatte. »Ich meine, man liest doch dauernd davon, daß irgendwelche Leute Killer engagieren, um jemanden umbringen zu lassen, und jedesmal stellt sich dann raus, daß der Killer in Wirklichkeit ein Bulle ist. Ich glaube, in Amerika gibt's überhaupt keine echten Killer. Ich glaube, das sind *lauter* Undercoverbullen.« Bonnie lachte wieder, eine Spur hysterisch vielleicht. »Kurz und gut, sie kamen beide ins Gefängnis. Nick bekam drei Jahre; sein Komplize zehn, weil er schon vorbestraft war und weil es hieß, er habe Verbindung zur Mafia. Nick war nur ein kleiner Fisch.« Bonnie schwieg.

»Ist das derselbe Nick, den Sie vorher schon erwähnten?«

»Ja. Sein Name und seine Telefonnummer standen in Joans Adreßbuch. Es scheint also tatsächlich eine Verbindung zu geben, glauben Sie nicht?«

»Was glauben Sie denn?« fragte Dr. Greenspoon. »Glauben Sie, Ihr Bruder könnte mit Joans Ermordung zu tun haben?«

Bonnie verschlug es den Atem bei der Frage. Sie öffnete den Mund, um zu protestieren, ließ es aber dann sein. Wozu auch?

»Wie lange wissen Sie schon, daß ich nicht Joans Schwester bin?« fragte sie leise.

»Seit Sie sich bei mir angemeldet haben«, antwortete er. »Glauben Sie denn, ich wüßte nicht, daß Joan Wheeler ein Einzelkind war?«

Bonnie hatte ein Gefühl, als müßte sie in den Boden versinken. Wie kann man nur so blöd sein? dachte sie.

»Möchten Sie mir sagen, wer Sie wirklich sind und was Sie wirklich hier wollen?« fragte Greenspoon.

»Ich bin Bonnie Wheeler«, antwortete ihm Bonnie. »Joan war die geschiedene Frau meines Mannes. Ich bin die Frau, von der Joan glaubte, sie sei in Gefahr.«

»Das dachte ich mir schon«, sagte Greenspoon, »vor allen Dingen, nachdem Sie mir gesagt hatten, Ihr Name sei Barbara. Bonnie... Barbara. Zweimal das B.«

»Aber wenn Sie von Anfang gewußt haben, daß ich nicht Joans Schwester bin, warum haben Sie mir dann überhaupt einen Termin gegeben?«

Dr. Greenspoon zuckte mit den Achseln. »Ich dachte mir, ganz gleich, wer die Frau ist, sie hat Joan offensichtlich gekannt, und sie braucht ebenso offensichtlich Hilfe.«

»Bitte, entschuldigen Sie«, sagte Bonnie. »Ich hätte wissen müssen, daß ich damit nicht durchkomme.«

»Ich glaube, Sie *haben* es gewußt«, erwiderte er.

Bonnie ging auf seine Bemerkung nicht ein. »Sie werden mir also nichts sagen?«

»Eines kann ich Ihnen immerhin versichern: Wenn Joan bei

unseren Sitzungen irgend etwas gesagt hätte, was man als Hinweis auf ihren Mörder verstehen könnte, hätte ich das der Polizei mitgeteilt.«

»Hat sie je über mich gesprochen?« drängte Bonnie.

»Mehr kann ich Ihnen leider nicht sagen.«

»Sie sind also nicht bereit, mir zu helfen«, sagte Bonnie niedergeschlagen und stand auf.

»Ganz im Gegenteil«, widersprach Dr. Greenspoon. »Ich bin überzeugt, daß ich Ihnen sogar eine ganze Menge helfen kann, wenn Sie es mir gestatten.«

»Mit anderen Worten, ich brauche eine Therapie?«

»Ich halte Sie für eine Frau, die sich in großer seelischer Not befindet«, sagte er behutsam, »und ich glaube, daß eine Therapie Ihnen sehr gut täte. Ich hoffe, Sie werden ernsthaft über diese Möglichkeit nachdenken.«

Bonnie ging zur Tür und zog sie auf. »Ich fürchte, daß ich mir mehr als einen Besuch nicht leisten kann«, sagte sie.

17

Vor dem Haus stand ein fremder schwarzer Wagen, als Bonnie zurückkam. Durch das vordere Fenster spähte sie neugierig in sein Inneres. Vielleicht hatte Lauren Besuch, auch wenn das unwahrscheinlich war. Lauren schien überhaupt keine Freunde zu haben und hatte sich in den letzten Tagen so schlecht gefühlt, daß sie sich wohl kaum gerade diesen Tag ausgesucht haben dürfte, um jemanden einzuladen. Vielleicht hat sie den Arzt angerufen, dachte Bonnie und eilte zum Haus.

Sobald sie eingetreten war, wußte sie es besser. Der Geruch der ihr entgegenschlug, war stark und würzig.

»Hallo?« rief sie. Kochte da jemand etwas?

»Wir sind in der Küche«, rief Lauren zurück.

Na, das hört sich ja ganz gesund und munter an, dachte Bonnie und fragte laut: »Wem gehört denn das Auto, das vor dem Haus steht, Lauren?«

Er stand vor dem Herd, den Kopf über einen großen Kochtopf geneigt. Sie sah nur seinen Rücken, die schmalen Hüften in den engen Jeans, das blonde Haar, das nach vorn fiel. In der rechten Hand hielt er einen großen Holzlöffel. Noch ehe er sich umdrehte, sah Bonnie sein Gesicht vor sich und sein spitzbübisches Lächeln.

»Was tust du denn hier?« fragte sie so leise, daß sie selbst nicht sicher war, ob sie die Worte ausgesprochen hatte.

Er drehte sich auf dem Absatz seines braunen Lederstiefels um und schaute sie an. »Ich dachte, du wolltest mich sehen«, sagte er, »und fand, es wäre höchste Zeit, daß ich meine große Schwester einmal besuche.«

Im ersten Moment war Bonnie sprachlos. Nicholas Lonergan, schlank, braungebrannt und fit wie eh und je, führte den Holzlöffel an seine Lippen und leckte die leuchtendrote Soße ab. Bonnies Blick flog zu Lauren, die in ihrem blauen Morgenrock am Küchentisch saß. Ihr Gesicht hatte wieder Farbe. Ihr Blick wanderte zwischen Bonnie und Nick hin und her, als säße sie in Wimbledon in der ersten Reihe.

»Ich versteh' das nicht«, sagte Bonnie zu ihr und bemühte sich, ruhig zu bleiben. »Er kreuzt hier auf, und du läßt ihn einfach herein?«

»Er ist doch dein Bruder. Ich dachte, du hättest nichts dagegen.«

»Woher hast du gewußt, daß er mein Bruder ist?« fragte Bonnie mit erhobener Stimme. »Er hätte doch irgend jemand sein können.«

»Ich hab' doch die Fotos im Album meiner Mutter gesehen«, gab Lauren aufgebracht zurück.

»Aber, aber meine Damen«, warf Nick mit einer Gelassenheit ein, die Bonnie wütend machte. »Meinetwegen sollten Sie sich wirklich nicht in die Haare kriegen. Bitte, seid nett zueinander.«

Bonnie schloß einen Moment die Augen. Sie hatte das Gefühl zu schwanken. Bitte, laß das einen bösen Traum sein, betete sie. Bitte, gib, daß er nicht mehr da ist, wenn ich die Augen wieder aufmache.

»Es tut mir leid, wenn ich was falsch gemacht habe.« Laurens Worte holten Bonnie in die Realität zurück. »Er ist doch dein Bruder. Kann ja sein, daß er Mist gebaut hat, aber er hat doch dafür bezahlt.«

»Das habe ich«, bestätigte Nick, und der Klang seiner Stimme zwang Bonnie, ihre Augen zu öffnen. »Und eines hab' ich im Knast gelernt: wie man anständig kocht. Es gibt garantiert niemanden, der eine schärfere Tomatensoße macht als ich.« Er lachte und entblößte den angeschlagenen Zahn, den er sich als Halbwüchsiger bei einem Faustkampf eingehandelt hatte. Schon damals ein harter Bursche, dachte Bonnie. »Nun komm schon, Bonnie, sei nicht so verbissen. Mach's dir gemütlich. Setz dich, und genieß die Künste eines erstklassigen Kochs...«

»Es riecht köstlich«, sagte Lauren.

»Dir geht es offensichtlich besser«, bemerkte Bonnie.

Lauren nickte. »Ich bin so gegen zehn aufgewacht, und alles war vorbei. Ja, es geht mir viel besser.«

»Na, das ist wenigstens ein Trost«, meinte Bonnie. Sie vermied es, ihren Bruder anzusehen, während sie überlegte, wie sie sich ihrem Bruder gegenüber verhalten sollte.

»Nick ist vor ungefähr einer Stunde gekommen. Er hat mir eine Tasse Tee gemacht.« Lauren hielt als Beweis ihre leere Tasse hoch.

»Ein richtiger guter Samariter.«

»Möchtest du auch eine Tasse?« fragte Nick.

»Nein. Ich möchte wissen, was das soll, Nick«, entgegnete Bonnie, unfähig, sich länger zurückzuhalten. »Was hast du hier in meiner Küche zu suchen?«

»Ich koche dir das Abendessen«, antwortete Nick.

»Ich brauche dich nicht, um mein Abendessen zu kochen.«

»Ich wollte etwas für dich tun.«

»Ich finde, du hast schon genug getan.«

»Was geschehen ist, ist geschehen«, sagte Nick nach einer Pause. »Ich kann die Vergangenheit nicht ändern.«

»Nick hat mir erzählt, wie es im Gefängnis ist«, warf Lauren ein.

Bonnie sagte nichts. Ihr Blick war auf das Gesicht ihres Bruders gerichtet. Hinter den Zügen des erwachsenen Mannes war noch immer das Gesicht des Jungen zu erkennen. Er hatte immer ein interessantes Gesicht gehabt, auch als Kind schon. Ein sehr ausdrucksstarkes Gesicht, dessen Mienenspiel sich unter dem Eindruck von Stimmungen und äußeren Gegebenheiten ständig veränderte, ein Gesicht, das ebenso herzlich und liebevoll wirken konnte wie hart und zynisch. Ein Gesicht voller Überraschungen, wie ihre Mutter immer gesagt hatte.

»Du siehst gut aus«, sagte sie schließlich beinahe widerwillig.

»Danke. Du auch.«

Bonnie lehnte sich an die Arbeitsplatte, froh, einen Halt zu haben. »Ich höre, du hast einen Job.«

»Stimmt genau. Ich bin jetzt in der Touristikbranche. Wenn du mal eine Reise unternehmen willst, brauchst du mich nur anzurufen. Ich kann dir die besten Angebote besorgen.«

»Ich werd's mir merken.«

»Mein Dad fliegt Ende nächster Woche nach Florida«, bemerkte Lauren. »Mit Marla Brenzelle.«

»Tatsächlich.« Es war mehr Kommentar als Frage.

»Die haben da irgendeine Konferenz in Miami«, fuhr Lauren fort. »Er ist fast eine ganze Woche weg.«

Bonnie warf Lauren einen zornigen Blick zu. Was, zum Teufel, war mit dem Mädchen los? Sie hatte seit dem Tod ihrer Mutter kaum zwei Worte gesprochen, und jetzt redete sie wie ein Wasserfall.

»Findest du es klug, deinen Ehemann mit einer Marla Brenzelle nach Miami abhauen zu lassen?« fragte Nick, den Bonnies Unbehagen offensichtlich erheiterte. »Das ist doch eine ganz heiße Nummer.«

Wenn du's gern gesteppt hast, hätte Bonnie am liebsten gesagt, verkniff es sich aber. Dies war nicht die Zeit und nicht der Ort, um mit ihrem Bruder wegen einer Bagatelle Streit anzufangen. Es gab viele wichtige Fragen, die nach einer Aussprache verlangten, Fragen von entscheidender Bedeutung, die beantwortet werden mußten. Welcher Art war deine Beziehung zu Joan Wheeler? Wieso steht dein Name in ihrem Adreßbuch? Wo warst du an dem Tag, an dem sie ermordet wurde? Hast du sie getötet? Wieso hast du dich, kurz bevor jemand einen Eimer Blut über meinem Kind ausschüttete, auf dem Schulgelände herumgedrückt? Hast du vielleicht meine kleine Tochter so erschreckt? Was willst du noch in meinem Leben?

Aber sie konnte ihm jetzt, da Lauren bei ihnen in der Küche saß, keine Fragen über Joan stellen. Und sie konnte ihn auch nicht nach ihrer kleinen Tochter fragen, da sie wußte, daß Pam Goldenberg Amanda jeden Moment nach Hause bringen würde. Unmöglich, jetzt eine Diskussion mit ihm anzufangen, da gleich Diana zum Abendessen kommen würde.

»Du lieber Gott«, murmelte sie. Diana hatte sie ganz vergessen. Sie hatte überhaupt nichts eingekauft; sie hatte nichts vorbereitet; sie hatte Rod nicht auf Dianas Besuch vorbereitet.

»Ist was?« fragte Nick.

»Wieviel Tomatensoße hast du gemacht?« fragte Bonnie.

»Genug für die ganze Nachbarschaft«, antwortete Nick prompt.

»Gut«, sagte Bonnie und sah zum Fenster hinaus, als Joans roter Mercedes vorfuhr und Sam und Haze ausstiegen. »Sieht aus, als würden wir soviel brauchen.«

»Möchtest du mir nicht sagen, was hier los ist?« fragte Rod mit gedämpfter Stimme dicht an Bonnies Ohr und wies mit dem Kopf zum Wohnzimmer voller Menschen. Diana, sehr schön in Weiß und Schwarz, hatte Amanda auf ihrem Schoß und las ihr eine Geschichte vor. Sam, der nicht weit entfernt auf dem grünen Sofa saß, beobachtete die beiden, hörte vielleicht sogar zu. Lauren hatte es sich in einem Sessel bequem gemacht, und Haze, der neben ihr auf der Armlehne des Sessels hing, neigte sich hin und wieder zu ihr hinunter, um ihr etwas ins Ohr zu flüstern. Nick war gerade wieder in der Küche verschwunden, um seine angeblich schärfste Pasta der Welt zu vollenden.

»Nick war schon hier, als ich nach Hause kam«, erklärte Bonnie leise. »Er hatte schon angefangen zu kochen. Dann kam Sam mit Haze und fragte, ob er bleiben könnte. Und ich hatte völlig vergessen, daß ich Diana eingeladen hatte...«

»Schaffst du das denn alles?«

»Überraschenderweise ganz hervorragend«, bekannte Bonnie. »Du wirst es nicht glauben, aber es macht mir sogar Spaß. Es ist schön, das Haus voller Leute zu haben, und sie scheinen sich alle ganz gut zu unterhalten. Wie geht's dir?«

Rod gab ihr einen Kuß auf die Nasenspitze. »Na ja, das ist nicht gerade der gemütliche Abend allein mit meiner Frau, den ich erwartet hatte, aber ich denke, ich werd's überstehen.«

Bonnie nickte. Sie hatte in den letzten Tagen gelernt, daß man sich auf nichts verlassen konnte. Nichts, so schien es, entwickelte sich je erwartungsgemäß, niemand verhielt sich berechenbar. Ihr Bruder zum Beispiel, der Goldjunge, der zu den schönsten Hoffnungen Anlaß gegeben und dann sein Studium hingeworfen hatte, um ziellos durchs Land zu vagabundieren und in der Unterwelt zu verschwinden; er tauchte erst wieder auf, als ihm das Geld ausgegangen war, und dann landete er im Gefängnis. Wieso stand er plötzlich in ihrer Küche am Herd und kochte vergnügt ein Abendessen für acht Leute? Und Haze, der regelmäßig ihren Unterricht störte, der sie bedroht und in letzter Zeit mehrmals ihre Stunden geschwänzt hatte, fand offensichtlich überhaupt nichts dabei, sich bei ihr zum Abendessen einzuladen.

Und mir selbst macht das Ganze auch noch Spaß, dachte Bonnie verwundert und gab Rod einen liebevollen Klaps auf den Arm, ehe sie in die Küche ging. Vielleicht war jetzt der richtige Moment für ein Gespräch unter vier Augen mit Nick.

Er war gerade dabei, eine Zwiebel zu hacken, als sie kam, und führte das Messer mit lässiger Präzision.

»Komm mir nur nicht zu nahe«, warnte er sie, ohne sich umzudrehen, als hätte er sie erwartet. »Sonst fängst du noch an zu weinen.«

Ja, das paßt, dachte Bonnie. Die Zwiebel schien ihr ein geeignetes Bild für die letzten Wochen ihres Lebens zu sein. Unter jeder Schicht neue Schichten verborgen. Je mehr Geheimnisse sie enthüllte, desto mehr Geheimnisse blieben, schützende Hüllen um das Skelett im Zentrum. Je näher sie dem Zentrum kam, desto schärfer der Biß der Zwiebel, desto größer die Wahrscheinlichkeit von Tränen.

»Wie gut hast du Joan gekannt?« fragte Bonnie ohne Umschweife.

»Das willst du mich doch gar nicht fragen«, entgegnete Nick, während er die Zwiebelwürfel in die Sauce kippte und umrührte.

»Ach nein?«

»Du möchtest wissen, ob ich sie getötet habe«, sagte er, immer noch mit dem Rücken zu ihr.

»Hast du es getan?«

»Nein.« Er drehte sich um und lächelte. »Na siehst du, wie einfach das war?«

»Was bestand da für eine Verbindung, Nick? Wieso stehen dein Name und deine Telefonnummer in Joans Adreßbuch?«

»Ich hab' sie vor einiger Zeit mal angerufen«, erklärte Nick nach einer kurzen Pause. »Ich hab' sie gebeten, sich nach einem Haus für mich umzuhören. Ich will ja schließlich nicht auf Dauer bei Dad wohnen.«

Bonnie schüttelte ungläubig den Kopf. »Willst du mir vielleicht erzählen, daß du auf Wohnungssuche warst und dir ganz zufällig ausgerechnet die geschiedene Frau meines Manns als Maklerin genommen hast? Willst du mir das allen Ernstes weismachen? Daß es Zufall war?«

»Nein, natürlich war es kein Zufall.« Ein Anflug von Ungeduld schwang in Nicks Stimme. »Ich wußte, wer Joan war, als ich sie anrief. Vielleicht dachte ich, es wäre ganz witzig. Vielleicht wußte ich, daß du davon hören würdest. Vielleicht wollte ich nur mal hören, wie es dir geht.«

»Es hätte einfachere Möglichkeiten gegeben, herauszufinden, wie es mir geht.«

»Du hast ja nicht den geringsten Zweifel daran gelassen, daß du mit mir nichts mehr zu tun haben wolltest«, erinnerte Nick sie.

»Mit gutem Grund«, entgegnete Bonnie.

»Bist du immer noch sauer, weil Mutter dich enterbt hat?« fragte er sehr direkt.

Sofort schossen Bonnie die Tränen in die Augen. Wein jetzt bloß nicht, sagte sie sich. »Sie hat mich nicht enterbt…«

»Ich habe das nicht veranlaßt, Bonnie. Ich hatte damit überhaupt nichts zu tun.«

»Nein, du hast ja nie schuld, stimmt's? Du bist immer nur der unbeteiligte Unschuldsengel, der von einer Katastrophe in die nächste schlittert.« Zornig wischte sich Bonnie die Tränen weg. Verdammt noch mal, warum mußte sie immer gleich losheulen?

»Ich hab' dir ja gesagt, du sollst mir nicht zu nahe kommen.« Nick zog ein Papiertaschentuch aus seiner Jeans und reichte es ihr.

Bonnie nahm es widerstrebend, wischte sich die Augen und schneuzte sich.

»Was hättest du denn mit dem Haus angefangen?« fragte Nick. »Du konntest es doch kaum erwarten, von dort wegzukommen. Du hast geschuftet wie eine Wahnsinnige, um gute

Noten zu kriegen, du hast gejobt, um dein Studium zu bezahlen und möglichst weit von uns wegzukommen...«

»Das ist nicht wahr.«

»Nein?« Er sah sich in der Küche um. »Und du hast es geschafft. Ich meine, man muß sich ja hier nur umschauen, um zu sehen, daß du es geschafft hast. Ein schönes Haus, einen ordentlichen Beruf, einen erfolgreichen Ehemann, eine süße kleine Tochter.«

»Laß sie in Ruhe, Nick.«

»Ich glaube, sie mag mich.«

»Ich meine es ernst, Nick.«

»Ich auch. Ich glaube wirklich, sie hat mich auf Anhieb in ihr Herz geschlossen. Und dabei wußte sie nicht einmal, daß sie einen Onkel Nick hat. Wirklich, Bonnie, das hätte ich nicht von dir gedacht. Was glaubst du, was Mutter dazu sagen würde?«

»Du hast kein Recht...«

»Kein Recht worauf? Von den Toten zu sprechen? Sie war auch meine Mutter.«

»Es ist deine Schuld, daß sie tot ist«, sagte Bonnie leise.

Nicks Mund verzog sich zu einem trüben kleinen Lächeln. »Daran willst du mir auch noch die Schuld geben?« fragte er.

Dianas schönes Gesicht erschien plötzlich in der offenen Küchentür. »Kann ich irgendwas helfen?« fragte sie. Ihre Augen waren so blau wie das Wasser der Karibik.

»Du kannst dir's gemütlich machen und Rod sagen, er soll dir noch einen Drink mixen«, sagte Bonnie, die sich noch immer die Augen tupfte. »Die Zwiebel«, erklärte sie.

»Ja, Zwiebeln sind was Fürchterliches.« Diana kam herein, nahm Bonnie das Tuch aus der Hand und tupfte vorsichtig etwas verschmierte Wimperntusche weg. »So, das ist besser. Jetzt siehst du absolut perfekt aus. Das ist ein toller Hosenanzug.«

Bonnie blickte an dem grün-weißen Anzug hinunter, den sie schon den ganzen Tag anhatte. »Ich seh' fürchterlich aus. Aber danke für die Lüge.«

»Na, hör mal, ich bin Anwältin. Ich lüge nie.«

»Sie sind Anwältin?« fragte Nick. »Was ist Ihr Spezialgebiet?«

»Wirtschaftsrecht in erster Linie.«

»Genau das, was ich suche«, sagte Nick unbefangen. »Ich bin gerade dabei, ein paar gute Geschäfte einzufädeln. Könnte Sie das interessieren?«

»Kommt auf die Geschäfte an.«

»Kann ich Sie mal anrufen, wenn die Pläne ein bißchen konkreter geworden sind?«

»Konzentrier dich lieber auf das, was du gerade tust.« Bonnie zeigte auf die Tomatensauce, die zu blubbern anfing.

»Recht hast du«, sagte Nick und roch an der Sauce. »Meine Damen«, sagte er mit einer tiefen Verbeugung, »ich glaube, das Abendessen ist fertig.«

»Und, wie lange seid Ihr beide schon befreundet?« fragte Nick Diana mit einer Kopfbewegung zu Bonnie.

Sie saßen alle zusammen am Tisch im Eßzimmer, Rod an einem Ende, flankiert von seinen Kindern, Bonnie am anderen mit Amanda zu ihrer Linken und Diana zu ihrer Rechten. Nick und Haze hatten in der Mitte Platz genommen. Es war ein kleiner Raum, rechteckig, mit pfirsichfarbenen Wänden, zu denen der üppige Strauß Moosrosen paßte, den Diana mitgebracht und Bonnie in die Mitte des Tisches gestellt hatte.

»Unsere Männer haben eine Zeitlang zusammen gearbeitet. Und ich wohne gleich um die Ecke«, antwortete Diana. »Es schmeckt übrigens ganz hervorragend.« Sie tauchte ihr Baguette in die Sauce.

»Es ist noch eine Menge da«, sagte Nick. »Ich hole Ihnen gern noch etwas.«

»Lassen Sie mir eine Minute Zeit.«

»Sie wohnen gleich um die Ecke?« fragte Sam interessiert. Er hatte Diana den ganzen Abend kaum aus den Augen gelassen.

»Ja, in der Brown Street 128«, antwortete Diana. »Aber meistens bin ich nur noch an den Wochenenden hier, und das auch nicht immer. Ich habe eine kleine Wohnung in der Stadt, das ist einfacher und bequemer, jetzt, wo ich wieder allein lebe.«

»Du hättest Greg das Haus lassen können«, bemerkte Rod.

»Weshalb hätte ich das tun sollen?« entgegnete Diana. »Es war *mein* Haus.«

»Ach ja, stimmt ja. Teil der Abfindung nach der Scheidung von Ehemann Nummer eins.«

»Sie waren schon zweimal verheiratet?« fragte Lauren.

»Die Ehe scheint mir nicht zu bekommen.«

»Na, das würd' ich aber nicht sagen«, warf Rod ein. »Ich finde, sie ist dir ganz gut bekommen.«

Diana schob ihren leeren Teller zu Nick hinüber und tupfte sich die vollen Lippen mit ihrer Serviette. »Ich nehme gern noch ein bißchen von dieser tollen Pasta, Nick.«

Nick sprang sofort auf. »Sonst noch jemand?«

»Für mich auch noch etwas«, sagte Bonnie. Sie reichte Nick ihren Teller und tat so, als sähe sie sein zufriedenes Lächeln nicht.

»Ich auch«, erklärte Lauren und folgte Nick in die Küche.

»Sie leben also allein?« fragte Sam Diana.

»Ja, und ich finde es herrlich«, antwortete Diana. »Ich brauche niemandem Rechenschaft abzulegen, brauche mich nach niemandem zu richten, brauche niemandem nachzuräumen. Ich gehe zu Bett, wann ich will; ich esse, wann ich will; ich tue, was ich will. Natürlich fehlt mir manchmal ein Mann«, bekannte sie. »Es gibt ja immer irgendwas im Haus, das gerichtet werden muß, Dinge, bei denen man einen Mann braucht, der zupacken kann.« Sie lächelte Sam an.

»Ich kann ganz gut zupacken«, erklärte Sam mit blitzenden Augen.

»Ja?«

»Ja, echt. Ich kann so ziemlich alles auseinandernehmen und wieder zusammenbauen.«

»Ja, Sam ist sehr geschickt«, warf Haze mit einem unverschämten Grinsen ein.

»Na, vielleicht kann ich dich ja mal engagieren«, meinte Diana. »An meinen Küchenschränken sind die Türen locker, und ich dusche seit Monaten im Dunkeln, weil ich nicht weiß, wie ich die Glühbirne austauschen soll.«

»Hey, duschen im Dunkeln, ganz schön sexy«, sagte Haze.

»Nicht, wenn man allein ist«, versetzte Diana.

»Na, das läßt sich doch ändern«, gab Haze zurück.

Bonnie saß wie auf Kohlen und überlegte, ob sie Diana nicht irgendwie unter dem Tisch treten konnte, um sie zu einem Themawechsel zu veranlassen.

Diana flirtete gern, und die Männer flogen auf sie. Haze legte es offensichtlich darauf an, jede ihrer Bemerkungen, selbst die harmloseste, zweideutig zu interpretieren.

»Ich kann mir das Licht ja mal anschauen«, sagte Sam. »Mal sehen, was ich tun kann.«

»Das wäre wunderbar«, meinte Diana. »Ich würde dich natürlich dafür bezahlen.«

»Das ist nicht nötig.«

»Doch. Ich möchte es.«

Sam zuckte mit den Achseln. »Okay. Wann soll ich vorbeikommen?«

»Wie wär's morgen?«

»Wie wär's am Sonntag?« fragte Sam, als Lauren mit zwei Tellern voll Pasta ins Zimmer zurückkehrte, gefolgt von Nick, der ebenfalls zwei Teller trug. »Ich wollte morgen meine Großmutter besuchen.«

»Sonntag ist in Ordnung«, sagte Diana.

»Du willst Großmama Langer besuchen?« fragte Lauren ihren Bruder ungläubig.

»Ich hab' dran gedacht, ja.«

»Wieso? Ich meine, die weiß doch wahrscheinlich nicht mal, wer du bist.«

»Vielleicht doch.« Sam, dem die Diskussion offensichtlich unangenehm war, senkte den Blick.

»Wer ist Großmama Langer?« fragte Nick.

»Die Mutter meiner Mutter«, antwortete Lauren. Sie machte ein Gesicht, als wollte sie gleich zu weinen anfangen. »Sie ist in der Melrose Klinik in Sudbury. Das hast du doch gesagt, nicht wahr, Bonnie?«

Bonnie nickte, überrascht sowohl von Sams Entschluß als auch von der Tatsache, daß Lauren ihr eine direkte Frage gestellt hatte.

»Vielleicht sollte ich mitfahren«, flüsterte Lauren.

»Ich kann euch beide hinfahren«, bot Bonnie an und legte sich schon ein paar Argumente zurecht, um den Einwänden zu begegnen, die garantiert kommen würden: Ich kenne den Weg; ich war schon mal da; es ist vielleicht einfacher, wenn eine erwachsene Person dabei ist. Sie war überrascht, als nicht ein einziger Einwand erhoben wurde.

»Großeltern sind etwas Wunderbares«, sagte Nick.

»Ich lebe bei meinen Großeltern«, erklärte Haze wegwerfend. »Tödlich ist das.«

Nick neigte sich über den Tisch zu Amanda. »Weißt du, daß du auch einen Großvater hast, Mandy?«

Amanda nickte, daß die blonden Locken flogen. »Großpapa Peter und Großmama Sally. Sie wohnen in New Jersey«, sagte sie stolz.

»Ich hab' nicht die Eltern von deinem Daddy gemeint«, erklärte Nick. »Ich rede vom Daddy von deiner Mami.«

»Nick...«, warnte Bonnie.

»Du hast ihn noch nie gesehen«, fuhr Nick fort, »aber er wohnt gar nicht weit von hier, und seine Frau macht den besten Apfelkuchen auf der ganzen Welt. Magst du Apfelkuchen, Mandy?«

Amanda nickte begeistert. »Apfelkuchen ist cool.«

»Cool?«

»Das sagt Sam immer.«

»Cool, Amanda«, rief Sam lachend, und Bonnie lachte mit ihm, beglückt und erstaunt darüber, wie schnell die beiden zueinander gefunden hatten.

»Vielleicht kannst du deine Mutter einmal überreden, deinen Großvater mit dir zu besuchen«, fuhr Nick fort. »Ich weiß, er würde sich schrecklich freuen, dich zu sehen.«

Bonnie legte heftig ihre Gabel auf den Tisch, schob ihren Teller weg, ohne die zweite Portion angerührt zu haben. »Ich sehe mal nach dem Kaffee«, sagte sie.

Frische, rosafarbene Pfingstrosen streckten ihre Stengel nach Bonnie aus, als sie den mit Steinen gepflasterten Fußweg zur Melrose Klinik hinaufging. Aber es war gar nicht die Melrose Klinik, erkannte sie plötzlich, als sie sich in ihrem Bett auf die andere Seite wälzte und die Erkenntnis, daß sie träumte, leicht wie Wölkchen durch ihren Geist zog. Sie versuchte sich zu wecken, sich von der Haustür der Klinik zu entfernen, doch diese hatte sich schon geöffnet. Es war zu spät. Sie hatte keine andere Wahl, als über die Schwelle zu treten.

»Willkommen zu Hause«, sagte Nick, der oben auf der Treppe auf sie wartete.

»Was tust du denn hier?« fragte Bonnie.

»Ich wohne hier«, antwortete er. »Bist du gekommen, um Mutter zu besuchen?«

»Sie hat gesagt, daß sie mit mir reden will«, erklärte Bonnie, während sie sich zur Wand neigte, um an den Blumen der Tapete zu riechen.

»Dann komm rauf.«

Geh nicht, flüsterte es, als Bonnie sich umdrehte.

Sie ging die Treppe hinauf. Ihre Finger streiften die Wand entlang, sprangen von Blüte zu Blüte wie eine Biene, die Honig sammelt. Am Ende der Treppe blieb sie stehen. Die Tür zum Schlafzimmer ihrer Mutter war direkt vor ihr. Sie war offen.

Geh nicht hinein, flüsterte es wieder warnend. Wach auf. Wach auf.

Ganz langsam näherte sich Bonnie der Tür und sah die in Tücher verhüllte Gestalt einer Frau, die aufrecht im Bett saß. Ihr Gesicht war im Schatten. Plötzlich war Amanda an ihrer Seite und zupfte sie am Arm. »Mami, Mami«, rief sie. »Komm rein. Wir machen ein Fest.« Sie brachte plötzlich einen hohen, spitzen Papphut zum Vorschein und hielt ihn sich über den Kopf. Blut ergoß sich augenblicklich aus ihm, tränkte Amandas Haar, floß über ihr Gesicht und über ihre Schultern.

»Nein!« stöhnte Bonnie und warf sich in ihrem Bett von einer Seite auf die andere.

»Das ist doch nur Tomatensoße«, sagte Amanda kichernd, und Bonnie sah, daß sich Spaghetti wie kleine Schlangen in ihrem Haar wandten.

»Nimm doch was«, sagte Nick und hielt Bonnie einen langen Holzlöffel hin.

»Zuviel Zwiebel«, sagte Bonnie, nachdem sie probiert hatte. Sie bekam augenblicklich Magenkrämpfe.

»Bonnie!« rief ihre Mutter mit schwacher Stimme vom Bett. »Bonnie, hilf mir. Ich fühle mich so elend.«

»Zuviel Apfelkuchen«, sagte Bonnie zu ihr. »Wir sollten Dr. Greenspoon holen, damit er dich mal untersucht.« Sie erreichte das Bett, versuchte das Gesicht ihrer Mutter im Schatten zu erkennen. Wieder krampfte sich ihr Magen schmerzhaft zusammen. Sie krümmte sich und schrie auf.

»Bonnie, was ist denn?« fragte Nick mit Rods Stimme. »Bonnie, Bonnie, was ist los? Bonnie, wach auf!«

Ihre Mutter, die immer noch aufrecht in ihrem Bett saß, drehte ihren Kopf, und langsam tauchte ihr Gesicht aus dem Schatten auf.

Bonnie versuchte verzweifelt, sie zu sehen, streckte sich mit wild klopfendem Herzen in ihrem Bett nach vorn, während schmerzhafte Stöße ihren Magen durchzuckten. Die Schmerzen weckten sie, wurden noch stärker, als sie ihre Augen öffnete, und sie erkannte, daß dies kein Traum mehr war. Im nächsten Moment lag sie auf den Knien im Badezimmer und übergab sich in die Toilette, während Rod sie hielt und ihr das Haar aus dem Gesicht strich.

»Ist ja gut«, sagte er später, als er neben ihr auf dem gefliesten Boden saß und sie sachte in seinen Armen wiegte, ähnlich, wie sie das vor wenigen Tagen mit Lauren getan hatte. »Ist ja gut. Jetzt ist es wieder gut.«

»O Gott«, stöhnte Bonnie. »Was war das nur?«

»Du hast wahrscheinlich den gleichen Virus erwischt, den Lauren hatte«, sagte er.

»Aber ich werde doch nie krank«, protestierte Bonnie.

»So was kommt in den besten Familien vor.«

»Nein«, sagte Bonnie und ließ sich von Rod auf die Füße helfen und ins Schlafzimmer zurückführen. »Es ist nur ein Alptraum. Morgen geht's mir bestimmt wieder gut.«

»Schlaf dich aus«, sagte Rod, deckte sie zu und küßte sie auf die Stirn.

»Es ist nur ein Alptraum«, wiederholte Bonnie, als ihr schon die Augen wieder zufielen. »Morgen geht's mir bestimmt wieder gut.«

18

»Es ist nicht mehr weit«, sagte Bonnie. »Wir sind gleich da.« Sie warf einen raschen Blick über ihre Schulter auf Sam und Lauren, die hinten saßen. Bei der abrupten Drehung ihres Kopfes schoß eine neue Welle von Übelkeit in ihr hoch. Reiß dich zusammen, ermahnte sie sich. Du bist nicht krank. Du wirst doch nie krank.

Und was war das letzte Nacht?

Das war alles mögliche gewesen, aber mit Krankheit hatte es

nichts zu tun, sagte sie sich, während sie sich auf die Straße konzentrierte. Da ging es darum, daß Dr. Greenspoon viel zuwenig gesagt hat und Nick viel zuviel. Mit einem Blick hielt Bonnie den Wagen vor einer roten Ampel an. Diese Unverschämtheit Nicks, unangemeldet und uneingeladen in ihr Haus einzubrechen, sich in ihrer Küche breitzumachen und mit seinem frechen Charme, seinen Kochkünsten und seinen deplazierten Bemerkungen alles durcheinanderzubringen. »Weißt du eigentlich, daß du einen Großvater hast, Mandy?« Wie kam er dazu, ihre Tochter Mandy zu nennen? Kein Mensch hatte sie je so genannt. Und jetzt behauptete Amanda, es gefiele ihr. Am Abend, als Bonnie sie zu Bett gebracht hatte, hatte sie sie gebeten, sie von jetzt an immer Mandy zu nennen und nicht mehr Amanda. So wie Onkel Nick, hatte sie gesagt. Kein Wunder, daß sie eine schlechte Nacht gehabt hatte.

Sie hätte ihn hinauswerfen sollen. Sobald sie ihn in ihrer Küche hatte stehen sehen, hätte sie ihm die Tür weisen und ihm sagen sollen, daß er jetzt, da er aus dem Gefängnis entlassen war, auch nicht willkommener war als zuvor. Ja, genau das hätte sie tun sollen. Und warum hatte sie es nicht getan?

»Ist es das?« Lauren beugte sich weit nach vorn. Bonnie spürte den warmen Atem in ihrem Nacken, als sie auf das imposante weiße Haus deutete, das sich vor ihnen erhob.

»Ja, das ist es.« Bonnie lenkte den Wagen in die lange gewundene Auffahrt.

»Sieht eigentlich ganz gut aus.« Lauren warf sich in ihrem Sitz zurück. Bonnie drehte sich bei jeder Erschütterung der Magen um.

Und was hab' ich hier schon wieder zu suchen? fragte sie sich, während sie nach einem Parkplatz Ausschau hielt. Warum bin ich nicht im Bett geblieben, wie Rod mir geraten hat? Weil man doch Sam und Lauren nicht allein hierherfahren lassen kann, hatte sie erklärt, und außerdem behauptet, obwohl sie sich schwach und zittrig fühlte, sie sei wirklich nicht krank. Sie holte mehrmals tief Atem. Ich werde mich nicht übergeben, schwor sie sich, als sie in eine freie Lücke ganz hinten auf dem langen Platz fuhr und merkte, wie alles vor ihren Augen verschwamm. Ich werde mich nicht noch einmal übergeben. Ich bin nicht krank. Ich werde niemals krank.

Sie schaltete den Motor aus und stieß die Tür auf. Gierig atmete sie die frische Luft ein. Aber die Luft war drückend und feucht und brachte keine Erleichterung. Innerhalb von Sekunden war Bonnie in Schweiß gebadet. Ihre Arme glänzten vor Feuchtigkeit.

»Es ist heiß«, sagte sie, als Lauren aus dem Auto stieg.

»Nicht besonders«, erwiderte Lauren.

»Geht's dir auch wirklich gut?« fragte Sam.

»Absolut«, versicherte Bonnie und griff sich mit der Hand an die Stirn. Weshalb tue ich das? Ich habe kein Fieber. Ich bin nicht krank. Ich habe gestern abend nur zuviel gegessen. Irgend etwas in der raffinierten Tomatensoße ihres Bruders war ihr nicht bekommen, genauso wie das Abendessen vor ein paar Tagen Lauren nicht bekommen war.

Du mußt den gleichen Virus erwischt haben, den Lauren hatte, hatte Rod gesagt.

»Wohin müssen wir?« fragte Lauren, als sie in das große Foyer der Klinik trat. Sam blieb zurück, folgte nur zögernd, als sie zu den Aufzügen gingen.

Es war doch deine Idee, hätte Bonnie, die immer noch überrascht war, daß er das vorgeschlagen hatte, ihn am liebsten erinnert.

Sie traten in einen wartenden Aufzug, in dem schon einige Leute standen. Die Tür schloß sich, und Bonnie hatte das Gefühl, ihr Magen bliebe zurück, als der Aufzug in die Höhe stieg. Sie öffnete den obersten Knopf ihrer gestreiften Bluse, schob sich das Haar aus dem Gesicht, wischte sich den Schweiß von der Oberlippe.

Mit einem Ruck hielt der Aufzug an. Bonnie hob sich der Magen bis zum Hals. Sie schluckte einmal, dann noch einmal und stürzte, sobald die Aufzugtür sich öffnete, zur Damentoilette gegenüber dem Schwesternzimmer.

»Kommst du zurecht?« rief Sam ihr nach.

Sie rannte in die Toilette, schlug die Tür hinter sich zu und fiel zitternd und würgend vor der Toilettenschüssel auf die Knie. »Mein Gott«, murmelte sie nach Luft schnappend, »wie lange soll denn das so weitergehen?« Krämpfe schüttelten sie, ihr Magen tobte. Kraftlos sank sie an der Wand zu Boden. Das Haar klebte ihr an Hals und Stirn, Hitze und Kälte überfluteten abwechselnd ihren zitternden Körper. »Ich bin nicht krank«, sagte sie laut und zwang sich, aufzustehen und in den Spiegel über dem Waschbecken zu sehen. »Hörst du mich? Ich bin nicht krank.«

Du vielleicht nicht, schien ihr geisterhaft bleiches Spiegelbild ihr zu antworten.

Sie spritzte sich kaltes Wasser ins Gesicht, glättete ihr Haar, kniff sich in die Wangen, um ihnen etwas Farbe zu geben. Sie zog einen kleinen Pappbecher aus dem Spender neben dem Waschbecken, ließ Wasser hineinlaufen und nahm einen kleinen Schluck. »So, jetzt geht's dir wieder gut«, befahl sie ihrem Spiegelbild. »Hast du verstanden? Keine Dummheiten mehr.« Sie straffte ihre Schultern, holte ein letztes Mal tief Atem und öffnete die Toilettentür.

Sam und Lauren waren nirgends zu sehen.

»Sam?« rief sie und zog die Aufmerksamkeit eines alten Herrn auf sich, der im Schlafanzug durch den Korridor ging.

»Haben Sie mich gerufen?« fragte er.

Bonnie schüttelte den Kopf und wünschte sogleich, sie hätte es nicht getan. Die Bewegung löste neuerliches Schwindelgefühl aus. Sie waren wahrscheinlich schon vorausgegangen. Warum auch nicht? Die Frau war schließlich ihre Großmutter, auch wenn sie sich kaum an sie erinnern konnten. Sie brauchten Bonnie gewiß nicht, um sich ihrer eigenen Großmutter vorzustellen. Wahrscheinlich wäre es am besten, sie wartete einfach im Aufenthaltsraum auf die beiden.

Zu spät, dachte sie, als die Tür zu Elsa Langers Zimmer sich vor ihr öffnete. »Kennen Sie mich noch?« fragte die alte Frau im Rollstuhl und ließ Bonnie gerade so viel Platz, daß sie eintreten konnte.

»Hallo«, sagte Bonnie zerstreut. Ihre ganze Aufmerksamkeit war auf Elsa Langer gerichtet, die, mehrere Kissen im Rücken, aufrecht im Bett saß und ein Tablett mit ihrem Mittagessen vor sich hatte. Sam saß auf einem Stuhl neben dem Bett, Lauren stand, und beide Kinder starrten wie gebannt das leere Gesicht der alten Frau an.

»Ich bin Mary«, sagte die Frau im Rollstuhl. »Ich glaube, wir haben uns gar nicht richtig miteinander bekannt gemacht, als Sie das letzte Mal hier waren.«

»Ich bin Bonnie«, erwiderte Bonnie, ihren Blick unverwandt auf Elsa Langer gerichtet. So aufgerichtet, wirkte die alte Frau noch gebrechlicher. Ihr Körper schien nur noch die skeletthafte Kontur eines menschlichen Wesens zu sein. Ihre Haut verschmolz mit dem Weiß der Laken, ihre Augen waren leer und blicklos, wie dunkle Höhlen.

»Ihr seid zum Mittagessen gekommen«, sagte Mary. »Ich hab' meines schon aufgegessen.« Sie wies auf ihr leeres Tablett. »Hühnersuppe, Makkaroni und Käse, und hinterher Vanillepudding. Das hab' ich bestellt. Ich weiß nicht, was sie für Elsa bestellt haben.«

Sie rollte sich zu Elsa Langers Bett hinüber und hob den Dekkel von einer der Schüsseln. Darunter kam ein unappetitliches, rötlichbraunes Mischmasch zum Vorschein.

»Das gleiche«, erklärte Mary. »Aber sie ißt es bestimmt nicht. Sie ißt nie was, wenn ich sie nicht füttere.« Wie ein Dirigent, der zum Taktstock greift, hob sie einen Löffel vom Tablett.

»Kann ich das machen?« fragte Lauren sofort. »Bitte!« sagte sie zu der Frau im Rollstuhl.

»Vielleicht«, antwortete Mary. »Wer fragt?«

»Ich heiße Lauren«, sagte Lauren zu ihr. »Elsa Langer ist meine Großmutter.«

»Lauren, sagst du?«

»Ja, und das ist mein Bruder Sam.«

»Sam?«

Sam sagte nichts.

»Ich wußte gar nicht, daß sie Enkelkinder hat«, stellte Mary fest und starrte Bonnie an. »Ist das nicht komisch? Da lebt man jahrelang mit jemandem zusammen und meint, man wüßte alles über ihn, und dann erfährt man plötzlich, daß man ihn überhaupt nicht kennt. Finden Sie das nicht auch komisch?« fragte sie Bonnie.

Bonnie ignorierte die Frage. »Sie würde sich bestimmt sehr freuen, wenn du sie fütterst«, sagte sie zu Lauren.

Lauren lächelte, wenn auch nur flüchtig, so flüchtig, daß es kaum zu bemerken war. »Komm, Großmama«, sagte sie leise und sanft und führte einen Löffel Suppe zum Mund ihrer Großmutter. Vorsichtig schob sie ihn der alten Frau zwischen die trockenen Lippen, neigte ihn leicht und zog ihn leer wieder zurück. Etwas Flüssigkeit rann der alten Frau aus den Mundwinkeln, und Lauren wischte sie rasch mit einer Serviette ab.

»Schmeckt das nicht gut, Großmama?« fragte sie genau wie Bonnie oft Amanda fragte. »Schmeckt das nicht gut?« Sie gab der alten Frau noch einen Löffel Suppe, dann noch einen. »Sie ißt«, rief sie stolz und lächelte wieder, ein wenig länger als das letztemal. »Möchtest du sie auch einmal füttern, Sam?« fragte sie.

Sam schüttelte den Kopf und verkroch sich noch tiefer in sich selbst, obwohl er den Blick nicht vom Gesicht seiner Großmutter wandte.

»Sie ißt gern Suppe«, verkündete Mary.

»Erinnerst du dich an uns, Großmama?« fragte Lauren. Elsa Langer sagte nichts, öffnete nur ein wenig die Lippen, um den Löffel einzulassen.

»Du hast uns das letzte Mal gesehen, als wir noch ganz klein waren. Weißt du noch? Joan war unsere Mutter«, fuhr Lauren leise fort. Ihre Stimme wurde brüchig, als sie den Namen ihrer Mutter aussprach. »Kannst du dich an sie erinnern?«

Elsa Langer schlürfte ihre Suppe.

»Joan ist tot«, sagte Mary.

»Ich bin Lauren, und das ist mein Bruder Sam«, sprach Lauren weiter, während sich ihr Arm rhythmisch zwischen der Suppenschale und dem Mund ihrer Großmutter hin und her bewegte. »Wir sind Joans Kinder. Kannst du dich noch an uns erinnern, Großmama?«

»Ich bin sicher, ganz tief drinnen weiß sie, wer ihr seid«, sagte Bonnie.

»Warum sagst du das?« fragte Sam. Er richtete sich auf, beugte sich vor, blickte zwischen Bonnie und seiner Großmutter hin und her.

»Es ist nur ein Gefühl«, bekannte Bonnie, der vom Geruch der Käsenudeln wieder übel zu werden drohte.

»Spricht meine Großmutter manchmal mit Ihnen?« fragte Sam die Frau im Rollstuhl.

»Vielleicht«, antwortete die Frau. »Wer fragt?«

»Sam«, antwortete er und verdrehte die Augen. »Sam Wheeler.«

»Es ist ganz schön schwer, die vielen Namen nicht durcheinanderzubringen«, erklärte Mary. »Ich meine, wochenlang haben wir keinen Besuch und plötzlich gibt einer dem anderen die Klinke in die Hand.«

»Wie meinen Sie das?« fragte Bonnie.

»Na, heute morgen war auch schon jemand hier. Ein Mann. Gutaussehend. Hat mich an meinen verstorbenen Mann erinnert, Gott hab ihn selig.«

»Es war noch jemand hier?« fragte Bonnie.

»Vielleicht. Wer fragt?«

»Können Sie sich an den Namen des Mannes erinnern?«

»Vielleicht. Wer fragt?« wiederholte Mary stur und schob mit der Zunge ihre Prothese hin und her.

»Bonnie. Bonnie Wheeler. Können Sie sich an den Namen des Mannes erinnern?«

»Von welchem Mann reden Sie?«

Bonnie schloß die Augen und atmete einmal tief durch. »Von dem Mann, der heute morgen hier war.«

»Er hat seinen Namen nicht gesagt. Aber er war ein gutaussehender Mann. Hat mich an meinen verstorbenen Ehemann erinnert, Gott hab ihn selig.«

»Können Sie mir sagen, wie er aussah?« drängte Bonnie.

»Er hat ausgesehen wie mein verstorbener Mann«, wiederholte Mary.

»Wissen Sie noch, was für eine Haarfarbe er hatte?« fragte Bonnie.

»Ich glaube, er war blond«, antwortete Mary.

Augenblicklich sah Bonnie ihren Bruder vor sich, wie er groß und blond am Herd in ihrer Küche gestanden hatte.

»Vielleicht war es aber auch grau«, fügte Mary hinzu.

Prompt sah Bonnie Rod vor sich, dessen gutaussehendes Gesicht gerade unter dem vorzeitig ergrauten Haar besonders jungenhaft wirkte.

»Vielleicht war es braun«, meinte Mary nachdenklich, ohne zu ahnen, was für ein Durcheinander sie in Bonnies Kopf anrichtete. Plötzlich schob sie klappernd ihre Zahnprothese aus dem Mund und hielt sie auf der Zungenspitze.

»Iih, ekelhaft«, sagte Lauren.

Bonnie flatterte der Magen.

Mary schob die Prothese in ihren Mund zurück und drückte sie mit einem lauten Klicken in die Verankerung. »Kann ich Ihren Vanillepudding haben?« fragte sie und streckte schon die Hand nach dem Tablett aus.

»Ich glaube, meine Großmutter würde gern selbst von dem Pudding probieren«, erwiderte Lauren mit überraschender Bestimmtheit und entfernte das Puddingschälchen aus Marys Reichweite. »Möchtest du ein bißchen Pudding probieren, Großmama?« Lauren tauchte den kleinen Plastiklöffel in den Pudding und schob ihn ihrer Großmutter sachte in den Mund. »Schmeckt dir das, Großmama? Schmeckt es gut?«

Ganz langsam wandte Elsa Langer das Gesicht ihrer Enkelin zu, und ihre Augen bekamen Ausdruck.

»Großmama?« sagte Lauren. »Großmama, kannst du mich sehen? Erkennst du mich? Großmama, ich bin's, Lauren.«

Elsa Langer starrte schweigend ihre Enkelin an. Die anderen im Zimmer beobachteten sie gespannt. Keiner wagte zu atmen.

»Lauren?« hauchte die alte Frau. Es klang wie ein Seufzen.

Laurens Augen weiteten sich staunend und glücklich. »Hast du das gehört, Sam?« flüsterte sie. »Sie hat mich erkannt. Sie weiß, wer ich bin.«

»Großmama«, sagte er hastig, sprang von seinem Stuhl auf und stürzte so stürmisch an ihr Bett, daß er beinahe das Tablett heruntergerissen hätte. »Großmama, ich bin's, Sam. Kennst du mich noch?«

»Lauren«, wiederholte Elsa Langer, ohne den Blick von ihrer Enkelin zu wenden.

»Ja, ich bin hier, Großmama«, sagte Lauren. »Ich bin hier.«

Doch schon begann der Blick in Elsa Langers Augen zu wandern, schien sich zurückzuziehen, zu erlöschen.

»Wohin verschwindet sie?« fragte Lauren Sekunden später, als klar war, daß sie nicht zurückkehren würde.

»Das weiß ich auch nicht«, antwortete Bonnie.

»Glaubst du, sie hat wirklich gewußt, wer ich bin?«

»Ja, ganz sicher.«

Sam stand vom Bett seiner Großmutter auf und ging zur Tür. Er sagte kein Wort, doch es gab keinen Zweifel daran, daß er gehen wollte.

»Glaubst du, daß sie etwas denkt?« fragte Lauren, das Gesicht ihrer Großmutter beobachtend.

»Ich weiß es nicht.«

»Irgend etwas muß sie denken«, sagte Lauren.

»Ich glaub' nicht, daß sie irgendwas denkt«, bemerkte Sam ungeduldig. »Und weißt du, was ich noch glaube? Ich glaube, es ist besser so.« Er öffnete die Tür und ging aus dem Zimmer.

»Zorniger junger Mann«, sagte Mary mit klappernder Prothese. »Genau wie mein verstorbener Mann. Gott hab ihn selig.«

»Wir sollten gehen.« Bonnie berührte sachte Laurens Schulter und war beinahe dankbar, daß das junge Mädchen nicht automatisch zurückwich.

Lauren neigte sich über ihre Großmutter und küßte sie auf die Wange. »Auf Wiedersehen, Großmama«, sagte sie. »Wir kommen bald wieder. Das verspreche ich dir.«

Elsa Langer sagte nichts. Bonnie führte Lauren hinaus.

»Bonnie ist es auf der Heimfahrt schlecht geworden«, erzählte Lauren ihrem Vater, sobald sie zu Hause waren. Sam verschwand ohne ein weiteres Wort nach oben in sein Zimmer.

»Mir war nicht schlecht«, entgegnete Bonnie.

»Doch, du konntest ja nicht mal mehr fahren. Sam mußte nach Hause fahren.«

»Mir war nur ein bißchen schwindlig«, erklärte Bonnie, als sie die Besorgnis im Gesicht ihres Mannes sah. »Ich glaube, die Klimaanlage im Auto funktioniert nicht richtig.«

»Du siehst jedenfalls gar nicht gut aus«, stellte Rod fest.

»Vielen Dank«, sagte Bonnie. »Wo ist Amanda?«

»Mrs. Gerstein ist mit ihr in den Park gegangen.«

»Wann bist du nach Hause gekommen?« fragte sie.

»Vor ungefähr einer halben Stunde.« Rod nahm Bonnie beim Ellbogen und führte sie die Treppe hinauf. »Du gehst jetzt ins Bett und schläfst dich mal gründlich aus.«

»Ach Unsinn, Rod. Mir geht es gut.«

»Fang jetzt nicht an mit mir zu streiten. Du hast offensichtlich eine Grippe. Du gehörst ins Bett. Ich rufe Marla an und sage für heute abend ab.«

»Ach was, bis heute abend bin ich wieder auf den Beinen«, protestierte Bonnie und fragte sich, warum sie das tat. Das Letzte, worauf sie Lust hatte, war ein Abendessen mit Marla Brenzelle.

»Na schön, wir werden sehen, wie du dich später fühlst. Aber jetzt geh erst mal rauf, zieh dich aus und leg dich hin. Ich bring' dir eine Tasse Tee.«

»Rod...«

»Keine Widerrede!«

»Anscheinend hatte Elsa Langer heute morgen auch schon Besuch...«

»Über Elsa reden wir später.«

»Aber...«

»Später«, wiederholte er.

»So was Blödes«, murmelte Bonnie, die bei jedem Schritt die Treppe hinauf zorniger wurde. »Wahrscheinlich bin ich einfach übermüdet. Ich leg' mich jetzt eine halbe Stunde aufs Ohr, dann geht's mir bestimmt wieder gut.«

Als Bonnie die Augen öffnete, sah sie Lauren am Fuß ihres Bettes stehen. Wie schön sie ist, dachte Bonnie, sich im Bett aufrichtend. Lauren hatte ein leuchtendblaues Kleid an, trägerlos, mit einem Rock, der gerade bis zur Mitte der Oberschenkel reichte. Sie sieht sehr erwachsen darin aus, dachte Bonnie und wünschte, sie hätte mit vierzehn so ausgesehen; wünschte, sie könnte jetzt so aussehen.

»Wie schön du bist«, sagte sie mit trockenem Mund.

»Danke.« Lauren lächelte verlegen. »Wie geht es dir?«

»Ich weiß selbst nicht genau«, antwortete Bonnie aufrichtig und befeuchtete ihre Lippen mit der Zunge. »Wie spät ist es?«

»Fast halb acht.«

»Was!« Bonnie warf einen Blick auf den Wecker auf ihrem

Nachttisch. Hatte sie tatsächlich den ganzen Nachmittag verschlafen? »Ach du lieber Gott, ich muß aufstehen. Ich muß mich fertigmachen.«

»Du bleibst heute abend schön zu Hause«, verkündete Rod, der im dunklen Anzug ins Zimmer kam.

»Ich versteh' wohl nicht recht«, entgegnete Bonnie und wollte aufstehen.

»Lauren hat sich freiwillig erklärt, mich heute abend zu begleiten«, sagte Rod.

»Was?«

»Hör mal, Schatz«, begann Rod, »du hast eine Grippe. Sei nicht so eigensinnig, gib es zu. Du fühlst dich hundeelend. Du bist nicht in der Verfassung, heute abend auszugehen. Ich kann es mir richtig vorstellen: ein Blick auf Marla und du kotzt ihr das ganze Abendkleid voll. Was meiner Karriere nicht gerade nützlich wäre. Tu uns also bitte allen den Gefallen, und bleib im Bett.«

»Hast du was dagegen?« fragte Lauren schüchtern.

»Dagegen? Nein, natürlich nicht«, antwortete Bonnie, insgeheim hocherfreut über diese Entwicklung der Dinge.

»Amanda hat zu Abend gegessen, und ich habe sie schon ins Bett gebracht«, sagte Lauren.

»Ach wirklich?«

»Es ist großartig, wie sie mit ihr umgeht«, erklärte Rod stolz.

»Und Sam ist hier, falls du etwas brauchst.«

»Danke«, sagte Bonnie und überließ sich der Müdigkeit, die sich wie eine schwere Decke auf sie senkte. Amüsiert euch gut, wollte sie ihnen noch nachrufen, aber sie war schon eingeschlafen, ehe die Worte heraus waren.

Sie träumte von Tomaten, haufenweise dicken, roten Tomaten in der Gemüseabteilung eines kleinen Lebensmittelgeschäfts. Sie nahm eine in die Hand, drehte sie hin und her, zerdrückte sie dann zwischen ihren Fingern und sah zu, wie dünne Fäden Tomatensaft über ihren Handrücken und ihren Arm liefen.

Sie hob beide Arme zur Decke, und der Tomatensaft strömte in Kaskaden über ihr Gesicht, drängte sich zwischen ihre Lippen, ergoß sich in ihren Mund. Sie öffnete den Mund weit, um mehr aufzunehmen.

Mit einem Ruck fuhr sie in die Höhe; sie hatte einen widerlich schalen Geschmack im Mund. Da konnte nur ein Glas Wasser helfen. Sie stieg aus dem Bett und schlurfte mit einem Blick auf den Wecker zur Toilette. Es war fast halb elf. Weitere drei Stunden verschlafen, und sie fühlte sich kein bißchen besser.

Sie schenkte sich ein Glas Wasser ein und trank es langsam in der Hoffnung, daß sie es bei sich behalten würde. Als der widerliche Geschmack nicht verschwand, drückte sie etwas Zahnpasta auf ihre Zahnbürste und putzte sich kräftig die Zähne. Doch der normalerweise kühle Minzegeschmack blieb seltsam wirkungslos. Sie spülte sich den Mund mehrmals aus, und als sie das Wasser ins Becken spie, sah sie, daß es von kleinen Blutsprenkeln durchsetzt war. »Na wunderbar«, sagte sie laut. »Das hat mir gerade noch gefehlt.«

Der obere Flur war dunkel bis auf das kleine Nachtlämpchen vor Amandas Zimmertür. Langsam näherte sich Bonnie dem Zimmer ihrer Tochter. Das bläuliche Licht des Fernsehapparats fiel durch die Ritze unter Sams Zimmertür, gedämpfte Stimmen waren zu hören.

Amanda lag fest schlafend in ihrem Bett. Die Decke war um ihre Knie herum zusammengeknüllt, ihre Arme lagen entspannt rechts und links neben ihrem Kopf, der Kopf selbst war zur linken Schulter hinuntergesunken. Bonnie zog die Decke hoch bis unter Amandas Kinn und küßte sie leicht auf die Stirn. »Ich hab' dich lieb, meine Süße«, flüsterte sie.

Ich hab' dich mehr lieb, schien es aus den Wänden zu flüstern, als sie aus dem Zimmer ging.

Einen Moment blieb sie vor Sams Zimmer stehen und starrte

auf die geschlossene Tür, als könnte sie durch sie hindurchblikken. Sie hörte die Geräusche aus dem Fernsehapparat – eine Männerstimme, das Aufheulen eines Automotors, das schrille Schreien einer Frau – und wandte sich ab, um in ihr Zimmer zurückzukehren, als sie plötzlich auf ein anderes Geräusch aufmerksam wurde, so leise, daß es ihr beinahe entgangen wäre, so jammervoll, daß sie wie angewurzelt stehenblieb.

Mehrere Minuten lang stand sie so, das Ohr an die Tür gedrückt, und lauschte. Es war, dachte sie, als weinten die Wände, als wäre drinnen jemand gefangen und bettelte um Erlösung. Ohne anzuklopfen öffnete sie die Tür.

Auf dem Fernsehschirm rannte eine spärlich bekleidete junge Frau schreiend vor einem maskierten, mit einem Messer bewaffneten Bösewicht davon. Bonnies Blick glitt vom Fernsehgerät zu ihrem einst so imposanten Eichenschreibtisch, auf dem das Terrarium stand, und weiter zum Sofa, auf dem Sam saß und schluchzend, mit geöffnetem Mund den Bildschirm anstarrte.

»Sam?« Bonnie näherte sich ihm behutsam. »Sam, was ist denn?«

Er wandte ihr sein tränenüberströmtes Gesicht zu, ohne etwas zu sagen. Sie streckte den Arm aus und berührte vorsichtig Sams Schulter. Sie spürte, wie er zusammenzuckte, aber er wich nicht zurück, versuchte nicht, sich ihr zu entziehen. Langsam ließ sie sich neben ihm nieder und legte ihren Arm um seine Schulter.

»Was ist denn, Sam? Bitte, du weißt doch, daß du mit mir reden kannst.«

Das Schluchzen wurde lauter, heftiger. Bonnie hätte sich am liebsten die Ohren zugehalten. Statt dessen zog sie den Jungen an sich, drückte sein Gesicht an ihre Brust. Seine Tränen durchnäßten ihr Nachthemd.

Plötzlich schlang er die Arme um sie, klammerte sich an sie, als wollte er sie in den Strudel seines Kummers hineinziehen, hielt sie so fest, als ginge es um sein Leben. Und vielleicht ist es ja auch so, dachte Bonnie und wehrte sich nicht gegen seine Umklammerung. Sie strich ihm das lange schwarze Haar aus dem Gesicht, während ihr Blick vom Fernsehschirm, auf dem die junge Frau jetzt niedergestochen wurde, zu der Schlange wanderte, die sich aufrichtete und mit dem Kopf gegen den Deckel des Glasbehälters stieß.

Sam begann noch heftiger zu schluchzen. Sie wiegte ihn in ihren Armen wie ein kleines Kind.

»Es wird alles wieder gut, Sam«, sagte sie leise. »Es wird alles wieder gut.«

Lange Zeit saßen sie so. Der Fernsehfilm ging zu Ende. Soviel Bonnie mitbekommen hatte, waren am Ende alle tot. Die Schlange bewegte sich unruhig in ihrem Glasbehälter, und ihr Kopf stieß immer wieder gegen den Deckel, als wollte sie hinaus.

Schließlich hörte Sam auf zu weinen. »Tut mir leid«, sagte er, ohne sie anzusehen.

»Das braucht dir doch nicht leid zu tun«, erwiderte Bonnie, vorübergehend ihr eigenes Unwohlsein vergessend. »Und es braucht dir auch nicht peinlich zu sein. Dafür gibt es überhaupt keinen Grund.«

»Doch, ich hab' geheult wie ein kleines Kind.«

»Du mußt nicht immer den harten Burschen spielen, den nichts erschüttern kann, Sam«, sagte Bonnie. »Sprich mit mir. Sag mir, was in dir vorgeht.«

Es blieb lange still. Dann sagte Sam: »Sie hat mich nicht erkannt. Sie hat nicht gewußt, wer ich bin. Lauren hat sie erkannt, aber mich nicht.«

»Ach, Sam, das tut mir so leid«, sagte Bonnie leise. »Vielleicht wenn wir das nächste Mal hinfahren...«

Sam schüttelte den Kopf. »Nein, ich fahr' da nicht wieder hin.«

»Sie ist eine kranke alte Frau, Sam. Wer weiß, was sich in ihrem verwirrten Geist abspielt.«

»Lauren hat sie erkannt.«

Bonnie sagte nichts.

»Ich möcht' doch nur, daß mich auch jemand liebhat«, entfuhr es Sam, und es klang wie eine tief empfundene Klage.

»Ach Gott, Schatz.« Bonnie weinte mit ihm. »Es macht mich so traurig, daß du so leidest. Ich wollte, ich könnte etwas tun, damit der Schmerz vergeht. Ich wollte, ich könnte irgend etwas sagen...«

Sam schüttelte heftig den Kopf. »Es ist doch egal.«

»Nein, es ist nicht egal«, widersprach Bonnie. »Du bist wichtig, Sam. Deine Gefühle sind wichtig. Du bist ein Mensch, der es verdient, geliebt zu werden, Sam. Hörst du mich? Du verdienst es, geliebt zu werden.«

Sam sagte nichts, hielt den Blick beharrlich gesenkt.

Ein paar Minuten lang betrachtete Bonnie ihn schweigend. Es war klar, daß ihm sein Ausbruch entsetzlich peinlich war und er nichts mehr sagen würde.

»Ich glaube, ich geh' jetzt besser wieder zu Bett«, sagte sie.

»Soll ich dir einen Tee machen oder irgendwas?« fragte Sam.

Bonnie lächelte und tätschelte zärtlich seine Wange. »Eine Tasse Tee wäre wunderbar«, sagte sie.

19

Am folgenden Mittwoch ging es Bonnie langsam wieder besser, aber nun klagte Lauren wieder über Übelkeit.

»Bleib heute zu Hause«, sagte Bonnie und legte ihr vorsichtig die Hand auf die Stirn.

Lauren wich nicht zurück. »Habe ich Fieber?« fragte sie.

»Nein, deine Stirn ist kühl, aber besser ist besser. Bleib heute im Bett. Und wenn es dir morgen immer noch nicht besser geht, solltest du zum Arzt gehen.«

»Und du?« fragte Lauren, fröstelnd trotz der warmen Bettdecke.

»Mir geht es wieder gut«, behauptete Bonnie. »Ich bin nur noch ein bißchen müde.«

Die Ereignisse des letzten Monats hatten sie doch sehr mitgenommen: Joans Ermordung; die polizeiliche Untersuchung; die plötzliche Erweiterung ihrer Familie; das überraschende Auftauchen ihres Bruders; ihre Ängste um Amanda und um sich selbst. Augenblicklich dachte Bonnie an Dr. Greenspoon. »Ich habe den Eindruck, daß Sie schwer leiden«, hatte er gesagt. Oder etwas Ähnliches.

Ganz klar, daß er so was sagt, dachte Bonnie sofort. Wie sonst will er weiterhin seine zweihundert Dollar pro Sitzung verdienen, wenn er sich nicht um neue Patienten kümmert.

»Du siehst aber nicht so aus, als ob es dir gutgeht«, sagte Lauren.

»Das liegt nur an meinem Haar«, erklärte Bonnie hastig und warf einen Blick in den Spiegel über dem Toilettentisch. Es stimmte – ihr sonst so fülliges und glänzendes, wenn auch widerspenstiges Haar sah seit einigen Tagen stumpf und leblos aus. Es hing schlaff und strähnig um ihr Gesicht, und auch Bürste und Fön halfen wenig. Vielleicht brauchte sie mal einen neuen Schnitt.

»Kommst du allein zurecht?« fragte sie Lauren. »Oder soll ich mal fragen, ob Mrs. Gerstein kommen kann?«

Lauren schüttelte den Kopf. »Ich brauch' doch keinen Babysitter, Bonnie.«

»Na schön. Ich ruf' später mal an, damit ich weiß, wie's dir geht. Und wenn dir übel werden sollte, dann atme tief durch. Vergiß das nicht.«

Lauren nickte. »Ich versuch' jetzt erst mal, ein bißchen zu schlafen.«

Bonnie zog ihr die Decke bis zum Hals. »Ich sag' Sam, er soll dir eine Tasse Tee bringen«, sagte sie und ging aus dem Zimmer.

»Ich bin kerngesund. Ich bin kerngesund«, bleute Bonnie ihrem Spiegelbild ein, als sie in der Schule in der Lehrertoilette stand.

Kann ja sein, daß du kerngesund bist, versetzte ihr Spiegelbild, aber das ändert nichts daran, daß du fürchterlich aussiehst.

Das Spiegelbild hatte recht. Das mußte selbst Bonnie zugeben, als sie sah, wie bleich ihr Gesicht war, beinahe durchsichtig. Leichenblaß, dachte sie, müde, matt, krank, energielos. Ja, all das. Ich werde nie wieder dieses tote Graugrün tragen, beschloß sie. Tot. Ja, so sah sie aus, wie eine Tote.

Aber war diese Empfindlichkeit ihres Magens, waren die neuen Wellen von Übelkeit, die sie den ganzen Tag gequält hatten, wirklich mit der Farbe ihres Kleides zu erklären? Natürlich hatten auch ihre Schüler nicht gerade zu ihrem Wohlbefinden beigetragen. Sie waren unruhig, desinteressiert, ablehnend. Haze war wieder einmal besonders provokativ gewesen – schon die Art, wie er auf seinem Stuhl fläzte, die Beine in den schwarzen Stiefeln in voller Länge ausgestreckt, die tätowierten Arme erhoben, die Hände hinter dem Kopf zusammengelegt. Er wußte nichts, aber er hatte auf alles eine Antwort. Er machte nie seine Hausaufgaben, führte keinen der Aufträge aus, die sie regelmäßig verteilte, zeigte nie auch nur das geringste Interesse an dem, was sie sagte.

»Warum kommst du überhaupt noch her?« hatte sie gefragt.

»Weil ich so gern in Ihrer Nähe bin«, hatte er prompt geantwortet.

Die ganze Klasse hatte gelacht, und Bonnie hatte sich der Magen umgedreht. Hatte seitdem nicht aufgehört, sich umzudrehen. Während sie jetzt in den Spiegel starrte, überlegte sie, ob sie und Lauren dazu verdammt waren, sich immer wieder gegenseitig anzustecken. Sie verrieb Rouge auf ihren Wangen, aber die Farbe wirkte künstlich. Sie sah damit nicht vitaler aus, eher wie eine hergerichtete Leiche. Ja, genauso, wie eine Leiche, dachte sie.

In diesem Licht sieht kein Mensch gut aus, sagte sie sich und warf einen gereizten Blick zu den Leuchtröhren an der Decke. Sie steckte das Rouge ein und kramte ihren Lippenstift heraus. Ihre Hand zitterte so stark, als sie sich den Mund malte, daß sie auf der einen Seite über ihre Oberlippe hinausschmierte. Jetzt sehe ich aus wie eine Betrunkene, dachte sie.

Eine betrunkene Leiche.

Wie Joan.

Aber wenigstens geht es Lauren etwas besser, dachte Bonnie erleichtert. Sie hatte den größten Teil des Tages geschlafen, hatte auch Bonnies Anruf gegen Mittag verschlafen, hatte immer noch geschlafen, als Bonnie von der Schule nach Hause gekommen war. Erst als Bonnie wieder weg wollte, zum Elternabend, war sie erwacht und hatte verkündet, sie sei hungrig.

Als Bonnie gegangen war, hatten Lauren und Rod zusammen am Küchentisch gesessen und zu Abend gegessen. Sam war bereits weg gewesen.

Bonnie steckte den Lippenstift ein, schloß ihre Handtasche und strich sich das Haar hinter die Ohren. Ich kann's auch nicht ändern, wenn ich aussehe wie ich aussehe, dachte sie, trat in den Korridor hinaus und ging die Treppe hinauf zu ihrem Klassenzimmer. Sie hoffte, daß nicht allzu viele Eltern kommen würden. Vielleicht konnte sie dann früher nach Hause gehen, sich ins Bett legen und ihre Krankheit mit Schlaf kurieren wie Lauren, um morgen frisch und rosig und mit gesundem Appetit wieder zu erwachen. Als sie ihr Klassenzimmer erreichte, sperrte sie die Tür auf, ging hinein und knipste das Licht an. Sie sah sich einmal kurz um, alles schien in Ordnung zu sein.

Sie warf einen Blick auf ihre Uhr. Zwei Minuten vor sieben. Vielleicht würde sie tatsächlich so viel Glück haben, und es würde gar niemand kommen.

»Mrs. Wheeler?«

Bonnie drehte sich um. An der Tür standen ein Mann und eine Frau, beide um einiges über das Alter hinaus, das man bei Eltern von Teenagern erwarten würde. Sie waren einfach gekleidet, hatten beide braunes, von Grau durchzogenes Haar und ernste Gesichter.

»Ja«, antwortete Bonnie. »Kann ich Ihnen behilflich sein?«

»Wir sind Bob und Lillian Reilly«, sagte die Frau.

Bonnie starrte sie verständnislos an. Sie hatte keinen Schüler und keine Schülerin namens Reilly.

»Die Großeltern von Harold Gleason«, erläuterte der Mann.

»Ach so, natürlich«, sagte Bonnie hastig und verstand nicht, wie sie hatte vergessen können, daß sie die beiden extra herbestellt hatte. »Hazes Großeltern. Entschuldigen Sie. Ich war mit meinen Gedanken gerade woanders. Bitte, kommen Sie doch herein.«

»Sie haben uns ausrichten lassen, daß Sie uns heute abend sprechen wollten«, sagte Lillian Reilly.

»Sie sagten, es sei wichtig«, betonte ihr Mann.

»Ja, das ist es«, antwortete Bonnie und wies auf die Tischreihen. »Bitte, nehmen Sie Platz.«

»Ich bleibe lieber stehen, vielen Dank«, versetzte Bob Reilly, während seine Frau sich mit unruhigem Blick im Klassenzimmer umsah.

»Ich bin wirklich froh, daß Sie gekommen sind«, sagte Bonnie. »Ich glaube, ich habe Sie vorher noch nie hier gesehen.«

»Wir kümmern uns nicht weiter um die Schule«, erwiderte Lillian Reilly.

»Ich bezweifle, daß Sie uns etwas zu sagen haben, was wir nicht bereits wissen«, assistierte ihr Mann.

Bonnie lächelte. Wenigstens würde sie hier nicht lange um den heißen Brei herumreden müssen. »Ich hatte gehofft, daß Sie mir ein bißchen was sagen würden«, entgegnete sie.

»Zum Beispiel?«

»Erzählen Sie mir etwas über Ihren Enkel«, begann Bonnie. »Erzählen Sie mir, wie er zu Hause ist. Ob er glücklich und vergnügt ist oder ob er Ihnen das Leben schwermacht. Wie es für Sie, in Ihrem Alter, ist, einen Teenager großzuziehen. Mich interessiert eigentlich alles, was mir helfen könnte, ihn ein bißchen besser zu verstehen.«

»Wieso liegt Ihnen daran?« fragte Bob Reilly.

»Ihr Enkel wird das Klassenziel wahrscheinlich nicht erreichen, Mr. Reilly.« Bonnie sprach so direkt wie er. »Und das ist jammerschade, weil er meiner Ansicht nach ein großes Potential hat. Er ist ein sehr intelligenter Junge, und ich glaube, mit ein bißchen Ermutigung zu Hause...«

»Sie glauben, wir ermutigen ihn nicht?«

»Tun Sie es denn?«

»Mrs. Wheeler«, sagte Bob Reilly, während er langsam den einen Gang hinunterschritt und den anderen wieder hinauf, »Sie möchten etwas über meinen Enkel hören? Mein Enkel ist genauso wie seine Mutter war, ein fauler Nichtsnutz, der Dope raucht und sich einbildet, daß die Welt ihm etwas schuldet. Vielleicht stimmt das ja auch, wer weiß? Aber das spielt kaum eine Rolle. Das Leben ist, wie es ist, ob es einem nun paßt oder nicht. Seine Mutter hat das schließlich begriffen, und früher oder später wird auch Harold es begreifen müssen.«

»Und in der Zwischenzeit?«

»In der Zwischenzeit bemühen wir uns, einander so weit wie möglich aus dem Weg zu gehen. Wir haben Harold gesagt, daß er weiterhin bei uns leben kann, solange er die Schule macht. Jetzt sagen Sie uns, daß er wahrscheinlich durchfällt...«

»Es ist nicht so, daß es ihm an Intelligenz fehlt...«, sagte Bonnie hastig.

»Er lernt nur nicht, macht keine Hausaufgaben, stört den Unterricht«, fiel Bob Reilly ihr ins Wort. »Das wollten Sie uns doch sagen, nicht wahr?«

»Ich dachte, gemeinsam könnten wir vielleicht einen Weg finden, um ihm zu helfen...«

»Und was erwarten Sie von uns, Mrs. Wheeler?« fragte Lillian Reilly. »Wir können ihn nicht dazu zwingen, seine Aufgaben zu machen, und wir sind ganz gewiß nicht bereit, sie für ihn zu machen.«

»Nein, natürlich nicht, aber vielleicht, wenn Sie Interesse zeigten...«

»Haben Sie halbwüchsige Kinder, Mrs. Wheeler?« unterbrach Bob Reilly.

»Ich habe zwei Stiefkinder, die in diesem Alter sind«, antwortete Bonnie.

»Und sind die für Ihr Interesse dankbar?«

»Nun ja, sie zeigen es vielleicht nicht immer, aber...«

»Ich danke Ihnen, ich denke, Sie haben meine Frage schon beantwortet.« Bob Reilly schob eine Hand unter den Ellbogen seiner Frau. »Komm, Lillian. Ich hab' dir ja gleich gesagt, daß es nichts als Zeitverschwendung wäre.«

»Haben Sie Angst vor Ihrem Enkel, Mr. Reilly?« fragte Bonnie plötzlich. »Mrs. Reilly?«

Bob Reilly erstarrte. Seine Frau sah ihn nervös an.

»In Ihrem Enkel scheint sich eine Menge Wut aufgestaut zu haben. Ich würde ihm gern helfen, ehe es zu spät ist.«

»Haben Sie ihm deshalb die Polizei auf den Hals geschickt?« fragte Bob Reilly scharf. »Stellen Sie sich das unter Hilfe vor?«

»Halten Sie Ihren Enkel für fähig, jemandem etwas anzutun, Mr. Reilly?« fragte Bonnie, obwohl sie vor Herzklopfen kaum sprechen konnte.

»Wir sind alle fähig, einem anderen etwas anzutun«, antwortete Bob Reilly ruhig und führte seine Frau aus dem Zimmer.

»Na, wie ist es gelaufen?« rief Maureen Templeton Bonnie nach, als diese gegen Viertel nach neun durch den Korridor zum Parkplatz eilte.

»Ach, ganz gut«, antwortete sie. »Ein Haufen Leute.«

»Du siehst nicht gerade aus wie das blühende Leben. Geht's dir nicht gut?«

»Doch, alles in Ordnung. Ich bin nur ein bißchen müde«, log

Bonnie. Sie zog die Seitentür des Schulgebäudes auf und atmete tief die warme Nachtluft. »Kann ich dich mitnehmen?«

»Nein, danke. Ich bin selbst mit dem Auto da.« Maureen wies auf den dunklen Chrysler auf der anderen Seite des Parkplatzes, winkte kurz und ging zielstrebig auf den Wagen zu. Es standen nur noch wenige Autos auf dem Platz, sah Bonnie, die es eilig hatte, nach Hause zu kommen.

Bevor sie einstieg, winkte sie noch einmal Maureen Templeton zu, als diese vom Parkplatz auf die Straße hinausfuhr. Dann schob sie den Schlüssel ins Zündschloß und drehte ihn.

Nichts geschah.

Bonnie drehte den Schlüssel hin und her, zog ihn heraus, steckte ihn wieder hinein, drehte ihn von neuem, trat das Gaspedal durch. Der Wagen tat nicht einmal einen Muckser. »Also das brauch' ich jetzt wirklich nicht«, murmelte Bonnie und merkte, daß sie ins Schwitzen geriet. »Komm jetzt, spring an.« Wütend drehte sie den Schlüssel nach rechts, dann nach links und pumpte gleichzeitig mit dem Gaspedal. »Bitte, das brauch' ich heute abend wirklich nicht.«

Sie sah durch die Wagenfenster in die zunehmende Dunkelheit hinaus. Abgesehen von zwei anderen Autos auf dem Parkplatz war sie ganz allein. Ein letztes Mal versuchte sie, den Wagen zu starten, aber er rührte sich nicht.

»Wunderbar«, sagte sie und unterdrückte Tränen der Wut, als sie aus dem Auto stieg und zur Schule zurückging. Ihre Schritte hallten in dem jetzt menschenleeren Korridor wider. So eine Schule am späten Abend hat etwas Gespenstisches, dachte sie. Diese unnatürliche Leere. Sie fürchtete, das Lehrerzimmer könnte schon abgeschlossen sein, und war froh, als die Tür sich ohne weiteres öffnen ließ.

Sie knipste das Licht an, dachte an die beiden Autos, die noch auf dem Parkplatz standen. Vielleicht springen die auch nicht an, dachte sie und ging zum Telefon in der Ecke, um zu Hause anzurufen. Vielleicht hatten die Autos einen Virus erwischt. »Mir geht's echt nicht gut«, sagte sie in die Sprechmuschel des Hörers, als sie es läuten hörte. Rod würde sie abholen müssen. Es waren ja nur ein paar Minuten bis hierher. Und morgen früh würden sie das Auto gleich ansehen lassen.

Beim vierten Läuten wurde abgehoben. »Hallo?« sagte Lauren mit schlaftrunkener Stimme.

»Entschuldige, Lauren, habe ich dich geweckt?«

»Wer ist denn dran?« fragte das Mädchen.

»Bonnie«, antwortete Bonnie und hätte gelacht, hätte sie sich wohler gefühlt. »Kann ich Rod mal sprechen?«

»Der ist nicht hier.«

»Was? Wieso?«

»Er mußte noch mal weg.«

»Wann denn?«

»Vor ungefähr einer Stunde.«

»Wohin mußte er denn?«

»Das hat er mir nicht gesagt. Warum? Ist was los?«

»Mein Auto springt nicht an. Wer ist bei dir?«

»Amanda. Sie schläft.«

»Rod hat dich mit Amanda allein gelassen, obwohl es dir nicht gutgeht?«

»Aber mir geht's wieder gut«, behauptete Lauren. »Ich hab' ihm gesagt, daß er sich nichts zu denken braucht. Er sagte, er würde nicht lange wegbleiben.«

»Und wo ist Sam?«

»Aus.«

Bonnie senkte den Kopf. Dieses Gespräch führte offensichtlich zu nichts. »Okay, na schön, dann nehm' ich eben ein Taxi. Es wird nicht lange dauern.«

»In Ordnung.«

»Also, bis gleich.« Bonnie legte auf und versuchte, sich an die Telefonnummer des örtlichen Taxiunternehmens zu erinnern, während sie gleichzeitig nach dem Telefonbuch Ausschau hielt. Wie konnte Rod einfach weggehen und seine beiden Töchter allein im Haus lassen, und das, obwohl er wußte, daß Lauren sich nicht wohl fühlte. Und wohin war er überhaupt gegangen?

Sie entdeckte das Telefonbuch schließlich auf dem Boden neben dem Wasserkühler. Sie stand auf, ging hin und bückte sich, hörte dabei ihre Knie knacken wie dürre Äste. Plötzlich drehte sich der ganze Raum um sie. Eine beängstigende Sekunde lang konnte Bonnie nicht mehr zwischen Decke und Fußboden unterscheiden. »Lieber Gott, hilf mir«, flüsterte sie und grapschte mit beiden Händen nach Halt suchend ins Leere. Verzweifelt schloß sie die Augen und versuchte, auf diese Weise ihr Gleichgewicht wiederzufinden. »Bleib ruhig. Keine Panik. Das geht vorüber.« Bonnie zählte bis zehn und öffnete dann langsam wieder ihre Augen.

Das Zimmer drehte sich nicht mehr, aber es schien noch zu schwanken. Sie wartete, die Finger ihrer rechten Hand in das dünne Telefonbuch gekrallt, fragte sich, ob sie überhaupt in der Lage wäre, die winzige Schrift in dem Buch zu entziffern. Sie mußte hier weg. Sie mußte nach Hause, in ihr eigenes Bett. Verdammt, daß Rod nicht da war. Wohin konnte er nur gefahren sein?

Bonnie rappelte sich hoch, das Telefonbuch in der Hand, als wäre es ein Anker, der ihr Halt geben könnte. Mit langsamen Schritten kehrte sie zum Telefon zurück, griff mit einer Hand nach dem Hörer, während sie mit der anderen in den Gelben Seiten blätterte. Das laute Summen aus dem Hörer vibrierte an ihrem Ohr wie ein lästiges Insekt. Dann hatte sie endlich den Eintrag für das Taxiunternehmen gefunden und begann die Nummer einzutippen.

Erst da vernahm sie plötzlich die anderen Geräusche – das Zuschlagen einer Tür, Schritte im Korridor. Langsam und zielstrebig kamen die Schritte näher. Du bist in Gefahr, rief Joan durch das Telefon. Bonnie ließ den Hörer fallen, hörte ihn auf dem Boden zu ihren Füßen aufschlagen. Du bist in Gefahr, rief Joan wieder. Du bist in Gefahr.

»Und du bist eine Idiotin«, sagte Bonnie wütend, nicht sicher, ob sie Joan meinte oder sich selbst. Ihr Herz raste, der Kopf schwamm ihr. »Du machst dich völlig verrückt, das ist alles.«

Die Schritte kamen näher, zögerten vor der Tür zum Lehrerzimmer. Bonnie hielt den Atem an, fühlte sich wie gelähmt. Es ist doch nur der Hausmeister, der absperren will, sagte sie sich. Vielleicht hat er gesehen, daß dein Wagen noch auf dem Parkplatz steht, und will sich vergewissern, daß alles in Ordnung ist.

War es wirklich nur ein unglücklicher Zufall gewesen, daß ihr Wagen nicht angesprungen war?

Oder hatte sich jemand am Auto zu schaffen gemacht?

»O Gott«, sagte Bonnie laut. Viel zu laut, realisierte sie, als die Tür des Lehrerzimmers aufging. »Nein!« schrie Bonnie, als der Mann in der Tür erschien.

Der Mann sprang überrascht zurück. »Um Gottes willen!« stieß er hervor und schaute erschrocken über seine Schulter, als hätte er Angst, es sei jemand hinter ihm. »Was ist denn los? Was ist denn?«

»Mr. Freeman?« fragte Bonnie und versuchte sich zu beruhigen, um wenigstens seine Gesichtszüge klar zu erkennen.

»Mrs. Wheeler«, entgegnete er, als hätte er es wissen müssen. »Was ist denn los? Warum haben Sie geschrien?«

»Sie haben mir einen Schrecken eingejagt«, bekannte Bonnie nach einer kleinen Pause. »Ich wußte nicht, daß Sie es sind.«

»Was dachten Sie denn, wer es wäre? Ein Schreckgespenst?«

»Vielleicht.« Bonnie ließ sich auf den Stuhl fallen, der hinter ihr stand.

Josh Freeman musterte sie mit einem Blick, in dem sich Neugier und Verwunderung mischten.

»Fühlen Sie sich nicht wohl?«

»Mir ist ein bißchen schwindlig.«

Josh ging sofort zum Wasserkühler, füllte einen Becher mit Wasser und brachte ihn ihr. »Trinken Sie.«

Bonnie nahm den Pappbecher, führte ihn an ihre Lippen und

trank das Wasser mit einem Zug. »Danke.« Er hat ein sympathisches Gesicht, dachte sie, überrascht wie schon bei Joans Beerdigung von der wunderbaren Klarheit seiner Augen.

»Besser so?«

»Ich hoffe es. Tut mir leid, wenn ich Sie erschreckt habe.«

»Es ist ja nichts passiert«, sagte er.

»Ich hatte keine Ahnung, daß Sie noch im Haus sind.«

»Ich glaube, wir sind die letzten.«

»Mein Wagen springt nicht an. Ich wollte gerade ein Taxi bestellen.«

Er zögerte. »Wohnen Sie weit von hier?«

»Nein. Gleich drüben in der Winter Street. Das sind nur ein paar Minuten.«

Wieder ein kurzes Zögern. »Ich könnte Sie mitnehmen.«

»Wirklich?«

»Ist die Vorstellung so verblüffend?«

»Nun ja, Sie gehen mir doch in letzter Zeit ganz bewußt aus dem Weg«, sagte Bonnie.

»Ja, da haben Sie recht«, gab er zu. »Hat die Polizei inzwischen jemanden verhaftet?«

Bonnie schüttelte den Kopf und gab sich Mühe, sich von ihrer Überraschung über seinen Gedankensprung nichts anmerken zu lassen.

»Unterhalten wir uns doch auf der Fahrt«, schlug er vor.

Bonnie nickte. Sie stand unsicher auf und folgte ihm aus dem Lehrerzimmer in den langen Korridor. Endlich also würde es zu einem Gespräch kommen, und das sogar auf seine Veranlassung. Das hätte ich selbst nicht besser einfädeln können, dachte sie und wurde plötzlich unruhig. Vielleicht *war* es eingefädelt worden. Nur eben nicht von ihr. Vielleicht hatte Josh Freeman ihren Wagen außer Betrieb gesetzt. War es wirklich nur ein Zufall, daß er genau in dem Moment zur Stelle war, in dem ihr Wagen streikte?

Aber warum sollte er das tun? überlegte Bonnie ungeduldig,

während sie sich bemühte, mit ihm Schritt zu halten. Weshalb hätte er sich an ihrem Wagen zu schaffen machen sollen? Doch höchstens, wenn er etwas mit Joans Tod zu tun hatte; oder aber wenn von ihm die Gefahr ausging, vor der Joan sie hatte warnen wollen. Aber was für eine Gefahr sollte das sein, die ihr von Josh Freeman drohte? Weshalb sollte sie Anlaß haben, ihn zu fürchten?

Wenn ihr jetzt etwas zustieß, erkannte sie, als sie sich dem Ende des Korridors näherten, würde kein Mensch wissen, wo sie war. Kein Mensch würde wissen, wohin sie verschwunden war. Kein Mensch hatte sie mit Josh Freeman zusammen gesehen. Kein Mensch hatte sie mit ihm zusammen die Schule verlassen sehen. Kein Mensch würde wissen, wer der Schuldige war, wenn ihr etwas zustoßen sollte. Sie sollte schleunigst weglaufen und nach der Polizei rufen. Mindestens ins Lehrerzimmer sollte sie laufen und ein Taxi anrufen. Der gesunde Menschenverstand gebot ihr, sich auf keinen Fall in das Auto dieses Mannes zu setzen.

»Kommen Sie?« Er hatte schon die Haustür geöffnet und wartete auf sie.

Bonnie atmete einmal tief durch, dann folgte sie ihm hinaus.

20

»Wieso sind Sie Lehrerin geworden?« fragte er unerwartet, als er seinen Wagen auf die Wellesley Street hinausfuhr.

Bonnie wurde gegen die Tür des kleinen ausländischen Wagens gedrückt. Mit der rechten Hand faßte sie den Türgriff, für den Fall, daß sie unerwartet aussteigen mußte. »Ich wollte immer schon Lehrerin werden«, antwortete sie. Nur zu gern hätte sie sich von seinem ungeschickten Versuch, Konversation zu machen, beruhigen lassen. »Schon als ich noch ein kleines Mädchen war, wußte ich, daß ich später mal Lehrerin werden würde. Ich habe damals schon immer Schule gespielt, meine sämtlichen Puppen in Zweierreihen vor mich hingesetzt und ihnen Lesen und Schreiben beigebracht.« Was babbelte sie da? Hatte sie etwa Angst, daß er sich auf sie stürzen würde, wenn sie zu reden aufhörte? »Damals war ich natürlich eine bessere Lehrerin«, fügte sie hinzu.

»Ich habe den Eindruck, daß Sie auch jetzt eine sehr gute Lehrerin sind.«

Sie zwang sich zu einem Lächeln. »Ja, das wäre schön. Aber es gibt natürlich immer Schüler, an die man einfach nicht herankommt.«

»Das hört sich an, als dächten Sie an jemand bestimmten.«

Bonnie dachte an Haze und an ihr fruchtloses Gespräch mit seinen Großeltern. Kein Wunder, daß er diese Wut mit sich herumschleppt, dachte sie.

»Wie ist es denn heute abend gelaufen?« fragte Josh, als könnte er ihre Gedanken lesen. »Hatten Sie viel zu tun?«

»Ziemlich«, antwortete sie. »Und wie war's bei Ihnen?«

»Es ging.«

»War Joan eine Freundin von Ihnen?« Die Frage sollte beiläufig klingen, aber bei Joans Namen geriet sie ins Stocken, betonte ihn damit und riß ihn aus dem Satz heraus.

»Ja«, antwortete er, den Blick beharrlich auf die Straße gerichtet.

»Hatten Sie eine Affäre miteinander?« fragte Bonnie, alle Vorsicht in den sprichwörtlichen Wind werfend. Zum Teufel, sagte sie sich. Wenn er Joan getötet hatte, wenn er vorhatte, auch sie zu töten, wollte sie wenigstens vor ihrem Tod noch die Wahrheit wissen.

»Nein«, sagte er nach einer Pause. »Wir hatten keine Affäre miteinander.«

»Würden Sie's mir denn sagen, wenn Sie eine gehabt hätten?«

»Wahrscheinlich nicht«, entgegnete er mit einem unsicheren flüchtigen Lächeln.

»Welcher Art war dann Ihre Beziehung?« Bonnie wußte, daß sie die Frage schon einmal gestellt hatte, und war gespannt, ob er ihr auch jetzt wieder sagen würde, das ginge sie nichts an.

»Wir waren Freunde«, sagte er statt dessen. »Verwandte Seelen, könnte man sagen.«

»In welcher Hinsicht?«

Er schien einen Moment zu überlegen. »Wir litten beide an einer inneren Leere, wenn Sie so wollen«, erklärte er schließlich ein wenig verlegen. »Wir hatten beide sehr Schlimmes durchgemacht. Das hat uns einander nahe gebracht.«

Bei ihren nächsten Worten versuchte Bonnie, sehr behutsam zu sein. »Ich habe gehört, daß Ihre Frau bei einem Unfall umgekommen ist...«

»Bei einem Verkehrsunfall, ja«, sagte Josh rasch. »Sie und mein Sohn.«

»Ihr Sohn?«

»Er war zwei Jahre alt.«

»Ach Gott, das tut mir leid.«

Josh nickte nur. Er faßte das Lenkrad fester, so daß die Knöchel seiner Hände weiß hervortraten. »Es war Winter«, sagte er dann leise. »Die Straßen waren teilweise glatt. Sie geriet mit ihrem Wagen auf eine Eisplatte und rutschte in ein entgegenkommendes Fahrzeug. Keiner konnte etwas dafür. Im Grund war es ein Wunder, daß nicht mehr Menschen getötet wurden.«

»Das ist ja schrecklich.«

»Ja, das war es.« Wieder folgte eine lange Pause. »Und darum konnte ich den Schmerz nachfühlen, den Joan Tag und Nacht mit sich herumtrug, verstehen Sie? Ich wußte, was es heißt, ein Kind zu verlieren. Ich wußte, was sie durchmacht.«

»Und wenn Sie mit ihr zusammen waren, worüber haben Sie dann gesprochen?« fragte Bonnie.

»Worüber sprechen Freunde miteinander?« meinte er nachdenklich. »Ich weiß es nicht. Wahrscheinlich über das, was uns gerade am meisten beschäftigte. Das Immobiliengeschäft, die Schule, ihre Kinder, ihre Mutter...«

»Ihre Mutter?«

»Überrascht Sie das?«

»Was hat sie Ihnen von ihrer Mutter erzählt?«

»Nicht viel. Daß sie ein Alkoholproblem hatte und jetzt in einem Pflegeheim ist.«

»Sie wußten, daß Joans Mutter in einem Pflegeheim ist?«

»Wieso, war es ein Geheimnis?«

»Haben Sie sie einmal besucht?«

»Nein, warum hätte ich das tun sollen?«

Bonnie starrte durch die Windschutzscheibe auf die Straße hinaus und versuchte ganz bewußt, etwas Tempo aus diesem Gespräch herauszunehmen. Sie brauchte Zeit, um alles, was er ihr gesagt hatte, in sich aufzunehmen und ihre Gedanken zu ordnen. Er erzählte ihr viel zuviel viel zu schnell. Warum, fragte sie sich, wo er doch zuvor so wenig bereit gewesen war, mit ihr zu sprechen.

»Und Sam?« fragte sie.

»Sam? Wie meinen Sie das?«

»Soviel ich weiß hat er bei Ihnen Unterricht.«

Josh Freeman nickte. »Das stimmt.«

»Ist er ein guter Schüler?«

»Sehr gut. Er ist ruhig, arbeitet sehr hart, ist aber auch sehr verschlossen.«

»Hat er seit Joans Tod einmal mit Ihnen gesprochen?«

»Nein. Ich habe einmal versucht, mit ihm zu reden, aber er hat mir ziemlich deutlich zu verstehen gegeben, daß er kein Interesse hat.«

Bonnies Blick schweifte über die dunkle Straße, auf der Suche nach den vertrauten Straßennamen – DeBenedetto Drive, Forest Lane. Statt dessen sah sie Ash Street und Still Meadow Road.

»Wohin fahren Sie eigentlich?« fragte sie, die Hand fest auf dem Türgriff.

»Bitte?«

»Ich fragte, wohin Sie fahren? Wohin wollen Sie?«

»Ich bringe Sie nach Hause. Was glauben Sie denn?«

»Aber das ist nicht der Weg zu unserem Haus«, erklärte sie, und schon erwachte wieder die Angst. Sollte sie jetzt die Tür aufreißen und aus dem fahrenden Wagen springen?

»Sie sagten doch, ich soll an der South Street nach Westen abbiegen.«

»Aber wir fahren nicht nach Westen«, entgegnete sie. »Wir fahren nach Osten.«

»Oh, dann bin ich wahrscheinlich falsch abgebogen«, gab er unbefangen zurück. »Ich hab' immer schon einen schlechten Orientierungssinn gehabt.« Er bremste, doch anstatt zu wenden, fuhr er den Wagen an den Straßenrand.

Bonnie umklammerte den Türgriff noch fester, während sie verzweifelt nach anderen Autos, nach Menschen Ausschau hielt. Aber alles war leer. Wenn sie zu fliehen versuchte, würde er sie verfolgen. Wie lange würde es dauern, bis er ihr die Hände auf den Mund pressen und ihre Schreie ersticken würde?

»Möchten Sie mir sagen, wovor Sie so große Angst haben«, fragte er.

»Wer sagt, daß ich Angst habe?«

»Reagieren Sie immer so heftig, wenn jemand sich in der Richtung irrt?«

Bonnie drehte sich zu ihm und starrte ihm ins Gesicht. »Haben Sie Joan getötet?« Schließlich hatte sie jetzt nichts mehr zu verlieren.

»Was?!«

»Sie haben mich genau verstanden.«

»Ist das Ihr Ernst?«

»Natürlich ist das mein Ernst.«

»Natürlich habe ich sie nicht getötet. Sie vielleicht?«

»Was?!«

»Sie haben mich genau verstanden.«

»Ist das Ihr Ernst?«

»Natürlich ist das mein Ernst.«

»Natürlich habe ich sie nicht getötet.«

Plötzlich begannen sie beide zu lachen. Zuerst war es ein Kichern, dann ein Prusten, das sich zu schallendem Gelächter steigerte. Bonnie strömten die Tränen aus den Augen.

»Ich glaube, es war so ziemlich das lächerlichste Gespräch, das ich je geführt habe«, sagte er.

»Ich wollte, ich könnte dasselbe sagen«, versetzte Bonnie, die fand, sie habe in letzter Zeit mehr als genug lächerliche Gespräche geführt.

»Glauben Sie wirklich, ich könnte Joan getötet haben?«

»Ich weiß selbst nicht mehr, was ich eigentlich glaube«, bekannte Bonnie. »Ihr Name stand in ihrem Adreßbuch; ich habe Sie bei ihrer Beerdigung gesehen; Sie wollten nicht mit mir sprechen; Sie sind mir bewußt aus dem Weg gegangen. Warum? Warum wollten Sie nicht mit mir sprechen?«

»Ich hatte Angst«, erklärte er unumwunden. »Ich bin gerade in eine neue Stadt gezogen, um mein Leben wieder in den Griff zu bekommen, und dann wird die erste Person, mit der ich hier Freundschaft geschlossen habe, ermordet. Und nicht nur das, sondern ich werde auch noch von der Polizei vernommen. Das ist selbst für jemanden, der in New York gelebt hat, ganz schön beängstigend.«

»Was hat die Polizei Sie denn gefragt?«

»Vor allem hat man mich nach Ihnen gefragt.«

»Nach mir?«

»Ja, was für einen Eindruck ich von Ihnen habe, ob ich Sie für seelisch stabil hielte, ob Joan mir gegenüber je angedeutet hätte, daß sie vor Ihnen Angst hatte.«

»Ob Joan vor *mir* Angst hatte?«

»Sie ließen keinen Zweifel daran, daß Sie ihre Hauptverdächtige waren.«

Bonnie lachte. »Kein Wunder, daß Sie nicht mit mir reden wollten.«

»Das war schon ein bißchen beunruhigend, ja.«

»Und wieso haben Sie es sich dann doch anders überlegt?«

»Das haben Sie bewirkt«, antwortete er, und sein Lächeln wurde ein wenig kühner. »Je länger ich darüber nachdachte, desto lächerlicher erschien mir die Vorstellung, daß Sie einen Menschen erschießen könnten. Und als ich Sie dann heute abend im Lehrerzimmer sah – Sie waren so ängstlich und wirkten so verletzlich –, fand ich mein Verhalten nur noch absurd und sagte mir, daß Joan mich bestimmt überhaupt nicht verstanden hätte.«

»Joan? Wieso? Wie meinen Sie das?«

»Sie hat Sie gemocht. Sie hat einmal gesagt, sie glaubte, wenn Sie einander unter anderen Umständen begegnet wären, wären sie wahrscheinlich gute Freundinnen geworden.«

»Das bezweifle ich«, entgegnete Bonnie, bei der diese Vorstellung Unbehagen hervorrief.

»Sie sind einander gar nicht unähnlich, wissen Sie das?«

»Joan und ich waren einander überhaupt nicht ähnlich«, behauptete Bonnie, deren gute Laune im Begriff war, sehr rasch zu verfliegen.

»Äußerlich nicht, nein, aber in anderer, wichtigerer Hinsicht ...«

»Ich habe nie ein Alkoholproblem gehabt, Mr. Freeman.«

»Davon hab' ich auch nicht gesprochen«, versetzte er. »Ich dachte mehr an Joans Ehrlichkeit, ihre Beharrlichkeit, ihren Humor.«

»Hat Joan zu Ihnen jemals etwas über meine Tochter gesagt?« fragte Bonnie, das Thema wechselnd.

»Nur, daß sie ein niedliches kleines Mädchen sei.«

»Sonst nichts?«

»Soweit ich mich erinnere, nein.«

»Und über meinen Bruder?«

»Ihren Bruder?«

»Nick Lonergan.«

Er sah sie verständnislos an. »Der Name sagt mir nichts.« Er neigte sich ein wenig zu ihr und sah sie so intensiv an, daß sie nicht umhin konnte, seinen Blick zu erwidern. »Was haben diese Fragen zu bedeuten, Bonnie? Wovor haben Sie Angst?«

Bonnie antwortete nicht gleich. Dann seufzte sie. »Ich habe Angst, daß die Person, die Joan getötet hat, es auch auf meine kleine Tochter und mich abgesehen hat. Ich habe Angst, daß niemand glaubt, daß wir in Gefahr sind. Daß man es erst glauben wird, wenn es zu spät ist.« Sie begann zu weinen.

Wie in einem Reflex streckte er die Arme nach ihr aus und zog sie an sich, hielt sie fest und ließ sie weinen.

»So ist es gut«, sagte er nach einer Weile tröstend, als wäre sie ein Kind. »Weinen Sie sich richtig aus. Das tut gut.«

»Ich hab' solche Angst, daß jemand meinem Kind etwas antut«, stieß sie schluchzend hervor. »Und daß ich nichts dagegen tun kann. Und ich bin so müde und fühl' mich so elend, und dabei werde ich doch nie krank, verdammt noch mal. Ich werde nie krank.«

»Niemand wird Ihrer kleinen Tochter etwas antun«, sagte Josh Freeman beruhigend und strich ihr mehrmals über das Haar.

Sie sah zu ihm auf. »Versprechen Sie mir das?« fragte sie. Sie kam sich albern vor dabei, aber sie mußte die Worte hören.

»Ich verspreche es«, sagte er.

Als sie schließlich vor dem Haus in der Winter Street hielten, waren Bonnies Tränen getrocknet. »Verzeihen Sie mir«, sagte sie leise. »Ich hätte Sie nicht damit belasten sollen.«

»Es gibt nichts zu verzeihen«, entgegnete er. »Fühlen Sie sich jetzt besser?«

Bonnie nickte. Rods Auto stand in der Einfahrt. Sam allerdings schien noch aus zu sein. Joans roter Mercedes war nicht da.

»Ich glaube, ich mach' mir jetzt eine Tasse Tee und geh' sofort ins Bett.«

»Ja, das ist eine gute Idee.«

Bonnie machte die Wagentür auf. »Danke, daß Sie für mich da waren«, sagte sie aufrichtig, und gerade als sie aus dem Wagen stieg, öffnete sich die Haustür, und Rod trat heraus.

»Gern geschehen.«

Bonnie drückte die Wagentür zu, und Josh fuhr rückwärts aus der Einfahrt hinaus. Rod kam ihr entgegengelaufen. »Wer war das?« fragte er, als er sie in die Arme nahm und auf die Wange küßte. »Wo ist dein Wagen?«

»Auf dem Schulparkplatz«, antwortete sie. »Er ist nicht angesprungen. Josh hat mich hergefahren.«

»Josh?«

»Josh Freeman, Sams Kunstlehrer.«

»Das war nett von ihm.«

»Er ist ein netter Mann«, sagte sie.

»War er nicht auch bei Joans Beerdigung?«

»Sie waren befreundet«, gab Bonnie zurück und wollte noch etwas hinzufügen, als Rod sie unterbrach.

»Bonnie, du mischt dich doch hoffentlich nicht in Dinge ein, die dich nichts angehen?«

»Was soll das heißen?«

»Du weißt genau, was das heißen soll. Überlaß es der Polizei, den Mord an Joan aufzuklären, Bonnie. Du verstehst davon nichts. Du verbrennst dir höchstens die Finger daran.« Er ging mit ihr ins Haus.

»Josh würde mir nie etwas antun«, sagte Bonnie mehr zu sich selbst als zu ihrem Mann, erstaunt über diesen Sinneswandel. Vor einer halben Stunde noch hatte sie Angst gehabt, der Mann würde sie umbringen. Jetzt war sie überzeugt, daß er ihr niemals auch nur ein Härchen krümmen würde. »Wo warst du eigentlich heute abend?« fragte sie, als sie in die Küche traten. »Ich hab' angerufen, weil ich dich bitten wollte, mich abzuholen, und da sagte Lauren, du wärst noch einmal weggegangen.«

»Ich hatte etwas im Studio vergessen, was ich für morgen vorbereiten muß. Ich mußte noch mal hinfahren und das Zeug holen. War ich wütend! Das hatte mir gerade noch gefehlt.«

»Du hast wohl einen harten Tag gehabt?«

»Manchmal frag' ich mich, ob es überhaupt noch andere Tage gibt.« Er strich ihr eine Haarsträhne aus der Stirn. »Und du? Wie fühlst du dich?«

»Nicht besonders.«

»Möchtest du eine Tasse Tee?«

»Du kannst wohl Gedanken lesen?«

»Na, dazu bin ich doch da.« Er nahm den Kessel, füllte ihn mit Wasser und stellte ihn auf den Herd. »Geh ruhig rauf und leg dich hin. Ich bring' dir den Tee, wenn er fertig ist.«

Mit einem Lächeln des Danks wandte sich Bonnie zur Tür und ging mit schweren Beinen die Treppe hinauf. Als sie oben war, schlug sie automatisch die Richtung zu Amandas Zimmer ein.

»Mein süßer kleiner Engel«, flüsterte sie, über das Bett ihrer Tochter gebeugt und war, als sie in das schlafende Gesichtchen blickte, wieder einmal erstaunt, wie sehr Amanda ihrer Halbschwester ähnelte. Hatte Lauren als kleines Mädchen auch vorm Einschlafen ihre Plüschtiere im Bett um sich versammelt? Hatte sie sich als kleines Mädchen auch geweigert, ihre Lieblingsbettdecke waschen zu lassen, weil sie Angst hatte, daß dann »der gute Geruch weg ist«? War sie als kleines Mädchen auch einmal vom Dreirad gefallen und hatte sich die Stirn aufgeschlagen? Bonnie neigte sich tiefer und küßte behutsam, um Amanda nicht zu wekken, die kleine Narbe auf der Kinderstirn. »Ich hab' dich lieb«, flüsterte sie.

Ich hab' dich mehr lieb, hörte sie Amandas Stimme, als sie durch den Flur ging. Die Tür zu Laurens Zimmer war geschlossen, doch es brannte noch Licht. Bonnie klopfte leise.

»Wer ist da?« rief Lauren von der anderen Seite.

»Ich bin's, Bonnie«, antwortete Bonnie, ohne die Tür zu öffnen. »Darf ich reinkommen?«

»Okay«, sagte Lauren, und Bonnie machte die Tür auf.

Lauren saß von Schulbüchern umgeben in ihrem Bett.

»Wie fühlst du dich?« fragte Bonnie.

»Ganz gut, glaube ich. *Hoffe* ich. Ich hab's satt, krank zu sein.«

»Du sprichst mir aus der Seele. Wie war eigentlich die Party am Samstag abend? Wir hatten noch gar keine Gelegenheit, darüber zu sprechen.«

»Ganz toll«, erklärte Lauren mit Enthusiasmus. »Du hättest Marla sehen sollen. Sie hatte ein schwarzes Kleid an, bei dem der Ausschnitt bis zum Nabel reichte. Wahnsinn. Sie hat mich extra gebeten, dir zu sagen, wie leid es ihr tut, daß du nicht kommen konntest.«

»Ja, das glaub' ich.«

»Ich glaub', sie ist hinter Dad her«, sagte Lauren.

»Tatsächlich?«

»Ja, sie hat sich den ganzen Abend wie eine Klette an ihn gehängt. Und jedesmal wenn er was gesagt hat, hat sie gelacht, auch wenn's überhaupt nicht komisch war. Es war ziemlich ekelhaft.«

Bonnie lachte leise, obwohl das Bild einer kichernden Marla in einem bis zum Nabel ausgeschnittenem Kleid, die wie eine Klette an ihrem Mann hing, so komisch gar nicht war. »Aber du hast dich gut amüsiert?«

»Einmalig.«

»Das freut mich.« Sie wandte sich zum Gehen.

»Bonnie...«

»Ja?«

»Hast du einen Moment Zeit?«

Bonnie blieb stehen. »Ja, natürlich.«

»Ich wollte dich was fragen.«

»Dann frag mich.«

»Es ist was Persönliches.«

»Okay«, sagte Bonnie. Wollte sie das wirklich?

»Es geht um dich und Dad.«

»Ja?«

Es folgte eine lange Pause. »Ich hab' euch letzte Woche gesehen.«

»Du hast uns gesehen?«

»Im Bett.«

Ach du lieber Gott, stöhnte Bonnie innerlich.

»Ich wollte es nicht. Es war, als...«

»Ich weiß, wann es war«, sagte Bonnie hastig. Sie schob mehrere von Laurens Büchern weg und setzte sich auf die Bettkante. »Und was möchtest du mich nun fragen?«

»Deine Hände waren angebunden«, sagte Lauren nach einer langen Pause. Dann schwieg sie und schüttelte den Kopf, offensichtlich sehr durcheinander.

»Und das hat dich verwirrt«, stellte Bonnie fest.

Lauren nickte.

Mich auch, dachte Bonnie. »Wir haben es einfach einmal ausprobiert«, sagte sie statt dessen. »Wir dachten, es könnte Spaß machen, mal was Neues zu probieren.« Was hätte sie sonst sagen sollen?

»Und hat es Spaß gemacht?« fragte Lauren.

»Es war interessant«, antwortete Bonnie aufrichtig und versuchte sich vorzustellen, sie führte dieses Gespräch mit ihrer Mutter. Es war unmöglich. Ihre Mutter hätte niemals über so etwas mit ihr gesprochen. Alles, was sie über die sexuelle Beziehung zwischen Mann und Frau wußte, hatte sie von ihrem jüngeren Bruder erfahren.

»Danke«, sagte Lauren leise.

»Wofür?«

»Dafür, daß du's mir ehrlich gesagt hast. Ich konnte mit meiner Mutter nie über solche Dinge sprechen«, erklärte sie, als wären ihr Bonnies geheimste Gedanken vertraut.

»Nein?«

»Du darfst mich nicht mißverstehen«, sagte Lauren hastig, sofort in der Defensive. »Sie war toll. Meine Mutter war wirklich toll. Aber über gewisse Sachen konnte sie einfach nicht reden.«

»Ich hoffe, du weißt, daß du mit mir über alles sprechen kannst«, sagte Bonnie. »Ich weiß vielleicht nicht immer eine Antwort, aber ich bin immer bereit, dir zuzuhören.«

Lauren senkte den Blick, schien auf ihre Bücher zu starren. »Ich habe am Freitag eine Geographiearbeit«, sagte sie.

»Da kann ich dir nun leider überhaupt nicht helfen«, erklärte Bonnie lachend. »In Geographie war ich eine absolute Niete. Ich hab' jede Arbeit verhauen.«

Lauren lachte ebenfalls. »Dann besteht ja noch Hoffnung für mich.«

»Oh, ganz bestimmt besteht Hoffnung für dich«, versicherte Bonnie und tätschelte ihr die Hand. Und für uns, fügte sie in Gedanken hinzu, als sie Rods Schritte auf der Treppe hörte. Es würde alles gut werden.

»Kommst du nicht ins Bett?« fragte Bonnie, als Rod ihr die nunmehr leere Teetasse aus der Hand nahm.

»Ich muß noch etwas arbeiten«, antwortete er. »Ich komme rauf, sobald ich kann.« Er gab ihr einen Kuß auf die Stirn und ging.

Bonnie saß aufrecht in ihrem Bett und starrte geistesabwesend auf die Dali-Lithographie an der Wand, die gesichtlose kahlköpfige Frau in Blau. Im Vergleich zu mir sieht die blendend aus, dachte sie, stieg aus dem Bett und ging ins Bad, um sich das Gesicht zu waschen und die Zähne zu putzen. Sie spülte den Mund gründlich aus und spie das Wasser dann aus.

Das Becken war voller Blut.

Bonnie fuhr zurück. »O Gott!« Sie nahm noch einmal einen Schluck Wasser, spülte den Mund und spie wieder aus. Wieder

Blut. Sobald es ihr besser ging, würde sie sich eine neue Zahnbürste besorgen, die Borsten an dieser waren viel zu hart.

Und dann würde sie auch gleich zum Friseur gehen. Das war dringend nötig. Ihr Haar hatte nie zuvor so brüchig und stumpf ausgesehen. Ich sehe wirklich schauderhaft aus, dachte sie, während sie ihr Spiegelbild betrachtete.

Die Frau im Spiegel erwiderte schweigend ihren Blick. Ein dünner Blutfaden zog sich von einem Mundwinkel zu ihrem Kinn.

21

Am nächsten Morgen rief Bonnie eine Werkstatt an und ließ einen Mechaniker kommen, der sich ihren Wagen ansehen sollte. Der junge Mann, mit einem langen braunen Pferdeschwanz und dem weißen Namensschildchen »Gerry« auf seinem grauen Hemd, kroch unter die Motorhaube, drehte an diversen Knöpfen und zupfte an verschiedenen Drähten und Ventilen. »Soweit ich sehen kann ist alles in Ordnung«, sagte er. »Sie sagen, er springt nicht an?«

Bonnie nickte, gab Gerry die Wagenschlüssel, und der setzte sich hinters Steuer. Sie sah, wie er den Schlüssel ins Zündschloß schob und ihn dann leicht nach rechts drehte. Der Wagen sprang augenblicklich an.

Ungläubig schüttelte Bonnie den Kopf, vorsichtig jedoch, da immer noch Schwindelgefühl und Übelkeit sie plagten. Sie hatte sich fast die ganze Nacht ruhelos hin und her gewälzt, außerstande, eine bequeme Lage zu finden. Schließlich hatte sie sich damit abgefunden, stur auf dem Rücken zu liegen und auf den Morgen zu warten. Sam hatte sie in die Schule mitgenommen. Als sie ihn fragte, wo er am vergangenen Abend gewesen war, sagte er nur: »Unterwegs.«

»Das verstehe ich wirklich nicht«, sagte Bonnie zu dem Mechaniker. »Ich habe es gestern abend x-mal versucht. Aber es passierte gar nichts.«

»Vielleicht ist Ihnen der Motor abgesoffen.«

»Nein, der Wagen hat ja überhaupt keinen Muckser gemacht. Er war einfach tot.«

»Also jetzt ist er jedenfalls quicklebendig«, sagte Gerry, schaltete den Motor aus und ließ ihn zum Beweis gleich noch einmal an. »Aber vielleicht ist es am besten, Sie bringen den Wagen mal in die Werkstatt und lassen ihn gründlich durchchecken.« Er schaltete den Motor wieder aus und stieg aus dem Wagen.

Nachdem der junge Mann gegangen war, blieb Bonnie noch eine ganze Weile stehen und starrte das Auto an, während sie sich zu erinnern versuchte, was genau am vergangenen Abend geschehen war. Sie hatte sich von Maureen Templeton verabschiedet, war in ihr Auto gestiegen, hatte mehrmals versucht, es anzulassen, ohne daß auch nur das geringste passiert war. Sie erinnerte sich, mehrmals das Gaspedal durchgetreten zu haben. War es möglich, daß sie den Motor hatte absaufen lassen?

»Haben Sie Probleme mit Ihrem Auto?« fragte jemand hinter ihr.

Bonnie brauchte sich gar nicht erst umzudrehen, um zu wissen, wer es war. Selbst wenn er kein Wort gesagt hätte, hätte der Geruch ihn verraten. Wechselte denn dieser Junge nie seine Kleider, oder hatte er vielleicht schon in aller Frühe seinen Joint geraucht? Kaffee und ein bißchen Gras – ein kleiner Kick zum Tagesbeginn.

»Jetzt scheint alles in Ordnung zu sein«, antwortete Bonnie, sich umdrehend. Das gutaussehende Gesicht des Jungen war halb verborgen unter strähnigem Haar. Dennoch war die bläuliche Schwellung neben seinem Kinn deutlich sichtbar. »Was hast du denn mit deinem Gesicht gemacht?« fragte sie und streckte automatisch den Arm aus.

Er fuhr zurück. »Kleiner Zusammenstoß mit einer Mauer«, sagte er und lachte. Es klang hohl.

»Sieht mehr nach einem Zusammenstoß mit einer Faust aus.«

Haze hob einen tätowierten Arm und griff sich mit der Hand ans Kinn. »Ja, der Alte hat immer noch einen kräftigen Schlag.«

Bonnie starrte ihn bestürzt an. »Dein Großvater hat dich geschlagen?«

»Tun Sie mir einen Gefallen, Mrs. Wheeler«, sagte Haze. »Lassen Sie in Zukunft meine Großeltern aus dem Spiel. Sie mögen es nicht, wenn sie in die Schule zitiert werden.«

»Ich kann nicht glauben...«

»Das Leben ist hart, Mrs. Wheeler«, fiel Haze ihr ins Wort und wippte auf den Absätzen seiner schwarzen Stiefel vor und zurück. »Man weiß nie, wann einem plötzlich jemand eine reinhaut – oder einem die Autobatterie abklemmt...«

»Was?«

»...oder einem netten kleinen Kind einen Eimer voll Blut über den Kopf stülpt...«

»Mein Gott!« Bonnie hatte ein Gefühl, als zöge es ihr die Füße weg. »Soll das heißen...?«

»...oder einem sogar mitten ins Herz schießt«, schloß er nonchalant. »Die Polizei war bei uns, wissen Sie.« Er rieb sich das Kinn. »Darüber war mein Großvater auch nicht gerade erfreut.« Er lachte. »Die wollten wissen, ob ich was damit zu tun hab', was Sams Mutter und Ihrer Kleinen passiert ist. Wie heißt sie gleich wieder? Amanda? Ja, nette, kleine Kröte. Wär' doch schade, wenn ihr was passieren würde. Ich würde an Ihrer Stelle echt gut auf sie aufpassen. Tja, also, jetzt muß ich los. Sonst komm' ich noch zu spät.«

Bonnie konnte ihm nur sprachlos nachschauen, als er ging. Am liebsten wäre sie ihm wie eine Furie hinterhergerannt, hätte ihn zu Boden geworfen, niedergehalten, sein Gesicht, wenn nötig, mit ihren Fäusten bearbeitet, um die Wahrheit aus ihm herauszubekommen. Nur hatte das ja sein Großvater bereits getan.

War es ein Wunder, daß der Junge so war? War es ein Wunder, daß er eine Droge brauchte, um den Tag zu überstehen? Und tat er ihr nach allem, was er eben angedeutet hatte, tatsächlich auch noch leid? Mein Gott, der Junge war vor noch nicht einmal einer Woche bei ihr im Haus gewesen; er hatte mit ihrer Familie zusammen am Eßtisch gesessen. Wollte er ihr jetzt sagen, daß er ihren Wagen außer Betrieb gesetzt hatte, einen Eimer voll Blut über ihrer kleinen Tochter ausgegossen hatte, daß er ein kaltblütiger Mörder war?

Bonnie sah zur Schule hinüber, wo ein stetiger Strom von Schülern sich durch die offenen Türen schob. Sie sah Haze vor sich, der die Beine lässig ausgestreckt in der letzten Bank ihres Klassenzimmers auf sie warten würde, und sprang, ohne zu überlegen, in ihren Wagen, ließ den Motor an, fuhr vom Parkplatz und raste in Richtung Newton davon.

»Was hat er über meine Tochter gesagt?« fragte Bonnie erregt, Captain Mahoney kaum Zeit lassend, von seinem Stuhl aufzustehen.

»Augenblick, Mrs. Wheeler«, sagte Mahoney. Er stopfte sein weißes Hemd in seine braune Hose und zog seine Krawatte gerade, ehe er hinter seinem Schreibtisch hervorkam. »Sie sind offensichtlich sehr erregt…«

»Sie sollen mir sagen, was Harold Gleason zu Ihnen über meine Tochter gesagt hat«, wiederholte Bonnie, ohne ihn ausreden zu lassen.

»Er sagte, er wüßte nicht, wovon wir sprechen«, antwortete Mahoney.

»Hatte er für die Zeit ein Alibi?«

»Er behauptete, auf dem Heimweg von der Schule gewesen zu sein.«

»Kann er das beweisen?«

»Wir können ihm jedenfalls nicht das Gegenteil beweisen«, erwiderte Mahoney.

»Ach, und damit ist die Sache erledigt? Er braucht nur zu behaupten, er hätte nichts damit zu tun, dann ist das für Sie in Ordnung?«

»Wir haben keinen Beweis dafür, daß er etwas Unrechtes getan hat, Mrs. Wheeler. Ihre Tochter konnte uns keine Beschreibung geben...«

»Meine Tochter ist drei Jahre alt!«

»...und wir können nicht einfach jemanden festnehmen, nur weil er sich provozierend verhält. Das sollten Sie doch wissen.«

Bonnie ignorierte die Zurechtweisung. Betrachtete er sie tatsächlich noch immer als die Hauptverdächtige? »Und was ist mit Joan?« fragte sie. »Hat er für die Zeit von Joan Wheelers Tod ein Alibi? War er an dem Tag auch auf dem Heimweg von der Schule?«

»An dem Tag war wegen der Lehrerfortbildung schulfrei«, erinnerte Mahoney sie spitz. »Er hat uns gesagt, er sei mit Ihrem Stiefsohn zusammen gewesen. Und Ihr Stiefsohn bestätigt das. Sie sagen beide, sie hätten nur herumgelungert und nichts Besonderes unternommen, sie wüßten nicht, ob jemand sie zusammen gesehen hat. Halten Sie es für möglich, daß die beiden lügen?«

»Ich halte es für möglich, daß Haze lügt, ja.«

»Und Ihr Stiefsohn?«

»Ich bin überzeugt, mein Stiefsohn hat mit der Ermordung seiner Mutter absolut nichts zu tun«, erklärte Bonnie und stützte sich haltsuchend auf die Lehne eines Stuhls, der in der Nähe stand.

»Wirklich?«

Schweigen.

»Hätten Sie vielleicht ein Glas Wasser für mich?« fragte Bonnie.

Mahoney ging hinaus und kehrte Sekunden später mit einem Pappbecher mit kaltem Wasser zurück. »Ist Ihnen nicht gut?« fragte er, während Bonnie langsam trank. »Sie sehen ein bißchen mitgenommen aus.«

»Das ist nur mein Haar«, erklärte Bonnie ungeduldig, nicht sicher, ob ihre Ungeduld sich mehr gegen Captain Mahoney oder sie selbst richtete. »Wenn Sie endlich aufhören würden, sich auf meine Familie zu konzentrieren, und mal woanders Ihre Nachforschungen anstellen würden, hätten Sie bei Ihrer Suche nach Joans Mörder vielleicht mehr Glück«, sagte sie. »Ich muß jetzt gehen. Tut mir leid, wenn ich Sie gestört habe.«

»Es ist immer interessant, mit Ihnen zu sprechen«, rief er ihr nach. »Wir melden uns.«

»Was kann ich für Sie tun?« fragte die junge Frau mit der Schere in der Hand.

Bonnie saß in einem Friseursessel vor dem Spiegel, der die ganze Wand des Schönheitssalons einnahm. Hinter ihr stand eine hochgewachsene junge Frau in einem großen, grünen Filzhut, der nichts von ihrem Haar zeigte. Kein gutes Zeichen bei einer Friseuse, dachte Bonnie, aber dann fiel ihr ein, daß Diana behauptet hatte, Rosie sei die beste ihrer Zunft in ganz Boston. Und Dianas Haar saß ja auch immer beneidenswert. Außerdem hatte sie so, wie sie im Augenblick aussah, ohnehin nicht viel zu verlieren.

»Ich brauche dringend etwas Neues«, sagte sie und zupfte demonstrativ an ihrem Haar.

»Es ist sehr trocken«, stellte Rosie fest, als sie eine Handvoll von Bonnies Haar in ihrer Faust zusammendrückte. »Am besten verpassen wir Ihnen erst einmal eine Behandlung. Haben Sie es eilig?«

»Ich hab' den ganzen Tag Zeit«, antwortete Bonnie und überlegte, wie sie auf diese irrsinnige Idee verfallen war, hierherzukommen. Sie hatte in der Schule angerufen und sich krank gemeldet, und jetzt saß sie hier mitten in Boston, praktisch im Schaufenster eines piekfeinen Frisiersalons, um sich die Haare machen zu lassen. Was, wenn jemand sie sah?

»Ihr Haar braucht vor allem eine Behandlung und einen guten Schnitt«, sagte Rosie. »Was meinen Sie?«

»Das überlasse ich ganz Ihnen«, erwiderte Bonnie. »Tun Sie, was Sie für das beste halten.«

»Das ist die richtige Einstellung«, stellte Rosie fest.

»Ich wollte gern zu Dr. Greenspoon«, sagte Bonnie zu der Wand hinter den wohlfrisierten Köpfen von Erica McBain und Hyacinth Johnson. »Ich weiß, daß ich keinen Termin habe, aber... es ist... es ist wirklich wichtig.«

»Tut mir leid«, antwortete Hyacinth Johnson und schaffte es, einen Ton anzuschlagen, als meinte sie, was sie sagte. »Dr. Greenspoon ist heute nicht in der Praxis.«

»Ach, verdammt«, schimpfte Bonnie lauter als beabsichtigt. »Ich muß ihn unbedingt sprechen.« Seht mich doch an, hätte sie am liebsten gerufen. Schaut her, was ich mit meinem Haar angestellt habe! Seht ihr denn nicht, daß ich eine kranke Frau bin, daß ich Dr. Greenspoon so schnell wie möglich brauche?

»Wir haben am nächsten Montag um zehn einen freien Termin, wenn Sie den haben möchten.«

»Nein, das ist zu spät.«

»Tut mir leid, vorher geht gar nichts.«

»Schon gut«, sagte Bonnie. »Eigentlich brauche ich Dr. Greenspoon gar nicht. Es war nur so ein Impuls.«

Impuls? höhnte sie innerlich. Fast zwei Stunden hatte sie draußen vor dem Haus gesessen und überlegt, ob sie hineingehen sollte oder nicht. Konnte man das als Impuls bezeichnen? Und wie kam sie dazu zu sagen, daß sie Dr. Greenspoon eigentlich gar nicht brauchte? Sie war wirklich total verrückt, reif für die Anstalt. Man mußte sich nur anschauen, was sie heute schon alles angestellt hatte. Erst hatte sie die Schule geschwänzt, dann hatte sie Captain Mahoney gegen sich aufgebracht, und zur Krönung des Ganzen hatte sie dann auch noch die rabiate Rosie an ihre Haare gelassen. Wie hatte sie nur dieser Person die Erlaubnis geben können, mit ihrem Haar zu verfahren, wie sie wollte! Sie sah jetzt schlimmer aus als zuvor. Als ihr Haar noch länger gewesen war, hatte sie es wenigstens nach hinten binden oder nach vorne kämmen können. Was sollte sie denn mit fünf Zentimeter langem Haar machen? Hatte Rosie noch nichts davon gehört, daß der Grunge-Look passé war? Daß eine Frau von fünfunddreißig Jahren nicht wie Peter Pan herumlaufen konnte? Was würde Rod sagen, wenn er sie sah?

Er würde sie für verrückt erklären. Und würde damit recht haben. Sie war tatsächlich verrückt. Sonst wäre sie nicht vom Friseur direkt hierhergefahren und hätte sich zwei Stunden lang vor dem Haus herumgedrückt, ehe sie sich hineinwagte. Sie war total übergeschnappt, wie Rod sagen würde. Hatte er nicht genau diese Worte gebraucht, um der Polizei seine geschiedene Frau zu beschreiben? Nun, jetzt konnte er es von ihnen beiden sagen. Sowohl seine geschiedene als auch seine derzeitige Frau waren total übergeschnappt. Noch etwas also, das sie allem Anschein nach gemeinsam hatten.

Hör auf, sagte sich Bonnie, du machst dich wirklich noch verrückt. Du machst dich krank. Ja, so einfach war das. Sie wurde mit den Veränderungen in ihrem Leben nicht fertig, und ihr Körper versuchte ihr zu sagen, daß sie Hilfe brauchte. Die psychosomatische Grippe. Und die Kur kostete nur zweihundert Dollar pro Stunde.

»Ich glaube, ich nehme den Termin doch, wenn es geht«, sagte Bonnie.

So ruhig, als sei solche Unentschlossenheit bei Patienten ganz normal, schrieb Hyacinth Johnson den Termin auf eine kleine Karte und reichte sie Bonnie. »Nächsten Montag um zehn«, wiederholte sie. »Bis dann.«

»Ich kann Ihren Namen auf der Besucherliste nicht finden, Mrs. Wheeler«, sagte der Portier, nachdem er die Liste, die vor ihm lag, überflogen hatte.

»Mein Mann weiß nicht, daß ich komme«, erklärte Bonnie. »Ich wollte ihn überraschen.« Und was für eine Überraschung das werden wird, dachte sie, während sie sich mit beiden Händen in die Haare griff, um sie ein wenig aufzubauschen.

»Da muß ich leider erst einmal anrufen.«

»Das geht schon in Ordnung.«

»Es ist mir wirklich peinlich«, entschuldigte sich der alte Mann. »Aber sie nehmen es hier mit den Vorschriften sehr genau.«

»Natürlich.«

»Ich würde meinen Job verlieren, wenn ich Sie einfach reingehen lasse.«

»Ich werde meinem Mann sagen, wie gewissenhaft Sie sind.«

Der Portier lächelte und griff zum Telefon. »Ich hätte Sie beinahe nicht erkannt«, sagte er. »Sie haben eine andere Frisur.«

»Gefällt sie Ihnen?« fragte Bonnie hoffnungsvoll, nicht sicher, wie lange sie sich noch auf den Beinen würde halten können.

»Sie ist jedenfalls anders.«

»Ich dachte mir, kurzes Haar wär' mal eine nette Abwechslung.«

»Ja, kurz ist es.«

Du meine Güte, dachte Bonnie, meine Haare müssen ja wirklich fürchterlich aussehen, wenn nicht mal dem alten Mann ein nettes Wort dazu einfällt. Unsinn, denk dir nichts, sagte sie sich im nächsten Augenblick. Der Alte ist schließlich nicht maßgebend. Auch wenn ihm eine Frisur nicht gefällt, finden andere sie vielleicht hübsch. Außerdem ist nichts verloren. Haare wachsen nach.

Aber bis dieser Stoppelkopf nachgewachsen ist, dauert es mindestens zwei Jahre, dachte sie und lehnte sich erschöpft an das Empfangspult, während der Portier telefonierte.

»Sie schicken gleich jemanden herauf«, sagte er, nachdem er aufgelegt hatte.

»Danke.« Bonnie ließ ihren Blick durch das schwarze Marmorfoyer des modernen Hochhauses schweifen, das nur ein paar Minuten zu Fuß von der eleganten Newbury Street entfernt war.

Wenn sie hier fertig war, würde sie vielleicht einen kleinen Einkaufsbummel machen, etwas kaufen, das zu ihrem neuen Haarschnitt paßte. Sie konnte Diana anrufen und fragen, ob sie Lust hatte mitzukommen. Dianas Kanzlei war ganz in der Nähe. Sie würden zusammen einkaufen, irgendwo einen Kaffee trinken und plaudern, alles, was man so von Frauen erwartete.

Sie fragte sich plötzlich, warum sie hierhergekommen war. Warum sie Rod ausgerechnet jetzt, mitten am Nachmittag, stören mußte, obwohl sie wußte, daß er bis über die Ohren in den Vorbereitungen für Miami steckte. Am gescheitesten wäre es, einfach wieder zu gehen, dem Portier zu sagen, sie hätte sich geirrt, es täte ihr leid, hier hereingeplatzt zu sein...

»Bonnie, Bonnie, sind Sie's?« Marlas Stimme durchschnitt das elegante Foyer wie das Kreischen einer Elektrosäge. In einem knallroten Kleid, das weizenblonde Haar eine in Kaskaden fallende Lockenpracht, eilte sie auf Bonnie zu.

Bonnie griff sich automatisch an ihren jämmerlichen Struwwelkopf. »Sie hätten doch nicht extra herauszukommen brauchen...«, begann sie.

»Ich hörte, daß Sie hier sind, und wir haben gerade eine Pause... wir sind beim Aufzeichnen, wissen Sie...«

»Ach du lieber Gott, Sie sind beim Aufzeichnen. Das hatte ich völlig vergessen.«

»Das macht doch nichts.« Marla schob die Hand unter ihren Ellbogen und zog sie mit sich. »Ich freue mich immer, Sie zu sehen. Haben Sie eine neue Frisur?«

»Ich wollte mal was anderes«, sagte Bonnie.

»Ja, es sieht wirklich ganz anders aus«, versetzte Marla und öffnete eine Tür mit der Aufschrift »Studio«. Sie gingen einen schmalen, schlecht beleuchteten Korridor hinunter.

»Es tut mir wirklich leid, wenn ich störe...«

»Unsinn. Sie stören doch nicht. Ich glaube, Sie waren noch gar nicht hier, seit wir das neue Set haben.«

»Nein, ich war lange nicht mehr hier.«

Mehrere hübsche junge Frauen in sehr kurzen Röcken kamen an ihnen vorüber und nickten Marla zu.

»Das neue Set ist wirklich eine gigantische Verbesserung«, berichtete Marla. »Es war natürlich Rods Idee. Er hat das ganze Grau und Grün rausgeworfen und alles in Pfirsich und Zartrosa machen lassen. Das ist viel schmeichelhafter und weit femininer, finden Sie nicht auch?«

Bonnie sagte nichts. Sie wußte, daß eine Antwort nicht nötig war.

»Ich kann Ihnen gar nicht sagen, was für ein Vergnügen es ist, mit Ihrem Mann zu arbeiten. Ich habe ja schon mit den verschiedensten Regisseuren gearbeitet, glauben Sie mir, und es gibt solche und solche, glauben Sie mir. An der Kamera rumfummeln und den Leuten sagen, wo sie sitzen sollen, das kann jeder, aber um zu verstehen, was bei den Leuten läuft, und dafür zu sorgen, daß alles ohne Panne über die Bühne geht, muß man schon wirklich gut sein. Und Ihr Mann ist der Beste. Einfach der Beste«, erklärte sie beinahe wehmütig und führte Bonnie an einer Tür mit der Aufschrift »Grünes Zimmer« vorbei. »Da drinnen warten unsere Gäste«, bemerkte sie mit gesenkter Stimme. »Es ist wirklich toll, wie nervös die Leute hier werden. Haben Sie heute eigentlich keinen Unterricht?« fuhr sie fort, ohne Luft zu holen.

»Wir haben früher aufgehört«, antwortete Bonnie und sagte sich, daß das ja wahr sei. Sie hatte tatsächlich früher aufgehört. Viel früher.

»Das Studio ist hier.« Marla zog eine schwere, graue Tür auf und ließ Bonnie den Vortritt. Plötzlich befanden sie sich in einer verdunkelten Welt von Kameras und Monitoren, wo sich dicke Kabel wie kriechende Pflanzen am Boden und an der Decke entlangzogen. Das Publikum, etwa dreihundert Personen, größtenteils Frauen, saß in bequemen, stufenweise angeordneten Sesseln, und alle Augen waren auf das pfirsichfarbene Sofa und den blaßrosa Drehsessel auf dem erleuchteten Podium am Ende des Studios gerichtet. Topfpalmen aus Seide und Vasen mit frischen

Blumen schmückten dieses Pseudowohnzimmer. An der rückwärtigen Wand hing ein moderner Wandteppich, eine Komposition aus Pink-, Mauve- und Beigetönen. Marla hatte recht – es war weit freundlicher und einladender als das alte Set. Rod hatte immer schon einen guten Geschmack gehabt.

»Wollen Sie sich nicht da drüben hinsetzen?« fragte Marla und schenkte einer Frau in der ersten Reihe, die sie bewundernd anstarrte, ein strahlendes Lächeln. »Dann bin ich gleich bei Ihnen, falls Sie einem unserer Gäste eine Frage stellen wollen.«

»Ich will aber gar keine Fragen stellen«, entgegnete Bonnie.

»Man kann nie wissen«, erklärte Marla. »Es kann ja sein, daß einer Sie interessiert. Wir haben heute sehr interessante Gäste.«

»Das glaube ich, aber ich wollte eigentlich nur auf einen Sprung zu Rod. Ich habe wirklich keine Zeit, mir die ganze Aufzeichnung anzusehen.«

»Es dauert nur noch eine halbe Stunde, und er kann sowieso erst nach der Aufzeichnung mit Ihnen sprechen. Er ist jetzt im Kontrollraum.« Marla zeigte zu einem Glaskasten hoch über ihren Köpfen im hinteren Teil des Studios. »Also, setzen Sie sich einfach, und machen Sie es sich gemütlich.« Sie stieß Bonnie praktisch in den leeren Sessel in der zweiten Reihe. »Ich sag' dem Kameramann, er soll Sie mal in Großaufnahme zeigen.«

»Bloß nicht!« Sofort fuhr sich Bonnie wieder ins Haar.

»Ach, seien Sie doch nicht so schüchtern.« Marla entfernte sich bereits. »Und denken Sie daran, laut zu sprechen, wenn Sie unsere Gäste etwas fragen wollen.«

»Ich weiß ja noch nicht einmal, worum es in der Show eigentlich geht«, protestierte Bonnie schwach, froh sich setzen zu können.

»Ach, hab' ich Ihnen das noch gar nicht gesagt? Es geht um Seitensprünge.« Sie lächelte mit ihren überkronten Zähnen. »Der Titel ist ›Ehefrauen, die klammern‹. Also, bis später. Amüsieren Sie sich.«

»Sie hat ein Verhältnis mit meinem Mann«, sagte Bonnie, die vor Dianas Schreibtisch wie eine Löwin im Käfig auf und ab rannte.

»Bonnie, jetzt beruhig dich erst einmal.«

»Sag jetzt bloß nicht, ich bilde mir das ein.«

»Ich sage gar nichts«, erwiderte Diana. »Ich versuche lediglich zu begreifen, was passiert ist.«

Bonnie rannte zur Glaswand des modernen Bürogebäudes und blickte auf die etwa zwanzig Stockwerke tiefer liegende Straße hinunter. Ihr schwindelte bei dem Anblick, sie fuhr zurück und stieß gegen die scharfe Ecke von Dianas grünem Marmorschreibtisch.

»Setz dich doch erst mal«, sagte Diana und wies auf die beiden Sessel vor ihrem Schreibtisch.

»Ich will mich nicht setzen«, gab Bonnie heftig zurück. »Ich hab' den ganzen Tag schon gesessen.« Erst im Auto, dann im Frisiersalon, dann im Zuschauerraum des verdunkelten Studios. »›Ehefrauen, die klammern‹, hat sie gesagt«, zischte Bonnie wütend. »Kannst du dir das vorstellen? Sie hatte tatsächlich die Frechheit, mir das ins Gesicht zu sagen.«

»Aber Bonnie«, versetzte Diana besänftigend, »das ist doch der Titel der Show. Sie hat sich das doch nicht deinetwegen ausgedacht. Sie hatte ja keine Ahnung, daß du kommen würdest.«

»Kann schon sein, aber *wie* sie es gesagt hat«, entgegnete Bonnie. »Der Unterton war überhaupt nicht zu überhören. Sie hat unterstellt, daß ich auch so eine Ehefrau bin. Du warst nicht dabei. Du hast es nicht gehört.«

Diana stand aus ihrem hochlehnigen, schwarzen Ledersessel auf und kam um den Schreibtisch herum. »Also«, sagte sie, sich an die Schreibtischkante lehnend, »jetzt laß mich mal sehen, ob ich das alles richtig mitbekommen habe. Du hattest einen Zusammenstoß mit einem deiner Schüler, worauf du beschlossen hast, blauzumachen und dir einen neuen Haarschnitt verpassen zu lassen...«

»Ich weiß, er ist grauenhaft.«

»Na ja, er schmeichelt dir nicht gerade«, stimmte Diana zu, »aber das ist im Moment nicht das, worauf es ankommt.«

»Ich glaube, ich weiß überhaupt nicht mehr, worauf es ankommt«, warf Bonnie ein.

»Das ist es ja gerade«, erklärte Diana prompt. »Du weißt *immer*, worauf es ankommt. Du tust nie etwas, ohne es dir vorher genau zu überlegen. Und plötzlich tust du ein unüberlegtes Ding nach dem anderen, schwänzt den Unterricht, läßt dir das Haar schneiden, platzt unangemeldet ins Studio. Warum? Was ist denn eigentlich los?«

»Mein Mann hat ein Verhältnis«, versetzte Bonnie scharf.

»Mit Marla Brenzelle? Das kann ich mir wirklich nicht vorstellen. Nicht einmal Rod wäre so dumm.«

»Ich weiß, es klingt im ersten Moment lächerlich, aber es paßt alles zusammen.«

»Was paßt zusammen?«

»Rod macht in letzter Zeit dauernd Überstunden. Er geht in aller Frühe aus dem Haus und kommt erst spät abends wieder heim. Manchmal geht er sogar noch einmal weg, nachdem er heimgekommen ist.« Sie dachte an den vergangenen Abend.

»Bonnie, er bereitet sich auf einen wichtigen Termin in Miami vor. Muß er nicht in ein paar Tagen schon fahren?«

»Ja, mit Marla«, gab Bonnie zurück.

»Sie ist sein Boß.«

»Sie hat einen großen Busen.«

»Pardon?«

»Weißt du noch, die Wäsche, die ich in Rods Schublade gefunden habe, von der ich dachte, sie wäre für mich? Der Büstenhalter war mir viel zu groß.«

»Aber das bedeutet doch noch lange nicht...«

»Die Sachen waren für Marla, darum. Nicht für mich. Diana, ich bilde mir das bestimmt nicht ein. Ich hab' dir doch erzählt, daß Caroline Gossett sagte, Rod hätte Joan dauernd betrogen.«

»Aber du bist nicht Joan.«

»Ich bin seine Frau. Das ist das gleiche.«

»Nicht ganz. Joan ist zufällig mausetot.«

Abrupt wurde es still.

»Hm, so eine blöde Bemerkung hab' ich schon lange nicht mehr gemacht«, sagte Diana und schüttelte ungläubig den Kopf. »Hast du vor, mit ihm zu reden?«

»Du glaubst mir also?«

Diana zuckte mit den Achseln. »Ich weiß nicht«, sagte sie. »Die Beweise sind ziemlich dürftig.«

»Vergiß mal einen Moment, daß du Anwältin bist, und erinnere dich daran, daß du meine Freundin bist.«

»Würde eine Freundin dir sagen, daß sie glaubt, dein Ehemann habe möglicherweise ein Verhältnis mit einer anderen?«

Jetzt ließ Bonnie sich doch in einen Sessel fallen. »Ich weiß es nicht. Ich weiß überhaupt nicht mehr, was ich denken soll. Ich bin so müde. Und ich fühl' mich die ganze Zeit so hundelelend.«

»Okay, ich gebe dir folgenden Rat«, sagte Diana, kniete neben Bonnie nieder und legte ihre Hände auf die ihrer Freundin. »Tu jetzt erst mal gar nichts. Warte, bis Rod aus Miami zurück ist. Bist dahin wirst du dich hoffentlich besser fühlen, kannst wieder klar denken, dein Haar ist ein bißchen länger geworden...«

Bonnie versuchte zu lachen und begann statt dessen zu weinen. »Bitte, verzeih mir.«

»Was denn?«

»Daß ich mich so blöd benehme, daß ich mitten am Nachmittag in deine Kanzlei platze...«

»Dafür brauchst du dich doch nicht zu entschuldigen.«

»Ich weiß einfach nicht mehr, was ich tun soll.«

»Fahr nach Hause und leg dich ins Bett«, riet Diana. »Du siehst wirklich nicht gut aus, und es liegt nicht nur an deinem Haar. Vielleicht solltest du mal zum Arzt gehen.«

»Mir geht es gut«, behauptete Bonnie und stand auf.

»Kannst du allein nach Hause fahren?«

Bonnie nickte. »Ich ruf' dich später an«, sagte sie.

22

Es war Samstag, Rod packte für die Reise nach Miami.

»Ich darf dich eigentlich gar nicht allein lassen, wenn es dir so schlecht geht«, sagte er und stopfte gleichzeitig seine Toilettentasche in den Koffer.

»Das wird schon wieder«, versicherte ihm Bonnie, die auf der Bettkante saß und sich bemühte, möglichst gesund und munter auszusehen.

»Aber du siehst wirklich nicht gut aus.«

»Das liegt an meinem Haar.«

»Was für Haar?« versetzte er scherzend. »Die da hat ja mehr Haar als du.« Er wies mit dem Kopf zu der blauen Kahlköpfigen von der Hand Salvador Dalis.

»Ich hab' schon dran gedacht, mir eine Perücke zu kaufen«, sagte Bonnie.

»Tu mir einen Gefallen, Bonnie. Tu gar nichts.« Er hörte auf zu packen und setzte sich neben sie. »Wirklich, es ist verrückt, daß ich ausgerechnet jetzt wegfahren muß. Du bist absolut nicht in der Verfassung, allein mit drei Kindern fertig zu werden. Was soll werden, wenn Lauren wieder krank wird? Oder wenn es Amanda erwischt?«

»Das passiert bestimmt nicht. Wir kommen schon zurecht«, beharrte Bonnie.

»Soll ich nicht doch lieber Marla anrufen und ihr sagen, daß ich erst am Montag nachkomme? Vorher fangen die Besprechungen sowieso nicht an. Ich würde überhaupt nichts verpassen.«

»Du hast doch gesagt, du müßtest frühzeitig da sein, um alles vorzubereiten...«

»Das werden die auch ohne mich schaffen.«

»Unsinn.« Bonnie stand auf, faltete das letzte von Rods Hemden und legte es in den Koffer, als wollte sie ihm damit zu verstehen geben, daß die Diskussion für sie beendet war. »Du mußt fahren, Rod. Wenn du es nicht tust, machst du mir nur ein schlechtes Gewissen.«

Er öffnete den Mund, um zu protestieren, unterließ es dann aber. »Na schön, du hast auf jeden Fall die Nummer vom Hotel. Wenn irgendwas passiert und ich zurückkommen soll, rufst du sofort an.«

»Es wird schon nichts passieren.«

»Und wenn du dich bis Montag nicht besser fühlst, dann gehst du zum Arzt.«

»Ich hab' schon einen Termin«, sagte Bonnie und dachte dabei, daß Dr. Walter Greenspoon wahrscheinlich nicht die Art von Arzt war, die Rod meinte.

»Gut. Endlich wirst du vernünftig.« Er sah sich im Zimmer um. »Hab' ich jetzt alles?«

»Deine Badehose?«

»Zum Schwimmen werd' ich bestimmt keine Zeit haben«, erklärte er und gab ihr einen Kuß auf die Nasenspitze.

»Wann kommt der Wagen?«

Rod sah auf seine Uhr. »In zehn Minuten. Bist du ganz sicher, daß du's allein schaffst?«

»Absolut.«

Er klappte den Kofferdeckel zu, zog den Reißverschluß rundum und nahm den Koffer vom Bett. »Wo sind die Kinder?«

»Lauren ist bei Amanda und liest ihr eine Geschichte vor. Sam ist bei Diana.«

Rod sah sie verdutzt an. »Was tut er denn da?«

»Anscheinend braucht Diana ihn dringend für alle möglichen kleinen Ausbesserungsarbeiten im Haus. Sie zahlt ihm zehn Dollar die Stunde.«

»Diese Frau hat mehr Geld als Verstand«, stellte Rod wegwerfend fest, nahm seinen Koffer und ging zur Tür. »Amanda«, rief er laut. »Lauren. Wo sind meine beiden Mädchen? Kommt, sagt eurem Daddy auf Wiedersehen.«

Bleib hier, hätte Bonnie am liebsten gerufen, als sie sah, wie er seine beiden Töchter an sich drückte. Bleib hier bei uns. Soll doch ein anderer nach Florida fahren. Soll doch ein anderer Marla hofieren. Bleib hier bei uns, wohin du gehörst. Schlaf neben mir in unserem Bett. Steig nicht zu dieser Frau ins Bett, die ich verachte. Vergiß nicht, wie gut wir miteinander sind. Bleib hier!

Bonnie seufzte, aber sie sagte nichts. Wie sollte er sich daran erinnern, wie gut sie miteinander waren, wenn sie das letzte Mal an jenem schrecklichen Abend zusammen geschlafen hatten, an dem Lauren krank geworden war? Seitdem war er entweder zu spät nach Hause gekommen, oder sie hatte sich zu elend gefühlt. Gestern abend hatte sie gehofft, sie könnte die notwendige Kraft aufbringen, aber dann hatte sich die Übelkeit doch als stärker erwiesen als das Begehren.

Und jetzt reiste Rod ab, um eine ganze Woche unter Palmen und in Gesellschaft einer Frau zu verbringen, mit der er wahrscheinlich ein Verhältnis hatte, und sie drängte ihn auch noch, die Reise zu unternehmen, erklärte ihm, es würde ihr ein schlechtes Gewissen machen, wenn er bliebe.

Du bist ein liebes Ding, hörte sie ihre Mutter sagen.

Nein, nicht lieb, dachte Bonnie, als Rod auch sie in seine Arme zog. Dumm. Es war dumm von ihr, ihren Mann mit Marla nach Miami reisen zu lassen. Aber was blieb ihr denn, realistisch betrachtet, anderes übrig? Wie konnte sie ihn von der Reise abhalten, wenn er doch weg wollte? Sie würde das Unvermeidliche damit nur hinauszögern.

»Versprichst du mir, gut auf deine Mutter achtzugeben?« fragte Rod Amanda.

»Mami geht's nicht gut«, erklärte Amanda mit ernstem Gesicht.

»Ganz recht. Darum mußt du sehr lieb sein und alles tun, was sie dir sagt.«

»Ja.«

»Ich helfe Bonnie«, sagte Lauren. »Ich kann ja später mit Amanda in den Park gehen, wenn sie Lust hat.«

»In den Park?« Amanda hopste begeistert auf und nieder.

»Später«, wiederholte Lauren, bemüht, wie eine Erwachsene zu sprechen. »Wenn du sehr lieb bist.«

»Ich bin lieb«, erklärte Amanda, und Bonnie schauderte unwillkürlich.

»Du brauchst nicht lieb zu sein«, flüsterte sie.

»Was? Hast du etwas gesagt, Schatz?« fragte Rod.

Das Telefon läutete.

»Ich geh' schon hin«, rief Lauren, rannte in Bonnies Schlafzimmer und nahm ab. »Hallo!« Eine kurze Pause. »Sie kann im Moment leider nicht ans Telefon kommen. Kann ich ihr etwas ausrichten?«

Wieder folgte eine Pause, länger diesmal. Bonnie hatte den Eindruck, daß Lauren den Atem anhielt.

»Wann denn?« hörte sie Lauren ungläubig, mit brüchiger Stimme fragen. Dann: »Und wie?«

Wieder eine lange Pause. »Ja, danke, für Ihren Anruf. Ich werde es ihr ausrichten.«

»Wer war das?« fragte Bonnie, als Lauren langsam aus dem Schlafzimmer kam. Ihr Gesicht war blaß, ihre Augen schienen allen Glanz verloren zu haben. »Lauren, wer war das? Was ist passiert?«

»Was ist denn, Kind?« fragte Rod.

»Das war eine der Pflegerinnen aus der Melrose Klinik«, antwortete Lauren. Ihre Stimme schien von weit her zu kommen. »Meine Großmutter ist letzte Nacht gestorben.«

»Was?« Bonnie traute ihren Ohren nicht. »Wie ist denn das gekommen?«

»Die Pflegerin hat gesagt, sie wäre vor ein paar Tagen ins Koma gefallen und gestern nacht gestorben. Ich kann es einfach nicht glauben«, fuhr Lauren fort. »Das ist doch unmöglich. Wir waren doch erst letzte Woche bei ihr.«

»Sie war eine alte Frau«, sagte Rod. »Und sie hat gelitten. Es ist besser so.«

»Aber wir waren doch erst bei ihr«, wiederholte Lauren wie betäubt.

»Und das war wirklich ein Glück, wenn man es sich überlegt«, sagte Rod zu ihr. »Du hast deine Großmutter vor ihrem Tod noch einmal gesehen. Und sie hat dich gesehen. Das hat sie bestimmt sehr glücklich gemacht.«

»Sie hat mich erkannt«, sagte Lauren, und ein kleines Lächeln blitzte auf, ehe es in einem Tränenstrom unterging.

Rod zog seine ältere Tochter in seine Arme. »Es tut mir wirklich leid, Schatz.«

»Ist Großmama Sally gestorben?« fragte Amanda ihre Mutter mit großen Augen.

»Nein, nein, Liebes«, erklärte Bonnie. »Großmama Sally geht es gut. Das war die Großmutter von Lauren und Sam.«

»Nicht meine Großmutter?« wiederholte Amanda.

»Nein.«

»Deine Mama?« fragte sie.

»Nein, Amanda«, antwortete Bonnie, die sich dem Gespräch in diesem Moment kaum gewachsen fühlte. »Meine Mama ist schon vor ein paar Jahren gestorben.«

»Wie alt war sie, als sie gestorben ist?«

»Sechzig«, antwortete Bonnie geistesabwesend und sah ihre Mutter vor sich, wie sie aufrecht im Bett saß, das Gesicht von den Schatten verdunkelt.

»Und wie alt bist du?« fragte Amanda ängstlich.

»Noch lange nicht sechzig«, sagte Rod beschwichtigend. »Du brauchst dir keine Sorgen zu machen. Deine Mama bleibt noch lange, lange bei uns.«

»Aber du bist doch krank. Mußt du jetzt sterben?« beharrte Amanda immer noch ängstlich.

Sie sind in Gefahr, hörte sie plötzlich Joan rufen. Sie und Amanda sind in Gefahr.

Ein Schauder durchrann Bonnie. »Ich werde nicht sterben«, sagte sie. »Es geht mir bestimmt bald wieder besser.«

Sie sind in Gefahr, rief Joan wieder. Sie und Amanda sind in Gefahr.

»Hier stirbt überhaupt niemand«, sagte Rod energisch. »Ist das klar? Solange Daddy weg ist, stirbt keiner.«

Lautes Klopfen, dann Klingeln unterbrach ihn.

»Das wird mein Wagen sein«, sagte Rod mit einem Blick auf seine Uhr.

»Der kommt aber früh.«

»Ich werde dem Fahrer sagen, er soll warten.«

»Aber nein, du bist doch fertig«, widersprach Bonnie. »Fahr ruhig los. Es gibt keinen Grund zu bleiben.«

»Ich hab' hier drei Gründe direkt vor mir stehen«, entgegnete Rod.

Vielleicht habe ich mich getäuscht, dachte Bonnie hoffnungsvoll. Vielleicht hat Rod gar keine Affäre mit Marla. Vielleicht sind das nur Hirngespinste von mir.

»Drei Gründe, gesund wieder zurückzukommen«, sagte Bonnie zu ihm.

Er neigte sich zu ihr und küßte sie zärtlich auf den Mund. »Ich rufe jeden Abend an.«

»Das ist wirklich nicht nötig.«

»Ich tu's trotzdem«, sagte er.

Dann ging er, und Bonnie sah ihm nach, wie er die Treppe hinunter und zu der wartenden Limousine ging.

Bonnie schlief, als sie das Läuten der Türglocke wahrnahm. Im ersten Moment glaubte sie, es wäre Teil ihres Traums – sie rannte gerade durch die Korridore der Melrose Klinik, und überall schrillten Alarmglocken –, dann aber erkannte sie, daß es die Türglocke war. Sie öffnete die Augen und warf einen Blick auf den Wecker. Es war Viertel nach zwei. Heller Nachmittag, wie das Sonnenlicht ihr sagte, das durch das Schlafzimmerfenster fiel.

Wenigstens habe ich nicht den ganzen Tag verschlafen, dachte sie, während sie darauf wartete, daß jemand die Tür öffnen würde, und überlegte, wer draußen sein könnte. Aber niemand reagierte auf das beharrliche Läuten, und schließlich mußte Bonnie selbst aufstehen.

Lauren war wahrscheinlich mit Amanda im Park. Das fiel ihr ein, als sie in ihren Morgenrock schlüpfte und die Treppe hinunterging. Und Sam war vermutlich noch bei Diana. Rods Maschine kam jetzt gerade in Miami an. Ob er Marla während des Flugs das Händchen hatte halten müssen, weil sie an Flugangst litt?

Wieder läutete die Türglocke. »Ich komm' ja schon«, rief sie, umfaßte den Türknauf und zog die Tür auf.

Draußen stand Joan. »Schicke Frisur«, sagte sie, drängte sich an Bonnie vorbei und ging direkt zum Wohnzimmer im rückwärtigen Teil des Hauses.

Bonnie starrte ihr nach, sah das tizianrote Haar, das ihr lang über den Rücken fiel. Es ist also doch ein Traum, dachte sie und entspannte sich, als sie Joan ins Wohnzimmer folgte und sich ihr gegenüber auf das grüne Sofa setzte.

»Sie sehen gut aus«, sagte Bonnie zur geschiedenen Frau ihres Mannes, während sie ihren Blick auf der Suche nach Einschußlöchern über dem üppigen Busen gleiten ließ. Es waren keine Verletzungen zu sehen. Joan sah tadellos aus in dem eleganten weißen Hosenanzug, den sie trug, im Tod so auffallend und apart, wie sie im Leben gewesen war.

»Von Ihnen kann ich das nicht gerade sagen«, gab Joan zurück. »Haben Sie etwas zu trinken im Haus?«

»Möchten Sie eine Tasse Tee?« fragte Bonnie.

»Tee? Soll das ein Witz sein? Das Zeug rühre ich nie an. Tee ist ungesund. Wissen Sie das nicht?«

»Nein, das weiß ich nicht.«

»Haben Sie einen Brandy oder so was da?«

»Ich glaube, ja.«

»Schenken Sie sich auch einen ein«, rief Joan ihr nach, als sie ins Eßzimmer ging, die Brandyflasche aus dem Barschrank holte und eingoß.

Mit den beiden Gläsern kehrte sie ins Wohnzimmer zurück. »Prost«, sagte Joan, hob ihr Glas und kippte den Brandy mit einem Zug hinunter.

Bonnie nippte nur an ihrem. »Was tun Sie eigentlich hier?«

»Ihnen bleibt nicht mehr viel Zeit«, erklärte Joan sachlich und stellte ihr leeres Glas auf den Tisch. »Spüren Sie das nicht? Merken Sie nicht, daß Ihre Zeit fast abgelaufen ist?«

»Sie müssen mir helfen«, drängte Bonnie. Sie stand vom Sofa auf und näherte sich Joan mit flehender Gebärde.

»Sie müssen sich selbst helfen«, gab Joan zurück. Sie nahm ihr Brandyglas und führte es an die Lippen. Bonnie sah, daß das Glas jetzt wieder voll war. Doch kurz bevor es ihren Mund erreichte, drehte Joan es nach unten und goß den Brandy über ihre Jacke. Auf dem weißen Leinen breitete sich ein tiefroter Fleck aus, der wie Säure ein großes Loch in ihre Brust brannte.

»Joan!« schrie Bonnie entsetzt und sah, wie die Frau sich in Luft auflöste. Nur ein großer tiefroter Fleck in der Mitte des Wohnzimmerteppichs blieb zurück.

Dann war der Traum zu Ende, und alles versank in Schwärze.

»Bonnie!« rief jemand. »Bonnie, ist alles in Ordnung? Was tust du hier unten?«

»Mami!« rief Amanda erfreut und sprang Bonnie auf den Schoß, als diese gerade mühsam ihre Augen öffnete. »Geht's dir wieder besser?«

Hastig sah Bonnie sich im Zimmer um, versuchte zu begreifen, was jetzt geschah. War dies ein neuer Traum? Es fiel ihr immer schwerer, zwischen Traum und Wirklichkeit zu unterscheiden.

Sie saß auf dem Sofa im Wohnzimmer. Amanda hockte auf ihrem Schoß und zupfte mit runden Fingern an dem, was noch von ihrem Haar übrig war. Lauren stand mit einem Ausdruck der

Überraschung auf dem Gesicht in der Tür. Auf dem Couchtisch vor Bonnie standen zwei kleine Brandygläser, das eine leer, das andere fast voll. Und auf dem Teppich zu ihren Füßen war ein großer roter Fleck.

»War jemand hier?« fragte Lauren.

»Wir waren auf dem Spielplatz«, plapperte Amanda. »Ich hab' geschaukelt, und Lauren hat mich angeschubst. So hoch«, erklärte sie strahlend und hob ihren Arm so hoch sie konnte.

Bonnies Blick flog von Lauren zu dem leeren Glas, dann zu dem Fleck auf dem Boden. »Ich bin anscheinend im Schlaf herunter gekommen«, sagte sie nach einer längeren Pause bestürzt.

»Wahnsinn«, erwiderte Lauren. »Und du hast im Schlaf was getrunken?«

Bonnie sammelte etwas Speichel in ihrem Mund, um festzustellen, ob er nach Brandy schmeckte. »Ja, ich glaube, ich habe einen Schluck getrunken.«

»Das meiste scheint aber auf dem Boden gelandet zu sein«, stellte Lauren fest. »Ich mach' das gleich sauber.«

»Das brauchst du doch nicht.«

Aber Lauren war schon auf dem Weg zur Küche. »Ist schon in Ordnung. Es macht mir nichts aus. Soll ich dir eine Tasse Tee machen?«

»Tee? Das Zeug rühr' ich nie an«, hatte Joan gesagt. »Tee ist ungesund. Wissen Sie das nicht?«

»Nein danke«, antwortete Bonnie und drückte Amanda fest an sich. »Nein, keinen Tee, danke.«

»Ich hab' gedacht, du würdest vielleicht etwas essen wollen«, sagte Sam, als Bonnie die Augen öffnete. Er stand am Fuß ihres Bettes.

Bonnie richtete sich auf, um einen Blick auf den Wecker zu werfen. Es war fast sieben. »Ist es Morgen oder Abend?« fragte sie und sah zum Fenster. Doch der graue Himmel gab ihr keine Antwort.

Sam lachte. »Es ist Abend.« Er kam mit dem Tablett näher und setzte es behutsam auf der Bettdecke ab.

Bonnie wußte nicht, ob sie erleichtert oder enttäuscht sein sollte. Einerseits hatte sie nicht allzuviel Zeit verloren. Andererseits hatte sie nun noch die ganze Nacht vor sich. Vielleicht, dachte sie, als ein leises Hungergefühl sich regte, hilft es, wenn ich etwas esse. Sie hatte in der letzten Woche nur sehr wenig gegessen. Vielleicht war das der Grund für ihr Schwächegefühl. Sie mußte etwas essen, um bei Kräften zu bleiben.

»Was hast du mir denn gebracht?« fragte sie.

»Hühnersuppe mit Nudeln und Toast. Und Tee dazu.«

»Ich glaube, von Tee hab' ich fürs erste genug«, sagte Bonnie. Sie führte den Löffel zum Mund und schlürfte langsam die heiße Suppe. »Die schmeckt wirklich gut«, sagte sie lächelnd. »Vielen Dank.«

»Ist mir ein Vergnügen.« Sam blieb neben ihrem Bett stehen.

»Und wie war es heute?« fragte sie.

»Klasse«, antwortete Sam. »Erst hab' ich ein paar lose Schrauben festgezogen, dann hab' ich alte Kleider und Bücher in Kartons gepackt. Für die Heilsarmee. Diana hat mich gefragt, ob ich ihr Bad tapezieren kann.«

»Und tust du es?«

»Ja, ich kann's ja mal versuchen. Sie muß nächste Woche für zwei Tage nach New York und hat mir ihren Schlüssel gegeben. Sie meinte, ich soll mal sehen, wie ich zurechtkomme.«

»Das freut mich«, sagte Bonnie und schob wieder einen Löffel voll Suppe in ihren Mund.

Das Telefon läutete.

»Das ist wahrscheinlich dein Vater«, sagte Bonnie, als Sam abhob und ihr wortlos den Hörer reichte. »Hallo?« sagte Bonnie, den Blick auf Sam gerichtet, der verlegen von einem Fuß auf den anderen trat. »Hallo«, sagte sie noch einmal, als niemand sich meldete. Sie hörte ein merkwürdiges Klappern, dann wurde die Verbindung unterbrochen. »Wahrscheinlich hat sich jemand verwählt.« Bonnie gab Sam den Hörer zurück, und der legte auf. »Und was hast du heute abend vor?« fragte sie, als er sich zum Gehen wandte.

»Ach, nichts Besonderes«, antwortete Sam. »Vielleicht kommt Haze später mal vorbei.«

»Haze?«

»Wenn's dir recht ist.«

»Ich weiß nicht...«, begann Bonnie, als das Telefon erneut läutete. Sie warf einen argwöhnischen Blick darauf.

»Das mach' ich schon«, sagte Sam und blaffte ein unwirsches »Hallo«, nachdem er abgehoben hatte. »Oh, hallo, Dad«, fuhr er dann etwas betreten fort. »Wie ist es in Florida? – Ja, sie ist hier. Augenblick.« Er reichte Bonnie den Hörer. »Ich geh' inzwischen raus«, hauchte er fast lautlos und ging.

Bonnie zwang sich zu einem leichten Ton. »Rod? Hallo. Wie war der Flug?«

Der Flug sei problemlos gewesen, berichtete er. Zu Beginn hätte es ein paar Turbulenzen gegeben, dann wären sie glatt gesegelt, sagte er und lachte über seine Beschreibung. Er fragte, wie es ihr ginge, und sie log und sagte, sie fühle sich viel besser, sie glaube, das Schlimmste sei jetzt vorüber. Er sagte, sie solle sich ein wenig Ruhe gönnen und sich nicht überfordern. Sie erwiderte, das gleiche gelte für ihn. Und er sagte, daß er sie liebe. Sie sagte, sie liebe ihn mehr. Dann sagten sie auf Wiedersehen.

Bonnie legte auf, aß ihre Suppe und den Toast und schlief wieder ein.

In ihrem Traum trug sie ein Tablett mit Essen die Treppe hinauf zu ihrem Schlafzimmer. Als sie sich dem oberen Absatz näherte, nahm sie einen unangenehmen, aufdringlichen Geruch wahr, der ihr vertraut war. Es war der widerlich schwüle Duft allzu vieler Blumen, wie sie sofort erkannte, als sie die letzte Stufe erreichte und durch den Flur zu ihrem Zimmer ging. Von irgendwoher hörte sie gedämpfte Rockmusik.

Sam war im Bad und tapezierte die Wände. Sie erkannte die Tapete sofort – diese schreckliche, dunkle Tapete, mit der sie aufgewachsen war; diese Tapete voller üppig wuchernder Blumen, die herabzufallen drohten, um sie lebendig zu begraben.

»Was tust du da?« fragte sie scharf. »Reiß sofort diese Tapete wieder herunter.«

»Das kann ich nicht«, erwiderte Sam ruhig. »Sie will sie haben.« Er deutete zum Bett.

Langsam folgte Bonnies Blick seinem Finger. Elsa Langer saß, von Kissen gestützt, im Bett, ihren Blick starr auf Bonnie gerichtet, als diese sich ihr näherte. Doch je näher Bonnie dem Bett kam, desto undeutlicher wurden Elsa Langers Gesichtszüge. Sie verschwammen und lösten sich schließlich in nichts auf. Als Bonnie endlich das Bett erreichte, hatte die alte Frau überhaupt kein Gesicht mehr, es war, als wäre die gesichtslose Frau auf der Dali-Lithographie lebendig geworden.

Oder war sie tot? dachte Bonnie und fuhr mit wild klopfendem Herzen in die Höhe, als sie die Rockmusik realisierte, die jeden Winkel um sie herum füllte. Sams Stereoanlage, erkannte sie erleichtert und sah zum Fenster, hinter dem der Vollmond leuchtete. Vielleicht war der Mond die Ursache für all diese sonderbaren Träume, die sie heimsuchten. Wenigstens bin ich nicht wieder im Schlaf herumgegeistert, dachte sie und erinnerte sich, daß sie, als sie das letzte Mal geschlafwandelt war, in Laurens Alter gewesen war. Ihre Mutter hatte sie schlafend, mit einer gepackten Reisetasche neben sich, an der Haustür gefunden. Das war gewesen, kurz nachdem ihr Vater weggegangen war.

Bonnie hörte Rumoren, fremde Stimmen, Gelächter im Flur. Die Musik wurde lauter.

»Sam?« rief sie. »Sam, bist du das? Was ist los?«

»Es ist nicht Sam«, sagte jemand in der Tür zu ihrem Zimmer. Sie sah eine große, schlanke Gestalt, muskulöse Arme, die in Schulterhöhe ausgestreckt waren. Sie erkannte Haze, und der Atem stockte ihr, als sie die Schlange sah, die sich in seinen

Händen wand. »Wie geht es Ihnen, Mrs. Wheeler?« Er kam näher.

»Wo ist Sam?« fragte Bonnie.

»Draußen. Er raucht eine.«

Bonnie hörte Gelächter. »Was ist denn hier los?«

»Sam hat ein paar Leute eingeladen«, erklärte Haze und zog die Schlange auseinander, als wäre sie ein Stück Seil. »Er sagte, Sie hätten nichts dagegen. Wir waren wirklich brav.«

»Es geht mir nicht sehr gut«, sagte Bonnie. »Ich muß euch leider bitten zu gehen.«

Haze trat zum Fuß ihres Betts, packte die Schlange beim Schwanz und schwang sie langsam hin und her.

»Vorsichtig«, mahnte Bonnie. »Sie mag es nicht, wenn man sie fallen läßt.«

»Ach was?« sagte Haze und fuhr fort, die Schlange wie ein Pendel hin und her zu schwingen.

»Bitte, geh jetzt.« Bonnie bemühte sich, energisch und bestimmt zu sprechen. »Ich fühle mich wirklich nicht sehr gut.«

»Was haben Sie denn mit Ihren Haaren gemacht?« fragte Haze und kam noch näher.

Bonnie schloß die Augen. Bitte, gib, daß auch das nur ein Traum ist, dachte sie.

»Haze?« rief ein junges Mädchen im Flur. »Wo bist du?«

»Hier«, antwortete Haze und wickelte sich die Schlange wie einen Schal um den Hals, als er aus dem Zimmer ging. »Bis später, Mrs. Wheeler«, sagte er.

Bonnie ging ins Bad und übergab sich.

Kurz nach drei Uhr morgens läutete das Telefon. Bonnie tastete nach dem Hörer, drückte ihn ans Ohr, murmelte Hallo, wartete auf eine Antwort. Es geschah nichts. »Hallo«, sagte sie noch einmal und wollte gerade auflegen, als sie wieder dieses merkwürdige Klappern hörte, das ihr schon am Abend aufgefallen war. Wieder wurde danach die Verbindung unterbrochen.

Sie sind in Gefahr, rief Joan aus dem Telefon. Sie und Amanda sind in Gefahr.

Augenblicklich war Bonnie aus dem Bett und rannte durch den Flur zu Amandas Zimmer. Sie stieß die Tür auf und stürzte zum Bett ihrer kleinen Tochter, atmete erst auf, als sie sah, daß Amanda inmitten ihrer Stofftiere ruhig schlief. Sie gab ihr einen Kuß auf die Stirn und ging, bewußt ruhig atmend, wieder aus dem Zimmer. Was ist nur mit mir los? Ich benehme mich ja wie eine Wahnsinnige.

Es war still im Haus. Die jungen Leute waren alle gegangen. Wenn sie überhaupt hier gewesen waren, dachte Bonnie, nicht länger fähig zu unterscheiden, was real war und was nicht. Vielleicht hatte sie die unangenehme Episode mit Haze nur geträumt. Ich verträume mein ganzes Leben, dachte sie.

Sie warf einen Blick in Laurens Zimmer, sah das Mädchen quer über dem Bett liegen, die Decke abgestreift. Sie zog sie vorsichtig hoch und ging leise hinaus.

Danach sah sie nach Sam, der vollbekleidet auf dem Sofa lag. Der Mondschein lag wie das Licht eines Scheinwerfers auf seinem Gesicht und brachte eine Ähnlichkeit mit seiner Mutter zum Vorschein, die ihr zuvor nie aufgefallen war. Sie machte kehrt, wollte gerade aus dem Zimmer gehen, als ihre nackten Füße etwas streiften, das auf dem Boden lag. Es raschelte, kratzte an ihren Zehen. Sie bückte sich danach. Eine Fotografie. Das Foto Amandas, das vor Weihnachten im Spielwarengeschäft aufgenommen worden war. Der silberne Rahmen lag daneben. Zerbrochen.

Bonnie hob auch ihn auf und wollte ihn gerade auf den Schreibtisch legen, als sie erstarrte. Das Mondlicht glänzte auf dem Deckel des Terrariums. Bonnie starrte in den Glasbehälter und begann zu zittern. Er war leer. Die Schlange war weg.

23

»Sie sind ein bißchen früh dran«, sagte Hyacinth Johnson zur Begrüßung, als Bonnie am folgenden Montag morgen Dr. Greenspoons Praxis betrat.

»Ach?« Bonnie sah auf ihre Uhr und gab sich überrascht. Tatsächlich hatte sie über eine Stunde am Ende der Straße in ihrem Auto gesessen. Sie hatte das Haus verlassen, sobald Amanda abgeholt worden war, und Sam und Lauren zur Schule gefahren waren. Sie hatte nicht eine Minute länger als nötig im Haus bleiben wollen. Gott allein wußte, was im nächsten Winkel auf sie wartete.

Sie hatte Sam geweckt, sobald sie entdeckt hatte, daß die Schlange nicht mehr im Terrarium war, und zusammen hatten sie das ganze Haus durchsucht. Ohne Erfolg. Am Sonntag morgen in aller Frühe hatte Sam Haze angerufen und gefragt, ob dieser das Tier mitgenommen habe. Doch Haze behauptete, von L'il Abners Verschwinden nichts zu wissen; er gab allerdings zu, das er möglicherweise den Deckel nicht richtig aufgelegt hatte, nachdem er die Schlange wieder in das Terrarium gelegt hatte. Er habe ziemlich getankt gehabt, sagte er.

Noch einmal durchsuchten Bonnie und Sam das Haus von oben bis unten, sahen in jede Ecke und jeden Winkel, in jeden Schrank und jede Schublade. Sie fanden nichts.

»Er würde sich auf jeden Fall ein warmes Fleckchen suchen«, sagte Sam, und sie sahen deshalb den ganzen Tag und die ganze Nacht in regelmäßigen Abständen immer wieder im Heizraum und rund um den Boiler nach, aber L'il Abner blieb verschwunden.

Bonnie setzte sich auf eines der Zweiersofas im Warteraum von Dr. Greenspoons Praxis. Hyacinth Johnson und Erica McBain waren heute beide in Schwarz und Weiß gekleidet. Stimmten sie vielleicht ihre Garderobe jeden Morgen aufeinander ab, oder planten sie sie schon Tage im voraus? fragte sie sich flüchtig, als sie eine Zeitschrift vom Tisch nahm. Interessenlos überblätterte sie die neuesten Skandalgeschichten um das englische Königshaus und Michael Jackson, unfähig, ihre Gedanken von der verschwundenen Schlange loszureißen. Sie erinnerte sich, einmal von einem Mann gelesen zu haben, der, als er mitten in der Nacht zur Toilette gegangen war, eine Schlange in seiner Kloschüssel entdeckt hatte. Er hatte die Badezimmertür geöffnet, das Licht angeknipst, und da erhob sie sich aus der Kloschüssel wie ein Periskop. »Gib, daß mir so etwas nicht passiert«, flüsterte sie. »Das würde ich nicht aushalten.«

»Bitte? Haben Sie etwas gesagt?« fragte Erica McBain.

»Ich führe nur Selbstgespräche«, antwortete Bonnie. Das tun doch Verrückte, dachte sie.

»Ach, das tu' ich dauernd«, erklärte Erica, als wollte sie sie beruhigen.

Nachdem sie trotz aller Bemühungen die verschwundene Boa constrictor nicht gefunden hatten, hatte Bonnie einen Kammerjäger angerufen, den Installateur, den Tierschutzverein, ja, sogar den Zoo. Aber niemand hatte ihr helfen können. Wenn die Schlange entwichen war, hatte man ihr gesagt, würde sie früher oder später jemand entdecken und die Polizei benachrichtigen. Wenn die Schlange es irgendwie geschafft haben sollte, in eine der Rohrleitungen des Hauses zu gelangen, konnte es Tage, Wochen, Monate oder sogar Jahre dauern, ehe sie wieder zum Vorschein kam, wenn überhaupt.

»Dieser verdammte Haze«, schimpfte Sam, sichtlich erschüttert. »Ich hab' ihm extra gesagt, er soll Abner nicht anrühren.«

Ja, dieser verdammte Haze, dachte Bonnie und sagte zu Sam: »Er wird schon wieder auftauchen. Wir finden ihn sicher.«

»Er wird bald Hunger bekommen«, meinte Sam unruhig. »Er kann ganz schön ekelhaft werden, wenn er Hunger hat.«

Seitdem hatte Bonnie kein Auge zugetan. Sie war buchstäblich vor ihrem eigenen Schatten erschrocken. Sie hatte die ganze

Nacht wachgelegen, war beim leisesten Geräusch zusammengefahren, hatte immer wieder nach Amanda und Lauren gesehen und Sam getröstet, der zwei kleine weiße Ratten in L'il Abners Terrarium gelegt hatte, weil er hoffte, die Schlange so locken zu können.

»Möchten Sie vielleicht eine Tasse Kaffee?« fragte Hyacinth Johnson. »Ich habe gerade frischen gemacht.«

»Nein, vielen Dank.« Einen Koffeinstoß brauche ich jetzt bestimmt nicht, dachte Bonnie. Andererseits, sagte sie sich, tut mir so eine Tasse Kaffee vielleicht ganz gut. Sie hatte außer einem kleinen Glas Orangensaft noch nichts zu sich genommen. »Ich hätte doch gerne einen Kaffee, wenn es Ihnen keine Umstände macht.«

»Überhaupt nicht. Wie trinken Sie ihn?«

»Schwarz, bitte.«

»Bitte schön«, sagte Hyacinth kurz danach, als sie ihr eine feine Porzellantasse brachte.

Bonnie dankte ihr, hob die Tasse mit dem heißen Kaffee an die Lippen und sog den würzigen Duft tief ein. Sie liebte den Geruch frischen Kaffees.

Sie erinnerte sich, wie sie früher, als kleines Mädchen, mit ihrer Mutter einkaufen gegangen war und im Lebensmittelgeschäft ungeduldig gewartet hatte, während ihre Mutter die Kaffeebohnen in eine elektrische Mühle schüttete. Tief atmend pflegte sie daneben zu stehen, damit ihr nichts von diesem aromatischen Duft entging, der sie umhüllte und sich auf ihre Haut legte wie ein teures Parfum. Im Laufe der Jahre waren die Besuche im Lebensmittelgeschäft immer seltener geworden und hatten dann ganz aufgehört. Ihre Mutter hatte schließlich alle Einkäufe vom Bett aus per Telefon erledigt. Die Tage frischgemahlenen Kaffees waren vorüber.

Die Tür zu Dr. Greenspoons Sprechzimmer öffnete sich. Eine attraktive ältere Frau trat heraus, gefolgt von dem Arzt. Die Frau, die vielleicht sechzig Jahre alt war, trug ein elegantes, braunes Armanikostüm. Das blonde Haar hatte sie im Nacken zusammengefaßt. Bei ihrem Anblick kam Bonnie sich spießig vor in ihrem cremefarbenen Kleid, das wie ein Sack an ihr hing. Wieviel hatte sie in den letzten Wochen wohl abgenommen? Es muß eine Menge sein, dachte sie.

»Geben Sie Mrs. King gleich mehrere Termine«, wies Dr. Greenspoon seine Sekretärinnen an, dann reichte er der blonden Frau die Hand. »Versuchen Sie, sich keine allzu großen Sorgen zu machen. Ich sehe Sie nächste Woche.« Er richtete seinen Blick auf Bonnie. »Setzen Sie sich ruhig schon ins Sprechzimmer«, sagte er. »Ich komme sofort.«

Bonnie ging schweigend hinein und setzte sich auf eines der burgunderroten Sofas. Auf denselben Platz wie beim letztenmal. War das von Bedeutung? Würde es Dr. Greenspoon auffallen?

Ihr Blick wanderte durch das Zimmer, in die Ecken, zu den Topfpflanzen, zu den Vorhängen am Fenster. Auf der Suche nach Schlangen, wurde ihr plötzlich bewußt, und sie kam sich albern vor. Würde ihr das womöglich zur Gewohnheit werden? Nun, vielleicht konnte Dr. Greenspoon ihr helfen.

»Tut mir leid, daß ich Sie warten ließ«, sagte Dr. Greenspoon ein paar Minuten später und schloß die Tür hinter sich. »Wie geht es Ihnen?« fragte er, nachdem er sich ihr gegenüber auf das andere Sofa gesetzt hatte.

»Gut, danke«, antwortete Bonnie automatisch.

»Ich sehe, Sie tragen Ihr Haar anders.«

»Und ich sehe, daß Sie die Kunst beherrschen, sich unverfänglich auszudrücken.«

Dr. Greenspoon lachte.

»Gefällt es Ihnen denn?« fragte Bonnie und war sich bewußt, daß sie ihn auf die Probe stellte, wenn ihr auch nicht klar war, worum es ihr tatsächlich ging.

»Viel wichtiger ist, ob es Ihnen gefällt«, erwiderte er.

»Ich habe Sie zuerst gefragt.«

»Nun, der Schnitt bietet Möglichkeiten.«

»Wozu?«

Wieder lachte er. Es war ein angenehmes Lachen, unbefangen und frei. »Zu wachsen«, antwortete er.

Diesmal lachte Bonnie. »Danke für Ihre Aufrichtigkeit.«

»Hatten Sie einen Grund, sich das Haar schneiden zu lassen?« fragte er.

»Muß man dafür einen Grund haben?«

»Im allgemeinen, ja.«

Bonnie zuckte mit den Achseln. »Es sah ein bißchen leblos aus«, begann sie und brach ab, als ihr Elsa Langer in den Sinn kam. Wie merkwürdig, daß sie gestorben war, nachdem Bonnie gerade erst entdeckt hatte, daß sie noch lebte. »Ich fühle mich seit einiger Zeit nicht besonders wohl«, fuhr sie fort. »Deshalb bin ich auch noch einmal zu Ihnen gekommen.«

»Was glauben Sie, was ich für Sie tun kann?«

»Das weiß ich auch nicht. Aber irgend jemand muß etwas tun. Ich glaube nicht, daß ich diesen Zustand noch viel länger ertragen kann.«

»Was für ein Zustand ist das denn?«

»Ich fühle mich schrecklich elend«, antwortete Bonnie. »Mir ist dauernd übel, ich übergebe mich, alles tut mir weh…«

»Waren Sie beim Arzt?«

»Ich bin bei Ihnen.«

»Ich meinte einen Allgemeinmediziner oder Internisten.«

»Ich weiß, was Sie meinten.«

»Ja, das ist mir klar.«

Sie lächelte. »Nein, ich war nicht beim Arzt.«

»Und warum nicht?«

»Weil meine Symptome offensichtlich psychosomatischer Art sind.«

»Tatsächlich? Wie kommen Sie darauf?«

»Dr. Greenspoon«, erwiderte Bonnie, »als ich das letzte Mal bei Ihnen war, haben Sie es doch selbst gesagt. Ich bin eine Frau, die sich in großer seelischer Not befindet und der eine Therapie sehr gut täte. Wenn ich mich recht erinnere, waren das Ihre Worte, und Sie haben recht, wenn ich es auch nur ungern zugebe. In meinem Leben ist in letzter Zeit eine Menge passiert, und das meiste war nicht angenehm. Ich habe das Gefühl, ich erlebe nur Scheiße, bitte entschuldigen Sie den krassen Ausdruck, und werde offensichtlich überhaupt nicht damit fertig. Diese Grippe oder was es sonst ist, ist meiner Ansicht nach lediglich eine körperliche Reaktion auf den ganzen Streß.«

»Das kann schon sein«, meinte Dr. Greenspoon, »aber Sie sollten sich dennoch untersuchen lassen. Wie lange geht es Ihnen denn schon so?«

»Mit Unterbrechungen seit ungefähr zehn Tagen«, antwortete Bonnie.

»Zehn Tage sind zu lang. Sie müssen einen Arzt aufsuchen, damit die Möglichkeit einer Infektion oder einer ernsteren Erkrankung ausgeschlossen werden kann.«

»Aber ich habe nicht mal Fieber«, sagte Bonnie ungeduldig. »Was wird mir denn ein Arzt anderes sagen, als daß ich mich ins Bett legen und viel trinken soll?«

»Warum gehen Sie nicht erst einmal hin und hören, was er sagt?«

»Weil ich weder die Zeit noch die Kraft habe, mich einem Haufen nutzloser Untersuchungen zu unterziehen. Ich weiß doch, daß diese Symptome alle nur in meinem Kopf sind.«

»Woher wissen Sie das?«

»Weil ich nie krank werde.«

»Das sagten Sie auch schon letztesmal, als Sie hier waren. Ist Krankheit für Sie ein Zeichen von Schwäche?«

»Bitte? Nein. Natürlich nicht. Aber ich hab' einfach nicht die Zeit, krank zu werden.«

»Aber andere Leute schon?«

»Das habe ich nicht gesagt.«

»Wollen Sie sagen, daß Krankheit etwas ist, das man kontrollieren kann?«

»Wollen Sie das Gegenteil sagen?«

»Ich denke, das kommt auf den jeweiligen Fall an«, sagte Dr. Greenspoon. »Ich will nicht behaupten, daß die geistige Einstellung sich nicht auf das körperliche Befinden auswirkt. Aber das heißt noch lange nicht, daß eine positive Einstellung Krebs verhindern kann oder eine negative Einstellung unweigerlich zum baldigen Tod führt. Mein Schwiegervater ist vierundachtzig Jahre alt. Solange ich mich erinnern kann, klagt er über seinen Rücken, seinen Nacken, seine Arthritis. Er ist jetzt seit gut zwanzig Jahren davon überzeugt, daß er in Kürze sterben wird, daß er seinen nächsten Geburtstag, das nächste Jahr, den nächsten Sommer nicht mehr erleben wird. Er hat die pessimistischste Einstellung, die mir je untergekommen ist, aber soll ich Ihnen was sagen? Der Mann wird ewig leben. Er wird noch lange, nachdem wir alle mit unserem grenzenlosen Optimismus und unserem sonnigen Gemüt ins Gras gebissen haben, leben.

Menschen werden nun einmal krank, Bonnie. Es gibt Dinge, die sich unserer Einflußnahme entziehen. Unserer Gesellschaft fällt es schwer, das zu akzeptieren. Weil wir uns dadurch unsicher fühlen. Das Resultat ist, daß es eine Menge schwerkranker Menschen gibt, die sich schuldig fühlen, weil sie glauben, mit einer positiven Einstellung wären sie nicht krank geworden. Aber das ist Quatsch. Das ist in meinen Augen nur ein weiteres Beispiel für die Neigung unserer Gesellschaft, dem Opfer die Schuld zu geben. Wenn wir nämlich glauben, daß das Opfer selbst an seinem Leiden schuld ist, können wir uns einreden, daß uns etwas derartiges nicht passieren kann.

Der menschliche Körper ist nicht unverwundbar. Er ist anfällig für alle Arten von Infektionen und Viren, und diese Anfälligkeit korreliert mit einer Reihe unterschiedlicher Faktoren, zu denen unter anderem Ernährung, körperliche Bewegung, Abhärtung und Streß gehören. Vor allem aber hängt eine gute Gesundheit von guten Genen ab. Und von Glück.« Er lächelte. »Es könnte natürlich auch eine weit einfachere Erklärung für Ihr derzeitiges Befinden geben.«

»Und die wäre?«

»Besteht eine Chance, daß Sie schwanger sind?«

»Was?«

»Besteht die Chance, daß Sie schwanger sind?« wiederholte er, obwohl sie beide wußten, daß sie ihn schon beim erstenmal verstanden hatte.

»Nein«, stieß Bonnie ungeduldig hervor. »Nicht die geringste. Ich nehme regelmäßig die Pille.« Hatte sie ihm das nicht bei ihrem letzten Besuch bereits gesagt?

»Die Pille ist nicht hundertprozentig sicher. Ist es nicht möglich, daß Sie bei allem, was in letzter Zeit geschehen ist, ein- oder zweimal vergessen haben, sie zu nehmen?«

»Nein, das ist ausgeschlossen. Ich nehme sie ganz gewissenhaft jeden Tag. Ich vergesse sie nie.«

»Sie scheinen sehr sicher zu sein.«

»Ich *bin* sehr sicher. Für mich steht seit langem fest, daß ich nur ein Kind haben möchte. Und ich achte sehr sorgfältig darauf, daß kein... sagen wir mal, Unfall passiert.«

»Das ist ja interessant. Und warum?«

»Warum was?«

»Warum möchten Sie nur ein Kind haben?«

»Finden Sie nicht, daß es schon viel zu viele Menschen auf der Welt gibt?«

»Ist das der Grund für Ihren Entschluß?«

»Finden Sie nicht, daß das Grund genug ist?«

»Es ist ein absolut bewundernswerter Grund. Aber ist es auch *Ihr* Grund?«

»Ich verstehe nicht.«

»Wenn Sie so felsenfest entschlossen sind, nur ein Kind zur Welt zu bringen, dann würde mich doch interessieren, warum Sie sich nicht sterilisieren ließen.«

Die Bemerkung war für Bonnie völlig überraschend. Sie

merkte, wie ihr heiß wurde. »Ich habe für unnötige körperliche Eingriffe nichts übrig«, erwiderte sie.

»Könnte es auch noch einen anderen Grund geben?«

»Zum Beispiel?«

»Das müßten schon Sie mir sagen. Sie haben einen Bruder, wenn ich mich recht erinnere.«

Bonnie hielt unwillkürlich den Atem an, während sie auf Dr. Greenspoons nächste Bemerkung wartete.

»Ist er älter oder jünger?« fragte er.

»Jünger. Sechs Jahre.«

»Das ist eine lange Zeit.«

»Meine Mutter hatte dazwischen mehrere Fehlgeburten.«

»Ich verstehe. Ihr Bruder muß ihr also sehr viel bedeutet haben.«

»Ja, das stimmt.«

»Und wie fühlten Sie sich dabei?«

»Wie ich mich dabei fühlte?« wiederholte Bonnie tonlos. »Das weiß ich wirklich nicht mehr. Es ist schon so lange her. Ich war damals ja noch ein Kind.«

»Ein Kind, das sechs Jahre lang die ganze Aufmerksamkeit seiner Mutter genoß. Ich könnte mir vorstellen, daß es ein ziemlicher Schock war, sie plötzlich mit jemand anderem teilen zu müssen.«

»Soll das heißen, daß ich auf meinen Bruder eifersüchtig war?« fragte Bonnie.

»Ich denke, das wäre nur natürlich gewesen.«

»Ich war glücklich, einen Bruder zu haben, Dr. Greenspoon. Nick war der niedlichste kleine Junge der Welt.«

»Warum wollen Sie selbst dann auf keinen Fall mehr als ein Kind haben?«

»Mein Mann hat bereits zwei Kinder aus seiner ersten Ehe«, erinnerte sie ihn. »Außerdem gibt es Menschen, die nicht dazu geschaffen sind, mehr als ein Kind zu haben. Sie wissen instinktiv, daß in ihrem Herzen nur für ein Kind Platz ist. Sie wissen, daß sie zwei Kinder nicht gleichermaßen lieben könnten, daß eines zu kurz kommen würde.«

»Und Sie fühlen sich zu kurz gekommen?«

»Hab' ich das nicht eben gesagt?«

»Nein. Sie sagten ›Menschen‹.«

Bonnie biß sich auf die Unterlippe. »Das war nur so dahingesagt.«

»Erzählen Sie mir etwas über Ihre Familie.« Dr. Greenspoon lehnte sich auf dem Sofa zurück und knöpfte sein Jackett auf.

»Ich bin seit fünf Jahren verheiratet«, sagte Bonnie, etwas entspannter jetzt, da sie sich auf weniger heißem Boden befand. »Ich habe eine Tochter, Amanda.«

»Ich meinte Ihre Ursprungsfamilie«, warf er ein. »Ihre Eltern.«

Augenblicklich verkrampfte sich Bonnie wieder. Sie räusperte sich, lehnte sich zurück, beugte sich vor, machte eine Bewegung, die Beine zu kreuzen, und ließ es dann doch bleiben, zupfte an ihrem Haar. »Meine Mutter ist tot«, sagte sie so leise, daß Dr. Greenspoon sich wieder vorbeugen mußte, um sie zu hören. »Mein Vater lebt in Easton.«

»Wann ist Ihre Mutter gestorben?« fragte Dr. Greenspoon.

»Vor fast vier Jahren. Sie starb einige Monate vor Amandas Geburt.«

»Das muß sehr hart für Sie gewesen sein, Ihre Mutter gerade zu einem Zeitpunkt zu verlieren, als Sie selbst Mutter wurden.«

Bonnie zuckte mit den Achseln.

»Starb sie plötzlich?«

Bonnie sagte nichts.

»Ist das eine schwierige Frage für Sie, Bonnie?« fragte Dr. Greenspoon interessiert.

»Sie war vorher lange krank gewesen«, antwortete Bonnie nach einer weiteren längeren Pause. »Aber es kam trotzdem plötzlich.«

»Sie haben nicht erwartet, daß sie sterben würde?«

»Sie war seit Jahren krank gewesen«, erklärte Bonnie ungeduldig. »Sie hatte Allergien, Migräne, ein schwaches Herz. Sie hatte von Geburt an einen Herzfehler und konnte daher vieles nicht tun.«

»Und sie war viel bei Ärzten?« fragte Dr. Greenspoon.

»Ja, wahrscheinlich«, bekannte Bonnie mit Unbehagen. »Worauf wollen Sie hinaus?«

»Sie finden es nicht merkwürdig, daß Sie sich jegliche Krankheit verbieten, obwohl Ihre Mutter so viele körperliche Leiden hatte? Daß Sie nicht einmal in Betracht ziehen, sich ärztlich untersuchen zu lassen, obwohl Ihre Mutter sehr viel mit Ärzten zu tun hatte?«

Bonnie konnte kaum noch stillsitzen. Mit dem rechten Fuß klopfte sie nervös auf den Boden. Sie zuckte mit den Achseln, ohne ein Wort zu sagen. Warum war sie hierhergekommen? Dieser Mann half ihr doch überhaupt nicht; im Gegenteil, es ging ihr schlechter als vorher.

»Woran ist sie gestorben?« fragte Dr. Greenspoon.

»Der Arzt sagte, es sei ein Schlaganfall gewesen.«

»Aber Sie sind anderer Meinung?«

»Ich glaube nicht, daß es so einfach war.«

»Wieso?«

»Darauf möchte ich jetzt wirklich nicht eingehen.«

»Wie Sie wollen«, meinte Dr. Greenspoon ruhig. »Wie ist es mit Ihrem Vater?«

»Wie soll es mit ihm sein?«

»Ist er gesund?«

»Es sieht so aus.«

»Stehen Sie einander nahe?«

»Nein.«

»Können Sie mir sagen, warum nicht?«

»Mein Vater hat meine Mutter vor langer Zeit verlassen. Ich habe ihn danach nicht mehr oft gesehen.«

»Und Sie nehmen ihm das natürlich übel.«

»Es war sehr schwer für meine Mutter.«

»Fingen damals ihre Krankheiten an?«

»Nein. Sie war schon vorher krank. Ich sagte Ihnen ja, sie hatte einen Herzfehler. Aber nachdem er sie verlassen hatte, wurde es schlimmer, das steht außer Frage.«

»Und Ihr Bruder? Ging er mit Ihrem Vater oder blieb er bei Ihnen und Ihrer Mutter?«

»Er blieb bei uns.« Bonnie lachte. »Es ist wirklich komisch, wissen Sie, er lebt jetzt mit meinem Vater und seiner Frau, Ehefrau Nummer drei, im Haus meiner Mutter. Glücklich und zufrieden.«

»Aber *Sie* scheinen darüber nicht sehr glücklich zu sein.«

Bonnie lachte wieder, lauter diesmal. »Es ist doch manchmal wirklich komisch, wie das Leben spielt, finden Sie nicht, Doktor Greenspoon?«

»Manchmal, ja.«

»Aber wozu von diesen Dingen reden? Die sind doch völlig uninteressant!«

»Wie häufig sehen Sie Ihren Vater?« fragte Dr. Greenspoon, als hätte sie gar nichts gesagt.

»Ich hab' ihn vor ein paar Wochen gesehen«, antwortete Bonnie, wohl wissend, daß sie damit Dr. Greenspoons Frage nicht beantwortet hatte.

»Bevor es Ihnen so schlecht ging?«

»Ja.«

»Und wann haben Sie ihn davor das letzte Mal gesehen?« fuhr er fort, offensichtlich nicht bereit, sich auf diese Weise abspeisen zu lassen.

»Davor habe ich ihn das letzte Mal bei der Beerdigung meiner Mutter gesehen.«

Dr. Greenspoon nahm sich ein paar Sekunden Zeit, um ihre Antwort zu bedenken. »Geben Sie Ihrem Vater die Schuld am Tod Ihrer Mutter?«

Bonnie rieb sich die Nase, fuhr sich durch das Haar, rutschte auf dem Sofa hin und her. »Was soll das alles, Doktor Greenspoon? Wollen Sie mir erklären, daß meine angesammelten feindseligen Gefühle gegen meine – wie nannten Sie es gleich? – meine Ursprungsfamilie... daß diese lang unterdrückten Gefühle hinter meinen gegenwärtigen Symptomen stecken?«

»Haben Sie denn lang unterdrückte, feindselige Gefühle?«

»Nun, man muß wohl nicht gerade ein Genie sein, um diese Frage zu beantworten, finden Sie nicht, Doktor Greenspoon?«

»Haben Sie mit Ihrem Vater jemals über Ihre Gefühle gesprochen?«

»Nein. Wozu auch?«

»Sie hätten es für sich tun können.«

»Und was hätte das gebracht? Er ändert sich bestimmt nicht mehr.«

»Sie würden es ja nicht für ihn tun.«

»Sie meinen, wenn ich mit ihm sprechen würde, ginge es mir wieder besser? Wollen Sie darauf hinaus?«

»Es könnte sich als befreiend erweisen. Aber wichtig ist nicht, was *ich* denke, sondern was *Sie* denken.«

Bonnie saß plötzlich still und richtete sich auf. »Ich denke, ich hätte eine Menge Geld sparen können, wenn ich zu meinem Hausarzt gegangen wäre, anstatt hierherzukommen.«

»Das ist wahrscheinlich richtig. Haben Sie denn einen Hausarzt?«

»Nein«, bekannte Bonnie. Amanda hatte einen Kinderarzt, und Rod hatte ebenfalls einen Arzt, der ihn jedes Jahr einmal gründlich untersuchte. Aber sie hatte niemanden.

»Darf ich Ihnen jemanden empfehlen?«

»Wozu? Sie halten meine Probleme doch offensichtlich nicht für körperlich bedingt.«

»Meiner Meinung nach handelt es sich um zwei sehr verschiedene Dinge«, erklärte er, »von denen sich eines durch einen Besuch beim Arzt relativ leicht klären lassen dürfte. Die andere Geschichte wird mehr Zeit brauchen.«

»Ich möchte nur, daß es mir endlich wieder gutgeht«, sagte Bonnie, den Tränen nahe. Sie haßte dieses Gefühl der Hilflosigkeit und der Ohnmacht.

Dr. Greenspoon ging zu seinem Schreibtisch und schaltete seine Sprechanlage ein. »Hyacinth, würden Sie mich bitte mit Paul Kline verbinden?« Er sah Bonnie an. »Seine Praxis ist gleich um die Ecke, und er schuldet mir noch eine Gefälligkeit. Er ist ein netter Mann, ich denke, er wird Ihnen gefallen.«

Einen Augenblick später summte die Sprechanlage. »Doktor Kline ist am Apparat.«

»Paul«, sagte Dr. Greenspoon sofort, »ich habe hier eine junge Frau, die ich Ihnen gern zur Untersuchung schicken würde. Sofort, wenn es geht.«

24

»Tief atmen. Gut so. Jetzt ausatmen. Gut. Noch einmal.«

Wieder holte Bonnie tief Atem und ließ die Luft langsam ausströmen. Wieder lobte sie der Arzt. Wieder war sie groteskerweise dankbar dafür.

»Und noch einmal«, sagte Dr. Kline. Das Stethoskop lag kalt auf ihrer nackten Haut. »Wann haben Sie sich das letztemal gründlich untersuchen lassen, Mrs. Wheeler?«

»Das weiß ich gar nicht mehr«, antwortete Bonnie. »Vor Jahren.«

»Und wie ist Ihr allgemeiner Gesundheitszustand?«

»Gut. Ich werde nie krank«, erklärte sie, jedoch weniger überzeugt als bei früheren derartigen Behauptungen.

»Haben Sie einen Gynäkologen?«

»Als ich schwanger war, bin ich regelmäßig zu einer Gynäkologin gegangen«, sagte Bonnie, obwohl sie in Wahrheit die Ärztin erst im letzten Drittel ihrer Schwangerschaft aufgesucht hatte, und auch dann nur auf Dianas beharrliches Drängen hin. Ich bin doch nicht krank, hatte sie Diana erklärt. Ich bin nur schwanger.

»Ich bin doch nicht schwanger, oder?« fragte sie jetzt, selbst überrascht über die Frage, die sie gar nicht hatte stellen wollen. »Ich meine, ich kann nicht schwanger sein. Es ist ausgeschlossen.«

»Wann hatten Sie die letzte Periode?« fragte Dr. Kline.

»Vor drei Wochen. Und außerdem nehme ich die Pille. Und ich vergesse nie, sie zu nehmen.«

»Dann spricht eigentlich alles gegen eine Schwangerschaft«, versicherte ihr Dr. Kline. »Für Übelkeit wäre es noch ein wenig früh, besonders in so massiver Form. Aber wir werden ein paar Blutuntersuchungen machen und eine Urinprobe nehmen. Dann werden wir schon herausfinden, was die Ursache für Ihr schlechtes Befinden ist. Sehen Sie mich an«, sagte er, zog das Unterlid ihres linken Auges herunter und leuchtete ihr mit einer kleinen Lampe ins Auge.

Dr. Greenspoon hatte recht, Dr. Kline war ein angenehmer Mensch, nicht besonders groß, ein wenig rundlich, aber mit einer natürlichen Anmut und Würde ausgestattet. Er war etwa vierzig Jahre alt, hatte schütteres, braunes Haar und warme, hellbraune Augen. Seine Hände waren klein und weich, seine Finger überraschend lang. Wenn er sie berührte, war die Berührung stets sanft, als wüßte er, wie zerbrechlich sie war, aber auch bestimmt, als wollte er sie seiner eigenen Kraft versichern.

Die Praxis in der Chestnut Street, nur fünf Minuten zu Fuß von Dr. Greenspoons Praxis entfernt, befand sich im Erdgeschoß eines zweistöckigen Reihenhauses, das man in ein Ärztehaus umfunktioniert hatte. Unter altmodischen Balkendecken standen modernste technische Geräte. Bücherregale voll Fachliteratur zogen sich an den Wänden entlang. An der Wand gegenüber dem Fenster hing ein ganzes Sortiment beeindruckender Urkunden und Zeugnisse, die alle zu lesen ihr zu mühsam war.

Familienfotos standen auf dem großen, übervollen Schreibtisch. Drei Söhne und eine hübsche dunkelhaarige Frau.

»Wie sind Ihre Augen?« fragte Dr. Kline, während er in ihr anderes Auge sah.

»Gut.«

Er reichte ihr ein Stück schwarzen Kunststoff, bat sie, es über ihr rechtes Auge zu legen, und ihm dann die dritte Zeile auf der Tafel an der gegenüberliegenden Wand vorzulesen. Sie tat es. Danach mußte sie die schwarze Klappe auf das linke Auge drükken und die vierte Zeile vorlesen. Sie tat auch das.

»Gut«, sagte er und ging daran, ihr rechtes Ohr zu untersuchen. »Leiden Sie unter Ohrenschmerzen?«

»Nein. Warum? Sehen Sie etwas?«

»Nein, nichts.« Er nahm sich ihr anderes Ohr vor. »Schwindel?«

»Manchmal.«

»Und Übelkeit, sagten Sie?«

»Andauernd.«

»Müssen Sie sich auch übergeben?«

»Häufiger, ja. Was bedeutet das?«

»Es könnte sich um eine Infektion des Innenohrs handeln.«

»Und was heißt das?« fragte sie wieder.

»Infektionen des Innenohrs äußern sich auf unterschiedliche Weise. Meistens ist der Gleichgewichtssinn in Mitleidenschaft gezogen, und das kann Schwindel, Übelkeit und allgemeines Unwohlsein auslösen.«

»Und was kann man dagegen tun?«

»Nicht besonders viel. Da es sich um eine Virusinfektion handelt, helfen Antibiotika nicht. Im Grund kann man nur warten, daß es vorbeigeht.«

»Sie können also nichts tun«, stellte Bonnie fest, als hätte sie es von Anfang an gewußt.

»Das habe ich nicht gesagt«, widersprach er, während er die Drüsen an ihrem Hals abtastete.

»Aber Sie sagten doch, wir könnten nur warten, daß es vorbeigeht.«

»Ich sprach von Innenohrinfektionen. Ich bin aber nicht sicher, daß es sich bei Ihnen darum handelt. Manchen Sie bitte mal den Mund auf und sagen Sie A.«

Bonnie öffnete den Mund. Dr. Kline drückte mit einem flachen Stäbchen auf den hinteren Teil ihrer Zunge. »A«, sagte sie und begann sofort zu würgen.

»Alles in Ordnung?« Dr. Kline zog das Stäbchen aus ihrem Mund und warf es in den Papierkorb.

»Der Arzt sind doch Sie. Das müssen Sie mir sagen.«

»Tja«, begann er, »Sie haben kein Fieber; Sie haben keine Erkältung; Ihre Augen sind in Ordnung. Ihre Lunge ist klar; Ihr Hals sieht gut aus; Ihre Nasengänge sind frei, und Ihre Drüsen sind nicht geschwollen, jedenfalls am Hals nicht. Sehen wir uns mal die Leistendrüsen an. Würden Sie sich noch einmal hinlegen, bitte?«

Bonnie streckte sich wieder auf dem Untersuchungstisch aus, und der Arzt betastete mit beiden Händen ihren Bauch und die Leistengegend. Das ganze Gebiet war sehr empfindlich, und sie zuckte zusammen.

»Tut das weh?« fragte er.

»Ein bißchen.«

»Einige Drüsen sind etwas geschwollen«, stellte er fest. »Okay, Sie können sich jetzt wieder aufsetzen.« Er reichte ihr einen Pappbecher. »Das ist für den Urin«, sagte er. »Debbie zeigt Ihnen, wo die Toilette ist, und wenn Sie wiederkommen, nehmen wir noch etwas Blut ab.«

»Und dann?«

»Dann warten wir ein, zwei Tage auf die Ergebnisse, und sobald wir die haben, sehen wir weiter. Inzwischen gebe ich Ihnen ein Rezept für ein Antibiotikum. Ich möchte, daß Sie sofort anfangen, es zu nehmen.«

»Ich dachte, Antibiotika helfen nicht.«

»Sie helfen nicht, wenn es sich um eine Virusinfektion handelt. Wenn es aber keine ist, könnten Sie sich schon morgen besser fühlen. Es ist auf jeden Fall einen Versuch wert. Sind Sie auf Penizillin allergisch?«

»Nicht daß ich wüßte.«

Er schrieb ein Rezept aus. »Okay. Dann versuchen wir's mal damit. Nehmen Sie zwei Tabletten sofort, danach alle sechs Stunden eine. Wenn sich Ihr Befinden in den nächsten zwei Tagen nicht bessert, wissen wir, daß wir es mit einem Virus zu tun haben. Aber es ist zu hoffen, daß diese Tabletten helfen. Auf jeden Fall werde ich Sie anrufen, sobald ich die Untersuchungsergebnisse habe. Wenn Sie spätestens Freitag nichts von mir gehört haben, rufen Sie mich doch bitte an. So, und jetzt füllen Sie mir den Becher.«

Nachdem Bonnie das erledigt hatte, kehrte sie zur Blutabnahme in das Sprechzimmer des Arztes zurück. Er füllte vier Fläschchen mit ihrem Blut.

»Das ist aber eine Menge«, bemerkte sie, überrascht, wie dunkel ihr Blut aussah. »Machen Sie auch einen Aidstest?«

»Sollte ich das tun?« fragte er.

»Ist das nicht üblich?«

»Nein.« Er kniff die Augen zusammen und sah sie scharf an. »Sollte ich einen Aidstest machen, Mrs. Wheeler?«

Bonnie antwortete nicht sofort. »Ich weiß es nicht«, sagte sie schließlich.

»Haben Sie in den letzten zehn Jahren irgendwelche Drogen gespritzt?«

»Nein, natürlich nicht.«

»Haben Sie Bluttransfusionen bekommen?«

»Nein.«

»Haben Sie sich auf Sexualpraktiken eingelassen, die mit einem besonderen Risiko behaftet sind?«

Bonnie starrte ihn an. »Was meinen Sie damit?« stotterte sie.

»Analverkehr, häufiger Partnerwechsel, Geschlechtsverkehr

mit einer Person, die infiziert ist«, leierte er mit einer Nonchalance herunter, die sie beunruhigend fand. »Leben Sie in einer monogamen Beziehung, Mrs. Wheeler?«

»Ich habe meinen Mann nie betrogen«, antwortete Bonnie.

»Und Ihr Mann?«

»Das weiß ich nicht«, bekannte sie nach einer kleinen Pause. Lieber Gott, was sagte sie da?

»Dann machen wir den Test. Sicherheitshalber.« Dr. Kline tätschelte ihre Hand und drückte ihre zitternden Finger.

Bonnie nickte und ließ sich ein letztes Fläschchen Blut abnehmen. Wie hatte sie dem Arzt nur sagen können, sie sei nicht sicher, ob ihr Mann monogam sei? Konnte sie denn allen Ernstes glauben, Rod hätte ein Verhältnis? Vertraute sie ihrem Mann so wenig? Wenn es so war, warum hatte sie dann darauf bestanden, daß er mit Marla nach Miami flog? Und warum erwartete sie jetzt so ängstlich seine Rückkehr? Wurde sie langsam zu einer jener Frauen, die ihr immer leid getan hatten; die zu ihrem Mann standen, ganz gleich, wie tief er sie erniedrigte; die Frustrationen und Enttäuschungen in sich hineinfraßen, bis es sie buchstäblich krank machte?

Wie ihre Mutter.

Bonnie dankte Dr. Kline, zog sich wieder an und ging in die nächste Apotheke, um die verschriebenen Tabletten zu kaufen. Die ersten beiden nahm sie, wie angewiesen, sofort. Immer das brave Kind, dachte sie mit leiser Bitterkeit, als sie zu ihrem Wagen zurückkehrte und sich ans Steuer setzte, ohne jedoch den Motor anzulassen.

Und wohin jetzt? dachte sie; sie hatte keine Eile, nach Hause zu fahren. Sie konnte natürlich in die Schule fahren, aber wozu? Man hatte für den Tag bereits eine Ersatzlehrkraft, außerdem war der Unterricht fast vorbei. Sie konnte einen Einkaufsbummel machen, aber dazu war sie nicht in Stimmung. Und nach Spazierengehen, Lesen oder selbst einem Kinobesuch, einfachen Vergnügungen, die vor wenigen Wochen noch etwas

Selbstverständliches gewesen waren, war ihr überhaupt nicht zumute.

Vielleicht würden die Antibiotika helfen. Vielleicht würde sie schon morgen eine erste Besserung merken. Vielleicht würden sie aber auch nicht helfen. Vielleicht würde gar nichts helfen, weil gar nichts war. Jedenfalls nicht mit ihrem Körper. Vielleicht würde es ihr erst wieder bessergehen, wenn... wenn was? Wenn sie sich mit ihren lang unterdrückten, feindseligen Gefühlen gegen ihre Ursprungsfamilie auseinandersetzte? Hör bloß auf, dachte sie, ließ zornig den Wagen an und fuhr los. Dieser ganze Psychokrempel. Zweihundert Dollar für einen Rat, den jeder Psychologiestudent im ersten Jahr ihr gegeben hätte, nur um sich selbst reden zu hören. So eine Verschwendung! Was sollte schon dabei herauskommen, wenn sie es auf eine Konfrontation mit ihrem Vater ankommen ließ? Er würde sie sowieso nicht verstehen. Wahrscheinlich würde er ihr überhaupt nicht zuhören.

Sie tun es ja nicht für ihn, hatte Dr. Greenspoon gesagt.

»Ich tue es überhaupt nicht«, erklärte Bonnie laut, trat aufs Gaspedal und drehte das Radio auf volle Lautstärke.

Knapp eine Stunde später hielt sie vor dem Haus in der Maple Road 422 in Easton. Und jetzt? fragte sie die Frau, die ihr aus dem Rückspiegel entgegenblickte. Was tust du hier? Du bist wider besseres Wissen den ganzen Weg bis hierher gefahren, und was glaubst du hier zu erreichen? Daß dein Vater sich bei dir entschuldigt? Geht es dir darum? Daß er dir eine Erklärung gibt? Als würdest du ihm auch nur ein Wort glauben. Also, warum bist du hier? fragte sie sich wieder.

Du bist hier, um dein Leben in den Griff zu bekommen, antwortete ihr Spiegelbild. Bonnie stieß die Autotür auf und schwang ihre Beine aus dem Wagen. Unsicher tastend berührten ihre Füße den Boden. Du bist hier, um deine Zukunft zurückzufordern, und das kannst du nur, indem du dich mit deiner Vergangenheit auseinandersetzt.

Joans Tod hatte sie aus der Bahn geworfen, sie wieder mit der Familie in Kontakt gebracht, die sie hinter sich hatte lassen wollen. Und jetzt stand diese Familie wie eine Mauer vor ihr, versperrte ihr den Weg und erlaubte ihr nicht, vorwärtszugehen. Sie müßte nichts weiter tun, als diese Menschen damit zu konfrontieren, ihnen sagen, was sie zu sagen hatte und gehen. Sie brauchte sie nie wiederzusehen. Es ist doch ganz einfach, sagte sie sich, während sie auf wackligen Beinen den Weg hinaufging und ihre Gedanken zu ordnen versuchte. Wie von einem Windstoß erfaßt, stoben sie auseinander, sobald sie die Hand auf den Türknauf legte.

Die Tür öffnete sich. Ihr Vater stand vor ihr. Er hatte eine dunkelblaue Hose und ein blau-rot kariertes Hemd an. Sein breites Gesicht verriet nichts, sein Blick spiegelte weder Überraschung noch Neugier wider. Er wich zurück, um sie eintreten zu lassen. Wortlos trat Bonnie über die Schwelle. Die Tür schloß sich hinter ihr wie ein Gefängnistor.

»Wer ist denn da, Steve?« Adeline Lonergan kam aus der Küche. Sie trug eine altmodische Schürze über einem leuchtendgelben Kleid. »Oh!« Sie blieb stehen, als sie Bonnie sah. »Du bist es, Bonnie. Ich hätte dich beinahe nicht erkannt. Was hast du denn mit deinem Haar gemacht?«

»Entschuldige, Adeline, aber könntest du mich vielleicht ein paar Minuten mit meinem Vater alleinlassen? Bitte?« fragte Bonnie, die einen Moment lang wie geblendet war von den weißen Wänden.

»Wir haben nichts zu besprechen, was Adeline nicht hören könnte«, erklärte ihr Vater, die Hände auf der Brust gefaltet. Wie Herr Saubermann persönlich, dachte Bonnie, die versuchte, ihn auf eine handliche Größe zurückzustutzen.

»Laß nur, Steve. Ich habe sowieso zu tun. Sprich ruhig mit deiner Tochter. Ich bin in der Küche, wenn du etwas brauchst.«

Vater und Tochter sagten nichts.

»Am besten geht ihr ins Wohnzimmer«, schlug Adeline vor.

»Das ist gemütlicher als hier draußen. Möchte einer von euch etwas zu trinken?« fuhr sie fort, als weder Bonnie noch ihr Vater sich von der Stelle rührten.

Steve Lonergan schüttelte den Kopf und ging langsam ins Wohnzimmer.

»Nein, danke«, sagte Bonnie und folgte ihm. Warum nur war sie hierhergekommen? Was hoffte sie zu erreichen? Was, in Gottes Namen, wollte sie überhaupt sagen?

»Ich höre, du hast deinen Bruder gesehen«, bemerkte ihr Vater, als er sich in der Mitte des Zimmers umdrehte und sie ansah.

Bonnie wandte sich ab, tat so, als musterte sie die Einrichtung des Raums, aber das viele Grün, Weiß und Gelb verwirrten sie, und widerstrebend richtete sie ihren Blick auf ihren Vater.

»Ja, er ist ganz überraschend vorbeigekommen.« Unaufgefordert, hätte sie beinahe hinzugefügt, tat es aber nicht.

»Er hat euch mit seiner berühmten Tomatensoße beglückt, nicht wahr?«

»Ja.«

»Und? Hat sie geschmeckt?«

»Ja, sie war gut«, antwortete Bonnie. Nur daß mir seitdem dauernd speiübel ist, fügte sie unausgesprochen hinzu.

»Er hat mir erzählt, daß meine Enkelin ein richtiger Wonneproppen ist.«

»Ja, das ist sie.«

»Du hast nicht zufällig ein Bild von ihr dabei?« fragte ihr Vater und sah dann zum Fenster hinaus, als hätte er nichts gesagt.

Bonnie zögerte einen Moment, voll Widerstreben, ihren Vater auch nur so weit an ihrem Leben teilhaben zu lassen. »Doch«, sagte sie dann, »ich habe zwei Fotos einstecken.« Sie kramte in ihrer beigefarbenen Handtasche und entnahm ihr ein kleines, rotes Lederetui, das sie ihrem Vater hinhielt. Er nahm es sofort, zog seine Lesebrille aus der Brusttasche seines Hemds und setzte sie auf.

»Auf dem Bild links war sie gerade vier Monate alt«, erklärte

Bonnie. »Das rechte wurde letztes Jahr aufgenommen. Sie hat sich seitdem ziemlich verändert. Ihr Haar ist länger. Und ihr Gesicht ist ein bißchen schmäler geworden.«

»Sie sieht aus wie ihre Mutter«, sagte Steve Lonergan.

Bonnie steckte die Fotografien rasch wieder ein. »Die meisten Leute finden, daß sie mehr Ähnlichkeit mit Rod hat.«

»Und wie geht es deinem Mann?«

»Gut. Er ist im Augenblick in Florida bei einer Konferenz.«

»Und inzwischen mußt du auf seine Kinder aufpassen, wie?«

Bonnie blickte zu Boden. Ihre braunen Schuhe waren tief in den weichen, blaßgrünen Teppich eingesunken. Wie Sumpf, dachte sie und fragte sich, wie lange es ihr gelingen würde, den Kopf über Wasser zu halten.

»Aber ich bin nicht hergekommen, um über Rod zu sprechen«, sagte sie.

»Warum bist du gekommen?«

»Das weiß ich selbst nicht genau«, bekannte sie nach einer kleinen Pause. »Ich hatte das Gefühl, es gibt ein paar Dinge, die einmal ausgesprochen werden müssen.«

»Dann spricht sie aus«, forderte ihr Vater sie auf.

»So einfach ist das nicht.«

»Du hattest über drei Jahre Zeit zur Vorbereitung.«

Bonnie holte tief Atem, setzte zum Sprechen an, konnte nicht.

»Was tust du hier, Bonnie?« fragte ihr Vater einfach.

»Was tust *du* hier?« gab Bonnie heftig zurück. »Welches Recht hast du, dich in diesem Haus aufzuhalten? Wie konntest du es wagen, hierher zurückzukommen! Wie kannst du es wagen, das Andenken meiner Mutter so zu verspotten!« Bestürzt über die Heftigkeit ihres Ausbruchs, trat Bonnie einen Schritt zurück.

»So siehst du das?«

»Ich sehe nur, daß du hier nichts zu suchen hast. Du hast dieses Haus immer gehaßt. Du konntest es nicht erwarten, von hier wegzukommen.«

»Ich habe dieses Haus immer geliebt«, korrigierte er sie. »Ich muß allerdings zugeben, daß ich diese verdammte Blumentapete immer gehaßt habe. Aber nachdem deine Mutter und ich beschlossen hatten, uns scheiden zu lassen...«

»Du bist doch einfach abgehauen. Du hast ihr überhaupt keine Wahl gelassen.«

»Sie war diejenige, die dieses Haus im Grunde nie mochte, falls du das nicht wissen solltest. Ich mußte sie dazu überreden, hier herauszuziehen. Sie hätte lieber in der Stadt gelebt. Aber dann bestand sie darauf, das Haus als Teil der Scheidungsvereinbarung zu behalten, wahrscheinlich vor allem, um mich zu ärgern.«

»Wahrscheinlich, um uns Kinder nicht noch mehr zu verunsichern«, entgegnete Bonnie. »Sie war vermutlich der Meinung, wir hätten schon genug mitgemacht.«

»Vielleicht. Wir werden es wohl nie erfahren.« Steve Lonergan schwieg. Er sah zum Fenster hinaus. »Wie dem auch sei, nach ihrem Tod, als das Haus an Nick überging, fragte er mich, ob ich es ihm abkaufen wolle. Er brauchte das Bargeld dringender als ein großes Haus. Adeline und ich hatten nichts dagegen, ihm zu helfen.«

»Nein, keiner hat je was dagegen, dem armen Nick zu helfen.« Bonnie konnte nur zornig den Kopf schütteln.

»Vielleicht ist er nicht so stark wie du, Bonnie.«

»Natürlich, und die Schwachen werden die Erde besitzen«, gab Bonnie zurück, die sah, daß die Bibel immer noch auf dem Couchtisch lag.

»Auf wen bist du eigentlich so wütend, Bonnie?« fragte ihr Vater.

»Was soll das denn wieder heißen?«

»Ich bin nicht derjenige, der gestorben ist und das Haus deinem Bruder hinterließ«, versetzte ihr Vater.

Bonnie begann zwischen dem Sofa und dem Sessel hin und her zu gehen. »Wenn du mir einreden willst, daß ich in Wirklichkeit auf meine Mutter wütend bin, kannst du das gleich vergessen. Ich weiß genau, auf wen ich wütend bin. Er steht direkt vor mir.«

»Warum bist du wütend?«

»Warum?« äffte Bonnie ihn nach.

»Ja, warum?« wiederholte er.

»Was glaubst du wohl, warum?« schrie Bonnie. »Du hast deine Familie im Stich gelassen.«

»Ich bin gegangen, weil die Situation unerträglich war.«

»Unerträglich für wen? Meine Mutter war es bestimmt nicht, die sich jede Nacht woanders herumgetrieben hat.«

»Nein, deine Mutter war jede Nacht zu Hause in ihrem Bett.«

»Sie war krank.«

»Sie war immer krank, verdammt noch mal.«

»Machst du ihr das vielleicht zum Vorwurf?«

»Nein. Ich sage nur, daß ich so nicht mehr leben konnte.« Er strich sich mit der Hand über den Kopf. »Ich versuche nicht, mich zu entschuldigen, Bonnie. Ich weiß, daß ich feige war. Aber vielleicht könntest du mal ein paar Minuten lang versuchen zu verstehen, wie es für mich war. Ich war noch ein relativ junger Mann. Es gab so vieles, was ich tun wollte. Deine Mutter wollte niemals irgend etwas unternehmen. Sie hatte zu nichts Lust. Sie hatte kein Interesse daran, sich einen Freundeskreis zu schaffen oder zu reisen, sie hatte nicht einmal Lust, mit mir zu schlafen.«

»Sie war krank. Sie hat gelitten«, sagte Bonnie.

»Ich habe auch gelitten«, gab ihr Vater zurück. »Ich habe darunter gelitten, so leben zu müssen, das Gefühl zu haben, daß mein ganzes Leben bereits vorbei sei, jede Nacht neben einer Frau zu schlafen, die immer zurückzuckte, wenn ich sie berührte. Bonnie, du warst damals noch ein Kind, ich habe nicht erwartet, daß du das verstehen würdest. Aber jetzt bist du erwachsen. Ich hatte auf ein bißchen Mitgefühl gehofft.«

»Wo war denn dein Mitgefühl?«

»Ich habe mich bemüht, Bonnie. Ich habe mich jahrelang bemüht.«

»Und dann bist du gegangen. Und danach wurde sie nie wieder wie früher.«

»Sie war genau wie früher, und das weißt du auch.«

»Du bist gegangen und nie zurückgekommen.«

»Sie wollte es so.«

»Sie wußte ja gar nicht, was sie wollte. Sie war krank...«

»Und ich war kurz davor zu ersticken. Ich konnte nicht mehr atmen. Ihre Krankheit steckte uns alle an.«

»Und da bist du gegangen und hast es zwei Kindern überlassen, sich um sie zu kümmern?«

»Ich wußte nicht, was ich sonst tun sollte.«

»Du hättest uns mitnehmen können!« schrie Bonnie ihn an, wie vom Donner gerührt über die Worte, die aus ihrem Mund kamen. Sie brach in Tränen aus und ließ sich auf das Sofa fallen. »Du hättest uns mitnehmen können!« rief sie schluchzend.

Lange Zeit sprachen sie beide nicht. Nach einer Weile merkte Bonnie, das ihr Vater an ihrer Seite stand, seine Hand auf ihre Schulter legte.

»Nicht!« sagte sie und schüttelte seine Hand ab. »Es ist zu spät.«

»Warum ist es zu spät?«

»Weil ich kein kleines Mädchen mehr bin.«

»Du wirst immer *mein* kleines Mädchen sein«, sagte er.

»Du hast ja keine Ahnung«, erklärte sie, ohne ihn anzusehen. »Du hast keine Ahnung, wie oft ich geweint habe, daß ich jede Nacht darum gebetet habe, daß du zurückkommen und uns holen sollst. Einmal hab' ich nachts im Schlaf sogar einen Koffer gepackt und unten auf dich gewartet. Aber nicht du warst es, der mich dort gefunden hat. Nicht du warst es, der mich geweckt hat.«

»Es tut mir so leid, Bonnie. Ich war immer bemüht, den Kontakt zu euch zu halten. Das weißt du.«

»Ja, du hast uns immer sehr gewissenhaft deinen neuen Ehefrauen vorgestellt.«

»Du hast keinen Zweifel daran gelassen, auf wessen Seite du stehst; daß du nichts mit mir zu tun haben wolltest.«

»Ich war ein Kind, Herrgott noch mal. Was erwartest du von einem Kind?«

»Ich habe erwartet, daß du erwachsen werden würdest.«

»Du hast uns verlassen. Du hast *mich* verlassen.« Wieder begann Bonnie zu schluchzen.

»Es tut mir so leid«, wiederholte ihr Vater. »Ich wollte, es gäbe irgend etwas, das ich jetzt tun oder sagen könnte.« Er schwieg. Er ging zum Fenster und starrte auf die Straße hinaus.

»Bist du glücklich?« fragte Bonnie, den Blick auf seinen leicht geneigten Rücken gerichtet. »Bist du glücklich mit Adeline?«

»Sie ist eine wunderbare Frau«, antwortete ihr Vater, sich umdrehend. »Ich bin sehr glücklich, ja.«

»Und Nick? Glaubst du, daß er sein Leben jetzt endlich in den Griff bekommt?«

»Ja, das glaube ich. Warum willst du ihm nicht eine Chance geben?«

»Ich traue ihm nicht.«

»Er ist dein Bruder.«

»Er hat unserer Mutter das Herz gebrochen.«

»Er hat keine Schuld an ihrem Tod, Bonnie.«

Bonnie schluckte, wischte sich ungeduldig die Tränen aus den Augen, sagte nichts. Dann stand sie auf. »Ich muß jetzt gehen.« Sie ging hinaus, spürte, daß ihr Vater ihr folgte.

»Alles in Ordnung?« fragte Adeline, die mit einem großen Holzlöffel in der Hand aus der Küche kam.

»Ja, alles in Ordnung«, antwortete Steve Lonergan und sah Bonnie um Bestätigung bittend an. Bonnie nickte. Ihr Blick glitt zur Treppe.

»Ich backe gerade einen Apfelkuchen«, sagte Adeline. »Er ist gleich fertig. Vielleicht möchtest du ein Stück.«

»Ich muß wirklich fahren«, erwiderte Bonnie automatisch, von der Treppe angezogen wie von einem Magneten.

»Möchtest du dir ansehen, wie wir die oberen Räume eingerichtet haben?« fragte Adeline.

Bonnie hatte den rechten Fuß schon auf der untersten Stufe, die linke Hand an der Wand. Irgend etwas zog sie die Treppe hinauf, winkte ihr mit unwiderstehlicher Kraft. Und während sie sich noch fragte, was sie da tat, stieg sie langsam eine Stufe nach der anderen hinauf, bemerkte, wie die weißen Wände sich verdunkelten, dann mit Blumen bedeckten, deren betäubender Duft sie einhüllte und schwindlig machte. Blödsinn, sagte sie sich, den Blick schon auf das Zimmer am Ende der Treppe gerichtet. Das ist nur der Apfelkuchen im Rohr. Hier gibt es keinen Blumenduft. Hier gibt es keine Blumen.

Und es wartet auch niemand in dem Zimmer hier oben, sagte sie sich, als sie die letzte Stufe hinaufstieg und über den Flur ging, um die Tür zu dem Zimmer aufzustoßen, das einst das Schlafzimmer ihrer Mutter gewesen war.

Die Frau saß aufrecht in der Mitte des Bettes, ihr Gesicht im Schatten.

»Wir haben alles verändert, wie du siehst«, sagte Adeline irgendwo neben Bonnie. »Uns hat Blau für ein Schlafzimmer gefallen, und ich hatte immer schon eine Schwäche für Spiegel.«

»Kannst du mich ein paar Minuten allein lassen?« fragte Bonnie, den Blick auf die schattenhafte Gestalt in der Mitte des Bettes gerichtet.

»Aber natürlich«, antwortete Adeline mit einem Anflug von Verwirrung in der Stimme. »Wir sind unten.«

Bonnie hörte, wie sich die Tür hinter ihr schloß. Erst da neigte sich die Gestalt auf dem Bett aus den Schatten und winkte sie zu sich heran.

25

»Komm näher, damit ich dich sehen kann«, sagte die Gestalt, die eine Frau war. Ihre Stimme war überraschend kräftig.

Bonnie näherte sich langsam dem Bett. In dem hohen Spiegel über dem Kopfbrett des Bettes, das aus hellem Holz war, sah sie ihr Bild, das von dem kleineren Spiegel auf dem Toilettentisch an der gegenüberliegenden Wand zurückgeworfen wurde. Nur sah sie statt einer Frau in einem losen, cremefarbenen Kleid ein kleines Mädchen von elf Jahren, das ein weißes Baumwollkleidchen trug. Das schulterlange, braune Haar war mit einem glänzenden, rosafarbenen Band zum Pferdeschwanz gebunden.

»Wie geht es dir heute?« fragte das kleine Mädchen die Frau im Bett, als sie sich ihr vorsichtig näherte.

Schatten glitten wie Wellen über das Gesicht der Frau. »Leider nicht sehr gut.«

»Ich habe dir das Frühstück gebracht.« Das kleine Mädchen hob ein schweres Plastiktablett, um es der Frau zu zeigen.

»Ich kann nichts essen.«

»Willst du es nicht wenigstens versuchen? Ich habe es selbst gemacht. Zwei Spiegeleier, in der Mitte weich, wie du es gern hast.«

»Ich kann jetzt kein Ei essen.«

»Dann trink wenigstens ein bißchen Orangensaft.« Das kleine Mädchen stellte das Tablett ab und hielt der Frau das Glas hin.

»Du bist ein liebes Kind«, sagte die Frau und ließ sich in ihre Kissen zurückfallen, ohne das Glas in der Hand des Kindes zu beachten.

Das Kind trat noch näher und führte das Glas an die Lippen der Frau. »Hast du heute einen schlechten Tag?« fragte es.

»Ja. Leider.«

»Hast du Kopfschmerzen?«

»Migräne«, sagte die Frau. Sie hob ihre Hände an die Schläfen und schloß die Augen.

Licht und Schatten huschten über das Gesicht der Frau, verflüchtigten sich und nahmen alle Zeichen von Leben mit sich, so daß nur eine bleiche, leicht aufgedunsene Maske zurückblieb, die den Schmerz der Frau widerspiegelte. Irgendwo hinter all diesem Schmerz verborgen war eine schöne Frau, so stellte das Kind sich gerne vor, eine Frau mit blitzenden, blauen Augen und einem strahlenden, ansteckenden Lächeln.

Das Kind hob seine kleinen Hände zum Gesicht der Frau, strich ihr das dichte braune Haar aus der Stirn und massierte behutsam die Stellen über den hohen Wangenknochen.

»Nicht so fest«, sagte die Frau, und das Kind verminderte sofort den Druck seiner Finger. »So ist es besser. Hier.« Sie zeigte auf die Gegend rund um die leicht aufgeworfene Nase. »Ich habe vor Schmerzen fast die ganze Nacht wachgelegen. Dein Vater hat wahrscheinlich auch kaum geschlafen.« Sie öffnete ihre Augen. »Wo ist er eigentlich? Ist er schon weg?«

»Es ist nach elf«, sagte das Kind. »Er hat gesagt, er muß arbeiten.«

»Am Samstag?«

Das Kind massierte weiter, ohne etwas zu sagen.

»Er ist mit einer seiner Frauen unterwegs«, sagte die Mutter.

»Er hat gesagt, er muß arbeiten.«

»Schöne Arbeit!« Das Kind wich zurück. »Nein, hör nicht auf. Das tut gut. Du hast gute Finger. Wenn du mich massierst, fühle ich mich gleich viel besser.«

»Wirklich? Tut dir meine Massage gut?«

Plötzlich hallte lautes Getöse durch das Haus. Bonnie fuhr herum, so daß ihre erwachsene Gestalt mit der des Kindes im Spiegel zusammenstieß.

»Was war das?« hörte sie ihren Vater unten rufen.

»Es ist nichts, Steve«, rief Adeline zurück. »Mir ist eine Schüssel runtergefallen. Nicht weiter schlimm.«

»Was war das für ein Lärm?« fragte die Frau im Bett, als Bonnie in den Körper des elfjährigen Mädchens zurückkehrte.

»Das war Nick. Er spielt wieder mal Räuber und Gendarm«, antwortete das kleine Mädchen.

»Peng, peng!« rief Nick und stürmte mit gezückter Spielzeugpistole ins Zimmer. »Peng, peng! Jetzt seid ihr tot.«

»Nick, du mußt leise sein«, mahnte das kleine Mädchen. »Mami geht es heute nicht gut.«

»Peng, peng!« schrie Nick unbekümmert. »Ich hab' euch erschossen. Ihr seid tot.«

»Ja, du hast mich erschossen«, bestätigte die Frau im Bett. Schwaches Lachen schwang in ihrer Stimme. »Jetzt bin ich tot.« Sie schloß die Augen und ließ den Kopf nach vorne sinken.

Nick lachte triumphierend und rannte von seiner elfjährigen Schwester gefolgt aus dem Zimmer. Bonnie, die am Fußende des Betts stand, blickte ihnen nach.

»Komm näher«, sagte die Frau im Bett wieder.

Bonnie straffte ihre Schultern und näherte sich dem Bett. Ihre Finger strichen über die himmelblaue Bettdecke. Augenblicklich wucherten Blumen wie Unkraut überall auf dem Stoff. Bonnie starrte in den Spiegel und sah, wie ein anderes Bild Gestalt annahm, das Bild eines jungen Mädchens, das größer war, dessen Hüften und Busen sich schon gerundet hatten. Das Bild schwankte und waberte, wurde bald breiter, bald schmäler, so daß Bonnie sich an einen Gang durch ein Spiegelkabinett erinnert fühlte.

»Dein Vater hat uns verlassen«, sagte ihre Mutter vom Bett aus mit zornigem Gesicht.

»Er kommt wieder«, versicherte ihr das junge Mädchen.

»Nein.«

»Er braucht nur ein bißchen Zeit für sich. Er kommt bestimmt bald heim.«

»Nein, er kommt nicht zurück. Er ist bei ihr.«

»Bei ihr?«

»Bei der Frau, mit der er sich dauernd getroffen hat.«

»Aber er bleibt sicher nicht bei ihr.«

»Er kommt nicht zurück.«

Bonnie sah, wie sich die Augen des jungen Mädchens mit Tränen füllten. »Ich kümmere mich um dich, Mami«, hörte sie das Mädchen sagen.

»Ich habe am Freitag einen Termin bei Dr. Blend. Wie soll ich da hinkommen?«

»Ich bringe dich hin.«

»Ich habe Angst«, rief die Frau erregt, und das junge Mädchen eilte zu ihr ans Bett. »Mein Herz klopft wie wahnsinnig. Ich habe Angst, daß ich einen Herzinfarkt bekomme.«

»Was soll ich tun?«

»Bring mir meine Tabletten. Sie sind da neben dem Bett.«

Mit fliegenden Händen öffnete das junge Mädchen die kleine Flasche mit den roten und gelben Kapseln. Sie schüttete zwei in ihre offene Hand, hielt sie der Frau hin und sah zu, wie diese sie ohne Wasser mühelos hinunterschluckte.

»Geht's dir wieder besser?«

Die Frau schüttelte den Kopf.

»Was soll ich denn tun?«

»Nichts. Du bist ein gutes Kind.« Sie wischte sich mit dem Handrücken etwas Schweiß von der Stirn und sah sich im verdunkelten Zimmer um. »Wo ist Nicholas?«

»Er versteckt sich vor den Nachbarn«, sagte das junge Mädchen, das einerseits Angst hatte, seine Mutter aufzuregen, andererseits nicht lügen wollte. »Er hat Mrs. Gradowski Handschellen angelegt und die Schlüssel die Toilette runtergespült. Mr. Gradowski mußte einen Schlosser holen, um sie aufzukriegen. Er ist total wütend.«

Ihre Mutter lachte, amüsiert wie immer über Nicks übermütige Streiche. Er konnte tun, was er wollte, es war immer richtig. Das junge Mädchen schüttelte ungläubig und ein wenig bitter den Kopf, dann verschwand es.

»Ich kann dich immer noch nicht sehen«, sagte die Frau im Bett. »Du mußt näher kommen.«

Bonnie tastete sich am Bett entlang zum Kopfende vor. Doch da trat ihr jemand in den Weg, so daß sie nicht weiter konnte, eine junge Frau, mit der sie aufs Innigste vertraut war, wie ihr bewußt wurde, als sie mit der Frau verschmolz und deren ängstlich abwartende Haltung einnahm.

»Ich heirate«, sagte sie und wartete. »Mutter, hast du mich gehört? Ich habe gesagt, daß Rod und ich heiraten werden.«

»Ich habe dich gehört. Gratuliere.«

»Du scheinst nicht besonders erfreut zu sein.«

Ihre Mutter biß sich auf die Unterlippe. »Also läßt du mich jetzt auch im Stich«, sagte sie.

»Aber nein, bestimmt nicht. Niemand läßt dich im Stich.«

»Du ziehst aus.«

»Ich heirate.«

»Und wer soll sich dann um mich kümmern?«

»Dr. Monson hat gesagt, du könntest für dich selbst sorgen.«

»Ich gehe nicht mehr zu Dr. Monson.«

»Wir können eine Haushälterin engagieren.«

»Ich will keine fremden Leute in meinem Haus.«

»Es wird uns bestimmt eine Lösung einfallen. Bitte, Mutter, ich möchte, daß du dich mit mir freust.«

Die Frau im Bett wandte ihren Kopf ab und weinte.

»Bitte, Mutter, wein jetzt nicht. Nicht gerade jetzt.« Bonnies Stimme wurde zwischen den beiden Spiegeln hin und her geworfen und brach sich in der Stille des Zimmers. »Kannst du dich denn nie mit mir freuen?«

»Setz dich, Bonnie«, sagte ihre Mutter, und Bonnie, die schon das Kind in ihrem Leib spürte, setzte sich nervös auf die Bettkante. »Wir müssen miteinander sprechen.«

»Du brauchst Ruhe, Mutter. Dr. Bigelow hat gesagt…«

»Dr. Bigelow hat keine Ahnung. Hast du denn in all den Jahren überhaupt nichts dazugelernt?«

»Er hat gesagt, du hättest einen Schlaganfall gehabt. Und er sei schlimmer als der letzte...«

»Ich möchte mit dir über mein Testament sprechen.«

»Bitte, Mutter, können wir darüber nicht sprechen, wenn es dir wieder ein wenig besser geht?«

»Ich muß mit dir sprechen, damit du es verstehst.«

»Damit ich was verstehe?«

»Meinen Entschluß.«

»Was für einen Entschluß?«

»Ich werde Nick das Haus vererben.«

»Mutter, darüber möchte ich jetzt nicht reden.«

»Er braucht eine Sicherheit.«

»Du wirst doch wieder gesund. Wir können uns darüber unterhalten, wenn es dir besser geht.«

»Er ist nicht so stark wie du«, fuhr ihre Mutter fort. »Das ist der Grund, weshalb er immer in Schwierigkeiten gerät. Du mußt ihm helfen.«

»Nick ist ein erwachsener Mann, Mutter. Er kann für sich selbst sorgen.«

»Er hat nie versucht, jemanden zu töten. Er ist unschuldig. Du weißt es. Du wirst sehen, man wird ihn freisprechen. Genau wie das letztemal. Er muß bestimmt nicht ins Gefängnis. Das ist alles nur ein schreckliches Mißverständnis.«

»Mutter, du mußt aufhören, dir seinetwegen Sorgen zu machen. Das tut dir nicht gut.«

»Er ist immer ein Schlingel gewesen«, sagte ihre Mutter beinahe stolz. »Ganz anders als du. Bei dir konnte ich mich immer darauf verlassen, daß du das Rechte tust. Du bist meine Gute.« Sie versuchte zu lächeln, aber der Schlaganfall hatte einen Teil ihres Gesichts gelähmt, und das Lächeln gelang nicht. »Aber er hat mich immer zum Lachen gebracht mit seinen dummen Streichen. Mit seinem wilden Geballer – peng, peng«, sagte ihre Mutter, und ihre Augen lächelten, auch wenn ihre Lippen es nicht konnten. »Du verstehst mich doch, nicht wahr, Bonnie?« sagte sie.

»Du hast ja schon ein Haus. Du hast einen Ehemann und bekommst bald ein Kind. Nick hat nichts. Er braucht etwas, das ihm Halt gibt.«

»Tu, was du für richtig hältst, Mutter«, hörte Bonnie sich sagen. »Das Haus ist mir nicht wichtig. Nichts daran ist mir wichtig.«

»Du hast gelogen, nicht wahr?« fragte jetzt die Frau auf dem Bett und grapschte nach Bonnies Hand, um sie zu zwingen, in ihr eigenes Spiegelbild zurückzukehren. »Du konntest noch nie lügen.«

Bonnie wollte zurückweichen, doch die Hand war zu schnell, zu kräftig. Unerbittlich zog sie sie immer näher zu der Frau in dem Bett.

»Nein!« protestierte sie. »Laß mich in Ruhe. Bitte!«

»Sieh mich an«, befahl die Frau.

Bonnie legte die andere Hand über ihre Augen. »Nein. Nein.«

»Sieh mich an«, befahl die Frau wieder und löste mit skelettdürren Fingern gewaltsam Bonnies Hand von ihrem Gesicht.

Ohnmächtig ließ Bonnie ihre Arme an den Seiten herabfallen. Sie öffnete die Augen und sah die Frau im Bett an, und langsam verzogen sich alle Schatten der Vergangenheit.

Ihre Mutter blickte ihr in die Augen. Ihr dickes, braunes Haar war aus dem Gesicht gekämmt und im Nacken mit einer silbernen Spange zusammengehalten. Die Augen waren so tief und so kalt wie ein arktischer See, die bleiche Haut spannte sich straff über den hohen Wangenknochen. Um ihren Mund unter der aufgeworfenen Nase schwebte ein unechtes Lächeln.

»Du siehst müde aus«, sagte sie, während sie den obersten Knopf ihres weißen Morgenrocks schloß.

»Es geht mir seit einiger Zeit nicht besonders gut«, erwiderte Bonnie.

»Warst du beim Arzt?«

»Ja.« Sie schwieg, schluckte. »Ich dachte, du könntest mir vielleicht helfen.«

»Ich? Wie denn?«

»Das weiß ich auch nicht so genau.«

»Warum bist du hierhergekommen?«

»Ich wollte dich sehen.«

»Und was glaubst du, daß ich für dich tun kann?«

»Ich weiß es nicht«, antwortete Bonnie aufrichtig. »Wußtest du, daß Nick das Haus gleich nach deinem Tod an Daddy verkauft hat?«

»Er brauchte Geld für die Anwälte.«

»Du hattest ihm Geld für die Anwälte gegeben.«

»Das Haus war zu groß für ihn. Außerdem reiste er doch so gern. Weißt du noch, wie er nach dem College auf die Walz ging und ganz allein durchs Land gefahren ist...«

»Hör auf, ihn dauernd zu entschuldigen.«

»Er ist mein Sohn.«

»Und ich bin deine Tochter!«

Ihre Mutter sagte nichts. Bonnie starrte in den Spiegel, auf die sich endlos wiederholenden Bilder von Mutter und Tochter, die er ihr zurückwarf. Generationen von Müttern und Töchtern, dachte sie, so nahe wie ihre eigenen Spiegelbilder und so unerreichbar.

»Ich wußte nicht, daß dir das Haus soviel bedeutete«, sagte ihre Mutter.

»Um das Haus geht es überhaupt nicht«, rief Bonnie. »Das Haus interessiert mich nicht.«

»Dann verstehe ich nicht.«

»*Du* bist mir wichtig. *Dich* liebe ich.«

»Ich liebe dich auch«, sagte ihre Mutter ruhig.

»Nein«, widersprach Bonnie. »In deinem Herzen war nur für ein Kind Platz, und dieses Kind war Nick.«

»Das ist ja lächerlich, Bonnie. Ich habe dich immer geliebt.«

»Nein. Du hast dich auf mich verlassen. Du hast auf mich gezählt. Ich war deine Gute, weißt du das nicht mehr? Ich war das brave kleine Mädchen. Die gute Seele, wie du so oft gesagt hast. Du hast dich auf mich verlassen. Aber geliebt hast du Nick.«

»Das ist doch Unsinn, Bonnie«, protestierte ihre Mutter gereizt. »Ich erwarte mehr von dir.«

»Du hast immer mehr von mir erwartet«, fuhr Bonnie sie an. »Und ich habe die Erwartungen immer erfüllt. Oder nicht? Hab' ich nicht immer deinen Erwartungen entsprochen? Hab' ich nicht immer extra noch eins draufgelegt?«

Ihre Mutter sagte nichts.

»Mein ganzes Leben lang hab' ich versucht, dir Freude zu machen, dich glücklich zu machen. Immer hab' ich versucht, es dir recht zu machen. Ich wollte alles tun, damit es dir besser geht. Als ich klein war, dachte ich immer, ich sei vielleicht schuld daran, daß du krank bist, und ich dachte immer, wenn ich ganz brav wäre und dir keinen Ärger machen würde, würdest du wieder gesund werden. Sogar als ich älter war und wußte, daß deine Probleme mit mir nichts zu tun hatten, bildete ich mir noch ein, ich könnte dafür sorgen, daß du wieder gesund wirst. Ich habe mit Gott gefeilscht. Ich habe ihm alles versprochen, wenn er dich nur wieder gesund machen würde; wenn er dich glücklich machen würde. Und nachdem Dad gegangen war, fühlte ich mich noch mehr verantwortlich. Bemühte ich mich noch mehr. Ich hab' gekocht, ich hab' saubergemacht, ich war die Beste in der Schule. Als Nick anfing, Dummheiten zu machen, hab' ich versucht, brav genug für uns beide zu sein. Aber ich konnte mich noch sosehr bemühen, ich konnte noch solange beten, ich konnte noch so brav sein, du wurdest nicht gesund. Du bist nur aus dem Haus gegangen, wenn du zum Arzt mußtest. Ist dir eigentlich klar, daß du nicht ein einziges Mal zu den Schulaufführungen gekommen bist, in denen ich mitgespielt habe? Daß du nie einen meiner Lehrer kennengelernt hast? Daß du nicht einmal zur Abschlußfeier gekommen bist, als ich mit dem Studium fertig war?«

»Ich war krank!«

»Du warst immer krank!«

»Und das wirfst du mir vor?«

»Nein!« rief Bonnie. Dann: »Doch! Doch, ja, das werfe ich dir vor.« Sie stieß einen Schrei tiefer Qual aus. »Was ist das für ein Leben für ein Kind? Wir durften keine Freunde einladen. Wir mußten immer flüstern. Wir durften keine laute Radiomusik hören, keine Haustiere haben, wir durften nicht einmal miteinander streiten. Wir mußten uns immer genau überlegen, was wir sagen oder was wir tun, um dich nur ja nicht aufzuregen und noch kränker zu machen. Die Ärzte haben dir immer wieder gesagt, du sollst aufstehen und aus dem Haus gehen, etwas unternehmen. Sie haben gesagt, du könntest ein normales Leben führen, du seist keine Invalidin, die ihr Leben lang ans Bett gefesselt wäre...«

»Ärzte!« warf ihre Mutter verächtlich ein. »Wozu sind die schon gut?«

»Na, du mußt es wissen. Du hast sie ja in rauhen Mengen verbraucht. Jedesmal, wenn dir einer etwas sagte, was du nicht hören wolltest, hast du gewechselt. Immer wieder hast du einen gefunden, der sich deine Klagen und dein Jammern angehört hat und dir ein paar neue Tabletten verschrieben hat. Hast du mal dran gedacht, daß diese wahnsinnigen Mengen an Tabletten, die du dauernd geschluckt hast, zu deinem Schlaganfall beigetragen haben könnten?«

»So ein Unsinn! Du weißt so gut wie ich, daß ich einen Herzfehler hatte...«

»Ein Herzgeräusch. Millionen Menschen haben Herzgeräusche. Und sie führen trotzdem ein ganz normales, produktives Leben.«

»Ich hatte Allergien. Ich hatte Migräne.«

»Du hattest einen Mann und zwei Kinder, die dich brauchten.«

»Ich habe mich nach besten Kräften bemüht.«

»Du hast dich überhaupt nicht bemüht!« Bonnie schloß die

Augen, als das Zimmer sich plötzlich um sie zu drehen begann. »Du hast uns lange vor Dad verlassen.«

Es war still.

»Nein, an dem Haus lag mir nichts«, sagte Bonnie schließlich, bemüht, ihre Gedanken zusammenzufassen und all das, was sie empfand, zum Ausdruck zu bringen. »Rein verstandesmäßig habe ich natürlich begriffen, warum du das Haus Nick hinterlassen hast. Aber ich fühlte mich so ausgeschlossen. So im Stich gelassen.«

Bonnie stand auf, ging zum Toilettentisch und starrte in den Spiegel, der ihre Mutter zeigte. »Als ich erfuhr, daß ich schwanger war, konnte ich kaum erwarten, es dir zu erzählen. Die Monate davor waren schlimm gewesen. Nick war verhaftet worden. Du hattest den Schlaganfall. Und ich dachte, meine Neuigkeit würde dich retten.« Bonnie lachte. »Trotz allem, was geschehen war, glaubte ich immer noch, ich hätte die Macht, dich zu heilen. Und wenn nicht ich, so ganz bestimmt mein Kind. Mein Kind, dachte ich, würde dich am Leben erhalten, würde dir die nötige Kraft geben, den Willen zu leben, den Wunsch, ihr erstes Lächeln und ihre ersten Schritte zu sehen. Ich redete mir ein, daß du für mein Kind da sein würdest, wie du für mich nie dagewesen warst, daß du eine wunderbare Großmutter werden würdest, die Pullover strickt und Apfelkuchen bäckt.« Unwillkürlich dachte sie an Adeline unten in der Küche.

»Aber nicht einmal dazu warst du fähig, nicht wahr?« fuhr sie fort. »Du mußtest sterben, noch bevor Amanda geboren wurde. Du hast mir nicht einmal die Freude gegönnt, dir mein Kind zu zeigen.«

»Glaubst du denn, ich hätte das absichtlich getan?« fragte ihre Mutter.

»Es ist mir egal, ob du es absichtlich getan hast«, entgegnete Bonnie. »Für mich zählt nur, daß du nicht da warst, daß du nie da warst. Nicht für Dad, nicht für Nick, nicht für Amanda und ganz bestimmt nicht für mich.«

Ihre Mutter faltete die Hände im Schoß und starrte sie an. »Was ist nur aus dir geworden, Bonnie? Du warst immer so ein gutes Kind.«

»Ich war kein so gutes Kind!« schrie Bonnie und sah, wie die Spiegel erzitterten und verschüttete, verlorene Bilder zeigten – das ängstliche kleine Mädchen im weißen Kleid, die beklommene Halbwüchsige, die besorgte junge Frau Anfang zwanzig, die nervöse Braut, die erregte werdende Mutter; sah, wie sie die Köpfe einzogen und sich die Ohren zuhielten. »Weißt du eigentlich, wie oft ich mir gewünscht habe, du wärst tot?« schrie sie auf. »Hast du eine Ahnung, wie oft ich mir gewünscht habe, dein Herz würde einfach stillstehen?« rief sie und spürte, wie ihr bei diesem Eingeständnis das Herz zerriß. »Weißt du, daß ich genausooft um deine Gesundheit gebetet habe wie darum, daß du einschlafen und nicht mehr aufwachen möchtest? Nein, ich bin kein gutes Kind. Ich bin überhaupt nicht gut.« Bonnie verbarg den Kopf im Schoß ihrer Mutter und schluchzte.

Nach einer Weile spürte sie die Hand ihrer Mutter auf ihrem Hinterkopf, spürte die Finger, die ihren Hals streichelten. »Ich liebe dich«, flüsterte ihre Mutter mit schwächer werdender Stimme.

»Ich liebe dich mehr«, sagte Bonnie weinend.

»Es ist ja gut«, sagte jemand. »Es ist gut, Bonnie. Es wird alles wieder gut.«

Langsam hob Bonnie den Kopf und sah Adeline, die neben ihr stand und sanft ihren Nacken streichelte. Sie blickte auf das Bett, fühlte, daß die himmelblaue Decke unter ihren Händen flach war. Das Bett war leer. Ihre Mutter war verschwunden.

»Dein Vater und ich haben dich weinen gehört«, sagte Adeline. »Wir haben uns Sorgen gemacht.«

»Entschuldige«, erwiderte Bonnie und wischte sich die Augen. »Ich wollte euch nicht erschrecken.«

»Du brauchst dich nicht zu entschuldigen. Jeder darf traurig sein. Und jeder darf weinen.«

Bonnie nickte und stand schwerfällig auf. »Ich sollte wirklich gehen.«

»Mußt du denn schon weg?« fragte Adeline. »Nick hat eben angerufen. Ich habe ihm gesagt, daß du hier bist. Er sagte, er wäre in ein paar Minuten da.«

»Ich kann nicht warten. Ich muß nach Hause.«

»Dein Vater und ich würden uns freuen, wenn du zum Abendessen bliebst. Du könntest doch zu Hause anrufen und die ganze Familie einladen. Es wäre uns eine Freude...«

»Vielen Dank, aber das geht nicht«, sagte Bonnie rasch. »Rod ist verreist, und mir geht es nicht gut.«

»Dann vielleicht ein andermal.«

»Vielleicht«, wiederholte Bonnie und sah sich ein letztesmal in dem Zimmer um, ehe sie die Gespenster und Schatten der Vergangenheit hinter sich ließ.

26

Er erwartete sie, als sie nach Hause kam.

»Josh!« rief Bonnie überrascht und dankbar, als sie ihn beim Aussteigen in der Auffahrt stehen sah. Am liebsten hätte sie sich ihm in die Arme geworfen.

»Der Wagen läuft wieder, wie ich sehe«, sagte er.

Etwas verlegen wegen ihrer überraschend großen Freude, ihn zu sehen, und hoffend, daß es ihr nicht vom Gesicht abzulesen war, sah sie hastig auf die Uhr und stellte fest, daß es beinahe fünf Uhr war.

»Was tun Sie denn hier?« fragte sie dann.

»In der Schule sagte man mir, daß Sie immer noch krank seien, und da wollte ich einmal vorbeischauen, um zu sehen, wie es Ihnen geht, und Ihnen ein nahrhaftes Süppchen zu bringen.« Er hielt eine große Flasche mit einer klaren Flüssigkeit hoch.

Immer noch leicht verlegen strich Bonnie sich über das Haar und öffnete die Haustür. Besorgt suchte sie mit den Augen den ganzen Fußboden ab, ehe sie ihn hereinbat. »Hallo?« rief sie, schon auf dem Weg in die Küche, wo sie Josh die Flasche mit der Bouillon abnahm und sie auf die Arbeitsplatte stellte. »Ist jemand zu Hause? Lauren? Amanda?« Sie lief wieder hinaus in die Diele. »Sam?« L'il Abner? hauchte sie lautlos, den Blick ängstlich auf den Boden gerichtet. Wo waren sie nur alle?

»Sie sind bei Diana«, sagte Josh irgendwo hinter ihr.

Bonnie fuhr herum. Zu plötzlich und zu schnell. Sofort drehte sich alles um sie herum. »Wie?«

Josh hielt einen weißen Zettel hoch. »Der lag auf dem Küchentisch. Hier.« Er reichte ihr den Zettel.

Bonnie griff danach, verlor das Gleichgewicht, fühlte, wie sie schwankte. Im nächsten Augenblick hielt Josh sie in den Armen, während der Raum um sie herum zu kippen schien.

»Warten Sie, ich hole Ihnen ein Glas Wasser«, sagte Josh und führte Bonnie in die Küche zurück. Behutsam setzte er sie auf einen der Küchenstühle und ließ sie nicht aus den Augen, als er zum Spülbecken ging, um ihr ein Glas Wasser einlaufen zu lassen.

»Haben wir das nicht schon mal praktiziert?« fragte Bonnie.

Josh lächelte und drückte ihr das Glas an die Lippen. »Ist es besser? Soll ich einen Arzt rufen?«

Bonnie trank erst einen tiefen Schluck. »Ich war heute morgen beim Arzt. Er hat mir Tabletten verschrieben.«

»Ist es Zeit, eine zu nehmen?«

Bonnie sah auf ihre Uhr, aber sie konnte nicht mehr unterscheiden, was der große Zeiger war und was der kleine. Beide verschwammen vor ihren Augen und vermischten sich mit den Ziffern, die ihr nichts sagten.

»Erst in einer Stunde«, antwortete Bonnie, der einfiel, daß es vor wenigen Minuten fast fünf gewesen war. Sie trank noch einen Schluck Wasser. »Das gibt sich gleich wieder. Ich glaube, ich habe mir heute ein bißchen zu viel zugemutet.«

Sie merkte plötzlich, wie erschöpft sie war, wie sehr es sie verlangte, sich hinzulegen. Das viele Autofahren. Die vielen Erinnerungen. So eine Konfrontation mit der Ursprungsfamilie ist nicht gerade ein Strandspaziergang, sagte sie sich und dachte an Rod in Florida, fragte sich, was seine Kinder drüben bei Diana taten.

»Was steht auf dem Zettel?« fragte sie.

»›Bonnie‹«, las Josh vor. »›Sind bei Diana, ihr Bad tapezieren. Haben Amanda mitgenommen. Sind um sechs zurück.‹ Unterschrift: ›Sam und Lauren‹.« Er legte den Zettel wieder auf den Tisch. »Soll ich Ihnen einen Teller Suppe warm machen?«

Bonnie lächelte. »Ach ja, bitte. Das klingt gut.«

Er ging zum Herd, goß den Inhalt der Flasche in einen Topf und rührte ab und zu um.

»Die schmeckt köstlich«, sagte Bonnie, als sie kurz darauf von der Bouillon kostete.

»Das Geheimrezept meiner Mutter.«

»Tatsächlich?«

»Nein, meine Mutter war eine miserable Köchin. Und ich bin ein miserabler Lügner. Ich hab' sie in einem kleinen Laden in Wellesley gekauft.«

»Ich bin auch eine miserable Lügnerin«, sagte Bonnie, so froh, daß er da war. »Vielen Dank für die Suppe. Es war sehr nett von Ihnen, daß Sie an mich gedacht haben.«

Er lächelte. »Gern geschehen.«

»Ich sollte mich vielleicht noch ein Weilchen hinlegen, bevor alle zurückkommen«, bemerkte sie, als sie den letzten Löffel Suppe gegessen hatte.

Josh half ihr ins Wohnzimmer und blieb bei ihr, als sie sich auf dem Sofa ausstreckte. »Wann kommt Ihr Mann nach Hause?«

Bonnie zog die Knie bis zur Brust hoch, drückte ihren Kopf

in die weichen grünen Polster und schloß die Augen. »Er ist diese Woche verreist. Er ist auf einer Tagung in Miami.«

»Weiß er, daß Sie so krank sind?«

»Er kommt ja bald wieder nach Hause.« Bonnie hob ihr Kinn gerade so weit, daß sie unter fast geschlossenen Lidern noch etwas sehen konnte. Josh machte es sich in einem der Sessel gegenüber vom Sofa bequem. »Sie müssen nicht bleiben. Ich komme schon zurecht.«

»Ich bleibe lieber hier, bis jemand nach Hause kommt. Ich finde, Sie sollten jetzt nicht allein sein«, entgegnete er in einem Ton, der verriet, daß jeder weitere Protest zwecklos war.

Danke, sagte Bonnie, ohne die Worte auszusprechen, und dann schlief sie ein.

»Mami!« quietschte Amanda und rannte auf Bonnie zu, als diese eben ihre Augen öffnete. »Wir haben tapeziert. Es war cool.«

Bonnie richtete sich auf dem Sofa auf und schwang die Beine auf den Boden. Amanda hüpfte sofort auf ihren Schoß.

»Ich seh' dir an, daß du fleißig gearbeitet hast.« Bonnie wischte etwas weiße Paste von den Wangen des Kindes.

»Es war lustig. Sam hat gesagt, ich bin ein Naturtalent.« Amanda kicherte.

»Ach, tatsächlich?«

Amanda nickte stolz. »Was ist ein Naturtalent?«

Bonnie lachte, als Sam und Lauren ins Zimmer kamen. Beide trugen ausgebleichte, löchrige Jeans und alte T-Shirts, wie sich das für junge Leute ihres Alters gehörte. Ihr Haar, das sie beide im Nacken zusammengebunden hatten, war weiß bestäubt. Selbst der Ring in Sams Nase hatte weiße Tupfen.

»Wem gehört das Auto da draußen?« fragte Sam.

»Mir«, sagte Josh Freeman, der eben in der Tür auftauchte.

Wo ist er gewesen? fragte sich Bonnie und überlegte dann, warum er überhaupt hier war. War er wirklich nur gekommen, um nach ihr zu sehen?

»Hallo, Mr. Freeman«, sagte Sam. »Was tun Sie denn hier?«

»Ich stehe am heißen Ofen und schufte«, antwortete Josh prompt. »Ich hab' mir gedacht, ich mach' euch allen was zu essen«, erklärte er. »Bonnie geht es nämlich nicht besonders. Ich mache echt hervorragende Hot-Dogs.«

»Hot-Dogs?« Amanda klatschte begeistert in die Hände.

»Und gebackene Bohnen«, fügte Josh augenzwinkernd hinzu.

»Aber das ist doch nicht nötig«, warf Bonnie ein.

»Ist es schon Zeit für Ihre Tabletten?« fragte er.

»Was für Tabletten?« fragte Lauren.

»Bonnie war heute beim Arzt«, erklärte Josh. »Er hat ihr ein Antibiotikum verschrieben. Ich hole die Tabletten.« Er ging in die Küche zurück, ehe Bonnie protestieren konnte.

»Was hat der Arzt gesagt?« wollte Lauren wissen.

»Nicht viel. Er meint, es könnte eine Infektion des Innenohrs sein.« Sie zuckte mit den Achseln. »Oder auch nicht.«

»Wir haben bei Diana Verkleiden gespielt«, verkündete Amanda.

»Sie ist an Dianas Schrank gegangen«, erklärte Lauren etwas verlegen. »Ich konnte sie nicht davon abhalten.«

»Diana hat schöne Sachen«, sagte Amanda.

»Ja, das glaube ich«, stimmte Bonnie zu. »Aber ich kann mir nicht vorstellen, daß es ihr recht ist, wenn du mit ihren Sachen spielst. Ich hoffe, du hast alles wieder genauso zurückgelegt, wie du es vorgefunden hast.«

Amanda zog einen kleinen Flunsch.

»Ich hab' ihr geholfen«, sagte Lauren.

Das Telefon läutete.

»Soll ich hingehen?« rief Josh Freeman aus der Küche.

»Ja, bitte.« Bonnie dachte, es wäre wahrscheinlich Rod, und war gespannt, wie er auf eine fremde Männerstimme am Telefon reagieren würde.

»Wer, zum Teufel, ist Josh Freeman?« fragte Rod dann auch prompt, als Josh Bonnie in der Küche den Hörer reichte.

»Sams Kunstlehrer«, erklärte Bonnie. »Erinnerst du dich? Er war bei Joans Beerdigung.«

»Was hat er bei uns im Haus zu suchen?«

»Er kam vorbei, um sich nach meinem Befinden zu erkundigen. Wie läuft es denn in Miami?« fragte sie, um das Thema zu wechseln. Ihr war selbst nicht klar, warum Josh Freeman eigentlich noch da war.

»Glänzend. Es läuft weit besser, als wir gehofft hatten. Die sind alle ganz verrückt nach Marla. Sie fressen ihr aus der Hand.«

Josh hielt ihr seine Hand hin. Eine weiße Tablette lag mitten auf seiner langen, stark ausgeprägten Lebenslinie. Bonnie nahm die Tablette, schob sie in den Mund und schluckte sie mit dem Wasser, das Josh ihr reichte.

»Wie geht es dir?« erkundigte sich Rod recht verspätet.

»Eigentlich unverändert. Ich war beim Arzt. Er hat mir Antibiotika verschrieben.«

»Was ist das für ein Arzt?«

»Dr. Kline.«

»Wer ist das?«

»Diana hat ihn mir empfohlen«, log Bonnie, die das einfacher fand, als Rod jetzt ihren Besuch bei Dr. Greenspoon zu erklären. Sie hatte nicht vor, ihn zu verheimlichen; es war nur zu umständlich, die Einzelheiten am Telefon zu erläutern.

»Habt ihr die Schlange schon gefunden?«

Bonnie senkte automatisch den Blick auf ihre Füße. »Nein. Noch nicht.«

»Versuch, dir keine Sorgen zu machen. Ich glaube, das Biest ist auf Nimmerwiedersehen verschwunden.«

Bonnie nickte und beobachtete Sam, der eben hereingekommen war und sich aus dem Kühlschrank etwas Kaltes zu trinken nahm.

»Bonnie, bist du noch da?«

»Ja. Entschuldige. Ich werd' versuchen, mir keine Sorgen zu machen.«

»Gut. Hör mal, ich muß laufen. Marla hat für sieben Uhr irgendein größeres Palaver mit einem der Bosse arrangiert, und ich muß mir noch ein paar Notizen ansehen. Ich ruf' dich morgen an. Du fehlst mir«, fügte er hinzu, bevor er auflegte.

»Bis morgen«, sagte Bonnie und legte auf, als Josh Freeman einen Teller Würstchen auf den Küchentisch stellte.

»Das Abendessen ist fertig«, rief er laut, und Sam, Lauren und Amanda setzten sich sofort an den Tisch. »Hot-Dogs für alle.« Er sah Bonnie an. »Hühnersuppe für Sie.«

Das Telefon läutete um zwei Uhr dreiundzwanzig in der Nacht. Mit wild wedelnden Armen, als wollte sie sich vor dem Geräusch schützen, fuhr Bonnie in die Höhe. Sie brauchte mehrere Sekunden, um zu begreifen, was eigentlich los war, dann noch einmal einige Sekunden, um den Hörer zu finden und an ihr Ohr zu bringen.

»Hallo?« sagte sie atemlos.

Nichts.

»Hallo? Verdammt noch mal, wer ist denn dran?«

Nichts. Dann ein merkwürdiges kurzes Klappern – klick –, dann nichts mehr.

»Hallo? Wer ist dran? Ist da jemand?«

Das Freizeichen war ihre einzige Antwort. Bonnie knallte den Hörer auf und brach in Tränen aus. Da hatte sie nun seit Tagen das erstemal gut geschlafen, ungestört von Unwohlsein oder bösen Träumen, und nun wurde sie mitten aus diesem köstlichen Schlaf gerissen. Vielleicht helfen die Antibiotika tatsächlich, dachte sie, während sie sich die Tränen wegwischte und aus dem Bett stieg. Sie knipste das Licht an und prüfte rasch Boden, Fensterbrett und Vorhänge.

Sie konnte ebensogut eine nächtliche Runde machen, fand sie, und verließ ihr Zimmer. Sie warf einen Blick in Sams verdunkeltes Zimmer. Der Glasbehälter der Schlange war erleuchtet, die beiden weißen Opferratten lagen zu kleinen Knäueln zusammengerollt auf dem Boden. Erst Schlangen und jetzt auch noch Ratten. Ich kann's nicht fassen, dachte Bonnie, während sie den Flur hinunter weiterging und erschrocken vor Amandas offener Tür stehenblieb.

Hatte sie nicht Amanda ermahnt, ihre Zimmertür immer zu schließen, solange sie L'il Abner nicht gefunden hatten! »Denk dran, daß du die Tür wieder hinter dir zumachst, wenn du in der Nacht aufwachst und aufs Klo mußt«, hatte sie ihr eingeschärft. Und jetzt stand die Tür sperrangelweit offen.

Tja, was soll man da machen? fragte sich Bonnie, als sie in das Zimmer ihrer Tochter trat und durch die Dunkelheit spähte. Amanda war ein Kind, noch nicht einmal vier Jahre alt. Man konnte von ihr nicht erwarten, daß sie sich um alles kümmerte. Dazu waren schließlich Mütter da.

Durch die Dunkelheit ging Bonnie langsam zu Amandas Bett. Die Hand auf dem großen Plüschkänguruh, lauschte sie Amandas regelmäßigem Atem. Leise knipste sie die kleine Lampe neben dem Bett an. Amanda bewegte sich, ohne die Augen zu öffnen. Bonnie sah sich hastig im Zimmer um. Bären waren da; Hunde, Frösche. Keine Schlangen, dachte Bonnie voller Erleichterung, knipste das Licht aus und kehrte in den Flur zurück.

Die Tür zu Laurens Zimmer war geschlossen. Bonnie öffnete sie einen Spalt und warf einen Blick ins Zimmer, schloß die Tür jedoch gleich wieder, als sie Laurens leises Schnarchen hörte. Sie ging in ihr Zimmer zurück, kroch in ihr Bett und lag bis zum Morgen wach.

Am folgenden Nachmittag rief Josh Freeman an. »Ich hab' gerade etwas Zeit«, erklärte er. »Ich wollte nur mal hören, wie es Ihnen geht.«

»Haben Sie mich gestern nacht angerufen?« fragte Bonnie sofort.

»Gestern nacht? Wann? Meinen Sie, nachdem ich bei Ihnen weggegangen war?«

»Ich meine, gestern nacht. Dreiundzwanzig Minuten nach zwei.«

»Du lieber Gott, weshalb sollte ich Sie denn nachts um halb drei anrufen?«

»Entschuldigen Sie«, sagte Bonnie. »Ich kann schon nicht mehr klar denken. Natürlich haben Sie nicht angerufen.«

»Es hat Sie tatsächlich morgens um halb drei jemand angerufen? Und was hat der Betreffende gesagt?«

»Gar nichts. Er blieb ein paar Minuten in der Leitung, dann legte er auf.«

»Haben Sie die Polizei angerufen?«

»Wozu? Es ist wahrscheinlich doch nur ein Verrückter.«

»Aber es wäre vielleicht ganz gut, die Polizei auf dem laufenden zu halten«, meinte er.

Bonnie nickte, sagte jedoch nichts.

»Wie fühlen Sie sich?«

»Ein bißchen kräftiger heute«, berichtete Bonnie von ihrem Bett aus. »Die Antibiotika scheinen ein wenig zu helfen.«

»Brauchen Sie noch Hühnerbouillon?«

»Ich glaube, Sie haben mir genug für eine ganze Woche gebracht.«

»Und wie wär's mit Gesellschaft?«

»Warum?« fragte sie und überraschte sich und ihn mit der Frage.

»Warum?« wiederholte er verblüfft.

Sie zögerte. »Na ja, zuerst wollten Sie überhaupt nicht mit mir reden«, sagte sie leise und wurde sich dabei bewußt, wie sehr sie sich freuen würde, ihn zu sehen. »Und jetzt bringen Sie mir Hühnerbouillon und machen meinen Kindern das Abendessen. Was steckt dahinter?«

Es folgte eine lange Pause. »Ich mag Sie«, antwortete er schließlich einfach. »Und ich habe das Gefühl, Sie könnten einen Freund brauchen. Ich weiß, daß ich eine Freundin brauchen könnte.«

Es läutete.

»Bei mir ist jemand an der Tür«, sagte sie, froh über die Unterbrechung im rechten Moment. »Ich muß nachsehen, wer's ist.«

»Ich ruf' Sie später noch einmal an, wenn es Ihnen recht ist.«

»Ja«, antwortete sie. »Es ist mir recht.«

Es läutete ein zweites Mal, als Bonnie das Ende der Treppe erreichte. Sie zog ihren Morgenrock fest um sich. »Moment noch«, rief sie. Ihre Beine zitterten von der Anstrengung des Treppensteigens. »Wer ist da?«

»Der Knastbruder vom Dienst«, schallte es zurück.

Bonnie drückte ihre Stirn an das harte Holz der Haustür. Wann habe ich die Kontrolle über mein Leben verloren? fragte sie sich. »Was willst du, Nick?«

»Ich möchte dich besuchen.«

»Es geht mir nicht sehr gut.«

»Das habe ich schon gehört. Laß mich rein. Ich möchte mit dir reden.«

Bonnie seufzte tief, dann öffnete sie die Tür.

»Du lieber Gott, was hast du denn mit deinem Haar gemacht?« fragte Nick. Sein eigenes dunkelblondes Haar war tadellos geschnitten und ließ die Stirn frei. Bonnie trat einen Schritt zurück, um ihn hereinzulassen.

»Hast du mich gestern nacht angerufen?«

»Gestern nacht? Nein. Wieso?«

»Irgend jemand hat um zwei Uhr dreiundzwanzig morgens angerufen«, erklärte sie und ging ihm voraus in die Küche. Sie nahm die Flasche mit der Hühnerbouillon aus dem Kühlschrank, goß etwas in einen Topf und stellte ihn auf den Herd. »Möchtest du auch etwas Suppe?«

»Du glaubst, ich hätte dich mitten in der Nacht angerufen? Nein, danke, ich möchte keine Suppe.«

»Das hast du doch schon mal getan«, erinnerte sie ihn.

»Aber nur, weil du Adeline gesagt hattest, du müßtest mich dringend sprechen.«

»Du hast gestern nacht also nicht angerufen«, sagte sie.

»Nein, ich war es nicht.« Er nahm sich einen Stuhl und setzte sich. »Möchtest du's mir erzählen?«

Bonnie zuckte mit den Achseln. »Da gibt's nichts zu erzählen. Jemand hat angerufen, kein Wort gesagt und dann aufgelegt. Ende der Geschichte.«

»Ich hörte, daß Rod in Florida ist«, bemerkte Nick nach einer Pause.

»Was soll das jetzt heißen?«

»Gar nichts. Man nennt das Konversation.«

»Wolltest du damit andeuten, daß es vielleicht Rod war, der angerufen hat.«

»Auf die Idee bin ich überhaupt nicht gekommen. Wieso? Glaubst du denn, es könnte Rod gewesen sein?«

»Natürlich nicht«, entgegnete Bonnie schnell. Oder glaubte sie es vielleicht doch?

»Hör mal«, sagte Nick, »ich bin nur vorbeigekommen, weil ich wissen wollte, wie es dir geht. Adeline hat mir erzählt, daß du gestern bei ihnen warst. Ich hatte gehofft, dich noch zu treffen, als ich von der Arbeit zurückkam, aber Adeline sagte, du wärst gegangen, weil dir nicht gut war.«

»Was hat die gute Adeline denn sonst noch gesagt?«

»Daß du und Dad ein gutes Gespräch hattet.«

»Hat Dad das auch gesagt?«

»Du kennst doch Dad. Er...«

»...redet nicht viel«, beendete Bonnie den angefangenen Satz ihres Bruders.

»Aber ich weiß, daß ihm dein Besuch sehr gutgetan hat, Bonnie. Man hat es ihm richtig angesehen. Er war wie verwandelt.«

Die Suppe begann zu köcheln. Bonnie nahm den Topf vom Herd und goß die heiße Suppe in eine Schale. »Willst du wirklich keine?«

»Ich nehme ein Bier, wenn du eines hast.«

Bonnie wies mit dem Kopf zum Kühlschrank. »Bedien dich.«

Dann saßen sie sich am Küchentisch gegenüber, Bonnie mit ihrer Suppe, Nick mit seinem Bier. Wer hätte sich das träumen lassen? fragte sich Bonnie, verwundert, daß es überhaupt noch etwas gab, das sie überraschen konnte.

»Wie läuft eigentlich die Morduntersuchung?« fragte Nick plötzlich.

Die Frage kam überraschend. Bonnie begann zu zittern, etwas von der Suppe tropfte auf den Tisch. »Wie?«

»Vorsichtig«, mahnte er. »Das ist heiß.« Er holte eine Papierserviette und wischte die Suppe auf. »Ich hab' gefragt, ob es in der Mordsache schon etwas Neues gibt.«

»Warum fragst du das?«

Nick zuckte mit den Achseln. »Ich habe schon einige Zeit nichts mehr darüber in der Zeitung gelesen. Es hätte mich nur interessiert, ob du etwas gehört hast.«

»Was denn zum Beispiel?«

»Zum Beispiel, ob die Polizei schon eine heiße Spur hat.«

»Keine Ahnung«, antwortete Bonnie und sah ihn scharf an.

Nick hob die Bierflasche zu seinem Mund, neigte den Kopf in den Nacken und sog das Bier ein wie den Rauch einer Zigarette. »Es geht doch nichts über ein schönes kaltes Bier«, meinte er.

»Hast du etwas gehört?« fragte Bonnie.

»Ich?« Er lachte. »Wieso sollte ich etwas gehört haben?«

»Ich dachte, die Polizei hätte dich vielleicht noch einmal vernommen.«

»Glaubst du immer noch, ich hätte Joan getötet?«

»Hast du's getan?«

»Nein.« Er trank wieder einen Schluck Bier. »Ich habe ein Alibi, oder hast du das vergessen?«

»Ich weiß nicht, ob man Vater als unvoreingenommenen Zeugen bezeichnen kann.«

»Du hast dich schon früher in ihm getäuscht.«

Schweigen.

»Vielleicht täuschst du dich auch in mir«, fuhr Nick fort.

»Das bezweifle ich«, entgegnete Bonnie störrisch. Sie trank den letzten Rest ihrer Bouillon und stellte die Schale in die Spüle. Der Boden unter ihren Füßen schwankte leicht. »Dir ist Mord nicht gerade fremd, nicht wahr?« sagte sie. »Oder behauptest du immer noch, daß du reingelegt wurdest?«

»Ich saß im Auto, als Scott Dunphy wegen der Angelegenheit verhandelte«, erinnerte er sie, und augenblicklich sah Bonnie alte Zeitungsausschnitte vor sich. Die Ausschnitte aus Joans Album, erkannte sie mit Unbehagen.

»Aber sie standen nur ungefähr einen halben Meter von dir entfernt«, entgegnete sie. »Du mußt doch gehört haben, worüber sie geredet haben.«

»Das Autofenster war zu.«

»Du hast also überhaupt nichts gehört und hattest keine Ahnung, weshalb dein dubioser Partner einem wildfremden Menschen zehntausend Dollar in die Hand drückte. Willst du das allen Ernstes behaupten?«

»Die Sache ist komplizierter, als du ahnst.«

»Ach ja?«

Einen Moment war es still. »Ich habe Joan nicht getötet«, sagte Nick schließlich.

Bonnie nickte, erwiderte nichts. Wozu noch reden? Der Raum um sie herum kippte plötzlich, die Decke neigte sich zum Boden. Sie lehnte sich an die Spüle, versuchte sich auf den großen Ahorn draußen vor dem Fenster zu konzentrieren, sah, wie seine Zweige sich im sanften Wind bewegten. Und merkte, wie ihre Knie zu zittern begannen. Sie richtete ihren Blick auf das Bild, das Amanda ihr gemalt hatte, Menschen mit viereckigen Köpfen, und hatte das Gefühl, daß ihr eigener Kopf sich zu verzerren begann. Was war nur los mit ihr? War es Zeit, wieder eine Tablette zu nehmen? Sie wollte auf ihre Uhr schauen, konnte aber die Ziffern nicht erkennen, und blickte statt dessen zu der Digitaluhr überm Herd, konnte aber auch da die Ziffern nicht erkennen. Ich habe eine Digitaluhr im Auto, hatte sie der Polizei gesagt und dann über das Absurde der Situation gelacht. Warum hatte ihr damals niemand gesagt, daß es noch schlimmer werden würde?

»Bonnie!« rief Nick. Seine Stimme klang wie durch Watte gedämpft. »Bonnie, was ist los? Ist dir nicht gut?«

Sie wollte einen Schritt machen und geriet in Panik, als sie keinen Boden unter ihren Füßen fühlte. »Hilf mir!« schrie sie, als die Küche in Schwärze versank und sie kopfüber in den Abgrund stürzte.

27

Als Bonnie die Augen öffnete, lag sie im Bett, und Nick saß in einem Sessel daneben. »Was ist denn passiert?« fragte sie, während sie sich langsam aufrichtete.

»Du bist ohnmächtig geworden«, antwortete er, stand auf und setzte sich behutsam neben sie auf das Bett.

Bonnie sah sich um. Es war noch hell. »Wie lange war ich weg?«

»Nicht lang. Eine Stunde vielleicht.«

»Und die Kinder?«

»Sam und Lauren waren nach der Schule da, sind aber gleich wieder weg. Sie mußten Dianas Badezimmer tapezieren, sagten sie. Amanda ist noch nicht nach Hause gekommen.«

»Nein. Sie ist bei einer Freundin eingeladen. Die Eltern bringen sie gegen halb sechs. Ich muß aufstehen, das Abendessen machen.« Sie holte tief Atem. Ihr Kopf fühlte sich schrecklich schwer an, sie konnte ihn kaum hochhalten. Was war passiert? Hatte sie einen Rückfall? Es ging ihr schlechter als zuvor.

»Bleib liegen. Ich hab' den Kindern schon gesagt, daß wir Pizza bestellen, wenn sie nach Hause kommen.«

»Aber das ist doch lächerlich«, haderte Bonnie. »Ich kann doch nicht ewig im Bett bleiben.«

»Wer hat was von ewig gesagt?« fragte Nick. »Du bist nicht unsere Mutter, Bonnie. Ein paar Tage sind kein ganzes Leben.«

Bonnie versuchte zu lächeln, aber ihre Lippen zitterten, zuckten, und sie gab den Versuch auf. »Seit wann bist du so ein netter Kerl geworden?« fragte sie.

»Während du geschlafen hast, hat jemand angerufen«, sagte Nick, ihre Frage ignorierend. »Ein gewisser Josh Freeman. Er behauptete, er sei ein Freund von dir.«

Bonnie nickte. »Er ist Lehrer an der Weston High School. Er war gestern hier und hat mir Hühnerbouillon gebracht.«

»Na«, meinte Nick und tätschelte ihre Füße, »an Männern, die für dich sorgen wollen, scheint es jedenfalls nicht zu fehlen.«

Bis auf meinen Mann, dachte Bonnie.

»Bis auf deinen Mann«, sagte Nick.

Wie auf Kommando läutete das Telefon. Es war Rod. »Du liegst immer noch im Bett?« fragte er ungläubig.

»Ich werd' diese Geschichte einfach nicht los.«

»Was hat denn der Arzt gesagt?«

»Er wollte spätestens morgen anrufen, um mir die Untersuchungsergebnisse mitzuteilen«, antwortete Bonnie, den Blick auf Nick gerichtet, der rastlos zwischen dem Bett und dem Fenster hin und her ging.

»Was machen die Kinder?« fragte Rod.

»Denen geht es gut. Lauren ist gesund. Außer mir ist niemand krank.« Gott sei Dank, dachte Bonnie.

»Wann kommt er nach Hause?« fragte Nick.

»Wie?« sagte Rod. »Wer war das? Ist dieser Lehrer wieder da?«

»Das war Nick«, erklärte Bonnie.

»Nick! Was, zum Teufel, hat der bei dir zu suchen?«

»Ich kümmere mich um meine Schwester!« Nick riß Bonnie den Hörer aus der Hand und sprach wütend hinein. »Eigentlich wäre das Ihre Aufgabe.«

»Nick!« protestierte Bonnie, aber es war ein schwacher, halbherziger Protest.

»Was, zum Teufel, geht da eigentlich vor?« rief Rod so laut, daß sogar Bonnie ihn hören konnte.

»Ihre Frau ist krank. Sie ist vor einer Stunde ohnmächtig geworden, und es war ein Glück, daß ich zur Stelle war, um sie aufzufangen, als sie stürzte.«

»Sie ist ohnmächtig geworden?«

»Wann kommen Sie nach Hause?« fragte Nick wieder.

»Ich habe einen Flug am Samstag vormittag.«

»Sie sollten Ihre Pläne ändern«, sagte Nick.

Einen Moment herrschte geladenes Schweigen, dann hörte Bonnie Rod sagen: »Lassen Sie mich mit Bonnie sprechen«, und Nick reichte ihr den Hörer zurück.

»Rod...«

»Was, verdammt, ist denn eigentlich los, Bonnie?«

»Es geht mir nicht gut, Rod.«

»Du möchtest, daß ich früher nach Hause komme?« Sein Ton bettelte um ein einfaches »Nein«.

Bonnie schloß ihre Augen, schluckte, schmeckte Blut. »Ja«, antwortete sie.

Wieder dieses unbehagliche Schweigen. »Also gut«, sagte Rod schließlich. »Ich werd' sehen, ob ich morgen einen Flug bekommen kann.«

Bonnie begann zu weinen. »Es tut mir so leid, Rod. Ich weiß nicht, was mit mir los ist. Ich weiß nicht, was ich tun soll. Ich habe Angst.«

»Hab' keine Angst, Liebes.« Es war Rod anzuhören, wie sehr er sich bemühte, teilnahmsvoll zu sprechen. »Es ist nur eine schlimme Grippe. Bis ich zu Hause bin, wird es dir wahrscheinlich schon wieder bessergehen.«

»Hoffentlich.«

»Gut, also, ich werde jetzt gleich versuchen umzubuchen. Ich sehe dich morgen, Liebes. Verlier nicht den Mut. Versuch zu schlafen. Und schmeiß deinen Bruder raus. Dir ging's doch prächtig, bevor er aufkreuzte.«

Bonnie gab Nick den Hörer. Als er ihn auflegte, bemerkte sie zum erstenmal, wie kräftig und muskulös seine Arme waren. Na ja, im Gefängnis hat man viel Zeit zu körperlicher Ertüchtigung, dachte sie, während ihr immer noch Rods Worte im Kopf herumspukten. Dir ging's doch prächtig, bis er aufkreuzte. Ich habe geglaubt, wenn ich mich mit meiner Vergangenheit auseinandersetze, ginge es mir besser, dachte Bonnie und kroch wieder unter die Decke. »Er kommt morgen nach Hause«, hörte sie sich sagen, bevor sie wieder einschlief.

Als sie das nächste Mal erwachte, war es dunkel. Mit einem Ruck setzte sie sich auf und war sofort schweißgebadet.

»Bonnie?« sagte jemand aus der Dunkelheit.

Bonnie stieß einen erstickten Schrei aus und versuchte im Dunkeln etwas zu erkennen. Sie zog die Decke um sich und überlegte, ob sie wach war oder schlief.

»Ist ja gut. Ich bin's, Nick.« Die Stimme kam näher.

Bonnie sah ihn jetzt, sah das lange, dunkelblonde Haar, die kräftigen Arme, die merkwürdig zarte Nase in diesem so männlichen Gesicht.

»Wie spät ist es?« fragte sie. Wie oft hatte sie diese Frage in letzter Zeit schon gestellt? Spielte es denn überhaupt eine Rolle? Hatte es je eine Rolle gespielt?

»Es ist nach zehn«, antwortete er.

»Nach zehn? Wo ist Amanda?«

»Sie schläft.«

»Und Sam und Lauren?«

»Die sind beide in ihren Zimmern.«

»Was tust du noch hier?«

»Ich passe auf dich auf.«

»Das verstehe ich nicht«, sagte sie. »Woher diese plötzliche Besorgnis?«

»Ich war immer um dich besorgt«, gab er zurück.

Es klopfte sachte an die Tür.

»Ja?« rief Bonnie schwach.

Sam kam leise herein. Sein Blick suchte in der Dunkelheit nach Bonnie. »Ich habe Stimmen gehört und dachte, ich schau' mal, wie's dir geht«, erklärte er. »Wie fühlst du dich?«

»Nicht besonders.«

»Helfen die Tabletten nicht?«

Bonnie rieb sich die Stirn. Sie konnte sich nicht erinnern, wann sie das letztemal eine Tablette genommen hatte. »Ich müßte jetzt wahrscheinlich wieder eine nehmen«, sagte sie.

»Wo sind sie?« fragte Nick.

»In der Küche.«

»Ich hol' sie«, erbot sich Sam und war schon verschwunden.

»Er ist ein seltsamer Junge«, stellte Nick fest.

»Das warst du auch«, erinnerte Bonnie ihn. »Immer hast du Räuber und Gendarm gespielt. Nur warst du damals immer der Gute. Was ist dann passiert, Nick? Warum hast du die Seiten gewechselt?«

»Irgend etwas passiert immer«, antwortete Nick. »Die Menschen verändern sich eben.«

»Aber was ist passiert? Und wie verändern sie sich?«

Nick schob sich das Haar aus der Stirn. Ein merkwürdiger Ausdruck legte sich über sein Gesicht. Er sah sie mit einer Intensität an, die selbst die Dunkelheit nicht verbergen konnte. Sie merkte plötzlich, daß sie Angst hatte.

Was tat er hier? Warum war er in ihr Leben zurückgekehrt, und warum ausgerechnet jetzt? Was hatte er mit Joan zu tun gehabt? Mit ihrem Tod? Hatte er sie ermordet? Hatte er vor, auch seine Schwester zu ermorden? War das der Grund, warum er sich wieder in ihr Leben eingeschlichen hatte? War er deshalb heute abend hier? Sie fühlte sich so elend, daß es ihr beinah gleichgültig war. Tu es wenigstens schnell, flehte sie stumm, mach es kurz. Alles war besser als die Qual dieser letzten Wochen.

Tu nur meinem Kind nichts an, bettelte sie im stillen, als Nick sich abwandte. Der Gedanke ließ sie hochfahren. Ich muß stark bleiben, sagte sie sich. Ich darf nicht zulassen, daß Amanda etwas passiert.

»Ich hab' dir auch etwas Suppe mitgebracht«, sagte Sam, als er mit einer dampfenden Tasse wieder ins Zimmer kam. Er legte ihr die Tablette in die geöffnete Hand und reichte ihr die Tasse mit der Bouillon. »Vorsicht, sie ist heiß. Ich hab' sie in die Mikrowelle gestellt.«

Bonnie legte die Tablette auf ihre Zunge, blies auf die Suppe, schluckte dann. Als die Tablette unten war, trank sie noch einmal von der Suppe, verbrannte sich ein wenig die Zunge, schluckte dennoch.

»Was macht Dianas Badezimmer?« fragte sie.

»Es wird toll«, erklärte Sam stolz. »Ich glaube, sie wird sich freuen.«

»Ganz sicher wird sie das.« Bonnie trank wieder einen Schluck Bouillon.

»Sie kommt am Wochenende zurück. Dann werden wir's sehen.« Sam trat von einem Fuß auf den anderen. »Ich bin ziemlich müde«, sagte er. »Kann ich jetzt ins Bett gehen?«

»Aber natürlich«, erwiderte Bonnie.

»Ich finde auch allein hinaus«, sagte Nick.

Sam lächelte, trottete zur Tür, blieb noch einmal stehen. »Gute Besserung.«

»Danke.« Bonnie wandte ihre Aufmerksamkeit wieder Nick zu. »Du hast bestimmt anderes zu tun«, begann sie.

»Überhaupt nichts. Ich hatte eigentlich vor, die Nacht hierzubleiben.«

»Was? Nein, das ist doch lächerlich. Das geht doch nicht.«

»Und warum nicht? Ich schlaf' hier in dem Sessel. Dann bin ich sofort da, wenn du etwas brauchst.«

»Ich brauche bestimmt nichts.«

»Ich gehe jedenfalls nicht«, erklärte Nick.

Zuerst hörte sie das ängstliche Wimmern in ihrem Traum.

Sie stand mitten in der Schulkantine und wartete, mit einem Plastiktablett in der Hand, in der Schlange an der Selbstbedienungstheke. »Rücken Sie doch nach«, sagte jemand, und Bonnie ging ein paar Schritte vorwärts. Aus den Luftschlitzen zu ihren Füßen drang ein hohes, dünnes Pfeifen, das ihr um die bloßen Beine zu spielen schien.

»Stimmt mit den Rohren etwas nicht?« fragte sie Rod, der die Uniform des Schulhausmeisters trug.

»Schauen Sie doch selbst nach«, schlug er vor und zog den viereckigen Luftschlitz in der Wand neben seinen Beinen auf. Augenblicklich wurde das Wimmern lauter und deutlicher. Bonnie hörte deutlich, daß da drinnen jemand eingesperrt war, und sie trat näher.

»Gib acht auf Schlangen«, warnte Rod, als Bonnie in den langen Schacht kroch.

»Ist da jemand?« rief Bonnie. Ihre Stimme prallte von den Tunnelwänden zurück und schlug ihr ins Gesicht wie ein scharfer Wind.

»Mami?« rief ein Kind mit dünner Stimme. »Mami, hilf mir. Hilf mir.«

»Amanda?« stieß Bonnie erschrocken hervor und kroch eilig der Stimme entgegen. Doch je näher sie kam, desto länger wurde der Tunnel, desto größer der Abstand zu der kleinen Stimme. Schmutz von den Wänden des Tunnels begann auf Bonnies Kopf zu fallen und drohte, sie lebendig zu begraben.

»Mami!« rief Amanda wieder, und das Wort ging in das nun schon vertraute Wimmern über.

»Amanda!« schrie Bonnie angstvoll und griff mit verzweifelt suchender Hand in die Dunkelheit.

Ihre Hand berührte die kalte Luft der Realität, und sie erwachte schweißüberströmt. O Gott, dachte sie, als sie sich im Bett aufsetzte und im Sessel die schlafende Gestalt ihres Bruders erkannte. Ein weiterer Alptraum für die Sammlung.

Da hörte sie das Wimmern wieder und begriff, daß es real war, daß es ihr Unbewußtes in ihren Traum eingebaut hatte. »Amanda«, flüsterte sie voller Angst. Sie sprang aus dem Bett und rannte auf den Flur, zum Zimmer ihrer Tochter, und mit jedem Schritt hörte sie das Wimmern lauter.

Als sie Amandas Zimmer erreichte, sah sie mit Schrecken, daß die Tür weit offen stand. Keuchend, zitternd, kaum fähig, sich auf den Beinen zu halten, stürzte sie ins Zimmer und knipste das Licht an.

Amanda saß aufrecht in ihrem Bett. Ihr kleiner Oberkörper war fest an das Kopfbrett gepreßt, die Hände lagen über ihrem offenen Mund, ihre Augen waren weit aufgerissen, sie weinte. Die Decke lag auf dem Boden, rund um sie herum all ihre Plüschtiere, der rosarote Panther ganz oben, und unten, zu ihren Füßen, die lebende Schlange.

Bonnie schrie auf beim Anblick des beinahe surrealen Bildes.

Die Schlange hatte sich um Amandas nackten Fußknöchel gewunden und schob sich in gleichmäßig schwankendem Rhythmus Amanda entgegen.

»Mami!« rief Amanda leise, als sie Bonnie sah. »Sie drückt mir meinen Fuß ab, Mami. Sie tut mir weh. Mach, daß sie aufhört.«

Bonnie merkte, wie sie selbst zu schwanken begann, ihr der Kopf ganz leicht wurde. Gleich werde ich ohnmächtig, dachte sie; nein, nein, nein, ich darf jetzt nicht ohnmächtig werden. Ich werde jetzt nicht ohnmächtig! Sie mußte ihre Tochter retten. Nichts anderes zählte. Dies war ihr Kind, das ihr teurer war als ihr eigenes Leben. Niemals würde sie ihm etwas zustoßen lassen. Sie würde alles tun, um es zu beschützen.

Im nächsten Moment hatte sie das Gefühl, ihren Körper zu verlassen, ihn abzuwerfen, wie eine Schlange ihre Haut abwirft. Sie war schwerelos, als sie auf Amandas Bett zuflog, ohne zu denken, von Instinkt und Reflex getrieben. Sie stürzte sich auf die Schlange, packte sie mit der einen Hand beim Kopf, mit der anderen Hand riß sie an den festen Windungen des Schwanzes.

Die Schlange wurde steif und schwer in ihren Händen, es war, als hätte sie nach einer Eisenstange gegriffen. Dann begann sie sich zu winden, ihr Kopf drückte gegen Bonnies Hand, ihr langer Körper spannte sich und wehrte sich heftig gegen die Umklammerung. Bonnie mühte sich verzweifelt, den Schlangenleib, der um den Fuß ihrer Tochter gewunden war, zu lösen, doch es war, als hätte die Schlange sich festgesogen. Sie ist zu stark, dachte Bonnie, nicht sicher, ob sie überhaupt die Kraft hatte, die Schlange festzuhalten.

Sie hörte Schreie, ihre eigenen, erkannte sie, während sie mit aller Kraft versuchte, die Schlange von Amandas Bein zu ziehen. Gleich, gleich, dachte sie, als ihre Finger sich unter die seidige Haut der Schlange gruben. Gleich hatte sie sie.

Sie zog fest, hörte ein Geräusch wie das Schmatzen eines Saugnapfes, der mit Gewalt losgerissen wurde, und dann war Amanda frei, und die Schlange wand sich mit peitschendem Leib in ihren Armen. Sie ist so schwer, dachte sie, sie hat so viel Kraft, lange würde sie sie nicht mehr halten können, das wußte sie, aber da hörte sie Stimmen und drehte sich um und sah Nick, der wie ein Wahnsinniger ins Zimmer stürmte, beide Arme ausgestreckt, in den Händen eine Pistole, die direkt auf ihren Kopf gerichtet war.

Sie schrie auf und vergaß einen Moment die Schlange. Ihre Hände öffneten sich, und die Schlange fiel zu Boden. Dumpf schlug sie auf den Teppich und richtete sich sofort wütend zum Angriff auf.

»Nicht schießen!« schrie Sam und stieß Nick zur Seite, als er ins Zimmer rannte. Er warf sich über die Schlange. Bonnie starrte wie gebannt ihren Bruder an. Hatte er mit diesem Ding Joan erschossen? Würde er jetzt auch sie erschießen?

Aus dem Augenwinkel sah sie Sam, der mit schmerzverzerrtem Gesicht aufstand, während die Schlange noch immer erbitterten Widerstand leistete. Keuchend, nur einen flüchtigen Blick auf Nick werfend, trug Sam das Reptil aus dem Zimmer.

Bonnie wartete, bis sie hörte, wie der Deckel des Terrariums geschlossen wurde, dann fiel sie auf die Knie und brach in Tränen aus.

»Mam!« schrie Amanda. Sie sprang aus dem Bett und rannte in die Arme ihrer Mutter.

»Ist dir auch nichts passiert, Schatz?« fragte Bonnie, während sie Amanda küßte, ihr über das Haar strich, den roten Striemen rund um den Knöchel des Kindes streichelte.

»Was ist denn hier los?« fragte Lauren von der Tür her. Bonnie drehte sich um. Lauren stand dicht hinter Nick, dessen Pistole nirgends zu sehen war. War es möglich, daß sie sich die Waffe nur eingebildet hatte?

»Wir haben die Schlange gefunden«, sagte Amanda.

Bonnie hörte Gelächter und merkte, daß es ihr eigenes war. »So kann man es auch sagen«, bestätigte sie.

»Die Schlange ist hier?« Lauren fuhr erschrocken zurück.

»Sam hat sie schon in sein Zimmer gebracht.«

Laurens Blick flog zu Nick. »Was tun Sie denn noch hier?« fragte sie, offensichtlich völlig verwirrt.

»Nicht viel«, antwortete Nick und lachte. Er trat zu Bonnie, um ihr aufzuhelfen. »Alles in Ordnung?«

»Ich glaube, ja«, antwortete sie und schüttelte seine Hand ab. »Aber ich glaube, Sam ist gebissen worden.«

»Der ist schon öfter gebissen worden«, bemerkte Lauren. »Die Bisse tun gemein weh, aber sie sind nicht giftig.«

Bonnie nahm Amanda in ihre Arme. Immer noch meinte sie, den heftig zuckenden Körper der sich wehrenden Schlange in ihren Händen zu fühlen, und war verwundert, daß sie sich überhaupt noch auf den Beinen halten konnte.

»Das war sehr beeindruckend«, bemerkte Nick. »Ich werd's mir merken, daß mit dir nicht gut Kirschen essen ist.«

Bonnie starrte ihren Bruder an. Erklär dich, sagte ihr Blick.

Später, erwiderte der seine.

»Hast du vor, uns zu töten?« fragte Bonnie ihren Bruder, nachdem die Kinder alle wieder in ihren Betten und eingeschlafen waren. Die Schlange war im Terrarium; die Ratten waren vertilgt.

»Glaubst du das tatsächlich?« fragte Nick. »Daß ich hier bin, um euch zu töten?«

»Ich weiß nicht mehr, was ich glauben soll«, antwortete Bonnie aufrichtig und todmüde.

»Ich bin nicht hier, um euch etwas anzutun, Bonnie.«

»Warum dann?«

»Ich dachte, ich könnte euch schützen«, antwortete er nach einer Pause.

»Und ich hab' immer gedacht, Vorbestrafte dürfen keine Waffe tragen.«

»Das stimmt auch.«

Bonnie ließ sich auf ihr Bett sinken. Was für einen Sinn hatte es, mit ihrem Bruder sprechen zu wollen? Glaubte sie im Ernst, daß er ihr irgend etwas sagen würde?

»Findest du nicht, wir hätten darauf bestehen sollen, daß Sam ins Krankenhaus fährt?« fragte sie statt dessen.

»Er sagte doch selbst, daß er nur ein paar Schmerztabletten braucht, um schlafen zu können, und daß er morgen gleich zum Arzt gehen würde, wenn es nötig wäre.«

Bonnie nickte. Sie hatte Sam geholfen, die Bißwunde gründlich auszuwaschen, und zugesehen, wie er sie mit einer besonderen Desinfektionssalbe versorgte. Er hatte mit keinem Wort die Pistole in Nicks Hand erwähnt. Vielleicht hatte sie sie sich tatsächlich nur eingebildet.

Amanda hatte sie zu Lauren ins Bett gelegt. Sie hatte sich sofort in den Arm ihrer großen Schwester gekuschelt, und so waren die beiden miteinander eingeschlafen.

»Ist das die Pistole, mit der Joan getötet wurde?« fragte Bonnie, als sie plötzlich den Griff der Waffe sah, die unter dem Bund von Nicks Jeans steckte.

»Joan wurde mit einer .38er getötet«, erklärte Nick sachlich. »Das hier ist eine .357er Magnum.«

»Soll mich das beruhigen?« fragte Bonnie und merkte, daß es sie tatsächlich beruhigte.

»Ich würde dir doch niemals etwas antun, Bonnie. Weißt du das nicht?«

»Was geht eigentlich vor, Nick?« fragte sie.

Er sagte nichts.

»Hör mal«, begann sie, »ich bin krank. Ich bin müde. Ich glaube, mein Mann betrügt mich. Ich habe soeben mit einer Riesenschlange gekämpft. Ich weiß nicht, wieviel ich überhaupt noch aushalten kann. Ich bin total durcheinander, Nick. Ich habe das Gefühl, daß mein ganzes Leben aus den Fugen geraten ist. Und wenn du mir jetzt nicht bald ein paar Antworten gibst, dann wird dir nichts anderes übrigbleiben, als mich zu erschießen, weil ich nämlich sonst die Polizei anrufe und sage, daß mein Bruder, der Knastbruder, mit einer .357er Magnum bei mir im Schlafzimmer sitzt.«

»Das wird nicht nötig sein.«

»Wenn du mit mir nicht redest, dann redest du vielleicht mit der Polizei«, versetzte sie.

»Bonnie«, sagte Nick ruhig, »ich *bin* die Polizei.«

28

Als Rod nach Hause kam, war Nick nicht mehr da.

»Wie geht es dir, mein Schatz?« fragte Rod und nahm Bonnie fest in die Arme. Dann trat er einen Schritt zurück, um sie lange und aufmerksam zu mustern. »Du siehst ja schrecklich aus«, sagte er.

Automatisch griff Bonnie sich an ihr Haar und versuchte, den kurzen Pony tiefer in die Stirn zu ziehen. Tränen schossen ihr in die Augen. Fast eine Stunde lang hatte sie im Bad gestanden und versucht, sich für Rods Heimkehr schönzumachen. Sie hatte geduscht, sich die Haare mit einem besonderen Shampoo gewaschen, das Glanz und Fülle versprach, sie hatte sich die Zähne geputzt und dabei sorgfältig jede Berührung des Zahnfleisches vermieden, das dennoch geblutet hatte. Sie hatte sich sogar geschminkt, versucht ihre Blässe mit Rouge zu überspielen, hatte sich die Wimpern getuscht, die immer dünner zu werden schienen, und hatte die Lippen nachgezogen. Den verschwitzten Morgenrock, aus dem sie, wie ihr schien, seit Tagen nicht mehr herausgekommen war, hatte sie gegen ein frisches buntes Kleid getauscht. Und trotzdem sagte er, sie sähe schrecklich aus. Nun ja, nach Marla Brenzelle, dem Silikonwunder, hatte ihr Mann vielleicht vergessen, wie eine richtige Frau aussah, besonders wenn sie nicht ganz fit war. Richtige Frauen fliegen nicht nach Miami, um sich mit Fernsehbossen herumzuschlagen, dachte sie mit einem Blick die Treppe hinauf. Sie bleiben in Boston und schlagen sich mit Riesenschlangen herum.

»Wie geht es den Kindern?« Rod ging in die Küche, sah seine Post durch.

Bonnie folgte ihm. »Gut.« Sie sah auf ihre Uhr. Es war entweder zehn Minuten nach eins oder fünf Minuten nach zwei, sie konnte es nicht genau feststellen. Wie auch immer, die Kinder waren in der Schule.

»Hast du mit dem Arzt gesprochen?« fragte Rod.

»Ich hab' die Praxis heute morgen angerufen, aber die Untersuchungsergebnisse waren noch nicht da. Anscheinend gibt es im Labor besonders viel zu tun.«

»Bei welchem Arzt bist du überhaupt?«

»Bei Dr. Kline«, antwortete Bonnie. »Das hab' ich dir doch schon gesagt. Diana hat ihn mir empfohlen.«

»Ich dachte, sie geht zu einem Dr. Gizmondi.«

»Tatsächlich?«

»Erinnerst du dich denn nicht? Sie hat uns doch einen ganzen

Abend lang von ihm vorgeschwärmt. Ich erinnere mich nur, weil der Name so ungewöhnlich ist.«

»Wahrscheinlich hat sie gewechselt«, meinte Bonnie ausweichend. Sie fühlte sich jetzt nicht fähig, Rod zu erklären, wer sie in Wahrheit zu Dr. Kline geschickt hatte. Sobald es ihr besser ging, würde sie ihm von ihren Besuchen bei Dr. Greenspoon erzählen, nahm sie sich vor und fragte sich, wann das wohl sein würde. Hatte nicht Dr. Kline gesagt, daß Infektionen des Innenohrs sich monatelang hinziehen konnten?

»Du siehst aus, als hättest du tagelang nicht geschlafen«, bemerkte Rod.

Hatte er immer schon diese Neigung gehabt, das Offensichtliche zu sagen?

»Wir haben übrigens die Schlange gefunden«, sagte sie.

»Ach was? Wo denn?«

»In Amandas Zimmer«, antwortete Bonnie, ohne eine nähere Erklärung zu geben. Wieder etwas, das sie ihm verschwieg. Dein Platz wäre hier gewesen, dachte sie und hatte sofort das Bild ihres Bruders vor Augen.

Sie setzte sich auf einen der Küchenstühle und musterte ihren Mann, während der seine Post durchsah. Ihre Gedanken kehrten zu den Ereignissen des vergangenen Abends zurück, und erneut, wie schon zu wiederholten Malen seit Nick heute morgen das Haus verlassen hatte, spielte sie das Gespräch mit ihrem Bruder in allen Einzelheiten durch.

»Bonnie«, hörte sie ihn wieder sagen, »ich *bin* die Polizei.«

Neugier mischte sich in ihre Angst. »Was soll das heißen?«

»Das soll heißen, daß ich immer noch Räuber und Gendarm spiele, Bonnie, und immer noch die Bösen jage.«

»Ich verstehe nicht. *Du* bist doch der Böse. Du mußtest ins Gefängnis.«

»Ja, ich mußte ins Gefängnis.«

»Und seit wann stellt man bei der Polizei Vorbestrafte an?« Zorn und Wut brodelten in ihr und drohten sich Luft zu machen.

Das war nun wirklich die Höhe. Wenn das wahr war, brauchte man sich über den Zustand der heutigen Gesellschaft nicht zu wundern.

»Ich mußte ins Gefängnis, weil das ein unerläßlicher Teil des Plans war«, erklärte er ihr. »Bei diesem Plan, der im übrigen sehr kompliziert war, ging es darum, Scott Dunphy ein für allemal zu überführen, seine Schwindelfirma auffliegen zu lassen und ihn hinter Gitter zu bringen.«

Bonnie lachte verächtlich. Sie schüttelte den Kopf, und sofort wurde ihr wieder schwindlig. »Soll das heißen, du bist ein Undercover-Agent? Willst du das allen Ernstes behaupten?«

»Ja, das behaupte ich allen Ernstes«, antwortete Nick und schwieg, als überlegte er, ob er fortfahren solle oder nicht. »Eigentlich darf ich dir kein Wort darüber sagen. Aber ich gehe das Risiko ein, Bonnie. Ich vertraue dir.«

»Du vertraust mir«, wiederholte Bonnie wie betäubt.

Nick nickte.

»Ach, darum soll ich *dir* vertrauen?« entgegnete sie. »Ich soll dir glauben, daß du seit Jahren eine Art Doppelleben führst, mit Leuten wie Scott Dunphy verkehrst, bei ihren Schwindelgeschäften mitmachst, nur damit du ausreichend Beweise sammeln kannst, um sie hinter Gitter zu bringen?«

»Genau das tue ich, Bonnie.«

»Der Schein spricht aber dagegen.«

»Der Schein trügt häufig.«

»Ja, das hab' ich schon mal gehört.« Sie holte tief Atem und bemühte sich, Ordnung in ihre Gedanken zu bringen. »Dieser Immobilienschwindel…«

»…gehörte auch dazu.«

»Aber du wurdest nicht verurteilt; sie haben dich laufenlassen.«

»Es gab eine Panne. Jemand hatte vorschnell gehandelt. Für eine Verurteilung reichten die Beweise nicht. Wir mußten noch einmal von vorn anfangen.«

»Und die andere Anklage? Anstiftung zum Mord?«

»Die Sache war hieb- und stichfest.«

»Aber du bist ins Gefängnis gekommen.«

»Weil mein doppeltes Spiel sonst herausgekommen wäre.«

»Ich glaube dir nicht.«

»Es ist die Wahrheit.«

»Du bist bei der Polizei?« rief Bonnie immer noch ungläubig. Sie wagte kaum, ihm zu glauben. »Aber wieso hat das nie einer von uns erfahren? Wie konntest du das vor uns allen geheimhalten?«

»Ich hatte keine Wahl. Das war ebenso zu eurem Schutz wie zu meinem.«

»Das heißt also, daß du in den Jahren, als du weg warst, als du, wie Mutter immer sagte, ›auf der Walz‹ warst...«, begann sie.

»In diesen Jahren war ich in Ausbildung beim Federal Bureau of Investigation«, sagte er, den Satz für sie vollendend. Sie war ihm aus irgendeinem Grund dankbar dafür, daß er nicht die Abkürzung FBI gebraucht hatte.

»Und das konntest du keinem Menschen sagen, nicht einmal deiner eigenen Mutter, nicht einmal dann, als sie im Sterben lag?«

»Ich wußte nicht, daß sie im Sterben lag.«

»Du hast sie in dem Glauben sterben lassen...«

»Ich wußte nicht, daß sie im Sterben lag«, wiederholte er mit brüchiger Stimme. »Herrgott noch mal, Bonnie, sie hat doch praktisch mein ganzes Leben lang im Sterben gelegen.« Er hob die Hand und strich sich mit einer heftigen Bewegung das Haar zurück. »Aber sie ist nicht meinetwegen gestorben, Bonnie. Das mußt du doch wissen! Du mußt doch wissen, daß sie nicht meinetwegen gestorben ist.«

Bonnie senkte den Kopf. »Ja, das weiß ich«, flüsterte sie nach einer langen Pause. »Ich denke, ich habe es immer gewußt.« Sie wandte sich einen Moment ab, dann sah sie Nick wieder an. »Es war nur einfacher, dich für ihren Tod verantwortlich zu machen, als die Tatsache zu akzeptieren, daß sie eine hypochondrische

Egozentrikerin war, die sich mit den vielen Tabletten, die sie geschluckt hat, selbst umgebracht hat.« Sie seufzte tief. »Es ist beinahe ein Witz«, sagte sie. »Ich dachte immer, ich könnte nicht lügen. Aber ich hab' mich seit Jahren sehr erfolgreich selbst belogen.«

Und plötzlich lagen sie einander in den Armen.

»Nicht weinen«, sagte er, der selbst weinte. »Jetzt ist ja alles okay. Und es wird bestimmt alles gut.«

»Weiß Dad die Wahrheit?« fragte sie, als der erste Ansturm der Gefühle vorüber war.

»Er weiß sie jetzt«, antwortete Nick.

»Und Captain Mahoney? Hat er es die ganze Zeit gewußt?«

»Am Anfang nicht, nein. Da war ich ein Verdächtiger wie jeder andere.«

»Aber jetzt weiß er Bescheid.«

»Ja. Aber je weniger Leute es wissen, desto sicherer bin ich. So einfach ist das.«

»An dieser Sache ist nichts einfach.«

Einen Moment sah er sie schweigend mit sehr ernstem Gesicht an. »Bitte, sag Rod nichts«, sagte er dann.

Bonnie legte die Hände in den Schoß und massierte ihre schmerzenden Handgelenke. Die letzte, die das gleiche von ihr verlangt hatte, war Joan gewesen und hatte sie damit in Teufels Küche gebracht. »Aber er ist mein Mann.«

»Heißt das, daß du ihm vertraust?« fragte Nick prompt.

Ein paar Sekunden lang schwieg Bonnie. »Gibt es einen Grund, warum ich es nicht tun sollte?«

»Die geschiedene Frau deines Mannes wurde ermordet«, erklärte Nick völlig überflüssigerweise. »Für ihn bedeutet ihr Tod einen beträchtlichen finanziellen Gewinn, und an deinem Tod würde er ebenfalls verdienen. Wir wissen, daß Joan dich in Gefahr gesehen hat. Wir wissen, daß sie etwas wußte, was sie nicht hätte wissen sollen.«

»Was willst du damit sagen?« fragte Bonnie. »Was weißt du

darüber? Was hast du mit dieser Sache zu tun? Was für eine Verbindung hattest du zu Joan?«

»Sie hat mich einige Wochen vor ihrem Tod angerufen«, erzählte Nick. »Genauer gesagt, sie hat Dad angerufen. Sie wußte nicht, daß ich wieder zu Hause war. Zu Dad sagte sie, sie mache sich deinetwegen Sorgen, aber den Grund wollte sie ihm nicht sagen. Sie sagte nur, wir sollten gut auf dich achtgeben. Dad wußte nicht, was er davon halten sollte. Er sagte, es habe sich angehört, als hätte sie getrunken gehabt, aber so ein Anruf aus heiterem Himmel... Ich rief sie deshalb zurück und besuchte sie, um herauszufinden, was los war. Aber sie wollte mir nicht mehr sagen. Nur eines war offenkundig, sie war deinetwegen wirklich beunruhigt. Daraufhin habe ich Rod im Studio aufgesucht, um ihm auf den Zahn zu fühlen. Ich gab vor, eine Idee für eine neue Serie zu haben. Ein paar Minuten lang hatte ich wirklich Angst, er könnte sich für die Idee erwärmen. Kurz und gut, er war charmant und freundlich wie immer, alles schien in Ordnung zu sein. Danach dachte ich, daß Joan vielleicht tatsächlich phantasiert hatte. Und dann war sie plötzlich tot. Und du warst die Hauptverdächtige.«

»Ich habe sie aber nicht getötet.«

»Das weiß ich.«

»Aber du hast mich überwacht.«

»Nur zu deinem Schutz.«

»Dann warst also wirklich *du* der Mann, den ich damals morgens auf dem Schulgelände gesehen habe.« Bonnie sah wieder ihren Bruder vor sich, wie er aus dem Schatten der Bäume trat.

»Du hast gute Augen. Ich mußte ganz schön auf die Tube drücken, um rechtzeitig zu verschwinden.«

»Warst du auch der Mann, der Elsa Langer besucht hat?«

Er nickte. »Nachdem du erzählt hattest, daß du bei ihr warst, dachte ich, es könnte nicht schaden, mal mit ihr zu sprechen. Leider war sie gar nicht fähig zu sprechen.«

»Und was heißt das nun alles?«

Es folgte eine lange Pause. »Es gibt nur eine Person, die beides hatte, Motiv und Gelegenheit, aber kein Alibi und eine verschwundene .38er.«

»Du glaubst also, es war Rod?«

Nick blickte zu Boden. »Ich sage nur, daß es eine konkrete Möglichkeit ist.«

Bonnie schüttelte heftig den Kopf, obwohl ihr davon sofort wieder schwindlig wurde. »Nein, das kann ich nicht glauben. Ich lebe seit mehr als fünf Jahren mit diesem Mann zusammen. Ich kann nicht glauben, daß er einen Menschen töten würde.«

»Du willst es nicht glauben«, entgegnete ihr Bruder.

»Du glaubst im Ernst, daß Rod seine geschiedene Frau ermordet hat und vorhat, auch mich und unsere Tochter zu töten?« Bonnie hatte ein Gefühl, als öffnete sich der Boden unter ihr.

»Wer sonst hätte einen Nutzen von deinem und Amandas Tod?«

Niemand, mußte Bonnie zugeben, auch wenn sie sich weigerte, es zu sagen. »Aber wie kann ich denn hierbleiben, wenn ich das glaube? Wie kann ich weiter mit ihm zusammenleben?«

»Das brauchst du doch nicht«, erwiderte Nick. »Du kannst mit Amanda zusammen ausziehen.«

»Und wohin?«

»Du könntest vorübergehend zu Dad ziehen.«

Bonnie schüttelte den Kopf. »Nein, das kann ich nicht. Rod ist mein Mann. Er ist Amandas Vater. Ich glaube einfach nicht, daß er mit Joans Tod etwas zu tun hat. Ich glaube nicht, daß er Amanda oder mir etwas antun würde.«

»Hoffentlich hast du recht. Aber auf jeden Fall würde ich von Rod verlangen, daß er die Lebensversicherungen auf dich und Amanda kündigt. Und wenn er sich weigert, das zu tun, würde ich schnellstens verschwinden.«

Auf jeden Fall würde ich von Rod verlangen, daß er die Lebensversicherungen auf dich und Amanda kündigt, hämmerte es in Bonnies Kopf, mit jedem Atemzug lauter und schmerzhafter, bis sie meinte, ihr Kopf würde zerspringen.

»Was ist denn?« fragte Rod beunruhigt. Er lief zu Bonnie und kniete neben ihrem Stuhl nieder. »Du bist plötzlich kreidebleich geworden.«

»Ich möchte, daß du die Lebensversicherungen für mich und Amanda kündigst«, sagte Bonnie, den Blick geradeaus gerichtet, weil sie Angst hatte, ihm in die Augen zu sehen.

»Wie?«

»Ich möchte, daß du...«

»Ich hab' schon verstanden«, unterbrach er sie und richtete sich wieder auf. »Ich verstehe nur nicht, warum so plötzlich.«

»Es ist nicht plötzlich«, widersprach Bonnie. »Mir geht das schon seit Wochen durch den Kopf. Mir behagt das Ganze nicht, und ich möchte, daß du die Versicherungen kündigst.« Und wenn er sich weigerte? Was sollte sie dann tun? Konnte sie denn wirklich einfach ihr Kind nehmen und auf und davon gehen?

»Betrachte es als erledigt«, sagte Rod.

»Wie?«

»Ich sagte, betrachte es als erledigt.«

»Du kündigst die Versicherungen?«

Rod zuckte mit den Achseln. »Ich habe selbst schon daran gedacht, sie zu kündigen. Ich zahle einen Haufen Geld für diese verdammten Policen, das wir gut für andere Dinge gebrauchen könnten.« Er hielt inne und lächelte schwach. »Du hast doch vor, wieder gesund zu werden, nicht wahr?«

Bonnie lächelte, lachte, weinte dann. Wie hatte sie nur an ihm zweifeln können? Daran war nur diese verdammte Krankheit schuld. Sie vernebelte ihr das Hirn, so daß sie einfach nicht mehr klar denken konnte.

Rod war sofort bei ihr und kniete neben ihrem Stuhl. »Bonnie, was ist los? Sprich mit mir, Liebes. Sag mir, was los ist.«

Sie lehnte ihren Kopf an seine Schulter und schluchzte. »Ich bin so müde«, stieß sie weinend hervor, »ich bin so furchtbar müde.«

Rod zog sie behutsam von ihrem Stuhl hoch und führte sie zur Treppe. »Komm, jetzt bringe ich dich erst mal ins Bett.«

»Aber ich will nicht ins Bett«, widersprach Bonnie und fand den weinerlichen Ton in ihrer Stimme abscheulich. »Du bist doch eben erst nach Hause gekommen. Ich möchte hören, wie es in Florida war.«

»Das erzähle ich dir später. Ich muß sowieso noch auf einen Sprung ins Studio.«

»Du gehst noch mal weg?«

»Nur kurz. Ich bin wieder da, ehe du aufwachst, das verspreche ich dir. Und dann haben wir das ganze Wochenende für uns, und ich werde dich mit meinen Geschichten von Florida zu Tode langweilen.« Sie hatten das Ende der Treppe erreicht. »Ich möchte auf jeden Fall mit diesem Dr. Kline sprechen, wenn er anruft, denn mir reicht es jetzt allmählich. Wenn er nichts für dich tun kann, suchen wir einen anderen Arzt.« Er führte Bonnie ins Schlafzimmer und begann ihr Kleid aufzuknöpfen.

»Küß mich, Rod«, bat Bonnie leise mit tränenfeuchten Lippen.

Er küßte ihre Mundwinkel, ihre Augenlider, dann ihre Lippen. Sie fühlte ihren Mund auf dem ihren, so weich, so weich, dachte sie, während er ihr das Kleid von den Schultern streifte. Sie hörte, wie es raschelnd zu Boden fiel, während er schon ihren Büstenhalter aufhakte. Sie fragte sich, ob sie überhaupt die Kraft hatte, mit ihm zu schlafen, wenn das seine Absicht war. Er setzte sie behutsam aufs Bett, hob ihre Beine hinauf, drückte sie sachte in die Kissen und zog die Bettdecke hoch. Nein, mit ihr zu schlafen war offensichtlich nicht seine Absicht.

»Ruh dich aus, Liebes«, flüsterte er. Dann ging er zum Fenster und zog die Vorhänge zu, tauchte das Zimmer in das

Halbdunkel, in dem sich anscheinend der größte Teil ihres Lebens abspielte. Sie sah seine schattenhafte Gestalt aus dem Zimmer gleiten, dann schloß sie die Augen.

Als sie erwachte, war es fast vier Uhr. Es war still im Haus. Wo waren sie alle? Dann fiel es ihr wieder ein – Sam und Lauren waren noch zum Tapezieren drüben bei Diana; Amanda war im Kindergarten; Rod war im Studio. Immer noch? Hatte er nicht versprochen, zurück zu sein, ehe sie erwachte?

»Rod?« rief sie, warf die Bettdecke zurück und schwang die Beine aus dem Bett. »Rod, bist du wieder da?«

Niemand antwortete.

Das Telefon läutete. Sie hob ab, ehe es ein zweites Mal läuten konnte.

»Ist dort Mrs. Wheeler?«

»Ja«, antwortete Bonnie.

»Dr. Kline möchte Sie gern sprechen.«

»Danke«, sagte Bonnie, wischte sich den Schlaf aus den Augen und strich sich über das Haar, als müßte sie präsentabel aussehen, wenn er an den Apparat kam.

»Hallo, Mrs. Wheeler«, begann er. »Ich habe jetzt Ihre Untersuchungsergebnisse.«

»Ja?«

Es folgte eine kurze Pause. »So wie es aussieht, haben Sie eine hohe Menge Arsen im Blut, Mrs. Wheeler. Ich bin mir nicht sicher, wie...«

»Was?« rief Bonnie, die nicht glauben wollte, richtig gehört zu haben. »Was haben Sie gesagt?«

»In Ihrem Blut befindet sich eine große Menge Arsen«, wiederholte er in bemüht sachlichem Ton. »Ich verstehe das, offen gesagt, nicht. Eine derart hohe Menge kann kein Zufall sein.«

»Wovon reden Sie?« rief Bonnie. »Wieso soll ich Arsen im Blut haben?«

»Versuchen Sie erst einmal, sich zu beruhigen, Mrs. Wheeler.«

»Wollen Sie sagen, daß jemand versucht, mich zu vergiften?«

»Das weiß ich nicht, Mrs. Wheeler. Ich hatte gehofft, Sie würden *mir* etwas sagen können.«

»Ich verstehe nicht«, sagte sie, stockte, weil ihre Gedanken sich plötzlich überschlugen, so daß ihre Worte nicht folgen konnten. »Wie... wo...?«

»Es gibt eine ganze Reihe Haushaltsprodukte, in denen Arsen enthalten ist«, erklärte Dr. Kline. »Insektizide, Rattengift, Unkrautvernichtungsmittel.«

»Aber würde ich es denn nicht merken, wenn jemand mir Gift gäbe?« fragte sie. »Würde ich das nicht schmecken?«

»Arsen ist geschmacklos. Es ist durchaus möglich, daß Sie es nicht merken, wenn Sie es einnehmen. Aber darüber können wir uns später unterhalten. Im Augenblick gehören Sie ins Krankenhaus. Sofort.«

»Wie?«

»Ich habe Belegbetten im Boston Memorial Krankenhaus. Ich kann veranlassen, daß Sie sofort aufgenommen werden...«

»Das geht nicht«, unterbrach Bonnie ihn. »Ich kann jetzt nicht ins Krankenhaus. Ich kann meine kleine Tochter nicht allein lassen.«

»Mrs. Wheeler, ich glaube, Sie verkennen den Ernst der Lage. Wir müssen sofort mit einer ziemlich aggressiven Behandlung beginnen, um das Gift aus Ihrem Körper zu bekommen.«

»Aber ich kann jetzt nicht ins Krankenhaus«, sagte Bonnie wieder, während sie zu begreifen versuchte, was er gesagt hatte. War es wirklich möglich? Versuchte tatsächlich jemand, sie zu vergiften? »Ich kann meine kleine Tochter nicht allein lassen. Auf keinen Fall.«

»Dann müssen Sie eine geeignete Unterbringung für sie finden. Und bitten Sie fürs erste Ihren Apotheker, mich anzurufen. Ich gebe Ihnen ein Rezept für ein stärkeres Medikament. Die Antibiotika, die Sie bisher genommen haben, sind nicht ausreichend, auch wenn es ihnen wahrscheinlich zu verdanken ist, daß Sie noch am Leben sind.« Er schwieg einen Moment.

»Und essen Sie nichts, was nicht vor Ihren Augen zubereitet wird.«

»Aber ich habe seit Ewigkeiten nichts mehr gegessen«, sagte Bonnie. »Ich habe mich von Tee und Hühnerbouillon ernährt.«

»Haben Sie die Hühnerbouillon selbst gemacht?«

»Nein, ein Bekannter hat sie mir gebracht.« Sie sah Josh Freemans sympathisches Gesicht vor sich. Ich glaube, Sie können einen Freund brauchen, hatte er gesagt.

»Ist von der Suppe noch etwas da?« fragte Dr. Kline.

»Wie bitte?«

»Ist von der Suppe noch etwas da?«

»Ich weiß nicht.«

»Wenn ja, sollten Sie sie von der Polizei untersuchen lassen.«

Bonnie hatte Mühe, dem Gespräch zu folgen. Wollte er sagen, daß Josh ihr vergiftete Bouillon gebracht hat?

»Das ist absurd«, erklärte sie. »Ich war schon krank, als mein Bekannter die Bouillon gebracht hat.«

»Wissen Sie noch, wann es Ihnen das erstemal schlecht ging?« fragte Dr. Kline.

Bonnie versuchte krampfhaft, sich zu erinnern. »Es war mitten in der Nacht. Mein Bruder hatte uns besucht. Er hatte für uns alle Spaghetti gekocht«, sagte sie atemlos vor Erregung. »Aber außer mir ging es keinem schlecht«, fügte sie hastig hinzu. »Und meine Stieftochter hatte vorher fast eine Woche lang die gleichen Symptome.«

Nachdem Rod ihr das Abendessen gemacht hatte, erinnerte sich Bonnie, und eisige Kälte durchzuckte sie wie ein Stromstoß. Und Rod war auch an dem Abend zu Hause gewesen, an dem Nick gekocht hatte. War es möglich, daß er etwas in ihr Essen getan hatte?

Sie hielt den Atem an, als könnte sie so verhindern, daß diese schrecklichen Gedanken sich in ihr festsetzten. War es möglich, daß Rod und Nick gemeinsame Sache machten? Daß sie gemeinsam Joans Ermordung geplant hatten, so wie sie jetzt die ihre planten? Daß auch Lauren in Gefahr war? War es möglich, daß alles, was ihr Bruder gestern zu ihr gesagt hatte, gelogen war? Daß er sie wieder getäuscht hatte, wie er sein Leben lang jeden getäuscht hatte?

»Ich muß jetzt Schluß machen, Dr. Kline.«

»Mrs. Wheeler, Sie gehören dringend ins Krankenhaus. Zumindest sollten Sie sich sofort mit der Polizei in Verbindung setzen...«

Bonnie legte einfach auf.

Das kann nicht wahr sein, dachte sie, während sie sich hin und her wiegte und versuchte, sich zu sammeln. Sie mußte sich jetzt konzentrieren, ihre fünf Sinne zusammennehmen und versuchen, das, was sie soeben erfahren hatte, ruhig und sachlich zu betrachten. Sie wurde langsam vergiftet, das jedenfalls war klar. Mit Arsen – in einer Reihe von Haushaltsprodukten enthalten. Zuerst hatte man Lauren das Gift gegeben, entweder versehentlich oder mit Absicht, um keinen Verdacht aufkommen zu lassen; um Bonnie glauben zu machen, sie hätte es mit einer simplen Grippe zu tun. Und danach war sie selbst krank geworden. Und krank geblieben. Rod war immer zur Stelle gewesen, hatte darauf geachtet, daß sie genug Flüssigkeit zu sich nahm, daß sie immer ihren Tee trank. Er wußte von ihrer eingefleischten Aversion gegen Ärzte.

Aber Rod war die ganze Woche verreist gewesen, und ihr Zustand hatte sich dennoch nicht gebessert, nicht einmal die Antibiotika hatten gewirkt, und das konnte nur heißen, daß sie weiterhin Gift bekommen hatte. Was aber bedeutete das? Hatte Josh Freeman irgendwie damit zu tun? Und wenn ja, handelte er allein oder zusammen mit Nick? Oder mit Rod? Vielleicht steckten sie alle drei unter einer Decke.

»Das ist ja verrückt«, stöhnte Bonnie. »Ich bin ja völlig verrückt.«

Und was ist mit Sam? fragte sich Bonnie mit wachsendem Entsetzen, als ihr einfiel, daß Sam derjenige war, der stets zur Stelle war. Immer war er so fürsorglich, kochte Tee, brachte ihr Bouillon ans Bett. Für ihn wäre es relativ einfach gewesen, eine kleine Prise Gift in ihren Tee oder ihre Bouillon zu geben. Und genauso einfach wäre es für ihn gewesen, die Schlange zu verstecken und auf Amanda anzusetzen.

O Gott, dachte Bonnie, das kann nicht sein. Das kann einfach nicht sein. Sie griff zum Telefon und wählte hastig die Nummer der Polizei. »Captain Mahoney, bitte«, sagte sie.

»Tut mir leid, der Captain ist im Augenblick nicht hier«, sagte der Beamte am Telefon.

»Dann verbinden Sie mich mit Detective Kritzic.«

»Sie ist leider auch nicht da. Vielleicht kann Ihnen jemand anders helfen.«

»Nein, ich rufe wieder an.«

Bonnie stand auf, setzte sich wieder, stand wieder auf. Sie hatte nicht mehr viel Zeit. Sie mußte sich anziehen und verschwinden. Wie gejagt rannte sie zu ihrem Schrank, schlüpfte in einen blauen Pulli und eine Jeans und hetzte aus dem Zimmer. Sie wußte nicht, wohin sie wollte. Sie wußte nicht, was sie vorhatte, sie wußte nur, daß sie aus dem Haus sein mußte, ehe jemand zurückkam.

Sie würde zum Kindergarten fahren und Amanda abholen und dann – wohin? In das Haus ihres Vaters konnte sie nicht – dort war Nick. Zu Diana konnte sie auch nicht – dort war Sam. Und auf keinen Fall konnte sie hier bei Rod bleiben. Sie wußte nicht, wohin. Sie wußte nicht, wem sie vertrauen konnte.

Sie dachte an Dianas Wohnung in der Stadt und rief Dianas Kanzlei an. Bestimmt würde sie ihr die Wohnung für ein paar Tage überlassen.

»Diana Perrin bitte«, sagte Bonnie laut und deutlich.

»Mrs. Perrin kommt erst am Montag wieder in die Kanzlei«, teilte ihr Dianas Sekretärin mit. »Wenn Sie ihr eine Nachricht hinterlassen möchten...«

Bonnie legte auf. Sie hatte jetzt keine Zeit für langes Palaver. Sie mußte weg hier, zur Polizei fahren, konnte nur hoffen, daß

Captain Mahoney und Detective Kritzic bis dahin zurück sein würden. Schwach vor Schwindel und Übelkeit, nahm sie ihre Handtasche und war fast an der Haustür, als ihr einfiel, daß sie die Flasche mit der Bouillon vergessen hatte.

Sie stand ganz hinten im Kühlschrank, und zuerst sah sie sie nicht. Als sie den Kühlschrank gerade wieder zumachen wollte, entdeckte sie die hohe Flasche, in der nur noch ein Rest Bouillon war. Sie nahm die Flasche, die sich kalt und glitschig anfühlte. Beinahe wäre sie ihr aus der Hand gerutscht, als sie in ihrer Handtasche nach den Autoschlüsseln kramte. Sie fand sie und ließ sie fallen. »Ach, verdammt noch mal«, jammerte sie, bückte sich, grapschte nach den Schlüsseln und mußte hilflos zusehen, wie alles andere ihren Händen entglitt, ihre Handtasche, ihre Hausschlüssel, die Glasflasche. »Nein!« schrie sie auf, als sie sah, wie die Flasche zersprang und die Bouillon sich über den Asphalt der Einfahrt ergoß und versickerte wie Regen. »Nein, verdammt noch mal!« rief sie weinend, als sie zwischen den Glassplittern niederkniete, um die Sachen wieder einzusammeln.

Genau in diesem Moment hörte sie ein Auto kommen, das in die Einfahrt einbog. Rod, dachte sie. Sie hatte zu lange gewartet. Jetzt käme sie nicht mehr weg.

Sie schloß die Augen, und während sie sich langsam aufrichtete, hörte sie, wie der Wagen anhielt, eine Tür geöffnet und zugeschlagen wurde. Sie hörte die Schritte, die sich näherten. Dicht vor ihr blieb er stehen. Schaler Marihuanageruch wehte ihr in die Nase. Erst da öffnete sie die Augen.

Haze stand vor ihr.

»Ist Sam zu Hause?« fragte er ohne ein Wort des Grußes.

Bonnie fing an zu lachen. Haze sah sie befremdet an und trat einen Schritt zurück.

»Er ist bei Diana«, antwortete Bonnie immer noch lachend. »Er wollte ihr Bad vor dem Wochenende fertig tapezieren.«

»Okay, dann fahr' ich mal hin«, sagte Haze, stieg wieder in

seinen klapprigen alten Wagen und fuhr rückwärts zur Straße hinaus.

Einen Moment stand Bonnie wie gelähmt, unfähig sich zu rühren, kaum imstande zu atmen. Dann sprang sie in ihren Wagen und raste auf die Straße hinaus, zum Kindergarten und ihrer Tochter, obwohl sie immer noch nicht wußte, was sie tun würde, wenn sie dort ankam.

29

»Wohin fahren wir jetzt, Mami?« fragte Amanda, ungeduldig in ihrem Kindersitz strampelnd. Sie hatten bei einem Drugstore gehalten, wo Bonnie Amanda einen Beutel Chips gekauft und den Apotheker gebeten hatte, Dr. Kline anzurufen. Eine Viertelstunde später hatte sie die Tabletten bekommen und gleich zwei genommen.

»Ich dachte, wir machen eine kleine Spazierfahrt, Schatz.« Bonnie drehte sich lächelnd zu ihrer kleinen Tochter um und fragte sich, ob ihr Lächeln so künstlich aussah, wie es war. Wie lange, dachte sie, kann ich einfach ziellos umherfahren? Früher oder später müssen wir irgendwo unterkommen.

»Ich will aber nicht spazierenfahren«, protestierte Amanda. »Ich will heim. Ich will Sesamstraße sehen.«

»Wir können noch nicht nach Hause fahren, Liebes. Ich muß erst noch verschiedenes erledigen.«

»Was denn?«

Bonnie beschloß, zur Polizei zu fahren. Keine zehn Minuten später war sie in Newton. »Hier müssen wir ein paar Minuten halten«, erklärte sie Amanda, als sie sie auf dem Parkplatz hinter der Polizeidienststelle aus dem Wagen hob.

»Aber ich will nicht hierher.« Amanda stampfte mit dem Fuß. Tränen drohten.

»Nicht weinen, Liebes. Es dauert nicht lang.«

»Ich will heim. Ich will Sesamstraße anschauen.«

Bonnie nahm Amanda bei der Hand. »Nun komm schon, Schatz. Bitte, mach es mir nicht so schwer. Es geht mir nicht gut.«

»Ich will heim.« Amanda stemmte die Füße in den Boden und rührte sich nicht von der Stelle.

Bonnie nahm sie auf den Arm und trug das strampelnde Kind zur Eingangstür.

»Du bist überhaupt nicht lieb«, sagte Amanda. »Du bist überhaupt nicht cool.«

»Ich möchte mit Captain Mahoney sprechen«, erklärte Bonnie dem wachhabenden Beamten, froh, daß Amanda sich beruhigt hatte.

Der junge Beamte sah sie ohne ein Zeichen des Erkennens an. »Der ist im Augenblick nicht hier. Kann ich Ihnen vielleicht weiterhelfen?«

»Ist Detective Kritzic hier?«

»Nein, leider auch nicht. Worum geht es denn?«

Bonnie ließ Amanda auf den Boden hinunter und neigte sich zu dem Beamten. »Jemand will mich vergiften«, sagte sie.

O Gott, was für eine Zeitverschwendung, dachte Bonnie, als sie ihren Wagen wieder vom Parkplatz lenkte. Automatisch warf sie einen Blick auf die Uhr im Armaturenbrett. Mehr als vierzig Minuten, und wofür? Damit ein zynisches Pickelgesicht, das kaum die Schule hinter sich hatte, ihr einen Haufen alberner Fragen stellen konnte, um ihr schließlich mitzuteilen, daß diese Dienststelle nicht zuständig sei, da sie ihren Wohnsitz in Weston hatte.

»Aber ich bin sicher, Captain Mahoney würde wissen wollen...«, begann sie und brach ab. Ihr fehlte einfach die Energie. Was hatte dieses Gespräch für einen Sinn? Sie würde sich irgendwo ein Motelzimmer nehmen und Captain Mahoney morgen anrufen. Auf keinen Fall würde sie jetzt nach Weston zurückfahren.

»Ich hab' Hunger«, quengelte Amanda nach ein paar Minuten. »Wohin fahren wir denn jetzt?«

Bonnie blickte sich um und erkannte verblüfft, daß sie in der Lombard Street waren. Sie fuhr langsamer, kroch im Schneckentempo die Straße hinauf.

»Wo sind wir, Mami?«

Das Haus in der Lombard Street 430 sah nicht anders aus als vor einem Monat. Nicht einmal das Schild »Zu verkaufen« war angerührt worden. Die Polizei hatte das gelbe Band, mit dem das Anwesen abgesperrt worden war, entfernt. Jeder konnte das Gelände ungehindert betreten. Zweifellos war das Haus gründlich saubergemacht, Joans Blut sorgfältig entfernt worden. Nur ihr Geist war geblieben.

Vor dem Haus hielt Bonnie an und blickte den Weg hinauf zur Haustür. Wäre ich nur diesen Weg nie gegangen, dachte sie. Hätte ich nur nie auf Joan gehört. Wäre ich nur an jenem Morgen nicht ans Telefon gegangen. Hätte es etwas geändert?

»Wer wohnt hier, Mami?« fragte Amanda.

Bonnie fuhr hastig wieder los. »Niemand«, antwortete sie. Sie überlegte, wie lange es dauern würde, das Haus jetzt zu verkaufen, da es Schauplatz eines Mordes geworden war. Sie fuhr zurück zur Commonwealth Avenue, folgte ihr bis zur Chestnut Street und fuhr dann Richtung West Newton Hill.

Auch das Haus in der Exeter Street 13 mit der grünstichigen, beigefarbenen Fassade und den geheimnisvollen Buntglasfenstern schien unverändert. Von außen deutete nichts darauf hin, daß das Haus leer stand. Selbst der Rasen war gemäht, als wohnte noch jemand hier.

Bonnie hielt an und schaltete den Motor aus.

»Wo sind wir?« fragte Amanda wieder.

Bonnie öffnete die Tür, stieg aus, hob Amanda aus dem Kindersitz und trug sie in den Vorgarten des Hauses.

»Ist das eine Kirche?« fragte Amanda, den Blick auf die Fenster gerichtet.

»Nein, Schatz. Hier haben Sam und Lauren früher gewohnt.«

»Sind sie jetzt da?«

»Nein.« Bonnie führte Amanda den Weg hinauf zu der großen Holztür.

»Gehen wir rein?«

Bonnie wußte es selbst nicht. Sie griff in ihre Tasche, nahm ihre Schlüssel heraus, fand den richtigen, schob ihn ins Schloß. Sie hatte fast vergessen gehabt, daß sie einen Schlüssel zu Joans Haus besaß. Bis zu dem Moment, als ihr vor dem Auto die Schlüssel heruntergefallen waren und sie ihn an ihrem Bund gesehen hatte.

Hatte sie von dem Moment an gewußt, daß sie hierherkommen würde?

Die Tür öffnete sich mühelos, und Bonnie trat ein. Amanda lief ihr voraus. Bonnie erinnerte sich ihres ersten Besuchs in diesem Haus, hörte wieder die Stimme Laurens, als diese von oben nach ihrer Mutter gerufen hatte, erinnerte sich der Verwirrung in Laurens Gesicht, als das Mädchen über das Geländer geschaut und ihren Vater gesehen hatte, spürte wieder die zornigen Schläge, schmeckte das Blut auf ihrer Lippe.

Warum war sie hierhergekommen?

Amanda hüpfte ins Wohnzimmer. »Das ist ein komisches Haus, Mami«, rief sie und sprang von einem Teppich zum anderen, als spielte sie Himmel und Hölle. Vor dem großen, aus Backstein gemauerten offenen Kamin blieb sie stehen.

»Sei vorsichtig, Schatz«, sagte Bonnie. »Rühr hier lieber nichts an.«

Sie ging durch das mit schweren, dunklen Möbeln eingerichtete Eßzimmer in die Küche im hinteren Teil des Hauses. Schnell hatte sie die Speisekammer gefunden und öffnete die Tür.

Sie war fast leer. Nur ein paar alte Packungen Getreideflocken, ein Glas Pulverkaffee, ein Beutel Rosinen und eine große Tüte

Zucker standen auf den Regalen. Ganz unten stand ein Bügeleisen, noch in der Verpackung, neben einem Stapel weißer Papierservietten.

Bonnie schloß die Tür zur Speisekammer und machte die Besenkammer auf, die gleich daneben war. Zwei Besen fielen ihr zur Begrüßung entgegen. Sie lehnte sie wieder an die Wand, schloß dann die Tür und ging zur Spüle. Sie bewegte sich wie ein Roboter, als wäre alles, was sie tat, vorprogrammiert.

»Kann ich ein Glas Milch haben?« fragte Amanda.

»Hier gibt's keine Milch.« Bonnie kniete nieder und öffnete den Schrank unter der Spüle.

»Mögen die keine Milch?«

»Hier wohnt niemand mehr, Schatz. Also gibt es auch keine Milch hier.« Bonnie musterte die Gegenstände im Schrank – ein dunkelgrüner Mülleimer, eine Plastikwanne mit Schwämmen und Wischlappen, zwei Flaschen Spülmittel, eine kleine Flasche Mr. Clean.

»Kann ich dann wenigstens ein Glas Wasser haben?«

»Nein, Amanda.« Bonnie schob die Flasche Mr. Clean auf die Seite.

»Ist das Wasser auch schlecht?«

»Wir sind hier nicht zu Hause«, erinnerte sie Bonnie.

»Aber warum sind wir dann hier?« fragte Amanda ganz logisch.

Weil ich etwas suche, dachte Bonnie. Insektizide, Rattengift, Unkrautvernichtungsmittel, hatte Dr. Kline gesagt. Bonnie hatte weder Insektizide noch Unkrautvernichtungsmittel zu Hause. Rattengift hatte sie nie gebraucht. Sie hatte bis zu dem Tag, an dem Sam in ihr Haus gezogen war, nie Ratten gehabt. Bonnie griff in die Tiefe des Schranks nach einer Metallflasche, die ganz hinten stand.

»Ich will heim«, murrte Amanda und ließ sich mit ihrem vollen Gewicht gegen Bonnies Rücken fallen. Bonnie verlor das Gleichgewicht, fiel um und riß dabei die Flaschen mit dem Spülmittel und die Plastikwanne mit, so daß Schwämme und Wischlappen herausfielen.

Amanda lachte. »Du bist schuld!«

Bonnie richtete sich hastig wieder auf, sammelte Schwämme und Lappen ein und warf sie in die Wanne, stellte die Flaschen mit dem Spülmittel an ihren Platz und zog dann die Metallflasche aus dem Schrank.

Sie sah den Totenschädel mit den gekreuzten Knochen, ehe sie irgend etwas anderes sah. »Vorsicht! Gift!« stand in fetten schwarzen Lettern über dem Totenschädel. »Rattentod«, stand etwas weiter unten in orangefarbener Schrift auf schwarz-weißen Streifen, und noch kleiner darunter, »Rattengift«. In der Mitte des Etiketts prangte die Zeichnung einer toten Ratte.

Bonnie schluckte. Ihr schwindelte, Schauer überliefen sie, als sie den Metallbehälter umdrehte. »Vorsicht«, las sie. »Gefährliches Gift. Für Kinder unerreichbar aufbewahren. Nicht zusammen mit Nahrungsmitteln lagern. Nicht in Schränken lagern, in denen Nahrungsmittel oder zum Kochen verwendete Haushaltsgegenstände aufbewahrt werden. Bei Einnahme keinesfalls Erbrechen herbeiführen. Hauptbestandteil: Arsen.«

Bonnie ließ die Flasche fallen. Sie rollte davon. Amanda lief ihr hinterher und grapschte danach.

»Rühr sie nicht an!« schrie Bonnie so heftig, daß das Kind erschrocken zurücksprang. »Entschuldige, Herzchen«, sagte Bonnie hastig. »Aber weißt du, das ist etwas sehr Gefährliches. Das darfst du nicht anfassen.«

»Aber warum hast du sie angefaßt?« fragte Amanda.

»Ich hätte es nicht tun sollen«, sagte Bonnie und streckte die Hand nach der Flasche aus.

»Tu sie weg, Mami!« schrie Amanda weinend. »Tu sie weg.«

Bonnie stellte die Flasche wieder in den Schrank und knallte die Tür zu.

»Ich will heim, Mami. Ich mag das Haus nicht. Ich möchte heim.« Amanda war schon aus der Küche.

»Amanda, warte!« rief Bonnie ihr nach. »Warte auf mich.«

»Ich will heim«, jammerte Amanda, als Bonnie sie in ihre Arme schloß.

»Hast du nicht Lust, ein Eis essen zu gehen?«

»Nein, ich will heim«, erklärte Amanda störrisch.

»Wir können noch nicht wieder nach Hause, Schatz.«

»Ist L'il Abner wieder weg?« fragte Amanda. »Ich hab' gar keine Angst mehr vor ihm, weißt du. Sam hat mir gesagt, daß er nur so böse war, weil er Hunger hatte, und daß er jetzt immer aufpaßt, daß er nicht wieder Hunger kriegt.«

»Das ist gut, Schatz.«

»Ich mag Sam gern.«

»Ich auch«, sagte Bonnie und wußte, daß es wahr war. Konnte der Junge wirklich ein kaltblütiger Mörder sein? Sie öffnete die Haustür und ging mit Amanda hinaus.

»Und L'il Abner mag ich auch gern. Der ist cool.«

Bonnie sperrte ab. »Ja, da hast du recht.«

Sie trug Amanda die Treppe hinunter und überlegte, was sie jetzt tun sollte. Zuerst einmal, beschloß sie, würde sie Amanda ein Eis kaufen, dann würde sie noch einmal bei der Polizei anrufen und darauf bestehen, mit Captain Mahoney zu sprechen, ganz gleich, wo er war, damit sie ihm von ihrem Fund erzählen konnte. Vielleicht wußte er, was sie tun sollte.

»Bonnie?« sagte die Frau, die neben ihrem Wagen stand.

Bonnie erblickte die große blonde Frau im buntfleckigen Malerkittel. Wie lange stand sie schon dort?

»Hallo, Caroline«, sagte sie und ließ Amanda zu Boden.

»Ich habe Ihren Wagen kommen sehen und dachte mir, daß Sie es vielleicht wären«, begann Caroline. »Aber Sie sahen so anders aus, und ich kannte das kleine Mädchen nicht...«

»Das ist meine Tochter Amanda«, sagte Bonnie.

»Es freut mich, dich kennenzulernen, Amanda.« Caroline Gossett ging in die Knie und reichte Amanda die Hand. »Wirst du manchmal auch Mandy genannt?«

»Mein Onkel Nick nennt mich so.«

»Also, Mandy, du bist wirklich ein süßes kleines Mädchen.«

Amanda strahlte.

Caroline Gossett richtete sich wieder auf und sah Bonnie an. »Wie geht es Ihnen?«

»Ach, nicht besonders«, bekannte Bonnie.

»Kann ich Ihnen irgendwie helfen?« fragte Caroline.

»Ein Glas Wasser würde mir jetzt guttun.«

»Mir auch«, sagte Amanda. »Da drin«, sie wies auf Joans Haus, »durfte ich kein Wasser trinken, weil Mami gesagt hat, daß es nicht unser Haus ist.«

»Ich hab' nicht nur schönes frisches Wasser im Haus«, erklärte Caroline, »sondern ich habe auch Eis und Plätzchen.«

»Eis!« rief Amanda vergnügt. »Und Plätzchen!«

»Kommen Sie.« Caroline nahm Bonnie beim Arm. »Gehen wir zu mir hinüber.«

»Möchten Sie mir erzählen, was passiert ist?« fragte Caroline, sobald Amanda mit einem Schälchen Eiskrem vor dem Fernsehapparat saß.

»Ich weiß gar nicht, wo ich anfangen soll.«

»Fangen Sie bei dem Haarschnitt an.«

Bonnie lächelte. »Mir ist es die letzte Zeit nicht besonders gutgegangen«, begann sie. »Mein Haar sah fürchterlich aus. Ich dachte, es wäre gut, wenn ich es schneiden ließ.«

»Und hat es geholfen?«

»Wußten Sie, daß stumpfes, glanzloses Haar, blutendes Zahnfleisch und akute Übelkeit Symptome von Arsenvergiftung sind?« fragte Bonnie, wiederholend, was der Apotheker ihr gesagt hatte.

»Was?!« Caroline Gossett beugte sich konsterniert auf dem Sofa vor. »Wollen Sie sagen, daß Sie an einer Vergiftung leiden?«

»Ich habe anscheinend eine große Menge Arsen im Blut.«

»Ich verstehe nicht.«

Bonnie ließ sich in ihren Sessel zurücksinken und nahm noch einen großen Schluck Wasser. »Jemand will mich vergiften«, sagte sie, mit Mühe die Tränen zurückhaltend.

»Mein Gott! Wer denn?«

Bonnie schüttelte den Kopf. »Ich weiß es nicht. Offensichtlich jemand, der mir nahesteht«, bekannte sie widerstrebend. »Wahrscheinlich dieselbe Person, die Joan getötet hat.«

»Was sagt die Polizei dazu?«

»Daß sie nicht zuständig ist.«

»Was?«

»Ach, das ist eine lange Geschichte. Captain Mahoney war nicht da. Ich muß später noch einmal versuchen, ihn zu erreichen.«

Caroline stand auf, ging in die Küche und kam mit dem Telefon zurück. »Versuchen Sie's gleich«, sagte sie.

Bonnie tippte die Nummer der Polizeidienststelle Newton ein, fragte nach Captain Mahoney oder Detective Kritzic und bekam die gleiche Antwort wie zuvor. Beide seien im Moment nicht erreichbar, ob sie eine Nachricht hinterlassen wolle. »Hinterlassen Sie die Nummer hier«, sagte Caroline, und Bonnie tat es.

»Danke. Es ist mir wirklich peinlich, Sie so zu belästigen.«

»Mein Gott, Sie sind wirklich erstaunlich!« Caroline schüttelte den Kopf. »Da versucht jemand, Sie umzubringen, und Sie haben Angst, einem zur Last zu fallen. Tun Sie mir einen Gefallen – vergessen Sie das. Ich freue mich, daß Sie hier sind. Außerdem können Sie offensichtlich nicht nach Hause gehen, bevor diese Geschichte geklärt ist. Ich schlage vor, Sie und Ihre Tochter übernachten heute bei uns.«

»Aber das geht doch nicht.«

»Natürlich geht das.«

»Aber Ihr Mann…«

»Ich habe nicht gesagt, daß Sie bei ihm schlafen dürfen.«

Bonnie lachte. »Ich kann nicht ewig hierbleiben.«

»Von ewig habe ich auch nichts gesagt.« Caroline stand auf und setzte sich auf die Armlehne von Bonnies Sessel. »Aber wenn jemand in Ihrer Nähe Ihnen etwas antun will, dann können Sie auf keinen Fall nach Hause gehen, solange die Polizei nicht geklärt hat, wer das ist. Außerdem brauchen Sie offensichtlich ein paar Tage Ruhe und Erholung. Sollten Sie nicht eigentlich ins Krankenhaus?«

»Nein«, log Bonnie. »Ich habe Tabletten.« Sie deutete auf ihre Handtasche, die neben ihr auf dem Boden stand.

»Okay, dann ist das erledigt. Sie bleiben hier, mindestens bis morgen.«

Bonnie sah auf ihre Uhr. »Ich würde gern eine Freundin anrufen«, sagte sie. »Geht das?«

»Sie können jederzeit telefonieren.«

Bonnie tippte Dianas Privatnummer ein. Gleich beim ersten Läuten wurde abgehoben.

»Diana?« sagte Bonnie, froh ihre Stimme zu hören.

»Bonnie, bist du das?« rief Diana. »Wo bist du?«

»Bei einer Bekannten«, antwortete Bonnie, erschrocken über den Ton ihrer Freundin.

»Rod ruft alle fünf Minuten hier an«, berichtete Diana. »Er ist völlig außer sich. Ich habe ihn noch nie so erlebt. Er sagt, du seist einfach verschwunden.«

»Ich bin nicht verschwunden.« Sie stellte sich ihren Mann vor, wie er ins Telefon brüllte, während ihr Bruder und ihr Stiefsohn dabeistanden und zuhörten. »Was macht dein Badezimmer?« fragte sie unvermittelt.

»Wie bitte?«

»Dein Badezimmer. Ich weiß, daß Sam es unbedingt vor deiner Rückkehr fertig haben wollte.«

»Es ist sehr schön geworden«, antwortete Diana, offensichtlich verwirrt von dem plötzlichen Themawechsel. »Ein bißchen was muß er noch tun, aber es sieht großartig aus.«

»Und wie war es in New York?«

»Okay«, antwortete Diana wegwerfend. »Bonnie, was ist los? Rod sagte, er sei nur ein paar Stunden weggewesen, und als er gegangen sei, hättest du dich vor Schwäche kaum auf den Beinen halten können. Als er nach Hause kam, warst du nicht mehr da. Und hast nicht einmal eine Nachricht hinterlassen. Er ist verrückt vor Sorge.«

»Diana«, unterbrach Bonnie. »Hör zu, es geht mir gut. Und ich bin jetzt in Sicherheit.«

»In Sicherheit? Was soll das heißen?«

»Ich bin vergiftet worden.«

»Vergiftet? Bonnie, das ist doch verrückt.«

»Nein, das ist nicht verrückt. Ich habe Blutuntersuchungen machen lassen. Ich habe eine große Menge Arsen in meinem Blut.«

»Arsen?«

»Ja. Irgend jemand hat mich mit Arsen gefüttert.«

Dianas Stimme sank zu einem Flüstern. »Rod?«

»Ich weiß es nicht«, antwortete Bonnie nach einer kurzen Pause. Sie sah Diana vor sich, wie diese ungläubig den Kopf schüttelte.

»Ich glaube es nicht. Das kann ich nicht glauben«, erklärte Diana. Dann: »Wo bist du jetzt?«

Bonnie warf einen Blick auf Caroline. »Bei einer Bekannten.«

Caroline lächelte.

»Wer ist diese Bekannte?« fragte Diana.

»Ich glaube, es ist sicherer, wenn ich dir das nicht sage«, gab Bonnie zurück, die plötzlich alles begriff, was ihr Bruder ihr gesagt hatte. Immer vorausgesetzt natürlich, ihr Bruder war der, der er zu sein behauptete.

»Sicherer, wieso?«

»Wenn du nicht weißt, wo ich bin, brauchst du niemanden zu belügen. Und niemand kann dich überreden, etwas zu sagen, oder dich durch einen Trick…«

»Tricks verfangen bei mir nicht, Bonnie«, unterbrach Diana.

Ganz im Gegensatz zu mir, dachte Bonnie.

»Hast du mit der Polizei gesprochen?«

»Noch nicht.«

»Aber du bist ganz sicher? Ich meine, es kann kein Versehen gewesen sein oder so etwas?«

»Kannst du mir mal sagen, wie man versehentlich Arsen schluckt?« entgegnete Bonnie.

Diana antwortete nicht gleich. Dann sagte sie: »Also schön, was soll ich nun Rod sagen?«

»Sag ihm gar nichts.«

»Aber Bonnie! Er ruft bestimmt in den nächsten zwei Minuten wieder hier an. Soll ich einfach so tun, als hätte ich nichts von dir gehört?«

»Ich spreche selbst mit ihm.«

»Wann?«

»Ich rufe ihn jetzt an.«

»Und was willst du zu ihm sagen?«

»Das weiß ich noch nicht. Mir wird schon was einfallen.«

»Das ist ja Wahnsinn, Bonnie«, sagte Diana. »Ich fühle mich so hilflos. Es muß doch etwas geben, was ich tun kann.«

Bonnie dachte an Dianas Stadtwohnung. Sie konnte Carolines Großzügigkeit nicht ewig in Anspruch nehmen. »Vielleicht, ja«, antwortete sie. »Wenn ich mit der Polizei gesprochen habe, wird mir einiges klarer sein. Hoffe ich jedenfalls«, fügte sie hinzu und lachte beinahe. »Hör zu, Diana, ich ruf' dich morgen wieder an.«

»Versprichst du mir das?«

»Ja, du kannst dich darauf verlassen.«

»Ich werde keinen Schritt vom Telefon weggehen, solange ich nicht wieder von dir gehört habe.«

»Ich ruf' dich morgen an.«

»Und jetzt ist alles in Ordnung? Bist du sicher?«

»Ich bin mir über gar nichts sicher«, bekannte Bonnie. Wenn man nicht mal einer harmlosen Hühnerbouillon trauen kann, worauf kann man sich dann noch verlassen? dachte sie. »Ich ruf' dich an«, sagte sie, drückte auf den Knopf, um die Verbindung zu unterbrechen, und tippte dann ihre Nummer von zu Hause ein.

Rod war sofort am Apparat.

»Rod...«

»Bonnie, wo, zum Teufel, bist du? Ist alles in Ordnung? Ist dir auch nichts passiert?« rief er erregt.

»Es geht mir gut.«

»Wo bist du?«

»Ich bin bei Amanda«, antwortete sie, seiner Frage ausweichend. »Und ich komme heute abend nicht nach Hause.«

»Was?!«

»Es tut mir leid, daß ich dich gebeten habe, früher aus Florida zurückzukommen, Rod.«

»Es tut dir leid, daß du mich gebeten hast, früher heimzukommen? Was redest du da?«

»Ich spreche morgen mit dir, Rod.«

»Bonnie, so warte doch, leg jetzt nicht auf.«

»Ich erkläre dir morgen alles.«

»Bonnie...«

Bonnie legte auf, gab das Telefon Caroline zurück und fragte sich, ob sie morgen weiter sein würde.

30

Es war fast zehn Uhr am folgenden Morgen, als Bonnie erwachte. Sie lag allein im Bett. Amanda, die die ganze Nacht warm und kuschlig bei ihr gelegen hatte, war nicht mehr da. Bonnie sah sich in dem großen weißen Raum um – ein weißer Teppich, weiße Vorhänge, ein weißer Bettüberwurf. Sie warf einen Blick in das anschließende Badezimmer – weiße Fliesen, weiße Wanne, weiße Handtücher. Auch dort war Amanda nicht.

»Amanda?« rief sie, während sie in den weißen Bademantel

schlüpfte, den Caroline ihr ans Fußende des Betts gelegt hatte. Auf nackten Füßen ging sie aus dem Zimmer. »Amanda?«

Sie ging den breiten Flur hinunter, an mehreren geschlossenen Türen vorbei, und hörte gedämpfte Stimmen aus dem Zimmer am Ende des Korridors. Sie näherte sich leise, lehnte sich an die Tür, merkte, wie sie sich öffnete.

»Mami!« Amanda saß angekleidet, mit frisch gebürstetem Haar vor dem großen Fernsehgerät. »Caroline hat gesagt, ich darf mir die Zeichentrickfilme anschauen.« Sie wies auf den Bildschirm, wo sich gerade zwei Zeichentrickfiguren prügelten. »Und zum Frühstück hab' ich zwei Teller voll Corn Pops bekommen. Und Kakao dazu.«

»Zwei Teller voll Corn Pops? Hast du ein Glück!«

»Sie hat gesagt, ich soll ganz leise sein, damit du ausschlafen kannst.«

»Ich hoffe, das war Ihnen recht«, sagte Caroline, als sie ins Zimmer trat. Sie sah beneidenswert gesund und frisch aus. »Sie haben so gut geschlafen, da wollte ich Sie nicht stören.«

»Ich kann es kaum glauben, daß ich so lange geschlafen habe«, erwiderte Bonnie.

»Es scheint Ihnen gutgetan zu haben. Sie sehen viel besser aus«, stellte Caroline fest. »Möchten Sie etwas essen?«

»Ich weiß nicht, ob ich feste Nahrung schon wieder vertrage.«

»Nicht einmal eine Scheibe Toast? Ich mache hervorragenden Toast.«

»Also gut. Toast klingt verlockend.«

»Und Tee dazu?«

»Ich glaube, ich werde nie wieder in meinem Leben Tee trinken«, sagte Bonnie.

»Wie wär's dann mit einem Glas Orangensaft?«

»Ja, Orangensaft gern.«

»Gut. In zwei Minuten.« Caroline beugte sich zu Amanda hinunter. »Na, und wie ist es mit dir, Kleines? Möchtest du noch eine Ladung Corn Pops?«

Amanda lachte. »Ich hab' schon zwei ganze Teller gegessen«, erklärte sie stolz.

»Tatsächlich? Wie gibt's denn das? Lyle läßt sonst nie jemanden an seine Corn Pops.«

»Was sagt Lyle denn dazu, daß wir hier sind?« fragte Bonnie, als Amanda sich wieder in die Geschehnisse auf dem Bildschirm vertieft hatte. »Ich meine, mal ganz ehrlich.«

»Sie haben doch gehört, was er gestern abend sagte. Sie können bleiben, solange Sie wollen.«

»Das ist wirklich sehr großzügig, aber wir sind doch Fremde in seinem Haus. Er kennt mich ja gar nicht.«

»Aber er kannte Joan. Er wünscht genauso wie ich, daß Joans Mörder gefaßt wird.«

Bonnie blickte einen Moment zu Boden. »Ich muß die Polizei anrufen«, sagte sie.

»Ich mache Ihnen inzwischen Ihr Frühstück.«

Bonnie verlangte Captain Mahoney. Er käme erst mittags, sagte man ihr. Wieder hinterließ Bonnie eine Nachricht und betonte, daß es dringend sei. Ob es nicht eine Möglichkeit gäbe, den Captain früher zu erreichen. Leider nicht, antwortete man ihr, es sei ja Samstag. Vielleicht könnte jemand anders ihr weiterhelfen.

»Was hat er gesagt?« fragte Caroline, als Bonnie in die Küche kam und sich an den Tisch setzte.

»Er kommt erst mittags auf die Dienststelle.«

Caroline stellte Bonnie einen Teller mit zwei Scheiben Toast hin, dazu Butter, Erdbeer- und Orangenmarmelade. Dann goß sie ein großes Glas Saft ein und reichte es Bonnie. »Trinken Sie es aus«, sagte sie. »Sie brauchen Flüssigkeit.«

»Danke.«

»Haben Sie Ihre Tabletten schon genommen?«

»Vor ein paar Minuten.«

Caroline lachte. »Du lieber Gott, ich führ' mich auf wie meine eigene Mutter.«

»Sie muß eine nette Frau sein«, sagte Bonnie aufrichtig.

»Ja, das war sie.« Caroline schwieg einen Moment. »Also, was meinen Sie? Ist das nun eine hervorragende Scheibe Toast oder nicht?«

Bonnie biß gehorsam ein Stück ab. »Ganz entschieden der beste Toast der Welt.«

»Versuchen Sie die Erdbeermarmelade. Die hab' ich selbst gemacht.«

Bonnie gab einen Klecks Marmelade auf ihren Toast. Und essen Sie nichts, was nicht vor Ihren Augen zubereitet wird, hörte sie Dr. Kline warnend sagen. Augenblicklich legte sie den Toast auf den Teller zurück.

»Ist irgendwas?« fragte Caroline.

Bonnie atmete einmal tief durch. »Nein, gar nichts.« Sie glaubte doch nicht, daß auch Caroline Gossett sie vergiften wollte! Entschlossen biß sie in ihren Toast. Irgend jemandem mußte sie schließlich vertrauen. »Ich muß meine Freundin anrufen«, sagte sie und stellte sich vor, wie Diana neben dem Telefon saß und nervös auf ihren Anruf wartete.

Caroline reichte ihr das Telefon. »Ich bin nebenan.«

»Sie brauchen nicht zu gehen«, sagte Bonnie, die froh war, nicht allein zu sein. Sie wartete, während das Telefon läutete, einmal, zweimal, dreimal. »Wahrscheinlich hab' ich sie genau beim Duschen erwischt«, meinte sie und ließ es noch sechsmal läuten, ehe sie schließlich aufgab und neu wählte. »Vielleicht habe ich mich verwählt«, sagte sie, obwohl sie instinktiv wußte, daß es nicht so war. Wieder ließ sie es lange läuten. »Anscheinend ist sie nicht zu Hause.« Obwohl sie Bonnie gesagt hatte, sie würde sich nicht von der Stelle rühren, solange sie nichts von ihr gehört hatte? Ohne ihren Anrufbeantworter einzuschalten?

»Vielleicht ist sie wirklich unter der Dusche«, meinte Caroline.

»Ja, wahrscheinlich«, stimmte Bonnie zu und griff sich automatisch ins Haar. »Eine Dusche ist übrigens gar keine schlechte Idee. Wenn Sie nichts dagegen haben...«

»Natürlich nicht. Bitte.«

Bonnie stand unsicher auf.

»Aber frühstücken Sie doch erst fertig«, riet Caroline. »Ich habe das Gefühl, daß Sie Ihre ganze Kraft brauchen werden.«

Bonnie stand unter dem heißen Strahl der Dusche und sah zu, wie sie langsam von einer Dampfwolke eingehüllt wurde. Viel einzuhüllen gab es allerdings nicht mehr. Sie hatte in den letzten Wochen mindestens acht Kilo abgenommen, wenn nicht mehr, war so dünn geworden, daß die Rippen unter ihren kleinen Brüsten hervorstanden. Ihre Beine sahen aus wie Streichhölzer, oberhalb der Knie nicht viel runder als unterhalb. Vorpubertär beinahe. Wie Twiggy, dachte Bonnie, mit ihrem gehetzten Blick und den aufgemalten unteren Wimpern, mit ihrem kurzen Haar und der eingefallenen Brust. Vielleicht war Twiggy gar nicht von Natur aus mager gewesen. Vielleicht hatte sie sich diese übertriebenen Wimpern aufgemalt, weil ihre eigenen ausgefallen waren. Vielleicht hatte sie sich den knabenhaften Haarschnitt zugelegt, weil ihre einst seidenweichen Locken sich in Stroh verwandelt hatten. Vielleicht hatte Twiggy eine Arsenvergiftung gehabt.

Bonnie lachte, spie das Shampoo aus, das ihr in den Mund lief, lachte wieder, massierte sich den Kopf mit kräftigem Druck. »Diesen Mann werde ich mir aus den Haaren waschen«, sang sie leise und fragte sich, was, in aller Welt, sie veranlaßte zu singen. Ihr ganzes Leben drohte in Scherben zu gehen, jemand wollte sie umbringen, sie wußte nicht mehr, wem sie trauen konnte und wem nicht, und da stand sie in der Dusche und sang. Das Arsen hatte wohl auch schon ihr Hirn angegriffen.

Sie glaubte etwas zu hören, wartete, bis sie es wieder hörte, drehte das Wasser aus, als sie erkannte, daß jemand an die Tür klopfte. »Ja?« rief sie, nicht sicher, ob sie wirklich etwas gehört hatte.

»Bonnie!« erwiderte Caroline laut und öffnete die Badezimmertür einen Spalt. Ein kühler Luftzug wehte herein, und Bonnie fröstelte. »Ich störe Sie nicht gern, aber ich dachte, es ist besser, wenn ich Sie rufe. Captain Mahoney ist am Telefon.«

Bonnie hatte gerade noch Zeit sich abzutrocknen und anzuziehen, bevor Captain Mahoney kam. Sie erzählte ihm alles, die Worte sprudelten ihr nur so über die Lippen – von ihrem wochenlangen Unwohlsein, ihrem Arztbesuch, den Ergebnissen der Blutuntersuchungen. Es gebe keinen Zweifel daran, sagte sie, daß jemand sie vergiften wolle, aber sie habe keine Ahnung, wer es sein könnte. »In Joan Wheelers Haus habe ich Rattengift gefunden«, berichtete sie.

»Sie waren in dem Haus?«

»Ja, gestern.« Sie sah einen Schimmer von Überraschung, dann Ungeduld in seinen dunklen Augen. Er saß neben ihr, sichtlich nervös, obwohl er so tat, als studiere er die Skulptur einer Nackten, die vor dem Klavier in Caroline Gossetts Wohnzimmer stand.

»Und Sie haben es angelangt?« fragte er in resigniertem Ton.

»Ja.« Er brauchte ihr nicht zu sagen, daß sie in ihrer Gedankenlosigkeit wahrscheinlich alle Chancen der Polizei, an dem Behälter frische Spuren zu sichern, zunichte gemacht hatte. »Es tut mir leid. Ich habe nicht überlegt.«

Er kratzte sich am Kopf. »Heute ist jeder ein Detektiv«, brummte er.

»Wie mein Bruder?« fragte Bonnie, erhielt aber keine Antwort. »Ist er wirklich das, was er behauptet zu sein, Captain Mahoney?« bohrte sie nach.

»Ihr Bruder zählt in diesem Fall nicht zu den Verdächtigen«, antwortete Mahoney ausweichend.

»Aber ist er Polizeibeamter?« drängte sie.

»Darüber kann ich keine Auskunft geben.«

»Sie können nicht? Oder wollen Sie nicht?«

»Ihr Bruder zählt in diesem Fall nicht zu den Verdächtigen«, wiederholte er.

Bonnie nickte. »Dann kann ich mich also unbesorgt an ihn wenden?«

»Unbesorgt«, bestätigte er.

»Danke«, sagte sie. »Ich wußte wirklich nicht mehr, wem ich noch trauen kann.«

»Mir scheint, Sie haben sich richtig entschieden«, meinte er, mit einem Blick Carolines Wohnzimmer umfassend.

»Ich hatte Glück. Caroline ist eine großartige Frau.«

»Ja, gute Freunde sind viel wert.«

»Ach du lieber Gott, Diana!« rief Bonnie. »Sie wartet ja auf meinen Anruf.« Sie stand auf, lief in die Küche, nahm das Telefon, tippte Dianas Nummer ein.

Wieder läutete es einmal, zweimal, dreimal. Gerade als sie auflegen wollte, um neu zu wählen, wurde abgehoben.

»Gut, du bist da«, sagte Bonnie, ohne auf Dianas Hallo zu warten. »Ich hab' vorhin schon mal angerufen, aber da warst du anscheinend unter der Dusche.«

»Wer spricht da?« Die Männerstimme am anderen Ende der Leitung war ausdruckslos, wenn sie Bonnie auch vage bekannt vorkam.

»Wer ist denn da?« fragte sie bestürzt.

»Detective Haver, Polizei Weston«, sagte der Mann. »Mit wem spreche ich bitte?«

»Detective Haver?« wiederholte Bonnie und sah sofort den dunkelhäutigen Polizeibeamten vor sich, mit dem sie in Amandas Kindergarten nach dem Zwischenfall mit dem Blut gesprochen hatte.

Mahoney stand plötzlich neben ihr. »Ich nehme das Gespräch«, sagte er, und Bonnie reichte ihm widerstandslos den Hörer.

Sie sah, wie Mahoney die Augenbrauen zusammenzog, während er zuhörte. Sie registrierte, wie er die Stimme senkte, als er sprach, und hörte ihn sagen: »Ja, ich verstehe. Um welche Zeit war das?« Sie sah, wie er den Kopf schüttelte, den Hörer mit dem Kopf auf seiner Schulter hielt, als er in die Hüfttasche seiner Hose griff und seinen Notizblock herauszog, um sich etwas aufzuschreiben. »Haben Sie was dagegen, wenn ich gleich mal rauskomme und mich umsehe?« hörte sie ihn fragen, ehe er auflegte.

»Ein Mord«, sagte er und drehte sich zu ihr um.

Bonnie klammerte sich haltsuchend an die Tischkante. »Nein!« war das einzige, was sie hervorbrachte.

»Ein Nachbar hat vor wenigen Minuten die Tote identifiziert.«

»Bitte nein!« flüsterte Bonnie.

»Es tut mir sehr leid, aber Ihre Freundin ist tot«, sagte Mahoney ernst. »Sie wurde erschossen.«

»Diana ist erschossen worden«, wiederholte Bonnie, die nicht glauben wollte, was sie hörte; nicht glauben wollte, was sie sagte.

»Es war nur ein einziger Schuß. Er hat sie direkt ins Herz getroffen.«

»O Gott! O mein Gott! Nein! Diana, arme Diana.« Bonnies Blick flog wie gehetzt durch die Küche, blieb an der Kohlezeichnung der Mutter mit ihrem neugeborenen Kind hängen. Sie hatte nur den einen Wunsch, ihr eigenes Kind zu packen und zu fliehen, so schnell und so weit sie konnte. »Könnten es Einbrecher gewesen sein? Oder vielleicht Dianas geschiedener Mann? Sie war zweimal verheiratet, wissen Sie. Und zweimal geschieden. Vielleicht war es einer von ihren geschiedenen Männern oder ein anderer, mit dem sie bekannt war. An Verehrern hat es ihr nie gefehlt. Ich meine, das hat doch nichts mit Joan oder mit mir zu tun, nicht wahr? Es könnte doch auch einfach ein schrecklicher Zufall sein, oder nicht?« fragte Bonnie verzweifelt, obwohl sie genau wußte, daß es nicht so war.

»Ein Nachbar sah heute morgen gegen zehn Uhr einen Wagen mit Vollgas aus ihrer Einfahrt rasen«, berichtete Mahoney. »Das beunruhigte ihn. Er ging über die Straße, sah, daß die Haustür offenstand, ging hinein und fand sie im Wohnzimmer auf dem Boden.«

Bonnie versuchte das Bild zu verscheuchen, das ihre Freundin tot auf dem Boden in ihrem Wohnzimmer zeigte. Das kann nicht sein, dachte sie. Das muß ein Irrtum sein. Diana war ein so lebendiger und leidenschaftlicher Mensch, so voller Kraft und Energie. Es war unmöglich, daß jemand diesem komplexen Leben mit etwas so Simplem wie einer Pistolenkugel ein Ende gesetzt haben sollte.

»Hat der Nachbar gesehen, wer in dem Wagen saß?« fragte Bonnie.

»Nein. Aber das Fahrzeug hat er genau gesehen.«

»Und was für ein Wagen war es?« fragte Bonnie und wußte die Antwort schon, ehe Mahoney sie aussprach.

»Ein roter Mercedes«, antwortete er.

»Wir lassen das Haus überwachen«, sagte Mahoney später, mußte es allerdings mehrmals wiederholen, ehe klar wurde, was er meinte. »Ein Wagen mit ein paar Leuten steht vor dem Haus, etwas entfernt, und hinten haben wir auch ein paar Leute postiert. Außerdem haben wir Ihr Telefon angezapft, für den Fall, daß er versuchen sollte, sich mit Ihnen in Verbindung zu setzen.«

»Das glauben Sie wirklich?« fragte Bonnie.

»Man weiß nie.«

»Aber ich weiß, daß mein Bruder das nicht getan hat«, erklärte Lauren, die mit ihnen am Eßtisch saß, schlaff und leblos wie eine Marionette, deren Fäden man durchtrennt hatte.

Seit Stunden, wie es schien, saßen sie so – Bonnie, Rod, Lauren, Nick, Captain Mahoney, Detective Haver. Bonnie erinnerte sich an einen Abend einige Wochen zuvor, als eine andere kleine Gruppe um diesen Tisch gesessen hatte, nur war es damals statt Detective Haver Haze gewesen, statt Captain Mahoney Sam. Und Diana war dabei gewesen mit ihren blitzenden blauen Augen.

»Sie wissen doch, daß Sam es nicht getan hat«, sagte Lauren wieder, weniger nachdrücklich diesmal.

»Selbstverständlich wird auch das Haus überwacht, in dem Gleason wohnt«, fuhr Detective Haver fort. »Falls sie dort aufkreuzen sollten.«

Dianas Nachbar glaubte, zwei Männer in dem Auto gesehen zu haben. Junge Männer mit langem Haar, sagte er, konnte jedoch nicht mit Sicherheit sagen, ob diese beiden jungen Männer Sam und Haze gewesen waren. Es spielte keine Rolle. Sam und Haze waren seit diesem Morgen verschwunden. Die Polizei fahndete nach ihnen.

»Weshalb hätte Sam Diana töten sollen?« fragte Lauren mit leerem Blick und tonloser Stimme. »Er war doch total in sie verknallt. Er hätte ihr nie im Leben was getan.«

Bonnie schloß die Augen, als könnte sie so Laurens Stimme ausblenden. Wenn sich der Verdacht der Polizei als richtig erwies und Diana vor ihrem Tod vergewaltigt worden war, halfen Laurens Beteuerungen ihrem Bruder nicht. Der endgültige ärztliche Befund würde mehrere Tage auf sich warten lassen, aber Captain Mahoney war schon jetzt sicher, wie das Ergebnis ausfallen würde: Diana war mit derselben Waffe getötet worden wie Joan, und sie war entweder vor oder nach ihrem Tod vergewaltigt worden.

»O Gott«, stöhnte Bonnie und drückte eine Hand auf ihren Mund. Es war alles ihre Schuld. Wäre sie nicht gewesen, so wäre Diana jetzt noch am Leben. Sie hatte ihre Freundin in diese Sache hineingezogen. Sie hatte an dem Tag, an dem sie Joan tot aufgefunden hatte, von der Polizeidienststelle aus angerufen und sie gebeten zu kommen. Sie hatte sie zum Abendessen eingeladen und mit Rods Sohn bekannt gemacht. Sam, das ist Diana. Diana, das ist der Tod. »O Gott«, stöhnte sie wieder und schlug beide Hände vor ihr Gesicht.

Kräftige Hände legten sich auf ihre Schultern und massierten ihre verspannten Nackenmuskeln. »Ich bleibe heute nacht hier«, sagte Nick. »Ich kann auf der Couch im Wohnzimmer schlafen.«

Bonnie nickte und warf einen Blick auf Rod. Aber Rod reagierte nicht. Er saß am anderen Ende des Tisches und starrte ins Leere. Er schien gar nicht wahrzunehmen, daß Nick hier war und das Haus voller Polizeibeamter. Er steht wahrscheinlich unter Schock, dachte Bonnie, als ihr bewußt wurde, daß er seit ihrer Heimkehr in Begleitung von Mahoney kaum ein Wort gesprochen hatte. Zorn und Empörung waren Bestürzung und Entsetzen gewichen. Diana sei tot, hatte der Captain ihm mitgeteilt, und sein Sohn werde verdächtigt, sie erschossen zu haben. Er werde ferner verdächtigt, seine Mutter getötet und den Versuch gemacht zu haben, seine Stiefmutter zu vergiften. Rod hatte sich das alles wie betäubt angehört und sich dann ins Eßzimmer zurückgezogen. Seitdem saß er dort, rührte sich nicht, sprach nicht, schien kaum zu atmen.

Bonnie hatte das Gefühl, zu ihm gehen zu müssen, ihn in die Arme zu nehmen und zu sagen, daß alles wieder gut werden würde, aber irgend etwas hinderte sie daran. Wie konnte sie ihm sagen, daß alles gut werden würde, wenn es vielleicht in Wirklichkeit nie wieder gut werden würde? Wie konnte sie ihn trösten, wenn sie es noch vor Stunden für möglich gehalten hatte, daß er selbst diese Verbrechen begangen habe?

»Ich muß mal nach Amanda sehen«, sagte sie. Aber als sie aufstehen wollte, verlor sie beinahe das Gleichgewicht und setzte sich sofort wieder.

»Ich habe eben nach ihr gesehen«, beruhigte sie Nick. »Sie schläft tief und fest. Ich finde, ein bißchen Schlaf täte dir auch ganz gut. Heute abend passiert sicher nichts mehr, und die Tabletten, die du einnimmst, sind ziemlich stark. Du gehörst ins Bett. Sie auch, Rod«, sagte er, sich an seinen Schwager wendend.

Rod erwiderte nichts, starrte nur weiter an die gegenüberliegende Wand.

»Daddy!« rief Lauren ängstlich. Sie lief zu ihrem Vater und

umschlang ihn mit beiden Armen. Sie drückte ihn so fest an sich, als wollte sie ihm Leben einhauchen. »Komm, Daddy«, flüsterte sie und küßte ihn auf die Wange. »Komm, ich geh' mit dir hinauf.«

Rod ließ sich von seiner Tochter aus dem Zimmer führen. Bonnie sah ihnen nach, wie sie langsam die Treppe hinaufgingen.

»Du solltest wirklich ins Krankenhaus gehen«, sagte Nick zu ihr.

»Erst wenn alles hier erledigt ist. Erst wenn ich weiß, daß Amanda nichts passieren kann.«

»Die beiden werden nicht weit kommen«, bemerkte Mahoney. »Zwei langhaarige Teenager in einem roten Mercedes. So was fällt auf.«

Bonnie schüttelte den Kopf. Wo konnten sie sein? Wohin wollten sie? Warum sollten sie Diana getötet haben?

Warum? fragte sie sich immer wieder. Warum das alles? Nichts ergab einen Sinn. Sam war vielleicht nicht gerade der Sohn, den man sich erträumte – er hatte einen Ring in der Nase und eine Schlange in seinem Zimmer, er war verschlossen und zornig, launisch und schüchtern. Aber er war auch sensibel und liebevoll und hilfsbereit und wünschte sich verzweifelt, geliebt zu werden.

War es deswegen so weit gekommen? Hatte er in seiner Sehnsucht nach Liebe Dianas Freundlichkeit falsch aufgefaßt? Hatte seine aufgestaute Wut sich Luft gemacht, als sie seine ungeschickten Annäherungsversuche zurückgewiesen hatte? Hatte er sie vergewaltigt und dann getötet, damit sie ihn nicht verraten konnte? War dieser Mord eine Affekthandlung gewesen oder Teil eines größeren Plan?

Oder war vielleicht Haze der wahre Schuldige? Würde man seine Spermien in Dianas Körper finden? Das sei der einfache Teil, hatte Captain Mahoney gesagt. Wenn Diana vergewaltigt worden war, würde sich mit Hilfe der DNA-Proben der Schuldige leicht feststellen lassen.

»Es ist bald vorbei«, sagte Nick zu ihr.

Bonnie nickte und hoffte, daß er recht hatte. Sie stand auf und ging zur Treppe. Nick folgte ihr. Captain Mahoney und Detective Haver blieben am Eßzimmertisch sitzen.

»Dad wäre sicher froh, wenn du ihn anrufen würdest«, sagte Nick draußen im Flur. »Er macht sich seit deinem Besuch große Sorgen um dich. Er weiß, daß du Probleme hast, und ich glaube, es wäre ihm eine große Erleichterung, wenn du ihn anrufen würdest.«

»Ich weiß nicht, ob ich das schaffe, Nick. Ich weiß nicht, ob ich die Kraft dazu habe.«

»Also, was deine Kraft angeht, bin ich absolut zuversichtlich«, erwiderte Nick. »Du bist eine unheimlich starke Frau, Bonnie. Wenn dich eine Ladung Arsen nicht fertigmachen konnte, brauchst du auch einen harmlosen alten Mann, der dich liebt, nicht zu fürchten.« Er schwieg einen Moment und sprach dann mit ernstem Nachdruck weiter. »Für die Toten können wir nichts mehr tun, Bonnie. Aber wir können lernen, den Lebenden mehr Beachtung zu schenken.«

Er blieb stehen und breitete einladend die Arme aus. Langsam ließ Bonnie sich an ihn sinken. Nach ein paar Sekunden hob sie den Kopf und gab ihm einen Kuß auf die Nasenspitze. Dann löste sie sich und folgte ihrem Mann die Treppe hinauf.

Er lag auf dem Bett, als sie ins Zimmer kam, und Lauren war dabei, ihm die Schuhe auszuziehen.

»Er wollte sich nicht ausziehen«, sagte sie.

Schweigend betrachtete Bonnie ihren Mann. In beinahe fötaler Haltung lag er auf dem Bett, die Augen geöffnet, auch wenn er offensichtlich nichts wahrzunehmen schien. Bonnie versuchte sich vorzustellen, was er durchmachte. Wie würde sie sich fühlen, wenn ein Polizeibeamter ihr mitteilen würde, daß ihr Kind ein psychopathischer Mörder war, der zwei Menschen getötet und zwei weitere zu vergiften versucht hatte?

»Wie fühlst du dich denn?« fragte Bonnie ihre Stieftochter.

Lauren zuckte mit den Achseln. »Glaubst du, sie werden Sam finden?«

»Ich bin überzeugt davon.«

»Ich hab' solche Angst.« Lauren fing leise an zu weinen. »Ich hab' solche Angst, daß sie ihn erschießen.«

Bonnie ging zu ihr und nahm sie in den Arm. »Niemand wird irgend jemanden erschießen«, sagte sie. »Ich glaube, uns allen wird jetzt etwas Schlaf guttun. Es war ein langer Tag.«

Lauren ging zum Bett und gab ihrem Vater einen Kuß auf die Stirn. »Bis morgen, Daddy. Du wirst sehen, jetzt wird alles gut.«

Auf Zehenspitzen ging sie zur Tür, dort blieb sie noch einmal stehen. »Ich hab' dich lieb, Daddy«, sagte sie und war verschwunden.

Bonnie ging zum Telefon neben dem Bett. Ganz automatisch wählte sie die Nummer. Wenig später hörte sie die Stimme ihres Vaters.

»Ich bin's, Bonnie«, sagte sie. »Nick hat mir gesagt, daß du dir Sorgen machst.«

»Wie geht es dir? Alles in Ordnung?«

»Es ist mir schon bessergegangen«, antwortete Bonnie aufrichtig. »Und wie geht's dir?«

»Mir? Mir geht's gut.« Er schien überrascht über ihre Frage. »Ich wollte mich nur vergewissern, daß es dir gutgeht.«

»Alles okay hier. Mach dir keine Sorgen.«

»Eltern machen sich immer Sorgen.«

Bonnie lächelte wehmütig. Wie wahr. »Ist es dir recht, wenn ich dich in ein, zwei Tagen wieder anrufe?« fragte sie. »Bis dahin wird sich hoffentlich alles ein wenig beruhigt haben... Dann könnten wir in Ruhe miteinander reden.«

»Du kannst jederzeit anrufen.«

Bonnie merkte plötzlich, daß sie weinte. »Du auch«, sagte sie.

»Ich liebe dich, mein Kind.«

»Gute Nacht, Daddy«, flüsterte Bonnie und legte auf. Dann legte sie sich neben ihren Mann auf das Bett und wartete auf den Schlaf.

31

Es war sechs Uhr morgens, als Bonnie merkte, daß jemand ins Zimmer gekommen war und leise über den Teppich ging. Ein Schatten fiel auf ihre noch geschlossenen Lider und verdunkelte das Licht der frühen Morgensonne. Finger, so weich und leicht wie Federn, streiften ihren Arm, und sie hörte so leise wie ein Hauch eine Stimme. »Bonnie. Bonnie, wach auf.«

Bonnie öffnete die Augen, blickte in das Gesicht ihres Bruders, das kaum eine Handbreit von dem ihren entfernt war, und fuhr in die Höhe. »Entschuldige«, sagte er hastig und trat ein paar Schritte zurück. »Ich wollte dich nicht erschrecken.«

»Was ist denn passiert?« Bonnie blickte neben sich. Rod schlief noch. Sie hatte die ganze Nacht nicht eine Bewegung von ihm gespürt.

»Wir haben eben einen Anruf von der Polizei aus dem Staat New York bekommen. Sie haben zwei Halbwüchsige in einem roten Mercedes wegen zu schnellen Fahrens auf dem Highway angehalten. Scheint sich um Sam und Haze zu handeln.«

»Und was geschieht jetzt?« fragte Bonnie mit einem Blick zu Rod, dessen Augen noch immer geschlossen waren. Sie bemerkte allerdings eine gewisse Verkrampfung an ihm, als hielte er den Atem an.

»Sie bringen sie nach Newton. Wir reden mit ihnen, sobald sie da sind.«

»Wie lange dauert das?«

»Vielleicht zwei Stunden.« Nick setzte sich aufs Bett und nahm Bonnies Hände in die seinen. »Alles okay?«

»Ich möchte nur, daß es endlich vorbei ist.«

»Und dann gehst du in ein Krankenhaus?«

»Sobald ich weiß, daß Amanda nichts passieren kann.«

Nick hob die Hand und streichelte Bonnies Wange. »Du bist ein tapferer Kerl.«

Sie lächelte. »Das liegt wohl in der Familie.«

»Ich gehe jetzt besser«, sagte er. »Ich möchte noch mit Captain Mahoney sprechen, bevor Sam ankommt.«

Bonnie nickte. »Du rufst mich an, sobald du etwas weißt?«

»Ich rufe dich an, sobald ich kann.«

Bonnie lauschte Nicks Schritten, als er die Treppe hinunterging, hörte, wie die Haustür geöffnet und geschlossen wurde. Dann legte sie sich wieder hin. Sie drehte sich auf die Seite und sah Rod an.

Seine Augen waren offen.

»Du hast es gehört?« Ihre Stimme klang ihr so fremd, als gehörte sie einer anderen, als hätte sie mit ihr nichts zu tun.

»Sie haben Sam und Haze auf dem Highway angehalten«, wiederholte er so distanziert und emotionslos, als spräche er von Leuten, die ihn nichts angingen.

Bonnie beobachtete sich und ihren Mann, als sähe sie sich einen Film im Fernsehen an, eine jener »Geschichten, die das Leben schrieb«. Sie sah einen Mann und eine Frau, beide in den zerknitterten Kleidern des vergangenen Tages, die Gesichter bleich und verwirrt, ihre Haltung zu gleichen Teilen Ausdruck von trotziger Herausforderung und tiefer Niedergeschlagenheit. Sie fragte sich, wer diese beiden Menschen waren, die ihrem eigenen Leben und einander so entfremdet waren und ihren Text wie Schauspieler aufsagten, die ihre Rollen nicht recht verstanden.

»Wie fühlst du dich?« fragte sie.

»Wie fühlst *du* dich?« fragte er zurück.

»Ein bißchen kräftiger. Nicht gerade glänzend, aber besser.«

Rod sagte nichts. Er wälzte sich auf den Rücken und starrte zur Zimmerdecke hinauf.

»Möchtest du darüber sprechen?« fragte Bonnie.

»Nein«, sagte er. »Wozu?«

»Es geht immerhin um deinen Sohn«, sagte Bonnie.

Rod stieß einen undefinierbaren Laut aus.

»Vielleicht hat Sam es gar nicht getan«, sagte Bonnie schwach. Sie richtete sich auf und zog die Beine an. »Vielleicht war es Haze. Vielleicht hat er Sam in alles hineingezogen.« Sie brach ab. Versuchte sie ihren Mann zu überzeugen oder sich selbst? »Ich kann einfach nicht glauben, daß Sam ein Mörder ist«, fuhr sie nach einer kurzen Pause fort. »Ich war in den letzten Wochen viel mit ihm zusammen, und ich kann einfach nicht glauben, daß er so etwas tut. Er ist ein sanfter Junge, Rod. Er ist unglücklich und er ist einsam, aber er ist kein Psychopath. Niemals hätte er seine Mutter ermorden können. Niemals hätte er Diana vergewaltigen und erschießen können.«

Rod warf sich auf die andere Seite und vergrub sein Gesicht im Kopfkissen, das sein Schluchzen nur ein wenig dämpfte. Bonnie betrachtete seinen zitternden Rücken, seine zuckenden Schultern. Sie wollte sich über ihn werfen, um ihn zu wärmen und zu beschützen. Es wird ja alles gut, wollte sie sagen, wie Lauren es am vergangenen Abend zu ihm gesagt hatte. Aber sie konnte es nicht. Eine unsichtbare Hand hielt sie zurück, drückte sie in ihre eigene kleine Ecke, erlaubte ihr nicht, sich ihrem Mann zu nähern. Was hielt sie davon ab, den Mann zu trösten, den sie liebte?

»Es wird bestimmt alles gut, Rod«, sagte sie, aber die Worte klangen hohl, sie merkte es selbst.

Rod weinte leise.

Weinte er um seinen Sohn oder um sich selbst? Oder um sie beide? Um die Beziehung, die es zwischen ihnen nie gegeben hatte; um die Beziehung, die es nun wahrscheinlich niemals geben würde? Es war zu spät, zu spät, den liebenden Vater zu spielen, zu spät, all die verlorenen Jahre nachzuholen, zu spät, eine Bindung zu festigen, die nie bestanden hatte.

Oder vielleicht doch nicht, dachte Bonnie, die doch aus eigenem Erleben wußte, daß ein Kind die Sehnsucht nach einem Vater nie verlor. Vielleicht war es nie zu spät für einen Vater, seinem Kind die Hand zu reichen.

»Rod...«

Er setzte sich auf und wischte sich mit dem Handrücken die Tränen ab. Als er sich ihr zuwandte, schienen seine braunen Augen so stumpf und trübe zu sein wie das Wasser eines schlammigen Flusses.

»Rod, bitte, sag es mir.«

»Die Polizei wird Untersuchungen durchführen«, sagte er, als führte er ein ganz anderes Gespräch.

»Wie meinst du das?«

»Blutproben, Spermaproben«, fuhr er tonlos fort. »Für die DNA-Tests.«

»Ja«, sagte Bonnie, die nicht wußte, worauf Rod hinaus wollte.

»Es ist aus«, sagte er. »Alles ist aus.«

»Rod, wovon redest du?«

Er schwieg lange.

»Sam hat Diana nicht vergewaltigt«, sagte er schließlich. »Und Haze auch nicht.«

»Was?«

»Das Sperma, das sie in Dianas Körper finden werden, stammt nicht von Sam«, wiederholte er.

Bonnie wurde sich plötzlich bewußt, daß sie vom Bett glitt und langsam zur Wand zurückwich, obwohl sie kaum den Teppich unter ihren Füßen spürte. »Was sagst du da?«

»Ich glaube, du weißt es schon«, antwortete er.

Einen Moment lang verschlug es Bonnie die Sprache, dann flüsterte sie heiser: »Willst du sagen, daß es dein Sperma ist?«

Rod schwieg.

»Willst du mir sagen, daß du sie getötet hast?« Bonnie blickte zur Tür, zählte im stillen, wie viele Schritte sie brauchen würde, um aus dem Zimmer zu kommen.

»Nein!« erwiderte Rod heftig, plötzlich aus seiner Lethargie erwachend. »Aber die Polizei wird das natürlich glauben, das ist sicher. Sie werden es nicht erwarten können, mich in die Finger zu kriegen.« Er lachte heiser.

»Ich verstehe nicht.«

»Ich hab' Diana nicht getötet, Herrgott noch mal. Niemals hätte ich ihr etwas antun können.« Sein Gesicht zeigte unverhüllten Schmerz. »Ich habe sie geliebt«, flüsterte er und schlug die Hände vors Gesicht. »Ich habe sie geliebt«, wiederholte er, und diesmal klangen seine Worte so klar und kalt wie ein Gebirgsbach.

»Du hast Diana geliebt«, sagte Bonnie und wartete darauf, daß Rod fortfahren würde, aber er sagte nichts mehr, starrte sie nur mit diesem stumpfen Blick an. »Wie lange...?«

»Ungefähr ein Jahr.«

»All die langen Abende im Studio, all die Besprechungen am frühen Morgen...«

Rod nickte nur.

»Aber du hast doch Diana nie gemocht«, protestierte Bonnie schwach. Ihr war, als hätte sich der Boden unter ihr aufgetan, als hinge sie im Nichts, und es wäre nur noch eine Frage der Zeit, ehe es sie aufsaugen und ganz verschlingen würde.

»Es ist einfach passiert, Bonnie.« Rod hob die Hand und ließ sie einen Moment in der Luft hängen, ehe er sie wieder herabfallen ließ.

Was hätte er auch sagen können? Daß sie nie vorgehabt hatten, so weit zu gehen? Daß es nie ihre Absicht gewesen war, ihr weh zu tun?

»Sie war gar nicht in New York«, sagte Bonnie. »Sie war mit dir in Florida.«

Rod nickte.

»Und sie stand neben dir, als ich dir sagte, ich sei bei Dr. Kline gewesen und Diana hätte ihn mir empfohlen.«

»Sie sagte, sie habe nie von ihm gehört.«

»Daher wußtest du, daß ihr Arzt Gizmondi hieß. Weil sie es dir gesagt hat.«

»Diese Lüge entsprach so gar nicht deiner Art. Wir dachten, du hättest vielleicht Verdacht geschöpft und wolltest uns eine Falle stellen.«

Bonnie senkte den Kopf. »Ich dachte, du hättest mit Marla eine Affäre.«

»Mit Marla?!«

Rod schaffte es tatsächlich, gekränkt auszusehen. Bonnie hätte beinahe gelacht. Jetzt begann alles klarzuwerden; mit jedem neuen Detail, das sie erfuhr, begann das Bild sich zu runden.

»Die Dessous, die ich in der untersten Schublade gefunden habe, die waren nicht für mich«, sagte sie, unwillkürlich in Caroline Gossetts Gewohnheit verfallend, Fragen in Form von Feststellungen vorzubringen. »Sie waren für Diana.« Sie sah die Freundin vor sich, das volle dunkle Haar, das sie wie ein Cape umgab und auf ihrem vollen Busen lag. »Kein Wunder, daß der Büstenhalter zu groß war.« Sie erinnerte sich des Gesprächs, das sie mit Diana geführt hatte, nachdem sie die Wäsche in Rods Kommode gefunden hatte. Es war klar, daß Diana Rod sofort angerufen hatte, um ihn zu informieren, und ihn mit der Anweisung nach Hause schickte, besonders aufmerksam und zärtlich zu sein.

»Du hast also fast ein Jahr lang mit Diana geschlafen«, begann Bonnie. »Und wenn wir drei zusammen waren, wenn du so getan hast, als ertrügst du sie nur meinetwegen, hast du in Wirklichkeit mich ertragen müssen. Und damals auf dem Polizeirevier, als du scheinbar so wütend warst, sie dort anzutreffen, warst du in Wirklichkeit gar nicht wütend auf sie. Du warst wütend auf mich. Weil ich euer Stelldichein gestört hatte. Ist es nicht so? Ist das nicht der Grund, weshalb ich weder dich noch sie erreichen konnte? Ist das nicht der Grund, weshalb du für die Zeit von Joans Tod kein Alibi hattest? Weil du mit meiner besten Freundin gevögelt hast.«

»Bonnie!«

»Und die ganze Zeit, als es mir so dreckig ging, warst du mit ihr zusammen«, fuhr Bonnie ungläubig fort. Wie hatte sie nur so dumm sein können! Ein jämmerliches Klischee: die Ehefrau, die es immer zuletzt erfährt. »Sogar nachdem du aus Florida zurück warst, bist du gleich wieder zu ihr gerannt.«

»Wir sind zusammen zurückgeflogen, ich hab' sie abgesetzt und bin dann direkt nach Hause gekommen«, erklärte er, so eifrig, als wäre er froh, endlich mit ihr darüber sprechen zu können.

Vielleicht ist er ja tatsächlich froh, dachte sie, während sie ohnmächtig zuhörte, ihm am liebsten gesagt hätte, er solle den Mund halten, es aber nicht fertigbrachte. Er versuchte, sie zu seiner Komplizin zu machen.

»Ja, du bist nach Hause gekommen, hast dich kurz gezeigt, mich ins Bett gepackt und bist wieder auf deine Spielwiese gezogen.«

»So wie du das sagst, klingt es völlig herzlos. Es war aber nicht so.«

»Ach nein?«

»Es sollte nie so sein.«

»Du warst also dort, als Sam und Lauren kamen, um das Bad fertig zu tapezieren.« Sie konnte das Bild vor sich sehen. Hätte sie es witzig gefunden, wenn es um eine andere Person gegangen wäre?

»Ich sagte ihnen, ich wäre nur bei Diana vorbeigegangen, um von ihr zu hören, wie es dir wirklich geht, ob du mir vielleicht etwas verschwiegen hättest. Sie schienen es zu schlucken...« Er hörte auf zu sprechen, als wäre ihm plötzlich bewußt geworden, daß er wenigstens soviel Anstand haben müßte, bei diesen Enthüllungen Verlegenheit zu zeigen.

»Und als du wieder nach Hause kamst, war die Ehefrau verschwunden.«

»Ich war völlig außer mir. Ich hatte ja keine Ahnung, wohin du verschwunden warst.«

»Wie gedankenlos von mir«, sagte Bonnie.

»Ich wollte nicht sagen...«

»Also bist du sofort wieder zu Diana rübermarschiert. Ihr müßt ja sehr erleichtert gewesen sein, als ich anrief.«

»Wir hatten keine Ahnung, was vorging.«

»Und da mußtet ihr euch natürlich gegenseitig trösten.«

»Ich bin nicht über Nacht bei ihr geblieben«, sagte Rod.

»Aber du hast mit ihr geschlafen.«

Er schwieg einen Moment, ehe er »Ja« antwortete.

»Und danach bist du gegangen.«

»Nach Hause.«

»Um welche Zeit war das?«

»Gegen Mitternacht.«

»Und dann hast du praktisch aus heiterem Himmel erfahren, daß Diana tot war, genau wie Joan ins Herz geschossen, aller Wahrscheinlichkeit nach mit derselben Waffe getötet, von derselben Hand. Aber du hast natürlich mit diesen beiden Morden nichts zu tun. Das willst du mir doch sagen, nicht wahr?«

»Ich habe Joan nicht getötet, und Diana auch nicht, Bonnie. Ich schwöre es. Dianas Tod macht mich total fertig.«

»Dianas Tod hat überhaupt nichts damit zu tun, daß du total fertig bist«, fuhr Bonnie ihn an. »Du bist fertig, weil du so dumm warst, dein Sperma zu hinterlassen. Hab' ich recht? Deine Tränen haben nichts mit Diana zu tun und auch nichts mit deinem Sohn. Du bedauerst nur dich selbst. Eins würde ich gern wissen, Rod, hat dir – außer dir selbst – je ein Mensch etwas bedeutet?«

Er sah sie traurig an. »Du bedeutest mir etwas«, sagte er und breitete seine Arme aus.

Bonnie näherte sich ihm langsam, wie magisch angezogen von seiner Bedürftigkeit. Sie fühlte die Wärme seiner Arme, als er sie um ihren Körper legte, die Weichheit seiner Wange an ihrem Gesicht. Wie schön und wohltuend war es immer gewesen, in seinen Armen zu liegen.

Sie neigte sich langsam zurück und blickte in seine unergründlich tiefen braunen Augen. Nur war das Gefühl, das sie in ihnen sah, gar nicht so tief, wie sie jetzt erkannte, als sie sich behutsam aus seiner Umarmung löste. Es war überraschend und enttäuschend seicht.

»Was tust du?« fragte er, als Bonnie zum Telefon ging und eine Nummer wählte.

»Hier spricht Bonnie Wheeler«, sagte sie. »Ich muß dringend Captain Mahoney sprechen. – Ja, ich warte«, antwortete sie auf die Frage des Beamten am Telefon und sah, wie ihr Mann die Hände vors Gesicht schlug.

»Wo ist mein Vater?« fragte Lauren, als sie mit Amanda in die Küche kam.

Bonnie saß am Küchentisch und starrte vor sich hin. Langsam drehte sie sich um und sah lächelnd die beiden Mädchen an, Rods Töchter, rot und blond, das eine Gesicht eine Widerspiegelung des anderen. Kindliche Unschuld, dachte sie und sagte: »Er mußte zur Polizei.«

»Aber das ist doch schon Stunden her«, entgegnete Lauren. »Müßte er nicht längst wieder hier sein?«

Bonnie sah auf ihre Uhr. Es war fast elf. »Wahrscheinlich hat die Polizei eine Menge Fragen an ihn.«

»Und was ist mit Sam?«

»Sam und Haze sind auch auf dem Revier.« Sie hatte seit Stunden weder von Nick noch von der Polizei gehört. Wahrscheinlich gab es im Augenblick einfach nichts Neues zu berichten. Ihr Mann, sein Sohn und der Freund seines Sohns wurden von der Polizei vernommen. Sie waren auf ihre Rechte hingewiesen worden. Anwälte waren zugezogen worden. Sie hoffte, bald etwas zu erfahren.

»Ich möchte in den Park gehen«, sagte Amanda auf und nieder wippend, ohne ihre Füße zu bewegen.

»Ich kann jetzt nicht mit dir in den Park gehen, Schatz«, erklärte Bonnie.

»Warum nicht?«

»Ich kann doch mit ihr gehen«, erbot sich Lauren. »Ich würde gern ein bißchen rausgehen.«

»Ich weiß nicht«, meinte Bonnie unsicher.

»Bitte«, bettelte Amanda.

Bonnie wußte selbst nicht genau, warum sie zögerte. Die drei Menschen, gegen die der Verdacht bestand, Joan und Diana getötet zu haben, waren auf dem Polizeirevier. Wartete sie auf die Mitteilung, daß der Mörder gestanden hatte? Glaubte sie wirklich an diese Möglichkeit? Sie war nicht einmal sicher, daß die Polizei überhaupt jemanden beschuldigen würde. Konnte sie denn ihre kleine Tochter dauernd eingesperrt halten?

»Na schön, dann geht«, sagte sie schließlich.

»Hurra!« Amanda machte einen Luftsprung.

»Ich hol' nur noch meine Tasche«, sagte Lauren und jagte mit Amanda aus der Küche, die Treppe hinauf.

Das Telefon läutete.

»Hallo«, meldete sich Bonnie sofort.

»Bonnie, hier ist Josh. Wie geht es Ihnen?«

»Josh?«

»Josh Freeman?« sagte er in fragendem Ton, als wäre er selbst nicht sicher.

»Ach ja, natürlich, Josh, entschuldigen Sie. Ich habe nur einen anderen Anruf erwartet, wissen Sie.«

»Störe ich?«

»Nein.« Tatsächlich war sie froh, von ihm zu hören.

»Ich wollte wissen, wie es Ihnen geht.«

»Etwas besser«, antwortete sie. Mein Mann und mein Stiefsohn werden gerade von der Polizei vernommen. Sie werden verdächtigt, nicht nur Joan getötet zu haben, sondern auch Diana, meine beste Freundin, die, wie sich herausstellte, seit ungefähr einem Jahr mit meinem Mann schlief. Ach, und erwähnte ich schon, daß ich eine hohe Dosis Arsen im Blut habe? Das alles sagte Bonnie natürlich nicht laut. Manche Dinge ließen sich einfach nicht am Telefon sagen.

»Ich würde gern später einen Sprung bei Ihnen vorbeikommen, wenn es Ihnen paßt«, sagte Josh, als hätte er ihre Gedanken gelesen.

»Gern«, antwortete Bonnie. »Ich würde mich freuen.«

»In einer Stunde?«

»In Ordnung.«

»Gut, bis dann.«

Bonnie legte auf. Sie freute sich auf Joshs Besuch. Obwohl ich ihn gestern noch in Verdacht hatte, mir vergiftete Bouillon gebracht zu haben, schoß es ihr durch den Kopf. Sie warf einen Blick auf das Telefon und überlegte, ob sie ihn zurückrufen und ihn bitten sollte, lieber nicht zu kommen. »Das ist ja idiotisch«, sagte sie laut. Nicht Josh hatte versucht sie zu vergiften. Und es war nicht Josh, der Diana getötet hatte. Was für ein Motiv hätte er denn haben sollen? Trotzdem, dachte sie, schon zum Telefon greifend, sicher ist sicher. Sie würde ihren Bruder anrufen, ihm die Situation erklären und ihn bitten, etwa zu der Zeit vorbeizukommen, für die Josh sein Kommen angekündigt hatte.

Gerade als sie den Hörer abnehmen wollte, läutete das Telefon.

»Wir sind fertig!« rief Lauren aus dem Flur. Die beiden Mädchen sprangen die letzten Stufen der Treppe hinunter, Lauren mit ihrer großen Umhängetasche über der Schulter, Amanda mit einer Barbietasche über ihrer.

Bonnie nahm den Telefonhörer ab. »Hallo?«

Niemand meldete sich.

»Hallo?« sagte sie wieder.

Es blieb weiterhin still.

»Sollen wir vielleicht noch etwas einkaufen?« fragte Lauren.

»Sieh doch mal nach, ob wir Milch brauchen«, erwiderte Bonnie.

Lauren ging zum Kühlschrank, machte ihn auf, sah hinein. »Nein, Milch ist genug da.«

»Hallo?« wiederholte Bonnie ein drittes Mal und verstand selbst nicht, warum sie nicht einfach auflegte. Gerade als sie es tun wollte, hörte sie das nun schon vertraute Klappern am anderen Ende der Leitung. Was war das nur? Sie kannte dieses Geräusch, aber sie wußte nicht, woher.

»Wer ist denn dran?« fragte Lauren und sah sie mit ihren großen hellbraunen Augen ängstlich an.

»Wer ist am Apparat, bitte?« sagte Bonnie.

Schweigen, dann wieder ein Klappern. Klick. Dann noch einmal.

Klick. Klick.

Bonnie hielt den Atem an. Ihr war, als triebe sie auf einem windstillen Meer und wartete ungeduldig auf die nächste Bö, die sie ans Ufer treiben würde. Sie war so nahe. Nur ein leichter Anstoß war nötig.

Klick.

Da sah sie plötzlich sich selbst, wie sie ihren Wagen eine lange Auffahrt hinauffuhr, ihn auf einem großen Parkplatz abstellte und dann auf ein großartiges weißes Haus zuging. Verblichene Pracht des alten Südens, hatte sie gedacht, als sie es das erstemal gesehen hatte. Sie sah sich zu, wie sie durch das große Foyer zum Empfang ging, dann ungeduldig vor den Aufzügen wartete, vor der Tür zu Zimmer 312 zögerte.

Klick.

Sie sah, wie die Tür sich öffnete, sah die alte Frau im Rollstuhl, die ihre Zahnprothese auf der Zunge hin und her schob, ehe sie sie klappernd wieder einpaßte.

Klick. Klick.

»Mary?« fragte Bonnie. »Mary, sind Sie das?«

»Vielleicht«, kam die Antwort. »Wer fragt?«

32

Fünfzehn Minuten später parkte Bonnie vor der Melrose Klinik in Sudbury und rannte die Treppe hinauf, durch das Foyer, zu den Aufzügen auf der rechten Seite. Dort warteten bereits einige Besucher, und Bonnie lehnte sich an die Wand, um Atem zu holen und sich zu sammeln.

Was hatte sie hier noch zu tun? Was hatte sie veranlaßt, aus dem Haus zu stürzen, sobald Lauren und Amanda in den Park gegangen waren. Hierher zu rasen wie eine Wahnsinnige? Sie war noch längst nicht wieder gesund, und da riskierte sie ihr Leben, um mit einer verrückten alten Frau zu reden, die ihr höchstwahrscheinlich überhaupt nichts mitzuteilen hatte, was von irgendeinem Nutzen sein könnte.

Am Telefon hatte sie jedenfalls nichts gesagt. Da hatte nur Bonnie geredet. Gefragt, warum sie anrufe; ob sie etwas zu sagen habe; ob sie mit ihr über Elsa Langer sprechen wolle.

Die Antwort war immer die gleiche gewesen: Vielleicht. Wer fragt?

Und nun war sie hier, umgeben von einem Haufen fremder Leute, deren Gesichter deutlich verrieten, daß sie alle viel lieber anderswo wären. Was hoffte sie denn von dieser alten Frau zu erfahren?

Es bimmelte einmal kurz; über einer der Aufzugtüren leuchtete ein grünes Licht auf; die Tür öffnete sich langsam. Leute drängten hinaus, und Leute drängten hinein, und im Nu war der Aufzug voll, die Tür schloß sich, und Bonnie blieb mit einem halben Dutzend anderer zurück. Wie auf Kommando gingen sie alle hinüber zum nächsten Aufzug.

Dann bimmelte es wieder; wieder leuchtete ein grünes Lämpchen auf, diesmal pfiff Bonnie auf Rücksicht und Höflichkeit, drängte sich nach vorn durch und schob sich in den Aufzug, sobald die Tür sich geöffnet hatte.

»Entschuldigen Sie«, fuhr eine ältere Frau sie bissig an. »Ich würde gern aussteigen, wenn Sie nichts dagegen haben.«

Bonnie drückte sich in eine Ecke des Aufzugs und hielt ihren Blick starr auf die gegenüberliegende Wand gerichtet, während die Kabine sich füllte. »Könnte jemand auf zwei drükken?« fragte sie und tat so, als sähe sie sich um, als hätte jemand anders gefragt. Ihr war heiß, ihr schwindelte, sie hatte das Gefühl, gleich ohnmächtig zu werden, und war froh, daß der Aufzug so voll war, daß sie nicht umfallen konnte. Sie fragte sich, ob sie es überhaupt schaffen würde, allein zu stehen.

Sehr passend, diese Frage, dachte sie und lachte. Augenblicklich merkte sie, wie die anderen um sie herum trotz des Raummangels zurückwichen. Als die Tür sich in der ersten Etage öffnete, rückten diejenigen, die zurückblieben, noch weiter von ihr ab.

Als der Aufzug im zweiten Stock anhielt, zögerte Bonnie. »Ach, zum Teufel«, flüsterte sie unterdrückt und stieg aus. Jetzt war sie schon einmal hier. Warum also umkehren?

Langsam ging sie den langen Korridor hinunter zu Marys Zimmer und blieb vor der Tür stehen.

»Herein«, rief Mary von drinnen. »Worauf warten Sie?«

Bonnie öffnete die Tür.

Mary saß in ihrem Rollstuhl am Fenster und blickte auf den Park hinaus. »Die pflegen den Park sehr schön, nicht?« sagte sie, ohne sich umzudrehen.

»Ja«, stimmte Bonnie zu, blickte sich um und sah überrascht, daß Elsa Langers Bett wieder belegt war. »Guten Tag«, sagte sie zu der Frau, deren Gesicht schmal und dunkel war und beinahe etwas Aristokratisches hatte.

»Guten Tag«, erwiderte die Frau und bot ihr die Hand. »Ich bin Jacqueline Kennedy-Onassis.«

»Auf die brauchen Sie nicht zu achten«, rief Mary. »Die ist total übergeschnappt.«

Bonnie starrte sie an. War das nicht der Ausdruck, mit dem Rod immer seine geschiedene Frau beschrieben hatte?

»Erst haben sie mir eine ganz Junge reingelegt, jetzt diese Übergeschnappte.« Mary wandte sich vom Fenster ab und drehte ihren Stuhl in Bonnies Richtung. »Was haben Sie denn? Ist Ihnen die Spucke weggeblieben?«

Vorsichtig näherte sich Bonnie Marys Rollstuhl. Die alte Frau trug einen frischen, blau-weiß gestreiften Frotteemantel, und ihr braunes Haar, das von vielen Klemmen verschiedener Größe zusammengehalten wurde, schien frisch gefärbt zu sein. »Weshalb wollten Sie mich sehen?« fragte sie.

»Wer hat gesagt, daß ich Sie sehen will?«

»Sie selbst, als Sie bei mir angerufen haben. Sie ließen durchblicken, Sie hätten mir etwas zu erzählen.«

»Hab' ich das?«

Bonnie seufzte. War sie deswegen hierhergekommen? Um mit einer kranken alten Frau ein unsinniges Gespräch zu führen? Aber wenn ich nicht gekommen wäre, hätte ich natürlich Jacqueline Kennedy-Onassis nicht kennengelernt, dachte sie und sah die Frau in Elsa Langers Bett lächelnd an.

»Ich dachte, Sie hätten mir etwas über Elsa Langer mitzuteilen«, sagte sie.

»Über wen?«

»Über Elsa Langer«, wiederholte Bonnie.

»Teddy hatte keine Schuld«, erklärte die Frau im Bett plötzlich. »Er hat versucht, das Mädchen zu retten. Aber er war nie ein guter Schwimmer.«

»Ich soll Sie angerufen haben?« fragte Mary und klopfte sich in wachsender Erregung mit beiden Händen auf ihre Knie.

»Vor knapp zwanzig Minuten.«

»Da sind Sie aber schnell hergekommen.«

»Ich dachte, es wäre vielleicht wichtig. Sie haben sich ja offensichtlich einige Umstände gemacht, um meine Nummer zu bekommen.«

»Keine Spur«, erwiderte Mary wegwerfend. »Ich hab' einfach die Schwester gefragt. Mir ist eingefallen, daß Sie Elsa gesagt haben, Sie würden Ihre Nummer dalassen.«

»Was ist Ihnen sonst noch eingefallen?«

»Wozu?«

»Zu Elsa«, versetzte Bonnie.

»Sie war langweilig«, erklärte Mary und verzog verächtlich den Mund. »Die ganze Zeit hat sie nur im Bett gelegen und kein Wort geredet. Jacky O. ist allerdings auch nicht viel besser.«

»Christina war ein sehr unangenehmes junges Mädchen«, bemerkte die Frau im Bett in vertraulichem Ton. »Ich hab' mich wirklich um sie bemüht, aber sie wollte von mir nichts wissen. Sie wollte ihren Vater ganz für sich haben.«

»Erzählen Sie mir noch etwas über Elsa«, drängte Bonnie.

Mary fing an, mit der Zunge an ihrer Zahnprothese zu wakkeln. »Da gibt's nichts zu erzählen. Sie hat tagaus, tagein im Bett gelegen, und eines Tages war sie tot.«

»Das muß Sie sehr erschüttert haben«, bemerkte Bonnie. Ich sollte wieder gehen, dachte sie, aber sie fühlte sich müde und abgeschlagen und sagte sich, daß ihr ein paar Minuten Verschnaufpause sicher guttun würden.

»Ehrlich gesagt, ich hab's überhaupt nicht gemerkt«, gab Mary zurück und lachte. »Erst die Schwester hat gemerkt, daß sie im Koma lag.«

»Nun, wenigstens hat sie nicht gelitten«, sagte Bonnie. »Das ist ja auch etwas Gutes.«

»Ja, kann schon sein.« Mary drehte ihren Stuhl wieder dem Fenster zu. »Das sollten Sie dem kleinen Mädchen sagen. Das ist ihr bestimmt ein Trost.«

»Welchem kleinen Mädchen?« Bonnie ging zum Fenster und sah die Frau im Rollstuhl fragend an.

»Na, ihrer Enkelin. Wie hieß sie gleich wieder?«

»Sie meinen Lauren?«

»Richtig, ja, so hieß sie, glaub' ich. Na, Sie müssen's wissen. Sie haben sie ja das erstemal mitgebracht.«

»Bitte?«

»Ich habe ihr immer wieder gesagt, sie soll eine Abmagerungskur machen«, erklärte Mrs. Onassis. »Aber sie hat ja nie auf mich gehört. Sie hat mich gehaßt. Von Anfang an.«

»Wie meinen Sie das, das erstemal?« fragte Bonnie.

»Na, Sie haben die beiden Kinder doch hergebracht, den Jungen und das Mädchen.«

»Ja, das weiß ich«, sagte Bonnie. »Aber ich habe sie nur einmal hierher gebracht.«

»Die Kleine ist noch mal wiedergekommen«, erklärte Mary in sachlichem Ton.

»Was?« Bonnie wurde eiskalt.

»Sie ist noch mal wiedergekommen. Sie hat Elsa Pudding mitgebracht und gesagt, sie hätte ihn selbst gemacht. Sie hat sich zu ihr aufs Bett gesetzt und sie gefüttert. Und mir hat sie nicht einen Löffel gegeben. Nicht sehr nett, finde ich.« Mary schob schmollend die Lippen vor. »Ich wollte doch nur mal probieren.«

Bonnie legte ihre beiden Hände auf die Armlehnen des Rollstuhls und zwang Mary, sie anzusehen. »Überlegen Sie ganz genau, Mary«, sagte sie, bemüht, keine Panik aufkommen zu lassen. »Wie lange nach Laurens Besuch ist Elsa ins Koma gefallen?«

Mary klapperte mit ihrer Zahnprothese. »Am selben Abend«, antwortete sie.

Bonnie schwankte. Sie grub ihre Finger in den weichen Gummi der Armlehnen des Rollstuhls, um nicht zu fallen. »O Gott!« Hilflos sah Bonnie sich um. War es möglich, daß Lauren Elsa Langer vergiftet hatte? Und wenn sie Elsa Langer vergiftet hatte...

»Das kann nicht sein«, sagte Bonnie. »Das kann nicht sein.«

»Sie hätte mich wenigstens mal von ihrem Pudding probieren

lassen können«, nörgelte Mary. »Aber nein, ihre Großmutter mußte ihn ganz allein aufessen.«

»Ich habe sie mit Amanda in den Park gehen lassen. Sie ist ganz allein mit meiner kleinen Tochter.« Bonnie stürzte zur Tür.

»Ich habe mich bemüht, ihr eine Freundin zu sein«, hörte Bonnie Mrs. Onassis rufen, als sie in den Flur hinausrannte. »Ich hätte diesem Mädchen helfen können, wenn sie es mir nur erlaubt hätte.«

Wie von Furien gehetzt fuhr Bonnie zurück. Sie klapperte mit den Zähnen vor Kälte, der Schweiß brach ihr aus allen Poren. Die ganze Zeit weinte sie. »Nein, das kann nicht sein«, sagte sie immer wieder. »Das kann doch nicht sein.«

Sie erinnerte sich, wie eilig Lauren es hatte, ihre Großmutter zu besuchen, wie gerührt sie gewesen war, als die alte Frau sie beim Namen genannt hatte, wie liebevoll sie mit ihr umgegangen war, als sie sich an ihr Bett gesetzt und sie gefüttert hatte. Sollte sie wirklich später zurückgekehrt sein, um sie zu vergiften? Aber wann? Sie hatte doch die ganze Zeit Schule. Wann hätte sie dazu die Gelegenheit gehabt?

»Sie ist einmal zu Hause geblieben«, sagte Bonnie laut. Das war der Tag gewesen, an dem Lauren sich nicht wohl gefühlt hatte, gemeint hatte, sie hätte nach ihrer Grippe einen Rückfall bekommen. Nur war es keine Grippe gewesen. Sondern Arsen.

Vielleicht war sie überhaupt nicht krank gewesen, sondern hatte nur so getan?

»Nein, das ist ausgeschlossen«, sagte Bonnie. »Ich hab' doch selbst gesehen, wie schlecht es ihr ging. Ich habe ihr den Kopf gehalten, als sie sich übergeben mußte. Ich hab' sie stundenlang im Arm gehalten. Das war kein Theater. Sie war wirklich krank.«

Aber sie hat sich wieder erholt, dachte Bonnie. Während es mir immer schlechter ging. Und sie war immer zur Stelle. Sie war immer da.

Aber warum? Mit quietschenden Bremsen hielt Bonnie vor einer roten Ampel, sah sich ungeduldig um, während sie mit dem Fuß aufs Gaspedal tippte. Weshalb sollte sie mich töten wollen?

Bonnie dachte an den Nachmittag, als sie und Rod in Joans Haus gefahren waren, um Lauren und Sam zu sagen, daß ihre Mutter tot war. Sie erinnerte sich an Laurens heftigen Ausbruch, fühlte wieder Laurens wütende Fußtritte an ihren Schienbeinen, den harten Schlag ihrer Faust auf ihrem Mund. Sie haßt mich, hatte sie damals gedacht.

Aber das hatte sich doch geändert. In den folgenden Wochen waren sie einander doch nähergekommen, hatte sich zwischen ihnen etwas wie Achtung und Freundschaft entwickelt. Es sei denn, daß auch das vorgetäuscht gewesen war.

Aber selbst wenn sie mich haßt, dachte Bonnie, haßt sie mich denn so sehr, daß sie mich tot sehen möchte? Und weshalb sollte sie ihre Großmutter töten, eine hilflose alte Frau, die sich kaum erinnern konnte, wer sie war?

Bonnie trat aufs Gaspedal, als die Ampel auf Grün schaltete. Wie ein Pfeil schoß der Wagen über die Kreuzung. Sie bemühte sich verzweifelt, nicht zu denken, sich ganz auf die Straße zu konzentrieren. Das, was ihr durch den Kopf ging, war zu verrückt, glich eher wilden Drogenphantasien als realen Überlegungen. Glaubte sie tatsächlich, Lauren hätte etwas mit dem Tod ihrer Mutter und Dianas zu tun?

»Nein, das ist absurd. Das ist einfach lächerlich.«

Lauren war an dem Tag, an dem ihre Mutter ermordet worden war, in der Schule gewesen. Sie war in der Nacht, als Diana getötet worden war, zu Hause gewesen. Oder nicht?

Sie hätte ein oder zwei Stunden schwänzen können, dachte Bonnie. Die Polizei hat das sicher nicht nachgeprüft. Wer würde ein vierzehnjähriges Mädchen des Mordes an seiner Mutter verdächtigen? Und sie konnte sich, während Rod schlief, leicht aus dem Haus geschlichen haben, um Diana zu töten. Sie wußte, wo Diana wohnte. Sie war ja am Nachmittag in ihrem Haus gewesen.

Aber warum? Warum Diana töten? Und warum ihre eigene Mutter töten?

Sie sind in Gefahr, hatte Joan sie gewarnt. Sie und Amanda sind in Gefahr.

Ging diese Gefahr von Lauren aus?

»Mein Gott!« Bonnie sah ihre kleine Tochter vor sich, wie sie in aller Unschuld die Hand ihrer Halbschwester hielt. »Tu meinem Kind nichts an. Tu meinem Kind nichts an.« Sie bog nach rechts in die Highland Street ab. Die Landschaft verschwamm in einem grünen Nebel, als sie auf der leeren Straße Gas gab. »Bitte, tu meinem Kind nichts an«, betete sie laut.

Wie hatte sie nur ihre Tochter allein lassen können? Hatte Joan sie nicht oft genug ermahnt, niemals ihre Kinder als Babysitter zu nehmen? Hatte sie schon damals versucht, sie zu warnen.

Aber warum?

Immer warum.

Es ergab keinen Sinn. Es war nicht möglich. Lauren konnte mit den Morden an Joan und Diana, mit Elsa Langers Tod, mit dem Versuch, sie – Bonnie – zu vergiften, nichts zu tun haben. Doch! Sie wußte, wo ihre Mutter die Pistole aufbewahrte. Doch! Sie wußte, wo ihre Mutter das Rattengift aufbewahrte. Aber das mußte noch gar nichts bedeuten. Das gleiche galt auch für Sam. Und auch für Rod.

Nur daß Sam und Rod jetzt auf dem Polizeirevier waren, während Lauren mit Amanda unterwegs war.

Sie war mit Amanda in den Park gegangen, aber in welchen Park? Es gab mehrere in der Nähe ihres Hauses. »Wo bist du, verdammt noch mal?« fragte Bonnie laut. »Wohin bist du mit Amanda gegangen?«

Sie fuhr an der Brown Street vorbei und blickte automatisch zu Dianas Haus hinunter, sah das nun schon vertraute gelbe Absperrungsband. »Keine Panik«, redete sie sich gut zu, als sie nach rechts in die South Avenue abbog und bei der Grünanlage an der Ecke hielt.

Auf den Schaukeln und Rutschbahnen spielten ein paar Kinder, auf den Bänken saßen mehrere Frauen mit gelangweilten Gesichtern, aber Lauren und Amanda waren nirgends zu sehen. Bonnie überlegte kurz, die Frauen zu fragen, ob sie ihr Kind gesehen hätten, aber sie kannte keine von ihnen und wollte keine Zeit vergeuden. Außerdem würde sie sowieso kein vernünftiges Wort hervorbringen können.

Wohin sonst konnten die beiden gegangen sein? An der Blueberry Hill Road war eine kleine Anlage, aber sie war wirklich winzig, und es gab dort nur ein paar Schaukeln. Amanda ging nicht gern dorthin. Blieb noch der Spielplatz hinter der Schule, neben dem kleinen Fußweg, der die Spitznamen Alphabet Lane trug, wo jemand einen Eimer voll Blut über Amanda ausgeschüttet hatte. »Mein Gott, nein«, stöhnte Bonnie. Lauren würde doch nicht versuchen, ihr gerade jetzt etwas anzutun, so bald nach dem Mord an Diana.

Bonnie raste die Wellesley Street hinauf zur School Street, bog links ab, jagte die lange Auffahrt zu dem Gebäude, in dem Schule und Kindergarten untergebracht waren, hinauf und hielt an. Mit einem Sprung war sie aus dem Wagen und rannte zum Spielplatz hinter der Schule.

Er war leer. Verzweifelt sah Bonnie sich um. »Wo bist du?« schrie sie. »Verdammt noch mal, Lauren, wo bist du mit meinem Kind?« Da sah sie plötzlich die kleine Barbietasche liegen, vergessen im Sand am Fuß einer Schaukel. Sie rannte hin, bückte sich, hob das leuchtend pinkfarbene Täschchen auf. Sie waren also hier gewesen. Und schon wieder weg. War es möglich, daß sie nach Hause gegangen waren?

Hals über Kopf rannte Bonnie zu ihrem Wagen zurück, streifte beinahe einen Baum, als sie rückwärts auf die Straße hinausfuhr. »Langsam«, ermahnte sie sich und nahm den Fuß vom Gaspedal, als sie scharf rechts abbog in die Winter Street. »Du bist ja gleich da.«

Bei der zweiten Straßenbiegung kam das Haus in ihr Gesichtsfeld, sie lenkte den Wagen in die Einfahrt und sprang heraus. »Amanda!« rief sie, noch ehe sie an der Haustür war. »Amanda! Lauren!« Mit fliegenden Fingern sperrte sie auf und stieß die Tür auf, rannte die Treppe hinauf.

Sie sah das Blut, sobald sie den oberen Flur erreichte. Nur ein paar rote Tropfen auf den weißen Fliesen des Badezimmerbodens, aber unverkennbar Blut. »O Gott!« Bonnie drückte sich die Hand auf den Mund, um nicht zu schreien. »Nein, bitte, nein.« So schwerfällig, als hätte sie Bleigewichte an den Füßen, ging sie zum Badezimmer.

Im selben Moment hörte sie aus Amandas Zimmer, dessen Tür geschlossen war, einen kurzen gedämpften Aufschrei. »Amanda?« rief sie und fuhr zitternd herum. Sie streckte ihre Hand nach der Tür aus und öffnete sie vorsichtig. Keuchend, voller Angst vor dem, was sie sehen würde, blieb sie stehen.

Amanda saß im Schneidersitz auf dem Boden in der Mitte des Zimmers, eine Hand auf ihrem Knie, die andere Lauren entgegengestreckt, die neben ihr saß. Sie hatte ihre große Tasche auf dem Schoß, hielt in der einen Hand Amandas Handgelenk, in der anderen eine Rasierklinge.

»Um Gottes willen!«

»Bitte, komm nicht näher«, sagte Lauren nur.

»Ich bin hingefallen, Mami«, rief Amanda und zeigte auf eine frische Schramme an ihrem Knie. »Lauren hat mich auf der Schaukel angeschubst, und dann bin ich runtergefallen und hab' mir am Knie weh getan. Ich hab' geweint, aber Lauren hat gesagt, ich soll nicht weinen, und hat mir das Blut abgewaschen.«

»Tut mir leid, daß es im Bad so aussieht«, sagte Lauren, als handelte es sich um das normalste Gespräch der Welt, als hielte sie nicht eine Rasierklinge an Amandas Handgelenk.

»Amanda«, begann Bonnie, unfähig, ihren Blick vom zarten Handgelenk ihrer Tochter zu wenden, »warum gehst du nicht runter und holst dir ein Glas Milch und ein paar Plätzchen...«

»Jetzt nicht, Amanda«, unterbrach Lauren mit Bestimmtheit. Amanda rührte sich nicht.

»Lauren hat gesagt, wir werden jetzt richtige Schwestern, Blutschwestern«, erklärte Amanda. »Sie hat gesagt, daß es nicht weh tut.«

Bonnie war, als gefröre die Luft um sie herum plötzlich zu Eis. Sie hatte Mühe zu atmen. »Was?«

»Und – was hat Mary erzählt?« fragte Lauren. »Ich weiß, daß du bei ihr warst. Sie hat dir erzählt, daß ich dort war, stimmt's?« Ihre Stimme klang fern, als käme sie aus einem anderen Raum.

»Ja.« Bonnie machte einen Schritt vorwärts.

»Du kommst besser nicht näher«, sagte Lauren. »Sonst werde ich vielleicht nervös. Sonst rutscht mir vielleicht die Hand aus.«

Bonnie blieb wie angewurzelt stehen. »Tu ihr nichts«, flehte sie. »Bitte, tu ihr nichts.«

»Aber Lauren hat doch gesagt, daß es nicht weh tut, Mami. Es ist was ganz anderes, als wenn man von der Schaukel fällt.«

»Richtig, Amanda.« Lauren drückte leicht ihre Hand. »Ich würde dir niemals weh tun. Du bist doch meine kleine Schwester.«

»Bitte«, sagte Bonnie wieder. »Laß Amandas Hand los. Sprich mit mir. Wir werden bestimmt eine Lösung finden.«

»Und wenn ich gar nicht sprechen will?«

»Dann sprechen wir eben nicht«, sagte Bonnie sofort. »Wir müssen nicht sprechen.«

»Wir müssen nur warten, bis die Polizei kommt, damit du mit ihnen reden kannst?« fragte Lauren.

»Ich habe der Polizei nichts zu sagen.«

»Ach nein? Das ist komisch. Ich dachte, du hättest ihnen eine ganze Menge zu erzählen.«

»Nein«, erwiderte Bonnie. »Nichts.«

»Ich hab' sie getötet«, sagte Lauren gleichmütig. »Ich hab' sie alle getötet.«

Bonnie stockte der Atem. »Du hast deine Mutter getötet?« fragte sie, obwohl die Frage bereits beantwortet war.

Laurens Stimme nahm einen gereizten Ton an. »Sie war selbst schuld. Wenn sie nicht in meinem Zimmer rumgeschnüffelt hätte, hätte sie das Album nicht gefunden. Damit hat alles angefangen.«

»Das Album gehört dir?«

Lauren nickte. »Gut, hm? Ich hab's an dem Tag angefangen, an dem du meinen Vater geheiratet hast.«

»Aber warum?«

Ein Schatten zog über Laurens Gesicht. »Mein Vater liebt mich. Er hat mich immer geliebt. Auch als er weggegangen ist. Auch als du versucht hast, ihn mir wegzunehmen.«

»Lauren, ich wollte dir deinen Vater nie wegnehmen.«

»Doch, das wolltest du«, widersprach Lauren. »Alle wollten ihn mir wegnehmen. Aber ich hab' sie nicht gelassen.«

Krampfhaft versuchte Bonnie, aus dem klug zu werden, was sie hörte, während sie wie gebannt auf Laurens Hand am Handgelenk ihrer Tochter blickte. Wenn es ihr gelang, Lauren in ein Gespräch zu verwickeln, würde sie es vielleicht nach einer Weile loslassen.

»Darum hast du Diana erschossen?«

»Die war echt ätzend, stimmt's? Tut so, als wär' sie deine Freundin, und bumst mit meinem Vater. Weißt du, wann ich das rausgekriegt hab'?«

»Als dein Vater plötzlich bei Diana erschien?«

»Nein.« Lauren schüttelte den Kopf. »Das hatte ich schon viel früher raus. Ich bin draufgekommen, als Sam und ich das erstemal bei ihr drüben waren, als Amanda dabei war. Weißt du, was Amanda gefunden hat, als sie in Dianas Kommode gekramt hat? Einen Haufen Reizwäsche, stimmt's, Amanda?«

Das kleine Mädchen nickte wie hypnotisiert, obwohl sie offensichtlich keine Ahnung hatte, wovon die Rede war.

»Und weißt du, was sie noch gefunden hat?« fuhr Lauren fort.

»Tücher und Schals, solche, wie du sie in der Nacht, als mir so schlecht war, um die Arme hattest. Die gleichen Schals, mit denen mein Vater dich ans Bett gebunden hatte, als ihr miteinander geschlafen habt.«

»Mami, warum hat Daddy dich ans Bett gebunden?« fragte Amanda mit weitaufgerissenen Augen.

Bonnie senkte den Kopf. Die Erinnerung an jene Nacht war so widerwärtig wie der Geruch einer fauligen Frucht.

»Mensch, ist mir da schlecht geworden«, sagte Lauren. »Fast so schlecht wie von dem Arsen.«

»Du hast selbst Arsen genommen?«

»Clever, hm? Das hab' ich mal in einem Film gesehen. Deswegen bist du nicht auf mich gekommen, nicht mal, als du gemerkt hast, daß dich einer vergiften will. Ich mußte es natürlich ganz langsam tun. Ich konnte dir immer nur ein kleines bißchen geben, damit alle dachten, du hättest eine Grippe.«

»Und du hast die Schlange in Amandas Bett gelegt.«

»Sie sollte sich eigentlich um ihren Hals wickeln und dann ein bißchen zudrücken, aber das hat nicht geklappt. Na ja, das war nicht weiter schlimm. Ich hab' gewußt, daß es noch andere Gelegenheiten geben würde. Kleine Kinder haben dauernd Unfälle. Die fallen schnell mal vom Dreirad oder von der Schaukel.« Sie lachte. »Außerdem hat's mir Spaß gemacht zu sehen, wie du dich ängstigst.«

»Hast du deshalb das Blut über sie gegossen? Damit ich Angst bekomme?«

Lauren sah Amanda lächelnd an. »Du hättest sie sehen sollen, ehe sie sie saubergemacht haben.«

»Du hast Blut auf mich geschüttet«, wiederholte Amanda entrüstet und versuchte, sich loszureißen. »Ich mag dich nicht mehr.«

»Komm schon, Mandy«, redete Lauren ihr zu und faßte sie fester. »Du hast doch keine Angst vor ein bißchen Blut, oder? Ich dachte, du bist ein großes Mädchen.«

»Ich mag dich aber nicht mehr. Du bist nicht lieb. Ich will nicht deine Schwester sein.« Wieder versuchte Amanda, sich loszureißen.

Lauren hob sie rasch auf ihren Schoß und hielt ihr die Rasierklinge an den Hals.

»Nein! Bitte nicht!« schrie Bonnie. »Bitte, tu ihr nichts an. Rühr dich nicht, Schatz«, warnte sie das strampelnde Kind.

»Es ist alles deine Schuld«, sagte Lauren zu Bonnie.

»Meine Schuld?«

»Ich wollte, daß sie dich wegen des Mordes an meiner Mutter verhaften. Dann hätte ich zu meinem Vater ziehen und mir damit Zeit lassen können, Amanda loszuwerden. Es wäre viel einfacher gewesen. Ich hätte nicht dauernd per Anhalter fahren oder in Taxis hin und her rasen müssen. Und ich hätte Haze nicht bitten müssen, mir das Blut zu besorgen.« Sie kicherte. »Das ist vielleicht ein Blödmann! Er dachte, es wäre alles nur ein Jux. Er hat sogar dein Auto für mich lahmgelegt.«

Amanda begann zu weinen.

»Wein jetzt nicht, Schatz«, sagte Bonnie zu ihr, während sie krampfhaft nach einer Möglichkeit suchte, Lauren abzulenken und Amanda in Sicherheit zu bringen.

»Und Sam?« fragte sie, um Zeit zu gewinnen. »Hat der auch mitgemacht?«

»Soll das ein Witz sein? Für Sam bist du das Tollste seit der Erfindung von Lego.« Sie stieß einen Laut aus, der halb Lachen, halb Weinen war. »Der muß schön erschrocken sein, als er sein Geld abholen wollte und Diana tot auf dem Fußboden lag.«

Amanda versuchte, Laurens Umklammerung zu entkommen. Die Rasierklinge drückte sich tiefer in ihren Hals. Ein kleiner Blutstropfen zeigte sich.

»Bitte«, flehte Bonnie. »Du willst doch Amanda nichts antun. Du willst ihr nicht wirklich etwas antun. Sie ist deine kleine Schwester.«

Schweigen.

»Ich brauch' keine kleine Schwester«, versetzte Lauren mit kalter Stimme. »Ich wollte nie eine kleine Schwester haben.«

Bonnie spürte, wie sie am ganzen Körper erstarrte, als sie begriff, was Lauren da sagte.

»Was hast du gesagt?« fragte sie langsam.

»Du hast mich schon richtig verstanden.«

Bonnie schüttelte wie betäubt den Kopf. »Willst du mir sagen, daß du Kelly getötet hast? Daß ihr Tod gar kein Unfall war?«

Lauren starrte sie mit leeren Augen an.

»Aber du warst doch selbst noch ein kleines Kind. Du warst erst sechs Jahre alt, als Kelly ertrunken ist.«

»Man braucht nicht viel Kraft, um ein Baby unter Wasser zu halten«, erklärte Lauren sachlich. »Sie war ein Winzling. Das hat Daddy immer gesagt. Sie ist ja nur ein Winzling, hat er immer gesagt.« In Laurens Augen blitzte plötzlich Wut auf. »Alles war gut, bis sie geboren wurde.«

Bonnie dachte an Joan, an ihren langen, traurigen Verfall nach dem Tod ihres jüngsten Kindes. »Deine Mutter wußte, daß es kein Unfall war«, sagte sie.

Lauren nickte. »Sie hat gelogen, um mich zu schützen. Sie hat alles getan, um mich zu schützen.«

»Und du hast sie getötet.«

»Ich wollte sie nicht töten«, beteuerte Lauren. »Aber sie hat mir keine Wahl gelassen. Nachdem sie mein Album gefunden hatte, wurde sie so gemein. Sie hat mich dauernd beobachtet. Ich hab' versucht, vernünftig mit ihr zu reden. Aber als sie entdeckte, daß ihre Pistole verschwunden war, hat sie Panik gekriegt und dich angerufen. Sie wollte dir alles sagen. Genauso wie sie meiner Großmutter alles gesagt hat. An einem Abend, als sie zusammen getrunken haben.« Sie sah Bonnie anklagend an. »Du bist schuld daran, daß meine Großmutter tot ist«, behauptete sie. »Du mußtest sie ja unbedingt ausfindig machen. Du mußtest unbedingt deine Nase in anderer Leute Angelegenheiten stecken.«

»Lauren…«

»Und jetzt ist mein Vater bestimmt böse auf mich. Er wird sagen, daß ich schlecht bin. Und dann geht er wieder weg.«

»Dein Vater geht nicht weg, Lauren. Er liebt dich. Er liebt dich sogar sehr.«

»Glaubst du das?« Laurens große Augen füllten sich mit Tränen. »Das ist das einzige, was ich immer wollte, weißt du. Daß er mich liebt. Kannst du das verstehen?«

Wieder Schweigen.

»Ja«, antwortete Bonnie aufrichtig. »Das kann ich verstehen.«

Lauren verwischte ihre Tränen auf den Wangen. Wie ein kleines Mädchen, dachte Bonnie und sah wieder Amanda an.

»Bonnie!« rief plötzlich jemand. »Bonnie, bist du da?«

Lauren fuhr zusammen, lockerte einen Moment ihre Hand an Amandas Hals, als auf der Treppe Schritte zu hören waren. Im nächsten Moment befreite sich Amanda aus Laurens Armen und schoß durch das Zimmer.

»Mami!«

Bonnie sah, wie Lauren hastig in ihrer Tasche kramte. Die Pistole, dachte sie, sprang auf die Tasche zu und packte Lauren beim Arm, als diese gerade die Pistole zu fassen bekam.

Laurens Arm wurde stocksteif, als sie sich hartnäckig gegen Bonnies Versuche wehrte, ihr die Waffe abzunehmen. Wie eine gottverdammte Schlange, dachte Bonnie und schlug Laurens Handgelenk mit aller Kraft auf den Boden. Sie hörte es knakken, sah, wie die Waffe aus ihrer erschlafften Hand fiel.

Und plötzlich war Josh Freeman neben ihr. Er stieß die Pistole mit dem Fuß zur Seite und zog Bonnie weg.

»Wo kommen Sie denn so plötzlich her?« fragte Bonnie, ohne den Blick von Lauren zu wenden, die sich auf dem Boden zusammenrollte.

»Die Haustür war offen. Ich bin einfach reingegangen. Alles in Ordnung?«

»Ja«, antwortete Bonnie und schloß erleichtert die Augen.

Amanda warf sich in die Arme ihrer Mutter und vergrub ihr Gesicht an ihrem Hals. »Mami, Mami!«

»Meine Süße, es ist dir wirklich nichts passiert?« Mit zitternden Fingern berührte Bonnie den Blutstropfen unter Amandas Kinn.

»Was ist denn mit Lauren los, Mami?«

»Es geht ihr nicht gut, Schatz.«

»Wird sie wieder gesund?«

Bonnie küßte ihre Tochter auf die Wange. »Ich weiß es nicht.« Sie strich Amanda das Haar aus der Stirn. »Aber was ist mit dir? Wie fühlst du dich denn?«

»Ganz okay.« Sie löste sich aus Bonnies Armen und näherte sich vorsichtig dem jungen Mädchen, das reglos auf dem Boden lag. Bonnie beobachtete sie mit angehaltenem Atem.

»Nicht weinen, Lauren«, sagte Amanda. »Es wird doch alles wieder gut. Du wirst schon sehen. Nicht weinen. Nicht weinen.« Dann setzte sie sich neben sie und strich ihr über das lange rote Haar, bis die Polizei kam.

Rod erwartete sie in Captain Mahoneys Büro. Er sprang sofort auf, als er sie sah, so heftig, daß der Stuhl, auf dem er gesessen hatte, umfiel.

»Bonnie, ist alles in Ordnung?«

Bonnie schloß die Tür hinter sich. »Ja.«

Er ging ihr entgegen und blieb stehen, als er sah, wie sie sich versteifte. »Amanda?«

»Sie ist erschreckt und verwirrt. Aber ich glaube, das wird sich geben. Ich gehe nächste Woche mit ihr zu Dr. Greenspoon.«

»Dr. Greenspoon?«

»Wir sind alte Freunde«, antwortete Bonnie, ohne eine nähere Erklärung zu geben. »Du siehst fertig aus.«

»Es war ein schlimmer Tag«, sagte er und versuchte zu lächeln.

»Sie haben Lauren zur Beobachtung ins Krankenhaus gebracht«, berichtete ihm Bonnie. »Du solltest so schnell wie möglich zu ihr fahren.«

Rod starrte sie entsetzt an. »Mein Gott, Bonnie, ich weiß nicht, ob ich das schaffe. Ich kann ihr nicht gegenübertreten.«

»Das mußt du aber«, entgegnete Bonnie energisch. »Sie ist deine Tochter, und sie braucht dich.«

Rod sagte nichts. »Kommst du mit?« fragte er schließlich.

Bonnie sah ihrem Mann in die tiefen braunen Augen, auf der Suche nach einer Spur des Mannes, den sie einmal zu kennen geglaubt hatte. Aber sie sah nur das Gesicht eines Fremden, eines gutaussehenden Mannes, dessen graues Haar ihn seltsamerweise jünger wirken ließ, als er tatsächlich war; selbst jetzt noch, trotz allem, was geschehen war. »Nein«, antwortete sie.

Er blickte zu Boden. »Und wie geht es jetzt weiter?« fragte er.

»Ich wäre dir dankbar, wenn du deine Sachen bis zum Ende der Woche aus dem Haus bringen lassen könntest«, sagte sie.

Er nickte resigniert. »Wenn du das willst.«

»Ich muß für ein, zwei Tage ins Krankenhaus«, fuhr sie fort. »Amanda wohnt in dieser Zeit bei meinem Vater. Nick fährt sie in ein paar Minuten zu ihm.«

»Bonnie...«

»Sam bleibt heute nacht bei Josh Freeman. Du kannst morgen mit ihm besprechen, wie du dir seine Zukunft vorstellst.«

»Aber Bonnie, du weißt, daß ich mich nicht um ihn kümmern kann...«

»Ich habe ihm bereits gesagt, daß Amanda und ich uns freuen würden, wenn er bei uns bliebe«, sagte Bonnie.

»Ja, ich denke, das wäre wahrscheinlich das beste«, stimmte Rod sofort zu.

Bonnie lächelte traurig. »Das dachte ich mir schon.« Sie wandte sich zum Gehen.

»Bonnie...«

Sie blieb stehen und wartete mit angehaltenem Atem.

»Soll ich dich ins Krankenhaus fahren?«

Aus dem Augenwinkel sah Bonnie Josh, der an der Eingangstür zum Polizeirevier wartete. Ich dachte mir, Sie könnten einen Freund brauchen, hatte er einmal zu ihr gesagt. »Nein, danke«, sagte sie zu Rod. »Ein Freund fährt mich.«

Joy Fielding

gehört zu den unumstrittenen Spitzenautorinnen Amerikas. Seit ihrem Psychothriller »Lauf, Jane, lauf« waren alle ihre Bücher internationale Bestseller. Joy Fielding lebt mit ihrem Mann und zwei Töchtern in Toronto, Kanada, und in Palm Beach, Florida. Weitere Informationen unter www.joy-fielding.de

Mehr von Joy Fielding:

Die Schwester (auch als E-Book erhältlich) · Sag, dass du mich liebst (auch als E-Book erhältlich) · Das Herz des Bösen (auch als E-Book erhältlich) · Am seidenen Faden (auch als E-Book erhältlich) · Im Koma (auch als E-Book erhältlich) · Herzstoß (auch als E-Book erhältlich) · Das Verhängnis (auch als E-Book erhältlich) · Die Katze · Sag Mami Goodbye (auch als E-Book erhältlich) · Nur der Tod kann dich retten · Träume süß, mein Mädchen (auch als E-Book erhältlich) · Tanz, Püppchen, tanz (auch als E-Book erhältlich) · Schlaf nicht, wenn es dunkel wird (auch als E-Book erhältlich) · Nur wenn du mich liebst (auch als E-Book erhältlich) · Bevor der Abend kommt (auch als E-Book erhältlich) · Zähl nicht die Stunden (auch als E-Book erhältlich) · Flieh wenn du kannst (auch als E-Book erhältlich) · Ein mörderischer Sommer (auch als E-Book erhältlich) · Lebenslang ist nicht genug (auch als E-Book erhältlich) · Schau dich nicht um (auch als E-Book erhältlich) · Lauf, Jane, lauf! (auch als E-Book erhältlich)

GOLDMANN
Lesen erleben